LOCUS

LOCUS

LOCUS

LOCUS

林佩芬系列

林佩芬系列 02

努爾哈赤（中）

作者：林佩芬
責任編輯：韓秀玫
校對：呂佳真
排版：帛格有限公司
封面設計：顏一立
封面題字：薛平南
封面繪圖：何亦桓
法律顧問：全理法律事務所董安丹律師
出版者：大塊文化出版股份有限公司
台北市105南京東路四段25號11樓
www.locuspublishing.com
讀者服務專線：0800-006689 TEL：(02) 87123898 FAX：(02) 87123897
郵撥帳號：18955675 戶名：大塊文化出版股份有限公司

總經銷：大和書報圖書股份有限公司
地址：新北市新莊區五工五路2號
TEL：(02) 89902588 (代表號) FAX：(02) 22901658

初版一刷：2014年2月
二版一刷：2016年2月
定價：新台幣500元

ISBN 978-986-213-636-2
Printed in Taiwan

國家圖書館出版品預行編目資料

努爾哈赤 / 林佩芬著. -- 初版. -- 臺北市 : 大塊文化,
2016. 02
冊； 公分. --（林佩芬系列；02）
ISBN 978-986-213-636-2（中冊：平裝）. --

857.7 104018205

大清開國之君

努爾哈赤

中

林佩芬　著

卷三 霞滿關山

卷四 展翅穿雲

卷三　霞滿關山

第九章

關河自古無多事

1

眼前盡是如畫的美景，峯巒起伏的遠山如翠帶，如蒼波，如相擁相連直到天涯海角的同心結；一望無際的草原宛如溫柔的春水，迴盪著醉人的漣漪。

三月是最美的季節，百花初綻，大地開始萌生欣欣向榮的新綠，春陽溫煦和暖的孕育著萬物，既將新綠映成金碧，也為徜徉其中的人敷上一層薄薄的金粉，使人明亮得如同沐浴在希望之光裏。

努爾哈赤帶著蒙古姐姐並轡而行，在草原上漫步——她已有孕，不適合放轡馳行，何況並無急事要辦——這只是他特地偷得浮生半日閒，陪她在郊野隨意瀏覽風光而已！

雖是特意安排，他的心情也有著多年來極為少見的閒適與放鬆，因而神色怡然，目光柔和；在他身邊的蒙古姐姐心情更好，將為人母的她，唇邊眼角布滿甜蜜與欣愉的笑容。

兩人在河畔下馬，讓馬匹自由漫走，自己沿河散步；河中的冰剛化，水勢不大，流聲諼潺，兩岸的柳樹剛冒出半分嫩如綠脂的新葉，像春神的筆尖方點出第一筆，還不及揮灑渲染、加深加濃成柳蔭的瞬間，呈現出新生的美，看得蒙古姐姐不由自主的停下腳步，佇立凝望。

正在孕育新生命的她，特別能感受到生命的滋生和成長，也特別有一分喜悅和感動，新的笑意從心底浮升，眼眸深處透出了做母親的慈光，而情不自禁的朝著柳梢讚嘆：

「好美！」

努爾哈赤轉頭看她，心裏正翻湧的感受使他不自覺的順口對她說：

「遼東這一片好山好水，滋養了萬千子民——如果不是烽煙四起，人人都得以安身立命，這裏真是人間天堂！」

蒙古姐姐初一聽，心中一片茫然，但是一頓之後，立刻領悟，他的世界和情懷與自己不同——他是努爾哈赤，他所關注的是遼闊的大世界，所以，他體會不到一個將為人母的小女人幽細的心思——但她隨即笑了，心中並沒有遺憾：

「貝勒爺真是大英雄，擺在心裏的都是萬千子民的大事！」

而且，她再仔細的注視努爾哈赤，很誠實的說出另一番心中的感受，語氣充滿了稱許，但也帶著感慨：

「我本以為，貝勒爺長於用兵，心裏放著的都是征戰的事——遼東情勢混亂，女真各部最常發生的事也是征戰、殺伐，從我懂事以來，幾乎每天都會聽到幾句有關各部征戰的話——真沒想到，貝勒爺心裏想的是子民、百姓，隨口說說的也是這些——以往，我在葉赫部時，幾乎沒聽人這麼說過——我的父親、叔伯，兄弟——葉赫兩城，兩代部長，關心的都只是戰事！」

她的話讓努爾哈赤微感驚訝——驚訝她竟能聯想到這許多，這份心思完全不同於其他女子——於是，他很樂意多跟她談談，讓她瞭解得更多些：

「用兵、動武，都是不得已的事——葉赫部用兵的目的何在，我不好說：但我自己，用兵的目的是為了百姓——目前，遼東的情勢太亂，女真各部間彼此攻伐，致使民不聊生，唯有用兵，將各部逐一收服，結成一大部，才能使女真人不再自相殘殺，百姓才有好日子過！」

蒙古姐姐頓了一下，訥訥的說：

「想做女真共主的人很多……但我卻是第一次聽到……為百姓打算的話……大半的人，都只想滿足自己的慾望……」

她一邊說，一邊低下頭，因而話說得像自言自語，但努爾哈赤很準確的猜到了她的心事——她必是想起了自己的哥哥納林布祿！

這麼一來，彼此便相對無言，原本美好的氣氛被破壞了，剛剛形成的溝通兩心的橋梁消失了；努爾哈赤登時感到懊惱，他覺得，這個話題原本是盡量不在蒙古姐姐面前說起、盡量不讓她碰觸的，怎麼卻在這個時候說溜了嘴……他想立刻補救，覺得應該轉換話題，對她說些其他的話，怎奈，不該碰觸的已經碰觸了，氣氛已經不對了。

而即使是不碰觸，事實一樣存在——她來自葉赫，而且是終究與他為敵的納林布祿的胞妹，這是絕對無法改變的事實——他打心底深處發出一個沉重的嘆息，然後，做了個深呼吸，再以極平靜的語氣說話：

「我們回去吧！」

他伸出手去扶她，她很柔順的接受了；而後，在他的相扶下上馬，返回城中，只是沒再說話；到達費阿拉城門口的時候，她仰望城樓與城柵，輕輕嘆出一口氣來，然後低下頭，像默默接受命運似的繼續前進。

她一言不發而心中百感交集，尤其是想到自己腹中正在成形的嬰兒，既是兩部聯姻所生，卻將背負兩部為敵的尷尬關係……她下意識的伸手輕撫小腹，雙眉不由自主的皺了起來，但還是一言不發，而極力以忍耐來面對自己的無奈。

努爾哈赤很清楚的看見了她這些細微的動作，而也是一言不發的繼續前進——他很能體會她的心情，但也只能以忍耐來面對自己的無奈。

他也仰頭一望，望見的是蔚藍的天空，沒有嘆氣，而是伸展一下自己的視野——畢竟，他的世界與她的不同，身為一部之長，凡事的考量都要以建州的發展為主，而不能只放在妻子身上，更何況，一切都已註定——

納林布祿遲早會對建州發動戰爭，而那是建州全部子民生死存亡的關鍵，哪裏還能顧慮她一個人呢？

「我盡量待她好……讓她心裏舒坦些……」

這是唯一能做的事。

第二天，他悄悄叮嚀札青，要她加倍關注蒙古姐姐的生活和心情，全力照顧她懷胎期間的一切和妥善安排生產的事宜；並且特地對札青說明詳情，以讓札青徹底明白情況，瞭解該怎麼做：

「她的哥哥一心想做女真的共主，因而與我為敵，目下正在招兵買馬，準備進攻建州——她夾在兩部之間，心裏一直很難過；等到兩部開戰時，還會更難過；你須好好照顧她，勸慰她，為她減少些難過！」

札青認真的點頭應「是」，接著很具體的提出勸解：

「貝勒爺請放寬心，她是因為從葉赫嫁來建州，時間還不久，難免老是記掛著葉赫部的事——現下，她已有身孕，等她生了兒女之後，情形自然改觀！」

努爾哈赤不解的問：

「這話怎麼說？」

札青從容回答：

「世間女子，心裏放在第一位的，往往是自己的兒女，而不是誰跟誰打仗的事——只要兒女一落地，她的心思會大半都放在兒女身上，別的事，也就看得淡了！」

她是過來人，這話無異是現身說法；努爾哈赤雖然不懂得為母者的心思，但覺得這話有理，一頓之後，吐出長氣：

「但願如此！」

於是，札青告退離去；而就在這時，侍衛來報，額亦都請見，他也就不和札青多說，逕自到側廳接見額亦都。

額亦都帶來的是一個不尋常的消息：

「貝勒爺，我剛剛得到消息，說，蒙古察哈爾部的圖們可汗去世了！」

努爾哈赤下意識的發出一聲驚呼：

「怎麼會？他——他才五十多歲吧！」

額亦都認真的看著他：

「我也覺得意外——但消息說他一病不起，大位將由他的長子布延臺吉繼承——這消息應該不假！」

努爾哈赤也正視他：

「可汗去世是大事，消息不會假，但委實令人驚愕——圖們可汗是個英勇剛強、志在四方的人，從二十歲繼可汗位後就大有作為，這三十多年間，始終是明朝的心腹大患，李成梁的軍功也多由此而來——沒想到，他竟會早逝！」

額亦都鄭重的發問：

「貝勒爺，依您看，圖們可汗去世，會使遼東的情勢生變嗎？」

努爾哈赤的思路也正往這一點上走，想了一想後回答他：

「我們應密切注意布延臺吉繼位後的作為——我推測，任何一部的新主繼位，首要的急務是安內，而不會在短時間內對外用兵——但，『不用兵』也會對情勢造成影響——」

額亦都道：

「貝勒爺何不派人祭弔，同時觀察布延臺吉的動靜意願！」

努爾哈赤微微一笑：

「那麼，你跑一趟吧！」

額亦都高興的露出爽朗的笑容：

「我正想自告奮勇——多謝貝勒爺成全！」

努爾哈赤回報以熱情的態度，伸手拍拍他的肩頭，像勉勵他辛苦出行，但是，想了一想後，又改以嚴肅的態度，提醒他要注意的重點：

「蒙古諸部與我們建州既無交情，也無仇怨，一向河水不犯井水；但，諸部之間一樣處於分裂互相殘殺的局面，彼此之間的關係很複雜；而且，我曾聽聞，葉赫本係蒙古裔，因而曾向圖們可汗輸貢——你此行須特別小心！」

額亦都曉得輕重：

「貝勒爺放心，若是葉赫部也派人祭弔，我會盡量以禮相待，儘量不多話，絕不與之衝突！」

努爾哈赤欣然點頭，一面又提示他：

「此行是投石問路，試試看能否結交盟友及打聽消息而已，不必強求——此外，據我所知，蒙古察哈爾部遠在多年前就已經分為左右兩翼，左翼東遷，據地接近遼東，傳位到圖們可汗手裏，三十多年來，一直與明朝為敵；但右翼卻在阿勒坦可汗在位期間就與明朝言和❶，受明冊封為『順義王』看來，這兩方雖都是達延汗的子孫，立場卻完全不同——」

額亦都立刻醒悟：

「我會同時注意兩翼間的關係！」

努爾哈赤喟然嘆息：

「天下很大，人很多，而且彼此之間充滿了牽扯不清的恩怨情仇，人與人之間，部與部之間，國與國之間，隨時都會有變動……以我們自己能夠親眼目睹的遼東來說，情勢就常有變；四鄰、周遭的朝鮮、蒙古、明朝，何嘗不是常常有變呢？但，我們對四鄰這些地方、這些人，知道得都不夠多，必須加緊打聽！」

很瞭解他這些想法的額亦都不由自主的興起一股感慨：

「貝勒爺主持建州的事務，委實辛苦……我境四鄰，情勢複雜，貝勒爺隨時都在小心注意鄰境的情勢變化，光憑這份面面顧到的注意力，就不是尋常人能有的！」

這話讓努爾哈赤感慨更深，情不自禁的對額亦都說了許多心裏的話：

「我隨時隨地都在提醒自己，要求自己，小心謹慎的帶領建州，因為，稍有不慎就有死無生——目前，咱們的實力固然比九年前起兵的時候要大得多、強得多，讓大家感到非常欣慰，覺得努力沒有白費，也對未來充滿信心；但是，若在這個時候就自以為很了不起，或者小看了四方鄰部，掉以輕心，或者疏於注意，就會陷入危險——試想，光是明朝，就有一萬萬人——蒙古咱們雖然不熟，但總聽說過，圖們可汗幾度聚集十萬之眾，與李成梁交戰——這些，都比咱們建州現有的規模大了許多，強了許多——人要能認清現實，面對現實，在現實的環境中找到對自己有利的條件，根據這個條件規畫未來的發展，才能由小而大，逐步走向康莊大道！」

額亦都很專注的聽著，聽完後出了好一會兒神，然後吐出一口長氣：

「以往，我總是聽您說著長遠的宏願……按照您的吩咐行動，九年來，在您的率領下，建州軍每戰必勝，建州規模越來越大……直到現在，我才體會到，您在告訴我們，未來的建州會像明朝一樣強大的時候，自己的心裏是小心翼翼的、腳踏實地的！」

努爾哈赤欣慰的一笑，點兩下頭再繼續說：

「你能體會到這些，就更能幫我分憂解勞——目前，建州所面臨的事，委實有千頭萬緒——

方才，你來之前，我正在料理的，雖是家事，卻與葉赫的納林布祿息息相關——同時，我也想著，與葉赫的一戰勢不可免，而戰前戰後，都應多結好明朝——咱們與明朝、蒙古及朝鮮這三方都結了盟，在與葉赫交戰的時候才不會腹背受敵！」

額亦都全盤瞭解他的想法、做法了，不由自主的肅然起敬：

「您真是深謀遠慮！」

努爾哈赤頓了一下，告訴他更深入的做法：

「明朝取代李成梁的新任遼東總兵楊紹勛已經到達廣寧，正式上任了，我將親自拜訪，也準備再擇日親到北京朝貢——蒙古察哈爾部由你去走，朝鮮的事交給費英東辦，這三方的任務如能順利完成，與葉赫間的一戰，又可以增加好幾分把握——大家都傾全力做準備，就能有十成十的勝算！」

軍隊、糧餉、武器、馬匹方面的準備他早已展開，軍事演習也已進行過數回——必勝的信心建立在萬全的準備上，他沒有半點疏忽。

幾天後，額亦都帶著少數從人出發赴蒙古，他親送出城；返轉時，在城門口又想起了幾天前與蒙古姐姐的談話，但是默默嘆口氣就把相關的思緒全給忍了下去，而全心投入於對葉赫的備戰中。

他按照原訂計畫，親訪明朝的遼東地方官；第一順位當然是已經建立關係、且為最高地方首長的遼東巡撫郝杰，其次是新上任的遼東總兵楊紹勛。

郝杰的門路他早已走通，這一趟不過是再次送上厚禮而已，郝杰也援例，派個得力部屬代為接見，心照不宣的收下禮物；聽說他準備拜訪新任總兵，很幫忙的為他致書楊紹勛，說明他是朝廷敕封的「龍虎將軍」、建州左衛都督僉事。

楊紹勛新來乍到，對遼東的一切都不熟悉，何況並非大才，也無理想和抱負，任職遼東只是「奉旨」而已，完全體會不到這個職位的重要性，更無具體的做法，因而對女真的人與事都沒有放在心上，不知道努爾哈赤是何許人，只因有郝杰的書信，便很周到的派出得力部屬代為接見，收下重禮，給幾句嘉勉的話，讓努爾哈赤覺得不虛此行的離去。

他做的只是表面文章，實際上的收穫是得到了些貂裘、人參的禮物；但是，對努爾哈赤來說，情況大不相同，無形的收穫十分豐碩。

首先，心思細密的他在整個拜訪過程中小心、仔細的觀察一切，雖然沒有親見郝杰、楊紹勛兩人，但是與代為接見的下屬官員見面、談話，他便從言談的內容和四周的氣氛中感受到了許多，從而能夠準確的推測出楊紹勛其人的鎮遼方案和可能有的作為。

比起李成梁來，楊紹勛差得太遠了——他從楊紹勛派出的接見官員的口中聽出來，這位新任遼東總兵的基本心態是「不求有功，但求無過」——他放心了，楊紹勛根本不會有如李成梁般厲害的遼東政策！

其次，楊紹勛既希望能「相安無事」的度過任期，便不會主動挑起戰爭，甚至，不會讓戰爭發生——看清這一點後，他立刻扮出勢弱受欺的模樣，向接見他的官員訴苦，並且提出請求：

「我建州一向安分守己，受大明敕封，為大明看邊，葉赫部卻仗著勢強，意圖侵凌，去年曾派使者來索地訛詐，經我斷然拒絕，仍不死心，現在正大力招兵買馬，打算發動戰爭，攻掠建州，以強奪土地；這事，萬萬要請大明朝為我作主！」

代為接見的官員也收了他的禮，當然一口答應：

「這事，我給你轉陳楊帥知道吧，請他派人跟葉赫說說，打消這個念頭！」

事情出奇順利，收穫太豐富了——努爾哈赤暗自雀躍不已，返回費阿拉的路上，他把事情仔細的想了個通透後，做出了樂觀的結論。

他認為，納林布祿一定不會聽從楊紹勛的話，打消吞併建州的念頭，但，楊紹勛畢竟是明朝的遼東總兵，得罪不起，所以，納林布祿會因為對楊紹勛有所顧忌而延後發動戰爭，而他要的就是這個——再有個一年的時間準備，他就一定能打敗納林布祿！

這太重要了，他覺得，此行如有天助！

回到費阿拉後，他立刻找來何和禮商議；先是告訴他這個重大的收穫，繼而指示他：

「天賜了良機，咱們一定要好好把握——趁這多出來的時間，各方面都再加緊準備，葉赫來犯時，一舉打個大勝仗——有一年的時間，咱們至少可以再招募一萬男丁訓練成軍，武器、馬匹，都能再增加一倍，對葉赫派出的探子、間人，都能更準確的發揮作用！」

何和禮非常高興，滿臉笑容的回應：

「這真是天佑建州——有了這段充裕的準備時間，我軍必勝——貝勒爺放心，全建州軍民都會全力備戰，絕無懈怠！」

努爾哈赤點了一下頭，隨即再吩咐他：

「還有，我想再親自去一趟北京——還是以『進貢』為中吧——你得便先準備起來，我想等額亦都從蒙古回來的時候就出發！」

何和禮應「是」，同時請示他：

「進貢的物品都和上回一樣吧？隨行的人員和預定在北京停留的時間，請貝勒爺示下！」

努爾哈赤沉吟了一下：

「這一次，我想多待幾天……隨行的人，容我考慮幾天再定……」

何和禮道：

「那麼，我先準備進貢的物品——」

努爾哈赤點點頭，很放心的由他去辦理了；不料，何和禮雖然很快就準確無誤的辦好了進貢的物品，他的行程卻因為情勢又發生了新的變化，以致被延誤，遲遲無法成行。

這新的變化來自鄰國的日本和朝鮮……

註一：札奇斯欽《蒙古黃金史譯註》（臺北：聯經出版公司，一九七九）第二部第三十五節，註五（頁二九四），釋「阿勒坦．可汗」：

格根．阿勒坦．可汗就是《明史》和明代史料中的俺答。「格根」是光明之意，是他的尊稱。此外他還有一個尊稱是「賽因」，意思是良善。阿勒坦是他的名字，是黃金之意。他是統轄右翼三萬戶濟農．巴爾斯．博羅特的次子，濟農．衮必裏克之弟。

《蒙古源流》說他「丁卯年（正德二年，一五〇七年）生，佔據十二土默特而居」。又說：「達賚遜．庫登臺吉……歲次戊申（嘉靖二十七年，一五四八年），年二十九歲於白室前稱汗號，與右翼三萬人和睦相會而旋。阿拉克（即巴爾斯．博羅特又名賽因．阿拉克）第二子阿勒坦來迎，向汗求賜號，云：今統治已平，原有護衛汗治『索多』汗，小汗之號，祈即將此號賜統。汗然之，遂與以『索多』汗之號。」可知他的汗號是個小汗，是類似「濟農」的副可汗。最後《源流》說：「歲次乙卯（萬曆七年，一五七九年）年七十六歲，大病……又在位一年……七十七歲歿。」按《源流》所記，他是丙辰年（一五八〇）死的，與他年齡不合，如果他是七十七歲死的，那年是癸未（萬曆十一年，一五八三年）才對。《勝教寶燈》說他是七十七歲癸未年死的（日譯本七十五頁）。《明史》〈韃靼〉傳說「萬曆十年（壬午，一五八二年）春俺答死」（三二七卷二十八頁）。與蒙古方面的史料相距一年。

阿勒坦可汗曾在一五五〇年（明嘉靖二十九年）入長城，兵圍北京，造成「庚戌之變」；其後他與明言和，於一五七一年（明穆宗隆慶五年）三月，受明冊封為「順義王」，逝後，其子黃臺吉（《明史》記為「乞慶哈」）繼立，依舊襲封「順義王」（萬曆十一年，一五八三年），黃臺吉逝後，其子撦力克繼位，也襲封「順義王」（萬曆十五年，一五八七年）。

2

暮春三月，清景如詩；繁花遍地，彩蝶滿天；豐臣秀吉在京都的宅邸「聚樂第」❶也在春柳春花的輝映下，倍顯清幽雅致，美得如洞天福地。

在匠人們的精心規畫下，先是仿照護城河的建制，在聚樂第四周掘出極大極深的人工湖，使人無法私渡，以做防衛；沿湖且廣植花木，倒映入湖，形成絕美之景，也烘托出宅邸的氣派來；宅邸中錯落有致的分建樓閣亭臺，又將京都各寺院裏的奇石珍木都搬到花園裏來，與建築搭配，營造出絕佳的勝景；室內布置、陳設更是匠心獨運，除了高貴、豪華、精美之外，還特重文化——每間屋宇內都以「琴棋書畫」以及茶具作為布置的重點，尤其是書——「聚樂第」命名的由來，即是取中國的《五代史．翟光業傳》所記：「晏然日與賓客飲酒，聚書為樂」的典故，當然要以書來作為裝飾的重點。

但，主人公豐臣秀吉從不讀書——他出身寒微，目不識丁，早年在織田信長麾下做足輕，生活於最基層的行伍中，完全接觸不到文化，既不知世上有文化一物，也就生不出仰慕之心；其後因緣際會的扶搖直上，出人頭地，憑戰功與權謀成為大將，見的世面日漸增多，才知道什麼是文化，什麼是貴族生活；織田信長在「本能寺之變」被弒後，他討伐明智光秀，獲勝後威望大增，在短短的時日中成為日本最有權勢的人，出任了最高官職太政大臣，兼任關白；有了權勢以後，他更有能力往自己身上添加文化氣質，只是，他年已逾五十，從頭開始識字讀書根本來不及，只能以書為擺飾；同時也附庸風雅的欣賞繪畫、聆聽音樂、研究棋藝與茶道。

此外，他特別喜歡黃金，一應陳設、器具不但極盡豪奢，還無處、無物不飾金——小至杯碗筷匙，大至屏風門扇窗櫺，無不鑲嵌著黃金——彷彿經過這些代表文化與富貴的東西一包裝，他那微賤的出身背景就能被泯滅，而搖身一變成為具有高度文化修養的富裕貴族。

但，他所流露的氣質完全不會說謊，無法做假——年逾五十的他，身材瘦小而略顯佝僂，臉上滿布皺紋，一雙眼睛細長窄小，但，射出的卻是銳利得如能穿透一切的電光——就是這道目光，證明他確實是個領袖羣倫的梟雄！

即使他心平氣和，手執花枝，端然靜坐，讓畫師為他畫像時，也隱藏不住目光中所流露的霸氣；而畫師的筆完全真實的描繪他的面容，也包含了他的目光、眼神……

隨侍在旁的是他的外甥，已收為義子、視為繼承人的豐田秀次❷，以及二十多名圍立身後的侍從與侍女，門外還站著等候進來稟事的幾員大將，人雖多但鴉雀無聲，四周安靜得彷彿這些人的呼吸和心跳都已停止，好讓畫師專心作畫。

他也非常配合，一連幾個時辰都文風不動的端坐著，讓畫師畫像——這次畫像有特別重要的意義：他即將離開京都，前往設在沿海的肥前名護屋大本營❸，親自坐鎮，指揮作戰；而如果這場戰爭進行順利，大軍如願佔領朝鮮、直入中國的話，他或將如計畫中的移居寧波，不再返回京都——這會是離開京都的最後一個紀念。

因此，即便心中思潮起伏，神情和肢體也依然維持不動……

這場戰爭，他已花了很長的時間，做了非常周密、非常充分的準備，數千艘大艦已全部建造完成，軍隊、武器、糧餉、馬匹都已調齊；多年來蒐集到的情報也全部派上用場，朝鮮的山川地理、風土民情、朝廷狀況、軍隊部署等，他全都瞭如指掌，因而戰略方面的規畫進行得非常順利——一切都已完備。

為了能專心指揮作戰，他已將「關白」的位子讓給豐臣秀次，自己稱「太閤」❹，不日將進駐大本營；兩天前他先發出羽檄，將已在全國幾大定點集合待命的軍隊全數召到沿海港口，等自己一到大本營，就做海上軍事演習；也已把繪製得非常精密的朝鮮地圖分發給各個將帥❺，命他們仔細研究、熟記在心，以便在進軍時如履本土。

至於己方的軍隊編制，也早已完成——他想都不用想，心裏就浮現名冊：

陸軍　共十五萬八千七百人

第一軍　小西行長、宗義智等一萬八千七百人

第二軍　加藤清正、鍋島直茂等二萬二千八百人

第三軍　黑田長政、大友義統等一萬一千人

第四軍　毛利秀成、島津義弘等一萬四千人

第五軍　福島正則、長曾我部元親等二萬五千人

第六軍　小早川隆景、立花宗茂等一萬五千七百人

第七軍　毛利輝元三萬人

第八軍　浮田秀家一萬人

第九軍　羽柴秀勝、細川忠興等一萬一千五百人

水軍　九鬼嘉隆、薩堂高虎、脇坂安治等九千二百人

此外，還有六萬名「遊軍」，由石田三成率領，負責巡迴接應；並任命德川家康、前田利家、毛利輝元、上杉景勝、浮田秀家為五大老，率領十萬精兵守護日本本土。

一切無誤，這場仗，他有必勝的把握——

四周的寂靜被打破了，跪在他面前作畫的畫師放下筆，伏地說話：

「啟稟主公，畫作完成了！」

侍從們很快的把新完成的畫作呈到他面前，畫中果然與真人一般無二，頭戴黑帽、身著織錦華服，端然而坐，蒼老、瘦小、目光如鷹隼，他仔細看了看，覺得很滿意。

這幅畫便留在京都聚樂第內，代表他留駐京都❻——兩天後他就啟程前往名護屋。

到達大本營後，他只略事休息兩個時辰，便在後院中接見加藤清正、小西行長等親信將領。

時值黃昏，晚霞滿天，滿樹的櫻花在光影的變幻中倍顯瑰麗繽紛，而且帶著股詭異的幽豔與魅力。

身著織錦華服的他背剪雙手，站在樹下賞櫻，身後站滿了年輕、俊美的男女侍者，一樣奪目得如絢麗、易凋的櫻花；而他的神情卻是安詳的、寧靜的，目光中的鷹隼之氣已經收起，唇角上微微揚起半絲笑意，彷彿正全心全意的欣賞櫻花的炫目之美。

為他所召見的加藤清正和小西行長等人只有耐心等待，而既已追隨他多年，當然很明白他

的行事風格——他表面安詳，眼中賞櫻，心中其實在盤算戰事——

他要把整個戰略在心中重新走上一遍之後才肯說話——霞彩投映在他臉上，使他的臉色浮現出深深淺淺的豔紅之光，但這豔紅的色彩不同於櫻花嬌嫩的粉彩，而是近乎鮮血之色的紅，看得將領們心領神會。

晚霞易散，殘陽如血，頃刻只剩最後一道回光；突然，他發出一聲低喝：

「燃燈！」

剎那間，幾十支燈籠一起燃亮、高舉，照得後院中亮如白晝，也照得櫻花更見嬌豔爛漫，但是，映入將領們眼中的卻不是繁花——站在櫻花樹下的豐臣秀吉遠比櫻花奪目。

他全身散發出一股逼人的殺氣，像刀劍的鋒刃般摧折了嬌美的花，而使他的四周空無一物；將領們只見到他凌厲無比的目光和不可抗拒的聲音：

「明日清晨，我親自校閱全軍！」

註一：豐臣秀吉原本在大阪營造了一所堡壘式的七層高樓為宅邸，入京任官後，再以舊皇宮的遺址營建「聚樂第」，兼具庭園之美與文化氣息，與大阪的堡壘式高樓風格大異。

註二：豐臣秀次本是豐臣秀吉的胞姊之子，亦為一武將；西元一五九一年，秀吉的長子鶴松夭折，乃收秀次為養子。

註三：即今之名古屋。

註四：「太閤」係官名，《明史．日本傳》中誤為「大閤」，並誤解釋成一所大房子。

註五：當時朝鮮設八道，分別為咸鏡、平安、江原、黃海、京畿、忠清、慶尚、全羅。詳見本書後所附地圖。

註六：豐臣秀吉的畫像有好幾種版本，參見《歷史》月刊第五十九期（臺北．一九九二）封面及鄭梁生〈壬辰之役始末〉附圖。

3

旭日東升，照耀著湛藍的海面，浮光躍金，璀璨亮麗。

大海波瀾壯闊，波濤澎湃，海天一際，層雲皎潔如浪，浪花亦皎潔如雲，海天便宛如一體；大自然中充滿了雄偉奔騰之美，卻因為世人的貪婪殘暴，而使美麗的海洋出現可怕的殺機。

四月十日，豐臣秀吉一聲令下，數千艘船艦載著二十多萬日軍，從對馬島出發，乘風破浪的撲向一水之隔的朝鮮。

三天後，小西行長率領第一軍到達朝鮮慶尚道的釜山。

朝廷中還在進行激烈的政治鬥爭，國王李昖還沒有分清哪一派的意見該採行，釜山全體軍民沒料到外敵來得這麼快，因而毫無防備，倉卒中抵禦，支持不了多久全城就陷落了；十五日，小西行長率軍攻陷東萊城，再接著，梁山、密陽、大邱幾城也陸續失陷。

以加藤清正為首的第二軍在十八日自釜山入寇，連下彥陽、慶州等城；小早川隆景率領的第六軍和毛利輝元率領的第七軍則由南部各地做全面性的攻擊、佔領，再以包圍之勢，逐步逼近王京……

王京位在京畿道，居朝鮮全國的中心位置，處於內陸而道路、河流四通八達，是早自李成桂建國時便作為國都的城市；經過代代傳承、兩百年積累，已發展成一座繁華、美麗、文化發達的大城，百姓置身其間，常覺得這裏是人間天堂，而充滿了幸福、滿足感。

國王李昖更是個幸運兒——他本非能力超卓的政治家，不是能治國、締創盛世的奇才；但，自即位以來，朝鮮年年風調雨順、五穀豐收，從來沒有重大事故或災害發生；與明朝的關係也非常好，貢使往來不絕，互致以禮，親如一家；種種情況都在說明，這屬於他的時代委實是「四海昇平、國富民樂」的盛世，他是名副其實的「太平國王」。

生命中只有兩個小小的遺憾，第一，沒有嫡子，六個兒子全是庶出；第二，朝裏的大臣分成東、西兩派，常鬧意見，令他耳根不得清淨。

好在這兩個遺憾非常小，非常容易對付；嫡子的問題，想開了也就沒事了；大臣們鬧意見，吵吵嚷嚷，須花些時間和耐心聽聽，但也無須太放在心上，橫豎國內太平無事，即使因兩方意見不一致，相持不下，導致他做不出決策，也造成不了影響。

因此，他的心裏完全沒有煩惱，也沒有負擔，而盡情享受承平歲月的華美與安適；在終日無所事事下，發展出了高度的生活品味和特殊的興趣。

他雅好文學、藝術，又特別愛酒，絕大多數的時間與酒為伍，但卻不是個每天爛醉如泥的酒徒，而是酒的品賞家與收藏家。

貴為國王，他很輕而易舉的收集到國內每一種酒；與明朝關係好，往來密切，他也就能搜集到明朝的各種美酒；因此，他所擁有的酒，種類和數量都非常驚人；王宮裏專門建造了庫房和地窖來存放這些美酒，也設有釀酒的作坊，供他研究出新配方後釀造新品，使他樂在其中，以致時常廢寢忘食，不知自己是誰。

四月是最柔和、最優美的季節，他也進入一年中最忙碌的時候——忙著採集各種花朵，忙著以花蜜釀酒；大臣中東、西兩派的爭鬥，就索性不聞不問了。

而王京距離釜山頗遠，快馬加鞭、日夜兼程，也得三天以上的時間，因此，釜山陷落後，他又過了好幾天與酒為伍、無憂無慮的日子，直到四月十七日才被來自釜山的晴天霹靂震得像遭雷殛般的僵住，許久不能動彈。

回過神來之後，他離開酒，以驚慌的語氣命宣大臣們進宮，舉行緊急會議；而這回，東、西兩派大臣的反應非常一致——全都慌了手腳。

兩百年沒有戰爭發生，舉國上下沒人具有戰爭經驗，對敵國的軍情毫無認識，根本想不通日軍的來勢為什麼這麼迅速、凶猛，更不知道日軍使用的新式武器「鳥銃」❶為何物，君臣多人苦苦商議了兩天，還是擬不出禦敵的方案和策略；憂急中，兵曹判書洪汝諄辭職，只得臨時任命金應南繼任，柳成龍任體察使，並任命申砬為三道都巡察使，率軍禦敵。

但是，戰場上的勝負沒有僥倖可言，成仁和成功是兩回事——申砬倉促受命，於二十二日率軍出京，二十八日與小西行長交戰於忠州，陣亡。

申砬陣亡後，日軍越發以破竹之勢逼近王京，倉皇失措的朝鮮君臣們自知無力抵禦，商量出的對策是一面節節撤守，以減少傷亡；一面派出使臣由遼東赴明，請求派兵支援。

兩個方案決定後，李昖先冊立了一向聰明好學的次子光海君李琿為世子❷，並帶著他撤退；而命長子臨海君李珒赴咸鏡道，六子順和君李玒赴江原道，向民間召募衛國禦敵的義軍。

五月一日，李昖退到開城；第二天，日軍渡過漢江，攻陷王京；李昖只得再往平壤退去，一面派出更多的使臣向明朝求援。

但是，日軍根本不會因朝鮮有明朝為後盾就歇手——攻陷王京後，日軍一連燒殺擄掠了幾天，把王宮、府庫中貯藏的財寶搶奪精光，又逼著老百姓們降服做順民，稍有違抗就殺；搶殺一空後，再繼續向平壤進兵。

李昖當然只好再逃、再派人向明朝求援；六月十一日，他派遣李德馨赴明求援，自己逃離平壤到寧邊；六月十五日，平壤失陷。

情勢的發展越來越壞，出於無奈，李昖接受了身邊僅存的幾名大臣的建議，由世子光海君奉廟社留在寧邊設分朝，分擔戰時國務，他本人親自進入明朝境內的遼東，內附於明，請求援助。

幸好，情勢雖壞，朝中也還有幾個好臣子：率領水師的李舜臣已經做好全面的準備，以堅強的實力和信心迎擊來犯的敵軍❸；奉命入明求援的李德馨也完成了任務——

李德馨奉了李昖的命令後，馬不停蹄的日夜趕路，於六月十七日趕到明朝的遼東巡撫衙門，立刻呈上李昖的求援信，一個時辰之後不見回音，他就自己再寫一封上書；一天之內，上書六次；並且親自到遼東巡撫郝杰的帳下伏地痛哭，請求援助，哭了一整天不停止，更不肯起身。

接到了李德馨的上書，又聽了帳前校尉們對李德馨伏地痛哭求援的報告和形容後，郝杰的心中受到了深深的感動，向左右們感慨著說：

「真是位『今之申包胥』啊——有臣如此，上天必不使朝鮮亡國！」

於是，他親自出帳去扶起李德馨，答應了他的請求，並且很具體的告訴他：

「本撫即刻飛書奏報朝廷，請旨援朝鮮；但，上奏朝廷之後，等候部議、聖旨下，須多費時日，恐緩不濟急，本撫可就職權所及，便中先遣兵五千赴朝鮮相助！」

聽到這樣的答覆，李德馨再次伏地痛哭：

「李德馨先代我主拜謝天朝再造之恩！」

註一：當時日本藉海上貿易之便，向葡萄牙人買了不少槍、砲等新式武器，鳥銃（舊式步槍）是其中之一，在這方面，日本比朝鮮進步了許多。

註二：李昖無嫡長子，遂立次子為世子。同年六月下旬，李昖避難義州，李琿奉廟社留於寧邊，分擔戰時國務，在朝鮮史上稱為「王世子分朝」。

註三：李舜臣是這一役的抗倭名將，被朝鮮人尊為民族英雄。

4

身為天朝之主的朱翊鈞獨自在乾清宮中悶坐，好半天不言不語。

他日中方起，一出錦帳，就迎著透窗而入、將室內映得澄明柔亮的春陽；但是，他沒有任何美好的感覺，像木偶一樣的坐著，讓太監們伺候他梳漱、更衣，而心中沒來由的悶悶不樂。

太監們態度恭順謹慎，動作輕緩仔細，一切如常，並沒有半絲讓他不順心的地方，但他卻像自己跟自己的情緒過不去，又像生命被虛無的陰影盤據了似的，沒辦法享受春天，得不到快樂，也開朗不起來。

唯一可以解釋他悶悶不樂的具體原因，是鄭玉瑩三度懷孕，三度待產，使他三度過著身邊沒有解語花的日子；但，這似乎也不是全部的原因——生命中還有許多無名的、難以形容的、莫名的東西在操弄、影響他的情緒，使他身不由己。

這年他三十歲，已做了二十年皇帝——這兩個數字都是整數，代表著圓滿，但在實質上呈現出來的卻是他變得特別暴躁易怒，內心特別不平和、不寧靜，行事特別嚴厲，甚至狠毒。

從出席「元旦朝賀儀」的時刻，他就覺得不耐煩，不想久坐而早早退席，回到乾清宮中，卻因為他的兩大不可或缺之物——鄭玉瑩與福壽膏——只剩下了福壽膏，於是，只能叫來碧桃伺候，用飽了之後昏然入睡，而排遣不了無聊的情緒。

不料，幾天後，一名不瞭解他的內心世界、自以為正直敢言的官員上了一封奏疏，登時就激怒了他。

官員是給事中孟養浩，奏疏的內容當然又是請求及早冊立皇太子，他只聽太監讀了幾句就勃然大怒，立刻叫來張誠，命他傳旨廷杖。

正月裏動用廷杖重刑，是件不吉祥的事，但是張誠一見他滿臉怒氣，不但不敢勸，還立刻叩首應「奴婢遵旨」；消息傳到內閣，因申時行、許國去職，王錫爵歸省而繼任內閣首輔的王家屏連忙上疏勸諫，但是毫無用處；這件不吉祥的事便按照朱翊鈞的意思，像為這一年揭開序幕似的立刻進行。

這一天，北京城中乃是飄雪的日子，鵝毛般的細雪挾帶著徹骨的森寒，撲打著滿城的居民，地上積了一層厚厚的雪，足跡踏過，每每把雪與泥踩成一片污濁；而一個自幼飽讀詩書、兩榜進士出身的言官，就在細雪中被押到午門前的御路東側；在他的面前，左邊是朱翊鈞派來監杖的司禮太監，右邊是錦衣衛官校，以及數十名臂帶袖套，手執木棍，負責行刑的旗校。

司禮太監上來神氣活現的高聲宣讀聖旨，結語一句「欽此。謝恩」的尾音拖得老高，擺明了在羞辱受刑的官員；然後，旗校上來，用麻布兜將受刑官員的肩脊以下束起來，用繩子綁住兩腳，四面牽曳，把人如牲畜般拽倒在地，俯臥在酷寒、污穢的雪泥中，大腿整個露出來，準備受杖。

一切就緒，旗校們一起扯開嗓門，發出如雷般的暴喝：

「擱棍——」

很快的，一根木棍被擱上大腿。接著，又是一聲暴喝：

「打——」

霎時間，一幕慘絕人寰的畫面和聲音一起登場，旗校們的暴喝聲、木棍擊打聲混合著受刑人的呼號……終至於血肉模糊的受刑官員奄奄一息的掙扎於生死之間，而天上的雪花依舊無情的飄落下來，行刑的人員也絲毫不以為奇——大家都已經司空見慣了，「廷杖」這種刑罰從太祖朝就立下，專門用來整治不聽話的官員；兩百年，別說被刑過的官員已經多至數不清，就是當場杖死的官員也已經多到數不清了。

但，朱翊鈞的惡劣情緒並沒有因此而得到發散——孟養浩廷杖執行完畢的稟奏，他一聽完就拋到九霄雲外，心裏依然不痛快，甚至不停的惡聲叨念：

「這班人真是可惡，老愛唱反調……一定要給教訓……」

他隨即想到，「給事中」的官太小，應該再拿個大點的官整治，才能收殺雞儆猴之效；這個念頭一動，他立刻想到：

「王家屏竟敢『疏救』，更是可惡——給了他首輔做，他竟不知道感恩圖報，反過頭來違逆朕心——有負皇恩，簡直罪該萬死！」

這麼一來，王家屏就非「死」不可了——

王家屏是隆慶二年的進士，人方正，學問好，官聲也好，萬曆初年任日講官，為稚齡的他傳道授業解惑，很得他敬重，稱之為「端士」；萬曆十二年，王家屏創下本朝任官的特例——

他本任修撰，負責修史，這年被擢為禮部右侍郎，不久改吏部，幾個月後就被任命以右侍郎兼東閣大學士入預機務——由史官不到兩年即入閣輔政，這在本朝是第一人，於是為同儕所津津樂道。

而現在，這些都不重要了，重要的是他已經「違逆帝心」。

偏偏，王家屏竟沒有體認到自己已涉入險境，依舊不停的上疏勸諫，不是陳請早立儲君，就是為因言冊立而獲罪的官員求情……二月裏，給事中李獻可等人被黜，王家屏居然封還御批力諫。

火上加油，不可收拾……勃然大怒的朱翊鈞順手將桌上的茶壺茶杯全都掃落在地，摔個稀爛，又一把抓起王家屏的奏疏，撕成粉碎，然後隨口怒罵，看得乾清宮中所有的太監、宮女們全體跪伏在地，一動都不敢動，深恐遭了池魚之殃，成了朱翊鈞的出氣筒；聞報趕來的張誠進門以後也一樣膽戰心驚，除了跪伏著靜等朱翊鈞息怒以外，不敢有任何言語和舉動。

朱翊鈞的情緒惡劣已極，發了好半天脾氣還不足洩憤，但是暴跳久了，罵多了，難免累了，口乾了……機警的張誠這才得到把握的空隙，上茶上果，並且讓碧桃立刻來伺候福壽膏，總算沒有讓朱翊鈞的憤怒無止境的擴散開來，殃及無辜。

但，朱翊鈞的怒氣並沒有因此而消滅，福壽膏到口，儘管又給他帶來了神仙滋味，卻沒有讓他的心得到神仙般的逍遙快樂——他一邊享用福壽膏，一邊想著要如何整治王家屏。

第一個念頭還是廷杖，如孟養浩般的拖到午門廷杖，他還要親自去監杖，親口命令旗校們用力的打，狠狠的打，最好能一棍將王家屏活活打死。

但是，片刻之後，他就改變了想法；因為，王家屏曾為帝師，現為內閣首輔，所犯並非叛國、誤國大罪，施以廷杖，而且立斃杖下的話，不免要引起天下人議論；於是，他嘆出一口氣，告訴自己：

「算了！換個做法吧！橫豎，整治大臣的辦法多的是！」

最後，他採取了「文打」的方法——沒有具體用刑，但是折辱人的尊嚴的效果不亞於廷杖——

他挑選了個伶牙俐齒的太監，到王家屏府去「如朕親臨」，用最嚴厲的言詞和語氣責罵王家屏，說他連上多疏請立皇太子，不過是件沽名釣譽的做法，想藉批評皇帝來增加自己的名望，實在是不忠、不敬。這麼一來，上任還不到半年的王家屏立刻託疾辭官。

眼中釘拔掉了一根，這回，他主動叫太監把王家屏的乞休疏拿給他御筆親批，落筆的時候，心中掠過絲絲痛快，並且浮起一道得意的冷笑：

「自以為有風骨，敢勸諫——就讓你滾出朝班去，看你還風不風，骨不骨？還拿什麼沽名釣譽？」

大臣一去職就失掉政治舞臺，政治生命立刻死亡；用這個方法對付不聽話的大臣，效果好極了，而且，他同時得到靈感，以後，就用這個辦法來對付那些自以為忠貞耿直的大臣——越是忠貞耿直的人越禁不起罵，只要使他們的尊嚴受到傷害，他們就自動辭官，根本不用費吹灰之力，就可以掃除所有的逆耳之言。

以後，再也沒有不順心的話鑽進耳裏來了！

這麼一想，他更加得意，為自己駕馭臣下的能力連點了好幾下頭，臉上也不自覺的浮起了笑容。但，情緒並沒有因此好轉，甚至，更加悶悶不樂；幾天後，太監小心翼翼的為他梳髮，他從鏡中看到自己，登時不由自主的一愣。

長年不見陽光，他的膚色白得幾乎能透見皮肉裏的血管，臉頰胖得有點浮腫，輪廓、五官依然英挺俊美，但是毫無生氣，三十歲，應是人生的黃金時期，但他看來像喪失了生命力似的沒有神采。

一愣之下，他趕緊移開目光，不再正視自己，以免感到心驚，或是對自己不滿意；但，這樣的逃避現實並不能改變或改善什麼，尤其是他自己的情緒。

不多時，他就因一點小事而暴跳如雷，嚴厲懲罰身邊的太監……

太監們整天活在恐懼中，實在受不了，於是偷偷向張誠求救，求他在朱翊鈞發怒的時候伸出援手，以及請教他如何使朱翊鈞心情好轉，不再動輒要打人、殺人。

然而，張誠哪裏拿得出辦法來呢？苦思了片刻，他才說出個具體的意見，教導太監們：

「都只能忍，咬緊牙關忍耐，忍到鄭娘娘生產後，重回乾清宮伴駕，萬歲爺的心情才會好轉……現在這個時候，誰都沒法子，鄭娘娘不在，酒食歌舞都無味……至多，讓碧桃多伺候福壽膏，少讓萬歲爺想到別的事，也許能好點！」

他雖然束手無策，但這話為大家帶來了一線曙光——鄭玉瑩的待產期只有幾個月，很快就能捱過去，現下，只要忍耐，忍過這幾個月，情形就好轉了。

同時，大家私下裏去哀求碧桃，多多伺候福壽膏，以減少大家的危機，碧桃一口答應：

「我也怕萬歲爺發脾氣呀，滿口廷杖、凌遲處死，光是聽，就讓我全身哆嗦——就巴不得他一筒接一筒的吸下去，吸得什麼都忘了！」

於是，她特別賣力伺候，每天在朱翊鈞起床前就準備好一切，一等朱翊鈞睡醒就主動上前伺候，並且加重劑量，盡量讓朱翊鈞沉迷其中。

而這麼做只能減少太監們的危機，對改善朱翊鈞的心情並沒有幫助，因為，這只是讓他沉迷、不面對自己，而不是針對問題、解決問題；但是，沒有人瞭解他的心，也根本不知道他不快樂的真正原因，他從來不說，不能說，也不敢說——生命中除了鄭玉瑩和福壽膏以外，其實還有別的；誰會對自己毫無期許呢？尤其是他；但是，「萬曆之治」已成泡影，「期許」二字已成他心中最不可碰觸的禁忌，最最要逃避的符號——

他之所以一聽逆耳之言就勃然大怒，暴跳如雷，重責大臣，其實只是對自己失望的反撲，掩飾自己的心虛和逃避檢討自己而已！

這是凡夫俗子常有的心態，但他身為皇帝，便造成比凡夫俗子嚴重了千萬倍的後果；他的悶悶不樂一直延續下去，身邊的人也就竭盡全力的用福壽膏來麻醉他，盡量不使他有清醒的時刻——國中大小事務，他全都沒有放在心上，更何況是遙遠的屬國「朝鮮」呢？

反倒是萬分關心鄰國、認為與自己息息相關的努爾哈赤，聽完朝鮮的情況後，立刻有了積極的反應；他先是出神沉思許久，然後，突然間眼神一變，變成兩道銳利無比的懾人的電光，看得身邊每一個人都不由自主的一震。

但是，他不管別人的反應，自顧自的發出命令：

「請龔師傅來！」

這麼一來，大家的心裏又多了一分狐疑——猜不透他在聽取鄰國的交戰報告時，要請負責教讀漢文的龔正陸來做什麼；只是，誰也沒敢開口問。

龔正陸很快就來了，由於趕得急，他略顯肥胖的身體跑得有點兒吃力，進了門還呼哈呼哈的喘著氣。

但是，努爾哈赤卻迫不及待，等不得他調勻呼吸——一見他來到，就立刻交代：

「龔師傅，你趕快替我寫一封信給大明朝的皇帝，說，日本打朝鮮，朝鮮求援，我建州願派三千兵馬赴朝鮮助戰——立刻就寫，越快越好！」

他說話的速度快得像連珠砲，三句併作兩句，一口氣說完，但是每個字都說得很清楚——也因為這樣，包括龔正陸在內的每一個人都瞠目結舌的愣在當場。

面面相覷，作聲不得，唯有從眼神中流露出自己心中的感受來；幾個人互相交換了眼神，先確定大家的意見是相同的；接著，再次交換眼神，公推負責朝鮮事務的費英東代表發言。

事關重大，推辭不得，費英東只好硬著頭皮說話；於是，他先乾咳一聲，再清清喉嚨，上前向努爾哈赤進言：

「這件事，您再考慮考慮——目前，我部的實力還不能算很強，而且正面臨納林布祿的威脅——哪裏還有餘力分兵去支援朝鮮呢？更何況，納林布祿既存心想做女真共主，哪裏會不密切注意我們的動靜呢？他若知道我們分兵去支援朝鮮，還會不趁機發動攻擊嗎？」

聽了這話，努爾哈赤先是沉默著，一雙眼睛仔細的從每個人臉上掠過，每道眼神都是鄭重的；然後，他長長的吁出一口氣，語重心長的對大家說：

「我也想到過，你們會反對這件事——你們的顧慮都對，我部目前既有納林布祿的威脅，和朝鮮又沒有什麼交情，就眼前來看，實在應該先力求自保，而不應該分兵去援朝鮮——但是，你們想過嗎？如果日本佔領了整個朝鮮，接下來，會放過遼東這塊地方嗎？」

這麼一問，費英東立刻啞口無言，連帶的公推他出來講話的舒爾哈赤四兄弟、安費揚古、何和禮、扈爾漢也都不約而同的低下頭去，連目光都沒再交換。

可是，努爾哈赤卻不因他們無言以對就結束話題，反而咄咄逼人似的一路追問：

「你們說，假如你們是豐臣秀吉，打下朝鮮之後就心滿意足了嗎？」

他說話的語氣並不嚴厲，但是兩道眼光犀利無比，掃過每一個人的軀殼，直射入內心。

人人低著頭不說話——這本來就是個無從回答的問題——而努爾哈赤的原意也不是在尋求答案，看完大家的反應，他的態度就變為溫和，而後說明：

「我派兵支援朝鮮的目的有兩個，一是不願意朝鮮被日本拿去，二是想瞭解日本的軍隊——我們對日本一點都不瞭解，萬一他們打下朝鮮之後，來向遼東動手，那可怎麼擋呢？還不如先派些人過去，摸清楚日本軍的底細——」

大家都明白了，於是一致贊成。

可是，龔正陸卻有問題——他囁嚅著實話實說：

「我只是個普通百姓，連舉都不曾中過，更別提給皇帝寫信了——那些個奏、疏、表，我全都不會寫！」

這下，所有的人都目瞪口呆——確實，給皇帝上過奏疏的只有高層官員，一般百姓根本不會——這事，整個建州都找不到半個懂得的人！

於是，鼓起的興頭受了挫，大家開始皺眉苦思，最後，還是努爾哈赤想出了解決的辦法：

「給皇帝的信我們不會寫，那就寫給遼東巡撫吧，把我們的意思跟他講清楚，託他轉告皇帝——」

他常跟遼東巡撫衙門的官員來往，對巡撫的職責很瞭解，因此認為可行，而且不難；其他的人聽了也覺得有道理，於是責成龔正陸寫信，向遼東巡撫郝杰表達建州願派三千人馬赴朝鮮助戰的意願。

信送出後，郝杰很快就覆書，先是很客氣的感謝建州援助鄰國的心意，接著告知，已把建州的意願轉報朝廷，等朝中批示下來，就立刻轉達。

得到這樣的回覆，努爾哈赤心中很滿意，也充滿了被重視的滿足；於是，不等朝廷批示下來，便預先點好三千人馬，派了安費揚古和費英東為主帥，準備好一切，只等一聲令下就開拔。

另一方面，他並沒有疏忽了對納林布祿的防範——除了準備支援朝鮮的人馬外，所有的軍力都一如往常，毫不鬆懈的進行嚴格的訓練，加強戰鬥力和防備力，派到葉赫、哈達等部去蒐集情報的工作人員則加倍要求他們的成果和效率——總之，兩方面都兼顧了。

但是，他儘管可以透過遼東巡撫的轉呈，向大明皇帝表達他出兵援朝的熱切意願；對存在於明朝內部的諸多複雜、無形的問題，卻無法有深入的瞭解，以致，事情形同一廂情願。

5

王家屏去職，內閣首輔一職出缺，當然要重新任命，但是，朱翊鈞的態度非常消極；首先，閣臣只剩下在申時行、許國去職後入閣任大學士的趙志皐、張位兩人，而他不想再增加新的閣臣；其次，首輔的人選他勉強同意了召返鄉歸省的王錫爵回京繼任，而在王錫爵抵京前，他決定，由趙志皐暫代首輔。

這下羣情譁然，但他相應不理，一意孤行。

趙志皐也是隆慶二年的進士，因為中試晚，年已七十多歲，做了幾十年官❶，而無顯著政績；能力差，個性既柔且懦，再加上年紀太大，耳朵已經半聾，連普通話都聽不真確，更別說是處理國家大事；但是，他能坐上首輔寶座的條件也就是憑這些缺點——他的年邁、耳聾、懦弱、無能的特點，正合朱翊鈞的心意——朱翊鈞從小被精明能幹的張居正給管怕了，最近又被忠言直諫的王家屏氣得幾度大發雷霆，而且，他早就體認到，能力強的首輔不免會侵奪君權，讓做皇帝的人掌握不到全部的天下大權，嘗不到過癮的滋味；而申時行做了幾年首輔，讓做皇帝的他滿意極了；因此，他在挑選新任首輔的時候，心裏已經確立一個標準，那就是「申時行型」。

聽話、無能、窩囊——他不要人才，只要奴才，趙志皐各方面的條件都配合上了；只是大明朝的命運就更壞了。

趙志皐根本不能治事，滿朝的大臣也全部反對他，甚至嚴重到當面詬罵他，但是沒有用，趕不走他——他的耳朵已經聾了，即使指著他的鼻子罵「老賊」，他也可以以「耳聾」來自欺欺人的裝聽不見，霸住首輔的位子萬死不辭；再多的人攻擊他，所造成的後果也只有使國事、朝政更亂而已，絲毫引不起他的羞恥心。

而朱翊鈞也不聞不問，任憑朝臣們和趙志皐去吵個沒完——這也是他的一種馭人術，大臣們忙著鬥爭首輔，首輔疲於應付，雙方削減了精力，要求冊立皇太子的聲音可以減弱許多。

因此，當寧夏哱拜亂起和朝鮮求援的奏疏十萬火急的送到他跟前的時候，他沒怎麼放在心上，也不想打起勁來處理，只隨口命秉筆太監批了，發交給兵部去辦理就算了。

現任兵部尚書名石星，是嘉靖年間的進士，初任吏科給事中；隆慶初年，因為上了一道不當的疏而被黜❷，到了萬曆初年才得到起復的機會，回到官場，又浮沉了二十年，才爬到兵部尚書的位子。

他本來就不是個大有能力、大有擔當的人，又因宦途中受到過嚴重的挫折，怕了，學乖了，所以起復以後的這二十年間，做人做事都變得非常小心謹慎，堅守「多做多錯、少做少錯、不做不錯」的原則任官，因此，人雖然平庸，卻因近些年來，國家沒有戰爭發生，也就沒出過差錯，官做得還算穩。

可是，寧夏和朝鮮的戰事一起，情形立刻改觀。

寧夏的哱拜本是蒙古人，嘉靖年間，他全家得罪了上級，父兄都被殺害；哱拜潛藏在水草中，躲了好幾天才逃脫，於是來投寧夏守備鄭印；鄭印收留了他，讓他在麾下任職；哱拜驍勇善戰，立下不少軍功，升任都指揮。

萬曆十七年，哱拜年老退職，朝廷特別加封他副總兵的頭銜，並由他的兒子承恩襲職。

萬曆十九年，洮河發生事端，朝廷派大臣去處理，哱拜自告奮勇，命承恩領三千兵馬去從征助戰；但是，巡撫黨馨不喜歡他這樣搶著毛遂自薦，於是處處排擠，設法裁抑，使得哱拜父子心中很不痛快，開始對明朝產生芥蒂。

不久，黨馨又逮到哱拜父子的一點小辮子：先是他認定哱拜帳下的人馬溢領軍糧，要嚴加審核，接著又以承恩強娶民女為妻，犯了軍法，處刑二十鞭；這都無異火上加油，把原本心裏已經不痛快的哱拜父子給激怒了，索性領兵叛變。

哱拜父子勇猛善戰，在軍中統兵多年，私人所蓄的家將、家兵為數不少，已是一股頗具實力的隊伍；而且他本籍蒙古，一旦心存反意，便聯合幾支蒙古的人馬一起行動，力量更大，沒多久就如星火燎原般的打下好幾座城❸。

消息飛報到朝廷，身為兵部尚書的石星首當其衝，立刻得處理這件事。

幸好，蒙古一向是「宿敵」，兵部的官員們對蒙古都具有基本的認識和瞭解；對於哱拜本人更因為他投效明朝多年，瞭解得更多；他率部臣與閣臣們仔細商議後，很快擬出對策，並由御史梅國楨出面，保薦李成梁的三個兒子——李如松、李如梅、李如樟——領兵討賊。

這個對策被批准，於是李如松被授以提督陝西討逆軍務總兵官，率領兩個弟弟、幾名大將和自己的家將們，以及從遼東、宣府、大同、山西幾鎮調來的援軍，浩浩蕩蕩的赴寧夏討伐哱拜。

但是，對於日本侵略朝鮮的問題，石星處理起來就沒這麼順利了——不但不順利，還棘手得令他頭大如斗！

第一個關鍵是在於搜遍了滿朝文武百官，也找不到一個對日本有點瞭解的人；動員了許多人手，翻遍了所有檔案，能夠尋找到的關於日本的記載只有三言兩語；要不就是成祖時代詔封足利義滿為「日本國王」的歷史，要不就是嘉靖年間猖獗一時，後來被「戚家軍」殺了個精光的「倭寇」——要找關於日本的國情和正規軍隊的資料，朝廷的檔案裏竟沒有片言隻字。

第二個關鍵卻是在朝鮮——朝鮮雖然是明朝的屬國，每年都有貢使往來；可是，事到臨頭，問題才浮上枱面來；原來，屬國歸屬國，貢使往來歸貢使往來，滿朝大臣中依然沒有人對朝鮮有深入的瞭解！

更壞的是，大臣們不但不懂，還要因為「朝鮮是屬國」而不肯承認自己不懂；紛紛強不知為知，並且稟承本朝大臣好議論的習慣，七嘴八舌、此起彼落的發表意見，把他的方寸弄得更亂。

有人說日本和朝鮮的戰爭只是個煙幕，這兩國早已私下談好條件，要聯合起來攻打本朝，朝鮮的任務是在為日本做嚮導，因此，日軍在朝鮮根本沒有遇到任何抵抗，一路如入無人之境，不久就要從朝鮮打到遼東了；更有人說，朝鮮國王棄王京逃到義州，聽起來很不真實，說不定這個國王是假的，是日軍派人假扮的，他請求入境遼東避難，其實是用這個藉口到遼東，為日軍做內應❹。

而意見相左的人又另有說辭；幾個懷有高度政治理想的人抬出了古聖先賢「繼絕、舉廢、懷遠」等說來強調援朝的神聖使命；務實些的人則舉出朝鮮每年進貢、邊境相接等等利害關係，來說明援朝的必要……這樣眾說紛紜，每天吵得不可開交；偏偏朱翊鈞不上朝，不裁示，首輔趙志皐又是個半聾啞、什麼主意也拿不定的人；而來自遼東、朝鮮的奏疏和求援國書卻一天數起的如雪片般飛來——所有的公文堆在石星面前，厚得可以把他活活埋掉。

心煩慮亂、焦躁不安……才不過短短幾天，他原本只有兩鬢飛霜的頭髮全部翻白；而就在這個當兒，努爾哈赤自願援朝的公文到了，這事倒好辦，他想都不想就批了個「不許」——多日來，他總算有一件「公事」是順利處理完的了。

註一：趙志皐中進士後授編修，後來歷任侍讀、廣東副使、解州同知、南京太僕丞、國子監司業、祭酒、吏部右侍郎、吏部左侍郎等職；中間曾因京察而被貶謫，宦海浮沉得很漫長且不順利。

註二：石星曾在隆慶初因上疏言內臣之恣肆，觸犯帝怒，被黜罷官。

註三：詳見谷應泰《明史紀事本末》。

註四：據明《神宗實錄》的記載，當時明朝對朝鮮所存的懷疑很重。

6

郝杰言而有信，不等朝廷批示，便在自己的職權範圍內調派五千大軍，由遼東副總兵祖承訓率領，開拔到朝鮮去支援❶。

祖承訓系出遼東將門世家，有一身超羣的武藝，也長於征戰，以往幾次與蒙古、泰寧等部交戰的時候都立過大功，因此升任副總兵——選派他率軍支援朝鮮，原本是最適當的人選。

卻不料，他竟因為不明敵情、貿然進軍而被殺了個大敗逃歸——

祖承訓在七月初率軍到達朝鮮，第一次踏上朝鮮領土的他對朝鮮的氣候、地形一無所知，抵達的時候正逢大雨，山洪暴流，他半夜冒雨從順安進軍平壤，而所率全是馬軍，馬足在泥濘中浸泡久了，蹄爪已然受傷，再一登坡嶺，足爪都開裂了，作戰的能力當然大為減退。而更可怕的是他對敵方的日軍一無所知，多少人馬，用什麼武器，全無認識。

七月十五日，雙方在平壤城中交戰；祖承訓事先不知道平壤城的地形和建築結構，一進城才發現城內的道路巷弄都非常狹小，馬匹連行走都困難，更不可能馳騁；而日軍使用新式的鳥銃，據險放彈，鐵丸如雨；他麾下的游擊史儒、千總張國忠等部屬悉數陣亡，五千兵馬只剩下數十人保護受傷的他，連夜急馳兩百里，退到安州城，再渡江退到控江亭，兩天後返回遼東，而朝鮮依舊陷在危難之中。

五千人只剩下幾十個人生還，慘敗的消息很快傳送到京，舉朝大驚……事態嚴重，朱翊鈞再也不能不聞不問，於是打起精神來召集大臣們商議朝鮮的問題，而同時，朝鮮境內的情況又有了新的發展。

起因是朝鮮的水軍締創了歷史性的輝煌戰果——名將李舜臣早在一年多前就由柳成龍推薦，任全羅道左水使之要職；他是個有遠見的人，早就對日本的動靜懷著警戒心，因此，上任以後，一面積貯糧食、武器，一面積極訓練軍隊，加強戰備，並且親自設計了戰鬥力極強的「龜甲船」：船面上覆著弧形的堅固甲板，甲板四周設了可以發射砲彈的洞口，由藏身在甲板裏的戰士操作；設計完成後實驗成功，他便積極的打造了好幾百艘，命軍士演練純熟以備戰。

五月間，日本的水軍也發動了攻擊——豐臣秀吉原先所擬定的戰略本是水、陸並進，陸軍分三路北進，海軍則繞西、南兩方，封鎖海面，再與陸軍會合，聯合北上——先是沿慶尚道海岸前進，沒幾天就接近全羅道海岸。

李舜臣立刻率領水軍迎戰，先是在玉浦旗開得勝；接著，他又聯合了李億祺率領的全羅右水營與慶尚右水營，在泗川、唐浦、唐項浦大敗日軍，獲得了空前的勝利；七月初，日軍不甘敗績，發動水軍總攻擊，又被李舜臣的艦隊在閑山島前海打敗，船隻沉沒了兩百餘艘，剩下的殘兵敗將無力再戰，制海權全為李舜臣所掌握，日方的「水陸並進」計畫失敗。

這三次大勝的捷報傳開時，朝鮮全國民心大振；於是，百姓們紛紛自動自發的在各地組織義軍隊伍，保衛鄉土，抵抗日軍……這種全民的長期抗戰，牽制了日軍，使日軍再也無法繼續勢如破竹的進軍。而且，由於日軍軍紀敗壞，在佔領區內燒殺搶奪，施暴無數，弄得被佔領區內的朝鮮人民忍無可忍，組成的義軍隊伍也就越來越多，一旦有他處義軍得勝的消息傳來，本地的義軍立刻跟進，攻擊日軍，造成聲勢、行動的大聯合；得勝的次數越多，越鼓舞其他地方組織義軍……這個良性循環，使日軍疲於奔命；不久，原本一路大勝的陸軍漸漸顯出疲態。

於是，情勢開始轉變，李昖也就不再準備逃入明境避難，而留在義州，號召全國百姓抵抗日本的侵略……

而當這些消息逐一傳入努爾哈赤耳中的時候，他先是仔細聽取，然後詳加思考、研判，繼而與來自明朝的消息做了比對，以作為他擬定建州的因應之道時的參考。

當然，除了理性的思考之外，他的心中也不免盤旋著幾許煩躁的情緒——明朝拒絕了他出兵支援朝鮮的請求，委實令他心中感到不快。

他猜不透明朝為什麼會拒絕他的請求，也無法預估朝鮮戰事的結果；但是，身為建州的領導人，他很清楚的確認，自己肩上挑著整個建州的安危大任，這次的朝鮮戰事直接影響著遼東，當然也就影響著建州；而自己卻無法做出詳細的估算來——為了這點，他煩惱得連續好些天夜裏睡不好！

接著，來自明朝的消息很確實的顯示，朝廷正要重用李如松，已經派他擔任征哱拜的主帥；也許，等他平定了哱拜之亂後，還會派他支援朝鮮！

這個消息令他升起的感慨更多——在李成梁府中待過長達六年的時間，他對李成梁的九個兒子都瞭解得很透徹，這九兄弟比起李成梁本人來差得太遠了；也許在不知情的外人眼裏是

「將門虎子」，但在實質上，這九個人是「將門鼠子」，全加起來也還不及半個李成梁！

他想不通明朝為什麼要重用那個實為膿包的李如松——

「是昧於無知？被他父親的威名唬住了？還是他父親運用了人際關係運作？或者，竟是明朝已經沒有可以擔負大任的將才了？」

幾個疑點反覆在心中遊走，只苦於想不出答案來，而且越想心情越煩躁，卻又因為這是與建州的安危休戚相關的大事，比不得一般閒雜小事，想不出來可以索性丟開不想；因此，才只短短幾天下來，他的頭上竟有幾根頭髮因此翻白了。

幸好，七月底額亦都從蒙古返歸，詳述的蒙古情勢比較樂觀，使他的情緒得到一些舒緩。

「布延臺吉已受推繼任可汗，蒙古察哈爾部之眾擬的尊號是『徹辰汗』；但是，依照蒙古祖制，他須在圖們可汗去世後一年才正式即位❷！」

處在汗位繼承的過渡時期，察哈爾部便不太可能出兵協助葉赫侵略建州——

這當然好，葉赫少了幫手，建州就少了敵手；接下去，額亦都繼續說：

「我此行沒有遇見葉赫部的使者，僅見到蒙古的科爾沁、喀爾喀等部的人，怎奈，他們來去匆匆，對建州又完全陌生，使我得不到機會與他們多談話；好在，察哈爾部右翼來的人多，停留的時間久，我便認識了幾個人，打聽了些消息，也對察哈爾部多了點瞭解！」

努爾哈赤長長的吁出一口氣來：

「這件事，非常重要——以往，我們對蒙古各部的瞭解太少了——多年前，我在廣寧的時候，曾參與過李成梁對泰寧部及蒙古圖們可汗之役，對圖們可汗治軍的能力印象深刻，但此後沒有任何往來，以致所知極少；如今，必須加緊瞭解蒙古，才好訂出相處的辦法來！」

額亦都臉一紅，很誠實的說：

「以往，我不僅瞭解很少，還有錯誤的想法——出發前，我總想著，察哈爾部左翼是因右翼勢盛，懼為所併才東遷，那麼，兩翼是勢如水火的——一直等到我認識了右翼來使，深談之後才知道，我的想法是錯誤的，兩翼之間的關係不是那麼一回事——」

努爾哈赤頓時咦然：

「怎麼說？」

額亦都態度莊重，語氣中充滿了敬意：

「兩翼分治是事實，但多年來從沒有互相侵凌、征伐的事；右翼的來使告訴我說，阿勒坦可汗在世時曾多次告誡部眾，說，兩翼同是達延汗的子孫，不可以自相殘殺，甚至，他以左翼為正宗，自己以『副汗』自居；因為，他早在達賚·庫登可汗即位的時候就約定雙方和睦相處，並向庫登可汗求得『索多』汗的名號——『索多汗』是小汗之號，是護衛汗所治——此後，阿勒坦可汗終生奉行，即使是右翼強盛到能兵圍北京，也絕不與左翼自相殘殺，並且對庫登可汗尊禮有加！」

努爾哈赤認真的聽著，眼神中逐漸浮現幾許驚訝，而後，他發出讚嘆和感慨：

「阿勒坦可汗是這麼了不起的人！以往，我們竟完全不知道——光憑他對左翼的態度，就足以使蒙古強盛無敵！」

額亦都繼續往下說：

「阿勒坦可汗的人品也非常受人尊敬，我還聽說，他從不失信於人，也從不背棄與人約定的話——不但對左翼如此，對任何人、任何部都如此——說他自從與明朝談和，受封為『順義王』以後，就果真沒再對明朝用過兵，兩地的百姓全都有了太平日子；而且，他崇信佛法，尊禮喇嘛❸，始終如一——總之，他一生沒有做過反覆無常的事，沒有失過信，沒有失過禮！」

努爾哈赤沉默了好一會兒，先把因額亦都的話而引發的想法整理出頭緒來，以指示要繼續進行的工作：

「蒙古察哈爾部是個早該積極結交為盟邦的對象，以往，我們因不知道而疏忽了，今後要加緊、加強這方面的工作！」

這個任務自然交給額亦都——額亦都領受了，接著又順帶報告了些此行的額外所見：

「是的，現今，我們對察哈爾部已有了一些瞭解，認識了一些人，今後，可以多來往了——不過，我此行，往返所遇到的人都不少，卻沒聽到有誰說起朝鮮、提起朝鮮的戰事來！」

努爾哈赤頓了一下，隨即長聲嘆息：

「大家，太沒有遠見了——」

他連搖兩下頭，而立刻把最近的情況告訴額亦都：

「遼東巡撫派了五千人馬支援朝鮮，結果大敗；對我們，兵部的公事已經下來了，不准建州兵馬支援朝鮮——沒有原因，巡撫衙門的人說，是兵部批的文，他們也弄不明白；又說，朝廷可能要重用李如松，但得等到聖旨下，才是準事；現在，誰也拿不準，都只有等著！」

聽完這些，額亦都心中有點茫然，也有點不解，訥訥的應一句：

「等下去，錯過了救援的時間，不是害了朝鮮嗎？」

努爾哈赤還是搖頭：

「巡撫衙門的人說，天高皇帝遠，不曉得皇帝長什麼樣子，也不知道皇帝心裏在想些什麼——誰都沒辦法！原本，我還想親自去一趟北京，可以多知道些消息，但，現在時機不對，去不了——只能等著！」

一切都無可奈何，而且，實質上，不只是他，或者遼東巡撫衙門的官員們與皇帝距離遙遠，就是遼東巡撫、遼東總兵，距離皇帝也非常遙遠——對皇帝來說，他們只不過是邊臣——更何況，現今，就連內閣首輔都極難見到皇帝的面！

即使是這一次，連朱翊鈞自己都覺得事態非常嚴重——五千遼東兵援朝，竟然大敗，實在丟盡天朝的臉——他特地上了一次朝，與大臣們商議這事；但，僅只一次，接下來，又恢復了他在後宮中聽太監朗讀奏疏後給批示，命太監傳旨的方式理事。

而這一次，確實因為事態嚴重，他展現了極高的效率，大臣的奏疏都很快聽讀完畢，很快做出裁示，使得有關朝鮮的事務，能加快速度進行。

先是言官們因援朝戰敗而彈劾已在七月加總督薊、遼的郝杰，認為郝杰應對戰敗負責；他不欲嚴處郝杰，但同意將之調職，而命擬議新任遼東巡撫的人選；其次，他批准兵部尚書石星的奏請，派人與日本交涉，為朝鮮解決問題。

石星是因為他終於找到了個「日本通」，認為可以倚仗，思路才豁然開朗起來；於是上疏建議，因為寧夏有哱拜之亂，不宜東西兩面受敵，最好能與日本和談，使其自動從朝鮮退兵；同時，他大力保薦自己新得的「日本通」沈惟敬，請求派遣沈惟敬為使，與日本交涉。

對日本毫無認識的石星，心中以為，只要比照明成祖時代，給一個「日本國王」的虛名和封號，並且恢復貿易，日本就會心滿意足的退兵了；而一樣對日本毫無認識的朱翊鈞，也覺得有道理，點頭讓秉筆太監寫了「依卿所奏」；對石星所保薦的沈惟敬則授以「神機三營游擊將軍」之職，專責赴平壤與日方交涉。

聖旨一下，大臣們對朱翊鈞這次行事的明快果斷都驚喜不已，石星更是得意，他覺得，皇帝已經對他言聽計從，接下來，只要沈惟敬此行順利完成任務，日本退兵，朝鮮事畢，自己加官進爵，就是必然的事！

他因而喜不自勝，夜夜都預先夢見自己升官發財了，卻完全不知道，這件事已經建立在雙重錯誤的基礎上——他不但對日本認識不清，對自己所保薦的沈惟敬也認識不清。

沈惟敬哪裏是什麼「日本通」呢？他只不過是因生長在倭寇頻仍的浙江沿海，認識了一些曾與倭寇勾結的不肖者和曾在對馬島上住過的人，學會了一些日語，聽過一些日本傳聞，便隨口賣弄起來；其實原來的目的不過是在茶餘酒後向友朋吹噓而已，並無招搖撞騙之意，但是新認識了袁茂後，卻被袁茂錯認他真是「日本通」，而當他是至寶。

袁茂的女兒是石星的小妾，他深知石星正為缺少懂得日本事務的人而苦惱，一認識沈惟敬便欣喜若狂，覺得自己能為石星分憂解勞了，於是大力推薦。

沈惟敬對一切都認識不清——過足了吹牛的癮，又憑空降下來一個官職，他高興得壓根就忘了自己對日本所知不多，不是真的「日本通」，更體會不到自己正在一步步的走向險境。

萬曆二十年八月三十日，沈惟敬到達平壤，和日方的將領小西行長舉行了長達二十天的和談。

沈惟敬此行所受到的指示既是以完成和談，使日方退兵為第一目標，他全部的努力便放在「和談」這個重點上；對於「和談的條件」就無力兼顧了。他只是個「假日本通」，幾句日語是轉手學來，而且既不懂與外國談判的要領，也不明白日本的企圖，甚至連朝鮮的江山、國界是從哪裏到哪裏，全都一無所知；而他談判的對象小西行長卻是「真高手」，談判中，他同意退兵，條件是：

「以大同江為界，平壤以西劃歸朝鮮，以東歸日本。」

按照這個條件，朝鮮本土的面積十之八、九都歸日本了；但是，沈惟敬對「國界」沒有認識，一聽日本肯退兵，只不過劃些土地給日方而已，還以為是天大的好消息，立刻欣然同意；事情奏報到朝廷，石星也和他一樣，根本不知道「國界」為何物，竟然大加讚揚，並且立刻向朱翊鈞上疏說他辛苦完成和談的使命，為他請賞。

幸好，就在這當兒，李如松在寧夏平定了哱拜之亂，明朝的政策又有了改變。

李如松在六月間到達寧夏，到達前，寧夏總兵董一奎、固原總兵李昫和劉承嗣、牛秉忠、麻貴等將已經與哱拜數度交鋒，但是，城池久攻不下，河套諸部又不停的支援哱拜，加以天氣炎熱，作戰吃力，因而沒有具體的成績，大家都很失面子；等他率大軍到達，一番檢討之後，諸將才有點知恥近乎勇，於是，加緊賣力進攻。

李如松也重新制訂作戰方法，根據地形和地勢規畫，因為城牆過高，仰攻不易，便命人準備了三萬個布囊，裝滿泥土，疊在一起，讓士兵當作梯子爬上城牆；但是，哱拜的軍隊從城上發砲擲石，擊退了攻勢；他改命李如樟率親軍用雲梯攀攻，也失敗；游擊龔子敬帶了一支苗兵來助攻南關，苗兵們生長於山嶺中，善於攀攻山城，只可惜也沒有成功，龔子敬更因此陣亡。

這下困窘了，脾氣一向暴躁、蠻橫的李如松一連進攻三次都受挫，氣得暴跳如雷，在大帳中破口痛罵：

「不過是一支反賊，哪裏會是銅牆鐵壁？」

攻城受挫，對他這個自以為已完全繼承了父親的將才的「李大少帥」來說，簡直是奇恥大辱，盛怒之下，很自然的牽怒到別人頭上：

「準是有人臨場摸魚，沒有全力以赴，所以一座小小的寧夏城才會攻不下來——」

士卒們因為貪生怕死而混水摸魚，作戰的時候不太賣力，這本是常有的事，打勝仗的時候，他是根本不計較的；可是，這回連敗三場，顏面盡失——這麼一想，火氣更大，他索性借題發揮，把戰敗的責任全推給士卒們承擔：

「來人哪！把作戰不力的傢伙，全給我拖出去砍了！」

命令發出，所有的人都大吃一驚，職位低他一級的牛秉忠、麻貴等人全都惶恐不安；只有董一奎因為官居寧夏總兵，是「地主」，李如樟和李如梅則仗著是他的親弟弟，還能壯著膽向他求情：

「攻城不克，實是天時、地利多方未能配合，士卒縱有不力，也僅是小過——何況，大軍初動，未有捷報，先斬自家屬下，恐有不吉！」

但是，李如松既在盛怒之下，又是自欺欺人，要把戰敗的責任算在別人頭上，以證明自己的英明，哪裏肯接受別人的意見呢？硬是派人在每營中揪出幾個「攻城不力」的倒楣鬼來，就地正法。

一口氣砍了幾十顆頭下來，他的怒氣還是沒有消解，但卻產生了後續的效果——人都是不見棺材不掉淚的，見他大開殺戒，平常玩忽職守的人全都心生戒懼，自動自發的勤奮了起來；幾名大將也都暗自心驚，深恐下一回受處分的會是自己，於是，人人加倍努力思考攻城的方法。

而這麼一激，竟激出了辦法——是麻貴先想出來的，採用水攻。

於是派出人手決大壩水，淹得城外水深八、九尺，城內更慘，不少低窪的地方房屋全被淹掉，百姓叫苦連天，死者無數；哱拜一見大水淹來，己方的聲勢立刻由上風轉成下風，他急忙因應，派出養子克力蓋去向河套諸部求援；不料，克力蓋冒水而出後，行蹤被發現，副將李寧帶了一隊人馬追上去消滅了他。

這下，李如松神氣了，便從容部署攻城；而河套的蒙古諸部雖然沒有聯絡上克力蓋，卻因早與哱拜有約，聚合了萬餘騎到張亮堡；李如松正在志得意滿之際，立刻親自率軍迎擊；兩軍對壘之際，他依舊先殺自己人——有兩個膽小的士卒在開戰的時候不前反退，被他一眼瞧見，立刻親手揮刀把這兩人斬成四段——這麼一來，人人都拚命向前，一鼓作氣的把敵軍殺得落荒而逃。

接下來，他回軍對付哱拜；寧夏原本因為氣候乾燥，城牆的建築材料主要用的是就地取材的黃土，經不起大水連日連夜淹泡，許多處已經開始鬆垮，北關更是率先崩塌；於是，李如松帶著蕭如薰等將大張旗鼓的假裝進攻北關，誘得哱拜把主力用在防守北關上，卻另派精銳部隊從南關進攻，由於南關防守較弱，李如樟、李如梅率隊很順利的用雲梯爬上城關，攻入城中，然後和李如松的部隊裏應外合的擊敗哱拜在北關的主力軍，頑抗一時的哱拜於是被消滅了。

捷報報到朝廷，舉朝歡騰，大臣們歌功頌德的先把戰勝的最主要原因歸之於皇帝聖明，上了一大堆諂媚的奏疏，其次才是敘李如松和從征諸將的功勞。

而朱翊鈞被這件大喜的事一沖，立刻興奮起來，竟像完全變了一個人似的，不但淤積了大半年的悶悶不樂化為烏有，情緒好轉，神采飛揚，還興高采烈、精神抖擻的主動上朝受賀，笑容滿面、眉飛色舞的和大臣們說了好些話；當然，李如松立刻升官都督，世廕錦衣指揮同知。

而後，上從朱翊鈞，下至滿朝文臣武將都開始自我膨脹起來，認為大明朝的軍事力量強大得不得了，對李如松的作戰能力更是充滿信心，一致認為他是將門虎子，消滅寇亂如探囊取物般簡單。

於是，對朝鮮求援的態度也產生了極大的變化，九成九以上的大臣——包括原來主和的一批人，都認為不應與日本和談，而應該派遣李如松率軍去到朝鮮，打敗倭寇，既保護屬國，也立威異域，讓倭寇和哱拜之部一樣臣服於大明朝腳下，再也不敢蠢蠢欲動。

朱翊鈞的態度當然也是主戰——少年心性的他，本來就容易氣血沸騰，一聽說要打仗，第一個反應就是興奮，要不是捨不下鄭玉瑩和福壽膏，他立刻就披掛御駕親征了；更何況他一向好大喜功，哱拜一平，「大勝」、「揚威」等誇大的字眼一起湧上耳際，使他的心更加暈陶陶、喜不自勝；因此，他特別親自口述詔書，下給李如松：

「卿乃朕心之所寄，務期全力為朕效命疆場，揚威異域，以昭大明天朝文治武德之盛……」

他加給李如松的官銜是「提督薊、遼、保定、山東諸軍」，命他直接從寧夏赴遼東，並且許以：

「功成之日，另加封賞！」

同時，他也親自挑選了「主戰派」的兵部侍郎宋應昌出任遼東經略，專門負責援助朝鮮戰事，還撥下大筆軍餉，讓他召募新軍從征，庫藏的各種精良武器、新式火器、大砲，也盡量讓他多帶；出發前，還比照李如松，頒下一道親自口述的詔書勉勵：

「願卿此去，旗開得勝，以慰朕心……」

接到詔書的宋應昌感動得伏地痛哭流涕，立誓盡早平亂，報答天子的隆恩；而朱翊鈞在口述完這些冠冕堂皇，卻沒有實際內容的話之後，不到一個時辰就忘光了自己說的話，只剩下「大捷大勝」的幻覺，眼前浮起的畫面是宋應昌和李如松率領著大明官軍，一陣風似的掃過朝鮮全境，把日軍殺的殺，趕的趕，俘的俘，整治得片甲不留……而後，俘虜們全數被押來北京，黑壓壓的跪滿了他腳下的廣場……他親臨「獻俘」的儀式，威風八面……種種畫面，想得他心花怒放，全身發熱；鄭玉瑩還在翊坤宮中獨居待產，兩個孩子還小，不懂戰事，他沒有說話的對象，卻不時喃喃自語；尤其是在用過福壽膏之後，心裏的幻覺擴張得更大，精神上更暈陶陶之際，他喜孜孜的告訴自己：

「千百年來，還沒有哪一朝的聖主明君，為了保護屬國而出動大軍，揚威異域的——朕將是千古第一人……嗯，大敗日寇，這威風也是青史上的第一筆……連同朝鮮在內，都能大大的見識到朕的文治武功……」

而雖然是沒有回應的自言自語，他還是說得非常高興，也陶醉其中；因此，連著好些日子，他的情緒都處在極度的亢奮中，宋應昌和李如松都還沒有完成準備、率軍出發，他就想像著自己已經征服了日本，解救了朝鮮，這兩國的百姓人人都折服、感戴他的文治武功！

他快樂得不得了，每天笑口常開，而實質上獲得解救的是他身邊的人：張誠，以及乾清宮中的太監宮女，如此而已！

他心情好轉，不再亂發脾氣，不再無故說要打人殺人，大家全都暗暗鬆了一口氣；幾個稍有見識的人還暗暗祈禱大軍早日大勝凱旋，那麼，他的心情會更好，大家的日子也會更好過！

於是，整座乾清宮中都充滿了因無知而帶來的希望——大家既對戰爭毫無認識，對日本毫無認識，對整個局勢毫無認識，便追隨著朱翊鈞的心情，盲目而樂觀的等待大捷的戰報。

註一：祖承訓《明史》無傳，其援朝鮮事詳見《明史紀事本末》。

註二：蒙古的汗位繼承是行推舉制，即使老汗去世前已預定繼承人選，在即位前也仍須經「忽剌兒臺」（意義接近宗親大會）的推舉，才得踐位；這段過渡時期通常由老汗之妻代為攝政，時間為一年；但並非絕對，如成吉思汗去世後，「皇后臨朝稱制」，長達三年後才由窩闊臺繼位。

註三：蒙古所信仰的佛教為藏傳佛教。喇嘛即佛家語「上人」的意思。

7

局勢對建州，乃至於整個遼東都很不利；努爾哈赤得到很準確的消息：日軍雖然水軍大敗，佔領了大片土地的陸軍也備受朝鮮義軍的攻擊，疲態大顯，但畢竟是勝方，仍然具有很強的作戰能力；而且一如他預料，日軍在佔領平壤以後，越過豆滿江，直逼遼東而來——

孤軍深入的這支部隊是一向個性頑強、好戰黷武的加藤清正所率領的第二軍；這支部隊從登陸朝鮮以後就發揮勇往直前的武士精神，一路披荊斬棘的往北打，打到最北的咸鏡道，接著，越過豆滿江，進入「野人女真」的疆域，正在往兀良哈的目標前進……

這些消息，聽得他憂心如焚，愁眉不展；兀良哈雖然離建州還有一段距離，卻已是遼東而非朝鮮的範圍，而日軍越朝鮮國境，肆無忌憚的進攻，意圖很明顯，拿下兀良哈之後，目標就是染指全遼；偏偏，明朝派出來的將領是李如松——他根本就不相信李如松會有什麼了不起的能力，對付得了日軍！

唯一可以往好處想的是，也許，日軍為了集中兵力對付李如松，會讓加藤清正從遼東退回朝鮮；但，這事的主導是日方，自己根本使不上力！

因此，他心裏煩得不得了；一天夜裏，他翻來覆去睡不著覺，想了整夜的事，卻想不出具體的東西來，到了天微露半絲曙光的時候，心中突然閃過一道靈光：

「若是扈倫四部和建州加在一起，至少可以湊到十來萬人馬，一起對付日本，應該還有勝算——」

想著，他立刻躍身而起，喃喃的對自己說：

「或許，我可以拋下私怨，好好找來納林布祿，約他一起……」

他想到蒙古「五支箭折不斷」的故事❶，也想到阿勒坦可汗不使察哈爾部自相殘殺的英明之舉，心裏立刻活了起來；可是，再往深處一想，又只好讓這個念頭化為一聲長嘆：

「納林布祿是個有野心而沒有遠見的人……而且勇於私鬥怯於公鬥，光憑他對明朝的態度就知道——他絕不會聯合所有女真人的力量來對抗日本，甚至，他為了做女真共主，還會引了日本做後盾，藉日本的軍隊打垮別的部落——一邊做女真共主，一邊做日本奴才——他是這種個性的人！」

對納林布祿，他瞭解得很徹底——每一次傳來的情報都顯示，納林布祿正積極準備對付建州，不但聯合了哈達、輝發，還極力的或收買、或征服其他一些小部，已經有五、六個部落為他所控了，現在的實力比一年前擴增了一倍左右；但是，對朝鮮和日本的問題，他從來沒有流露過半點關心……

他還聽說，納林布祿在葉赫寨前的廣場上畫了一個極大的圓圈，上面標著「建州」兩個大字，每天就在廣場上操練兵馬，令人馬踐踏象徵建州的土地！

這一切都令他心中不快，情緒沉在無形的陰影中，開朗不起來；因此，這一天，他左思右想之後，竟得到一個悲觀的結論：

「最壞的狀況是女真各部自相殘殺，大戰之後，兵疲馬乏，然後日軍乘虛而入——其次，納林布祿投靠日本，借兵滅我建州……」

他打心眼裏發出連續的嘆息，唯有仗著本性中飽含的奮鬥精神和堅強的意志，支撐著心神，面對充滿困難和凶險的環境，努力尋求超越困難的方法，同時更積極、更努力的做兩件事：蒐集情報、操練兵馬。

「即使沒有勝算，也要全力打一場硬仗——」

這是他的人生觀，是遇到再大的困難、敵手再怎麼強大都無法改變的——

而惡劣的情緒也終究會有柳暗花明的轉機，到了秋盡冬來的時候，雖然敵軍的威脅一點也沒有解除，戰爭的問題仍是心頭沉重的壓力，但，生活中增添了歡騰的喜事。

蒙古姐姐懷胎足月，如期臨盆，十月二十五日，為他生下第八個兒子。

這個孩子降生在他心情最沉重、眉頭最深鎖、生命為陰霾與烏雲所層層包裹的時刻，但，一聲誕生時的兒啼所挾帶的蓬勃生氣，激盪成一股無以名之的希望火花，使他的精神為之一振，像不由自主的被一道無形的力量衝擊得脫困而出似的，雙眉開展了，生命重新振奮起來。

由於男人不能進產房，他也不好一直守在產房外等著，心中記掛，只能不時找些理由在房廊中穿來走去，產婦的痛苦呼叫聲時時入耳，聽得他心中一陣緊似一陣，好不容易才等到「哇——」的一聲兒啼……

「恭喜貝勒爺，是個壯丁！」

一個時辰之後，孩子被抱到他跟前來，小身體包在「蠟燭包」裏頭，只露出一張紅通通的小臉，他一眼就看出來，方頭大耳、厚墩墩的臉型長得像母親，臉上的五官則像自己，而且哭聲洪亮，骨骼健壯，看得他喜不自勝。

接過來親手抱著，感覺非常特別，生命的境界又不一樣了，心裏也多了許多新的想法——他忽然有股衝動，想把自己從這孩子身上得到的力量分給每一個人，於是，他抱著孩子，轉身就走，但是，札青的阻攔讓他回到現實：

「貝勒爺，大雪天的，冷著呢，孩子剛離娘胎，不能抱到外頭去——您就自個兒出去跟大家招呼一聲，等滿月那天再擺上酒宴，請大家來看新生娃！」

大廳中已經擠滿了賀客，而所謂的「客」，也大都是自己人；東果來幫忙照料產婦，何和禮跟來了，等在廳上，準備道賀；額亦都的妻子是努爾哈赤的族妹……彼此關係密切，見面更熱絡；而且因為來客不是外人，孩子們可以一起在大廳裏湊熱鬧，整間房子都擠滿了人，充滿了人聲笑語，氣氛好極了。

當努爾哈赤出現在大廳中的時候，代善和幾個不大不小的孩子們正圍住東果，拉著她的衣襬、雙手，不停的問長問短，身為大姊的東果極有耐心的答覆；十三歲的褚英卻自以為是大人了，傍著巴雅喇擠進大人的說話圈，大人們正在三三兩兩的談論著，話題不外乎打仗和生兒子，他全都沒有經歷過，但卻聽得津津有味。

努爾哈赤一出現，情況立刻改變，大家放下談話，一擁而上的圍向他，異口同聲的向他道賀。

額亦都的大嗓門發揮了最好的效用，大嚷大叫的只差沒把所有高興的話一個人說完。沒有人怪他、嫌他——每個人的心中都和他一樣雀躍……

努爾哈赤心情激動，感觸良多，但是，一跟大家見面，竟然說不出具體的話來；而且，心情又突然來了新的轉折——面對這許多人的道賀、祝福和豐盛的賀禮，他的反應竟是從來也沒有過的謙和與遜讓，一面連聲的說「不敢當」，一面還加上幾句：

「別折了這孩子的福——」

不知怎的，他對這個孩子分外費心，不知不覺的連態度都變了；一開始毫不自覺，過了一會兒自己突然領會到一種特別的心思，也立刻想起了童年的往事——

小時候，他因為表現得比一般孩子聰明勇敢，便常常受到讚美；但是，祖父和母親的態度卻不但不誇耀，還常常私自告誡他不可自滿；一面也常謙遜的對發話讚美的人含笑稱謝：

「這孩子該學、該磨練的地方還多著呢！您美言，只別折了這孩子的福——」

想到這裏，他便情不自禁的對自己發出一個會心的微笑；天下父母心，沒有不愛孩子的——自己做了父親以後，這種體認就更深刻了。

孩子是自己生命的延續，而自己是父母生命的延續……從祖先到子孫，自己居中傳承！

一種奇妙的感受悄悄從心底深處升起，蔓延到全身，這一夜，他便再度失眠了。

思緒多而複雜，精神振奮；最終，從小就縈繞在心中的聲音，再一次升到耳際，他清晰的聽到自己在說話：

「我是上天的兒子！我為安邦定亂而生！」

天女吞朱果而孕的故事也在心裏重複了一次……多年來，精神上與祖先相串連的安定、踏實感更加強烈；而且，另一個聲音也開始湧現：

「我不但要為祖先們奮鬥，也要為子孫們奮鬥——」

新生的嬰兒帶給他血脈相連的感覺，使他全身的血流動得更快，心裏的認知更明確。就這一點來說，他是幸運的——從小，始祖誕生的傳說和祖先的血緣就帶給他一份屬於天賦的使命感，並且牢牢的在心裏生根；伴隨著他的成長，逐漸成為他心中的理想與信仰，使他一生所要追求與完成的目標非常明確、非常堅定；而從來不曾徬徨過，疑惑過；他常對自己說：

「奮鬥是一個理想、一種信仰、一份使命……」

而迎接一個新生命的誕生，使他在血濃於水的感覺中又多了一個新的體認：

「奮鬥也是我應盡的責任與義務——子孫是我的生命的延續，我應該帶領他們的未來走上康莊大道！」

於是，心中奮鬥的勇氣再次加倍成長；相形之下，朱翊鈞從來不曾擁有他這份幸運。

註一：蒙古有「阿蘭娘娘折箭訓子」的故事，詳見《元朝秘史》等書。姚從吾先生撰〈從阿蘭娘娘折箭訓子說到訶額侖太后的訓誡成吉思汗〉一文（收於《姚從吾先生全集》第五集，臺北．正中書局．一九八一）亦指出，《魏書．吐谷渾傳》也記有類似的故事，是游牧民族如何教誨諸子團結之例。

8

十月，大明援朝的官軍還在雨雪載途的旅次上向邊界前進，朱翊鈞的心還沉浸在揚威異域的美夢中興奮雀躍，新的喜事降臨了。

鄭玉瑩又生下一個男孩，她的次子，排行為皇四子，命名為常治；這個孩子的出生對朱翊鈞來說，沒有壓力，只有歡喜——他不若常洛和常洵，有冊立的問題——因此，心情好極了。

但是，全天下的輿論和朝臣們的抗爭卻更激烈——

冊立皇太子的事，朱翊鈞已經數度食言而肥；使一向篤信「君無戲言」的朝臣心中悲憤不已，全都不再相信朱翊鈞的承諾；可是，在大家的心目中，立儲是國之本，無論如何都要竭力爭取，不達目的誓不甘休；朱翊鈞越是言而無信，大家便越是卯足全力抗爭……

這回，鄭玉瑩再度生子，連帶的提醒大家：立儲的問題久懸未決；也使得這個問題更加凸顯，更加尖銳化；抗爭的奏疏如排山倒海般的傾來，代理首輔趙志皐被攻擊得體無完膚，全靠他具有裝聾作啞的「龜縮術」，臉皮也有如龜殼般堅厚，才保住位子；次輔張位一向與他友好，但是擔當的能力比他強上幾分，立場、做法也與他有所不同，是個主張「溫和抗爭」的人，帶著一批氣味相投的人進行溫和的抗爭，於是朝中又多出一派——從原來的激烈抗爭與鄉愿兩種類型中增加了一個中間派，爭執起來也就更混亂。

而朱翊鈞還是打定「萬事不關心」的主意，對朝廷裏亂烘烘的現象和民間的輿論全都不聞不問——他像賭氣似的，對自己不喜歡的事，乾脆不予理會。

他已經徹徹底底的喪失了振作的念頭和意志，而只想享受眼前的快樂——除了福壽膏以外，還有愛情與親情。

鄭玉瑩和新生的皇四子在滿月前還見不到面，但是，心情好轉的朱翊鈞幾乎每天都宣來常洵和壽寧公主承歡膝下。

常洵和壽寧公主在許多方面都得到了鄭玉瑩的遺傳，不但長了　張美麗、討人喜歡的臉蛋，而且心思聰明靈巧，善體人意，小小年紀就懂得如何抓住父親的心，爭取所有的父愛，姊弟兩人帶給朱翊鈞極大的滿足與快樂——他原本就是個疼愛孩子的人，這雙粉妝玉琢般的兒女既善於討他歡心，他當然把他倆寵上天。

何況，他的心中還潛藏著一個不自知的補償性作用——他自己的童年，因為被李太后和張居正過度的寄予重望，過度的約束，一天到晚被逼著誦讀枯燥乏味的典籍，言行舉止都必須中規中矩的合乎莊重、尊貴的帝王身分，從來沒能痛痛快快的玩上一場遊戲，或任意手舞足蹈一番；乃至於他的童心從來沒有發揮，也從來沒有得到過滿足，便成為生命中的一項缺憾；因此，在面對兒女的時候，他在不知不覺中流露的態度就是特別溺愛、縱容他們，而不施予任何管教與約束。

他也特別喜歡和孩子們一起玩遊戲，不管是放風箏、踢毽子、捏麵人、捉蛐蛐兒、追小狗、躲貓貓……他比孩子們還要玩得興高采烈、樂不知疲；童年中沒有得到過的歡樂，全都在年逾三十之後得到了。

而常洵和壽寧公主更不愧是鄭玉瑩的親骨肉，血液中很明確的飽含著商人的特性——姊弟兩人都和他們的母親一樣，最愛玩數銀子的遊戲。

才不過八歲和六歲的年齡，這兩個孩子就對金錢與數字的反應特別靈敏，一見錢就眼開，再多的錢都不會數錯；這點也正投朱翊鈞的喜好，父子三個玩起數銀子的遊戲來常常廢寢忘食。

因此，乾清宮中最常傳出的就是叮叮噹噹的數銀子聲，偶然間也會攙雜著小姊弟倆為了金錢遊戲而產生的爭執和朱翊鈞的調解——壽寧公主大些，心思多些，常洵本性比較貪些，常常在遊戲中不守規則，暗施手腳佔便宜，引得壽寧公主不時以嬌嫩的童音向父親告狀：

「父皇，您看——弟弟偷我的銀子！」

一會兒又是眼淚鼻涕一起來的叫嚷：

「弟弟使壞！把我的銀子偷拿到他那邊去了……」

常洵當然不甘示弱，嘟著嘴反擊：

「誰說——這些本來就是我的——」

而兩人玩用銀子蓋房子、建城堡的時候，情形又逆轉了，女孩子心細手巧，因此，壽寧公主堆出來的作品總是比常洵漂亮、變化多；但是，她的心眼也小，偶爾有幾次常洵堆出好作品的時候，她心中不樂意，便偷偷的弄倒常洵的作品，讓他無法勝過自己，於是，輪到常洵哇哇叫：

「父皇！您看，姊姊好壽啊——」

要是朱翊鈞不留神，他還會偷偷打壽寧公主一、兩下，弄得壽寧公主號哭著打回去——兩個長著天使面貌的親姊弟，在為了爭奪金錢而打起架來的時候，態度不亞於流氓！

而朱翊鈞在面對孩子們的糾紛時，還是採取縱容的態度——孩子們再怎麼無法無天，任性胡為，他也從不責罰——他總是帶著慈愛的笑容和口氣，哄著他們說：

「好了！好了！又不是什麼大不了的事！來，到父皇這邊來，要銀子，父皇再給你們一些就是了！」

他反正有的是金銀財寶，貴為天子，要滿足兩個小孩的需求有什麼難呢？

「好了吧？來，笑一個給父皇看看——」

孩子們破涕為笑，小臉上笑淚模糊，看得他心花怒放，日子越發過得快樂，大臣越發懶得理，尤其是有關冊立的話；因此，無論來自全國的意見在吵嚷、抗爭些什麼，他都一概不回應；實在吵嚷得拖不過去了，才勉強想出一個敷衍的、杜絕悠悠眾口的主意，於是，他叫了張誠來，吩咐他去內閣傳口諭：

「本朝的祖制以立嫡立長為準——立嫡本當在立長之先，但，現今皇后無子，無嫡可立；因此，朕打算先封皇長子、三子、五子為王，虛皇太子之位，以待皇后生子——事情就這麼辦吧！」

他私心中不願立常洛為皇太子，因此拿出這個「三王並封」、等待皇后生子的幌子來做擋箭牌。

「這麼一來，至少可以拖上一陣子——」

下完旨，他心中暗暗自鳴得意，用這個法子敷衍大家一下，最起碼，耳根子又可以清淨好一段日子；而且，再轉念一想，又有新的盤算：

「等李如松打了勝仗，一大半的人就會只注意他——到時候，朝裏的傢伙們一定滿口日本、朝鮮，皇不皇太子的，就沒多少人講了！」

這麼一想，他越發希望李如松早早旗開得勝，傳個大大的捷報回來，於是，又傳旨嘉勉……

而李如松的表現當然是竭力「報效皇恩」。

十二月，遼東的氣候非常惡劣，風雪交加，冷得要把人凍僵；滿地積雪雜泥濘，行軍非常困難。

但，困難歸困難，李如松的行程卻沒有受到影響——他的排場一向不亞於乃父，出征的時候，個人的威風先擺得十足，浩浩蕩蕩的馬隊、幾十尊大砲、鮮明的旗幟、整齊一致的兵將……在在都展現出「軍容壯盛」的氣勢來；苦的是士卒，他絲毫沒有感覺。

由於朝廷對他特別器重，大軍開拔的同時，先發下十萬兩銀子犒軍，另外又加派他的弟弟李如柏和李如梅率兵三萬援剿，因此，這支援朝鮮的大軍越發士氣高昂，志在必勝。

李如松本人當然志得意滿，喜不自勝，而且內心中多了一股迥異於其他人的感受——他祖上本是朝鮮人，雖然內附中國已有好幾代，各方面都已漢化；但是，一提起「朝鮮」這兩個字來，依然會牽動他內心深處的琴弦，發出一個特別的聲音來；於是不止一次的對弟弟們說：

「這回，我們要特別賣力，好好的幫朝鮮把日倭趕回去——不管怎麼說，朝鮮總是我們的故國！」

李如柏、李如梅當然很有同感，異口同聲的說：

「是啊，這次，我們既是奉旨救援，也是為故國效勞，當然要克盡全力——」

這份「故國之思」成為他兄弟幾人在追求功名利祿之外的一個可貴情操，也提高了生命的格調和戰鬥的意義，使得此行非比尋常。

大軍到達兩國邊境的時候，兄弟三人的心情還特別激動；尤其是在度鳳凰山之際，遠眺鴨綠江，茫茫的白雪中，江天一色，朝鮮本土的萬峯出沒於雲海間，看得他們不由自主的雙目含淚，心中更加熱血澎湃，鬥志高昂。

偏偏沈惟敬不知趣，又自以為已經完成了談和的任務，李如松一到，他大馬金刀的去參見，向李如松得意洋洋的稟報：

「下職已與日倭議定——其酋小西行長已簽下文書與下職，日方願意受封退兵，並以大同江為界、平壤以西歸朝鮮！」

他言下之意當然是無須用兵了，他個人已經立下大功，與日軍完成協議了——長官來了，正好嘉獎他。

哪裏知道，李如松的反應大出他的意料之外——李如松非但不稱許他完成任務，反而冷哼一聲，簡短的下令：

「推出去，斬了——」

事情突如其來，沈惟敬登時嚇得膽喪魂驚，腿一軟，伏倒在地，結結巴巴的掙扎出聲音：

「下職……無罪……」

但是，李如松帳下的校尉不容他分說，幾個人走過來，一出手就把他架起來，要拉出帳外去斬；沈惟敬越發嚇得全身癱軟，但是，死字當頭，情急之下逼出了聲音大喊大叫：

「下職奉旨與日倭談和，有功無過──提督……怎可擅殺下職？」

李如松聽了，做個手勢，讓校尉們的動作暫時停下來；然後，又是一聲冷哼，兩眼直直的盯著沈惟敬說：

「你這賊子，分明是受了小西行長的賄，拿談和的幌子來出賣朝鮮──依你談和的結果，以大同江為界，平壤以西歸朝鮮，那麼朝鮮還剩下多少國土？」

他對朝鮮的地理知識當然比沈惟敬高得多，幾句話說得沈惟敬面如死灰，跪地認錯、求饒：

「下職絕對沒有受小西行長的賄，錯是錯在下職無知、淺薄，不瞭解朝鮮的國土……求提督饒恕下職的無心之失！」

看了他這副可憐相，又念在他也是朝廷命官，不免就有人出面替他求情──參軍李應試提出建議，既保住了沈惟敬的命，也充分發揮他的利用價值：

「沈游擊既與日倭照過面，不如就用他來誑騙日倭──命他去對小西行長說，提督此行是奉朝廷之命，來給日軍頒封的；讓日方疏於防範，我軍好趁機進攻！」

這個建議李如松接受了，於是如法炮製。

小西行長果然上當，當李如松率大軍到達肅寧館的時候，他真以為是明朝的封貢使到了，派了二十名牙將去迎接；李如松立刻就命副將李寧把這二十個人捉起來，以便拷問日方的軍情；誰知道，這二十個人都有一身武藝，一看情勢不對就起身格鬥反抗，結果只捉到三個人，而且什麼軍情也沒問出來。

李如松頓覺失了面子，在營帳裏跳腳罵人；而小西行長聽了逃回諸人的報告，心中立刻起疑；沈惟敬的任務就進行得非常困難，他費盡唇舌才敷衍住小西行長，相信這只是雙方因語言不通而產生的誤會。

但，小西行長畢竟是個身經百戰的大將，表面上相信了沈惟敬的話，而內心半信半疑，行事也就更加小心謹慎，一面派出親信去與李如松再度會面，一面暗自做好萬全的準備……

雙方你虞我詐，各懷鬼胎，表面上則約定在新年過後的正月初六，由李如松親到平壤舉行議和、頒封的大典。

因此，一個本應充滿歡慶的新年，因為雙方處在曖昧不明的情況下而人人無心過年——雙方都在暗中部署、準備開戰。

當然，身為「當事國」的全體朝鮮人更無心過年，也更積極的暗中部署——雖然朝鮮本土大半已經淪陷，分別負責號召、籌組義軍的兩位世子已經被日軍俘虜，但，由全國覺醒的民眾在學者、僧侶的領導下組織的朝鮮義軍，已經逐漸形成具體的力量，發揮極大的牽制作用；當明朝派出大軍來援的消息透過秘密管道傳到義軍們的耳中時，散伏在全國各地的義軍更不會白白放掉這個復國的機會，全都暗自摩拳擦掌，準備隨時出擊日軍——這麼一來，當然不會有心情享受新年的節慶。

努爾哈赤也一樣沒有心情享受新年的節慶——雖然家裏喜事不斷，蒙古姐姐產後不到一個月，侍妾嘉木瑚覺羅·真哥又給他添了一個兒子，使他的心情再次雀躍；但，畢竟不遠的鄰境正在進行戰爭，再高興也不敢鬆懈下注意力來，對日軍的動態掉以輕心。

更何況，多一個兒子就多一份責任——他是要求自己帶領每一個子孫走向康莊大道的；兒子的誕生，使他的精神力量更加堅定，奮鬥的勇氣和信念更加強烈，賦予自己的責任也更加重大。

因此，他沒有心情過年，而把所有的心思都用在注意朝鮮戰事和思考建州的安危與發展上，也派出更多的人手，打探朝鮮的戰局和納林布祿的動向，每天都把新的消息傳送過來。

納林布祿正在大力招兵買馬，並且交結其他各部——最新的消息是，他已與哈達、輝發、烏拉三部談妥了初步的約定，有事共同出兵，得勝後利益共享；而這個約定根本就是衝著建州來的。

另一個消息是，加藤清正到達兀良哈後，沒有再繼續前進，但也沒有退返的跡象——沒有人能測知加藤清正心中的打算，所有的情況都無法預估，唯有靜觀其變——

9

初起的冬陽散放的淡金色光暈柔而斜，自格子窗映入，室內的光影縱橫交錯，也像畫了格子一般，大本營的正廳裏便像縱橫交錯著兩個極端不同的世界——作為豐臣秀吉指揮戰爭的權力中心，氛圍中滿布無形的殺氣，和豪華精緻而線條柔雅的室內布置，是完全不一致、不能協調、融合的氣象。

陽光和格子窗的陰影也一起投映在豐臣秀吉的臉上，使他原本因多皺而明暗不一致的臉上更加陰陽同現；他的面前擺著一套價值連城的鑲金名瓷茶具，但他既不舉杯品茶，也沒有低頭品賞茶具——這只是裝飾——他的目光正集中在前方空中的定點上，耳中專注的聽著書吏為他朗讀戰報。

他目不交睫，連眼珠子都不轉動，聽完戰報，四周變成一片寂靜後，也還是不動，只有心思在飛快轉動。

好一會兒之後，他才長長的吁出一口氣來。

「很好——」

在朝鮮的將領每天都有戰報送來，向他報告每天的戰況，陸軍戰果輝煌，水軍失利，但他聽後總是一言不發，而只在心裏盤算，重新規畫水軍的戰略，以求反敗為勝；唯有這一次，打心底發出聲音來——這份戰報是小西行長送來的，內容並不是戰況，而是與李如松的約定以及對情勢的預測。

「明方將在明年正月初六親赴平壤，議和；但明方的情況曖昧，態度令人生疑，或將開戰！」

小西行長戰爭經驗豐富，向來少有失誤，他很放心，而他叫好的原因是最後一句——真正的敵手來了！

他心目中真正的敵手是明朝而非朝鮮——明朝才是他真正要攻打、想佔領的地方，而在攻明的大戰開始前，明軍援朝，正好讓己方的人馬試試手氣，並熟悉明軍。

前些時打敗祖承訓的成績不算什麼，這回如能打敗李如松才是大勝——祖承訓不過是駐遼東的副總兵，李如松才是大明朝廷派遣而來的總兵官，等級完全不同，戰勝後的意義也大不相同！

他握有關於李如松的一切資料，深知李如松是明朝第一名將李成梁之子，而在李成梁已老，其他名將戚繼光等人已逝的狀況下，李如松無疑是明朝第一大將——如能打敗李如松，征明就所向無敵！

倏的，他的眸光一變，原先的銳如鷹、利如刃一變為君臨天下的氣勢。

「如能得勝，一切都將為我所有——」

他心跳加快，臉色轉紅，立刻命書吏給小西行長覆書，勉勵他要更認真，更沉著的應付李如松，同時指示加藤清正，駐留原地觀望，等待這場戰爭發生後再決定下一步行動……

正月初六，李如松到達平壤。

表面上，他很像只是來主持封貢儀式，而非兵戎相見，因此隨行的都是儀隊、樂隊，吹吹打打的簇擁他進入平壤；實際上卻命大軍偃旗息鼓，銜枚疾走，跟在他的儀樂隊後面到達平壤待命。

小西行長在表面上也做出「接駕」的樣子，率領幾名主要將領，在風月樓準備迎接李如松，一面暗中加派人手打探李如松的虛實。

而這場開戰前的鬥智，卻是李如松棋高一著──他的大軍悄悄前進時，日方探子還在觀望究竟，發現的時候已經來不及──李如松的大軍迅即壓境，日軍連忙登陣據守，已經失了先機。

一場激烈的戰爭於焉展開──

小西行長為了扭轉局勢，當夜搶先進襲李如柏的陣營，但偷襲不成，反而被李如柏的部隊殺得敗退。

第二天，李如松完成了全軍的部署，由他親自率大軍從東南進攻，游擊吳惟忠攻迤北的牡丹峯；又估算著日軍一向輕視朝鮮兵，便命祖承訓率一支隊伍穿上朝鮮軍服，偽裝後潛伏西面，形成一個合圍之勢。

白雪紛飛中，美麗的山林城池都著了銀裝，皎潔得有如不染纖塵，沒有雜污；但，人為的戰爭破壞了一切。

對壘的兩軍在為白雪所覆蓋的蒼茫天地間如點點黑色蟻羣，渺小而卑微；但是一開始交鋒，黑蟻就幻化成豺狼虎豹，凶狠而勇猛的衝殺撲打……

兩名主帥李如松、小西行長的鬚髮中都沾了不少冰雪碎屑，而雙目炯炯，各自指揮麾下人馬殲敵。

這一仗，雙方都使用火器；一開戰，砲矢如雨，煙火沖天；守方的小西行長本以為可以用新式槍砲守住城池，卻不料，這一次，「李家軍」發揮了超人般的神勇，在李如松的一聲令下，硬是以血肉之軀衝破砲石的封鎖網，攻入城中——雙方激戰的時候，李如松親自入陣殺敵，座騎被砲石擊中而斃，他換一匹馬再戰；李如柏身先士卒，頭盔中彈仍不退縮；吳惟忠胸口被日軍鳥銃的鉛彈打中，受了重傷卻依舊奮呼督戰……主帥如此威猛、奮不顧身，自然激起全軍奮戰的士氣，於是人人以一當百，冒死衝鋒陷陣，在氣勢上先大勝敵方。

接著，明方發動火砲，幾尊由佛郎機製造的「虎蹲砲」、「滅虜砲」一起發放；頃刻間，地動山搖、山原震盪，轟隆轟隆的巨響掩蓋了震天的殺聲……

屯駐平壤的日軍總數約一萬五千，傷亡過半，小西行長眼看大勢已去，只得退守風月樓；到了半夜，他下令棄城撤退，帶著剩餘的兵馬越過結冰的大同江，遁還龍山。

李如松一戰而捷，心中當然大喜，於是乘勝追擊；散處朝鮮各地的義軍更是聞風而起，夾擊日軍；短短十幾天工夫，原本淪陷的黃海、平安、京畿、江原四道就光復了。

捷報一傳開，不但朝鮮全國人人額手稱慶，興奮、雀躍不已；明朝的君臣們也一樣欣喜快慰，舉朝稱賀。

「主戰派」的神氣立刻再增加三分，以石星為首的「主和派」頓覺灰頭土臉，不敢再多話。

最興奮的還是朱翊鈞，他高興得再三向身邊的人說：

「我朝有的是將才，替朕揚威異域！」

所有的人當然立刻迎合：

「這都是萬歲爺聖明，洪福齊天，我朝的天威才能及於異邦！」

於是，朱翊鈞更加心花怒放，笑得嘴都合不攏……

誰知道，到了正月二十七日，情勢忽然逆轉——

李如松的大軍連勝數戰，驕氣油然而生，也開始產生輕慢敵軍之心，上從主帥，下到軍士，都得了「贏不起」的精神疾病。

這天，明軍得到一個消息：

「原先自咸鏡道入遼東的加藤清正已退回王京，和小西行長的殘兵敗將會合之後，決定放棄王京，向南撤退，與其他幾路日軍會合、整編，再做背水之戰！」

李如松一聽，立刻大喜若狂：

「乘勝追擊，本是用兵的大原則；更何況日軍一路敗退，殘餘的兵馬已剩不了多少實力，正好趁他們全師會合之前，來他一個『各個擊破』！」

於是，他做下「追擊」的決定——大軍駐留原地不動，大砲等火器也因為過於笨重而不隨軍攜帶，只以行動迅速的騎兵出擊。

然後，他分配任務，由宋應星領導留守的大軍；追擊的前鋒部隊由查大受先帶幾百人前往偵察，第一路人馬由他親率如柏、如梅兄弟和親信家將一千餘騎快馬追敵，第二路由副總兵楊元率三千騎兵支援。

為求「兵貴神速」，以爭取時機，他只做了簡單的準備就出發。

查大受的先鋒部隊在到達距離王京約三十里、碧蹄館南的礪石嶺上就遇到日軍，只有幾百人，而且戰鬥力很差，被查大受一鼓作氣的擊潰，拿下了一百多個首級，其餘都竄逃得無影無蹤。

這個捷報快馬一傳，李如松分外高興，快馬加鞭的帶著千餘騎趕到碧蹄館。

行到碧蹄館，要過一座大石橋的時候，他的馬突然發起性子來，說什麼也不肯過橋；催趕得急了，這匹原本馴良、神速的汗血寶馬竟然失常的狂嘶人立，一蹶就將李如松顛下馬來，左右慌忙將李如松扶起，已經傷了前額。

而整個局勢就在這當兒發生急變——說時遲，那時快，他剛被扶起，埋伏在礪石嶺上的日軍就現身了。

變生肘腋，措手不及；但，李如松畢竟是身經百戰的大將，抬眼一看，嶺上約莫有五、六百人之眾，立時沉住氣，大喝一聲：

「分兩翼包抄——」

他所率領的這一千多名家將，都是李成梁親手調訓出來的親信，多年相處、從征，已有高度的忠心、默契和感情，對他這位「少帥」的指揮方式與號令也非常熟悉；而且，在經過嚴格的訓練後，這支隊伍的效率和作戰能力都是頂尖的；因此，李如松發令的餘音還未盡，整支隊伍就已經非常敏捷的一分為二，向敵軍包圍過去。

沒想到，這幾百人只是小西行長的誘敵之計——

李如松的隊伍才衝到山嶺前，還沒來得及與這幾百人交戰，埋伏在山後的日軍就以迅雷不及掩耳之勢一起現身，赫然有兩萬之眾——原來，小西行長早已悄悄與小早川隆景聯絡好，讓他率領的第六軍由開城撤退，來到王京支援，兩軍一會合，兵力大增，再施計誘使李如松僅以輕騎孤軍來追……

這一仗，李如松便敗得非常慘烈。

他手下的千餘騎雖然都是勇猛過人的精銳，但是以千餘對二萬，比數過於懸殊，將士們雖然奮不顧身的作殊死戰，還是處於劣勢；從巳時戰到午時，攜帶的羽箭全部用完，火器沒有帶出來，最後就只能以隨身的短劍對敵，日軍使用的倭刀卻有三、四尺長，而且十分鋒利，佔盡上風，李如松的人馬便越戰越少，傷亡非常慘重。

李如松、李如柏和李如梅三兄弟本有一身非凡的武藝，也親身與敵搏鬥；李如梅箭法了得，一箭射中日軍一名穿金甲的將領；但是三兄弟也因為目標顯著而成為敵軍的主要目標，戰不了多時便分別被包圍；李如柏、如梅還可以勉強應付，李如松卻因方才傷了前額，搏鬥起來有些力不從心，偏偏他的目標大，一名日軍將領帶了許多人獨搏他一人，險狀頓生；裨將李有昇拚了命去救他，一面用自己的身體擋在他身前，一面與敵軍肉搏，殺了幾個敵人之後，不幸中了鉤墮，竟被肢解；李如松便再度陷入險境，幸好李如柏和副將李寧已經殺出重圍，趕來救他，李如梅也從後面射了幾箭，才沒讓他送命，但是身邊只剩下十幾個人了。

十幾人被萬人包圍，確是插翅難飛；於是，日軍的陣營中爆出一聲雷動般的歡呼：

「活捉李如松——」

層層聲浪衝得如排山倒海，李如松雖然聽不懂日語，但是自己的名字在其中，猜也猜得到敵人在喊叫什麼；於是，他悲從中來的長嘆一聲，對李如柏、李如梅咬牙切齒的說道：

「沒想到，我們兄弟三人會葬身在這裏——這裏是我們的祖先之國，難道竟是天意？」

說著，他一昂頭，又向身旁這十來個人說：

「自古，只有殺頭的將軍，沒有投降的將軍，你們都是我李家的親信家將，今日與我兄弟一同葬身於此，心中可有遺憾？」

大家被他的悲壯所感動，異口同聲的高喊：

「我等無憾，唯願來世再追隨少帥！」

李如松道：

「好！來世我們必生為兄弟！」

於是，他拔出佩刀來準備自刎，李如柏、李如梅一言不發，也拔出佩刀，家將們一起跟進，人人眼中閃動水光，但了無懼意。

然而，就在這千鈞一髮之際，情勢又有了改變——

楊元率領著第二路三千騎兵趕到，本來他一看屍橫遍野，心知不妙，怯意陡生，已打算撤退；卻因為日軍這一陣喊叫，讓他判斷出主帥還在重圍中，於是奮起勇氣，帶領人馬殺入重圍。

這三千騎雖然還是以寡敵眾，陷於苦戰，但卻突破了一道圍口；而李如松一聽殺聲，看到明軍來援，立刻打消自刎的念頭，帶著僅餘的十幾騎，衝出重圍，和楊元會合之後，在這三千人馬的保護下退回去。

楊元這路人馬的殺來，有點出乎小西行長的意料之外，又弄不清楊元的人馬有多少，後面還有多少援軍，因此不敢輕易追趕，下令收兵退回王京。

但是，楊元這支人馬並沒能順利撤退，一路還遇上不少小西行長留置的埋伏，楊元無心應戰，只求能速速退回大軍的駐地——等到退回之後，清點人數，三千騎已剩不到一千了。

這樣的結果，除了「大敗」以外再也沒有別的話可說，而且，對李如松來說，內心所受的打擊和創痛更不止於這樣一個失敗的記錄——他終夜痛哭、自責、悲悼那些和他有著家人般情誼而死在沙場的家將們；甚至一闔眼就夢見為了救護他而被敵人活生生砍成幾塊的李有昇……

而因為受到了這麼慘痛的教訓，他原先的驕縱蠻橫和輕率的習性都為之收斂不少，更不敢再貪功輕進；於是，一面把大軍退駐開城，重新審慎的制訂新戰略，一面飛奏朝廷，自請降罪……

10

早春二月，氣候依然冷冽，入夜以後倍加森寒；但習於晏起的朱翊鈞不克上早朝，現在，遇到了重大的事，他便在夜間召見閣臣商議——閣臣大都年邁，忍著刺骨之寒覲見，當然苦不堪言。

文華殿的琉璃瓦上結了層薄霜，在月下微微反光，互映得分外清冷；而長廊和通道上卻因站滿了提燈籠的太監，顯出一種異常的熱鬧。

殿裏一樣燈火通明，光亮更勝白晝，太監們精心更換過的布置、陳設也就分外醒目：單几上的北宋官窯霞紫瓷瓶中疏陳著幾支孔雀翎，陪襯兩旁的是十二盆名品臘梅，十足烘托出初春的情境；壁上也換了新的畫作，掛的是北宋徽宗趙佶的御筆〈臘梅山禽圖〉，畫作為極上品，畫上以趙佶冠絕古今的「瘦金體」字題自撰詩，更是世間無雙之作❶：

山禽矜逸態，梅粉弄輕柔；
已有丹青約，千秋指白頭。

太監們選中這幅畫懸掛，是很淺薄的看到畫著臘梅，合乎季節，完全疏忽了趙佶是個亡國之君，兆頭不祥；而許久未進文華殿的朱翊鈞，跨腳進門，只覺得氣象一新，卻因為心裏有事，而且還帶七分火氣，便沒有興致賞畫，也感受不到兆頭，更想不到，他眼前面臨的幾件事，都是造成亡國的重要原因——一坐下來，他便怒氣沖沖的指責：

「我堂堂天朝大軍，竟敗於倭人之手——你們說，這是怎麼回事？該如何懲處？」

閣臣們立刻全體下跪，磕頭如搗蒜。

首輔王錫爵正月才還朝上任，接手不久，一切都不熟悉，到文華殿覲見，也是生平第一次——第一次在近距離面對皇帝，他從看第一眼就暗自心驚；年逾三十的朱翊鈞面容依舊白皙俊美，但有點虛胖，尤其是在明亮的華燈映照下，臉上像浮了一層油光，但是，雙目炯炯，仍然流露著英銳之氣，他立刻提醒自己，小心應對；因為，這個久不上朝理政的皇帝只是疏懶，只是沉迷酒色而已，並不昏庸！

申時行和王家屏的下臺是個前車之鑑——自己剛上任，不知道這把首輔的寶座能坐多久！因此，他特別惶恐，話說得結結巴巴：

「老臣惶恐……老臣知罪……老臣……立刻研議……懲處兵部……」

朱翊鈞斜眼往下一看跪伏在地的他，心裏發出一聲冷哼，嘴裏卻放緩了語氣：

「王卿剛還朝，此事怪不得王卿！」

王錫爵登時心中一熱，險些老淚縱橫，而繼續磕頭，滿口稱頌：

「萬歲英明……萬歲恩典……」

朱翊鈞不說話，往身側的張誠看一眼，張誠會意，上前一步，以平和的語氣向閣臣們說話：

「列位大人請起來吧——萬歲爺隆恩，大人們起來，好說話！」

三名閣臣再磕一個頭，然後起身；三人都已年邁，次輔趙志皐尤其手腳不靈便，下跪後起身已無法自理，須靠小太監扶持，因而場面很狼狽。

而經過這麼一折騰，朱翊鈞的皇帝架子已經擺足了，等到閣臣們全都擺好垂手肅立的姿勢時，他改用平和的語氣說話：

「援朝失利，我軍顏面盡失，須有善後之策，卿等盡速用心擬來！」

王錫爵恭恭敬敬的回應：

「臣遵旨！」

朱翊鈞目中重新射出利光，一掃王錫爵：

「李如松援朝戰敗，王卿且說說，當如何發落？」

王錫爵不敢正視，連忙低下頭，但很誠實的回稟：

「李如松援朝，先勝後敗，臣以為，縱使有過，亦能以功相抵，而且，將在外，應以安定軍心為要，宜特旨令他重新整補，駐守原地，再圖新舉，以將功折罪，報效皇恩！」

朱翊鈞微一點頭，再作指示：

「一應事宜，卿等明日先與兵部會商，寫疏來看！」

王錫爵當然又是恭敬的回應：

「臣遵旨！」

而這次，朱翊鈞根本不等他這三個字全部說完就站起身，跨步走了。

三名閣臣忙忙的下跪叩首恭送，但是，無人理會——連太監們都跟在朱翊鈞身後走光了，趙志皐下跪後起身困難，便沒有人去扶他，場面也就更加狼狽，三名年邁的閣臣因此又折騰了許久才能離開文華殿。

而這個情形，早在朱翊鈞的料想中，甚至，他根本是有意的——王錫爵剛還朝，應該先給他來個下馬威，以使他從此乖乖聽話。

援朝戰敗的事，正好拿來發揮——戰敗的事，他當然是真生氣，要罵罵人洩憤，也必須拿出對策來面對戰敗的事實，但其他的作用還更大。

前些時候頒下的「三王並封」旨意，引起了排山倒海般的反對意見，每天都有無數封奏疏送進宮裏來，長篇大論的討論這事；而且，他在兩年前提出的立儲時間「兩年後」，轉眼已經到了，也必須面對；而原來他寄望於李如松大勝凱旋，移轉大臣們的注意力，現在落空了——他必須拿出新的辦法來應付大臣。

同時，他也想到，六年一度的「京察」又到了，朝裏又會有人事的紛爭；而王錫爵結束歸省還朝，聽話的趙志皐代理首輔的任期結束，王錫爵正式上任——他不一定聽話——也得要拿出辦法來駕馭。

而他是善於駕馭大臣的——已經多年不上朝了，但朝裏沒有誰是嚴嵩那般的權臣，宮裏沒有誰是劉瑾那般的權閹，這始終是他私心中最自鳴得意的事——回想兩年前，他批准申時行、許國的乞休疏時，心裏掠過的最具體的念頭就是：

「沒有人能在朕的跟前玩弄權的把戲——也別想以退為進——這回，就殺雞儆猴吧！」

申時行固然唯命是從的為他辦築陵和加稅等事，但缺點也很多，尤其是跟其他大臣處得勢如水火——他只是不上朝而已，並非不清楚朝裏這些亂七八糟的事；而為了讓大臣們知道這一點，以作為警惕，索性就拿申時行開刀！

接著，拿出手段來趕走王家屏，更是厲害之至——誰說做過「帝師」，就可以倚老賣老的違逆帝心呢？

他畢竟是張居正的門生，小時候就已經讀了一肚子「帝王學」的書，哪裏會不懂權謀、操縱、駕馭這些事呢？

一路想著這些，回到乾清宮的時候，心中充滿了痛快之感，但，這些話都是不能告訴鄭玉瑩的，他打算藏在心裏不說，而想著，只要王錫爵少來囉唆立儲的事，他與鄭玉瑩的神仙生活就可以無止境的延續下去。

他悄悄嘆口氣，告訴自己：

「什麼大臣都好駕馭，什麼事都好辦，唯有立儲這件事……只能拖一天算一天！橫豎，朕叫王錫爵去料理援朝戰敗的事，有他折騰的了——」

想到這裏，他突然眼睛一亮：

「是了！不只是他，滿朝的人都要為援朝戰敗的事忙亂好一陣子；接下來，商量是再戰還是議和，又要研商許久……」

這也代表著，大臣們將無心顧及立儲的事——立儲，乃至於常洛出閣讀書的事，都可以暫時不面對了！

他高興了起來，覺得，原本認定的戰勝所能帶來的作用，戰敗也一樣能帶來；甚至，他想到，不治李如松的罪是對的，因為，李如松在他逃避現實的這樁事上是大有貢獻的。

而他這幽深細微的、奇特的心思，舉世都無人窺知一二，當然更遑論因應；於是，旨意一下，滿朝議論紛紛；先是對李如松的態度，便有不少人認為是王錫爵受了好處，特意維護；而曾受李成梁之賄的人又替李如松說話，認為他必能再創勝績，將功折罪，報效皇恩；持公正說法的人則感慨，戰敗不咎，將敗壞本朝的獎懲制度……意見多且亂，但是，他一概不聽。

至於援朝戰爭，戰、和兩派的角力重新開始；李如松戰敗，主戰派的氣焰自然消滅，主和派抬頭；但是，提出的和議辦法一樣多而亂，更且因為朝中沒有對日問題專家，沒有人提出真正能解決問題的辦法來，而只是隨口發表意見，乃至意氣之爭，甚或以戰、和的說法來打擊異己而已；而朱翊鈞的態度也一樣不聞不問，任由大臣們自行吵嚷——實則，這也是他的一種駕馭術，讓意見不同的大臣們互相制衡！

此外，本年京察所帶來的新的政治風波即將產生，暗潮洶湧，即將醞釀成災，這更是駕馭臣下的好工具——他索性放任大臣們去互鬥！

朝中只有少數正直的有志、有識之士，目睹著亂象，察覺到、感受到了隱患，而悄自憂心忡忡。

甫由外地調任回京的顧憲成，心中的憂慮尤其深重；謫宦外地的期間，他廣求民瘼，深諳民間疾苦、天下弊病，也認真思考了許多改革、改善之道，很期許自己能為百姓謀取福利；但，事與願違，回京後，他出任的職務是吏部考功主事、員外郎，除了在「三王並封」的事件上發揮過一點極力爭取的作用之外，就再也得不到可以施展抱負的機會。

然而他既不灰心，也不失望，抱定了「盡力而為」的原則，再怎麼沒有機會也要努力爭取；努力之後還是爭取不到的話，也仍不放棄，心中的熱情更不會因此消滅。

這種執著的精神成為支撐意志的最大的力量，也逐漸感動了身邊的一些朋友，因為敬仰他的精神而和他走得近，乃致受到他的影響和號召——回京後，他的學生高攀龍因為丁憂回鄉去了❷，弟弟允成卻在幾番波折之後回到京裏❸，出任禮部主事；常聚的朋友有吏部考功郎中趙南星、吏科都給事中史孟麟、禮部儀制郎中于孔兼、員外郎陳泰來、兵部主事吳炯以及他少年時代的好友、受業師薛方山的孫子薛敷教等人；幾個人年齡相若又志同道合，常在一起切磋學問，談論時事。

這天，大家又聚在一起了；但，這次聚會的目的卻不是切磋學問、談論時事。

聚會的發起人是趙南星——他是高邑人，字夢白，萬曆二年的進士，為人正直敢言；前幾年出任吏部文選員外郎的時候，因為朝政混亂而仗義執言，向朱翊鈞上了一道〈陳天下四大害疏〉；疏中直言嫉妒戶部尚書宋纁❹聲望的吳時來等人，用不正當的手段排擠宋纁，嫉妒南京禮部侍郎趙用賢的黃洪憲等人更陰讒趙用賢；並且暢言全國的政治出現了干進、傾危、州縣、鄉官四害，不大力祛除的話，亂象難以平息。但是，這道疏一上，非但朱翊鈞沒有接受他的意見，大力整飭吏治，反而引起奸佞小人羣起而攻，雖有幾個知交的朋友與他並肩作戰，對付羣小，但畢竟弄得身心疲累不堪，只好告病歸鄉。

起復後，他任吏部考功郎中，個性和處世的原則都沒有改變，耿介正直如故。這次聚會，主要的目的是與朋友們商議今年的「京察」——六年一度的京察又來到了，他出任的吏部考功郎中正是負責考核官員政績、品行的職位之一。

客人們就座以後，趙南星開門見山的發言：

「愚弟一向以為，當今政風敗壞、吏治不清，原因固然甚多，其中，監察制度淪為政爭工具，為禍尤其嚴重；職為監察的官員遇所親則包庇徇私，遇所惡則利用制度排擠陷害，因此君子去位，小人當政，是非不清，黑白不分；今天，愚弟因職責所在，忝司『京察』之任，雖然官卑職小，卻要竭盡全力，釐清吏治，以昭黑白——」

這番話，顧憲成一聽就有滿懷感觸升揚，曾涉身於六年前的「京察糾紛」的他，對事情體會得比別人深刻，因此率先發言：

「我輩讀書人，既然在朝為官，就當為國為民，竭智盡忠——吏治不清，確是當今大弊之一；夢白兄職責所在，自應不畏強權，大力整頓；如有我等效命之處，絕不敢稍有推託、遁避！」

其他的人也異口同聲的跟進：

「夢白兄儘管放手去做，我等全力支持！」

受到這許多支持，趙南星的精神力量又增加了好幾分，也把他心中已考慮得十分具體的想法說出來：

「今年的京察，愚弟只是忝列其中，實際上主持大計的是吏部尚書孫鑨孫大人——孫大人一向剛正耿介、公正不阿，向為愚弟所景仰；因此，愚弟想會同各位兄臺向孫大人進言，今年的京察，應將朝中的敗類悉數驅逐，還我一個清清明明的朝廷！」

孫鑨已是「三朝元老」——他是嘉靖三十五年的進士，從武庫主事、武選郎中這些小官做起，歷任各職，經歷非常完整；而且個性耿直，為官清正，早在嘉靖年間，就因為世宗迷信道教，荒廢政事，多年不上朝而連連上疏勸諫，雖然諫言不為世宗採納，使他引疾自歸，卻贏得了正派人士的尊敬。

隆慶元年他起復，任南京文選郎中，萬曆初年遷光祿卿，不久又引疾歸，里居了十年才再起復；去年，原任吏部尚書的陸光祖因為人計外吏，革除了一些不適任的外官而遭到小人攻擊，請辭歸鄉❺，吏部尚書出缺，廷推❻的時候，他因素孚眾望而受推為吏部尚書。

但是，他一上任就因內閣與六部爭權的問題，和朝中的當權派發生激烈的衝突。

這個問題已是本朝體制上的根本之弊，源自不合理的政治制度所衍生，多年來已根深柢固，無法改革，唯有弊之輕重，以主事者的能耐而消長；隆慶間，高拱以內閣首輔兼吏部尚書，索性把所有的權力都握在手中；其後張居正更是青出於藍的獨攬大權，形成「獨裁」的局面。

張居正逝後，情形大幅改變；申時行的能力比張居正差了許多，六部又奪回一些實權，但，積弊已久，申時行還是能以「外柔內陰」的方式運作，排除異己，導致糾紛更多；申時行主政的後期，吏部尚書由正直的宋纁出任，據理力爭，宋纁死後陸光祖繼任吏部尚書，也秉持同樣的原則爭取，以維護吏部的權責，只是，改善得有限；而在申時行去職的時候，雙方又發生了激烈的衝突。

衝突點在於申時行「死而不僵」的私心上。

原來，按照「公正」原則所制訂的制度，閣臣由「廷推」產生，被選為內閣大學士的人必須具有相當的學識、道德、政治經驗和聲望，才可能被朝臣們推舉進入內閣；但，申時行在臨去職時，推薦趙志皐和張位兩人入閣，根本沒有經過「廷推」。

事情違反制度，陸光祖立刻上疏抗議；沒想到，朱翊鈞比申時行還有私心；他自己雖然懶得上朝理政，卻沒有喪失「做皇帝」的權力慾，當然不能讓「廷推」選出幾個有能力的人來成為「張居正再世」，反過來又把自己管得死死的；因此，他堅持用趙志皐、張位這兩個無能的人，以免相權凌駕君權。

這下，正直的陸光祖萌生去意，大計外官的糾紛一起，他更加心灰意冷，自動乞休罷官，由孫鑨繼任吏部尚書，繼續為維護制度與內閣戰鬥。

於是，孫鑨在戰火中上任，從到任第一天起就生活在激戰中……

趙南星和顧憲成都在吏部任官，無論名、實都是孫鑨的下屬，政治理念、個性也都和孫鑨接近，因此，很自然的全部站在同一陣線上，一起為維護制度而進行神聖的戰爭。

現今，又逢京察，戰爭當然進行得更激烈——

「執掌監察，首先要能大公無私；因此，文選員外郎呂胤昌雖是孫大人之甥，給事中王三餘雖為愚弟之親，亦全在摒斥之列——」

先拿自己人開刀，是處理人事的絕好運作辦法，既表明自己大公無私的態度，也堵住了悠悠眾口，先立於不敗之地。

但，這只是趙南星做事的方法而已，並不是最終極的目標；接著，他又侃侃而談：

「罷黜了呂胤昌、王三餘等人，於政局來說，只不過打了幾隻蒼蠅而已，真正為害食人的老虎猶在其位上張牙舞爪；愚弟所要堅持的是，不只將幾隻不稱職的蒼蠅打走，更要打一打為害之首的老虎——就算打虎不著，至少也要拔下幾根虎鬚來，以作為官吏之誡！」

話雖用隱喻的方式來說，並沒有直接明言「為害之首」的老虎是誰，但大家全都在朝為官，哪裏還會不明白他所指的是誰呢？

趙志皐出任代理首輔，本來就是大家反對的事；雖然在朱翊鈞的堅持下，沒有人能改變這個事實，但是反對的聲音從來沒有停止過；偏偏趙志皐自己又不爭氣，上任以來，不但毫無政績可言，還表現得無能之至——當然，首輔根本不在「京察」之列，趙志皐再怎麼不適任，也拿他沒辦法；但是，對於趙志皐的弟弟趙志傚就不一樣了。

趙志傚官位還在四品以下，屬於京察的範圍之內；而這個人的官聲、能力、人品都極差，還常狐假虎威的仗著趙志皐的位子撈好處——耿直的趙南星當然看不慣，非要罷黜他不可。

這就是「老虎雖打不著，虎鬚總要拔幾根」的話——

趙南星同時向朋友們表明自己的赤忱：

「我輩讀書人，應該把國家、百姓的福祉擺在前頭，應該做的事就要當仁不讓、義無反顧的勇往直前，絕不能因為權勢當頭而退縮——本年京察，愚弟既已下定決心要為國釐清政風，就不會因為任何原因而改變；即使愚弟因這次與強權挑戰的事導致嚴重後果，愚弟也會無怨無悔的承擔下來！」

說到後面幾句，他的聲音很自然的挾帶一股悲壯之氣，也極富煽動力；於是，顧憲成慨然從座位上站起身子，朗聲說：

「夢白兄的高見和做法，憲成十分認同；這次京察，憲成鼎力追隨，共為釐清政風而對抗強權！」

他的話引發了共鳴，人人都願出力，有的人即使因為職位的關係，在「京察」上使不了力，也願意在幕後協助……於是，這一羣原本就志同道合的朋友，因為這件事而凝固得更緊、更牢，形成的力量也就比以前更可觀。

在一番細謀之後，大家又簇擁著趙南星一起去拜訪吏部尚書孫鑨，把事情謀畫得更確實可行。

只是，誰也沒有想到，這樣一個志在挽救日益敗壞的政治風氣和操守，充滿了理想的行動，所得到的竟是反效果……

王錫爵甫由故鄉返京，接下首輔的位子；他對於自己離京的時候做「看守」，在自己抵京之後又肯乖乖交出位子的趙志皐，心中存著一份「人情」，對於趙志皐也就心存庇護，只奈慢了一步——他剛到京師，由主察官所呈的「察疏」已經上了，被罷黜的官員名單已經定案了。

這當然令他非常不高興，站在他和趙志皐這邊的人則開始地毯式的蒐集「孫鑨集團」的小辮子，準備施以重大的反擊……於是，又是一場文鬥在朝廷中激烈展開。

最後得勝的是王錫爵這一方，原因固然是因為他的官位高些，但朱翊鈞的態度才是真正影響比重的力量。

朱翊鈞要的是趙志皐這種人——他哪裏會讓孫鑨、趙南星這些耿直、正派的「君子」在朝廷裏形成具有影響力的潮動呢？他怎麼會傻到讓朝中出現第二個張居正、王家屏來管束他、勸諫他呢？

因此，「孫鑨集團」是不敗也得敗了——

結果是朱翊鈞下旨，孫鑨奪俸，趙南星貶官。

這個處罰當然令人不服，於是，孫鑨索性上疏辭官，而趙南星的好友王汝訓、魏允貞、曾乾亨、于孔兼、陳泰來、顧允成、薛敷教等多人連番為趙南星上疏辯白；顧憲成甚至上疏說，自己也是負責「京察」的官吏，如果趙南星有過，自己也難脫責，因此，他願與趙南星同罷。

而這些疏上去之後，非但於事無補，反而牽連得更大——朱翊鈞一怒之下，索性下令將趙南星罷黜為民，于孔兼、陳泰來等人全被貶官，顧憲成改調文選郎中。

一場「京察」的文鬥終於落幕，接下來開始湧起的是議論此事的聲浪——在實質的政壇上是小人戰勝了君子，而在輿論的評價中則是君子戰勝了小人；但，無論勝負，大明朝為這場文鬥付出了慘重的代價，損失無可彌補：許多正直的人去職，朝中的善類越來越少了。

註一：此畫現藏臺北故宮博物院。

註二：高攀龍在萬曆十七年考中進士，但因嗣父過世（他是養子），守喪三年，直到萬曆二十年才到京師謁選，任行人司的行人（職責是奉使外出，傳宣王命）。後因上疏論王錫爵，被貶為廣東揭陽的添注典史，七個月以後就因遭親喪返鄉，《明史》上記：「遂不出，家居垂三十年。」直到天啟元年才再出任少卿。

註三：顧允成在萬曆十四年考中進士，先是因為南畿督學御史房寰，連疏詆都御史海瑞，顧允成為此事抗疏劾之，因而忤旨被責廢；後經兩度由御史請薦，才詔許以教授用，「歷任南康、保定，入為國子監博士，遷禮部主事。」

註四：宋纁是嘉靖三十八年的進士，萬曆十四年任戶部尚書，共五年，官聲卓著；再遷吏部尚書。詳見《明史》卷二百二十四本傳。

註五：陸光祖是嘉靖二十六年的進士，歷任要職，官聲卓著；詳見《明史》卷二百二十四本傳。

註六：廷推又稱會推。明制，有重要職位出缺時，由吏部會集九卿等官推舉適合出任者數員，呈請皇帝簡用。不經廷推，由天子直接任用的稱為特簡或特旨、親擢。明太祖開國之初，並無廷推之制，所有重要官員都由太祖特簡；其後成祖、仁、宣等朝亦然。直到英宗以沖齡即位，三楊輔政，用人多經三楊推薦，才逐漸形成推舉制。

11

付出了慘痛的代價、受到了慘痛教訓的李如松，獲知自己得到將功折罪的「恩典」時，既感激得痛哭流涕，立刻衷心的「感念皇恩，誓死報效」，也在痛定思痛下，制定出新的戰略：一面採取穩紮穩打之策，將大軍分駐幾處要地以互為聲援，但是不再正面向敵人進攻，而採守勢；一面命參將查大受率領一批死士，在朝鮮本地人的帶路下，從小路抄到日軍積粟的龍山糧倉，放火燒了日軍的糧食。

這是招出奇制勝的絕妙好計，日軍本來就已經因為遭到朝鮮人民和義軍的抵抗，徵集糧食不易；朝鮮幅員過大，日本本土和朝鮮又有一海之隔，軍糧的運輸和補給困難重重；龍山糧倉被燒，數十萬石軍糧化成灰，問題更大，只好撤退。

四月十八日，日軍棄守王京，向釜山方向撤退，連同已入遼東的加藤清正也檄令退返，與全軍會合；李如松一得到消息，當然跟著展開行動；但這次，他不再以輕騎追擊，而先與宋應昌率領大軍進城，一面小心翼翼的觀望敵情，一面以大軍渡漢江，尾隨在日軍後面，要等到有十成的把握才敢下令開戰。

日軍也非等閒，雖然戰鬥力已因缺糧飢困而大為減弱，無法主動向明方開戰，但防守的工作卻做得無懈可擊，軍士們全部輪流休息，緩緩後退，直到抵達釜山都沒給明方半點可乘之機。

但，一到釜山，日軍的戰略又改變了——在釜山，日方還有其他幾路軍隊可以來會合，總數很可觀；而且釜山是海港，從日本本土運到的軍糧就在釜山登陸……因此，他們在釜山紮營，準備長期據守。

李如松找不到開戰的機會，不敢輕舉妄動，於是也駐兵據守，和日軍形成對峙、互相警戒卻不開戰、也不談和的特殊情勢。

而遼東的情勢也呈現著另類特殊——山雨欲來風滿樓，一股幾欲逼人窒息的無形重壓深深的籠罩著每一座山、每一條河和每一個人的心……

努爾哈赤數度試圖打破這沉悶的僵局，但是，每每心裏已衝動到十二萬分，開戰的宣告已湧到喉頭，再一深思，便強迫自己忍耐下來。

這倒不是在潑自己的冷水，對自己沒有信心，而是實在沒有勝算——納林布祿光憑葉赫部，實力就已經遠勝建州，更何況還聯合了其他幾部；再加上朝鮮的戰事，日軍隔江虎視，造成極大的威脅——處在這樣的險境中，他怎能掉以輕心呢？

直到四月底，加藤清正退出遼東、日軍撤退到釜山的消息傳來後，他才稍微鬆出一口氣；這方面的威脅總算暫時解除了，至少，短時間之內，日軍不會北進了。

但是，心頭一鬆只是剎那——另外一個念頭立刻從心中湧起。

「得趁日軍退去的這個空檔，盡早解決納林布祿的問題；免得日軍捲土重來時，又陷入腹背受敵中！」

接著，他開始仔細盤算主動對納林布祿出兵的大、小細節。

而野心勃勃的納林布祿，對時機的看法，竟然與他一致——納林布祿約齊了哈達貝勒孟格布祿、烏拉貝勒滿泰和輝發貝勒拜音達里，用果斷的口氣對他們說：

「這是個時機，正好一舉拿下建州！」

他有野心，打建州的念頭也已動了許久，時機來了當然不會放過；更何況，他的個性急躁衝動，以佔先機為出發點，沒有深謀遠慮、謀定而後動的習慣。

六月間，納林布祿率領扈倫四部的聯軍，發動了第一波試探性的攻擊。

他採用偷襲的方式，帶著人馬偃旗息鼓，悄悄出發，前往預定的目標——屬於建州麾下的戶布察寨，打算出其不意的一舉掃平戶布察寨，以給努爾哈赤一個下馬威。

但，他這自以為是神不知鬼不覺的偷襲行動沒能逃過努爾哈赤的情報網：他的人馬前腳一踏出葉赫部，努爾哈赤就已經從布下的耳目中得到消息。

努爾哈赤當然不會任由他來劫掠——略一思量，他隨即下令：

「我軍即刻出發，算路程，可以比納林布祿早半個時辰到達戶布察寨，所以，我軍還來得及再往前趕一程，在半路上埋伏截擊——這一戰，我親自去；另外由安費揚古帶百騎精銳接應；其他的人則負責留守——要加倍小心，提防納林布祿掠戶布察寨只是煙幕，實際上卻以主力來進攻費阿拉！」

說完，他立刻披甲，上馬出發。

沒想到，這支人馬因為訓練有素，而且熟悉建州附近的地形和道路，一陣奔馳下來，腳程比扈倫四部的人馬快了許多，也超過他的預估，到達了隸屬哈達部的富爾佳齊寨，能反過來先給哈達一個下馬威——

富爾佳齊寨的實力不強，他很迅速的奏效，不但奪了不少富爾佳齊寨的財物，也連帶摧折了軍心，幾乎沒有人敢與他正面交鋒。

接下來，他開始迎戰納林布祿——

納林布祿志得意滿的帶著隊伍，一路銜枚疾走，但到了富爾佳齊寨便倒抽一口冷氣——原本以為自己能在戶布察寨殺個出其不意，沒想到竟會被努爾哈赤捷足先登的把富爾佳齊寨殺個出其不意——這麼一來，全軍的士氣不由自主的弱了下來，而他自己被激得暴跳如雷。

「他奶奶的熊——」

盛怒之下，粗話隨口噴出，且忘了自己也是來偷襲的，竟一路罵下去：

「老子把你祖宗八代！趁虛偷襲，算什麼英雄好漢……」

然而努爾哈赤根本不理會他這些，更不與他鬥嘴——他冷靜的觀望現場的情勢，飛快的想定殲敵的方法。

他決定親身誘敵，以把敵軍引入他預先設好的埋伏中——對付生性暴躁、一生起氣來就失去理性的納林布祿，這招絕對管用……

於是，他命令全隊往步兵們埋伏的地方緩緩後退，自己孤身一人殿後，就在隊伍緩退中，他回頭向納林布祿露出了個似調侃又似輕蔑的笑容，然後出其不意的突然一箭射去，「刷」的一聲直取納林布祿的前心。

納林布祿不防他有這一招，連忙舉盾來擋，身旁的侍衛也連忙靠近來應變，雖然有驚無險，胸中的怒火卻被激得更旺，於是一聲暴喝隨之而起，立刻下令追趕努爾哈赤。

努爾哈赤根本不回身應戰，只讓隊伍後退；納林布祿追在後面大吼大叫：

「懦夫！只會放冷箭，沒本事打仗！」

努爾哈赤還是不理他，納林布祿仰天大笑起來：

「你逃不了的——」

可是，他的笑聲只響了一半就被其他的聲音掩蓋——努爾哈赤的隊伍突然停止後退，接著，一聲響徹雲霄的號角吹出，掩蓋了一切聲息。

緊隨著號角聲，埋伏的軍隊現身了——已經以逸待勞了多時的建州步兵就像憑空而降似的出現在納林布祿眼前，人人刀出鞘、弓上弦，並且組成一個凹字形的陣勢，層層包圍了納林布祿的幾千人馬，後退中的騎兵更是立刻掉轉馬頭，堵住納林布祿的前路，和步兵合組成四方合圍的口袋，牢牢套住納林布祿。

扈倫四部的人馬登時慌了手腳，亂成一團；但，納林布祿倒也不是個沒有應變能力的膿包，面對這猝發的變故，他立刻清楚的意識到自己已經身陷險境，稍有不慎就會葬身此地；於是，他在急切中控制住自己的情緒，沉著的下達命令：

「全部人馬聚在一起，衝出一條路，退回去！」

說著，又叮嚀哈達、輝發、烏拉三部的貝勒道：

「別讓人馬分散，聚在一起，集合全力退回去！」

他讓三部的貝勒帶隊撤退，自己負責殿後，親自帶幾十騎，目標對準努爾哈赤衝過來，以掩護其他人馬撤退。

於是，郎舅兩人就在亂軍中廝殺起來。

納林布祿的目的是撤退，搶攻努爾哈赤的用意在於先聲奪人，以便全身而退；努爾哈赤的目的卻是摧折扈倫四部的軍心士氣，藉以減弱敵人的戰鬥力，因此，除了自己全力迎戰納林布祿之外，還命軍士們大聲呼喊，奮勇殺敵；兩方的目的既大不相同，士氣的強弱也就大相徑庭，戰不了多時，納林布祿就挺不住了。

他當然無心戀戰，手中的大刀揮舞了一陣之後，虛晃一招，抓到一個縫隙，便在幾個侍衛的掩護下轉身遁逃。

努爾哈赤沒有策馬追趕他，只挽弓朝他射了一箭，這一箭沒射中他，而深入馬股；那馬吃痛不過，一陣狂嘶，竟把他掀下地來。

他當然更加狼狽，只得換乘侍衛的馬，倉皇奔逃；努爾哈赤帶了幾個人裝腔作勢的在後面追趕了一陣，越發讓他膽戰心驚的策馬狂奔，好不容易才逃脫追趕。

回頭看看，確定後面已無追兵，他和所有僥倖逃出的部屬們這才吐出一口長氣，卻不料，這口氣吐得太早了——奉命接應的安費揚古早已在半路上等著他們，於是，又是一場以逸待勞的截殺……

納林布祿僥倖兔脫，而逃回葉赫部後一清點人數，發現，這次偷襲不成反遭截殺，生還的人馬竟只有出發時的四分之一，其餘不是被殺就是被俘投降，損失很大。

「真是陰溝裏翻船——」

他又羞又憤又氣惱，搥桌子跳腳的向三部貝勒叫嚷：

「這一次，準是出了內奸，去向努爾哈赤報信——等我把他揪出來，活剝他的皮！」

好一會兒之後才沉得下氣來，咬著牙說：

「我們再分頭多招聚些人馬，盡快去找努爾哈赤討回這個面子來！」

而在這場「戰前戰」中大獲全勝的努爾哈赤，心情好極了，回到費阿拉城中，他先是論功行賞，獎勵了所有奮勇殺敵的軍士，把所有獲得的財物都分給他們；接著，更因為安費揚古截殺敵軍的表現英勇，又特別加給他「碩翁科羅巴圖魯」[1]的封號。

但是，他在高興之餘，不但沒有因為得到勝利而陶醉，反而更小心謹慎——論功行賞完畢後，他立刻召集部屬們舉行會議。

「今天，我方固然大勝，給了納林布祿一個下馬威；但，這對納林布祿來說只是個小挫，他的實力還是很強的，我們切不可因為勝了這一仗而沾沾自喜，必須立刻準備迎接下一場規模更大的戰爭！」

他率先發言，第一句話就明白昭示會議的主題；接著，又做了詳細的檢討：

「這一次，我方大勝的第一個原因在於消息打聽得正確，傳來得迅速，使我方有備無患，使納林布祿無法偷襲——戰爭中情報工作非常重要，一定要多下工夫！」

在這方面，他決定再多加派人手，以便在原有的良好基礎上創造更好的成績；於是，他把心目中的理想人物叫了出來：

「武理堪——」

「武理堪在！」

那是個三十歲左右的精壯漢子，平常人緣很好，做事非常細心，觀察、反應的能力都不錯，且極富機智；雖然武藝平平，但努爾哈赤認為偵察、情報的工作與上戰場拚敵小有不同，武藝可以其次，而以觀察和判斷方面的能力選中武理堪：

「你去挑兩百名弟兄，負責第二線的偵察工作——你這兩百人，分十人一組，分散在東路一帶，專門注意納林布祿的動靜；十人中又以日夜兩班輪流，一定要做到無一刻疏漏；每天分早晚兩次向我報告你們的偵察所得！」

這個任務說難不難，說易非常不易，但是武理堪毫無猶豫之色，信心十足的接受命令；他先是發出響亮的一聲：

「武理堪領命——」

接下來，再向努爾哈赤請示：

「納林布祿處在這個時候，一定四處招兵買馬，我們這兩百弟兄，是不是要分一些人去假意投靠，混入納林布祿軍中？」

努爾哈赤考慮了一下才調整交付給他的使命：

「納林布祿的軍中我早有安排——現在需要你們混入的，反而是哈達、輝發、烏拉這幾部……唔，你挑選弟兄的時候，先把說話帶這幾部口音的人留下來，等我另外交代！」

武理堪道：

「帶有蒙古口音的呢？要不要留下來？」

這話提醒了努爾哈赤，他不由自主的發出一聲輕呼：

「啊——我險些疏忽了……葉赫本是蒙古族，納林布祿急切想要聯合他部吞併建州的時候，當然會設法拉攏蒙古參加他的陣營，察哈爾部不會參加，但其他的蒙古部……這確實不可不防！」

於是，他問武理堪：

「弟兄中有人說話是蒙古口音？是來自蒙古本部的人嗎？」

武理堪回答：

「我只認識兩人，都不是蒙古族人，而是在蒙古部中長期居住、往來過的，因此說起話來帶著蒙古口音！」

這樣看來，這兩人原本也不是建州子民，而是女真的「遊民」；但，努爾哈赤認定他們「有用」，於是，他告訴武理堪：

「留下來——帶他們來見我！」

然後，他結束這方面的任務分配，下達其他的命令：

「情報工作只是初步，一旦開戰，就是真刀真槍的對壘，因此，任何一方面都不能疏忽！」

他指派額亦都和安費揚古加緊訓練士卒，費英東和何和禮加緊準備武器、糧草，扈爾漢則跟隨他居中指揮調度；並且宣布了一個新的軍事訓練：

「每隔十天外出演習一次，所有的人馬分半，輪流參加，每次的地點都不一樣——我們必須熟悉每一個可能成為戰場的地方！」

他全力備戰，任何一個小環節都盡可能的設想到，也竭盡全力做最周密的準備。

三十五歲的他，心智成熟，戰爭經驗豐富，對這一仗的體認尤其深刻，他開始向部屬們曉以大義：

「納林布祿的野心在於做女真人的共主……這一仗的勝負，決定的不只是建州、海西兩方勢力的消長，而是全體女真人未來的命運！

「並非我不肯臣服於納林布祿之下，而是他不適合做女真人的共主——他粗直暴躁，只有匹夫之勇，而沒有遠見，沒有智慧，沒有氣度——如果由他來做女真人的共主，會把女真人帶到一個危險的局面中！」

實際上，自從納林布祿的野心和企圖逐漸暴露以來，每個人的心中都早有體認，這一仗遲早要發生，卻說不出是哪一天要發生；因此，戰爭的陰影時時籠罩在眼前，成為一股沉重的壓力；到了這個時候，一切都明朗了，戰爭的時間已經逼近到眼前，陰影消失了，壓力一變為堅強的意志和信念。

「我們一定要打贏這重要無比的一仗——」

伸出結實、強壯的胳臂，幾個人的手緊緊握在一起，一起握住了這個共同的信念。

努爾哈赤居中，環握著每一個人的手掌；天氣熱，他僅穿一件無領布衫，頸子上的疤痕便非常清晰的顯露出來；額亦都和安費揚古是親身經歷過翁克洛城一役的人，對他這道幾乎致命的傷疤知之甚詳，一見到他這道鼓起的疤痕，內心中就不由自主的被振起一波波的撼動；費英東、何和禮和扈爾漢雖然沒有親眼目睹過程，卻早已耳聞，一見之下，也一樣心口怦怦直跳。

反而是努爾哈赤自己不怎麼在意——頸子上的傷痊癒以後，傷口上留下了一塊凸起的肉疤，有時自己摸到，而心裏並沒有太大的感覺——除了頸子以外，身體上留下的傷疤更多，前胸、後背、四肢，連數都懶得數了。

他覺得那不是很重要的，肉體上的創傷，外貌的改變，都無須放在心上。

歷經了十年的征戰，他的外貌已有顯著的改變：原本黝黑的皮膚曬得更黑，瘦削結實的臉上已經開始出現皺紋；原本銳利的眼神多出了一份深沉和內斂，唇上蓄了鬚，臉上的線條變得分外堅實有力……三十五歲的他，心中頂天立地的氣概已逐漸具體滲透到外貌。

因此，他對自己的使命也體認得更加深刻：

「我們要帶領全體女真人走向康莊大道！」

這是他終生要奮鬥的目標，也是他要傾全力打贏這一仗的目標——

而納林布祿也在積極的備戰，準備吞併整個建州；九月裏，他展開行動。

為了一湔富爾佳齊寨戰敗之恥，這三個月來，他盡了最大的努力做好備戰的工作；葉赫畢竟是大部，實力雄厚，動員人馬的能力強，在各部之間的號召力也大，一個振臂高呼，竟集合了九部之眾組成聽命於他的共同體——除了原先已與他共同行動的哈達、烏拉、輝發之外，他又拉攏到蒙古的科爾沁❷、錫伯、卦爾察三部，再加上已依附於他的長白山部的朱舍里、訥殷兩部，一共九部，結成了聯盟——九部的精兵合起來有三萬之多，聲勢十分浩大。

他把這三萬精兵分成三路，所採取的戰略是三路合圍，直撲建州，以「強壓」之勢一舉消滅建州。

由於兵力超過對方許多，這一仗，他有必勝的把握，臨出發前，他設宴款待其他八部率軍來會的領導人，志得意滿的仰天大笑：

「建州三衛，其他兩衛早就名存實亡，只剩努爾哈赤的左衛，那又算得了什麼呢？偏偏他妄自尊大，四處征討，擴大領域，還不把我等放在眼裏——上次向他要兩塊地，他居然敢說個不字，這就叫作敬酒不吃吃罰酒，只有讓我等這三萬大軍，踏平了他建州的田舍城樓，他才會把這個『不』字給嚥回去呢！」

他特地跳過了富爾佳齊寨的戰敗不講，直接跨到這一次戰爭之後——而且是大獲全勝之後的假設：

「這一次，我等拿下建州，一切所獲，無論土地、城寨、財富、人丁、牲畜，都由我等九部均分……」

他說得高興，彷彿仗已經打勝了，如意算盤撥得叮噹響；但，他這種誇大、仗還沒打就分配戰利品的狂妄態度卻也帶來了正面的作用——與會的每一個人都受到了氣氛的感染，人人都產生了「大獲全勝」的幻覺，因而使士氣大大提高，鬥志也越發旺盛。

於是，三萬大軍立刻啟程，浩浩蕩蕩的殺向建州而來，第一個進攻的目標鎖定在蘇克蘇滸河南岸的古勒山❸。

註一：「碩翁科羅」是滿文「海東青」的意思；海東青是鷹類中最勇猛敏捷的品種，加在意為勇士的「巴圖魯」封號，是特別嘉賞安費揚古的勇猛（一般大都只有「巴圖魯」的封號，如努爾哈赤的伯父禮敦，有「巴圖魯」封號）。

注二：札奇斯欽《蒙古黃金史譯注》（二六〇頁）記：「科爾沁——khorchin就是秘史上的豁兒臣——『帶弓箭的侍衛』之意。」科爾沁部就是現在內蒙哲里木盟的六個旗。

註三：古勒山的位置、地形請參閱本書後所附地圖。

第十章

壯歲旌旗擁萬夫

1

九月秋深，寒霜催紅了滿山楓葉，平添了蕭森之氣，也加重了血色，烘托了殺氣。

大戰即將展開，負責偵察的武理堪快馬向努爾哈赤馳報：

「九部聯軍現在駐紮在渾河北岸，方才他們舉炊煮食，火密如星，隔岸可見——預計他們在飽餐之後就會拔營行進，我方細作打出的訊號顯示，聯軍將趁夜渡沙濟領而來！」

聽完這個報告，努爾哈赤的臉上露出了一個奇異的笑容，隨即吩咐侍衛：

「你去告訴大家，咱們明天一早出發迎戰——天明五鼓時分，在廣場上集合見我！」

吩咐完話，他就起身走了，一頭走進侍妾富察氏的房中，不等人來伺候，自己脫了衣服鞋子，上炕睡了，這一睡睡得又沉又香，不多時就呼聲大作。

富察氏名叫袞代，已為他生了第五子莽古爾泰和第三女莽古濟；她豐腴健美，機敏伶俐，能言善道，一向比別的侍妾多接近他；可是，這一次，見他大敵當前而仰頭大睡，一向機靈的她不明所以，竟自傻了。

跟在努爾哈赤身邊，她已經聽到不少關於九部聯軍來犯的消息，心裏當然著急；但是，敵軍已經傾巢逼近，努爾哈赤卻反而呼呼大睡，實在令她不解——

獨自在房裏踱了幾圈，越踱心裏越急越慌越亂，終於，她下定決心，一咬牙，坐到炕緣上，用力把努爾哈赤推醒：

「貝勒爺，您怎麼還睡得著呢？納林布祿帶著九部聯軍已經在渡沙濟嶺了——」

她焦慮的、急切的說：

「貝勒爺，您是亂了方寸？還是心裏害怕？九部聯軍已經逼近建州了，哪裏是倒頭大睡的時候？」

努爾哈赤睜開眼來，看她一臉盡是憂懼焦急，說話時像急得快哭出來，立刻伸出手去，拍著她的肩背哄慰她，一面露出笑容來對她說：

「一個人如果心裏亂了方寸，或者害怕恐懼，就算躺下了也睡不著的——你看我像亂了方寸，或者恐懼的樣子嗎？」

然後，他好言好語的解說：

「打從兩年多前，納林布祿派人來建州訛地，我就想明白了，遲早要和他打上一仗的——既是早就明白了，哪裏還會亂了分寸，害怕、恐懼呢？」

袞代囁嚅著說：

「但是……葉赫……很強……」

努爾哈赤微微一笑道：

「你放心，我都準備周全了，一定能大獲全勝！」

語聲一頓，他又攬著袞代的肩頭說道：

「我也相信，上天必會庇佑我——這場戰爭起因是葉赫覬覦我建州的領土，我是為了保衛領土而戰——上天必會庇佑我而厭棄侵略者！」

他的話中充滿了自信，也挾帶著一股無形的說服力，聽得袞代終於破涕為笑，點頭稱是：

「貝勒爺這麼說，我就放心了！」

但，她的心胸畢竟不如努爾哈赤寬廣沉著，口裏儘管說，心還是放不下來，人更睡不著；整整一夜，她都在努爾哈赤沉穩均勻的鼾聲中睜著眼睛發呆，直到東方既白。

一夜未眠，晨起梳妝的時候，她的眉宇間便隱約浮起一層憔悴之色；相形之下，經過了一夜飽睡的努爾哈赤顯得精神奕奕，容光煥發，一股蓬勃旺盛的生命力從內在洋溢到外在……

用過早餐後，他在侍衛們的簇擁下步行到達廣場；天色還在未央之際，而他的四個弟弟、五員虎將已全副武裝、整齊一致的率領麾下將領守候在廣場中，所有的騎兵、步卒分隊排列在廣場外，總數有五千人，場面非常壯觀。

站上高臺後，他接受羣眾歡呼：

「努爾哈赤貝勒旗開得勝——大勝葉赫！」

歡呼聲連續重複三次，迎著晨風高高而立的努爾哈赤展開了笑顏，伸出了雙臂，全身的熱血也為之澎湃——從羣眾的歡呼聲中，他感受到每個人心中都高漲著必勝的信念——他感到欣慰，自己多日來的努力沒有白費，這支親手培訓出來的隊伍已經成為一支鋼鐵般的勁旅，具有高昂的士氣和堅強的信心與意志，在這場關鍵性的戰爭中一定能發揮強大的作用！

於是，他高舉雙臂，向羣眾高喊：

「我們為建州而戰，也為全體女真人而戰——」

接著，他轉身仰首向天，單膝下跪；臺下站立的羣眾立刻跟進，也仰首向天，單膝下跪；然後，所有的聲音都靜止下來，靜得天地間無一絲濁雜，無一絲錯亂，而人人屏息，聆聽他與上天對話。

努爾哈赤心中清如水，明如鏡，眼眸亮如晨光，虔誠的大聲向天宣誓：

「皇天后土，上下神祇——我建州與葉赫，本為姻親，素無仇隙，我境子民，人人守土安居，自足自樂；奈何葉赫前來搆怨，糾合兵眾，侵淩我邦；我等為守土保境，奮起而戰，天其鑑之！」

然後，他叩首拜祝：

「這一戰，事關兩部之消長，天其佑我——願敵人垂首，我軍奮揚，人不遺鞭，馬無顛躓，一戰而捷！」

祝禱完畢，他立刻起身上馬，迎著晨曦，率先衝出去，直奔古勒山。

兩千騎兵隨即一起揚鞭奔馳，步卒同時出發；半天後，騎兵隊伍到達拖克索。

眼看日已近午，努爾哈赤下令全軍下馬休息，等大家吃過乾糧、飲過水，席地歇坐的時候，他向將領們解說部分軍情：

「幾天前，我已根據武理堪蒐集來的情報，研判出敵人行進的方向、路線，並且預先做了安排——我已派遣幾路精兵，在敵兵前進的道路旁埋伏，在高嶺懸崖上安放了滾木擂石，在沿河狹路上設置了橫木障礙；這些，都將發生極大的作用——」

接著，他又向大家說明現下這一仗的作戰方法：

「敵軍全軍三萬，我方除了埋伏在外的部隊外，現在隨我出戰的總數是五千——人數雖然只有敵方的兩成不到，但，大家不必憂慮，我已制訂了必勝的策略；對敵之時，我將立於險要之處，以身誘敵，引敵兵來後，大家再一起現身，利用地勢的險要來克敵制勝；如若敵兵不受引誘，不來進攻，我等便下馬步行，從四面分列，徐徐前進，再出其不意的突襲！」

然後，他分析敵方的情況：

「敵軍人數雖多，但是由九部之眾臨時合組而成，沒有經過整體的戰鬥訓練，彼此間便如一盤散沙似的無法凝結，作戰的時候難有整體的配合和發揮；這種情況，最適合用『各個擊破』的方式來消滅他們——而且，敵軍既是九部合組的散沙，就不會有很強的向心力，只要在作戰的時候先斬殺一、兩個頭目，摧折了他們的士氣，他們很快就會不戰自潰！」

他胸有成竹，指示起戰略來分外顯得氣定神閒，既讓部屬們充分瞭解作戰計畫，也讓大家對自己所分擔的項目瞭解得更明確：

「古勒山的山路崎嶇險峻，不利馬隊衝刺，因此，這一戰，騎兵能發揮作用的地方不大，主力要放在步兵身上——騎兵埋伏在山下，專門負責收拾敵方敗逃的人馬——弓箭手的責任就重了，第一道據守在險要的各處，等到滾木擂石施放之後就開射，第二道得掩護步兵攻擊，第三道也一樣負責追殺敵方敗兵……」

任務分配完畢，他便起身上馬，率領隊伍繼續前進；行到札喀城城郊的時候，札喀城的兩位城守鼐護和山坦各率幾名隨從迎上來。

兩人向他報告：

「敵兵在辰時三刻到達札喀城，圍攻我城，我軍奮勇抵抗，敵兵攻了兩個時辰都沒有佔到任何便宜，便自動退兵，現在轉攻黑濟格城去了！」

聽了這個報告，努爾哈赤先點點頭，嘉勉兩人道：

「很好，你們守城有功，等這場仗打完，我另有獎賞！」

接著又問他們：

「敵方的戰鬥力怎麼樣？」

山坦略略沉吟一下，鼓起勇氣回答他：

「人數非常多，僅只來圍札喀城的就有五、六千之多，札喀城以寡擊眾，還能守得住，雖因我軍上下一條心，誓死抵抗，主要還是得力於地勢高險，易守難攻，否則，後果難以想像……」

這話很實在的說明己方的弱點，努爾哈赤聽了，並無不悅的感覺，但是，心裏增加了一分沉重，人也不由自主的陷入沉默中。

雙方兵力懸殊，這是鐵的事實——建州軍的總數只有兩萬人，又必須分派一部分人馬防守各城及費阿拉本城，一部分人馬潛赴半路埋伏，現下能上陣的只有自己親率的這五千人。

他雖然有必勝的信心，但卻不昧於事實；也必須顧慮到，兩軍對壘的時候，敵方的「人多」或將影響己方的士氣；因此，他立刻在心中尋思對策，一面又問山坦說：

「敵軍往黑濟格城去，有多久了？」

山坦回答說：

「約有兩個時辰了——」

說著，他便和鼐護一起陪侍努爾哈赤登上城樓，遠遠眺望黑濟格城，看到黑濟格城上的旗幟依然在天空中飄揚，三個人一起放下心來：

「敵方沒佔到便宜！」

於是，努爾哈赤立刻派出幾名快騎，潛赴黑濟格城打聽消息，一面下令全軍在札喀城紮營休息，自己在鼐護和山坦的陪同下，探視守城受傷的兵卒。

天黑之前，派出去的快騎回來向他報告：

「黑濟格城沒有被攻下，敵方已經開始退兵！」

努爾哈赤欣然大喜：

「太好了，守住了黑濟格城，對我們明日的大戰太有利了！」

納林布祿的九部聯軍攻黑濟格城不下，明天一定還會再傾全力進攻，而黑濟格城距古勒山不遠，要把納林布祿的軍隊誘到古勒山就更容易；何況黑濟格城沒有失守，己方少了一份後顧之憂……

「太好了——」

他忍不住重重的一拍桌子，震得桌上的杯盤一起亂響，他的心也興奮得怦怦跳：

「明天，管教納林布祿驚魂喪膽——」

2

一場激烈的血戰於焉展開：

努爾哈赤準確的控制了時間，駐紮在札喀城的大軍在用過晚餐後即刻就寢，二更天起身，三更時分全軍準備好一切，人禁聲、馬銜枚，悄悄向古勒山進發。

古勒山上原已派有軍隊埋伏，五更時分，努爾哈赤親率的軍隊到達，幾方會合之後，按照既定的部署各自就位……

天蒙蒙亮的時候，納林布祿率領著九部聯軍出動了。

九部聯軍中，納林布祿是名義上的最高統帥，但實際上，各支隊伍仍由各部部長親自率領、指揮；親臨的各部之長有：

哈達貝勒孟格布祿

烏拉貝勒布占泰

輝發貝勒拜音達里

蒙古科爾沁貝勒翁阿代、莽古思

葉赫本部中，前寨部長卜寨也親自領兵而來，因此，本部的軍隊由卜寨率領；反而是蒙古的明安、錫伯、卦爾察三部派來助戰的人馬，因為沒有部長親率，便直接歸納林布祿指揮。而無論指揮權屬誰，這九部合組起來的軍隊，實際總數是三萬人馬，一聲號角吹起，全體一起殺向黑濟格城，場面浩大得驚人。

但，這支人數眾多的軍隊在到達黑濟格城之前就轉向了——

古勒山與黑濟格城相對，納林布祿的行蹤剛從地面上出現，在古勒山居高臨下的努爾哈赤就已經看得一清二楚；一等納林布祿的隊伍靠近古勒山，他一個手勢發出，身旁的十幾名鼓手立刻使盡全力擊鼓，背後站立的兩、三百人也一起高聲吶喊起來。

納林布祿一抬頭就看見山腰上的努爾哈赤，遠遠望去，努爾哈赤的身影小得可憐，建州軍只有兩、三百人，他立刻發出一聲鄙夷的冷笑：

「自不量力的東西——死到臨頭了還想站在山上耀武揚威？」

於是，馬鞭一揮，下令全軍轉向，放棄原來要進攻的黑濟格城，轉攻古勒山。

古勒山下是一片平野，他的軍隊輕而易舉的飛快越渡，沒有遇到半點埋伏、偷襲，順利得不得了；接著上了山坡，也前進得毫無困難；但是，爬過一小段緩坡之後，接下來的山路很難走，狹、陡、崎嶇，馬匹根本放不開奔蹄。

但是，眼看兵寡將少的努爾哈赤就在前方不遠處，他實在不甘心白白放過這個大好的殺死努爾哈赤的機會；於是，他下令騎兵們下馬，徒步上山。

可是，即便步行，也因為山路狹窄而無法成列，整個隊伍只好散成一條長線前進。

哪裏知道，才走了一小段路，變故就發生了——

先是無緣無故的響起了一聲號角，納林布祿一聽，認為是努爾哈赤率人衝下來迎戰了，於是下令全軍止步，準備應戰；卻不料，說時遲，那時快，令聲才剛傳出，建州軍在半山腰上的第一道埋伏就已經發動，頃刻間，亂石巨木一起滾落下來，沒頭沒腦的砸向他的軍隊。

突遭襲擊，隊伍立刻亂掉，人號馬嘶，慘叫連連；幸虧他久經戰事，應變能力並不弱，雖然猝然受襲，但能極力撐持，小亂一會之後還是穩住了陣腳。

他向部隊大聲喊令：

「不要慌——躲進樹林子裏去——往山裏邊靠——」

林中有樹木可以阻擋一些滾木擂石，軍隊及時避入，損傷可以減少許多，但還是在開戰前就先有損失。

「至少折損了一、二百人——」

他在心裏咬牙切齒，恨聲不絕，也越發怒火中燒，急著要衝到努爾哈赤跟前去與他戰個你死我活；於是，飛快的下令全軍盡速整隊，清點人數再出發。

然而，情勢不容他如意——剛遭突襲、心有餘悸的九部聯軍，只重新整隊到一半，變故又生了。

這次飛過來的是弩箭。

同樣的，號角聲一響，立刻亂箭齊發，又多又快，有如急雨，登時把明亮亮的天都遮黑了。

納林布祿聽到羽箭呼呼響，己方的號叫聲再度四起，只得再度應變，他一面舉盾擋箭，一面大聲喊叫，下令全軍沉著、鎮定，而心裏的怒火燃到沸點，情緒更加暴躁。

因此，一等埋伏的箭勢放緩，他立刻下令全軍盡速準備衝過箭陣，直奔努爾哈赤陣前決戰。

可是，連續兩度受到突襲的九部聯軍，士氣已經大幅下降；驚魂甫定的軍士們心中都有了怯意，加上傷者的哀號呻吟此起彼落，死者的屍首四處橫陳，使得人心潰散，部分軍士開始在心中打起退堂鼓，暗自準備逃跑。

於是，整隊的速度緩慢，更沒有人積極準備衝鋒；納林布祿看了這現象，怒火又加旺幾分；但，他也很清楚，全軍的士氣已因連受打擊而大降，在這個時候，如果強行逼迫軍隊提高效率，只會得到反效果；唯有從提升士氣，激起全軍的戰鬥意志方面著手，才能改善。

於是，他強迫自己壓下脾氣，耐住性子，好言好語的向全軍放話：

「這一戰，所有得到的戰利品全歸個人所有——大家要奮勇前進！」

這話有點管用，軍士們的態度變得積極了些，納林布祿一看，連忙再加重語氣大叫：

「努爾哈赤就在前方不遠，他只有幾十兵將，咱們衝上去，一鼓作氣，把他拚掉，整個建州的財富全由大家均分！」

他拿住了「人為財死，鳥為食亡」的心態喊話；果然，「利」字當頭，人的反應就不一樣，原本低沉下去的士氣開始回升。

納林布祿當然懂得「機不可失」的道理，立刻重複一遍前面的話，然後又忙忙的催人上路；於是，這支浩浩蕩蕩的九部聯軍再度展開壯盛的軍容，往努爾哈赤所在的半山腰殺奔上去。

從半山腰往下望來，這支隊伍聲勢非常龐大，人多得如潮浪滾滾，一波一波的翻湧而上。

努爾哈赤定定的下望這支為數眾多的隊伍，仔細觀望了好一會兒，臉上忽然露出一個非常特別的笑容，然後，他向立在身後的額亦都說：

「你是全建州最驍勇的虎將，是最適當的前鋒——你帶一百名精銳迎戰，先挫一挫敵人的軍心！」

然後，他向安費揚古和費英東說：

「你們兩個負責第二波，務必要把敵人殺個片甲不留！」

他說話的聲音和語氣都非常堅定、果斷，而且信心十足，聽在部屬們耳中分外有力，也提升了戰鬥的勇氣，接到命令的每一個人便加倍熱切的奮勇上前……

額亦都雖然只帶一百騎迎戰敵軍，可是，每個人都是能以一當百的勇士，心中充滿必勝的信念，人人精神抖擻的出發應戰。

納林布祿的先鋒部隊在轉上半山腰的當口與這支隊伍迎面而遇；由下勢往上抬頭一看，只有百騎的隊伍並不壯觀，而且像觀戰似的退立在十步之後，只有額亦都一人在前，但是猛一看，單獨向前昂首挺立的額亦都竟有如巨人般偉碩，他甲冑鮮明，背插箭袋，腰橫短刀，手中高舉雪亮的長槍，臉上卻是似笑非笑的調侃神情，彷彿絲毫沒有把眼前這成千上萬的敵軍放在眼裏。

這氣勢先聲奪人，幾個先跟他打上照面的葉赫軍竟不約而同的停下腳步，沒有勇氣上前向他挑戰。

額亦都威風凜凜，一抖手中的長槍，槍尖很自然的舞起幾朵銀花來；他朝著眼前的敵人哂笑道：

「妄想侵略建州的癩蛤蟆——誰先上來吃我一槍！」

沒人敢向他挑戰，但他卻不會因此退走——一揮長槍，他率先發動攻擊，撲向來犯的敵人。

這下，敵軍即使心生膽怯，也只好應戰，仗著人多，團團的將他圍在中央。

額亦都仗恃著自己一身超羣的武藝，氣定神閒的以單人敵眾，手中的長槍舞動得有如銀蛇一般靈活、敏銳、犀利……一個翻撲前刺，「啊」的慘叫聲隨之響起，而如銀如雪，閃閃發亮的槍尖帶起了腥紅。

「好——」

他率領的一百名弟兄登時發出如雷的歡呼和鼓掌聲，久久不絕，叫得整座山林都湧起回音。

額亦都臉上的笑容更加燦爛，手中的長槍也舞得更加起勁；包圍他的這一大羣人卻因為膽量和士氣都受到了摧折而更加慌張、畏縮，再加上山路狹窄，人一多反而施展不開手腳，禁不起額亦都單槍匹馬的衝刺，接二連三響起慘叫聲；後頭跟上來的一隊葉赫兵卒，一看到這個畫面，竟驚得不敢應戰，轉身就往山下奔逃。

額亦都本無意追趕，也不放箭射，只向身後一揮手，哈哈大笑著說：

「第一場，我方大捷——第二波敵兵上來的時候，可就看你們的了！」

他身後的百騎齊聲高喊：

「我等必勝——」

喊聲方歇，耳中已經傳來人馬聲——第二波進攻的敵軍衝上來了。

原來，打頭陣的這隊人馬逃下去後，立刻把額亦都攔路單槍獨挑的情形報告了領隊的葉赫貝勒卜寨、金臺石和蒙古科爾沁貝勒明安；三人商議，認為合三人所率的隊伍共有萬騎之多，額亦都所率不過百騎，任憑他再怎麼神勇，也難以百敵萬；因此，立刻決定率眾衝上來。

可是，額亦都毫無懼意，信心滿滿的向部屬們笑了笑，眉飛色舞的說：

「今日，看我們建州好漢大顯神威！」

說罷，自己退回到隊伍中，仔細注視前方的動靜，一等來犯的敵軍出現，伸臂一揮，一排羽箭立刻狂風似的飛出去，射得敵軍慘叫連天，緊接著，騎兵在羽箭的掩護下衝出去，和敵方展開殊死戰。

額亦都當然更不落人後，衝入敵軍中殺得全身都濺滿了鮮血，看起來竟像穿了一套紅色的甲衣；敵方的人數雖多，卻佔不了什麼便宜。

緊接著，安費揚古和費英東率領第二路軍到達，立刻加入戰局；建州的兵卒人數雖少，卻個個都經過嚴格的訓練，武藝、體能、意志都屬上上，與敵交鋒時，抱著必勝的信念，不怕死的勇往直前，因而以寡勝眾，殺得敵軍節節敗退。

葉赫的部卒中開始有人棄械投降，費英東一看己方勝利在望，便高聲呼喊：

「卜寨、金臺石、明安──你們投降吧！」

他邊喊邊「嗖」的再射出一箭，射倒一名敵軍，投降的士卒立刻增加兩名；可是，卜寨、金臺石和明安一看情形不好，索性親自往費英東衝過來，以拉回士氣；先到的是金臺石，他使一柄長矛，虎虎生風的撲刺而來；費英東架起厚背長刀迎戰；明安被額亦都屬下的兩騎圍住，以一敵二，戰得他倍感吃力。

卜寨的運氣卻比他兩人差得太多——他策馬來戰，不料馬匹失戻，而身旁圍滿了激戰中的人羣，一個失控，竟摔下馬來；他的侍衛們要趕過來救他，一個名叫武談的建州步兵機靈，一把跳上去騎在他身上，不讓他起身；卜寨費力的再三掙扎，還是掙不起身來，只撕扭了兩下就被武談拔出腰刀殺了。

旁邊一個建州兵看見，登時興奮得大叫：

「卜寨死了——」

武談手起刀落，割下卜寨的首級，高高舉起，又嫌不夠高，索性跳上馬背，舉得更高，同時大喊：

「卜寨死了——」

所有的建州兵卒一起歡呼起來，而葉赫部的人都心驚膽戰，亂成一團。

金臺石是納林布祿的親弟弟，和卜寨誼屬堂兄弟，他的年紀、歷練都還不夠，交戰中驟然遇到這重大變故，精神上承受不住，放聲大哭起來，而且立刻掉轉馬頭，往卜寨橫屍的地方衝去；費英東當然不會放過他，拉起弓，「嗖」的一箭射中他的後肩；他大叫一聲，身體在馬上一陣搖晃，好不容易才撐住了沒摔下馬來。

葉赫的兵卒眼見己方的首領一死一傷，已呈落敗的情勢又加速、加倍惡化，人人無心戀戰，投降的更多，不想投降的便擁著金臺石開始後退奔逃，現場一片混亂。

混亂中，納林布祿親率的人馬到達了，但是，已難挽頹勢——他才一轉上山路，先被己方敗退的殘部衝亂陣腳，再一接到負傷的金臺石，又聽到卜寨陣亡的訊息，便無心再戰，也控制不住自己已經潰散的隊伍，只好下令撤退，想先退回山下再做打算。

但是，局面已經亂成一團，不戰而退也難，己方的人馬雜沓，爭先恐後的奔逃，竟自相推擠踐踏，又增加不少死傷；蒙古科爾沁部的情況更壞，由於人少，退逃的時候連奪路都不濟事，明安貝勒在奔逃中馬足失陷，跪倒在地起不來，不得已只好棄鞍卸甲，裸身跳上另一匹驛馬，狼狽不堪的竄逃。

而情勢偏是「屋漏又逢連夜雨」——就在現場一片鬼哭神號，人人忙著逃命的當兒，建州方面又是一聲嗚嗚的號角響起，努爾哈赤親自率領著大軍追殺下來了。

在侍衛們的簇擁下，努爾哈赤有如一道耀眼奪目的金色光芒；他把手中的馬鞭往前一指，全部的人馬立刻如疾風、如迅雷般的往前衝，撲住敵人的尾巴，一路追趕下去……

九部聯軍的人馬且逃且戰，建州的精銳部隊緊追不捨，沿途又埋伏四起，殺得九部聯軍一路都是死傷，屍體遍野，慘號不止，好不容易才逃到哈達之境柴河寨南的烏黑運；而天色已黑，大家勉強停下來喘口氣，清點人馬，三萬之眾剩不到半數。

納林布祿落到這樣的敗績，垂頭喪氣，眼紅唇黑，但也打起精神來，盡量用好言好語安慰部屬，一面估計情勢，一面指揮；他讓一半人馬休息，一半人馬負責警戒，自己和孟格布祿、布占泰、拜音達里、明安、翁阿代等各部首領商議下一步的行動；而心還是懸著的，因此，提出的意見是：

「這裏雖已是哈達境內，但，此地駐軍實力不強，地勢不險，我等不能不防著努爾哈赤追上來；大家稍事休息就繼續上路吧，等回到哈達本寨或葉赫本寨，才能真正鬆下一口氣來！」

可是，其他大多數人持相反意見，孟格布祿先說：

「我方人馬，未及黎明就出發，現在已是黃昏，整整一個白天，人馬廝殺、奔馳，幾乎沒有半刻停下來過，早已人困馬疲，哪裏還能繼續上路？」

布占泰也說：

「全體人馬整整一天未進飲食，而且打了大敗仗，士氣早已摧折——現在全軍人人身心交瘁，再命大家上路的話，只怕反逼得更多的人投降建州！」

納林布祿不以為然，想出言反駁，但翁阿代幫著打起圓場：

「人是血肉之軀，且不論我方情況如何，建州的兵馬也一樣奔波、征戰了一整天，現在，未必還有餘力追上來；更何況，天色已黑，建州兵馬不熟悉這裏的地形，而我方卻有哈達人馬在，如果努爾哈赤冒險追上來，我方的勝算不是大些嗎？」

他的年紀大點，說話的態度很中肯，據理侃侃而談，說得納林布祿啞口無言，便嘆了一口氣說：

「好吧！就在此地紮營休息吧，明日一早再動身！」

決定既下，他便索性放開胸懷，不想努爾哈赤可能採取的行動，而去詳細審視金臺石的傷勢。

金臺石的箭傷不很嚴重，包紮了傷口後，坐在地上休息，但是，兄弟倆一想到陣亡的卜寨就忍不住悲從中來。

「卜寨哥哥的屍首還留在古勒山上呢——」

金臺石年幼，話一出口，兩行眼淚就控制不住，落如急雨。

納林布祿一巴掌拍在自己大腿上，咬牙切齒的說：

「等我們回到葉赫，再重整人馬，回來找努爾哈赤要屍首！」

他聲音悲憤，但氣勢很弱，神情黯然；再看看跟前的殘兵敗卒，幾乎人人身上都帶傷，臉色更黑，竟不知不覺的向金臺石說：

「現在，只求卜寨哥哥陰靈保佑——保佑大家全身退回葉赫吧！」

金臺石聽得毛骨悚然，心裏發慌，卻下意識的呼應他的話說：

「卜寨哥哥——您可一定要保佑我們啊！」

說著，他又哭了起來，納林布祿被他哭得心裏更煩，但是不忍心罵他，只有撇下他，自己走到帳外去透氣。

黑夜來到了，已將降雪的深秋，一入夜就有霜，就著月色，映出冷冷的清光，把四周照得頗為清晰，但是風一吹，樹影一搖，便像鬼影子，看得人心裏發毛。

可是，卜寨的鬼影子沒有出現，努爾哈赤的兵馬卻再度殺過來了——

就在黑夜中，原本靜謐下來的人羣都因倦極而熟睡，只剩納林布祿一個，心煩得睡不著，便親自巡視兵營；巡到第三圍，一抬頭，望見遠方隱隱躍動著影子；他連忙伏下身來，將耳朵貼在地上，仔細聆聽、判斷。

然後，他「虎」的一聲跳起來，搶過衛兵手裏的銅鑼，用力敲響。

他心頭發急，手中死命用力，敲得銅鑼也像瀕臨瘋狂似的發出刺耳的聲音，登時帶起騷動，其他負責巡邏的士兵也一起敲響銅鑼；緊接著，號角聲響了起來，正在帳中休息的人員全數被驚起，警覺性高、動作快的一批人迅速披上甲，拿起武器，從帳中一躍而出；臨時搭的營帳簡陋，竟連著有幾座被從裏面衝出來的人羣撞垮了。

現場亂成一團，銅鑼號角、人呼馬嘶，在黑夜中一起糾結，更平添慌亂、恐懼的氣氛；納林布祿飛身上馬，聲嘶力竭的連聲高喊：

「整隊——準備應戰——」

各部領軍的主帥孟格布祿、布占泰、拜音達里等人也分別跨上戰馬，高聲叫喊，命令自己的兵馬集合應變；然而，一切都來不及了。

努爾哈赤一馬當先的率領建州兵馬衝殺過來——

他解決了地形不熟、黑夜中辨物困難的問題——他先派何和禮和扈爾漢帶著少數反應特別好、心細眼明的弟兄，悄悄的伏行，一路以繩索繞著九部聯軍的退路，結成一圈密實的「繩阻」，作為截殺九部聯軍的第一道；人馬埋伏在第二道，給敗逃者來個二度截殺；自己親率隊伍，所有的人在臂上紮一條鮮黃色的布巾，以便辨認，旗幟也改用鮮黃色，使士卒們一目了然。出發的時候，他下令人禁聲，馬銜枚，悄悄逼近九部聯軍駐紮的營地；等到納林布祿聽出萬馬奔騰的聲響時，隊伍已近在眼前……

努爾哈赤高舉黃旗，向前一指，大喝一聲：

「射——」

喝聲未停，排在隊伍最前面的兩排「善射軍」就已射出暴雨般的羽箭，霎時間，整片天空都被箭雨擋住，月光、星光全然不見，黑夜中只有羽箭破空的呼嘯聲和戰馬悲嘶、傷兵慘號聲；納林布祿暴跳狂叫，舞起大刀，催馬前進，滿口叫吼：

「努爾哈赤——我跟你拚命——」

金臺石帶著箭傷跟在他旁邊，心裏卻比他冷靜，眼看大勢已去，連忙命幾名侍衛，死命拖住他，嚷著說：

「留得青山在，不怕沒柴燒——」

孟格布祿也勸他：

「先回本寨，改日再找努爾哈赤決一死戰！」

慌亂間，幾個人一起下令全軍後退，撤回本寨。

但是，情勢比他們估計的又壞上許多——就在這危急的當口，努爾哈赤早先安排在九部聯軍中的反間開始行動，這些人用乾草澆上油，點上火，丟在倒塌的營帳上，登時燃起熊熊大火，把全營照得如同白日。

這下，九部聯軍的目標更加明顯，努爾哈赤的善射軍威力發揮得更充分，而且，善於衝刺、威猛無比的騎兵隊伍也在羽箭的掩護下奮勇前衝，排山倒海似的湧向如困獸般的九部聯軍。

一夜之間，九部聯軍傷亡、被擄的人數，創下了女真部落幾百年來內戰的最高紀錄。

3

黎明趕走了黑夜，一抹晨光登臨，大地重現光明……

高亢、響亮的號角嗚嗚的吹了三回，夜裏的血戰已經結束，大獲全勝的建州軍迎著晨曦，仔細清理現場。

現場橫屍遍野，血流成渠，夜裏地面上結的霜都成赭紅，旗幟、鞍韂、武器、盔甲橫七豎八的狼藉了一地，善後的人員整整費了大半天時間，直到正午時分，才清理出一點眉目來。

俘虜們都已集中到一起，編號排列，等待押送；受傷的士兵區分輕傷、重傷兩部分處理；輕傷者只需上藥、包紮，重傷者抬上擔架再護送到離戰場最近的黑濟格、札喀兩城治療、休養；清點現場的遺留物和戰果，統計出來，這一役，總共斬殺九部聯軍四千首級，俘獲戰馬三千匹，鎧冑千副，投降的人在千名以上——還包括九部聯軍的首領之一烏拉部貝勒布占泰。

布占泰是在突圍竄逃的時候，在努爾哈赤布下的第一道埋伏中失手就擒——他的馬被繩索絆倒，而身邊的侍衛已全被亂兵衝散，無人來救他；他摔在地上，扭了腳，爬不起來，被何和禮手下的兵卒撲上來，出手擒住他；他懼於一死，便扔下手中的武器表示投降，卻死要面子，不肯說出自己的身分和名字，一聲不響的低頭接受綁縛，而後被帶到降卒的隊伍裏等候發落。

但是，天一亮，他的身分就瞞不住；俘虜和降人中認得他的人太多，一見之下便叫嚷起來，擒住他的兵卒才知道自己立了大功。不多時，何和禮聞訊，親自趕過來；到了布占泰跟前，仔細一看，果然無誤；便立刻上前，親手替布占泰鬆綁，說道：

「我的手下有眼不識泰山，沒認出您來，讓您委屈了，我這就親自陪您去見努爾哈赤貝勒！」

布占泰滿臉羞慚，低著頭說：

「敗軍之將，能蒙不殺，已經非常感謝，哪裏還敢奢求別的！」

看到他這副反應，何和禮心中登時湧起好幾道糾結、錯綜的複雜感觸以及一絲對他個人的憐憫；但是，在表面上，他盡量藏起心中的感受，以心平氣和的態度對待他，並且露出親切的微笑，好言好語的說：

「兩國交戰，實是不得已，現在戰爭已經結束，無論勝敗，雙方都應該以禮相待——」

說著，語鋒一轉，語氣和態度更加誠懇：

「更何況，烏拉與建州本無深仇大恨，這次，之所以加入九部聯軍的行列，完全是因納林布祿的慫恿，而不是出自您的本意；努爾哈赤貝勒不但從來沒有敵視烏拉部的意思，反而很希望與烏拉部通好；趁著這次機會，您與他見了面，親自談話，正好可以消弭兩部之間的誤會，化解納林布祿挑起的過節！」

他容貌俊美，態度謙和，一席話侃侃說來，非常打動人心；布占泰知道他是努爾哈赤的大女婿，這話能代表努爾哈赤的態度；只是想到自己終究是戰俘，有點拉不下臉去見努爾哈赤；

但又想不出更好的自處方式；心裏便陷入反覆猶疑中，人也低頭沉默不語。

好在何和禮極有耐心，靜靜的站在一旁等候；終於，布占泰考慮完畢了，抬起頭來，怯怯的向何和禮說：

「我願去見努爾哈赤貝勒——但，讓我自縛去見他吧！」

何和禮明白，他終究有點疑懼，害怕努爾哈赤不肯免他一死，或者以他的性命去向烏拉部索要大筆土地財物，因此忐忑不安；這是人之常情，便索性由他，讓他自縛雙手，再帶他去見努爾哈赤。

努爾哈赤本人還留在現場，正在臨時搭起的帳篷中慰勞幾個輕傷的士兵，看見何和禮帶著布占泰進來，一樣以平常心來處理，因此，口中仍然繼續對傷兵們說話，命侍衛們取財物賞賜傷兵，然後才轉過頭來注視他兩人。

反倒是布占泰因為心中不安，進帳才走了幾步，便搶身趕過何和禮，快步奔到努爾哈赤跟前，「咚」的一聲雙膝跪地。

他舉止失常，弄得何和禮暗自好笑，但也更加憐憫，連忙趕上去，代他向努爾哈赤求情：

「烏拉貝勒布占泰，願降我方，請貝勒寬貸！」

精神緊張的布占泰立刻連連叩首請命：

「布占泰兵敗被俘，生死全操在貝勒手上！」

他心中惶恐，全身不住顫抖——何和禮雖然已經詳細的向他說明過努爾哈赤「寬大」的原則；但是，以女真慣例，兵敗的一方，被俘虜的一切都是勝方的戰利品，其中如有一部之長的話，只有死路一條，反而不如士卒，投降了就可活命；因此，他非常不安，一見到努爾哈赤，恐懼感更重，生死就在一線，想得他冷汗直流：

「何和禮應該不會亂講……但，他終究不是努爾哈赤……」

思緒反覆了一陣，心裏不停的顫抖，突然間又想到葉赫部的卜寨在戰場上被殺的慘狀，他的心更緊張，下意識的磕頭如搗蒜。

然而，一雙大手托住了他，讓他抬起頭來；他抬眼一看，眼中險些衝出熱淚來——

努爾哈赤高高的立在他跟前，形貌和戰場上一樣威武剛猛，但眼神中完全沒有殺氣，一派祥和——他緊懸的心登時鬆下來，人卻虛脫似的癱軟了。

努爾哈赤看著他，緩緩吁出一口氣來說：

「九部聯軍為侵略建州而出兵，終遭天厭——」

他的語氣很平和，不帶任何激烈的情緒，而且非常簡明扼要的做下結論，結束談話——他對布占泰說：

「我曾聽長輩們說：『殺一個人的威名，遠不如給一個人活路，使他重新做人的仁心，奪人的遠不如予人的；做一個領導人，如果是英雄的話，就一定會知道這個道理。』這句話，我謹記在心，也正在努力實踐；更希望你能瞭解這句話的道理！」

布占泰眼中一熱，溢出了淚水：

「您的話，讓我慚愧……我不該為了想分到建州的土地……」

他的話還沒說完就被努爾哈赤揮手打斷：

「你明白道理就好！」

說著，他親手替布占泰解開綁縛，再對何和禮說：

「你先陪布占泰貝勒下去休息，等這裏清理完，我們就開拔回費阿拉！」

於是，何和禮很客氣的陪著布占泰退出去，把他送到另外一座營帳中休息；但是，片刻後，努爾哈赤卻特地派人去把何和禮找回來，他開門見山的問：

「布占泰是你的人俘獲的，本該歸屬為你的俘虜❶——你為什麼帶他來見我呢？」

何和禮沒有料到努爾哈赤會問他這話，不經思索就照實說出心裏所想：

「從我一知道他是布占泰的時候，就不把他當作普通的俘虜看待、處置——我認為，您的心裏不是想打敗了哪一部、俘虜了哪一部貝勒，就是英雄，就是件神氣、威風的事，就自我滿足了；您一定是想，要能使每一部，每一個人都心悅誠服的投歸麾下，跟隨您做一番大事業——就以布占泰貝勒來說，現在，他戰敗了，被俘了，要殺他是件易如反掌的事；換了一個庸才，也許會殺了他，或者羞辱他，來痛快一下；換了一個中才，也許會拿他去跟烏拉部換點土地財物；但是，以您的做法，一定是善待他，使烏拉部歸附到您的麾下來！」

他的話很長，而努爾哈赤先是一言不發的聽著，聽完又沉默了好一會兒，然後，突然「哈哈哈哈」的仰天大笑起來，拍著何和禮的肩膀說：

「好……好……我果然沒有看錯了你！」

何和禮紅了臉，微帶幾分不好意思的說：

「其實，這些想法，都是我來到建州後，暗中向您學的——從前，我忝為董鄂部長，只是繼承祖先遺產而已，並不懂得領導全體子民的道理；我原本以為，練好了武藝，就能服人；部裏的子民沒有糾紛發生，就是太平日子；來到建州後，才從您的一言一行和所作所為中，學到『領導』的意思，才知道什麼是領導人的責任，什麼是全女真人的前途，什麼是理想……」

這麼一說，努爾哈赤的感觸來了，他按著何和禮的肩，目光移到了遠方，像是在望空說話，但是語氣非常堅定：

「許多年前，我有的只是一個夢想；但是，經過十年的努力，現在，已經是一個具體的理想……人只要努力，就一定能實現……將來，我會帶領全體女真人，走上康莊大道！」

說完話，他頓了一下，收回目光，回到現實，再次對何和禮說：

「布占泰的事，你處理得非常好──而且，我已決定，不只是烏拉，還有哈達、輝發、蒙古，甚至葉赫，都應該在打完仗以後，盡量與他們化敵為盟！」

然後，他連點兩下頭，再說：

「這次的古勒山大戰，我方以寡擊眾，大獲全勝，固然是個光輝的記錄；但，真正的英雄不只是能在戰場上以武力打敗敵人──正如你所說，要能使各部都心悅誠服的跟隨我，一起做出一番大事業來，才是我的目標；仗打完了，接下來的事就是這個了！」

註一：這是當時女真的慣例，俘虜為個人所有，無須獻給貝勒。

4

凱旋的隊伍在數量上比出發時擴增了將近兩倍，俘獲的人員、馬匹、武器、鞍韂、甲胄，都妥善清點、整編，器物運送、人馬隨行，井然有序的一起返回建州，整支隊伍因而更顯得軍容壯盛。

每一個人的心情與表情都與出發時有極大的差異，從視死如歸的慷慨激昂一變為興奮喜悅、得意洋洋；就連俘虜們也因為投誠之後，安全得到了保障，並且被整編成為建州軍的一部分，神情中都掃去了晦暗和恐懼，而流露著平和之色；幾個在戰場上表現得優異、傑出的將領，看起來更加威風十足；尤其是生性外向、奔放的額亦都，全身上下溢滿打了大勝仗的興高采烈，從臉上到握著馬鞭的手指都顯得特別飛揚，任誰跟著他都會受到感染。

巴雅喇和扈爾漢年紀比較輕，又一向崇拜他，竟索性把率領的隊伍合併過來，自己與他並轡而行，三個人騎在馬上緩行，一邊走一邊高聲談笑，還不時齊聲爆出仰天大笑來，讓隊伍裏的每個人情緒都漲得高高的。

唯一的例外是努爾哈赤。

走在隊伍的最前面，騎在高大的駿馬上，在侍衛們的簇擁下，帶領全部的人馬往前走，從外表上看來，他與平日一樣高大威武，領袖羣倫；但，神情已隱隱顯得有些兒不經心。

一如以往，每次戰勝之後，心中就開始湧現一股奇特的反應和感受——每次戰役，他都付出極大的努力，全力以赴；戰爭進行中，精神與肉體的力量都爆發出超能量的作用，大獲全勝、戰爭結束之後，心中往往會無端湧起一股微帶失落與茫然的感覺，心頭空蕩蕩的，箇中百味雜陳。

這一次，這種反應尤其強烈；基本上，這場戰爭的規模是他有生以來最重大的一次；而僅以建州一部的武力對抗九部聯軍，奇蹟似的打贏了這場仗，整個過程，回想起來恍如一夢；而且，在戰前，他把所有的心力都用在研究如何打贏這場仗上，沒有分出餘力來料想戰爭結束後所衍生的情勢變化與連帶而來的問題，現在，一下子逼到了眼前，他必須立刻面對，卻因為心中所要思索的事情太多，反而令他陷入茫然中。

古勒山這一戰大捷，遼東的情勢當然會因此改變；葉赫部的聲勢將大降，建州的威名將大震，各部和建州之間的關係會起變化，這變化，如果善加掌握的話，是可以發揮大作用的。

「既殺了卜寨，和葉赫多結上了一道仇，以後，梁子只會更深、更不可能化解……俘虜了布占泰，和烏拉的關係就有機會更進一步……哈達、輝發、蒙古科爾沁，也還可以試試……」

他勉強控制住自己微帶恍惚的心情，盡可能的以理性來面對眼前亂如纏絲般的各部落間的關係，再一條一條抽出來思考，逐一反覆推敲，想了許久，心緒才慢慢定靜下來；從外表上看起來，他因為沉思而如老僧入定，如道士神遊，整個人毫不動彈的騎在馬上，身外的一切全沒注意到，而全隊回到費阿拉的時候，他心中已經井然有序，不但想清楚了許多事，有些更且有了具體做法。

遼東的情勢將有變動，造成這個變動的他應該同時有「以不變應萬變」和「隨機應變」的心態與基本準備，來面對未來的變局；情勢對建州有利，只要做法正確，未來更能主導變局。

而且，他有很明確的認識，明朝的態度對遼東的情勢具有重大的影響——古勒山這一役，明朝不聞不問，也是造成勝負結果的一大關鍵——設若明朝出兵協助納林布祿，建州就絕對沒有得勝的可能——今後，一定得更密切注意明朝的遼東政策，更積極加強與明朝的關係。

事情的具體做法已有成竹：

「我該盡快再往北京走一趟——上次未能成行的朝貢，現在能抽出空去辦了——親自到北京，能親自跟兵部的人說話，就能多知道些準確的消息……」

他覺得，親赴一趟，比較能確知明朝朝廷對這次古勒山戰役的看法；而且，親去朝貢必獲宴賞，返回後也可以善加運作而提高自己的聲望，最重要的是與明朝加強關係的目標可以親自掌握、完成——這一趟，無論如何都要盡快成行！

想定了，他一進費阿拉城就交代何和禮開始準備這件事，而將出行的時間訂在兩個月內——何和禮有將近兩個月的時間做好一切準備，那是綽綽有餘的！

至於女真內部變局的因應之道以及建州本身應有的心態和準備，他也召集部屬來做了重要的指示：

「古勒山一役，我方大勝，這都是全體將士兵卒奮勇搏敵之功，使我建州的聲望大大提高；但，大勝之後，大家不但絕不可以有傲慢之心、凌人之氣，反而要加倍謙和的對待鄰部，使鄰部的人更樂意投效我邦；而經此一役，願意歸附、投效我邦的人馬也將大量增加，大家須先做好準備，以迎接新的建州子民；首先，費阿拉城中須多建房舍，多備糧食，如果城中空地不足，則擴展至城郊建房，並須先修路、築橋，這些，一定要盡快動手；其次，對這次所俘及新來投附的人馬須善加治理，第一，混合編入牛碌中，每一牛碌都收納十至二十人的新子民，由每一牛碌額真親自領導，使大家盡快融為一體；其次，人丁既多，便須加強訓練及制定新的法規——這件事非常重要，需要大家用心用力，認真的做！」

額亦都立刻代表全體部屬發言：

「我等絕不會有絲毫懈怠——一切都按照貝勒爺的指示，全力以赴的做！」

於是，接下來就分配任務給每一個人……

一切就緒，所有的任務都將按部就班的逐漸完成，他的心思也就清明如鏡，有條不紊，只剩下一道無法按平的亂流藏在心底深處滾動——想到終究要面對蒙古姐姐，他不自覺的輕皺了一下眉頭，神情為之一頓，而後，發出一個無聲的長嘆。

「她應該已經得知卜寨的死訊了……唉！」

他默然思忖，而且設身處地的想著她的心情，感慨更是油然而生；過了好一會兒才像下定決心似的舉步上樓。

一邊走，他一邊斟酌著該對她說些什麼，一面卻不經意的想到，戰前，納林布祿曾經悄悄派人，暗自來見她，說要接她回葉赫部，以免她在建州處境困難，但是她拒絕了，沒有跟來人返回葉赫；而他也裝作不知道這件事，由她自己決定去向，並獨自與葉赫部的來人應對——現在，這事也許可以拿來當話頭；但是，再進一步想，他又覺得不妥：

「她必然為卜寨的死而傷心，我應該盡力避免提起……不要同她說打仗的事，不要提起葉赫這兩個字來……不要說出讓她難過的話……」

千思百想，原則上是盡量不讓她心裏難過，但是，想來想去，總想不出來究竟該說些什麼好——最終，他打私心深處發出一聲嘆息，覺得，這看來只是夫妻兩人間的情義，小得不能再小了，料理起來，卻比治理政事與戰事還要為難……

5

卜寨死了——

這消息千真萬確，但蒙古姐姐的心裏卻聲嘶力竭的喊著，這是假的，是騙她的謊話，卜寨已經安然無恙的返回葉赫部……

反覆多次，她使盡全力喊叫，直到體力用盡、心聲瘖啞也不肯停歇，只是，她欺騙不了自己，喊叫了幾十遍之後眼淚就滾滾而下。

淚眼中，又恍然卜寨就立在面前，像往昔一樣的喊她：小妹！小妹！

卜寨生性溫和，而且年紀比她大許多，一向拿她當親女兒般的偏疼，從來就比納林布祿與她親近；童年時，常領著她在葉赫山城中玩耍，長人後雖然見面的機會減少了許多，但是堂兄妹間的情誼依然濃厚；臨出嫁時，卜寨依依不捨，親自送來極貴重的禮物作為她的陪嫁；在她的心裏，一向視卜寨為親哥哥，從來沒有料想過，命運會這樣的捉弄人——即使是在戰前，她的心情惡劣已極，時刻為兩部之間的仇怨而憂煩之際，想到的都是兩部誰勝誰負的難題，完全沒有想到過，卜寨竟會因此喪生！

戰爭是納林布祿挑起的，卜寨是無辜的，而蒼天竟然無眼……她悲憤得仰頭向天責罵上蒼，而隔著窗紙，她所望見的天已降下白雪；秋深了，蕭瑟的秋景中飽藏著森寒，像是給她一個冷酷無情的回覆，告訴她，蒼天原本就無眼。

她不由自主的打了個寒顫，身體輕輕搖晃了兩下；她努力撐著站穩了，而不自覺的將身體倚靠在窗上；但是，支撐不到片刻就緩緩的癱軟下來，終而倒垂在地。

抱著孩子站在一角的婢女看見了，登時發出一聲驚呼，快步奔過來；但是心裏慌張，竟沒先將孩子放在炕上，到了她跟前之後，只分得出一隻手來扶她，當然扶不動，急得眼淚四散；慌亂了好一會兒之後才想到該去稟告札青，於是又抱著孩子三步併作兩步的飛奔出門，一邊大聲喊叫。

這才是明智之舉——聞聲知訊的人們和隨即趕到的札青立刻給蒙古姐姐完善的照顧……

當努爾哈赤步入房中的時候，場面上已在札青的料理下不見半絲零亂，但是氣氛凝重沉肅，宛如空氣已停止流動。

札青緊皺著眉頭，放低聲音告訴他：

「她四肢冰冷，但額頭火熱；昏迷以後，嘴唇偶有開闔，但是沒有出聲，像是有話要說卻說不出來的樣子！」

他皺著眉頭聽，沒有回應，只微點一下頭，表示知道了；隨即走到炕前，低下頭來仔細察看；平躺的蒙古姐姐身上蓋著被，額上覆了塊濕布，臉色已呈白裏帶青紫，雙唇不時發顫而雙目緊閉；他凝視了好一會兒，控制住自己的情緒，直起身來，用最簡潔、精確的語言交代札青：

「請大夫來看——用最好的藥！」

雖然他比誰都清楚，她的病因是心中悲傷所致，根本無法對症下藥，但是別無他策……表面上，他不動聲色，而內心深處發出了沉重的嘆息。

她的情況比他原先的預估還要壞上許多，而且現在無法談話，即使他想出了能寬慰心思的話也派不上用場……他默默的搖了搖頭，轉身準備離去。

不料，一抬眼，目光迎著了婢女手中抱著的孩子，四目相對，他看到的是一雙黑圓晶亮的眸子，帶著沉定的先天氣質，又特具嬰孩的純潔；而這還不足週歲的孩子似乎特別懂事的曉得母親病了，非常安靜的給婢女抱在懷裏；迎著了父親的目光，又似有感應，眼睛眨也不眨的直視著，隨即張嘴一笑，咿呀一聲，露出了一小截粉紅色的舌頭，接著又舞了一下雙臂。

努爾哈赤心中一震，伸出手，輕輕摸摸孩子的頭，然後就舉步走出房門。

他的步伐沉穩有力，一如往常，完全沒有洩漏出心中正有千頭萬緒奔騰起伏；走進側廳後，他獨自在炕上盤腿而坐，默然思索：

「也許，這個孩子能使她心情好轉……她畢竟是孩子的娘……」

他想到孩子還沒有命名，於是，揮手叫侍衛取紙筆來，就著身旁的小几，順手用蒙古字寫下「黃臺吉」三個字，頓了一下之後又用漢字寫下「皇太子」三個字，自己看了看，出了一會兒神，然後，他把紙張摺成小塊，放進懷裏，起身下炕，在廳內踱步。

踱了兩圈半之後，心裏的想法更完整、更明確，也更周到了些，於是，他叫侍衛來吩咐：

「你們兩個去守在福晉的門外，福晉一醒就立刻來通報！」

他準備告訴蒙古姐姐，這個孩子將是他的繼承人，未來的建州之主；因此，他未雨綢繆的為孩子取名為女真發音的「皇太極」，而義同黃臺吉與皇太子；同時將為這孩子規畫一套優於常人的教育方法，以培養他在各方面的領導能力——當然，在皇太極的童年階段，最親近、最受影響的人一定是母親，因此，她的責任最重！

身為母親，她責無旁貸，同時也是一種歸屬，她的生命將以孩子為重心——他想得感慨不已，心中別有一份酸楚，因為，夫妻之間已經有了一道無法跨越的鴻溝，使這樁婚姻逃不脫不幸和痛苦，唯有藉著兒子的力量來移轉她的心思，減少她的悲哀……

這也是他唯一能為她做的事，完成後，他又將全力以赴的進行個人私務以外的大計畫，忙得連再去探望她一次的時間都沒有。

閏十一月裏，他從費阿拉城出發，二度前往北京。

6

從部屬手中接過關於女真十部人馬發生古勒山大戰的報告，李如松很仔細的看，沒放過任何一個字；接著又仔細閱讀有關努爾哈赤前往北京的報告，看完之後，整個人都陷入沉默不語、宛如出神的狀態中。

臉上沒有特殊的表情，只有眼中透出一股沉重之色，而久久不說話，身邊的人也不敢發出任何一絲聲音，營帳中的氣氛就更僵、更悶，有如連空氣都停止流動。

過了許久，他的肢體才開始有動作——先是下意識的發出一聲長嘆，然後把手中的文書交給坐在他下首的李如柏，示意他看完後繼續給李如梅傳閱下去。

像是空氣開始有了流動，也間或傳出一些悉悉索索的翻閱文書的聲音，但，整個氣氛不但沒有因為多了這些聲息而有轉機，反而顯得更沉更悶、更凝重……

「看來，女真統一的腳步近了——」

李如松緊抿的雙唇終於在弟弟們讀完文書後緩緩啟動，說話的聲音、語氣與音調都極力控制得彷彿不包含任何情緒，但是，比平常多出來的低沉和沙啞從隱藏中洩漏了幾許：

「該來的終歸要來了！」

他黯然的向弟弟們說：

「父帥最不願看見的、花費了多年心血全力打壓、防止的事，終究還是要在我們眼前發生了——」

一隻蠶要破繭而出，一粒麥子在土裏成熟之後要冒出芽來……分裂了幾百年的女真族已經開始透出統一的曙光，趨勢已經隱隱形成，任誰也擋不住了。

體認到這一點的他，心情非常沉重：

「父帥一點也沒有看錯，努爾哈赤確有過人之能……再過上幾年，遼東就全是他的天下了！」

說著，他又發出一聲長長的嘆息，眼中充滿了沮喪，整個人都灰了——他的難過是雙重的，一重是眼看父親苦心經營多年的遼東開始出現變局；第二重是自己眼睜睜的看著這變局發生、這趨勢成形，而無力可以扭轉。

自己雖然統領著數萬人馬，但，所奉的命令既是援朝鮮，便無權過問遼東的事；更何況，對日一戰失利，自己已是待罪之身，哪裏還能顧上別的呢？

他的心裏難過極了，頭低垂著，半晌都不說話。

跟隨在他身邊的李如柏和李如梅，看法與感觸都沒有他深刻，情緒也就沒有他低落；但是，看他大異於平常，便不敢以等閒視之，更不敢多嘴，只有陪他默坐。

然而，氣氛僵久了，而且一直無限制的延續下去，終歸不是辦法，因此，兩人互相交換了眼色之後，李如柏硬起頭皮，出聲勸解道：

「大兄既有此憂慮，何不上疏朝廷，奏報此事？」

但是，這一勸，反而引起李如松更深的感觸，他重重嘆氣，連連搖頭：

「上疏朝廷，奏報此事，又有什麼用呢？父帥去職之後，朝中還有什麼人懂得『遼東』呢？古勒山一役只是女真內戰，並沒有擾及我大明百姓，與哱拜之亂大不相同，奏疏上去了，即或內閣、六部的老大人們看見了，多一半的反應會是：『女真內戰，干我大明何事？』他們哪裏想得到往後的情況呢？更何況，努爾哈赤早已把官場上的種種門道都學去了，自父帥去職後，他把遼東巡撫、總兵都交結得十分周到，弄得人人替他講話、遮掩，朝廷中早已把他當作是恭順的看邊小夷，哪裏會採信我的看法呢？」

說著，他的神情更加黯然：

「更何況，自父帥去職後，我李氏一門的威勢已經不若往昔，這次援朝鮮，又失了利；目下，朝中主戰的一方都因此消沉下來，無論我上什麼樣的奏疏，分量都大不如前了——」

他這是跟親弟弟講話，可以坦誠的講；唯獨直接批評皇帝的話，他是連在親弟弟面前也不敢說的——朝廷中的耳目和消息靈通的管道他已經從父親手裏接收了過來，因此心裏比誰都清楚，無論自己上了怎麼樣懇切的奏疏，提出了怎麼樣高明的意見，指出了怎麼樣嚴重的問題，皇帝還是連看都不看一眼的，最後反而會因為影響了別人的利益而苦了自己。

「何必多此一舉……還會招人怨呢！」

他畢竟出身宦門，所有做官的學問他都懂，雖然預知的未來情況令他心情沉重，感慨萬千，而感慨歸感慨，先顧到自己的腦袋和功名才是正事。

因此，他的感慨根本沒有化為實際行動，心裏難過之餘，還是很理性的勉強忍耐下來，並且反覆想著同一句話來紓解自己的情緒：

「萬歲爺愛聽的是四海昇平的頌辭，哪裏聽得進去『遼東將是努爾哈赤的天下』的話呢？我又怎能忤逆君心呢？父帥的苦心只好放一邊了……」

當然，他的想法一點也沒錯：朱翊鈞喜歡的是在大臣的頌讚聲中陶醉在四海昇平的假象裏——只有一點與他所想的稍有出入，那就是朱翊鈞已經極少接見大臣了，他所聽到的關於四海昇平的頌讚聲幾乎全來自後宮，從鄭玉瑩到太監、孌童，以及福壽膏，組成了一個令他沉迷、陶醉的生活空間。

鄭玉瑩隨著年齡增加而更顯成熟嫵媚，風韻迷人；在心智上的深度也與日俱增，更加善體人意，善於抓住朱翊鈞的心；她生的兩個大孩子長到能夠陪朱翊鈞玩各種遊戲的年齡，成為他最好的玩伴，從躲貓貓玩到數銀子，滿足了他童年時的一切缺憾；以張誠為首的太監集團則想盡辦法、費盡心機的迎合他的意旨，伺候得他「萬事如意」，酒食、歌舞，不但以天下第一的品質供應，還隨時推陳出新，使他不但熱愛，還時有新鮮感……總之，「酒色財氣」深入朱翊鈞的生命，與歲月的逝去等速。

而朝中的諸般問題仍然如故，立儲的事已延宕多年，依舊是羣臣全力爭取的第一件大事；朝臣間的內鬥既已藉由京察使一部分正人君子去職，餘下來的部分便顯勢單力孤，聲浪小了許多，隨即就被另一波聲音掩蓋，那就是為了朝鮮問題而掀起的鴿派與鷹派之爭。

李如松打了敗仗後，以石星為首的主和派抬頭，一連好幾個月都昂首闊步的神氣活現，滿口「議和」、「封貢」；而朱翊鈞的興頭既已冷卻，內閣擬旨，認為朝裏主和的人多，應從眾；於是，就在遼東的古勒山大戰進行得如火如荼之際，明朝的內閣、兵部等重臣已經開始商議與日本談和、從朝鮮撤軍的一切細節；至於女真古勒山大戰的事件，雖然有遼東巡撫在奏疏中提及，但滿朝大臣沒有人認為有進一步瞭解、關注和處理的必要；建州女真、努爾哈赤這幾個名字便一如李如松所預料的，在朱翊鈞的心裏未留下任何印象。

到了十二月，關於「援朝」一事的新政策塵埃落定——朱翊鈞對內閣提出的意見點了頭，決定與日方談和，並且下詔召回宋應昌、李如松及所率軍隊，任命取代郝杰總督薊遼的顧養謙兼理朝鮮事，總兵官則換了尤繼先。

當這份聖旨以八百里快傳送到朝鮮，交到李如松手裏時，他臉色死灰，心中苦悶、沉重得使跪地接旨、叩首領旨的身體伏在地上，好半晌都直不起腰來。

被召回京的消息他其實早就由其他管道獲知，可是，一旦消息成為事實，還是很難坦然承受——他難過得一連好幾天都不飲不食，更不開口講話，整個人如槁木死灰，毫無生氣，情況壞到連兩個親弟弟也勸解不了。

心情是沉重和鬱悶相乘的痛苦……他反反覆覆的想了又想：

「來到朝鮮整整一年……一年間的變化竟如此之大……朝廷竟做出這樣的決定……」

然而，想歸想，再怎麼想都起不了作用；決策是朝廷定的，命令是皇帝下的，他只能奉命行事；即使手擁重兵，他也只是皇帝所操縱的木偶，沒有自主權。

「朝鮮自民間的義軍興起後，牽制日軍，日軍已顯疲態，應該一舉予以殲滅……建州女真大敗九部聯軍，聲威大振，隱隱有一統之象，應該趁其羽翼未豐，「舉予以殲滅……」

兩個「一舉予以殲滅」的「應該」交錯在他的腦海中不停起伏，但，這都只是空想而已，在現實中已經不可能實現了。

無論是因為自己打了敗仗，還是朝中的政爭，甚或皇帝的心裏——是什麼原因都不重要，重要的是結果，那就是自己已無權過問這一切，必須奉命回北京。

對朝鮮的援助有天大的遺憾也好，對遼東的情勢憂慮也罷，都已是他個人的心事，決策權不在自己手裏，才是問題的關鍵。

但是，到了全軍返京的前一天，他苦悶多日的心情突然開朗——苦了幾天後，他想通了：

「我既無權作主，何不索性拋開這些想頭？朝廷既然主和，便會有主和的做法，何需我再苦戰？遼東關我何事，何需我苦苦思慮？」

這麼一想，心情就撥雲見日，思考的重點也就轉向、集中到自己的前途與利益上——他開始謀思回京後的自處之道，如何在北京的官場中再上一層樓。

「什麼朝鮮、遼東，萬歲爺既不愛聽，我何必多講？既不用講，我又何必多想？」

多日來積壓在心口的大石頭被拋開了，他登時覺得輕鬆愉快，像換了個人似的帶著隊伍踏上返國的歸途，一路上專心算計起北京的官場。

但，他畢竟是個帶兵打仗的武將，對文臣間的文鬥雖有耳聞卻隔了一層；沒有親身經歷過，不免想得天真——北京的官場比他想像中的難立足多了。

出任內閣首輔還不滿一年整，王錫爵就已經身心交瘁、焦頭爛額……

他本是個性剛強、容易負氣的人；年輕的時候，做官、做人都很有原則，在張居正主政期間，尤其有特殊的表現——他是嘉靖四十一年的會元，廷試上得了榜眼[1]，因而授編修職；萬曆五年他以詹事掌翰林院，張居正奪情，在滿朝一片阿附、贊成聲中，獨有鄒元標、吳中行、趙用賢等人上疏反對，卻因此被處以廷杖之刑；他發動翰林院裏的十幾人一起去找張居正求情，張居正不肯接見；他單獨到張居正的喪次求見，當面向張居正陳說不能為了私事而杖責大臣，張居正不理他，根本不讓他把話說完就逕自退入後堂；吳中行等人還是受了杖刑，他不顧得罪張居正的後果，當場放聲大哭；第二年，他任禮部右侍郎，張居正返鄉治喪，九卿上疏請急召張居正還朝，他偏不肯簽名，乾脆以省親的名義避開了。

這些「獨具風骨」的表現，使他在名譽上佔了許多便宜，而且在張居正死後成為他在官場青雲直上的雄厚資本。

十二年冬，他加拜禮部尚書兼文淵閣大學士，參與機務，職位僅在申時行和許國之下，為三輔。

入閣之初，他和申時行、許國都相處得很好，三個人同鄉，都是南畿人；他和申時行且是會試同年，別有一番情誼，合作起來相當愉快；只是，三個人都久歷官場——官場中沒有真正的朋友，日子一久，彼此不免有利害衝突的地方，友好、和諧的關係便起了變化，終而釀成三個人之間的內鬥；而後，他很聰明的拿歸省的藉口返鄉，避開了內鬥的風暴；申、許兩人去職後，他像揀到似的登上了首輔的寶座，卻沒料到，滋味竟是這麼苦澀。

申時行最為人詬病、也最為他不滿的一點是鄉愿；曲從皇帝的意旨，不敢據理力爭；包庇失職的官員，不肯嚴格執行考核……那時，每天都有人在背後怒罵申時行，包括他自己。

但是，現在輪到他做首輔了，才短短幾個月，就已經深刻體會到，原來，申時行的鄉愿是逼不得已的，是「政治環境」使然……

他打心眼裏就徹徹底底的原諒了申時行，甚至他曾經視為「不孝」、「不倫」的張居正——事非經過不知難，身為已經百病叢生、千瘡百孔的大明朝的首輔，實在很難走出一條光明的道路來；他終於瞭解張居正要採用高壓、獨裁的方式掌握一切，而申時行要裝聾作啞的接受遺臭萬年的命運的原因。

「為政……甚難！」

他不只一次從私心深處發出這樣無奈的慨嘆，好不容易才坐上這把「一人之下，萬人之上」的位子，等坐定以後才發現，自己除了無力感之外，什麼也沒有得到；既無實權，也做不出政績，反而壞了名聲，古聖先賢那一套「為政以德」的說法簡直是一則自欺欺人的神話，在本朝，做官就像賭博，賭自己是流芳百世還是遺臭萬年。

上臺才幾個月，人們已經把以往責罵申時行的話移轉到他頭上來了——

光是為了立皇太子的事，他夾在朱翊鈞和大臣們之間，兩面為難，就苦不堪言；朱翊鈞對付大臣的方法是不聞不問、不予理會；大臣們爭取無門，又見不到皇帝的面，就把矛頭全部集中到首輔身上來。

正式而且場面火爆的正面衝突已經發生過兩次：

第一次是給事中史孟麟、禮部尚書羅萬化等人為首，集合了十來個人一起登門拜訪，兩句客套話一過就變臉，直接而尖銳的出言不遜。

「閣老為官，究竟是以社稷為重，還是以『眷戀名位』為務？」

第二次聚集過來，指著他鼻子當面叫罵的人更多，岳元聲、于孔兼等一羣年輕的官員，肆無忌憚的在朝房中圍住他，用鄙夷的神情張牙舞爪似的冷嘲熱諷：

「遺臭萬年的下場已經近在眼前，閣老難道還執迷不悟嗎？」

那一次，他被氣得心口痛了好幾天，心裏的窩囊怎麼也褪不下去。

身為內閣首輔，竟然被人當場罵得像個孫子，這口氣實在難以下嚥——但是，退一步想，這些人儘管無禮咆哮，說的卻句句是實情。

自己的官聲已經因為京察的糾紛，素負眾望的趙南星等人去職而大受影響；李如松援朝鮮，打勝仗是在自己上任前，打敗仗卻是在自己上任後，很無辜的被沾了一身霉氣；立儲的問題，更是從前兩任首輔手中丟下來的一個爛攤子……

他越想越不快樂，越覺得委屈、悲憤，而且和無力感混合在一起，使心境非常惡劣：

「眼看就要遺臭萬年了！」

而他的個性不同於申時行——暗自嘆息了幾聲之後，他突然用力一甩頭，斷然的自語：

「誰願意遺臭萬年？這大明朝的官，我不做了便是！現在走人，還可以風風光光的走，否則，又是一個申時行！」

他打的算盤和申時行不同——他很明白，假如再眷戀下去的話，不但鬥不過眼前這些人、這些現實的政治面，還會落到像申時行一樣灰頭土臉的下場；還不如趁這個政爭的當口，表現出一副「風骨」來博個好名聲，作為將來東山再起的政治資本。

主意一打定，他倒是要不了幾天就想好了進行的方式——

他決定趁著一年將盡的機會，去向朱翊鈞爭取於明春冊立皇長子常洛為皇太子；當然，朱翊鈞絕不會立刻答應他的請求；那麼，機會就來了，他要趁機辭官，以向天下臣民表示他過人的骨氣和為了社稷、國本，不惜一切的向朱翊鈞爭取，爭取失敗，辭官以示負責的勇氣。

「耿耿孤忠，唯天可表！」

連臺詞都想好了，為了沽名釣譽、儲蓄將來的政治資本，索性連天都欺了。

註一：這一科考第一名的「狀元」就是申時行。

7

朱翊鈞根本沒有看到王錫爵的奏疏——既是橙黃橘綠的好時節，隔著窗兒賞雪品梅，外加美人在抱，醇酒一杯，福壽膏一盒，他當然不想上朝，不想接見臣子，不想閱讀奏疏，甚至，壓根兒就忘了自己還有常洛這個兒子。

圍繞在他膝下的是鄭玉瑩生的三個孩子……三個孩子中，他最疼愛的倒也不是常洵，而是生為女身的壽寧公主；閒暇的時候，他總愛捏捏壽寧公主那掐得出水來似的小臉蛋，逗著她說：

「就可惜本朝沒有立『皇太女』的體制，不然父皇就把帝位傳給你了！」

鄭玉瑩在一旁聽了這話，總是似笑非笑的瞅著他看，眼神裏有千言萬語，而盡在不言中。

然而，就在元旦這天的一大早，他的心情突然產生一個微妙的變化。

按照大明禮法，元旦這天，所有尚未「就藩」[1]的皇子們一大早就要來到他的宮門外，向他行禮賀年——於是，他見到了已多日不見的常洛。

時值元旦，那麼，從這一天起，常洛就算十四歲了；可是，常洛的外表一點都不像個十四歲的少年——他的身量矮小瘦削，神情中帶著幾分寒怯和幾分呆滯，說話的聲音小而抖，像喉嚨中有風在吹——但是，儘管小了一大圈，常洛的面貌還是像極了他，無論眉眼唇鼻，自然而然的流露著父子血緣。

霎時間，他瞠目結舌，心中輕輕一震，雖然這種感覺很快就消逝，而且他立刻被接踵而來的朝賀大典分散了心神，飛快的遺忘了；但是，心中的這根弦已經被觸動，幾天後便再次在心中發聲，像是常洛在喊他：

「父皇……父皇！」

之後的一天夜裏，他夢見常洛來到他跟前，跪伏在他腳下，雙手環抱他的膝，反覆喚著他；醒來後，他升起了一股悵然若失的感覺。

然後，他不由自主的回想到自己十四歲的那年；那時的自己已經登極做了四年皇帝，已經在四年前失去父愛……那時的自己正在張居正的嚴格教育下讀書，學習做一個張居正理想中的好皇帝……

夜半醒來的他，心中掠過的感覺開始複雜起來，而且帶著一絲酸楚；對於常洛所沒有得到的父愛，他興起了補償的念頭；可是，對於張居正的期許，他在輕輕一顫之後，立刻帶著畏懼與逃避的雙重心態結束了這條思路——他甚至拿常洛來阻擋張居正——他讓自己只反覆考慮常洛的問題，即使稍一失控又想到張居正的時候，也立刻強迫自己把心思移轉到常洛身上來。

於是，這一回，常洛的問題有了改善；他左一遍右一遍的想：

「他畢竟是朕的兒子，十四歲了，還不曾讀書，是有點說不過去……」

「大臣們吵了這許多年，也得安撫一下……」

最後，他終於想定了主意；就在正月過後，他頒下詔書，宣布皇長子常洛出閣講學。

他畢竟是個聰明人，很適時的採取行動，既安撫了自己的心，也安撫了大臣們的心——這道旨意一下，立刻就在朝中發生作用；已然為了爭取冊立常洛為皇太子而奮鬥多年的大臣們，雖然沒有達成願望，卻認為事情已經有了轉機，希望就在眼前；一派樂觀的人互相傳誦著幾句話：

「出閣講學，這就是冊為皇太子的先兆啊——萬歲爺必然已經回心轉意，只是還不及舉行冊立大典，又恐誤了皇長子的學業，是以先出閣講學……」

這派的人便認為，「冊立」的事已經指日可待；另一批持悲觀看法的人，也不像以往那樣的絕望了：

「萬歲爺雖未必肯盡速冊立皇太子，但，既已讓皇長子出閣講學，心中對皇長子的態度多少有點改變……」

因此，大家的心中都有了希望，首輔王錫爵的「辭意」當然也就自動打消了，大明朝廷中出現了一股消失多年的生機，和初初來到人間的春光一樣，鼓舞起人們追尋光明遠景的信心。

而在建州，光明的遠景已經越來越具體的展開在不遠的前方——

努爾哈赤在除夕前一天返回費阿拉城，迎面而來的就是人好消息。

帶著人在城門口迎接他的穆爾哈赤、舒爾哈赤以興奮的語氣向他報告，在他遠赴北京將近兩個月的時間裏，大家都加倍努力的完成他交辦的事；首先，收取了在古勒山戰前背叛建州的朱舍里部——朱舍里部心存畏懼，建州軍一到就不戰而降，因而不費一兵一卒就完成任務——

接著，額亦都率兵圍訥殷部的佛多和山寨，一樣沒有開戰，只包圍了好些天，訥殷部無法突圍，也未獲他部援助，於是投降。

這兩部雖然都是小部，人畜方面的收穫不大，但是意義不同——他非常高興的稱許：

「收取了他們，就再也沒有背叛建州的人了——」

舒爾哈赤道：

「已經按照您的指示，將所有人丁帶回建州，分散編入不同的牛碌中——這兩部人少，每一牛碌只編入五、六人而已，他們之間很難再聯合，想再背叛也不可能了！」

努爾哈赤點點頭：

「這事你辦得很好——我想，他們很快會融入我部，打心眼裏成為建州的子民！」

這是他非常重視的一個要點——身為建州的領導人，他要求自己必須深刻掌握每一名建州成員的人心，新加入的降人，更要特別關注，因為戰敗投降，是不得已的，不比自動來投效的人心悅誠服，需要有一套方法來使他們歸心；將他們分散後編入牛碌，這是第一個步驟，舒爾哈赤等人既已順利完成，接下來就該由自己親自進行第二、第三個步驟，使這些人對建州產生強烈的向心力，乃至成為忠貞不二的建州子民……

他想得出神了，沒注意到舒爾哈赤的眼神中還帶著期盼，勉強按捺著不說話，直到走進大廳坐下後，才囁嚅著半帶試探的向他詢問：

「大哥這趟到北京——想必，收穫很豐富吧！」

這話提醒了他，於是，他讓四個弟弟和五員虎將一起圍繞他而坐，聽他講述北京之行的見聞。

與第一趟北京之行的時間相隔了三年，這三年間，北京城具體的變化並不大，他所見的依舊是高大壯麗的城樓，繁華熱鬧的街市，熙攘往來的人羣，組織成泱泱大國的氣象；但，細心的他有著異於常人的敏銳，因而有一股特別的感受：

「三年前，我所結交的兵部官員，大都還在原來的位子上，做原來的事，最多的還是接待去朝貢的各部人馬，照他們自己說，官小，所以沒有變化；但是我看他們跟三年前不一樣；首先，很多人看起來都顯得心事重重，愁眉不展，不像以前那麼開朗、高興；其次，一開口就唉聲嘆氣，說，在朝鮮打了敗仗，輸給了小日本，丟臉極了！此外，我獨個兒在街上逛逛，在酒樓坐坐，聽到百姓抱怨，打敗仗還在其次，最煩的是稅又加重了，日子難過——這些見聞，是我此行最大的收穫，比明朝給的酒宴、賞賜、封號、敕書都重要多了！」

說話的同時，他也特地分神注意舒爾哈赤聽後的反應，希望舒爾哈赤能領略這些話的意義；但是，舒爾哈赤對他的注視沒有產生特別的感受，也沒有回應，只是半低著頭，像是在很專心的聽他說話，他微感失望，隨即收回目光，望向其他的人。

好學的費英東在經過一番思考後提出意見：

「以貝勒爺所見，明朝的情況不太好，正在走向衰敗——百姓怨聲載道，大將遠征失利，官員愁眉不展——貝勒爺必然已經有了因應之道！」

努爾哈赤回答他：

「我回來的路上，不停的想著這事；再怎麼勇猛的老虎，也總有老死的一天，明朝，已經老了；但是，明朝非常大，還有很多情況我們不知道——不知道它究竟老到什麼地步了，不知道它什麼時候老死；所以，我們要盡量多去走走，多知道實際的狀況，才好訂出因應的做法來——我想，以後，我們每年都去朝貢，盡量多去幾個人！」

這話引起了興頭，人人都想走一遭，就連曾經跟隨他去過北京的額亦都、何和禮也都想再去看看，於是，氣氛更加熱烈，談論了許久還不肯停歇。

而建州對外交結的事，似乎進行得特別順利；接著，像上天特別眷顧似的，意外的收穫來了——開春不久，蒙古北科爾沁部的明安貝勒、喀爾喀五部貝勒勞薩派遣的通好使者到達了建州。

從一接到蒙古使者前來的消息開始，努爾哈赤就顯得非常高興，他找來額亦都、安費揚古等人商量說：

「冤家宜解不宜結，明安貝勒雖然曾經參加九部聯軍，與我建州為敵，但如今他既遣使通好，我們也就別再計較前嫌——喀爾喀五部一向與建州沒有往來，現在率先遣使通好，是件求之不得的美事；我們要好好招待這兩部來使，也讓他們把建州願與他部結盟為友的誠意轉陳給兩部貝勒！」

安費揚古想了一想說：

「這兩部主動來通好，也許還有一個原因；現今蒙古各部以察哈爾部最強，時時威脅到科爾沁、喀爾喀，所以這兩部急著想多結些盟部，以增長實力對抗察哈爾部❷！」

努爾哈赤點點頭道：

「這個我知道——早先，明安貝勒與葉赫、烏拉結盟，甚且參加九部聯軍，何嘗不是這個原因呢？」

說著一頓，隨後語重心長的昭示：

「無論什麼原因都不要緊，只要是對我建州有利的事，我們就要全力以赴——且不管科爾沁和喀爾喀的目的，即以我建州而言，也一樣應多結些盟部以增長實力！」

於是，他特別盡心的準備，給兩部來使以極大的歡迎，設下豐盛的酒宴款待；席上，他親自酬酢，談笑風生，並且親自勸酒，與客暢飲，使得賓主盡歡，氣氛融洽之至，兩部的來使竟在不知不覺中酩酊大醉。

第二天，話入正題，而因為雙方已經熟稔，談起來也就特別投緣；兩部來使都非常懇切的傳達了本部與建州交好的誠意，尤其是科爾沁部的來使，一開口就先代明安貝勒致歉：

「我部參加九部聯軍，來攻建州，實是一時不察，誤信葉赫貝勒的話，望建州貝勒不計前嫌——」

而這話立刻被努爾哈赤打斷，他以爽朗的語氣、親和的態度表達修好的心意：

「過去的事，還提它做什麼呢？您回去後，請先替我轉達明安貝勒，說，昨日以前的事，都已不存在了，大家都認定，貴我兩部之間的關係，自您到達建州的昨日才開始；今日大家見面會商，歡喜圓滿，今後便是盟邦；未來，更應通婚結親，共牛共榮，共為兩部開創新的福祉！」

這份胸襟和氣度折服了眾人，科爾沁部的來使五體投地，由衷的發出欣敬：

「建州貝勒委實了不起！不獨是能打勝仗的英雄，還是心胸寬闊，能與他部為善的仁人！」

與建州毫無往日仇隙的喀爾喀五部來使當然更加高興，登時就向努爾哈赤行禮致敬：

「我返回後，一定立刻將建州貝勒的廣闊心胸稟告勞薩貝勒；未來，喀爾喀五部也願與建州通婚、結親，共生共榮，共創福祉！」

努爾哈赤高興得親自下座，拍著兩部來使的肩膀：

「好！好！未來，大家都是一家人！」

場面皆大歡喜，圓滿和諧……

註一：明朝的制度，除了皇太子以外的皇子，成年後分別封王位，是為「藩王」，並賜予一定的領地，大都在外省，藩王必須離開皇宮，到自己的領地去居住，稱為「就藩」，非經宣召不可以隨便回到京師來。

註二：蒙古各部發展到明朝末年的時候，在蒙古草原上主要的大部有三：

(1)漠西厄魯特蒙古：生活在蒙古草原西部至準噶爾盆地一帶。

(2)漠北喀爾喀蒙古：生活在貝加爾湖以南，河套以北。

(3)漠南蒙古：生活在蒙古草原東部、大漠以南。

其中，科爾沁和察哈爾部都屬於漠南蒙古，察哈爾部的圖們可汗興起後，不但對明朝遼東造成威脅，對科爾沁、喀爾喀等部的威脅也很大；明萬曆三十二年以後，察哈爾部又出了一位英主林丹可汗，把察哈爾部發展得很強盛，有眾四十萬，並且不時吞併各小部，對科爾沁、喀爾喀等部的威脅更大。

8

陽光宛如母親慈藹的雙手，輕輕撫過臉頰；母親的雙手亦宛如和煦的陽光，溫柔的擁抱著孩子；蒙古姐姐抱著皇太極坐在屋簷下，迎著陽光，仰望雲空，氣氛圓滿和諧極了。

春來了，久病新癒的她感受到了春陽的溫暖和生機，生命的活力開始復甦，尤其是抱著已經學語、學步的皇太極時，她強烈的感受到生命正在成長，而這新生命是她的兒子，是她生命的延續……她聽著皇太極以稚嫩的聲音清楚的喊「額娘」，心裏升起了一股悸動。

於是，她伸出手指，輕輕的逗弄皇太極的臉蛋，柔聲的同他說話，母子間心意相通，她的聲音與眼眸中盡是慈光，而皇太極心中欣喜，咧嘴而笑，露出一小截粉紅色的舌頭，模樣可愛極了，她心中的光與熱也就越趨濃郁。

精神有了寄託和歸屬，從而產生了新的力量，支撐起她的生命，堅強起來，度過傷痛的摧折；甚至，她蓄意憑藉這股力量，忘卻自己是努爾哈赤的妻子和納林布祿的妹妹這兩個身分，而只是皇太極的母親，一切都以皇太極為主、為中心，直視他為自己生命的全部。

她為皇太極輕唱兒歌，讓皇太極一句一句的跟著學，然後一起展開甜蜜、滿足的笑容，展現著溫馨、完美的畫面。

努爾哈赤穿過大門進院來了，一眼就望見了這幅美好無瑕的畫面，但是，他立刻停住腳步，遠遠的站著，像在猶豫著該說些什麼話，又像是不敢前進，怕干擾了她母子合組的小天地，破壞了這圓滿的畫面。

陽光從他的後側方斜映過來，使他的頭頂、後腦、後背都閃閃發光，而臉上有著明顯的陰影；一頓之後，他想舉步退離，但是，來不及了——面迎陽光的蒙古姐姐感覺到了他的到來，頭一抬，眸光一轉，便遙遙與他四目相對。

他像自覺無所遁形似的微微一震，逃避的心理自動沉落，而露出溫和的笑容，以緩慢的步伐走上前去，一面暗自提醒自己說話要特別謹慎，萬不可觸碰她心中的傷痛，話題應以皇太極為重心。

而皇太極也正朝他舞動雙臂喊「阿瑪」，適時成為父母間的橋梁，化解了無言以對的尷尬；努爾哈赤很自然的伸手從蒙古姐姐懷裏將他抱過來，順勢放下地，笑吟吟的對他說：

「來！走幾步路給阿瑪看看！」

他才一歲多，腿腳都還小，幾步路走得歪歪斜斜，跌跌撞撞，但畢竟能走了，努爾哈赤看著他走一小段路，高興得大笑，然後抱起來，舉高了轉圈子：

「好孩子！長得好，走得也好——好，好，好，快快長大，阿瑪好好的教你騎馬射箭，治國平天下！」

皇太極會說的話還不太多，能聽懂的話也還不太多；但是在父親的懷裏既是非常高興，也像感受到了父親的高興，一個勁的笑著，不停的喊：

「阿瑪──阿瑪──」

而靜靜看著這情景的蒙古姐姐不由自主的溢出了眼淚。

父子之間也是心意相通的──她的感觸非常複雜，而且是獲得與失落、欣慰與悲哀的交替，但是，安身立命的感覺開始在心中滋生，對自己的命運也有了更深一層的體認；於是，她含淚要求自己，柔順的服從命運的安排，把全部心力用在養育、教育皇太極上，使他平平安安的長大成人，成為一個智慧、能力都卓越超羣的人，繼承父親的志業，做一番大事業。

對於努爾哈赤的志業，她雖不能有完全的、深刻的瞭解，但是能體會到，那是一個不同於尋常人的大英雄事業……命運雖然使她和努爾哈赤之間產生了無法跨越的鴻溝，心靈上、精神上無法融為一體，但也給了她皇太極……

長大後，他會是個大英雄，將治國平天下……甚至，她被引發出另外的期望：

「他會是個大英雄……他兼有建州和葉赫的血緣，若做了建州之主，就能化解建州和葉赫之間的仇怨……」

心裏湧起了新的熱潮，於是，注視他父子的目光也有了改變，她沒有說話，而像重新審視三個人的命運般的出神凝眸。

生命有了新的希望和新的意義……

皇太極朝她奔過來了，手舞足蹈，搖搖擺擺，但是步伐不穩，沒走幾步就跌了一跤，「嗯呀」叫了一聲；她立刻趕上前，伸手去抱他，不料在她到達前，他就自己站了起來，沒有哭，但是神情帶著些許驚愕，像是剛領略到摔跤的意義，還在品嘗滋味而沒能得出結論似的。

努爾哈赤也走了過來，站在皇太極身後，定定的看著他摔跤後站起，而嘴角帶著笑意。

她終於朝努爾哈赤出聲致意：

「貝勒爺——」

努爾哈赤點點頭，微微一笑，隨即彎下腰抱起皇太極，再交到她手中，讓她抱在懷裏。

皇太極的神情立刻一變為歡喜，重新露出純真的甜笑；稚齡的他感受不到成人世界裏的恩怨情仇，更不知道存在於父母之間的情義與矛盾，只是衷心的發出喜悅與快樂的歡笑，而把氣氛帶得非常好。

春暉柔煦如棉，也溫暖如棉，驅去了蒙古姐姐心中的愁雲，照亮了皇太極的臉龐……

努爾哈赤默默的仰天一望，天上的春日初陽圓滿無缺，散發出一輪金色的光暈，像是極肯定的稱許，他的努力沒有白費。

9

春氣一動，萬物復甦，大地處處是生機，唯獨大明皇宮中的氣象與天地間的季候背道而馳——雖然宮中的景物一樣是淑氣催黃鳥，一樣是晴光轉綠蘋，但是，翊坤宮中傳出了哀戚的喪音，一切都不一樣了。

遭逢不幸的是鄭玉瑩所生的皇四子常治，年僅一歲多，原本只是受了點風寒，咳嗽而已，不料服藥無效，拖延了一個多月就夭逝。

得到稟奏的朱翊鈞不顧禮法，趕到翊坤宮探視，而常治的小身體已經蓋上白布，鄭玉瑩已經哭暈過去，太監宮女們正忙著照顧昏迷中的鄭玉瑩，場面亂成一團，使他原本就已經陷在傷痛和焦急煩亂中的心情更加惡化，他暴跳如雷，立刻下令嚴懲太醫和照顧常治的奶娘、太監、宮女，責任重大的都處死刑。

於是，喪失生命的就不只是個一歲多的嬰孩——

偏偏，就在這個時候，慈寧宮來了太監：

「啟稟萬歲，皇太后有請！」

他心情惡劣已極，不想過去，但是，生身的母親向來是他最擺在心上的人，當然不能不理會，於是，揮手要張誠過來，吩咐他去一趟慈寧宮；卻不料，張誠根本不在身邊，上前候命的是新近選撥上來的陳矩，他登時遲疑了一下，深恐陳矩不如張誠深刻瞭解宮中微妙的人際關係，而無法在李太后跟前做出圓滿的應對，完成這看似簡單、實則困難的任務；但是，再傳喚張誠又需費時，不只李太后要等得發急，自己也不耐煩，只得把心一橫，命陳矩去了。

但，陳矩一走，他又因為事情已經交辦，心頭一空，煩亂感立刻再湧上來，情緒更壞，索性命碧桃上來伺候福壽膏，以逃避現實。

福壽膏也確有妙用，他飽吸幾口之後繃緊的心弦就鬆了下來，精神和肢體都舒坦了不少，思路也因情緒的平和而清楚了些，不多時就想到了處理事情的方法——他隨口吩咐身邊的太監：

「派人去接鄭娘娘的母親進宮，讓她好生陪伴鄭娘娘！」

這事容易辦，不需要考慮人手，太監立刻領命而去，他也長長的吁出一口氣——要照顧鄭玉瑩，這是唯一的辦法——人死不能復生，他雖然貴為天子，也無法追回常治的小生命，無法消除鄭玉瑩的哀痛，唯有消極的減少……

他忍不住喟然嘆息，人，即使權傾天下，在死神面前也還是渺小的；但他隨即就讓思緒離開這個令人傷感的點——他不要清醒的面對任何讓自己難受的事，哪怕只是一個無形的感慨——於是，福壽膏的魔力顯得不足了，他索性命「進酒」，以雙重的途徑逃離現實。

獨喝悶酒，更易入醉，他很快就如所願的逃入夢鄉；夢中的情景是兩個月前的現實生活狀況，襁褓中的常治健康活潑，和壽寧公主、常洵一起圍在他和鄭玉瑩的膝下，快樂的手舞足蹈，身為父母的他和鄭玉瑩笑口常開的與孩子們享受天倫之樂。

夭逝和傷痛都不存在，生活中盡是歡樂與甜蜜，美好得令他不肯清醒過來。

當陳矩從慈寧宮返回的時候，朱翊鈞還在甜睡，白白胖胖的臉龐不但顯得安詳寧靜，嘴角還微微上牽，露出了滿足的笑容，這是他清醒的時候從來沒有過的神情，看得太監們全都暗自納悶，行事謹慎的陳矩尤其保持著沉默，恭敬的退立一旁，等候朱翊鈞醒來再向他稟奏李太后交辦的事。

細心的他早在前些年就感受到這當今帝王家的親倫關係極為複雜，得侍君側後，他加倍認真的仔細觀察，表面上默然無語，而實質上已經有了深刻的瞭解，也尋思出自己的對應之道來——宮中的是非太多，自己應該沉默寡言、置身事外，才能避免捲入紛爭，惹禍上身！

而這趟慈寧宮之行，雖然圓滿完成任務，也對後宮的人際關係產生更深一層的體認，但，整個過程使他暗自心驚不已。

李太后傳宣朱翊鈞，完全是為了常洛——常洛即將「出閣講學」，李太后再三重複叮嚀，要為常洛挑選學問、人品都是最好的講官，不厭其煩的絮叨著；而當他陳奏皇四子仙逝，朱翊鈞正在處理這事，無法立刻親赴慈寧宮時，李太后的反應卻是冷漠的，從頭到尾只說出一句輕描淡寫的話：

「你回去後，好言勸慰萬歲爺幾句吧！」

他恭敬的應「遵旨」，而心裏湧起徹骨寒意——這一回，他確實的、清楚的看見了外表仁慈的李太后，內心中殘酷的一面！

她不喜歡鄭玉瑩，連帶排斥她生的孩子，而不論這些孩子也是她的親孫子……常治夭折，她竟沒有半點悲傷之意，沒有半句安慰鄭玉瑩的話，似乎，常治與她毫不相干，她的心裏只有常洛……

他打從內心深處發出戰慄，對這樣的親倫關係感慨不已，但也立刻提醒自己，對這一切都要裝作不知道——得侍君側固然提高了身分和等級，但若不懂得裝聾作啞之道，便是步入危境的開始，以往許多自以為深知帝王后妃皇子間的秘密的太監，大都沒有好結果，自己一定要謹記那些前車之鑑！

因此，當朱翊鈞醒來，再用上幾筒福壽膏，而後宣他回話的時候，他已成竹在胸，一本謹言慎行的原則，忠實傳述李太后的語言，一字不改，更無增刪：

「皇太后吩咐，著力辦理皇長子出閣講學的一應事宜，挑選學問、人品都最好的講官授業！」

他很認真的稟奏，雖然心裏非常明白，這些話，講了也是白講——在朱翊鈞的心中，常洛的分量不重，哪裏會著力辦理常洛的事呢？更何況正值常治夭逝之際，朱翊鈞滿心裏想的都是如何安慰鄭玉瑩——常洛的事，能應付得了李太后和朝中的大臣就要謝天謝地了！

心中的嘆息更深——本性正直的他，既感慨萬千，也徒喚奈何，只有違背正直的本性，做個「鄉愿」，對自己的期許也只剩下消極的不做惡事，沉默寡言的盡忠職守。

而其實，他對朱翊鈞的瞭解只達到七成——朱翊鈞的反應一如他所預料，對李太后的吩咐就是隨口應了聲「唔」而已，也顯得很冷漠；他的猜測非常準確，但，朱翊鈞內心深處的煩愁和痛苦，卻是他完全體會不到的。

愛情與親情相抵觸，情感與體制相抵觸，問題已經存在了十幾年，也拖延了十幾年，而隨著歲月的流逝，常洛的年齡與日俱增，逼得他必須面對……以往逃避現實、拿各種理由敷衍、搪塞以拖延問題的辦法很快就會行不通——天資極高的他，沒有什麼事是不明白的，因而，心裏煩愁極了。

常洛出閣講學的事，他雖不積極辦理，但是講官的人選早有腹案——他並不昏庸，朝裏大臣的學問、人品，誰優誰劣，他明白得很；而且，選講官的標準與選首輔、選閣臣不同，他更清楚——李太后的絮絮叨叨，其實是多餘的！

事情真正的為難處，當然是在於鄭玉瑩——鄭玉瑩早已為了他讓常洛出閣講學而不高興，嘴裏沒有明白說出口，但是每一句話都暗藏疙瘩，而他，又哪裏會不明白呢？偏又遇上更壞的事，常治夭逝，鄭玉瑩的心情當然又惡劣上十倍、百倍、千倍，他所面臨的難解的難題也就再難上十倍、百倍、千倍……

除了酒與福壽膏能讓他暫時遺忘煩惱、躲開煩惱之外，還能怎麼樣呢？

索性竭盡所能的麻醉自己吧！一醉萬事休！

於是，他叫陳矩去向所有的人宣稱，自己因皇四子仙逝，心中哀傷，導致龍體不適，須好生調養，而在養病期間內，非重大的事暫且全免。

這當然也是個逃避現實的做法——至少可以讓耳根清淨上些許日子——他專心躲入酒與福壽膏之中，暫時忘卻難題與憂煩，也完全不關心這行為所衍發的後遺症。

首先，承辦常洛出閣講學的人，原本就因為怕得罪鄭玉瑩而不敢積極努力的辦事，只礙著「聖意」不得不敷衍著進行；朱翊鈞既宣稱自己要養病，便不會特別來注意這事，大家悄悄鬆出一口氣，有一搭沒一搭的胡亂辦辦，既樂得躲懶，也避免了得罪鄭玉瑩；只是，滿朝大臣巴望了許久，深受矚目的「皇長子出閣講學」的大事便給辦得草率不堪。

常洛的講官選的是翰林院編修郭正域❶和修撰唐文獻❷，兩人都是正直、博學之士，在課業的教授上絕對勝任；但是，皇宮中給予這組師生講學的待遇卻差得過分了——二月中還是雪花紛飛的時節，天寒地凍，冷得不得了，常洛講學的書房中卻連個火盆子都沒有；硯臺裏的水結成了冰，筆凍得呵不開；而常洛因為日常的供應差，身上穿著一件已經嫌小的舊棉袍，給一個彎腰駝背的老太監陪著走進書房來的時候，瘦小的身軀冷得不停發抖，登時令兩位老師心酸得險些落下眼淚，兩人一起喊了聲「殿下」，常洛卻因為人都凍僵了，久久無法出聲回應。

唐文獻顧不得君臣之分，解下自己身上的狐皮袍子，披在常洛身上給他保暖；郭正域性情正直剛強，忍不住叱喝：

「執事總管何在？還不快取火來禦寒？」

經此喝叫，躲在密室中圍爐取暖的太監們才三三兩兩的現身，端了火盆進來，這才使常洛沒在講學的第一天就凍出病來。

事情傳揚到朝廷中，當然又是一陣人聲沸騰，感慨、指責，乃至於為常洛爭取較好待遇的呼聲不斷；只奈，正全力逃避現實的朱翊鈞根本充耳不聞——甚至連責備這些怠忽職守的太監的念頭都沒有，彷彿壓根沒有這回事。

於是，大臣們更加不滿，更加大聲疾呼，也更加對王錫爵施以壓力，要他拿出辦法來使朱翊鈞改善對常洛的態度和待遇。

一些思慮敏銳的人，直接想到這事與鄭玉瑩有關，甚至認為是鄭玉瑩指使太監們這麼做的——這話雖無真憑實據，但一說出來，便有人相信，而且引發更嚴重的揣測，認為這是鄭玉瑩想藉此凍死常洛，以便朱翊鈞毫無阻礙的冊立常洵為皇太子！

話是空穴來風，但是散播得很快，沒幾天便人盡皆知，人盡談論；真正有見識的人雖然都不採信這說法，但也無法杜悠悠眾口，而使這不利於鄭玉瑩的謠言滿天飛舞，甚且在不久之後就傳到鄭玉瑩耳裏。

初一聽這樣的說法，鄭玉瑩愣住了，繼而撲簌落淚，全身發抖。

「是誰這麼惡毒，加我這樣的罪名？」

她氣憤填膺，厲聲追問；但是，告訴她這話的馮非煙也不知道是誰在蓄意興風作浪，惡意中傷，而只能說明實際的狀況：

「咱們查不出來是誰起的頭呀，原來聽人說，朝裏的大人們都這麼講，過些天，連街上百姓也都在說這個了——話傳到府裏來，老爺聽了生氣，氣得連飯都不想吃，只讓我來稟告娘娘，請娘娘求了萬歲爺，派人查出造謠生事的人來嚴懲吧！」

除此之外別無善策，鄭玉瑩也很認同，連點兩下頭：

「萬歲爺一醒，我立刻稟奏！」

馮非煙用力點頭：

「這些人一定要教訓，嘴壞心壞，實在可惡極了！莫名其妙的硬要把娘娘說成想謀害皇長子——全不想想，娘娘正為皇四子傷心呢，不來安慰安慰娘娘，還要落井下石的中傷娘娘，太不應該了！」

她心中憤慨，說話就更急切；卻在無意中提起常治來，又觸動了鄭玉瑩的悲痛，霎時間，鄭玉瑩再度淚流滿面，既傷心常治夭逝，也聯想到其他的委屈：

「可憐常治……才這麼小……安慰……誰安慰了？別說是外人了，就是宮裏，除了萬歲爺，誰還把我們母子放在心上呢？皇太后平日裏拜佛蓋廟，滿口慈悲，可是，沒了親孫子，就連半句話都沒有；皇后呢，不是母儀天下嗎？名分上，還讓常治喊『母后』呢，一樣沒半句話……」

她邊說邊哭，越哭情緒越激動，也越氣憤，越傷心，於是又哭得更厲害；馮非煙看她這樣，有點懊悔自己的話，趕緊設法化解：

「娘娘且不跟她們計較，也不值得跟她們計較……將來，母儀天下的可是娘娘自己呢！太后年紀大了，皇后沒生出皇子來，都只能在這會子神氣神氣，哪像娘娘……將來，娘娘生的寶貝登了大位，才是神氣的時候呢！」

這話提醒了鄭玉瑩，無論皇宮中、乃至全天下的人對待她的態度如何，都屬次要，畢竟，她手裏握著兩張王牌：朱翊鈞和常洵！

但，她的心裏也產生了一個新的、深入的體認——她緊接著發出一聲冷笑：

「幸虧還有這個指望呢！才不怕將來給她們整治得死無葬身之地！」

她咬牙切齒，但是化悲憤為力量——歷經失去常治的轉折，使她又產生新的力量，奪取后座的意念也就又加重許多——她隨即抹去眼淚，以堅定的語氣對馮非煙說：

「娘，您放心——我一定做得到！」

而這其實是在向她自己宣告——別無退路，必須背水一戰；同時，她更加顯得信心滿滿，一面繼續對馮非煙說話，一面吩咐親信宮女：

「一會兒，我給您看樣東西——巧玫，你悄悄的去到大高元殿，把藏在神案裏的錦盒取來！」

錦盒取來了，除了重複上了兩道鎖以外，外觀與一般錦盒差別不大，但卻是馮非煙從來沒有見過的；鄭玉瑩也特別慎重，接過錦盒後，先命身邊的太監、宮女們都退出寢殿，只留下馮非煙，然後，她取鑰匙開鎖。

馮非煙不免好奇，低著頭，一雙眼睛跟著鑰匙打轉；終於，錦盒被打開來了，裏面只有一張摺疊的紙箋；她更加好奇，抬起眼來看著鄭玉瑩。

鄭玉瑩卻鬆開了雙手，退開了身，淡淡的努了一下嘴：

「您自己看吧！」

馮非煙連忙從錦盒中取出紙箋，打開來看，一看看得心口狂跳不已，隨即顫聲的念出寫在上面的字：

「朕將冊立朱常洵為本朝皇太子，神人共鑑！」

念到一半她就冒出了眼淚，但嘴上都是笑，心中盡是喜；轉過頭，結結巴巴的詢問鄭玉瑩：

「這是……」

鄭玉瑩以平靜的語氣告訴她：

「上次出巡天壽山的時候，他親筆給我寫的誓書！」

這當然是一個保證，比口頭的承諾具體得多；馮非煙重複看了多次，然後重重的嘆出氣來：

「真該把這幾個字拿去給朝裏的大臣、天下的百姓們看看，這樣，大家就沒話說了！」

鄭玉瑩冷冷的接腔：

「他就是礙著皇太后——這回常治的事，也讓我看清了，這幾個字，要等到皇太后不在了，才能昭告天下！」

馮非煙嘆了口氣，但立刻以具體的話勸慰鄭玉瑩：

「這不要緊——皇太后畢竟已經上了年紀，常言道，老健春寒秋後熱，都是不長久的，娘娘還年輕，等得——何況，萬歲爺都立了這麼重的誓約，神人共鑑，海枯石爛都不會改的！」

她著實放心了，隨即小心翼翼的摺起紙箋，放回錦盒中，仔仔細細的把鎖鎖上，再笑吟吟的遞到鄭玉瑩手掌中：

「娘娘枕著這個睡吧！準保睡得安安穩穩，一覺到天亮！」

然而，她錯了——鄭玉瑩失眠的情況比平常還要嚴重了許多，腦海裏不停的起伏著各路思緒，彼此交錯，而且速度飛快，竟有如織上了一張亂網，然後又疊上一張亂網，重複了千百次之後，這千百張亂網的重量全部壓在她的頭上，令她頭疼欲裂。

她沒有枕著錦盒，而是把錦盒放在枕畔，頭一側，臉頰就能觸及，手一伸就能摸著，而腦海裏立時浮起朱翊鈞親筆寫下誓書時的情景，偏偏，李太后的嚴厲眼神也立刻飛過來，與朱翊鈞執筆的手重疊在一起……

普天之下，人人都在指責她是紅顏禍水，而沒有人能體會她心中的痛苦——身體直挺挺的躺著，眼淚忍不住如湧泉般溢出，直欲淹沒枕畔的錦盒。

她畢竟比馮非煙深入瞭解皇宮內的情況，深入瞭解朱翊鈞，深入瞭解李太后，也就不像馮非煙那麼篤定、樂觀，更不像自己展現於外表的有十成十的把握，而且，只要事情還有一分不確定，她的心就放不下，眼就闔不上……

挨到破曉時分，她終於忍不住了，強行掙扎著出聲，叫喚宮女；只是，聲音一發出之後，雙眼就闔上了。

但她卻不是解除了失眠之苦，而是暈了過去——她病了。

註一：郭正域字美命，江夏人，萬曆十一年進士，他博學且正直，因而後來被捲入嚴酷的政治鬥爭中。

註二：唐文獻字無徵，華亭人，萬曆十四年狀元；他出自趙用賢門下，重視名節，因而不見容於當朝，後來很不得意。

10

皇宮中的氣氛有了重大改變，像著了魔似的，一切都停頓下來；因為鄭玉瑩得病，朱翊鈞更沒有心思搭理任何事，而全力關注鄭玉瑩的病情；多年來心懸「奪嫡」隱憂的李太后更是特別關注鄭玉瑩的病情，不時派人悄悄打聽，一日數起聽取這事的報告，聽完後心裏反覆盤算，以至於分不出精力來注意別的事；就連常洛來請安的時候，她因為不想讓常洛小小年紀就得知宮中複雜的人際關係，就特別控制著，不說出心裏的想法，乃至於沒什麼話說，整座慈寧宮中完全沉寂下來。

而氣氛最特殊的當然是太醫院——甫因常治之死而被處死了一些人，太醫們人人心有餘悸，對鄭玉瑩的病也就無不以戰戰兢兢、臨深履薄的心情全力以赴，但是望聞問切之後都不約而同的眉頭深鎖，三緘其口，筆下只敢開出些培元補氣的方子。

沒有人敢說出鄭玉瑩的病因、病情，但有深刻的體認：這事稍有些微不妥，自己便會有性命之憂！

人人都不說話，皇宮便有如一座死城，常洛出閣講學的待遇問題當然就沒有人再提，在朱翊鈞的心中更是完全被遺忘了。

但是，朝廷中對常洛的事，越得不到回應，就爭取得越激烈；人們不但沒有因此降低議論的聲浪，還議論得越來越厲害，甚且成為政治鬥爭的新事由。

首當其衝被鬥的當然是內閣首輔王錫爵——朝臣們以他向朱翊鈞爭取改善常洛的待遇不力為由，對他施壓，甚至公然當面指責、辱罵……

尤其是以顧憲成為首的一羣熱切想改革弊政的中級官員，同時發動了輿論的力量，一起批評王錫爵，以致王錫爵受到的壓力又增加好幾倍。

但，王錫爵哪裏會有什麼辦法呢？

對他來說，朱翊鈞肯讓常洛出閣講學就已經是皇恩浩蕩至極了，哪裏還敢再奢望別的；更何況，皇宮裏近日遭逢皇子夭逝、貴妃病倒的痛事，如果上疏多話，無異去撚虎鬚、拔虎牙，送掉自己的命。

因而，他再次不安於位，索性公開表明要辭官歸里，以避開輿論的責難。

但是，他即將辭官的說法，又被顧憲成等人看穿，認為是裝腔作勢的表演，旨在逃避，對他的指責更加嚴重——顧憲成甚至在朝班之上，公然報以不屑的眼神和語氣：

「士大夫之風骨已蕩然無存——」

而其實，他在說話的同時，心裏萬分清楚，這話，不只適用於王錫爵——打自申時行以來的幾任首輔，又有哪一個具有「風骨」呢？

但他不但不能鬆口，不能放過王錫爵，還要更積極的聯絡同儕，集中力量，繼續責難王錫爵——他認為，王錫爵既已萌辭官之意，只要再加把勁，他就真辭了，或竟如昔年申時行那樣，想要以退為進，結果假戲真做的下臺了。

他與王錫爵並無私怨，但逼走王錫爵，有利於推動政治改革——他熱切的想著：

「王錫爵一走，首輔易人，便是力挽狂瀾的轉機——」

首輔易人，如若換了有作為、有擔當的正人君子出任，朝政當然會有逐漸改善的希望；而新任首輔的人選，決定權固然操在朱翊鈞手上，但是，大臣和輿論的力量還是很有影響的——主意一定，他立刻聯絡起仍然在朝為官的朋友，一起商議進行這件事的方法和步驟。

經歷過去年的「京察」事件後，趙南星、陳泰來、于孔兼等人多被貶官，一向與他志同道合的朋友仍然留在朝中的已經不多，僅剩下的少數人職位不高，影響力不大，但他卻不因此氣餒，仍然很積極的聯繫，約齊了到宅中小聚。

他一向思慮縝密，在聚會前，已經先把事情想了個通透，說起話來便胸有成竹——與會的朋友儘管只有任給事中的盧明諏、逯中立❶和任禮部郎中的何喬遠❷，他一樣滿懷熱情和理想的陳說：

「能影響首輔人選之道，莫過於恢復『廷推』，則閣臣由吏部會九卿推舉，便可免去再用佞臣、庸臣了！」

這辦法由制度下手，非常具體，聽得人人都不約而同的點頭，一起應和著他的意思，盧明諏便道：

「顧大人所言甚是，目下亦唯有恢復『廷推』，才能匡正閣臣選用之弊！」

逯中立跟著說：

「如若恢復『廷推』，便是吏部所司；我等不才，唯願竭盡全力！」

這次與會的人數雖少，但是大家的話給了顧憲成莫大的精神支持；於是，接下來，又提出更明確的行事步驟；第一步是拜訪接替孫鑨擔任吏部尚書的陳有年，向他提出爭取恢復「廷推」的建議。

陳有年是嘉靖四十一年的進士，為人剛介，為官清正，而且年高資深，很受朝中眾臣的敬重；去秋孫鑨因「京察」一事觸怒朱翊鈞的時候，他居官南京都御史，孫鑨去職後便召拜他為吏部尚書；他年已六十四，對顧憲成這批年輕的官員來說，既是長官，也無異是父執；而且因為性情相近，他一向對顧憲成這批人頗為賞識，這回一聽完顧憲成述說來意，立刻就點頭。

「『廷推』之制，本朝已行之多年，豈可壞於一、二人之手？孫大人在位時，常以未能恢復廷推為憾；如今，本部身在其位，自然應該在萬歲爺面前據理力爭——」

他堅毅的眼神和說話的口氣在在都顯示了他即將付出的勇氣和決心；但是，他畢竟是朝中的資深要員，做了四十年的官，經驗和歷練都比年輕人要豐富得多，因此，他雖然做下全力以赴的許諾，對事情成敗的看法仍持一分保留；話談到最後，他向顧憲成說：

「孫大人人雖去職，風範卻長留，乃是我等的榜樣——為這次廷推，本部如若無法如願，則當效孫大人風範，辭官歸里！」

顧憲成當然聽得出他的弦外之音，也更加肅然起敬，於是，他向陳有年一揖到底。

「讀書人本當『知其不可而為』——憲成敬領受教！」

這天夜裏，他心情激動得無法入眠，獨坐燈下，一口氣寫了十幾封信，給貶官在外地的朋友，以及弟弟允成；信中，他詳述這次爭取廷推的計畫，也談著如江河日下的國事，乃至於從上次孫鑨、趙南星的去職到現今陳有年所抱持的態度……

每一封信都一氣呵成的宣洩著他心中澎湃的思潮，他發自肺腑深處的沉重與激動，以及為了這次的行動所抱持的義無反顧的決心——他向朋友們訴說，甚實也是向自己訴說：

「成敗在所不計，只求盡己之力而已！」

他所要進行的是一件毫無把握的事，但是，為著一份讀書人所肩負的力挽狂瀾的使命，即使毫無把握也要全力以赴……他娓娓訴說，素箋上淋漓著墨痕，一頁又一頁，盡數流瀉心中的巨大聲音；但是，信固然寫了一夜，存在於心中的激情卻不但沒有因這宣洩而排遣出去，反而更加強烈；迎著天邊初透的一線曙光，他心中所蓄積的力量與聲音擴張到了極致……甚至，懷抱著悲壯的心情迎接這新的一天；在萬道金線的照射下，他的心發出了強烈的顫抖，然後，他提早出發到吏部去辦公。

由於朱翊鈞已經許久不上早朝，官員們也大半一起躲懶，整整一上午，各部中親自現身的官員寥寥可數；吏部因為由陳有年出任尚書，情況略好，幾個人羣策羣力的幫著陳有年準備爭取廷推的奏疏和規畫、設想接下來所要面對的情況、事宜……

而這一次，朱翊鈞竟然給大家一個意外的驚喜——其實是因為鄭玉瑩的病漸有起色，他的心情也略微平和了些，接到吏部的奏疏後，他雖仍然是在享用福壽膏的同時，叫個太監在旁邊讀給他聽，卻很快就做下決定：他命太監傳話，說他同意採用廷推的方式來產生內閣大學士，而且被推的人選可以無拘資格、品級。

原本已做了這個建議不被採納的最壞打算的陳有年、顧憲成等人，聽到這個消息，當然興奮得無以復加；一頭白髮的陳有年激動得含著兩眶淚水，喃喃的重複：

「實萬民之福……萬民之福……」

希望的火花重新在心中燃起，他產生了一個近乎於期許、憧憬的想法：

「萬歲爺行廷推，事情便有轉機——」

於是，心中的理智被這份喜悅掩蓋了，對閣臣人選的看法，他的態度轉趨樂觀；身為他的晚輩、屬下的顧憲成更不例外，而且，因為年輕，顧憲成的態度更加熱切，立刻就把幾天來大家已經討論多次、心目中所認定的人選寫了出來……不多時，一份完整的名單出爐了。

名單上的人選是前大學士王家屏、前禮部尚書沈鯉、前吏部尚書孫鑨、禮部尚書沈一貫、左都御史孫丕揚、吏部侍郎鄧以讚、少詹事馮琦。

這其中，孫鑨、孫丕揚都不是翰林出身，馮琦官只四品，原本不具被推的資格，但，既有朱翊鈞「無拘資品」的話，就不受這些限制，而只考慮賢能和操守兩大要點——尤其是名列第一的王家屏。

王家屏去職已經兩年，但他以往既有清譽，去職的原因又是忠言直諫，便備受尊敬——雖然失去了政治的舞臺，聲望卻節節高升——在顧憲成的心目中，他自然是第一位正人君子，內閣大學士的名單非將他列在第一不可。

其他的人也都有同感，於是立刻落筆，唯有侍郎趙參魯微微的遲疑了一下：

「萬歲爺心中極不喜王大人，我等列為第一，是否妥當？如若有違聖意，能否被採納？」

他的話不是反對，而是商量；但，顧憲成反感立生，神色凜然的說：

「我輩讀書人，行事當只問是與非，豈能以『聖意』為依歸？」

話說得義正詞嚴，別人當然就不再置喙；於是，這份名單很快的到達朱翊鈞跟前。

朱翊鈞一樣是在享用福壽膏的時候命太監朗讀給他聽，可是，這一回，他的反應大不相同——「王家屛」這三個字聽在他耳裏，觸到了內心深處一個不愉快的回憶，和一個特別的感受，那是兩年前和二十多年前的往事所重疊、交錯、混融後的無可形容的難受的感覺，而在表面上，他幻化為登時勃然大怒，並且把矛頭轉向列出名單的人們。

「這幾個不知死活的東西，簡直不把朕放在眼裏——」

他氣虎虎的對鄭玉瑩說

「已經答應讓他們廷推了，還給朕來這麼一手……得寸進尺，太過分了！」

鄭玉瑩的病還餘三分，仍須休養，但是勉力陪伴他，也立刻婉言為他排遣怒氣，巧笑嫣然的說：

「萬歲爺先息息怒，千萬別跟他們生氣——萬歲爺是大明天子，尊貴無比，不值得為了他們而氣壞自己——他們不過是大臣嘛，做錯了什麼事，萬歲爺責罰責罰他們也就是了，千萬別擺在心裏犯嘔！」

這話有理，朱翊鈞聽進去了，也讓朱翊鈞得到了洩憤的靈感和處理這事的方法——他直截了當的派太監去到吏部「嚴旨責讓」……吏部登時陷入十八層地獄，陳有年率領全體官員跪在為迎接聖旨而設的香案前，聽著代表皇帝的太監連珠砲似的辱罵——那名趾高氣揚的太監從唇齒間摧折人的尊嚴的效果不亞於本朝特有的廷杖，足足兩個時辰，罵完了還拉長語調喊一聲：

「欽此，謝恩哪——」

而陳有年必須率領全體吏部官員在他每一句的停逗處磕上一個響頭……等到送走了這名目空一切的皇帝的化身時，陳有年悲憤得幾乎掉下眼淚。

但是，他什麼話也沒說，而只是低頭靜坐；顧憲成看著他，心裏有一股想對他說出心聲的激動，嘴裏卻無法出聲，只有任憑滿腹錯綜的浪潮撲打翻滾，糾結到一處，一波波的重重擊打心頭；其他的人當然更不敢說話，一起低著頭，黯然的陪坐，四周的氣氛壞透了，整個吏部化成一座冰窖。

天色黑了，僕役們把燈點著了送上來，但是誰也沒有心情留意；而且，每個人都因為心情沉重而顯得神色慘然、失魂落魄，在燈影下看起來更加無神，尤其是年事已高的陳有年，整個人都灰了、僵了。

他府裏的老僕走進來看他，一看他這副形容，登時嚇了一跳，想到必是發生了重大的事故，一顆心懸了起來，只是不敢開口出聲，而垂手肅立著；過了一會兒，老僕走了出去，再過一會兒，送了晚餐進來。

可是，誰都沒有心情食用……陳有年還是一動也不動的坐著，顧憲成也還是低著頭，心如刀割。

入夜了，燈火通明的吏部大堂越發寂靜，靜得半點聲響也沒有，氣氛冷得幾欲把人活活凍死，而陳有年越發有如槁木……

遠處開始傳來初更的更鼓聲，「托、托、托、托」的響著，「哐」的一聲，餘音拖得老長；等到餘音漸杳，人世又歸於一片沉寂的時候，再重新反覆一次……聲音由遠而近，漸傳漸響，繞進吏部大堂的時候，分外顯得荒涼，空茫，而且沉重。

但這更鼓聲也確實提醒了陳有年時間的存在，他低垂的頭慢慢抬起，一張滿布皺紋的臉上彷彿比幾個時辰前蒼老了十歲，但眼神中卻不是完全的頹敗，而是在虛空、無力中仍然隱隱帶著屬於他生命中的剛毅之氣；他用這眼神默默的環視面前的眾人一周，然後抬一抬手，淡淡的說：

「時候不早了，大家請回吧！」

他的聲音啞了，聽起來倍感蒼涼，底下的人不敢接話，面面相覷了一會兒便依言逐次起身離去；每一個人的動作都是緩慢而無聲的，離座之後，向著陳有年拱拱手，再朝座上其他人拱拱手，然後轉身低頭緩行……這樣一個接一個的重複，越發使得氣氛沉悶得幾欲令人窒息。

更鼓聲再一次「托托托」響起的時候，大堂中只剩下陳有年和顧憲成兩個人；顧憲成飽含著兩眶淚水，情緒激動得無法用言語陳述心情；但陳有年無須他說話就解他的內心，在一陣寂靜之後，率先說道：

「你留下來也好——我想再上一疏，據理力爭！」

「是。」

他抬起頭，雙目正視陳有年，心中油然的澎湃著崇敬——他所看到的不是陳有年衰老的外表，而是那份屬於讀書人的內心和風骨，堅毅不屈，百折不回；他不由自主的輕輕一顫。

陳有年沒再說話，只默默的動手，付諸實際行動；顧憲成幫著他整理奏疏，用最懇切的字眼向朱翊鈞再三陳說；兩人直忙到東方既白，才完成一封詳細剖析內閣輔臣人選的萬言書。

可是，再也料想不到，這封萬言書根本到不了朱翊鈞跟前——才不過一夜之間，朱翊鈞就藉列名王家屏為不當的理由，推翻了自己答應採用廷推的承諾，派出太監宣達旨意，內閣輔臣人選仍由皇帝「特簡」任用。

他連形式上的「選賢與能」都廢去了，用人的大權全部抓在自己手中，只揀聽話的軟骨頭來給他做名為輔臣，實為應聲蟲的奴才；而且，對這次事件中違逆他心意的吏部官員們，只給陳有年保留了顏面，沒有一句話提到，其餘的人都給予嚴厲的處分。

處分得最重的一個人是顧憲成，他在幾天後就被罷斥為民。

註一：盧明諏是萬曆十四年進士、逯中立是萬曆十七年進士，逯中立的個性尤其剛直，當時，他由行人擢吏科給事中。

註二：何喬遠是萬曆十四年進士，後來也因正直敢言而屢次被貶官。他博學而好著書，嘗輯明十三朝遺事為《名山藏》，及纂《閩書》一百五十卷行世。

11

才收到顧憲成那宣洩著滿懷熱切、慷慨激昂的長信不久，高攀龍的情緒還在那股澎湃的浪潮中起伏，顧憲成被罷職為民的消息就傳到了無錫。

一時間，他難以承受這重大的撞擊……

「忠而被謗，仁而不用……為什麼古今的仁人志士都落到這樣的下場？」

他喃喃自問：

「難道人世間都是是非黑白混淆、顛倒的？」

疑惑和痛苦交替著糾結他的心，胸中鬱積著一股忿忿不平之氣，在在都使他坐立不安，只有在書房中不停的來回踱步。

師事顧憲成已有八年之久——那時，他年方二十五，雖已中舉，卻自覺學問還不夠精進；一天，縣令李復陽和顧憲成在黌宮講學，他去聽了之後，豁然悟知學問之門，從此立定志向，師事顧憲成，往聖人之學的方向潛心探究——八年來，他不時向顧憲成請益，即使不在一地，也常以書信往來論學、論志，不但在學問上受到許多啟迪，在心志上更是接近；顧憲成那份「以天下為己任」的強烈使命感也就融入他的生命中，成為同樣屬於他的使命；而顧憲成在宦途上的一切作為和際遇，他全都瞭解，甚至，感同身受。

「他一心為國為民，無私無我，三番兩次掙扎於宦海中，卻落得這般……所謂的『天道』何在呢？為什麼越是正直、耿介之士，就越不見容於當道，越不能一遂經世濟民的心願？」

他反覆思索，越想心中越痛苦，越悲憤；最後，他也聯想到了自己的際遇。

那是去年，自己被貶官，貶到荒遠的廣東揭陽任添注典史；這是自己入仕後的第二個職位，被貶的原因是看不慣王錫爵的作為，上了一封〈君相同心惜才遠佞〉疏，直陳王錫爵及其黨羽的一切挾私營弊；結果，營私的王錫爵和黨羽們一點事也沒有，向皇帝忠言直諫的他在幾天後就受到貶官的處分。

初接聖旨之際，對踏入仕途才只一年的自己來說，無異當頭遭了一記晴天霹靂，接下來則是椎心刺骨的痛楚；卻不是為了自己的仕途受到挫折，官位下降而痛，而是心中不平：

「什麼是是非？什麼是黑白？」

他覺得自己上疏直言，是秉持良心而做，是為了國家的前途、百姓的福祉，向皇帝指出一羣不適任的官員的行為，哪裏知道反而受到貶官的處罰！

這股不平之氣在胸中激盪了許多天，直到他由京師一路南行，回到家鄉後才慢慢平息下來——倒不是時間的流逝使他的情緒逐漸平和，而是他不停的反省自己，乃使情緒逐漸平靜下來；因為，自我反省的結論是「問心無愧」。

他清楚的記得，自己在仕宦之初就曾因宦海複雜莫測而深切思索，為自己立下做人處事的原則；他期勉自己，一切作為，都要憑著良知與恥心而行，使自己在天地間俯仰無愧——這個信念將是終生奉行的準則，因此，在深切反省之後，所得的結論既是「問心無愧」，他的心胸便開朗了起來，很豁達的告訴自己：

「我做的既然是當做之事，落得貶官的下場，便算是求仁得仁吧！」

卻不料，就在自己的心情逐漸恢復平靜的當兒，又一個晴天霹靂打下來……

「顧先生的道德學問普受景仰，卻竟罷職為民──」

情緒激動得令他身心都發出顫抖，幾句幼年讀過的文詞不由自主的在腦海中浮旋，從《詩經》的〈柏舟〉到屈原的〈離騷〉，一字一句都刻烙著不為現實環境所容的正人君子的心聲，使他的眼眶不由自主的濕了起來，嘴裏喃聲吟誦：

「日居月諸，胡迭而微……心之憂矣，如匪澣衣！」

詩句正切合他的心聲──他覺得自己的心靈超越了時空，和千百年來每一個忠而被謗的仁人志士的心重疊在一起──而且，他非常渴望與顧憲成見面、談話，互訴心志、互相期勉──那是一個重大的精神力量，將支撐著兩人繼續奮鬥下去。

「算算日子，顧先生應已啟程南歸──」

他被貶官，早該赴任，乃因遭喪先回鄉理事，原訂這幾日就要動身赴揭陽，現下，他又決定延後啟程──他要在無錫等候顧憲成，以便與之促膝長談。

於是，接下來的幾天中，他索性以讀書、靜坐來打發時日，等待顧憲成返鄉。

他自幼好學，讀書手不釋卷；長大後受到顧憲成的啟迪，不只是「學」，還養成了「思」的習慣；二十八歲中進士時，因為守喪，過了三年才到京師謁選，被派任行人司行人，職位不高，閒暇很多，行人司的衙門裏有許多藏書，正好得其所哉的專注於讀書、思考；一年中，他把二程、朱子全書和薛瑄❶的《讀書錄》仔細研讀得十分精到，遇到會心處立即做下摘錄，因而積下了好幾大厚冊的筆錄，做成《日省編》，集成《崇正編》❷——之所以選擇這方面的研究方向，也是受到顧憲成的影響——顧憲成本人雖為王陽明的三傳弟子，但私心中並不贊同現今風行的以空談為尚的王學學風，認為王學在傳承了幾十年後，思想解放到極端，已出現「蕩」的流弊，因此主張以朱熹的「拘」來調和，尤其推崇本朝主張「實行」的大儒薛瑄，特別要他仔細研究薛瑄的學問。

他在研讀這些書籍，摘要做筆記的過程中受益匪淺——薛瑄的著作中有一段話，所帶給他的是發自心靈深處的共鳴：

> 一字不可輕與人，一言不可輕許人，一笑不可輕假人。

這段話和他自己發自內心的「恥心」是一致的，是一言一行都不能違反原則的真理；從此，他也把這段話拿來身體力行，每動一念，每做一事，都要反覆省思，必求無愧於這幾句話。

至於程朱之學，他也同樣的潛心鑽研，尤其對於朱熹提出的「半日讀書，半日靜坐」的修身之道特別做了一番實踐——他本來就是個篤行向內省思的人，無論讀什麼書都不會盲從，而要反覆思考、驗證；因此開始養成靜坐的習慣，讓自己潛心思考。

有一次，他靜坐深思「閑邪存誠」的精義；突然間思路豁然開朗，覺得自己的心透體晶瑩，一片至誠；於是體會到了，「誠」在人心中，無須向外尋求；想通了這點，心靈得到了大解放；從此更加遵循「半日讀書，半日靜坐」的修身之道，也更習於自省、思考的方式，因而學問日益精進……

而也因為這樣，他在心情激憤中仍然維持著「半日讀書，半日靜坐」的習慣，心中的不平之氣便逐漸平息下來，取而代之的是另一個念頭：

「無愧於心……我等確是無愧於心啊，既然無愧於心，遭逢橫逆便非己之過，既非己之過，又何為不樂呢？」

再轉念一想：

「古聖先哲有言，行有不得，反求諸己……又說，盡其在我……這便是訓人即使身在橫逆之中，所願多不遂，所求多不得，也不可氣憤、惱怒、怨天尤人，甚或違心背志……」

他想通了，精神、品格更上一層樓，人生的境界、氣質都有了層次上的提升；等到顧憲成回到無錫，兩人相見的時候，談話的內容便又是另一番光景。

顧憲成原本就沒有把自己是官或是民的身分放在心上，他所要追求的理想是為全天下百姓謀福利，而不是自己的名位；因此，對於被貶斥為民的際遇根本一字不提，娓娓告訴高攀龍的都是國計民生：

「我這一路南歸，沿途趁便查考民情，深思細慮，對民風時局所知更多；尤其民間的弊病，較之在京任官，足不出城時詳盡多矣；且容我再思索幾日，將救弊之道列出，便發信上書新入閣的陳于陛陳大人！」

他同時告訴高攀龍，因為廷推忤旨的事，朝中的人事發生大幅變動，除了他自己被貶斥為民之外，疏救他的盧明諏及吏部員外郎黃縉、王同休，主事章嘉禎、黃中色都獲罪；尚書陳有年連連抗疏，申辯這件事，皇帝沒有反應，他索性上疏稱疾乞罷，皇帝先是溫旨慰留，但在他連上十四疏後點頭答應了，吏部尚書改由孫丕揚接任；內閣大學士的人選依舊由皇帝「特簡」任用，「聖意」指定陳于陛和沈一貫兩人入閣；於是，在首輔王錫爵求去後，又由趙志皐任首輔，張位為次輔，新入閣的陳于陛、沈一貫分列三、四。

「趙、張這兩人不消說了，沈，也是無能之輩；唯獨陳于陛陳大人正直有能，朝政都要指望他了——」

離京前，他特地去拜訪陳于陛，陳述了許多當前的亂象和改革的建議……陳于陛和王家屏是「同年」——都是隆慶二年進士——萬曆初年，一同負責修世、穆兩朝實錄，及擔任日講官；後來又執掌過翰林院，任過禮、吏兩部的左、右侍郎，去年拜禮部尚書。

陳于陛出身官宦世家，他的父親陳以勤擔任過內閣大學士，並負責修史；他從小跟隨父親研究史學，對於歷代的典章制度和政治得失都下過很大的工夫；自己做了史官後，尤其重視經世之學，特別做了更深入的研究；因此，他不僅是朝中的高官，更是位學問精到的學者；顧憲成在京師的期間，因為景仰他的政績與學問，常向他請益，在歷史和經世之學方面都很受啟迪；這一次，陳于陛被「特簡」入閣，總算是朝中一件差強人意的事。

「朝中不是沒有正直賢能之士，只是萬歲爺不欲任用而已，因此，朝中充斥著奸佞小人……國事非不可為，只是還需有志之士大力推進而已！」

高攀龍專注的傾聽顧憲成述說，整整一個下午，他的心緒隨著顧憲成的談話而起伏而轉折，而讓他又是一番受益；於是，他恭恭敬敬的對顧憲成說：

「景逸初聞先生被貶之際，胸中頓生不平之氣，心中理欲交戰，殊不寧帖；靜思多日，心中的激憤、不平方始消失，以先生『求仁得仁』，雖被貶而必無悔；今日一聽先生之言，方知先生非但不以被貶為意，心中仍耿耿以天下蒼生為念，仍亟亟於救世……先生此心此志，令景逸受教！」

於是，他向著顧憲成誠敬的一揖，卻不自知，就在這兩顆心靈交會之際，一粒種籽已經深深的埋下……

註一：薛瑄字德溫，號敬軒，山西河津人，是明初大儒，詳《明史》本傳及《明儒學案》的〈師說〉卷、〈河東學案〉卷。

註二：高攀龍的全部著作經明末陳龍正編為《高子遺書》傳世。

第十一章

寒聲一夜傳刁斗

1

廣闊的草原上，努爾哈赤一馬當先，向前飛奔。

他騎棗紅色駿馬，著尋常獵裝，腰間佩著雙刀和箭袋，臂上架著鷹，背懸長弓，人與馬合而為一，奔馳如飆烈的大風；身後數十騎貼身侍衛組成小隊，追隨他前進。

不遠處還有幾個小隊，分別由他的弟弟們和五虎將率領，由不同的方向一起向同一個目標奔馳……

這一次，他親自率隊，做的是狩獵的競賽——他和其他九個人約定，每人各自挑選一隊人馬，從不同的方向一起往山林中出動，以一天的時間為限，比賽各隊的收穫，誰獵獲的野獸多，誰就是這次競賽的勝利者；他並準備了勝利者的獎品，是一襲全新的甲衣。

「一副甲，雖是人人都有的東西，但，既是獎品，便是榮譽的象徵，便是無價之寶！」

而以甲衣為獎品卻是另有含義——十一年前，他以十三副甲起兵，一手締創建州的基業，本身就代表著非比尋常的意義，是戰鬥，是自強不息——這次狩獵競賽雖然只是休閒活動，但是隱隱寓含高深的用意。

「我要大家時時不忘當初十三副甲起兵的艱困，也時時不忘這十一年來的胼手胝足，不忘戰鬥，不忘此後還有更長的路要走，更多的事要做……」

這話也是自我期勉，建州的基業已經穩固，但是，未來的發展還需要投注更大的心力，他要率領建州的每一個子民全力以赴。

而對於這一年來的發展，他感到非常滿意——這一年建州大豐收，倉庫裏堆滿了糧食，採來的人參、貂皮都賣了好價錢，換得了許多鐵砂，可以打造武器；牲畜們也被飼養得非常興旺，尤其是自與蒙古通好後，他出重金請來蒙古的養馬師，買來許多蒙古種馬，培育出一批上好的戰馬，再施以嚴格的訓練，對建州的戰鬥力很有助益；人口更是迅速擴充，自動來投附的人非常多，月以千計，一年下來便上萬；現在，建州境內最常見的畫面是築屋，大量的築屋，以供新加入的百姓居住……這一切，在在都代表著建州會有美好的遠景。

他的心情非常好，構思起未來的規畫時，也就特別起勁——他的心裏早有一幅藍圖，未來的建州將是一個大國，大得與明朝一樣——當然，處在這個「未來」還沒有來到的當兒，他依然腳踏實地的行事，一面致力於建州的發展，一面不停的派人打聽明朝的情況，尤其是和遼東有關的消息。

由於內閣人事變動，連帶使朝中部分官員也有異動；在遼東，巡撫和總兵都換了人，巡撫改由李化龍出任，總兵更換成董一元。

這個消息不能不特別留意——董一元是名將，比起前兩任的遼東總兵楊紹勳、尤繼先來，能力超出了很多；他蒐集到的資料顯示，董一元在萬曆十一年官拜昌平總兵，不久遷宣府，再遷薊州；前兩年任延綏總兵，哱拜亂起的時候，套中諸部暗助哱拜的很多；董一元帶兵討平了一部分，立下不少功勞，因而進署都督同知，入為中府僉事。

「明朝調他來遼東，當然寄望他有一番作為——大約，主要還是為了對付泰寧部！」

泰寧部的情況他知道得很不少，打從速把亥死在李成梁手裏後，他的兒子把兔兒就沒有一天不想報父仇的；這些年來，把兔兒在他的叔父炒花和姑婿花大的協助下，勢力越來越強，與蒙古布延可汗的關係也發展得更好，兩部便東西相倚，互相援引，不時犯邊，掠奪人畜財物；楊紹勳和尤繼先這兩任遼東總兵都對付不了，明朝只好走馬換帥。

而因為兀良哈三衞和布延可汗所統的遼河上游既緊鄰遼東，也接近建州，無論發生什麼樣的情勢變化都會影響到建州，他當然要密切注意；同時，他也花了極多的時間和心力注意明朝對日本、朝鮮的態度，因為，這也同樣會直接影響到建州——

消息很準確的傳來，內閣大學士雖然易人，但兵部尚書仍由石星擔任，對日本、朝鮮的態度也就維持前議，繼續執行與日本談和的決策，所派遣的使臣不日就可以敲定……

對於這個消息，他心中先升起一股感慨：

「派了李如松去，已經失著；而後，戰敗主和，實在掃盡威風！」

但，退一步想，他又覺得明朝主和，對遼東，乃至對女真各部來說都是有利的；畢竟，上次日軍越界到了野人女真之地，對遼東的威脅極大，如今，兩方談和，遼東就多了一份安全的保障。

而這件事也同時給他一份新的感觸：

「一定要使建州強大到任何一方都侵犯不了才好，否則，即或是其他兩方開戰，仍然會威脅到建州的安全！」

因此，他越發堅定了「自立自強」的信念，唯有自己強盛起來才不用懼怕外力，唯有把建州的實力擴展到超強……他更加倍的努力著——即使連休閒活動也設計成鍛鍊意志、體魄，磨練戰技的形式。

但，儘管他竭盡努力的費心打聽消息，以瞭解明朝的狀況，而文明的程度既有一段距離，許多明朝內部的問題便遠非他所能體會。

第一是經濟——他對明朝要與日本談和的決策固然有雙重的想法，還是想不到，這幾年來，明朝為了平定哱拜之亂和支援朝鮮的抗倭戰爭，軍費支出過大，使原本已經困難重重的財政更加惡化，除了向百姓增收賦稅外別無他法解決，但是一增稅又引起民怨，形成更大的問題。

其次，明朝的版圖之大，大到了他無法具體確知、無法憑空想像的地步，內政的複雜、問題的叢出比起建州來無異九牛與一毛——就在他打聽到明朝新任遼東總兵官人選的同時，一個和遼東相隔有萬里之遙，他從來不曾聽說過的「四川播州」發生事端，迫使明朝又不得不派遣軍隊平亂，百姓又得被迫承擔這筆數字龐大的軍費。

播州其實已有好長的時間不安寧——這個地方廣達千里，介於川湖貴竹間❶，住民大都是土著，設的是「土司」的職官，稱謂是「播州宣慰司」❷；嘉靖年間，宣慰司使楊相寵愛庶子楊煦，想把嫡妻和嫡子楊烈趕走，而激怒了這母子兩人，索性先發制人，帶兵把楊相逐走，楊相出走後客死水西；楊烈去向水西要父屍，答應了宣慰使安萬銓拿幾塊土地交換，可是等到要回楊相的屍體安葬後卻不肯給地，於是發生糾紛，後來又殺了長官王黻，事情鬧得更大，雙方互相殺伐，將近十年還沒了結。

隆慶五年，楊烈去世；萬曆元年，他的兒子楊應龍得到敕書襲職；楊應龍生性雄猜，殘忍好殺；剛襲職的時候表現得對朝廷忠心耿耿，幾次從征都有斬獲，還選了上好的木材敬獻，朱翊鈞一高興，特別賞給大紅飛魚服；可是，日子一久，面具就戴不住了，開始胡作非為起來。

萬曆十八年，貴州巡撫葉夢熊上疏指陳楊應龍諸般凶惡的事例，接下來，巡按陳效又歷數楊應龍二十四大罪……飛報朝廷的奏疏多如雪片，有的說他把住的地方僭用龍鳳圖案裝飾，而且擅自以太監服役；有的詳陳他寵愛小妾田雌鳳，懷疑嫡妻張氏，索性殺了張氏全家；而且平日以酷殺樹威，還勾結關外的生苗，肆行劫掠，所轄的五司七姓都紛紛叛離……因此，葉夢熊上疏請發兵剿楊應龍。

但，四川巡按李化龍❸持相反意見——他認為四川三面鄰播州，一旦發生戰爭，難免影響百姓生活，而楊應龍的罪行還不至於嚴重到非要以武力剿滅不可，因此主撫。

朝廷最後做成的決定是「會勘」——要楊應龍接受調查、審問後再做定奪。

前年，萬曆二十年，楊應龍到重慶接受審問，對簿公堂之下罪名確定，依法當斬，他提出以兩萬金自贖，由御史張鶴鳴駁問；而就在這個當兒，朝廷決議援朝抗倭，向天下徵兵；楊應龍立刻上奏說他願率五千兵赴朝鮮征倭，以軍功自贖；朝廷答應了，於是，他頂著「戴罪立功」的名號回播州點召人馬，準備出征，並以盛大的場面祭旗告天，浩浩蕩蕩的開拔出發。

沒想到，他只是虛晃一下，帶著五千人馬上路才兩天就掉頭返回，繼續當他的土皇帝。

這下朝廷就非剿不可了，正好四川巡撫換了王繼光，到任後派人去嚴提勘結，桀驁不馴的楊應龍根本不予理會；於是，「用兵」的決議確定。

去年，王繼光到重慶，與總兵劉承嗣等分兵三道進婁山關，屯駐白石口；不料楊應龍先詐降，後率苗兵據關衝擊，劉承嗣被殺得大敗而回，死傷殆半，輜重盡棄；由貴州協剿的部隊也沒能取勝，只好退回。

消息奏報到朝廷，兵部感到事態嚴重，楊應龍也實在不是盞省油的燈；於是重新換上審慎、認真的態度來研究這個問題；接下來展開的便是本朝大臣們議事時慣有的弊病：爭辯。一派主剿，一派主撫，彼此唇槍舌劍、為反對而反對，辯上好長一段日子還不能定案；而朱翊鈞也由他們去吵，橫豎他自己根本不上朝，吵不到他耳朵裏來，反正總有吵完的一天。

而等到這一場撫、剿爭辯出結論來的時候，已經是今年；決議還是用兵，選了兵部侍郎邢玠總督貴州，車駕郎中張國璽、主事劉一相贊畫軍前，再從各地各鎮調集幾萬軍馬，千里跋涉的到四川征剿窮凶惡極的楊應龍。

一場新的戰爭即將展開，兵部為了準備這場戰爭，所有的官員又重新忙碌起來；相關的部門，負責準備武器車輛等物的工部、負責準備錢糧的戶部也一起忙於張羅；不過，為了準備這場戰爭，在事前就折騰得焦頭爛額的卻不是主管國防、戰爭的兵部，而是負責準備錢糧的戶部，因為，戶部根本沒有錢糧可以支應這次戰爭的開銷。

「只有再向百姓增稅……」

討平寧夏的哱拜和支援朝鮮抗倭的花費超過六百萬兩銀，這個數字是全國一年的總稅收❹，而仗卻還要再往下打……

擔任戶部尚書的楊俊民愁得展不開眉頭，打不開心結；他是本朝名臣、故吏部尚書楊博❺的兒子，出身宦門，熟稔政事，本身也很優秀，任職戶部多年，是一位難得的能臣；然而，面對「巧婦難為無米炊」的困境，便饒他家世再怎麼好，個人能力再怎麼強，也一樣束手無策。

情急之下，他竟忍不住含淚喃喃向天禱告：

「老天爺，您可保佑這場仗早早打完；以後可別再打仗——別再讓我籌措軍費，加稅於百姓——」

當然，這是他可以說出口、在無助的時候向上天求救以抒發情緒的話——造成財政赤字的，還有一項比戰爭更嚴重，而又是他不敢嘀咕、埋怨的原因，那便是朱翊鈞個人的花費。

註一：播州後來改為遵義府。這個地方在秦朝為夜郎、且蘭地，漢朝名牂牁，唐朝改稱播州。

註二：明制對西南的少數民族有歸順者即以其「土官」治之，按照等級分為宣慰司、宣撫司、招討司、安撫司、長官司。

註三：這個李化龍和於萬曆二十二年任遼東巡撫的李化龍是同一個人。他是萬曆二年進士，先是授嵩縣知縣，遷南京工部主事，歷右通政使；後來任四川巡按，就在楊應龍事件中，他與葉夢熊意見不合，乃去職；轉任遼東巡撫，二十七年又出任西南的官職，總督湖廣、川、貴軍務兼巡撫四川。

註四：自萬曆十二年起，賦稅逐年增加，十年來已增加將近五分之四。

註五：楊博是嘉靖八年進士，明史稱他「魁梧豐碩，臨事安閒有識量」。楊俊民是嘉靖四十一年進士，父子兩人都很有政績。

2

這一年的時間似乎過得特別快，秋光來去如飛，冬天迅即降臨人間；一入冬，好些人也像回應著時間似的加速忙碌起來。

十月初，奉命征討播州宣慰使楊應龍的隊伍祭旗出發；日本派來談和的使者小西飛則到達京師，商議三國停戰的事，奉命「抗倭援朝」的大軍分批撤回，只留下一萬多人繼續協助朝鮮防衛，分別駐紮在幾個咽喉要衝地方，以防萬一。

於是，幾乎每天都有大批人馬進進出出，來來去去，大明天下多處交通要道每天都是人馬、車輛川流不息，造成了表面繁華的假象，和實質上因賦稅過重、吏治腐敗而導致民生困窘、經濟力衰退的情況形成強烈對比。

而大明皇宮裏的繁華又是另一種氣氛——

病癒後的鄭玉瑩，外表很快就恢復了往昔的美豔，依舊笑顰傾國，而內心世界在經過喪子的重大刺激及衍生的諸般打擊後，變得更深沉——以往，她志在后座的動機，是受慾望的驅使，要成為天下第一尊貴的女人；現在，多出了新的體認：

「我若得不到皇后的位子，將死無葬身之地！」

嘴裏不說出，而心裏的意念更強，力量更大，於是，對進行方法的思考也更周密，設計、規畫出來的進行步驟更完善。

她先是按兵不動，只認真的梳妝打扮，準備更好的歌舞樂事來滿足朱翊鈞，在朱翊鈞享用福壽膏的時候陪坐一旁，挖空心思說些風趣的話取悅朱翊鈞，使日常生活充滿了情趣。

朱翊鈞也給了她豐厚的回報——在身心舒暢的同時，朱翊鈞回想到她生病的時候，自己的生活變得枯寂沉悶，便越發體認到她的重要，也很能體會她志在后座的心事，怎奈自己實在做不到，滿足不了她的慾求；情急之下，想出了一個補償的辦法，那就是先讓她做個有實無名的皇后。

這事容易辦，他以王皇后常在病中為由，讓鄭玉瑩以皇貴妃的身分統領六宮，實質上讓鄭玉瑩得到了皇后的權力，而表面上沒有涉及廢立，也就不致引起李太后和朝臣們的反對，更無須昭告天下——事情圓滿極了。

對鄭玉瑩來說，也確實得到了補償；雖不完全稱心如意，但是進了一步，離有名有實的皇后只差半步，總算「有所得」，因而情緒大受安撫，心情大為好轉，心機深沉的她更清楚目前自己應有的做法；於是，她以積極的態度做起大明皇宮裏實質的女主人，從一入十月就開始籌備、張羅起迎接元旦吉日的一切。

也就因為這樣，這一年，皇宮裏的花費特別大；第一件，光是給朱翊鈞、鄭玉瑩和常洵、壽寧公主裁製新衣就費去大批銀兩；而且，朱翊鈞事母至孝，陳、李兩位皇太后的衣服首飾也比照置辦……第二件，原本金碧輝煌的宮殿，朱翊鈞嫌舊了，要全部重新粉刷，御花園中的草木樹石，珍奇走獸，該換的換，該添的添；大把大把的銀子責由戶部去傷腦筋。

再其次，朱翊鈞預築的陵寢，大體已經完工，須挑選一批上好的古玩珍器送去陳列……儘管不必親自動手，更不必親自張羅這些花費的銀兩，但光是為了設想這一切，就已經把朱翊鈞和鄭玉瑩給忙得不亦樂乎。

因此，朱翊鈞越發無心上朝，每天總是一邊享用福壽膏，一邊和鄭玉瑩商量這些事情，一邊指揮太監們辦理；偏偏，他兩人的主意既多，變化又快，常常，原本商量好，哪個地方要種哪種花，養哪種鳥，也派人去辦了；卻在一陣嘰咕之後，主意改了，於是，再派一個人去傳達更改的命令……這樣，弄得服役的太監們疲於奔命，每天來回穿梭不停，也同樣給皇宮裏造成了熱鬧非凡的氣氛。

此外，慈寧宮中也有一番大異於平日的氣氛，李太后雖沒能稱心如意的看著常洛被冊立為皇太子，但也有了一個新收穫：她費心、費時許久，為常洛物色的隨侍太監的人選，終於得到了。

為她完成這件事的人是陳矩——常洛出閣講學時差點受凍的事使她受到了刺激，體認到要盡快找到能照顧常洛的人，原本，她對陳矩的觀感很好，使命陳矩留心合適的人；說話時，她抱著姑妄試之的想法，陳矩卻不負所託，過些日子時候便覓得合適的人。

被推薦來的人名叫王安，她留在身邊觀察了三天，發現王安的特點與陳矩接近，都是沉默寡言、實實在在辦事的人，而且行事小心謹慎、精細周到，比起善於巧言令色的張誠來，外表上差了一大截，但骨子裏更讓人放心的賦予重任。

她滿意了，再觀察幾天後，便正式指派王安全力照顧常洛的生活起居，要寸步不離的守護常洛，不使常洛受到任何委屈——尤其是在統領後宮的實權落到鄭玉瑩手裏以後，常洛的生活更需要特別照顧。

同時，她也想到，常洛年歲漸長，已將近離母別居的時候了，一定要盡早安排好隨侍的人——她準備，先讓王安上任，一面仔細觀察，如果王安適任的話，將來再重用王安為常洛的總管太監。

為這事，她也宣來王皇后和王恭妃，仔細說明自己的用意，審慎的關照：

「常洛已經十三歲了，照說，早該冊立了；只奈萬歲爺拖著，不辦這事，我呢，只能一邊催，一邊耐心的等，一邊給常洛作點準備——首先，他長大了，終究要離娘，身邊得有人伺候，我讓陳矩推薦了王安來，你們也幫著看看，看他伺候得怎麼樣，能不能託付！」

王皇后和恭妃立刻恭敬的應「是」，但隨即默然無語——考察太監伺候人的能力，對她們來說，幾乎是件無法完成的任務；尤其是王恭妃，她自知不能，但又不敢說出口，低著頭站在一邊，心頭發著輕顫。

返回景陽宮後，她獨自坐在空屋裏，不停的左思右想，心中的戰慄更深——考察王安是否適任猶在其次，真正令她惶怖的是，李太后的話提醒了她，常洛長大了，不久之後就要離她別居！

不久之後，偌大的景陽宮中就只剩下她一個人……霎時間，她害怕得掩面哭泣，半晌都不敢抬頭四顧這座冷冷清清、空空盪盪的自己的居處。

景陽宮在名義上是妃嬪所住的「西六宮」之一，並不是「冷宮」，可是，實質上是一座不折不扣的冷宮。

景陽宮的建築與長春宮、咸福宮等處規模相同，但也因為這樣，顯得特別冷清——建築物大，住的人少、陳設少、器物破舊，自然形成陰沉衰敗的氣象，何況還有人為的因素。

朱翊鈞的態度早就十分明顯，他的心裏沒有「恭妃王氏」的存在，春風一度不過是發洩慾望，生了常洛，更是個多餘的燙手山芋……而現實勢利的太監、宮女們，心中當然更沒有「恭妃娘娘」的存在，名義上有個「妃」的身分，實際上，她在皇宮中的地位和待遇，還不如一個老宮女。

景陽宮裏一切供應都差，要不是還能博得李太后和王皇后的憐憫，常常送些東西過來，她和在身分上貴為皇長子的常洛都不免要過著飢寒交迫的日子！

而這種冷清，她倒也逆來順受，甚至，早已認命，什麼都不企盼、不希求——她出生在貧寒之家，從小在人口販子的轉賣過程中長大，由於外貌差，無法賣到青樓，原本準備等她長到七、八歲的時候賣到富家當婢女，不料，人口販子帶著她來到繁華的京師求售時，因緣際會的遇上出來買粗使宮女的老太監，相中了她一身能「吃苦耐勞」的相貌、性格，買下她，負責在慈寧宮裏做粗活。

從剛懂事起，她在鏡中看到的自己就是一副平庸的樣子，再加上心思拙，便壓根兒也不曾有過「飛上枝頭做鳳凰」的念頭；每天認真工作，換來溫飽，心中很踏實，覺得「平凡是福」；可是，就因為朱翊鈞這麼一個偶發的慾念，把她的一切都攪亂了。

平凡的人遇上了不平凡的際遇，不但未必是福，還可能是天大的禍事……從那一剎那間起，她就無法再擁有以往的平靜與安寧；一顆心除了總是處在憂懼、恐慌、茫然之中，還得孤獨的面對周遭接二連三湧上來的無情打擊。

先是有老成的嬤嬤們好心好意的勸告她：

「萬歲爺既然不想張揚，你自己的嘴可就要收緊點，別把事情跟別人說去──」

大家告訴她，依本朝的祖制，皇帝如果幸了哪一個宮女，都會有賞賜，並且很快的「進位」；如今，皇帝不但沒有賞賜給她，還很明顯的想掩蓋這件事；這是反常的，是不好的前兆。

「許是萬歲爺心裏不高興，嫌你伺候得不好──你可得更加小心，萬歲爺既不想讓人知道這事，說不定索性派人來悄悄的殺了你滅口！」

她被這話嚇得「哇」的一聲掩面放聲痛哭，哭了好久都沒有停歇；可是，事情又有了柳暗花明、峯迴路轉的變化；當她的肚子一天天的隆起、藏也藏不住的時候，李太后得知了一切。有了李太后保護，被殺人滅口的危機消失了，她得以平安的生下腹中胎兒。

然而，一個平凡的女人，生下了皇帝的「龍子」，更未必是福──從常洛出生的那一刻起，風波便隨之而生；此後在長達十幾年的時間裏，無所不在的緊附著常洛──她再也想不到，自己這樣一個平庸粗笨的女人，在這樣的狀況下所生的兒子，竟然會成為大明朝的君臣、宮闈、乃至全國輿論激烈衝突的焦點……

常常，她含著眼淚喃喃自問：

「天哪，我究竟做錯了什麼？」

進入皇宮本是身不由己的事，一路下來都是認真奉行別人的命令，怎麼會錯了呢？再怎麼卑微、任人踐踏的小草也有抬頭迎風搖曳的時刻，為什麼自己沒有這時刻呢？要等到常洛長大以後，這時刻才能到來嗎？

常洛從小發育不良，體弱多病，她最大的心願只是他能平平安安的長大，從來就不敢巴望他會被立為皇太子——全國的輿論、滿朝的大臣為了常洛和朱翊鈞吵翻天的事，她泰半不知情，只有偶爾從李太后那裏聽得一、兩句；李太后總是愛憐的摸著常洛瘦小的臉龐，輕輕的嘆著氣說：

「可憐的孩子——但願你父皇早日回心轉意！」

一面也會帶著憐憫的眼光安慰她幾句：

「這個節骨眼上多忍忍，好日子在後頭呢，總會來的！」

「守得雲開見月明，世上多的是苦盡甘來的例子——女人家，只要有兒子，就有指望！」

這些話，聽在耳裏很起作用——儘管她平庸且拙於言詞，對李太后的話，不知道該回應些什麼才好，只有低著頭默默的聽，心裏卻不啻淌過了一道暖流，使她即使處在艱困、惡劣的環境中也沒有完全絕望。

雖然滿朝大臣她沒認識半個，無可測知他們向朱翊鈞爭取冊立常洛的結果；但是，常洛既是個實質的存在，她的心裏就存在著光明和希望——這給她帶來莫大的精神力量。

她偷偷的打聽過，沒被立為皇太子的皇子們，長大後通常都會被封個「藩王」，有自己的莊園、土地、王府，生活上衣食無缺……

因此，她全心全意的把希望寄託在未來，寄託在常洛長大成人，封藩以後。

卻不料，今年裏，朱翊鈞突然降下旨意讓常洛出閣講學；初一接到詔令，她又是茫然又是興奮的呆了好久……皇宮裏多的是趨炎附勢的人，這個時候便有好些人主動來跟她親近了，一面還故作神秘狀的低聲向她耳語：

「『出閣講學』的名目，可是『東宮』的成例啊……你生的，到底是『皇長子』呢！」

她聽了當然喜在心裏……卻更沒料到，才不過又是幾天光景，這幾個趨炎附勢的人，在窺知了朱翊鈞和鄭玉瑩間種種微妙的心思之後，警覺的自動停住腳步；而且，常洛一開始出閣講學，從清早一出去，到下午才回來，十幾年來母子相依為命的生活方式改變了；身邊少了個常洛，就什麼都空了。

景陽宮裏原本派的太監、宮女就少，再分出幾個太監陪侍常洛，人就更少；常常，一整天下來，她連個說話的對象都沒有；常洛不在，她常懶得進午餐，從早到晚，連嘴都不張一下。

唯一能做的事便是埋頭做針線，李太后和王皇后待她好，她心裏感激，即使沒有能力報答，也常繡些荷包、絹袋送去，表表心意；其次便是常洛的衣服鞋帽，由於供應差，常洛難得有新衣穿，偏又是成長中的孩子，發育再怎麼差，身量總也逐日增長，隔了一年，舊衣嫌小了，她便不厭其煩的拆開來，加大，再縫綴起來……

日子是這樣子度過的——住在外觀美輪美奐的皇宮中，她的生活像個天大的諷刺；但她早已認命，默默的忍受著，從來不為自己這畸形的命運哭泣，也從來沒有想到要為自己去向這待她不公平、不合理的大明王朝要回一份人的尊嚴。只是，原先滿心巴望著常洛早日長大成人，現在如願了，才驚覺，兒子長大了，自己的生命和生活將完全成空……自己本是一無所有的人，有了兒子後，在辛勞撫育的過程中才擁有了存在的價值，兒子長大了，就要回歸一無所有，但是，從無到有又到無，遠比始終都無要難受得多！

她哭得渾身戰慄，心裏不停的發著冷顫，終至四肢抽搐——不多時，她就病倒了，等到常洛下學返回的時候，她已經昏迷不醒。

多日後她才病癒，但即使她已能言語，也不敢對常洛說出半句心裏的苦楚，因而她變得更沉默，時時像尊木偶般的定靜無神——一年將盡，她竟像為這一年，也為自己的生命預先畫上一個終止的符號似的頓住了。

年節的歡慶降臨不到她身上，她是大明皇宮裏的一個畸零人，而身為皇室成員，她又是大明王朝畸形的象徵。

3

一年將盡，高攀龍索性趁著「除舊布新」的氣氛辭去了官職；年節過後，他在「雲淡日暖雪初融，鶯啼催花三兩聲」的早春佳境中踏上歸途；二月，他回到家鄉無錫。

這趟宦遊，時間雖然很短，收穫卻很大，使他的學問和心性修為都更上一層樓——他從無錫啟程南下的時候走水路，沒有水路的地方才捨舟陸行，第一站到達杭州。

在杭州歇腳的短短幾天中，他拜訪了杭州知名學者陸粹明❶、吳志遠等人，大家聚了好幾天，一起談學論道，十分相得；而就在談論的時候，陸粹明突然向他問說：

「本體如何？」

這是他從來沒有想過的問題，霎時間心中一片茫然，下意識的以《中庸》上的話回答：

「無聲無臭。」

但，問題固然回答了，心裏卻認為，自己的答覆只是隨口敷衍，而不是真正的見解；因此，他非常難過；儘管軀體仍然跟著大家行到江頭，趁著明月如洗的夜色，坐在六和塔畔欣賞明媚秀麗的山川，也和大家一起舉杯勸酬，而心頭始終像被拘束住了似的放不開，再怎麼勉強鼓起興致，心神也還是不寧。

夜深別去後，他回到客舟中，再三反省：

「面對美景佳境，我卻煩悶不樂，究竟是為了什麼？」

於是，再潛心反省、思考，終於有了頭緒：

「我往昔讀書雖勤，但因『慎思』、『明辨』的工夫下得不夠，還未能有自己的見識——如此，於『道』全未有見，身心總無受用！」

想通了這點，他便認定自己應加倍努力；第二天，他就在南行的舟中厚設褥席——他要求自己即使在旅途中，也要嚴格執行「半日讀書，半日靜坐」的原則；在靜坐時，如果胸中有不妥貼的地方，便依程、朱的學說「誠敬主靜」、「觀喜怒哀樂於未發」、「默坐澄心」、「體認天理」等準則來參求，無論飲食作息都念念不捨；夜裏不解衣，倦了和衣而睡，睡醒再坐，再反覆參求……漸漸的，他有了進展——有時，他感到自己心氣清澄，毫無雜念，精神上充塞著天地氣象，雖然還不能持續很久，但參研真理的方向和路徑已經找到了。

離開杭州後，他溯錢塘江而上，到了常山捨舟陸行，經武夷山、延平、清流……一路走了兩個月，沒有人事的紛擾，只有山水的清美，更有利於怡情養性；他或者停舟青山，或者徘徊碧澗，或者靜坐磐石，溪聲鳥韻，茂樹修篁，一起在心中交織成一片愉悅，使他逐漸體悟到天人合一的境界……

過了汀州，他陸行住宿於舍；這家旅舍有一幢小樓，面對青山，後臨溪澗，登樓舉目四眺是一片清碧的自然美景，樓中是靜絕幽絕的祥和清寧——這幢小樓有如天地之一隅，置身其間，他覺得恬適已極，信手拿起《二程語錄》讀著，突然，一段話映入眼中……

百官萬務，兵革百萬之眾，飲水曲肱，樂在其中。萬變俱在人，其實無一事。

一道靈泉緩緩淌入心田，他登時醒悟：

「原來如此，實無一事——」

以往纏繞在心中的困惑全部化為烏有，壓住心口的百斤重擔頓爾落地；心中清清明明、坦坦蕩蕩，和宇宙大化融為一體，再也沒有天人內外之隔……他所想要探究的人生真義和宇宙本源在心中展現了靈明和圓滿。

儘管生在一個正走向末日的朝代，儘管處在一個政治污黑、百病叢生的時代，心靈依然在研究學問和追求真理中獲得了快樂和滿足；因此，無論外在的環境如何，都絲毫不影響他內在的世界——在學術的領域裏，他渾然自得。

註一：陸粹明號古樵，廣東新會人，為人清苦澹默，終日靜坐，常經月閉戶不出。他師事潮陽蕭自麓，蕭自麓又師事羅念菴，並宗仰陳白沙，幾位學者講的都是主「靜」之學，與高攀龍的主張靜坐不謀而合（幾位學者的學問詳《明儒學案》）。

4

努爾哈赤也在他自己的領域裏獲得了無上的快樂和滿足——

在他的領導下，建州的各項建設都上了軌道，進步得飛快，四方前來投附的人潮也就越密……這個良性循環使建州的實力與日俱增，較之古勒山大戰前擴充了將近一倍——有這樣的成績，他的心中快慰極了。

春天過後，他又有了用兵的計畫，這一次，他的目標是輝發部。

這個計畫並不是臨時起意——他心中統一女真的具體辦法已經成形，而且漸趨成熟：

「要想統一女真各部，先要討平扈倫四部；其次才是野人女真；其他各小部，不用戰就可令他們自降！」

這個順序也是審慎思考後的決定，主要原因有三；其一，扈倫四部距離建州近，野人女真距離建州遠，先攻近處是基本戰略；其二，野人女真尚處半原始狀態，不具有向外侵略的實力，而扈倫四部全都參加了侵略建州的古勒山大戰；三，扈倫四部是強部，許多小部都仰視他們，討平了他們，自知不敵的各小部大都會自動投降……

他反覆構想，把畫著扈倫四部和野人女真各部的地圖看得熟透，熟得閉上眼睛也可以默畫一張……統一大業的計畫已經逐漸在他心中成形，接下來所需要的是時間——他將逐步確實進行。

這次，他選擇向輝發部出兵，也有好幾個原因；首先，他以輝發向來與建州無怨，卻參加古勒山戰役，侵略建州——以此作為出兵的理由，非常堂皇；其次，在古勒山一戰中，葉赫、哈達兩部的損失都很重，烏拉部的貝勒布占泰被俘，現在人還在建州，唯獨輝發部的損失不大——他認為有必要攻打輝發，既削弱輝發的部分實力，也給輝發來個下馬威！

他決定親征，時間選在六月，目標鎖定輝發的多璧城。

輝發部的地理位置介於建州與葉赫之間，距兩方都很近——輝發部原本居住在極北的黑龍江岸，當時，尼馬察部之長昂古里星古力❶從黑龍江載了木主遷來渣魯，定居下來；而扈倫部的噶揚噶、圖墨兩人住張城，姓納喇氏，昂古里星古力歸附了這族，宰七牛祭天，改姓納喇，成為輝發部的始祖。

七傳至王機褚，收服鄰近各部，擴充成一股可觀的實力，於是渡輝發河到扈爾奇山，築起城寨，並將部落命名為「輝發」。

輝發的城寨負山勢之險而堅峻，蒙古察哈爾部圖們可汗親自率領大軍來攻打都沒有成功，輝發城的堅固也就因此而聞名。

王機褚去世時，長子已死，孫子拜音達里殺了七個叔叔，自立為貝勒——這便是現在的輝發貝勒。

拜音達里有殺叔之狠，也有拓展之能；輝發部的歷史雖短，卻在他的領導下，名列扈倫四部之一，並非僥倖得來；就個人的才略而言，拜音達里更勝葉赫部的納林布祿——他不若納林布祿橫暴、有勇無謀、沉不住氣，凡事腳踏實地的默默進行，沒有成功以前絕不多言，而隱藏在內心深處的企圖心比納林布祿還大；兩年前，納林布祿發動九部聯軍侵略建州，表面上是納林布祿邀請他參加一份，而他毫不猶豫的答應，實際上，心中早已經過深思熟慮。

「努爾哈赤越來越神氣了……不能容他坐大，否則，將來沒有我輝發部的天下……得趁他翅膀還沒有長硬的時候吞掉他！」

因此，參加九部聯軍，對他來說是一石數鳥；首先，成敗的風險由九部分攤，他出兵助戰，戰勝了固然可以分到一份甜頭，即使敗了，因為只佔九部中的一份，損失也不會太大；而最重要的是，在這次戰爭中，他可以冷靜、仔細的觀測，評估建州、葉赫、哈達、烏拉的實力——他的心裏雪亮，要做女真人的共主，得先打敗這幾部——

有了這些基本想法後，他在採取實際行動時就有了依據，一點也不會亂了手腳；戰爭進行期間，他指揮自己的軍隊，原則上就是不太賣力衝殺，以保留實力；自己做好準備，和幾個主要部屬留心交戰幾方的實力與戰略。

九部聯軍終歸戰敗，但他的無形收穫卻很不少；回到輝發後，他把在戰場上的觀察和感受先反覆思考幾次，然後召集部屬們來商量；最後自己再做下結論，並且據此修訂輝發部往後的發展計畫……

可是，努爾哈赤不待他的計畫付諸實行就先發制人。

六月裏，他親率大軍圍攻輝發部的多璧城。

多壁城有天險，地勢陡峻，易守難攻；守將是輝發部中著名的勇士克充格和蘇猛格，而且，拜音達里並不輕敵，一接到努爾哈赤揮軍而來的消息，立刻加派三千人馬，分兩路趕到多壁城支援；可是，這一切全都抵擋不了建州軍凌厲的攻勢……

戰事進行了短短兩個時辰就結束，多壁城被攻破，克充格和蘇猛格兩人授首。

而努爾哈赤這次出兵旨在示威、恫嚇，並不準備大舉入侵輝發部，因此，攻破多壁城後，當天就帶著俘獲的人畜財物等戰利品凱旋回建州。

拜音達里和他的部屬們商議了好幾天，才決定處理這事的方法——權衡實力，拜音達里不敢貿然採用報復之道，出兵去攻打建州的城池，卻又不甘心多壁城白白的被攻擊、被劫掠一空；幾個人想來想去，想了好幾個應對之策，先是考慮聯絡幾部一起攻打建州，可是一經討論就推翻原議，因為，自古勒山一役，戰敗的好幾部不但元氣大傷，還對建州軍充滿了恐懼，在短時間之內沒有人願意再發動戰爭；討論到第四天，總算商量出結論來，那就是向明朝朝廷告狀。

提出這個建議的人認為，輝發與建州同是受明朝封賞的部落，如今，輝發無緣無故的受到建州的攻擊和劫掠，身為封主國的明朝應該為這件事主持正義，譴責、懲罰侵略者。

於是，接下來又是一陣忙碌；光是為了寫一封給大明皇帝的奏疏就費去好些時日……等到把這封「告御狀」的奏疏送到遼東巡撫衙門，請求轉呈到皇帝駕前的時候，已經是十天以後；但是，對這些折騰，拜音達里毫無怨言；對只知明朝地大物博人多，而毫無明確認識的他來說，認定了明朝的皇帝「大」得不得了，並將為他主持公道，處罰努爾哈赤，奏疏一送出去，定心丸就下肚，接下來便守株待兔似的等著大明朝的正義之師到來，幫他去找努爾哈赤討回公道。

他根本不知道，這封奏疏不但大明皇帝沒有興趣看，還根本到不了大明皇帝跟前——對遼東的官員來說，接到這麼一封奏疏，內容只是「邊夷小事」，毫無重要性可言，便一面心中暗笑，一面依程序往上送，送到兵部，管收文的小吏收下了，登錄下文號、日期，事情就結束了——上級官員不重視，這份文書便只能被送進檔案庫中存放。

沒有任何一個人注意到這件事——大明朝廷中自從李成梁去職之後，就沒有人精通遼東的事務與問題；稍知一二的李如松又因為自己打了敗仗，明哲保身猶恐不及，哪裏敢多事多話？而一般辦理遼東事務的官員，認識很有限，只知遼東境內擾及大明的戰事大都由土蠻、泰寧等部所挑起，注意力都擺在那方；而女真內戰並沒有波及大明百姓和城池，就認為根本沒事；不但拜音達里的奏疏被當作尋常公文處理，而後「留中」了；遼東已經隱隱形成的趨勢和努爾哈赤的雄心壯志，因為懶惰和無知，在大明朝廷中整個被疏忽了。

偶爾還會被人提上一提的是，炒花又率眾侵擾遼東了，新上任的遼東總兵官董一元親自帶兵給予迎頭痛擊；或者，建州來人到北京朝貢，給了「宴賞」……像是承平歲月裏的一些點綴，而不曾有人意識到，這承平歲月其實只是福壽膏的煙霧幻化成的假象。

當然，大明朝廷也並非全然無事要忙，尤其是兵部，大小官員們的工作並不輕鬆；日本、朝鮮的問題已經定案，決定要與日本「議和」並行「封貢」，所派遣的正、副使臣已經準備出發，有待處理的事務多得不得了；四川播州征剿楊應龍的戰事已經展開，正進行得如火如荼，承辦的官員便忙得連喘口氣的時間都沒有。

赴日本主持封貢大典的正使遴選了臨淮侯李宗城❷，副使遴選了都指揮楊方亨，而以沈惟敬任隨從——這些人選早在去年十二月就已經議定，遲遲沒有出發，第一個原因是無知。

本來，大臣們對「封貢」的意見十分分歧，甚至，不贊成的佔多數；只奈這個主意是兵部尚書石星提出的，他目前當權，主意便成為決策。但，石星對日本的事務毫無瞭解，僅從沈惟敬那裏聽說日本的最高領袖是關白豐臣秀吉，至於「關白」是什麼官職，沈惟敬根本不清楚；再問沈惟敬：

「日本以前有日本王，現在還有嗎？」

這個問題，沈惟敬更無法回答；可是，這些細節沒弄清楚，封貢的事就難辦——光是要封豐臣秀吉什麼名號就很難擬定——於是只好派沈惟敬先偷偷的去一趟日本，把事情都打聽清楚，朝廷正式派遣的正、副使才啟程赴日。

整個過程波折、膠著得一如當今的日、朝情勢，石星本人固然折騰得白髮快速增加，承辦的官員還更苦，反反覆覆的處理這些瑣碎雜事，而事情在拖拖拉拉中進行，無人不心情煩躁。

征剿楊應龍的戰爭也充滿了波折，總督邢玠正月裏到達四川，先是接納了幾個人的意見，再給楊應龍一次改過自新的機會，於是派人去招撫；四月裏，重慶太守王士琦奉命去向楊應龍曉以大義；這一次，楊應龍的表現很不錯，他來見王士琦，自縛道旁，泣請死罪；於是，王士琦飛報邢玠，認為楊應龍已有遷善之心，之後做下決定，要楊應龍輸四萬金贖罪，革職，由他的兒子楊朝棟代，次子可棟作為人質，羈府追贖。

不料，楊應龍得到寬恕後，不久就故態復萌，蠻橫了起來；而他作為人質的次子又死於重慶，悲痛之餘，態度更壞，贖金不給了，並且向來催繳的官員大吼大叫：

「還我兒子的命來，我就付銀——」

人死不能復生，事情沒有轉圜的餘地，雙方只好用兵；楊應龍召集大批苗兵，據地自險以對抗官軍；官軍雖然人數眾多，配備精良，卻吃虧在不熟悉地勢地形，因此，交戰之後，沒能佔到便宜，反而是楊應龍因為對抗得了官軍，氣焰更盛了。

邢玠在接到戰報後，沉默了好一會兒才黯然長嘆，對左右環立的各級官員、將領們說：

「大家千里跋涉，從京師來到四川，恐怕，短時間之內回不去了！」

楊應龍的事棘手了，他隱隱有個預感，沒個三、五年的時間是解決不了的。

他因而十分憂慮，除了想到部屬們的征戍之苦外，也想到了戰爭所帶來的勞民傷財；尤其是他從正月裏由繁華的京師來到這落後的西南邊疆，已經超過十個月的時間，在這段不算短的日子裏，他親眼目睹了這個漢、苗、傜各族人口混居的地區，一切條件惡劣得遠超過「地無三里平，天無三日晴，人無三兩銀」的話——年逾半百，官居朝廷高位，卻是第一次體會到大明朝的邊疆地區是如此的貧苦、落後——他真正的、深刻的瞭解到「民生疾苦」了！

兩榜進士出身，從小在書本紙卷筆墨中長大，出仕為官，雖然累積了許多行政經驗，也多次外放任地方官，卻是第一次深入不毛之地；儘管朝廷賦予他的任務是要征剿「叛逆」楊應龍，可是他在親見了這個叛逆，以及依附這「叛逆」的羣眾，乃至整個地區的百姓生活之後，卻忍不住暗自心酸落淚；這裏的百姓窮到沒有衣鞋而赤身露體，或以獸皮、破布遮身都是極尋常的現象，甚至，一些散居山林中的人，還過著半原始的生活；看得他悲憫不已，暗自嘆息：

「都是大明朝的子民啊，朝廷竟然無力照應……」

讀了滿腹詩書，他的心裏已然根深柢固的存著古聖先哲代代沿傳的觀念：

「民為邦本，本固邦寧——」

而西南地區的百姓生活既是如此困苦，便難怪叛亂事件層出不窮；偏偏，他的工作和責任是要以武力來掃平這些叛亂！

他的心裏湧起了一股衝動，極想立時提起筆來，上疏皇帝，陳述這個地區的根本問題，並且提出自己在對這個地區做了深入觀察、瞭解後，構想出來的幾大解決問題的要點：

「宜改善民生，減免賦稅，興建屋宇道路，廣開市集、廣設學校，擇良吏以治……」

他發自內心深處的聲音大得如雷霆如海嘯，他很明確的認知，這個地區的人民也是大明朝的子民，這裏出了問題，朝廷應該從根本處來解決，改善人民的生活，讓叛亂的事件自然而然的消失，而不是派遣軍隊來把參與叛亂的人全數殺光！

可是，心裏在大聲疾呼根本是另外一回事——他熱淚盈眶的想了很久，激動了很久之後，理智還是回到了心中，全身沸騰的熱血也就慢慢冷卻下來。

因為，已然在朝為官多年的他對朝中的現況知道得很清楚，朱翊鈞已經多年不上朝，就連內閣首輔想要覲見一次都難，這些民生疾苦的問題哪裏會引起他的注意呢？身為臣子的自己，無論上多少道奏疏都沒有用，西南邊區的問題將隨著朱翊鈞的懶惰一直被疏忽下去。

除非有那麼一天，朱翊鈞也像戰國時的楚莊王一樣，忽然大澈大悟的「一鳴驚人」起來，勤奮振作——但，這個可能性微乎其微，滿朝大臣已經沒有人再抱著這樣的希望和等待了。

朝中有許多人的心裏和他一樣雪亮，嘴裏不說，眼裏早已看穿，終此一生，朱翊鈞都不會有什麼作為了——朱翊鈞並非庸才，他多年不臨朝，君權卻沒有旁落，足見他實在有過人之能，也足見他不是無力、無知，而是無心振作！

「世宗嘉靖皇帝不臨朝，嚴嵩便權傾天下；如今，萬歲爺多年不臨朝，朝中既未有權相當道，宮中也未有權閹橫行……只是，『懶病』無藥可醫啊！」

這是朝中一羣有心人的共識，此刻想來，越發增添感慨和絕望，也倍覺心痛……獨自從行轅的木窗中遙遙眺望播州，那天生奇峻的山峯上籠罩著一層黑氣，分不出來那是瘴癘之氣還是叛逆們的殺氣，他的心情更加沉重、更加充滿無力感——他再一次深刻體認到，生為本朝讀書、仕宦者最悲哀的一點，乃是理想和現實之間永遠存在著一道無法逾越的鴻溝，而造成這條鴻溝的人是擁有無上權力的皇帝！

因此，他忍不住在心中默問：

「做皇帝的人，什麼時候才會真有『民胞物與』的心腸呢？」

當然，這個聲音只能在心中偷偷的感慨著，表面上絕不能流露出來；所以，真正動筆寫奏疏的時候，還是只能抱著萬般無奈的心情屈就於現實——他的奏疏也和別人一樣，滿紙稱頌「天子聖明」，而且，下場也和別的奏疏一樣，朱翊鈞根本不看，送進皇宮後就再也不見天日的「留中」了。

秋去冬來，轉眼又是飄著細雪的寒天，坐在燒著地火、暖和如春的皇宮裏，一面享用著福壽膏，一面聆賞著眼前的聲樂歌舞，朱翊鈞的日子過得愜意極了；高興的時候，他又在鄭玉瑩的和聲以及歌舞樂伎們的伴奏與起舞中，唱出他最愛的、百唱不厭的〈如夢令〉：

曾宴桃源深洞，一曲舞鸞歌鳳，長記別伊時，和淚出門相送。如夢，如夢，殘月落花煙重。

本性聰明的他，每每把後唐莊宗李存勖所作的詞曲唱得餘音繞梁，完美得有如李存勖親唱，甚或他已成李存勖的化身，與李存勖以及這詞曲融為一體，也引得鄭玉瑩帶領全體在場的女樂舞伎、太監宮女一起鼓掌喝采，然後紛紛向他讚好敬酒，一杯接一杯的喝得他朦朧睡去；當然，酒醉入睡後的他，已經許多年都夢不到童年往事，更遑論童年時張居正曾經向他講述過的，後唐莊宗李存勖因佚樂而亡身的故事——他早就忘得一乾二淨了。

註一：李宗城是明太祖之甥李文忠的後代，屬「皇親國戚」，故封侯。

註二：《清史稿》列傳十：「輝發亦扈倫四部之一，其先姓益克得里氏。」

5

大雪紛飛中，松柏傲岸，寒梅吐芳……

雪光映得書齋的紙窗發亮，桌上的油燈便不顯孤單；就在這天光與燈光下，顧憲成提筆書寫他的《小心齋劄記》；速度緩慢而字跡渾厚端正，一絲不苟，充分流露著他的心聲：

官輦轂，念頭不在君父上；官封疆，念頭不在百姓上；至於水間林下，三三兩兩，相與講求性命，切磨德義，念頭不在世道上。即有他美，君子不齒也。

第二天，他派老僕去請高攀龍來家，同時也約了這兩、三年來因為不容於當道，陸續被削職、貶官而一一回到故里的朋友史孟麟、于孔兼、安希范、薛敷教、錢一本等人；這幾個人中，安希范也籍無錫，而且住得不遠；史孟麟籍宜興，于孔兼籍金壇，薛敷教、錢一本籍武進，距離都很近，往來並不費時；因此，這幾個在出仕前就為好友，在京為官時又因為志同道合而形成小集團的人們於歸里後，聚會非常頻繁，每月總有兩、三次，大家一起談學問、論時局，很自然的成為定期活動；無論是誰起個心，一聲邀約，其他的人一定前來與會——這次也不例外；時間到了，顧憲成這間小小的「小心齋」中便高朋滿座。

除了來客以外，還有他的弟弟顧允成，大家圍在一起討論他新寫就的這篇文章。「小心齋」本只是顧憲成的書房，面積小，陳設簡樸，除了滿架的書以外只有一桌一椅和文房四寶而已，來了訪客，便搬幾張椅子進來——這是十足的「斯是陋室，唯吾德馨」，而且，房門一關，外面的風風雪雪就全都阻隔了，斗室雖小，倒也自成一個世界；更何況，在座的都是滿懷抱負、滿腔熱情的讀書人，雖然在官場中遭受了挫折，卻沒有因此而灰心喪志，更沒有放棄自己的理想和挽救這個日漸敗壞的時代的宏願；因此，這個小世界中的氣氛是熾熱的……

顧憲成率先對大家說：

「歸籍已一年有餘，憲成身在民間，所見所聞、所思所感，唯有『憂心如焚』四字可喻；下筆為文，聊敘心中感觸……」

他所觀察的社會現象是多方面的，從形而上的、現下風行的學派、思想和百姓的生活、人生觀綜合而成的社會風氣，乃至於米麥糧價、賦稅徭役等實質問題；觀察的角度既廣，思考的層面也深，提出的看法是具體而完整的，寫文章的基本出發點更是為了改善時弊，挽救世道人心——他並非一個不知民生疾苦、關在象牙塔裏吟風弄月的人，因此再三向朋友們強調：

「憲成以為，當此世風日下，人心不古之際，讀書人的首要之務，在於挽救世道人心……若是只知著書立說，傳布些驚世駭俗、譁眾取寵、似是而非的話語，或者雕琢幾許文字，選幾句風花雪月、蟲魚鳥獸；即或展現了媚俗之美，也是憲成所不能苟同的……」

他把寫好的文章讓朋友們逐一傳閱，讓自己的理念和每一個朋友交流，一座小小的「小心齋」也就因他這份熱切的救世之志而顯得無限寬廣和偉大。

然而，這偉大畢竟是形而上的，現實中的一切都無法因此得到改善——就在「小心齋」一牆之隔的無錫鎮上，大明朝的江山裏，因為大雪紛飛而出現「朱門酒肉臭，路有凍死骨」的情景多得數不清；而無錫向為富庶之地，若是推廣及全國，一夜風雪，凍死的人須以萬為計數的單位！

自張居正去世已有十三年之久，朝廷裏固然吏治敗壞，財用吃緊，在民間造成的影響還要壞上好幾倍；賦稅加重和吏治敗壞的雙重作用，使得貧富不均的現象日益嚴重；少數有錢人既有官商勾結的管道，吏治越壞，生財之道越多，逃稅之法也越多，仗著有錢有勢欺壓善良的事情就更層出不窮；中等人處在這樣的狀況下，只有拚命「想辦法」，想到了辦法、擁有了辦法，得以在這樣的環境中生存下去，往往就賠上人品；而毫無辦法可想、佔了大多數的良善百姓們只有默默忍受生活的重擔，乃至於無語問蒼天。

而這種種現象，固然有顧憲成這樣的讀書人看了憂心如焚，卻也有一部分讀書人根本視若無睹——不但視若無睹，還根據這種畸形的社會現象發展出為自己謀利的途徑；一干無恥之徒去依附權勢，做「文章打手」，只要有人出金，便為出金者撰文，或為攻擊仇敵，或撰些精緻巧美的小品文以供娛樂，成為「文丐」❶；另外一干人索性打著「狂禪派」❷的旗號，鼓吹起離經叛道來，一面公然聚眾講說，一面親自做些光怪陸離、驚世駭俗的行為和舉動來……相互影響後，民間的風氣變得更加混濁，既無是非黑白可言，也喪失了原本的淳厚樸實之風，張居正主政的十年間「藏富於民」的積儲更已消耗殆盡；整個大明天下，有如一件被蟲蛀得四處是破洞的華衣，儘管外表上還看得出講究的針線手藝，實質上已無法穿上身。

而能有這些遠見和隱憂的，也不過是如顧憲成這樣的有識之士，身為大明朝領導人的朱翊鈞既毫無所覺，身在域外、一心豔羨著大明朝的繁華豐美的豐臣秀吉和努爾哈赤，當然更不知道這一切。

註一：如陳萬益在《晚明小品與明季文人生活》一書中所論，「明季山人」之種種醜行與美文，為晚明社會怪現象之一。

註二：狂禪派以李卓吾為代表。

6

不如意的事十之八九，豐臣秀吉的情緒落入了低潮。

不但明朝不容易覬覦，連朝鮮都不容易佔領——一切都與原先的預估相去甚遠！

他每天早晨的第一件事就是端然正坐著，仔細聆聽來自朝鮮的戰報，而每天都沒有奇蹟出現，一連好幾個月，送上來的報告都在反覆陳說同樣的情況：戰事陷入膠著，我軍無法完成主公交付的任務；最新的消息卻是，明朝已選派使臣，準備前來與我國議和！

議和的事值得考慮，而朝鮮的戰況令他心煩；朝鮮的官軍不堪一擊，這與原來的估計完全一致，但，朝鮮的百姓竟自動自發的組成一座座萬里長城，阻止了日軍的攻勢，卻是萬萬沒有想到的事！

「這是最嚴重的錯誤——」

他認真的反覆思考，認為自己忽略了朝鮮百姓具有堅忍不拔的特性和廣大的、無形的民間力量，是據朝計畫無法完成的最主要原因；而這錯誤是自己所犯，不能責怪任何一名率軍遠征的將領；但，不能責罵別人，心中的鬱悶便無法發洩，心情就更壞；而檢討自己錯誤的話不能說給別人聽，竟成了有苦難言……幾度惡性循環下來，精神上的重壓達到了前所未有的程度。

偏偏，他個人私務方面的煩惱也接踵而至，更是火上加油。

事情是一個無可解的死結：他早年無子，廣置姬妾仍無所出，年事漸高，自覺求子無望，便將跟隨在身邊的外甥秀次視如己出；不料，年逾半百之後，他新納的側室茶茶一舉得男，令他的求子之心如枯木逢春般復活，怎奈上天弄人，這名男嬰不久就夭折；晚年得子又喪子，當然是重大打擊，同時也認了命——自己命中無子，即使求到了也會失去，而且年事已高，未必能再生育，只有接受事實，死了這條心；但，豐臣氏不能無後，偌大的江山不能沒有繼承人，經過長達百日的思考後，他認秀次為義子，令秀次改姓豐臣，做他的繼承人，征朝戰起的時候，他準備離開京都親赴名護屋指揮戰爭，便將關白一職讓給秀次，並讓秀次入住聚樂第。

不料，上天再次捉弄他——在秀次的繼承人身分確立，並且順利的繼承了他的職位和宅邸之後，茶茶竟再次懷孕，生的又是男孩，而且，這個孩子養住了，現在已經將滿兩歲。

這個孩子當然是他心中的至寶，但，懊惱也隨之而來——他自悔孟浪，不該早早的以秀次為繼承人！

私心中豢養的魔時時躍出來，建議他除去秀次，以自己親生的兒子為繼承人；偏偏，這個時候，指控秀次因少年得志而橫行霸道、胡作非為的密信紛紛而來，加重了他對秀次的反感……他勉強要求自己：

「還是再思考百日吧！百日後決定！」

但，反覆思考其實並無多大意義，只有徒增煩惱而已，為親子殺義子，乃是人性，念頭一起就收不回來……

幾天後，他便發出號令，召率軍征朝的石田三成返回大本營議事——石田三成是他最主要的親信之一，無論公務、私事，都會盡心盡力的提供意見。

石田三成一接到命令就立刻啟程，離開朝鮮，返回日本；他兼程趕路，到達名護屋的時候都卻值颱風來襲，天地間風雨交加，昏晦不明，彷佛是一個不祥的徵兆；他排除萬難，奮力前進，還是比預定的時間晚了半天到達大本營。

時近黃昏，大本營的正廳裏燃起了千百盞油燈照明，本該亮如白晝，卻因為屋外的狂風暴雨，使門窗上盡是搖晃的樹影和飛瀉的水影，而顯得影影綽綽，令人無法把東西看得定靜分明，相對的，懸在架上的大幅朝鮮地圖便特別顯得昏茫不定。

而最令石田三成觸目心驚的卻是豐臣秀吉本人——他雖然沒有透視的能力，看不到豐臣秀吉的內心世界也是影影綽綽、昏茫不定的，但是很清楚的看到了豐臣秀吉的外表，那滿布皺紋的臉上更瘦、更黑也更顯老，原本呈深紫色帶黑的嘴唇竟成全黑，令他不由自主的想著：

「主公在大本營中過著養尊處優的日子，怎麼看來竟比遠征異國、困守戰場的將士還要憔悴？」

但，身為豐臣秀吉的親信，他深刻瞭解豐臣秀吉的個性，這話不但絕不能出口，還絕不能從眼神中洩漏出半絲來；於是，他藉著跪地行禮，臉面朝地來隱藏眼神：

「參見主公！」

屋外風狂雨驟，聲隆如萬馬奔騰，使他的聲音顯小，不料，豐臣秀吉的聲音更小，小得像有氣無力，而且是從未有過的長長的嘆息：

「我們征服明朝、佔領明朝的心願要成空了！」

他是在對親信說話，因而沒有保留的抒發了心裏真實的感受；但，見面的第一句話就這麼說，便令石田三成無言以對，但又不敢不說，更不敢有所保留，於是囁嚅著回應：

「我軍已盡全力，但因遭逢朝鮮百姓抵抗——」

豐臣秀吉立刻一揮手，打斷話頭——征朝失利的種種原因，他全部瞭然於胸，不須再說明，他要面對的是後果：

「朝鮮久攻不下，我軍便無道路入明！」

一生中最大的心願已確定無法完成，他黯然神傷，聲音中飽含著失落與淒楚；石田三成不敢正視他，但極力想出適當的話來應對：

「我軍或許還有別的入明的道路和方法——主公請靜心考慮，重新布局——如今，明朝已有放棄戰爭、三國議和的念頭，如果三國之間的關係改變，也許能有新的機會到來！」

他的目的在於減輕豐臣秀吉的傷感，因而盡力引發新的希望；但是，豐臣秀吉卻皺緊了眉頭，略帶不耐的告訴他：

「現在還想不到那麼遙遠的未來去——明朝確實想議和，即將派人前來日本——我召你來，第一樁要商量的就是這事；我國是否該接受明朝的議和，是的話該提出哪些條件！」

儘管心情惡劣，但他面對現實的時候依舊思路清晰、條理分明，令石田三成暗自敬佩，立刻恭敬的行禮：

「請主公指示！」

豐臣秀吉的聲音一變而為沉穩：

「我方是打了勝仗的一方，明朝是敗方；而這談和之議又是明朝所提出——明朝須給予極優厚的條件，我方才可以同意談和！」

石田三成更恭敬的應承：

「是！」

豐臣秀吉簡明扼要的吩咐：

「立刻召集人員，風雨過後舉行會議，先擬出與明朝談判的條件來！」

說到重點了，他的精神和聲音都提高了起來，而且顯得成竹在胸，唯有窗外依舊風雨交加，光影搖曳得厲害，使他的臉色依舊陰晴不定；而石田三成因為沒有十成十的把握，怕拿捏有誤，於是再慎重的請示一句：

「主公，決定與明朝談和了？」

豐臣秀吉的聲音又提高了些，語氣也一變為堅定：

「我認為應先擬定和談的條件，條件的內容以我方獲得最大的利益為前提；而後將條件告知明朝，明朝若同意則談和，若不同意則不和——我軍要同時準備再戰！」

石田三成唯唯諾諾的應「是」，但，一頓之後又囁嚅著半帶提醒，半為請示的說：

「我軍……為朝鮮百姓牽制……再戰，恐有困難！」

豐臣秀吉耳朵一顫，心中一刺，雙眉皺得更緊，但掃向石田三成的目光卻變得犀利起來，堅定的語氣中帶上了幾分不耐煩：

「有困難就解決！」

個性中頑強的一面又升上來了，於是，明知情勢不利再戰，也說得斬釘截鐵；石田三成不敢再吭聲，立刻按照他的意思辦事。

颱風過境，不過短短的一兩天；風雨一停，豐臣秀吉立刻主持會議，半天後，與明朝媾和的條件全部議定，石田三成按照豐臣秀吉定出的結論複述一遍，由書吏一字不誤的記錄下來，準備在明使到來時提出❶。

條件共有七項：第一是迎明廷皇女為后妃；第二，日、明恢復貿易；第三，兩國大臣之間互換親善誓約；第四，分朝鮮國土為二，北部四道及國都歸朝鮮，其餘割予日本；第五，朝鮮應遣送王子及大臣各一、二人赴日為人質；第六，去歲為日方所擄獲的兩朝鮮王子放還；第七，朝鮮君臣應親書誓辭，累世遵行。

雖然沒有人能預知明朝是否會接受這些條件，但議定之後便得到了胸有成竹的滿足感——豐臣秀吉的心中湧起了這種錯覺，也就有了滿足感，於是，他連點兩下頭，以一貫的威權的神態和語氣指示：

「好生等待明使前來吧！」

但，他也不是個會沉溺於錯覺中以致誤事的人，眾人退出後，他陷入沉思中，反覆推想著各種可能發生的狀況，乃至明朝如果不答應這些條件的後果；到了夜裏，他又把石田三成叫了來，重新指示他：

「戰與和本是一體的兩面，我方即使與明朝和談成功，也應同時加強備戰！」

石田三成親身經歷他這些反覆的說法，早已感受到，他的心中對和對戰都沒有十足的把握，因而贊成他這種萬全的做法：

「主公考慮周到，和與戰雙管齊下，才是萬全之策！」

這麼一說，豐臣秀吉反而沉默了，過了好一會兒之後，他交付新的任務給石田三成：

「在明使到來前，你抽空，悄悄去趟京都，替我仔細看看，秀次真實的情形！」

石田三成會意，非常恭敬的接受任務，而私心中竊喜不已，心口陣陣狂跳──他明白，秀次的問題不但非常重要，而且是豐臣秀吉心中最私密的事；會把任務交給他，當然是視他為第一心腹，分量遠超過加藤清正、小西行長等人；同時，這也是一個重要的機會，如能順利的為豐臣秀吉除去秀次，並扶助他的親子繼位，那麼，自己的地位又能更上一層樓……

各人都有一把如意算盤，在石田三成告退的當兒一起撥動：

「三成絕對盡全力完成主公的命令！」

豐臣秀吉更是意在言外的補充一句：

「希望你能為我處理好秀次的事，則我能專心主持對明朝的和議，為我國完成最重要的任務！」

話一說完，他竟像不忍心親眼目睹秀次必死無疑的命運似的，立刻移開正視石田三成的目光，隨即起座轉身離開大廳，退入後堂去了。

大廳中只剩下石田三成，當然只有立刻退出，而因為四下無人，神情中的得意之色便無須隱藏，立時完全暴露出來。

他認為自己這趟專程返國，收穫太大了，兩件天大的事都落到自己身上，實在該感謝上蒼；接著，他反覆思謀：

「設計讓秀次自殺，不難——讓明朝來使接受談和的條件，也總有辦法，不難辦……唔，聽說明朝的官都貪財好色，便拿財色來讓明使點頭！」

兩件事都辦成後，自己就理所當然的是豐臣秀吉跟前的第一人——

他喜不自勝，竟連腳步也輕飄了起來；然而，他這如意算盤只是一廂情願——兩件事中，對付豐臣秀次固然因為有深刻的瞭解而易如反掌；關於與明朝議和的事卻因為他對明朝的認識只是淺薄的表面，而致進行起來與設想相去甚遠……

初春時節，石星所遣「打聽消息」的沈惟敬到達日本；日本沒有人明白他的底細和此行目的，只當他是先行的「特使」，返回後能將日方的條件傳述給明朝的皇帝，於是，豐臣秀吉親自接見他，饗以盛宴，並且親自交給他一份文書，上面明明白白寫著談和的七項條件。

沈惟敬接下後滿口應承，連連點頭，半點都沒有讓人發現他的心裏在發虛——儘管他根本不是「日本通」，但是，走上這麼一趟，聽完豐臣秀吉的談話，看完紙箋上寫著的「七條件」，也已經能體會到，雙方對「議和」的想法無異是天壤之別！

他心裏開始發愁、叫苦，也開始尋思返國後如何向石星報告這件事；甚至，替石星想著，怎麼來辦理這樁「議和」、「封貢」的事；最後，他想定了主意：

「唯有『瞞天過海』這條計可行——橫豎，我朝中沒有真正的『日本通』，日本國中也沒有真正的『明朝通』，只要唬得表面上圓圓滿滿的就行了！」

因此，回到明朝後，他向石星報告此行諸事，索性完全不提日方的談和七條件，而以極肯定的語氣侃侃述說：

「日方極有誠意談和，好商量得很——要封豐臣秀吉什麼名號，也全憑大人作主，他沒有意見！」

他的心裏也有一把如意算盤，認為雙方語言不通，談話全靠通譯，只要收買了通譯，事情便穿不了幫——真到了要「談」、要「封」的時候，多花些銀兩收買通譯便是！

而不明就裏的石星聽了這些話，立刻高興起來，認為和議必成，勞民傷財、損兵折將的援朝戰爭很快就要結束——身為兵部尚書，而能結束一場徒然無謂的戰爭，他認為自己將功在社稷、功在黎民！

因此，他和他的「主和」一羣黨們更加趾高氣揚起來，同樣的，正、副使臣李宗城、楊方亨都還沒有動身，大家就已經產生錯覺，彷彿事情已經大功告成了。

偌大的明朝朝廷中沒有人察覺到，這其實是一個新的錯誤的開始——包括自以為聖明的朱翊鈞在內。

註一：明朝與日本議和的過程參見鄭梁生著《明代中日關係研究》，豐臣秀吉這「七條件」的提出，亦詳見該書。

7

「我走了兩趟北京，靜下來的時候一想，我們對明朝的瞭解還是太少，還得再多加強——最好每年都走一趟！」

親巡城樓的同時，努爾哈赤隨口對跟在身邊的何和禮說出想法，但這卻不是隨意說說——事出有因，既是他心中不時考慮的重點，也因為最近有了新的發展，使得心中長期思謀的事被觸動、牽引了出來。

那是因為他努力交結明朝官員的辛勞沒有白費，兩天前，遼東巡撫倘門給了他一個喜訊：明朝以他「保塞有功」，將授他「龍虎將軍」銜，並給三十道敕書——

何和禮立刻產生聯想，也小心的詢問：

「貝勒爺是否打算親自到北京領取『龍虎將軍』的印信和敕書？」

努爾哈赤不假思索就點頭：

「當然——原本，我正想著，找一個什麼理由去走一趟，有了這事，更名正言順！」

何和禮聽後卻陷入思索中，過了好一會兒才鼓起勇氣來，向努爾哈赤提出建議：

「這一趟——我想向貝勒爺請求，考慮讓三貝勒一起去！」

努爾哈赤倏的轉頭看他，目光中閃過一道強焰；而何和禮的眼神中雖然流露著幾分退縮，但卻是誠實且誠懇的，毫無矯飾；努爾哈赤只看一眼就收回目光，而後以平靜的語氣詢問：

「是三貝勒要你來說的？」

何和禮搖搖頭，很具體的說明：

「以往，我曾好幾次聽到三貝勒在背後說，這事總輪不到他，偶爾還小有抱怨——我牢記在心，也想著，三貝勒心裏委實不高興，但這不高興很容易化解，因此，我一聽貝勒說，還要再赴北京，便斗膽提出——」

努爾哈赤轉回頭，不再注視何和禮，但卻答應了他的要求：

「好吧！」

他的聲音和語氣依然平靜，但是心裏悄悄起伏著思潮。

何和禮的話除了建議之外，同時提醒了他，要注意舒爾哈赤的想法和反應，避免隱藏在心裏的小不愉快積累成大矛盾、大衝突；於是，他找來舒爾哈赤，既賦予他前往北京的任務，也苦口婆心的叮嚀他：

「這一趟，我不親自走了，你帶頭去，讓何和禮跟著，他以往跟我去過，多知道些門路和辦事的方法，讓他幫你照應；你自己要多用點心，到了北京城裏要多看多聽，多瞭解明朝的狀況，回來之後詳詳細細的告訴我！」

對這個任務，舒爾哈赤非常高興的接受了，對他的交代也欣然應承：

「大哥放心，我全按照大哥的吩咐做，回來後一絲也不漏的向大哥報告！」

八月裏，舒爾哈赤出發到北京城朝貢，路途既遠，舒爾哈赤又趁便在北京城裏多遊玩了幾日，回到費阿拉城，已是十月下旬。

這點努爾哈赤並不在意——他在意的是明朝的現況；因此，一接到舒爾哈赤已返回的通報，立刻丟下手邊的事情，興匆匆的下樓，跨上馬，出城親迎。

天地間風雪交加，而他心情高昂，以致臉頰通紅；出城前，還叫了舒爾哈赤的兒子，自小由他養育的阿敏來，跟著他一起出城。

阿敏已經十二歲，身材不算高，但壯而結實，皮膚略黑，方形的臉上長著一雙微凸的眼和濃黑的眉，神似舒爾哈赤，而已有幾分武將的架式；努爾哈赤一向疼愛他，和自己親生的兒子沒有兩樣，叫過他來道：

「跟我迎接你阿瑪去——」

阿敏天性好動，一聽要出城當然高興，立刻躍上馬，和幾名侍衛一起，跟著努爾哈赤向前奔行。

一行人在城門口迎上了舒爾哈赤，掉轉馬頭後，兄弟兩人並轡而行，只奈風雪交加，無法談話；直到進了樓宇，坐定之後才開始交談。

舒爾哈赤率先報告說：

「明朝給了『龍虎將軍』的封號和三十道敕書——恭喜大哥，從此便是威風凜凜的『龍虎將軍』了，遼東還有誰敢不敬大哥三分？」

說著，他命從人從包裹中取出明朝的冊封詔書和三十道敕書，恭恭敬敬的遞給努爾哈赤。

但，努爾哈赤的反應卻不若他所想——接過這些文件，努爾哈赤只隨意看兩眼，便順手往桌上一擺，哈哈笑著說：

「要受人的敬，得靠自己，哪裏能憑明朝的冊封呢？那不成了仗著明朝的勢，在遼東威風了？」

舒爾哈赤下意識的一愣，然後訕訕應道：

「這倒不是……明朝也是因為大哥已經在遼東威風得很了，才冊封的……誰都知道，沒讓納林布祿得了冊封！」

他這麼說，努爾哈赤便笑了一笑，然後很快的轉移話題：

「說說看，大明朝的北京城現在是個什麼樣的光景？」

舒爾哈赤訕然立消——北京之行是新的經驗，他的心裏正充滿了莫大的興奮想要一吐，於是，滔滔不絕的把所見所聞仔仔細細的說一遍，從高大的城牆、雄偉的建築、熱鬧的街市，乃至於酒樓中出售的精美食物，一邊說還一邊補充：

「北京城的老百姓挺喜歡我們這些打關外去朝貢的人，我這回還聽說，人家都管我們叫『達官貴人』呢！」

努爾哈赤故作好奇的笑著問：

「噢？為什麼會有這種稱呼？」

舒爾哈赤聳聳肩道：

「我也弄不清楚，私下問了接待的明朝官兒，他說是很喜歡我們的意思，『貴人』就是尊貴的人，貴人到了，會給地方帶來好運道，所以，人家巴不得我們天天去朝貢！」

努爾哈赤忍俊不禁，笑著告訴他：

「以前我在廣寧的時候，卻聽說，『達官』的達就是韃，人家是管我們叫『韃子』呢！」

說著又問他：

「你聽到老百姓在談論些什麼嗎？」

舒爾哈赤歪著頭想了想道：

「我聽酒樓上有人在說，皇帝老爺好久好久都不上朝了，別的沒聽全，就給接待的官兒們打岔過去了，倒是這幾個官兒們拉著我說了好些話！」

努爾哈赤問：

「他們跟你說些什麼？」

舒爾哈赤道：

「大半都是要我下回去的時候多帶人參、皮毛，只別在市上拿出來，他們想跟我私下換東西！」

努爾哈赤「噗哧」一聲笑出來：

「真是『天下烏鴉一般黑』！北京的官兒跟派到遼東來的官兒都是一樣的，只想私底下撈點好處給自己，沒幾個想給朝廷好好辦事——不過，你既遇上了這樣的官，人家也沒忘了許你什麼好處吧？」

舒爾哈赤登時滿臉通紅，低著頭不說話；努爾哈赤並不想讓他難堪，隨口說一句，點他一點，然後便轉口：

「你趕路回來，總也累了，先去歇著吧！」

而後，他展開思考……

儘管舒爾哈赤的話只是一個簡單的陳說，一個浮面的傳聞，但是，到了他心裏就不一樣。

他把這些話和從其他管道聽來的話混合在一起，反覆推敲、排比、對照，與已經發生的事實逐一印證——眼前最明確的事便是人口的消長，最近一年來費英東、何和禮等人都不只一次向他報告，前來歸附建州的子民比以往增加許多，其中大多數是漢人，原因雷同，都是為了逃避明朝過重的賦稅和徭役而成羣結隊、一批又一批，或出關或渡海來到遼東。

「只求三餐溫飽，願做建州子民——」

把這個事實和傳聞比對，他的心中又多了好幾分感觸。

以往，建州的人口增加，幾乎都是因為戰爭——戰爭既使他得到許多俘虜來的人口，也使他的威名日漸升高而吸引附近的部落來歸附，這些人口絕大多數是女真人——現在不同了，大明朝的子民絕大多數是漢人，他們主動來歸附建州，不是因為戰爭，而是因為明朝本身出了問題……

他左思右想，心中既湧起了欣喜，也多了一分警剔：

「明朝如果日益衰敗，當然有利於我建州發展……但，這種情形擺在眼前，實在是一面鏡子！」

他恍然大悟，想通了一件以前不曾想到的事：皇帝沒做好的話，百姓會逃跑！

少年時代不但沒有受過「帝王學」的教育、沒有讀過很多書，十九歲離家，身邊也沒有累積了人生經驗的長輩指點教導；治事的道理，他都只能憑靠自己的摸索和思考才能得到；尤其是在建州的規模日益擴大以後，不但與外部的戰爭和往來增多，內政的問題更與日俱增，幾乎每天都會面臨新的問題——他每天都在面臨新的挑戰，因此養成了小心謹慎和反覆思考的習慣；而每當思考有了新收穫時，除了心中欣喜，還要再三印證……這樣，累積下來，他才慢慢擁有自己的人生智慧和政治哲學；他相信自己能帶領全體女真人走上康莊大道，也能為女真人建築出一座「北京城」來。

而幾天後，新的挑戰又降臨了。

先是費英東來向他報告：

「從朝鮮方面來的消息，說，朝鮮要派使臣到明朝去，這次選定的路線是打咱們建州經過，下個月，先行的通事河世國將到達建州，十二月，主官南部主簿申忠一親臨！」

「哦，那太好了！我正想多瞭解一點朝鮮的事！」

他第一個反應是興奮，因此用雀躍的口吻對費英東說，但隨即口氣一變：

「啊，這可是咱們女真人第一次正式和『外國』往來，正式接待外國的朝廷命官呢！」

他的神情中有著明顯的慎重，但也為著這即將降臨的挑戰而顯得興致勃勃、精神抖擻；於是，他雖然因沉思而使得語調放慢，聲音卻分外鏗鏘：

「你去通知大家，先做些準備，想想這事該怎麼辦，明日清晨，大家一起來商議商議！」

8

建州第一場接待外賓的盛宴在萬曆二十三年十二月二十八日舉行。

典禮簡單而隆重：在朝鮮使者官南部主簿的申忠一[1]到達費阿拉城外十里之遙前，努爾哈赤選派的一萬名建州軍就全數披甲，排列成整齊的隊伍等候著，申忠一率領兩百人的車隊走近時，全部人員一起歡呼、鼓掌，展現出最大的熱情來歡迎外賓。

努爾哈赤本人更是神采奕奕，身穿全新的甲冑，騎在雪白的駿馬上，率隊親迎申忠一；申忠一下大車，他立刻下馬與之行抱見禮，然後並肩入城……

進城後，他在柵城的大廳裏設下豐盛的酒宴款待申忠一。

人在室內，他便卸了甲冑；頭戴貂皮帽，頸上護著貂皮圍巾，身穿貂皮緣飾的五彩龍紋衣，腰繫金絲帶，佩帨巾、刀子、礪石、獐角，腳穿鹿皮烏拉靴；這身服飾使他看起來比全身披掛時少了一分剛猛的霸氣，多了一分親切與和藹，顯得非常平易近人，使略通女真語的申忠一有賓至如歸的感覺，原先有的幾分陌生和疏隔便自然而然的淡去一半。

第一道酒菜上來後，大廳內外開始了助興的表演，演出的人員全由軍士充任，而因平日閒暇時常常練習，演出的內容很精采，三十名軍士有的吹洞簫，有的彈琵琶，有的拍手唱歌，帶動得場面熱鬧起來；然後，主人開始向客人勸酒勸菜……酒過數巡後，努爾哈赤緩緩從座位上起身，走到大廳中央，取過琵琶，為遠來的貴賓親自彈奏一曲。

他奏的是〈破陣樂〉，背景是蘭陵王戴著面具在戰場上八面威風、大獲全勝，曲調高亢激昂，由他奏來更具氣勢，雄壯得如萬馬奔騰，聽得人熱血沸騰起來……一曲既罷，立刻引來全場如雷的掌聲；接著是八名優人的舞蹈表演，藉著舞蹈動作暗藏撲、跌、摔、拿的武藝，展現了陽剛的力與美，看得申忠一目不轉睛……

這場盛宴辦得成功極了，賓主盡歡，友情於焉建立；第二天，兩方談起「公事」來就因為距離已經拉近而順利得多了。

申忠一來到費阿拉，並不是純粹拜訪、結識——他出使明朝最重要的使命是討論與日本議和的問題，議和的事一再拖延，朝鮮已等得心急如焚，因而派他使明，向明朝請求早日處理；而「路過」費阿拉，更是個精心的安排——飽受日軍侵略之苦的朝鮮體認到，只有一水之隔的遼東非常重要，因為，有急難時能得到支援，或者過來避難，於是刻意來交好……

而努爾哈赤從日朝戰後，體悟到這個鄰國的重要性和對遼東的影響，既已盡可能的多方蒐集關於朝鮮的一切資料，上個月，通事河世國到達建州的時候，他不但親自接見，還立刻致書朝鮮國王李昖，表明友好之意，如今，對申忠一的到來又怎會不如獲至寶呢？

兩人相談甚歡。

努爾哈赤告訴申忠一：

「壬辰戰起時，我曾上疏明朝，願領精兵赴朝鮮支援，只奈明朝不允，才不得相援。」

申忠一立刻拱手：

「貝勒雖未出兵，卻有相援之心，盛情可感，我國人全部銘記在心。」

接著又向努爾哈赤說：

「如今日軍尚在我國境內多處，我國人甚是憂慮，和議如一再拖延，日軍或將再度攻掠——萬一再有事起，望貝勒伸援！」

努爾哈赤一口答應他：

「建州必竭全力！」

而後，他取過龔正陸為他寫就的給朝鮮國王李昖的回帖，親手交給申忠一：

「請代為致送朝鮮國王——」

第二天，申忠一啟程離去，他再度擺下盛大的歡送場面，萬人披甲鼓掌，他自率親隨，騎馬相送到二十里外……這樣的盛情，感動得申忠一幾乎流下熱淚。

可是，中、日、朝三國之間的戰爭與和平，以及其間的複雜問題卻不會因這樁友情的建立而改善。

明朝方面經過層層掩蓋的人謀不臧的問題終於爆發出來……

朱翊鈞派遣的「東封」正使李宗城，儘管在身分上是顯赫的皇親，在本質上卻是個不折不扣的紈袴子弟，一路東行，不但所到之處盡情玩樂，還對地方需索無度，弄得沿路的地方官大感困擾；出了國門後，心裏又多了一分「天高皇帝遠」的憑恃，更加胡作非為起來。

第一站到達日本境內的地方是對馬島，因為是來自大明的封使，對馬的太守儀智竭盡所能的招待這羣貴賓，盡量滿足要求，甚且遣送美女伺候李宗城；而李宗城既感到心滿意足，便蓄意留在對馬島享樂下去，根本不往日本本島前進，日方派人來催了好幾次，他都相應不理，而且行徑越來越過分——他本是好色之徒，除了迷戀儀智送來的美女外，還打聽到儀智之妻是小西行長之女，容貌如絕色天仙，竟意圖染指。

儀智當然大怒，索性不理他；偏偏他又為了爭道，和當地人謝隆發生衝突，謝隆在盛怒之下謾罵，要他小心，左右們一傳述，竟令他想成日方將派人來行刺他——他雖然色膽包天，壞事做盡，「死」字當前時立刻腿軟；於是連夜捨了國書、璽印等代表大明朝「東封」的重要文物，私下逃跑。可是，在對馬島上，他人生路不熟，跑不到天亮就迷路；慌急之下，竟哭喪著臉，解下腰帶，掛上樹自縊，想就此逃避現實；不料他自己的從人追上來，發現了他的窩囊相，把他解下來，送回朝鮮的慶州……

發生這樣的醜事，身為副使的楊方亨非常為難——醜事的男主角既是自己的長官，而且丟臉丟到外邦，令他不知如何是好，萬般無奈，只有硬著頭皮將實際狀況飛報朝廷。

但，儘管他的奏疏用的是「八百里快傳」，要不了幾天就可以送到北京，卻因為朱翊鈞根本不上朝、不理政，過了好一段日子還不見回音……

註一：申忠一返國後把在建州的所見所聞，寫成《建州紀程圖記》，成為研究女真史的重要資料。

9

者邊走，那邊走，只是尋花柳。
那邊走，者邊走，莫厭金杯酒……

大明皇宮裏響起了五代時蜀主王衍的〈醉妝詞〉，歌聲中一樣飽含著朦朧的酒意，歌者卻是朱翊鈞。

無數美酒和福壽膏進入他身體中後，為他帶來了輕飄飄、暈陶陶的感覺，令他覺得生命是無上的美好，因此，他開懷放歌，唱出心中的舒暢……

由二十名女樂組成的隊伍整齊的排列在角落上，發出笙管笛簫與琵琶琴瑟的合音，為他伴奏；鄭玉瑩斜倚一只繡滿了鳳凰飛舞的靠枕，瞇著一雙似微醺又似迷濛的水泠泠的眼睛，帶著七分笑意和三分媚態看著他；儘管他正在忘情的唱歌，眼睛沒有與她對望，她的心中也有著欣喜和滿足——在這燭明香濃的春夜裏，他的人和他的心都在自己身邊……她要的就是這些。

朱翊鈞曲罷，她立刻盈盈巧笑，伸出一雙柔嫩細緻的手掌輕撫他的臉頰，低聲說道：

「天子金口，親自唱曲，聽得臣妾都要醉了——」

她的手心手背都是雪白的，唯獨十隻指尖用鳳仙花汁染得通紅，和她的唇色相映，倍添風情，又一起摩貼著朱翊鈞，便越發圈住他的心；因此，他呵呵笑著，也越發抱緊她；什麼國家大事，什麼大臣章奏，都飛遠了。

女樂們的歌、樂再次響徹乾清宮，也許是巧合，四下飄揚的樂曲既為迎合朱翊鈞的喜好，便都是柔媚的靡靡之音，都是亡國之君的作品，後蜀王衍、後唐李存勖、南唐李煜……

樂聲四揚，便連鄰近的坤寧宮中也隱約聽得到女樂們細細嫋嫋的唱著一闋〈玉樓春〉：

晚妝初了明肌雪，春殿嬪娥魚貫列，鳳簫吹斷水雲間，重按霓裳歌遍徹……

而聽到這樂聲的太監、宮女們不但沒人敢凝神仔細欣賞，還盡量裝作沒有聽到，以免引起王皇后不快而給自己惹禍上身；更何況，這幾日，王皇后又病了。

幾年下來，王皇后總是小病不斷、大病不犯的度過空虛時日；坤寧宮中每隔不了多久就要飄上幾天藥香，而每逢這樣的時日，坤寧宮中反而熱鬧了。

儘管朱翊鈞的腳步從來不踏入坤寧宮的門檻，坤寧宮在實質上也是冷宮，但是在名義上還是不折不扣的領導後宮的「中宮」，主人是名正言順的「正宮娘娘」；因此，只要王皇后一病，妃嬪們都要依禮前來叩安，在病榻前陪侍；王恭妃、周端妃、劉昭妃、喜嬪、貴嬪……加起來有十幾個，而全都是得不到愛情的怨女，大家同病相憐，互訴衷曲，也生出了一份奇特的情誼，化解了部分寂寞；唯有關於朱翊鈞和鄭玉瑩的一切，大家全都心照不宣、絕口不提。

因此，乾清宮中固然是終宵笙歌樂舞、繁華熱鬧，坤寧宮中也發展出終日太醫、妃嬪穿梭般進出的熱鬧來；只是兩者截然不同，原本應是一體的帝、后兩宮竟如兩個世界……

直到三月間，一件偶發的變故降臨，這個現象才有短暫的改變——乾清、坤寧兩宮遭逢了同樣的命運：失火了。

那天，王皇后還在病中，朱翊鈞則如往常般的在醉夢中，兩人各自被告知失火的消息時，火勢已經撲滅了；災情並不大，被燒毀的只有幾座小偏殿和兩宮之間的交泰殿；但是，起火的原因查不出來——幾十個執役的太監被打了個死去活來，所陳說的供詞都是同樣的：

「奴婢遠遠看見冒煙，跑近一看已經起火了……」

每一個人都異口同聲指認，最早冒出白煙的地方是交泰殿：

「打交泰殿屋頂角上冒出來，一下子就灌滿整座交泰殿；原本只有白煙，過了好一會兒才見火光……」

幾個資深的老太監問到這裏，心中已經隱隱認定這是一場「天火」，是上天用來警戒朱翊鈞的，只是嘴裏不敢說而已；而朱翊鈞的反應更出乎眾人的意料之外。

他剛聽到兩宮失火的奏報時，立刻勃然大怒，但，一夜後就完全消失了，取而代之的竟是竊喜——就在這個夜裏，他和鄭玉瑩私語時，一道靈光從他的腦海中閃過，聲音也脫口而出：

「這下，正好把宮裏重新整修整修——既是給火燒了，就不會有人反對了！」

他想起多年前曾經動念想整修皇宮，可是，念頭剛一興起就被打斷，生性節儉的張居正和李太后反對這個想法，認為皇宮已經夠豪華了，無須再浪費銀兩整修；而現在，張居正已經不在了，李太后已經不再處處管束他；再有這個「失火」的藉口，朝中任何一張反對的嘴都可以堵住——他可以為所欲為了。

因此，他的情緒立刻轉為興奮，拉著鄭玉瑩興高采烈的商議起整修皇宮的計畫來，兩人講了一整夜，一張新的、皇宮整修後的藍圖就在腦海中成形；隨即叫了太監來，根據口述畫出圖形……這麼一來，朝政、國事全都更加得不到關注了。

李宗城在對馬島上所犯的種種醜聞和善後的處理，在大臣們的三催四請下，還是拖到三月裏才勉強獲得注意，然後點了個頭，准了大臣們提出的辦法——逮李宗城下獄問罪，升任楊方亨為正使，沈惟敬補副使，並加神機營頭銜，繼續執行赴日本「東封」的任務。

得到這份「准予所奏」的大臣們固然大鬆一口氣，慶幸事情可以順利進行下去；卻不料，朱翊鈞同時丟下一個燙手的山芋，令接旨的大臣們從內閣大學士到戶部官員全部一起傻住。

這份詔書的內容簡單明瞭：著令盡快籌措兩百萬兩銀，整修火災後的皇宮。

戶部尚書楊俊民一個失神，險些哭出聲來：

「國用已經不足，賦稅已經一加再加，再要多出這兩百萬兩的費用——卻到哪裏去籌啊！」

身為內閣首輔的趙志皐低著頭不說話，入閣還不滿一年的陳于陛凝神注視著他，等他發言，奈何一直沒有；許久後實在忍不住了，才顧不得禮儀，越次在長官前面發言：

「我等須立即上疏，請萬歲爺三思——兩宮雖有失火之實，但災情並不大，只須略加修繕即可，何需兩百萬兩銀之多？」

內閣大學士中資歷最淺，排名最末的沈一貫插嘴道：

「萬歲爺的心意，想必是要將兩宮整個重建吧，這才需兩百萬兩銀！」

陳于陛搖頭嘆息道：

「重建並無必要，兩百萬兩不是個小數字，府庫實在無力支付，唯有我等上疏力諫，請萬歲爺取消此事，才是上上之策！」

楊俊民愁顏滿布：

「前幾年修定陵，這幾年支軍費……如重建兩宮，須得全體官員停俸兩年才足夠！」

大家你一言我一語，總算說得趙志皐勉強同意，於是立刻擬稿，寫出初稿後再逐字逐句的商議、斟酌，最後謄清，由趙志皐領銜，依次為次輔張位、陳于陛、沈一貫；戶部方面則楊俊民領銜，率領各級官員聯名，非常詳細的向朱翊鈞陳說目前國家財政窘迫的情況，現下實在籌不出兩百萬兩銀來整修宮殿，請他暫緩進行此事——做臣子的人當然不便要求皇帝「打消念頭」，經過一番討論後，改採「暫緩」的溫和字眼，以免激怒朱翊鈞，反而把局面弄僵。

大家小心謹慎的進行，直忙到四更天才把這份附帶了財政上詳細數據的奏疏整理好，大家索性不回府、不就寢，在內閣的直宿房中坐等天亮；好在留下來的人不少，並不冷清；只是，大家在工作完成後，心裏都升起了一縷「空」的感覺，這種感覺非常難受，但是無計消除，只能以有一搭沒一搭的閒聊來驅趕。

只是，這些人的年歲都已過半百，熬上半夜，精神大都不濟，趙志皐早已坐著打起盹兒來；最能說話的還是資歷最淺的沈一貫，他不時低頭想事情，頭抬起來時便問身邊的陳于陛：

「陳大人，依您看，萬歲爺看了這封奏疏後，會有什麼樣的旨意？」

這話陳于陛不好作答，只能報之以沉默，沈一貫兜頭吃了這麼個「無聲禮」，心下猛省，登時自悔孟浪，立刻就閉上嘴低下頭去；於是，四周的氣氛重新陷入死寂中，靜得更加難受；一會兒之後又有人挨不住了，冒出幾句無關痛癢的話來紓解一下這幾乎令人窒息的沉悶：

「但願萬歲爺體恤黎民百姓……」

這話便好接腔了，於是，大家輪流說了幾句話，用些尊崇的詞語期許朱翊鈞一番；才總算把時間打發過去，到了天色大亮的時候，大家一同站起身來準備送出奏疏，直等到奏疏交給太監後才逐一退出朝房，各自回府。

大臣中最熱切這件事的陳于陛，原本健康狀況很不好，完成這件事後，因為情緒過於繃緊，心中思潮起伏得特別厲害，即使已一夜未眠，也無法入睡，而且沒有食慾，僕傭送過來的參茶，他只啜兩口就放下了，然後獨自待在書房裏默坐。

心裏頭既覺得有幾分茫然，又感到悶、漲、沉，甚至還隱隱有點兒痛；面對著四周陳列的滿架書籍，他不覺發出一聲輕嘆，默默在心中對自己說了聲：

「讀聖賢書，所學何事……」

幼時讀書、立志的情景宛在眼前，父親被遴選入閣任大學士，自己也一心想要與他看齊，期望將來做一個佐國的良相，便每每夜半不寐，勤奮苦讀——可是，如今呢？自己固然已經和父親一樣入閣任大學士，有了宰輔的名與實，卻怎料得到，所遇的竟是這樣一個皇帝？

勸諫暫緩整修宮殿的奏疏固然上了，能不能被接受呢？誰也不知道；而根據以往上「勸諫」疏的前例看來，朱翊鈞根本不是個會察納雅言的人——心裏何嘗不明白，昨天自己率先提出上勸諫疏的建議，不過是「知其不可而為」的心意而已！

一股無力感從心底深處爬上來，慢慢的，悲哀的感覺佈滿了一身，身體卻開始發熱，不久就變得火燙，挨到下午，他便病倒了。

在病中，他長達十天足不出戶，但是對朝廷裏發生的事都瞭如指掌——父子兩代入閣，已累積了深厚的人脈，況且他一向官聲好，敬仰他的人多，臥病期間來看望他的人一日好幾起，自然把朝裏的事情都講給他聽；他最懸念的當然是朱翊鈞要整修宮殿的事，偏偏這件事最令他失望——勸諫疏上去後，時間一天天的流走，朱翊鈞卻一點反應也沒有。

大家都心知肚明：

「萬歲爺不知道什麼時候才會看一看奏疏呢！」

半個月後他病癒銷假，重回朝房，朱翊鈞還是沒有反應；然後，晴天霹靂憑空而降。

由皇宮裏派來的太監以趾高氣揚的姿態到達，隨即向人臣們口述朱翊鈞的旨意；他告訴所有在場的官員說，朱翊鈞在瞭解國庫存銀不足的情形後，已經親自想出籌措銀兩的新辦法，大家只要遵旨去辦，不久就可以籌足整修兩宮的費用，那就是開徵已經有人提請多次，卻總被大臣們否決的「礦稅」[1]……

註一：據《明史紀事本末》所載，早在萬曆二年二月就有太監張誠等求領真定木稅，工部執論不許。

10

被自己吐出的福壽膏煙霧所包圍的朱翊鈞，在思考為自己開闢財源的問題時，精神就不是平日裏那副慵懶沉迷的模樣；他的思路非常清楚，眼眸深處閃動著銳利的光芒，完全是個英明有為的皇帝的神情；斜倚榻上，他一面吞雲吐霧，一面把心裏的盤算告訴鄭玉瑩：

「以往，朕沒有細想，大臣們反對開礦、徵礦稅，究竟是對是錯；這幾天，朕仔細想了想，覺得大臣們的說法很迂腐，什麼傷及地脈地氣的，全都不對——要是挖挖地就能傷了地脈地氣，上千天和，那麼打從大禹治水、整治河道就傷了地脈地氣了——那些老頭胡說八道，朕不聽了——如今，兩宮失火，修繕費錢，府庫已空，非得另闢財源不可，開礦徵稅，便能解決財用的問題！」

鄭玉瑩連點了好幾下頭，笑吟吟的應承：

「萬歲爺聖明，拿出這上上之策來——也讓戶部那些大官小官們慚愧慚愧，那麼多個人都想不出辦法來，萬歲爺只一個人，心思轉了幾圈就破了這難題！」

朱翊鈞不自覺的發出一個得意的笑容，一路說下去：

「這只是第一個辦法——朕已經想定好幾個了，交代下去，叫他們一個個的辦齊全，不出半年，無論咱們要用什麼錢都有著落！」

鄭玉瑩立刻抓緊機會，拿住這個話頭巧妙的逢迎：

「萬歲爺的英明睿智是臣妾萬萬不能及的，但是，臣妾可真想聽聽，萬歲爺要拿出來的第二、第三個辦法是什麼——臣妾只能猜想，那一定是最好、最上乘的辦法，卻猜不到具體的做法——萬歲爺一定得跟臣妾說說，讓臣妾明白個通透！」

朱翊鈞被她說得心花怒放，童心又起，哈哈一笑，逗著她說：

「你且拜朕為師，朕立刻就把這些斂財的辦法說給你！」

鄭玉瑩立刻配合他的玩笑，盈盈下拜：

「臣妾叩拜師尊傳授斂財秘方！」

朱翊鈞一正神色：

「先上束脩來！」

鄭玉瑩滿臉為難，眸子轉了半圈就垂下，而後低聲泣訴、哀求：

「普天之下，莫非天子所有，臣妾此身已屬天子，而非己有，便連所生子女也全是天子龍種，為天子所有；是以，臣妾實在無力奉上束脩——求師尊開恩，萬歲爺開恩，讓臣妾做個上白學的天子門生！」

話說到最後一個字，她忍不住了，「噗哧」一聲笑出來，朱翊鈞更是開懷大笑，放下手中的煙筒，攬她入懷：

「好，好，好，你就上白學吧！」

於是，他果真以傳授學問、一本正經的口氣說話：

「第二個辦法是開徵商稅——大臣們老是說，田賦丁口等稅已經加過好幾次，百姓負擔過重；但商稅無妨，僅向通都大邑的商家開徵，不及於一般百姓，也不及於窮鄉僻壤——通都大邑的商家大都營利頗豐，理應多納稅賦！」

鄭玉瑩連連點頭：

「萬歲爺聖明，真是令人敬佩——有了這些辦法，戶部好好的做，立刻就能財源滾滾，再也不愁沒錢了！」

不料，朱翊鈞立刻用力搖頭：

「這些事，不能交給戶部去做！」

鄭玉瑩下意識的一愣，脫口就問：

「不交給戶部？那，怎麼辦？」

朱翊鈞以極為平淡的語氣向她說明：

「交給戶部去辦，所收就全進了府庫，咱們要用的時候得給戶部下旨，著令撥銀來用——不是挺麻煩的嗎？朕打算派太監去辦這些事，收來的稅銀直接進內帑！」

鄭玉瑩登時發出一聲驚呼，打斷他的話：

「萬歲爺真是聖明！」

這回，她是衷心的發出讚頌——朱翊鈞果然是個天資特別高、思考能力特別強的人；但同時也引發心中升起別類感觸，有個聲音在悄悄對自己說，朱翊鈞真是個厲害的人，不好對付；

然而，她也立刻提醒自己，絕對要不動聲色、不洩漏絲毫想法，絕不能讓朱翊鈞知道自己的感想，於是，她飛快的想出另一番話來說，以掩蓋自己的心思轉動：

「這辦法真是高明，臣妾佩服得五體投地！」

朱翊鈞微微一笑：

「一會兒，著人拿紙筆來，把朕心裏想妥的辦事太監的名字全給記下來，一起宣到乾清宮來，朕把要辦的事交代他們！」

鄭玉瑩心中的起伏平緩了些，神情自然了些，也立刻露出甜美的笑容回應：

「這事易如反掌——哪裏用得著萬歲爺分神、操心，親自交代人辦事呀，叫張誠來，說上一遍，讓他去分派下邊的人，辦周全了以後來覆旨，不是省事嗎？」

她順口就依常情論說，不料朱翊鈞竟連連搖頭，然後露出個神秘的笑容，再轉睛看她，眸中閃動著異光：

「這事不能叫張誠去辦——」

說著，他得意的朝鄭玉瑩眨眨眼睛：

「這傢伙上下其手、貪污舞弊，已經撈了十幾年的好處，私房絕不會比以往的馮保差——是到整治的時候了，朕已經準備治他的罪，抄他的財——你看，朕的第三條財源，比礦稅、商稅還要容易到手吧——而且，朕不管叫誰辦事，都不會完完全全的盡心盡力，給朕張羅錢財；只有這個辦法——你看，以往的馮保，現在的張誠，在給自己斂財的時候都很盡心盡力吧，盡心盡力得忘了『螳螂捕蟬，黃雀在後』這句話呢！朕放任他們斂財，他們都只當朕糊塗了，誰也想不到，這是在讓他們盡心盡力的給朕辦事！」

鄭玉瑩一面聽一面冷汗直流，心口怦怦直跳，臉上再也演不出戲、扮不出適當的神情，嘴裏更說不出巧妙婉媚的話來；腦海裏只有一個念頭：自己進宮十多年來，直到今天才真正瞭解到朱翊鈞全部的面目……她打心底深處發出冷顫，既想著，以往自己竟不知道朱翊鈞精明厲害到這步田地，還自以為能瞭解他、掌握他，實在是大錯特錯；接著卻想，朱翊鈞會真的沉迷於福壽膏，究竟是出自於自己的安排，還是朱翊鈞自己有意藉此逃避現實？

這個疑問沒有答案，但是想得她心裏陣陣發虛、發慌、發抖，而四肢僵硬，無法動彈，望著朱翊鈞的眸光則在發冷、發青，卻看得朱翊鈞納起悶來，笑著調侃她：

「你這小傻瓜蛋，怎麼臉色全變了？張誠又不是你的什麼人，你也沒有分得過他的贓銀，幹嘛一聽說朕要整治他就變臉？整治了張誠，咱們又有大把銀子可以玩了，有什麼不好？」

鄭玉瑩很勉強的噓了口氣，極力要讓自己的神色恢復正常，只奈再怎麼使勁，也只恢復得三分，嘴裏吐出來的聲音還是半帶結巴和顫抖：

「方才，臣妾是想，萬歲爺英明……不但臣妾望塵莫及，宮中、朝中……全天下都無人能及！」

這確是由衷之言，但是朱翊鈞卻笑得更像一隻逗著老鼠的貓：

「你今天是怎麼了？翻來覆去的總說同一句話——說朕英明，也該想兩句新詞嘛！」

鄭玉瑩被他逗得心裏又急又慌，一陣熱潮上湧，竟然失控的掩面哭泣起來：

「萬歲爺……今天……老是欺負臣妾……」

她實則心裏害怕朱翊鈞的厲害，但嘴裏只能這麼說；倒是朱翊鈞見她哭起來，自覺玩笑已經夠了，應該打住；於是伸出手去，攬住她的肩，輕拍她的背，柔聲細語的在她耳畔說：

「好了！好了！朕只是逗你玩的，幹嘛真哭起來？快快不哭，淨淨臉，整整妝，來幫朕想想，宮裏有哪些太監是又忠心又能幹，可以派出去做礦監、稅使的？等他們給朕抬進白花花的銀子來的時候，朕分給你一半！」

鄭玉瑩極力讓自己破涕為笑，扮出愉悅的神情來：

「臣妾叩謝天子金口！」

雖然內心極不平靜，但是表面上總能應付過去了；過後，她陪著朱翊鈞口述名單，讓太監執筆記下他心目中適合派遣出宮斂財的礦監、稅使名單。

因為全國幅員廣大，宮中太監人數有限，不敷使用，有些地方的礦監、稅使便由同一個人擔任——饒是這樣，名單上還是列了將近百人❶。

而這一次，她不敢再多嘴、多出主意了，像是在認識了朱翊鈞厲害的一面之後，她體悟了「伴君如伴虎」和「明哲保身」這兩句話的真義，瞭解了自己在某些時候必須做一隻伶俐巧媚的百靈鳥，在某些時候卻必須是一塊木頭——寵妃侍君的原則其實和佞臣是一樣的！

朱翊鈞很快就把自己心裏的想法付諸實行，被選定出宮工作的太監們先集合起來，由他親自交代工作要旨，命他們立刻做好準備，擇日出宮——在做這件事的時候，他不但不懶，效率還高得出奇。

緊接著，他拿張誠開刀。

他要的是張誠的財產，至於張誠犯了哪些罪並不重要，橫豎張誠不法的事多得很，隨便拿幾個就是了；而這一次，他的收穫非常豐富，張誠執掌司禮監多年❷，貪賄所得極豐，手下大批黨羽、親信，也都積聚了非常可觀的財富，一併籍沒，他的內帑儲蓄立刻增加一倍。

張誠的下場被網開一面，免了死，發往南海子淨軍，看守牆鋪；但是黨羽們得不到這樣的「聖眷」，一部分的人入獄審訊，一部分的人立即處死。

表面上，他是懲治了橫行不法的權閹，整頓了皇宮中的人事，使不少大臣立刻上疏尊崇他勵精圖治；他也順水推舟的選拔了個性純厚寡言、行事正直謹慎的田義任司禮監掌印太監，升陳矩為司禮監秉筆太監，遜邏任提督東廠太監❸，把宮監改造成清廉正直的形象。

忙完這些，他悄悄吐出一口長氣，讓提高、繃緊的精神鬆懈下來，一面優哉游哉的享受福壽膏帶來的醺然感，一面親自點查收進內帑來的金銀珠寶、房產地契。

手裏摸著金銀，心中便有快感，眼裏便有笑意，也更加離不開鄭玉瑩——他親切的吩咐鄭玉瑩：

「快替朕想幾個新玩法來，好好的玩玩這些寶貝！」

有了金銀，還要能玩，生活才有樂趣！

壽寧公主和常洵也被宣到身邊來，陪他一起玩金數銀，一起享受這至大至極的樂趣，忘了其他的事。

心裏唯一還懸念著的是即將出宮為他辦事的礦監、稅使們，需要多少時間才能完成任務，屆時能為他增加多少財富，別的事就都不關心、不設想了——尤其是這些太監們出宮後，到全國各地為他斂財，將引起多少民怨，引發什麼樣的後果，就完全不在他的思考中。而他連自己的百姓都罔顧，當然就更不會想到這世上有地名建州，有人名努爾哈赤——於是，任由其悄自發展實力。

註一：《明史．食貨志》記：「……中使四出：昌平則王忠，真、保、薊、永、房山、蔚州則王虎，昌黎則田進，河南之開封、彰德、衛輝、懷慶、葉縣、信陽則魯坤，山東之濟南、青州、濟寧、沂州、滕、費、蓬萊、福山、棲霞、招遠、文登則陳增，山西之太原、平陽、潞安則張忠，南直之寧國、池州則郝隆、劉朝用，湖廣之德安則陳奉，浙江之杭、嚴、金、衢、孝豐、諸暨則曹金，後代以劉忠，陝西之西安則趙鑒、趙欽，四川則丘乘雲，遼東則高淮，廣東則李敬，廣西則沈永壽，江西則潘相，福建則高寀，雲南則楊榮。」「迨兩宮三殿災，營建費不貲，始開礦增稅。」「榷稅之使，自二十六年千戶趙承勛奏請始。其後高寀於京口，暨祿於儀真，劉成於浙，李鳳於廣州，陳奉於荊州，馬堂於臨清，陳增於東昌，孫隆於蘇、杭，魯坤於河南，孫朝於山西，丘乘雲於四川，梁永於陝西，李道於湖口，王忠於密雲，張曄於盧溝橋，沈永壽於廣西，或徵市舶，或徵店稅，或專領稅務，或兼領開採。」

註二：張誠初入宮時與張鯨同在張宏名下，馮保去後，張宏掌司禮監，張鯨掌東廠；張宏以賢稱，但早在萬曆十二年就病死，由張誠代掌司禮監，十八年，張鯨失勢，罷東廠，張誠兼掌東廠。

註三：遜暹於兩年後去職，陳矩乃於萬曆二十六年提督東廠。

11

二月間，明朝官員余希元經過建州；接著，朝鮮又有官員經過建州，努爾哈赤全都竭誠歡迎，禮迎、設宴，親自接待；而在與這些「客人」的閒談中，他的收穫尤其豐富，從明朝、朝鮮內部的現況和中、日、朝三國現今局勢的發展，都得到許多資訊，瞭解得更多。

然後，他又做了一番長遠的思考，決定賦予費英東再赴朝鮮的任務——他指示費英東說：

「朝鮮國已經幾番派人到咱們建州來，禮數很周到，你也再去走一遭吧，這回，不用暗地裏辦事了，帶著我的信去見朝鮮國王，算是建州正式『出使』——」

費英東大聲應「是」，然後面帶微笑的對努爾哈赤說：

「貝勒爺最放心不下的，還是朝鮮與日本兩國的戰事吧？」

努爾哈赤道：

「不只——我聽余希元說，明朝朝廷的意思是要與日本國議和，也許就沒事了；不過，打仗、講和這種事都沒個準的，你還是多留意；除此之外，我想和朝鮮國多來往，彼此多照應；太平的時候可以互開馬市，買賣貨物；有戰事的時候可以互相支援；其實，女真和朝鮮從幾百年前就往來密切，只隔一條江，兩邊的人來來去去，跟自家一樣！」

費英東點點頭：

「我在書上讀到過，金太祖完顏阿骨打的五世祖是打那邊過來的；以前朝鮮叫高麗，完顏氏其實是高麗人的後裔❶！」

努爾哈赤一笑，說道：

「幾百年下來，兩邊互相結親的太多，血緣早就沒法區分了，難保你我身上也都帶著高麗血緣呢，不過，這些都不要緊，要緊的是眼前的情勢——最近，我總想著這些外邦的事；有時還想到四年前的古勒山大戰；你想，那時葉赫聯結了九部來打咱們，要是那時朝鮮來幫咱們，扈倫四部也許就全都滅了，要是朝鮮去幫了葉赫，那麼，被滅的也許就是咱們建州了！」

費英東不由自主的發出一聲「啊」，然後衷心的認同：

「貝勒爺說的是，朝鮮對咱們建州來說，可真重要……」

接著很肯定的承諾：

「這一趟，我會盡力與朝鮮君臣交好；貝勒爺請放心。」

然後，他退出去，自去準備出使朝鮮的事務，不日就出發；努爾哈赤一向對他深具信心，也非常放心，自己便著手忙碌別的事，不料，一個多月後，遼東的情勢又有了新的變化。

這天，努爾哈赤正在大廳中接受家人的道賀，因為，他又添了一個兒子，這是他第十個兒子，生母是富察．袞代，他要札青進內房去告訴她：

「這孩子就取名叫德格類吧！」

一眼看到大兒子褚英也在跟前，他又對札青說：

「該給褚英娶親了，下一回添的會是孫子！」

札青笑著提醒他：

「真哥也快生了，下一回添的還是兒子！」

而就在這個時候，一名侍衛快步跑進來稟告：

「巴圖魯額亦都急事求見！」

他揮手示意傳進，額亦都急匆匆的進來，胸口帶著微喘，他詫異的問：

「什麼事急成這樣？」

額亦都噓了一口大氣才說：

「貝勒爺，烏拉部出事了——我帶人巡視，逢著烏拉部趕路來報信的人，說，滿泰貝勒父子讓人給殺了！」

「什麼？」

努爾哈赤下意識的「虎」的一聲站起身，驚愕的問：

「怎麼回事？」

額亦都道：

「來人說，滿泰貝勒父子兩人到烏拉所屬的蘇瓦煙席攔去，準備修築邊壕，卻看中了村裏兩個婦女，將人家姦淫了；兩婦女的丈夫氣不過，趁夜殺了他父子！」

努爾哈赤聽了隨即轉頭命褚英道：

「你去找布占泰來！」

然後他坐下來，向額亦都詢問：

「現下烏拉部的情形怎麼樣？有沒有出亂子？」

額亦都道：

「亂子恐怕難免——聽來人說，滿泰的叔父興尼牙有野心，想做烏拉貝勒；可是此人不得眾望，烏拉部一部分人想迎布占泰回去繼位貝勒！」

努爾哈赤點點頭道：

「布占泰從古勒山一戰，留在建州已四年，讓他回去也好……」

額亦都道：

「是啊，我也這麼想，他留在建州沒多大作用；若是扶持他繼任烏拉貝勒，作用就大了！」

正說著，布占泰神色倉皇，在褚英的陪伴下奔進來，一進門就哭倒在努爾哈赤跟前：

「我兄長被人殺害……請貝勒爺作主！」

努爾哈赤立刻好言好語的安慰他，並且對他說：

「現在烏拉部羣龍無首，你叔叔既有異心，你當依部中人所請，回去繼位為貝勒才是——你無須為力量不足憂心，我會派些人馬陪你一同回去！」

布占泰滿臉都是淚水，但也沒忘了禮數，含淚向努爾哈赤謝說：

「貝勒爺的恩德，布占泰永不敢忘！」

說著又道：

「我有妹妹，願嫁來建州——」

努爾哈赤看看舒爾哈赤，臨機一動道：

「我的妻妾已多，你送來嫁與舒爾哈赤吧！」

頓了一下後，又對他說：

「你且先回住處收拾行李，烏拉部的情況有點急，不好耽擱，明日一早就出發！」

等他走後，他向舒爾哈赤道：

「布占泰將成你舅子，須為他盡點力——他這人膽子小得很，又沒經歷過大事，恐怕不是他那個叔叔興尼牙的對手；你多帶些人馬，明日陪他回去，一要替他把興尼牙趕走，二要讓他坐穩烏拉貝勒之位；你處理完後，在那裏住上幾日，等情勢穩定後再回來！」

語聲剛停，又立刻補充：

「噢，你回來時，須留幾個得力點的人給他，待上個半年再回來！」

舒爾哈赤接受了命令，自去調派人手，準備第二天出發；而努爾哈赤卻在這天夜裏無法入眠，翻來覆去的想事情——從烏拉部想起，對烏拉部的處理，他認為自己採取的是上上之策；但，連帶想到扈倫四部的其他三部，思緒就複雜了。

「唉！要是這三部也像烏拉這樣順手，那就好了！」

多年來，他擺在心裏的第一樁大事就是統一女真諸部，但是，四年前古勒山大戰九部聯軍，他固然以寡敵眾，獲得空前的勝利，卻沒有消滅對方的能力；事後，只有蒙古的兩部來與他通好，其他幾部仍處在「表面無事，暗中敵對」的狀態，情勢陷在膠著的僵局中；去年征討輝發，固然得到了預期的勝利，但是對整體情勢而言仍只是個小收穫……多年來，他無時無刻不在苦思各種統一女真的方法、途徑，乃至於自己應掌握、進行的一切；這次，烏拉部的變故確是一個天降的奇機，但，這個機既「奇」，便是可遇不可求的。

「天降的好運只可在降臨的時候善加把握、運用，卻不能憑恃，更不能心存等待天降好運而『守株待兔』！」

他的心中從無「僥倖」存在，更不相信世上有不勞而獲、僅憑運氣就能成功的事；以往，他認為，一個人最可憑恃的靠山是自己的努力而非其他；現在也一樣——這次，烏拉部的事固然「如有天助」，但其他三部卻不能空等「天助」，而須靠自己努力來解決。

這不只是實力上的挑戰，更是智慧的考驗……

他再三鞭策自己：

「我必須全力以赴……否則，女真不能統一，更遑論女真人未來的康莊大道！」

那股強烈的使命感再次成為無窮大的精神力量，他告訴自己，自己無論是靈魂還是肉體，都與這「安邦定亂」的使命是一體的，完成了這個使命，才是自己生命的完成……因此，他夜半不寐，反覆思考，不但絲毫不以為苦，還產生了更大的精神力量；這樣幾度循環下來，他想出了可行的辦法，再過不久，心中的謀畫日趨具體、完整，終於成熟到足可執行的程度；於是，他預計在這個年度裏善加籌備，而在來年初春的時候動手進行。

不料，就在他日夜忙碌、不眠不休的投入一面建設現在，一面籌畫未來的工作中，疾病悄悄的向他做了一次偷襲；他的身體一向強壯，對稍感不適毫不以為意，不但沒有就醫，還如常努力工作，但，連續支撐了十幾天之後，突然腹瀉不止，這才被身邊的人苦苦勸住，要他臥炕休息，並且延醫診治……

然而，在病中，他並沒有停止工作；部屬們輪流來到炕前，如常向他稟事，聽他裁示，也如常聽他口述任務，而後如常執行；他除了外出活動外，一切如常；即使是在病勢極重的那三、四天中，也一面奮起全身的意志力苦苦的與病魔搏鬥，一面交辦多起政事；一等病勢減輕，脫離險境後，立刻全面恢復工作，一點沒有因為他個人患病而使建州的發展受到影響……

而且，在病中，他越發體會到，人生是一座戰場，是一場無法倖免、無始無終的戰鬥，不但要向外來的敵人、外在的環境搏鬥，也要向自己搏鬥，包括向自己的懶惰、懦弱、私慾、貪念等等卑下的情操搏鬥，也包括向來自身體上無可避免的疾病、衰老、死亡搏鬥，而唯有能戰勝這一切的人，方始能成為做出一番大事業的英雄——他要求自己在這座戰場上戰勝每一個有形無形的敵人。

病癒後，他的身體瘦小了一些，但精神又壯大了一些。

註一：據《金史．本紀—世紀》所載，金太祖完顏阿骨打的祖先函普來自高麗，娶完顏氏之女，乃姓完顏。

12

從無錫到南京的路程並不遠，再加上三天的講學時間，至多十來天便可往返，顧憲成卻整整走了一個半月才完成這趟旅行。

他只帶一名小僮跟隨，蓄意放慢腳步，走走停停，迂迴前進，每到一處就盤桓上兩、三天而不忙著趕路，目的並不在於遊山玩水，也不在訪友敘舊，而是藉此考察民生疾苦。江南的景致與風土民情都大異於京師，卻是他從小生長的地方，除了熟悉，還比京師多了一份親切感。

那天，他寄宿於一家極其尋常的小旅店，隔壁住了幾名結隊同行的布販；他既有心多方瞭解民瘼，得空便過房去拜訪這幾個人，大家一問，得知他是知名的學者、罷職的官員，心裏就先禮敬三分；又見他毫無矜態的折節下交，言談極其謙和有禮，親切感油然而生，距離拉近了，話也就越聊越熱絡；晚餐後更因客居無事，索性秉燭夜談起來。

布販中為首者年約五十歲，雖只是個做小買賣的行販，書讀得不多，外表也不甚體面，但態度勤懇，給人好感；而且，他已累積了多年的行商經驗，應對起來很得體；跟隨他同行的人，有一個是他妹夫，一個是同行，年齡都與他相去無幾；另外有三個年輕人，分別是他三人的學徒，跟在身邊兼做些雜事。

他自報姓名，姓喬名家興，滿口自稱「老漢」；又因為顧憲成婉拒「大人」的稱呼，便改稱為「顧先生」。

他原本一再向顧憲成謙稱：

「老漢等一介販夫走卒，承蒙顧先生不棄……」

而顧憲成連連含笑打斷他這話頭，最後索性對他說：

「喬老丈千萬別這麼說，我也一樣出身商家──家父營商，育我兄弟四人，乃因家境不富，兩兄隨父業商，才有餘力供我與幼弟讀書、應試……」

這話不虛，而且因為如此，他對經商的甘苦有深入的瞭解和體會，與喬家興談起話來越發能切中問題的重心；說著說著，喬家興不禁有感而發：

「行商之苦，雖不免餐風宿露、錙銖計算、擔冒風險，但是，既然做了這一行，總也還忍得；最最忍不得的是朝廷重稅和貪官污吏的層層盤剝！」

他扳著手指頭細數：

「打從萬曆爺親政以來，關釐各稅已經增了一倍，四處該孝敬、打點的關節錢也增了一倍，就連做大買賣的都已經承受不起了，何況是老漢這等做小本生意的！偏偏，朝廷一失了制，物價就往上漲，日子更難過──就打老漢家的情形來說好了，往年，就靠老漢駝上幾十匹布，來來回回的跑跑，賣上個『辛苦』，總還換得一家老小的溫飽；如今呢，一年的收入只付得半年的支出……」

說著，門上忽然傳來兩聲「叩叩」，他喚了一聲「請」，隨即，掌櫃的推門進來了——喬家興往來經商，是客棧的老主顧，和掌櫃的熟如家人，於是，又多一個人加入話題。

喬家興兀自說下去：

「老漢年輕的時候就聽說，嘉靖爺長年不上朝，國政大權都落到了奸相嚴嵩手裏，沿海還長年鬧倭寇；可倒是，稅沒這麼重，日子也沒這麼難過！」

掌櫃的插嘴道：

「顧先生是在朝裏做過大官的，朝廷裏的事比我們老百姓知道的多，可有什麼主意替老百姓說句話兒，求萬曆爺別再往老百姓頭上加稅了——別說什麼田賦、商稅了，光是這會子加開的『礦稅』，就已經整死好些人家了！」

顧憲成登時瞠目結舌，愣在當場，沉默了好一會兒才緩緩吁出一口長氣來：

「我雖已罷官，仍當盡力——」

於是，掌櫃的就把他所知的幾件因礦稅而起的慘事都說出來：

原來，朱翊鈞派出來的礦監、稅使全是宮中的太監，不少人品行、操守都差；而其出發點既是為朱翊鈞斂財，也就同時替自己斂財，於是成了雙重剝削，具體的行為是胡作非為，無法無天。

「本地一戶財主，姓鄭；只為送關節的花費少了些，沒遂了大人的意，竟硬指他家祖墳裏是礦脈，要開挖取礦，又說此礦是稀世寶礦，價值連城，著他家先繳礦稅銀三千兩；這樣吵鬧了幾回，生生的把鄭財主給折騰得又氣又急、又怨又怒，只是拿這批無法無天的太監沒奈何，一口氣上不來，竟此一命嗚呼；可是這批惡人還不肯罷休，逼著鄭財主家裏人賣田賣地，硬湊出五千兩銀子來才鬆口，答應不挖他家祖墳……」

顧憲成聽得頹然一嘆，喃喃說道：

「這還有國法嗎？」

他發出的聲音很低微，心裏所洶湧澎湃的浪潮卻極巨大；身為讀書人，一股自發的使命感令他無法袖手，對百姓的同情與悲憫，和政治改革的理想，更激使他全力奮鬥……心中的火焰燃燒得更熾更熱，這一夜的談話結束後，他無法入眠，腦海中直反覆思索這些百姓們的心聲和自己所能盡力的管道。

想到東方既白的時候，他披衣而起，一看小童猶自酣睡，便不叫醒他而自己點亮燈，取了紙筆，研了墨，振筆疾書起來。

等到其他住宿的客人在隔壁間開始發出聲息，乃至於自家小僮從睡夢中醒來、天色大亮的時候，他的一封長信已經寫就。

信中洋洋灑灑的詳細陳述他在旅店中聽聞的一切，以及自己心中的憂思；最後，他在心情極度激動下寫著：

憲成今已罷官家居，無職無位，本不當多言政事，但，身為讀書人，憲成無時無刻不耿耿以天下蒼生為念，客中見聞，率為民生疾苦與大明弊病；敢以民情上達，祈為萬民造福，減免「礦稅」之徵……

他致書的對象是內閣大學士陳于陛——既已罷官削職，失去上奏疏給皇帝的資格，只能以布衣的身分寫信給朝中官員，請求他們注意「礦稅」的弊害，設法廢止；陳于陛是朝中少數正直有能的官員之一，而且現任內閣大學士，比其他人更適於向朱翊鈞爭取廢除礦稅。

寫信的同時，他的心中湧現著絕大的希望與力量，他相信，以陳于陛的人品、胸懷，在瞭解這些民間的問題之後，一定會盡力去影響朱翊鈞——這個希望與力量支撐著他的精神，使他飛快的處理這件事：信一寫好立刻封緘，並且命小僮送到距離最近的驛站去，付了雙倍的價錢，商請專門負責遞送公文的驛卒順道將他的信送達京師……

然而，離開京師已有一段時日的他，對許多消息都已經不夠靈通——陳于陛早在他寫信之前就曾幾度向朱翊鈞上疏，請求廢除礦稅，只奈毫無作用；朱翊鈞不是根本沒叫太監把奏疏念來聽，就是下道詔書痛罵他一頓，指他違逆君命……陳于陛收到他的書信時，不但無力再向朱翊鈞做徒勞無功的抗爭，還為此憂煩氣悶得嚴重影響健康。

這一天京師大雪，氣候寒冷，陳于陛卻因疾病而全身火熱；他瘦削的臉龐通紅得如在火上燒烤，唇色卻是青的，雙目緊閉，囈語不斷；幾名大夫和子侄們日夜輪班守候，但因為他的囈語低微而含糊，聽不清楚；大家也總以他的病情為主要關切目標，並不細究；偶爾他清醒過來，囈語卻停了，身邊的人更不好問他；這樣，一連病了好些日子，他始終沒有機會傳達出心聲來；而後，病情一天天沉重下去，他連偶爾清醒的時候也少到幾乎沒有了，囈語更已轉成呻吟。

顧憲成寄來的信被恭恭敬敬的放在他的書桌上，等待他康復後閱讀；但，這個時刻似乎永遠等不到了。

時節進入隆冬，正值「大寒」這一天，氣候冷得有如天地即將滅絕一般；陳于陛的病房內同時生起兩個銅火盆，還讓陪侍的人覺得寒不自勝，尤其是到了深夜時分，森冷之氣似乎從每一個人的心底蔓延到全身每一個地方，把所有的熱血都凍成冰。

而陳于陛卻突然醒了過來，兩眼緩緩睜開後，他的眸光澄澈祥和得有如得道高僧，而且清楚的直視前方，雙唇一張一闔下，囈語聲竟變得清晰了，使圍繞在他身邊的大夫、子侄及一應僮僕都清楚聽到他發出的聲音：

「以生民為念……懇請萬歲爺，以生民為念……」

重複了兩次之後，他的嘴和眼便緩緩闔上，氣息也漸漸弱下去，以致再也沒有任何聲音，這兩句話便成為他最後的遺言。

顧憲成再也料不到自己寄出的陳請民生疾苦的書信，換來的回音竟是一張訃聞；霎時間，他忍不住熱淚滾滾的向與他對坐的顧允成說：

「是生民之哀啊——」

顧允成當然有同感，一位正直賢能的官員死亡，是全天下的損失，是天地間無可彌補的缺憾；他同聲淚下：

「當今朝中，君子與小人之比已日益懸殊，再折此一股肱，實是天地不仁！」

兄弟兩人傷感得斷食三日，並且召集了周遭的朋友，就近在無錫舉行一個儀式簡單的追悼會，會後每個人都不約而同的留下來，談話的中心當然還是不離朝政以及陳于陛的死。

有的人開始推測陳于陛的死對政事的影響，乃至於繼任的閣臣人選，雖然議論紛紛，而全都以沉痛哀傷的態度說話，因此氣氛大不同於平日的聚會，時間也延長到了入夜，一羣人才在刺骨的風雪中結束談話，互相告別；而等到朋友全數散去後，顧憲成的心中突然興起一股別樣的念頭：

「陳大人已逝，我等哀傷、追悼，全都只是針對他個人而已……」

他忽然厲聲責問自己：

「他的死是全天下百姓的損失，但是，像我們這許多讀書人聚合起來，又做了些什麼事來彌補百姓的損失呢？」

這一念使他頓悟到——

以往，自己最瞧不起的一種讀書人就是整日無所事事，在山間林下談些形而上的、玄之又玄的什麼「性命」之類的問題，或者寫一些風花雪月的小品文章，不但於國計民生、世道人心無益，甚且有害。

但是，自己的作為呢？

他回憶著自己乃至於熟稔的這羣朋友，自從罷官家居以來，絕大部分的時間也是在「空談」中耗掉——雖然大家談的是政治而非風花雪月。

「沒有實際的作為，也一樣無益於國計民生、世道人心啊！」

他想得自己驚出一身冷汗。

陳于陛之逝帶給他另一方面的體悟：自己已罷官為民，既無職也無權，即使察知了全部的民生疾苦，亦無改善之道；透過以往的人際關係，陳請朝廷中的高官要員注意民生疾苦，也不一定行得通——就以陳于陛的賢能而言，竟然不壽；而朝中的正直之士已經不多，間接請託能夠發揮的效用太有限了。

「想要影響朝政，須得另有管道才行……」

他反覆的想，幾個念頭不停的在腦海中交錯而過：

「民風、學風、輿論……都是可行之道；甚或，我等門下弟子有中試入仕者，團結起來，力量便可觀了……」

他的心從哀悼陳于陛的死中又燃起了一股新的希望。

13

「立春」常在除夕前就到來，而一個新的契機、新的展望、新的收穫卻比立春這一天還要提早到達遼東。

努爾哈赤很快就收到送布占泰回烏拉部的回報──正如預期，放回了布占泰，扶立他做烏拉部長，所得到的是整個烏拉部的歸心──布占泰 等烏拉部中各事安定下來，立刻主動遣使到建州，和努爾哈赤約定於十二月中旬，親自送他的妹妹來與舒爾哈赤完婚。

這當然是件「大喜」的事──努爾哈赤的心中比身為新郎的舒爾哈赤還要高興，因此，他特別安排在婚禮之前舉行一場祭拜天地的儀典，在儀典中他默默的向上天祈禱，但願葉赫、哈達、輝發這三部也如烏拉部般順利、圓滿的歸附……

卻沒想到，就在舒爾哈赤的婚禮當天，一個超出「扈倫四部」範圍的消息傳到他耳中：分別佔據在朝鮮各處的日本軍隊再次發動攻擊，引發新的戰爭。

情勢又有變化，他立刻加派人手打聽這方面的消息，全力注意這個變動和後續的發展。

幾天後，具體的消息陸續傳到，他得以瞭解明、日議和失敗的情況：

明朝派遣的正使楊方亨、副使沈惟敬及朝鮮使臣於八月底到達日本；九月初三日，明朝冊封豐臣秀吉的大典隆重舉行。這原本是個意義重大的典禮，日本方面很鄭重的籌備，場面極盛大；還特別敦請精通漢文的有道高僧譯讀冊書，以示鄭重；不料，典禮進行到中途，豐臣秀吉突然厲聲喝停，正在宣讀明朝冊書的聲音立刻消失，而就在全場一片錯愕中，他親手除下身上穿戴的明朝頒贈的冠冕袍黻❶；雖瘦削而威嚴十足的臉上已因憤怒而通紅，兩道目光銳利得令人不敢逼視；站在高高的臺上，用手一指明、朝兩方的使臣，冷笑一聲，喝罵：

「我掌握日本，想做『王』早就做了，還用得著你們來封我做『日本國王』嗎？更何況，日本早有『天皇』，哪裏輪得到你們這兩個戰敗國來封！」

罵完，他丟下僵立當場的人羣和明、朝兩方嚇得面色如土的使臣，頭也不回的走了。

不多時，促成這次和議的小西行長被叫進去罵了一頓：當天晚上，加藤清正被叫進去之後出來傳話，豐臣秀吉下令驅逐明、朝兩國來使，並且明白宣示：

「我將再兵屠爾國！」

這是現場的實況，但，這僅是表象——兩方三國議和失敗，是非常重大的事，一定由非常重大的原因所造成，他極想瞭解一切。但怎奈，建州也沒有「日本通」，消息來源很有限，怎麼打聽也只限於「豐臣秀吉勃然大怒」，而無法瞭解豐臣秀吉為什麼勃然大怒，他只有放棄；由朝鮮方面傳來的消息比較具體，不過，說的並不是議和失敗的原因，而是因應之道：

「朝鮮國王和世子已經分別重新整軍，並號召百姓盡快全力備戰，以對抗日軍！」

「目下，在朝鮮境內的日軍已開始出動，另有消息說，開春後，豐臣秀吉還要從日本再調幾路大軍進攻朝鮮！」

仔細聽完這些報告，他轉頭凝望幾度前往朝鮮、熟悉朝鮮情勢的費英東，卻在話入正題前先發出一聲感慨來：

「朝鮮的命運真是坎坷——日軍侵朝，戰事拖延了四年才開始商量議和，結果議和失敗，還要再戰——更不知道要打到什麼時候——前此申忠一來的時候，說，朝鮮因兩百年沒有戰亂而積累成富足，但在遭逢日軍入侵後變得國困民弊；當時，他還只當三國可以順利議和，戰事可以結束，再沒想到會重新開戰——可真苦了朝鮮百姓！」

因為與朝鮮建立了關係，有了往來，也有了感情，他對日本侵朝的事產生了與以往不同的感想，也隨即指示費英東：

「你且多留意，同時吩咐下去，今後，如有朝鮮百姓渡江來避難，都要當作是我邦的客人，好生照應，幫他們度過困難！」

費英東聽得肅然起敬，衷心的讚道：

「貝勒爺以往聽說日、朝交戰時，總是憂慮我邦的安危，設想如何自保，是身為建州貝勒，凡事高瞻遠矚的睿智；現在，卻先想到朝鮮百姓之苦，而且出手照顧來避難的朝鮮百姓——比之以往的睿智又多了一道仁心，真是令人敬佩！」

這話卻提醒了努爾哈赤，他微現啞然失笑之色：

「我只是心裏想到這事，隨口說了出來，交給你去辦，卻沒想到，我自己的想法竟跟以往不同了——但是，以往我所顧慮的建州安危，現在也仍是最重要的，大家一定要和以往一樣，全力注意情勢的發展，做好一切準備，萬一日軍越境到遼東，我邦才不至於措手不及！」

而在費英東和眾人應「是」之後，他又提出新的指示：

「日軍重新出動，明朝當然不會坐視，一定會再派軍隊援助朝鮮——這方面，咱們更要密切注意，並且好好的把握機會——各種機會！」

他已有經驗，明朝忙於援朝抗日的當兒，所有的注意力都集中在朝鮮戰場，便無暇他顧，更不會注意他正吞併小部、壯大自己的行動；而且，援朝明軍路經遼東的時候，因為人數眾多，手頭寬裕，且好買人參、貂皮等物，將為建州帶來不小的經濟收益——以往，他曾得到過收穫，這一次，當然更要加緊把握！

而戰爭一起，無論誰勝誰負，都將導致情勢變動；變動雖然可能帶來危險，但也同時帶來機會；他不是神仙，不能預知日本再次發動戰爭，會有什麼樣的發展、演變和結果，但能認定，這事對建州一定有影響；同時，他的心中有著非常明確的原則：

「隨機應變！」

多年來養成的多方觀察、瞭解、思考的行事習慣，已使他的人生智慧逐漸成熟，見識特別遠大深刻，而長於盱衡時局，做出正確的判斷，並且善加把握——他還沒有能力來主宰時代的變動，但已能從容自在的處身於變動的時代中，把握住對自己有利的機會……

這一年他三十八歲，與十三年前以十三副甲起兵時相較，生命已跨入新的境界。

註一：日本大阪市立博物館至今仍收藏著文後日期為「萬曆二十三年正月二十一日」的冊封豐臣秀吉為日本國王的誥命、敕諭，以及賜予豐臣秀吉的衣袍。

第十二章

纖雲四捲天無河

1

瑞雪飄降，如急雨，如飛瀑，為人間帶來美不勝收的雪景，也預告著將有一個大豐年，於是，人們抖擻精神，起勁的工作，以迎接大豐年。

努爾哈赤當然更不例外，元旦佳日，他一樣天不亮就起身，整裝進餐後就出門，而與平日不同的是，這天，他不親自巡城，也不親自操練兵馬，而是登上城樓，接受軍民百姓賀年，也同時向軍民百姓賀年，與滿城的人一起歡度這個「恭喜」聲不斷、充滿喜慶的早晨。

而這喜慶的氣氛、祥瑞的徵兆，在幾天後就得到具體印證——他得到一個宛如「喜從天降」的佳音：在他的暗中運作和布占泰感恩圖報而努力奔走下，葉赫、哈達、輝發三部協調出一個默契和一致的行動，因此，連同烏拉，四部一起派遣使者到建州來見他，傳達這四部貝勒願意與建州修好的意願，並且附帶說明：

「葉赫部布揚古貝勒願以妹許婚建州……」

同時，金臺石貝勒也願把女兒嫁給他的次子代善——聽了使者這些話，努爾哈赤雖然立刻猜測，納林布祿絕不會贊同這件事，布揚古和金臺石不知道用了什麼辦法，讓納林布祿不大力反對，其中也許還有特別的內情，須全面瞭解；但在表面上，他高興得仰天大笑起來：

「我的福晉蒙古姐姐本是金臺石之妹，布揚古之堂妹，建州與葉赫兩部早已結了姻親啊，如今，便要親上加親了——這事太好了，蒙古姐姐一定加倍高興！」

於是，他命人準備鞍馬鎧胄，讓葉赫的使者帶回去作為聘禮，一面也向四部的使者約定舉行盟誓的日期，隨後設宴款待他們；氣氛被控制得非常好，賓主盡歡。

直到四部的使者們告退離去後，他才陷入沉思中：

「四部來盟、許婚，固然是好事，但卻不能掉以輕心，隨便相信他們的『盟誓』……」

經驗與聽來的往事在在都提醒著他，各部間的結盟、結親都只是為了一時的目的、利益，這些盟約隨時可以背棄——雖則背盟的例子不是常有，但也為數不少；而為了利益所結的親事，更是隨時會被翻臉不認親；他自己就親身經歷過：

「葉赫和哈達分別把女兒嫁給我，到了想佔建州好處的時候，還不是聯合人馬來打建州？」

古勒山一戰的情景還宛在眼前呢——他想得感慨萬千，心裏有了很確切的認定：

「結盟、通婚，都只是表面文章……只能維持一段短時間；但是，來得正好，讓我多得到一些時間——我正好趁這段表面和好的短時間多做準備，將來，終究要靠武力征服——情勢比人強，事實擺在眼前，我必須先解決扈倫四部，再圖野人女真，才能進圖整個遼東！」

自以十三副甲起兵，至今已步入第十四個年頭，歲月的磨練使他養成了凡事深思的習慣，而且把許多問題的重點看透徹；因此，在處理扈倫四部問題的原則上，他並非自相矛盾，而是配合現實的狀況調整做法……然而，想歸想，腳下卻不自覺的往蒙古姐姐的房間走過去，腦海中還一直在想著四部的問題，直到走得近了，心裏才突然意識到，自己竟是想去和蒙古姐姐說說話——她對葉赫與建州之間即將產生的新婚姻關係，會有什麼樣的看法？

她一定不是只有表面上的「高興」——

不料，才剛要進門，裏面先跑出一個人來；頭戴皮帽、身穿皮襖、腳著皮靴，方頭大耳，活潑健壯，手裏拿著一副小型弓箭——那是五歲的皇太極。

一看見他，皇太極立刻乖巧的停住腳步，行禮，恭敬的喊：

「阿瑪！」

一面朝他露出個天真無邪的笑容，看得努爾哈赤心中一暖，走過去伸手摸摸他的額頭道：

「帶著弓箭，要上哪兒去？」

皇太極仰頭看著他回答：

「六哥、七哥要帶我去打野兔呢！」

努爾哈赤笑了，瞇著眼道：

「好，多打幾隻回來——」

說著拍拍他的背道：

「你去吧！」

皇太極與高采烈的告退了，而他看著皇太極一跑一跳離去的背影，卻看出了神，兀自立在門口，連眼都沒有眨一下；隱藏在心裏的許多複雜感觸，又被牽引出來，因為，皇太極的身上融合了建州與葉赫兩方的血統……

他不自覺的站立了許久，連蒙古姐姐走出了房間，輕步走到他身後，他都沒有察覺到。

2

瑞雪兆豐年——大臣們拿住這個話頭，接二連三的上頌讚疏；這其中有不少人純是歌功頌德，也賭個僥倖，萬一很幸運的給朱翊鈞看到了，龍心大悅之下，自己就能有升官的機會，萬一沒獲幸運也無妨，不過是白寫幾個字，並沒有損失；但也有少數幾個人，抱持著姑妄試之的念頭，希望能藉這個吉兆，振奮朱翊鈞的精神，讓他稍微分點神，注意朝政與民生。

怎奈這事沒有僥倖，儘管歌功頌德的話人人愛聽，但是朱翊鈞聽後沒有反應，似乎是高興只存在於一瞬間，過後就忘了；實際的狀況卻是，他根本懶得搭理這些歌功頌德——大臣們的真面目他早就識破，根本不放在心上，只撇了一下嘴便做出結論：

「馬屁精！」

他懶得理會，更不想走出福壽膏的雲霧世界——他的福壽膏癮已經越來越重，已經從一日不可或缺進為半日不可或缺，吸用的劑量也越來越重，因而全身常是被重重煙霧包圍，並且帶著濃郁的煙氣。

而他固然樂在其中，身邊的人卻都得勉強忍耐才能靠近他——就連已經陪伴他十多年的鄭玉瑩也常覺得，他的煙味已經重得令人難受，也重得出乎常人的承受力了。

唯一例外的人是碧桃——

碧桃早已過了宮女執役的年齡，但因是唯一會伺候用福壽膏的人而不得出宮擇配，於是耽誤了青春；但她自己似乎沒有感覺，或竟連想都不想，日復一日，每天不停的重複做同一件事：伺候朱翊鈞享用福壽膏。

十多年的時間只做這一件事，生命中也就只有這一件事，她像是遺忘了世上還有別的事，甚至遺忘了她自己……她的臉色越來越白，白到可以辨見皮下的血管，語言越來越少，少到幾乎整年一言不發；她像是被福壽膏的魔力驅使得由人變化為非人，又像是已與福壽膏融合為一體，成為一個具有人形的福壽膏；除了福壽膏，她什麼也不會，什麼也不懂，什麼也不知道——朱翊鈞的心裏在想些什麼她不知道，但只要一動念，想要用福壽膏，她立刻就能感應到，無需言語吩咐，她就快速行動，立刻奉上。

這事，她與朱翊鈞配合得天衣無縫，甚至，已與福壽膏一起和朱翊鈞的生命融為一體——儘管朱翊鈞毫無所覺，也壓根不曾注意這個總是無聲無息的站在他身後的具形的東西，甚至，因為習以為常，他也就從不注意，這隻總在適當時候遞福壽膏給他的手，究竟是誰的。

但他對到手的福壽膏感到非常滿意，而且是蓄意沉迷，以免面對煩惱。

陳于陛死後，內閣大學士只剩下三人：趙志皐、張位、沈一貫；實質上只有兩人——首輔趙志皐長年告病請假，不問政事——而這兩人嚴格算起來卻是「半個閣臣」，因為，沈一貫性柔，遇事的原則是看「上面」的意思，什麼主張、作為都沒有；只有張位還敢偶然站出來說幾句話，只是，能力、魄力都有限，一個人只能當半個看，整個內閣也就只剩下這半個閣臣。

朱翊鈞不但沒有遴選新閣臣的意思，還滿心想要維持這種名存實亡的現狀——他對內閣的現況感到滿意極了，既沒有人會像張居正主閣持政時的侵奪他的君權，更沒有人敢再在他面前嘮叨、進諫；他覺得自己是個「完全皇帝」了。

張居正留在他心中的陰影已經完全消失，現在，他唯一放在心上、常叫太監來問的事只有開了「礦稅」之後的收益，被送入皇宮來的金銀的數字，如此而已；其餘的事他都懶得想，早些年還會興致勃勃的設想陵寢的外觀和內部陳設，乃至眼前的女樂歌舞的內容，現在也懶得想了，索性全部交給鄭玉瑩替他構想，自己絕大多數的時間都在享受福壽膏帶來的完美感受。

「快活似神仙」——福壽膏的確使他感到滿足，也使他一天比一天慵懶。

這是萬曆二十五年的春天，他已做了二十五年的皇帝，在年齡上，他才進入「青壯」的三十五歲，卻已經失去了蓬勃的朝氣和生命力；全國百姓反對「礦稅」和大臣們爭取冊立皇太子的聲浪都為他蓄意隔離，傳不進耳中來；大明朝的西南、西北、東北乃至於藩屬國朝鮮都有戰事發生，楊應龍時叛時服，寧夏諸部常常生釁，東北境內常有紛爭，一連串的事故一次又一次暴露出大明朝在國防、軍事上的諸多問題與弊端，他從無要注意、改善的念頭，當然更沒有注意到，在南方有一羣被他趕出朝廷的讀書人正逐漸凝聚成新的抗爭力量，或者女真的努爾哈赤正逐漸把建州壯大起來……

他的身體比以前胖了一些，皮膚因為終日不見陽光而白裏透青，嘴唇上的短鬚陪襯著他的臉龐和慵懶的神態，既十足說明了他終日無所事事的生活，也使他的氣質更接近於諂媚阿諛的人所頌讚的「太平天子」——只可惜，大明朝的四境根本不太平。

正月裏，他如常不上朝、不理政，只有一件十萬火急的要事，逼得他叫太監念奏疏，也派了太監去向官員們傳口諭，那是關於日本侵略朝鮮的事。

日軍重新發動攻勢，又是十幾萬訓練有素、配備精良的軍隊大舉出動；朝鮮自知不敵，早在得到消息時就派遣專使披星戴月、馬不停蹄的飛奔到北京城，親自在兵部衙門遞上求援的國書。初接通報，兵部官員無不納悶，不明白究竟是怎麼回事，上報到尚書石星，石星脫口就說：

「焉有此事？我朝『東封』使臣已經為平秀吉❶行冊封大典，日方怎會再動干戈？」

他記得一清二楚，九月三日，楊方亨、沈惟敬代表明朝在日本冊封豐臣秀吉為「日本國王」；九月四日，楊方亨奏報，豐臣秀吉已經受封，但因日方不滿朝鮮方面的行事，有待再協調，因此一時間還沒有謝表——這與朝鮮遣使求援的事完全矛盾！

別無他策，只有詳加查究，於是，他一面親自接見朝鮮來使，一面飛函楊方亨查問，以明白事情的真相。而朝鮮來使雖然不知道豐臣秀吉在大典上勃然大怒的原因，但是清楚現場狀況，和目前日軍出動的情形，全都向石星做了詳細說明；楊方亨也不敢再隱瞞，把所有的情況、連同自己已經調查清楚的前因，一五一十的說個明白，事情總算水落石出了。

追溯前因，打從任用沈惟敬以及採行「封貢」時就已經鑄下大錯——楊方亨已在返京請罪的途上，而他從被日本驅逐出境，狼狽萬分的到達朝鮮時就認真研究此行失敗的原因，因為已經吃到苦頭，就加倍努力，終於讓他瞭解了全部的真相。

罪魁禍首是沈惟敬——沈惟敬不但不是「日本通」，還膽大妄為，拿慣用的招搖撞騙的伎倆來辦國家大事，而在兩方的傳話中大弄手腳；日方開出的和議七條件他隻字不提，明朝詔封豐臣秀吉為「日本國王」，卻因他的語言使豐臣秀吉誤以為明朝將割給他一塊土地，封他為該地的皇帝，因而籌備了盛大的受封典禮；大典上，因為延請高僧譯讀冊書，沈惟敬收買通譯蒙混的計畫行不通，豐臣秀吉聽到譯出的冊書內容時，當場勃然大怒；更因為所提出的和議七條件，明朝根本沒有辦，當然只有重新發動戰爭。

其次，「封貢」之議是個天大的錯誤——成祖時代封足利義滿為「日本國王」的事乃是歷史，不適用於現在；豐臣秀吉不同於足利義滿，他的野心是要佔領朝鮮，進據中國，而且已是實質上的日本國王，什麼封號也滿足不了他！

瞭解了這些後，石星驚出一身冷汗，心裏只剩下一個顫抖的聲音：

「禍闖大了！」

當時，相信沈惟敬、重用沈惟敬的都是他；沈惟敬說可以促成和議，他也就極力主和，極力推行封貢，萬沒想到，沈惟敬竟是個毫無能力的騙子，而自己須得替這個騙子負責！

「死罪！死罪！誤國誤事……真是死罪！」

他想得兩腿發軟，全身匍匐在地，過了許久才勉強支撐起來準備上奏疏——在朝為官，根本無處可以竄逃躲藏，只有硬著頭皮向皇帝上疏，自請死罪……

事關重大，明白了事情的原委後，朱翊鈞做了處理——陳矩親到內閣傳口諭，第一樁，誤事的兵部尚書石星革職候勘；第二樁，著即研議援朝的事。

他的態度很明顯，石星一定要治罪，朝鮮一定要援助，話說「研議」，只是給大臣們一個面子而已；而大臣們也沒再多生枝節——和議、封貢都已經徹底失敗，原先以石星為首的主和派更因為石星已革職，深恐遭累，不是噤若寒蟬的明哲保身起來，便是索性轉向主戰。

因此，這次「研議」很快就得到結果，唯一拖延時間的是，習慣於口舌之爭的大臣們為了遴選征倭主將而浪費掉不少時間：

「愚意以為，征倭，非再起用李如松兄弟不可——」

「大帥之才，當首推董一元——非董一元不可！」

「麻貴驍勇，何不調用？」

「與其用李如松兄弟，何不起用其父李成梁？有道是『虎父犬子』，為何棄虎父而用犬子？」

「董一元方被革遼東總兵官之職，以王保代之——顯見，王保優於董一元——應以王保兼理援朝，他得地利之便，攻守皆便……」

眾說紛紜，每個人的嘴裏都有一個適當的人選，可是，沒有一個人對這場戰爭有具體的認識，因此，順口提了這許多人選，卻無法更深入的提出這些人選的適任處來；而且，這種種聲音，朱翊鈞根本不耐煩聽，大臣們只能過乾癮似的吵嚷一番，什麼結論也沒有。

但，政策既已主「戰」，主將的人選終究不能拖太久——一個月過去，眼看事情一拖再拖，朝鮮的來使天天守在朝房裏苦苦哀求，飛報中陳述的情勢一天壞似一天，內閣次輔張位實在看不過去了，親自找上躲在家裏「告病」的趙志皐，以強硬的態度讓他點了頭，由他領銜，給朱翊鈞上疏，擬了幾名征倭主將的人選供朱翊鈞圈定。

名單裏的人選都是根據大臣們的意見而擬——朱翊鈞在福壽膏的煙霧和女樂們演奏〈江南

春〉的細細嫋嫋的樂聲中，聽太監逐一念道：

「麻貴、李如松、董一元……」

本朝能帶兵打仗的將領越來越少，少到屈指可數，名單裏的人選還具有另一個條件：熟悉遼東情勢——三個人裏面，朱翊鈞勉強同意起用麻貴為備倭總兵官。

旨意一下，事情便成定案；不料，幾天後，又生出新變化，而且是打從朱翊鈞的內心深處發展出來的。

那是太監為他梳髮的時候，他從光燦明亮的銅鏡中看到自己的臉，在金色的鏡光中，他的「御容」閃動著光芒，在錯覺中宛如一尊金塑的神像，尊貴無比，使他不由自主的隨性而想：

「朕是天子，是天下之主……」

然後，一個微妙的意念湧入心田，又使他的心發生變化，開始聯想：

「起用麻貴，是朕聽了內閣的話……這回，內閣神氣了，須得抑制一下！」

自成年以來，心中最犯疙瘩的事便是內閣侵奪了他的君權……他倏的從眼中發出兩道比銅鏡還要明亮的利光，一揮手，叫了個太監過來，吩咐他即刻去向內閣傳旨。

這名太監很明確的傳述了他的旨意：任命山東右參政楊鎬為僉都御史，經略朝鮮軍務。

全體大臣登時傻眼，過了好一會兒才發得出意見來：

「楊鎬方失職候勘……部議尚未決，怎麼，反先擢升？」

「失職，未罪反擢，將何以服眾？」

楊鎬是萬曆八年的進士，沒有治事的才能，但很會鑽營，在做了南昌、蠡縣兩任縣官後竟一躍而上，憑著長袖善舞的工夫，折騰幾年就升到御史；偏又出了事，先被調大理評事，再遷山東參議，分守遼海道；在這任上，他總算有了一次像樣的表現，那就是跟著董一元雪夜度墨山，偷襲蒙古炒花的營帳，得了不少斬獲，因此升官副使，再接著，他負責墾出荒田一百三十多頃，又升任參政。

不料，就在參政的任上，他出了個大紕漏——就在不久前，遼東傳言炒花、卜言兔又蠢蠢欲動起來，做了副總兵的李如梅因為自覺前幾年在朝鮮戰敗而回，比人矮半截，很想趁機洗刷敗戰之恥，便大力主張出擊；就在年頭上，李如梅帶著他從鎮西堡出塞偷襲炒花，不料打了大敗仗，損兵折將的回來；李如梅自己血戰重傷，這才由兵部決議不治罪；楊鎬卻是文官，行政責任難免，就在京中等候處罰。

而就連楊鎬自己都料想不到，朱翊鈞會在這個時候，不但不處罰他，還升他的官……

「失職官員，不罪反擢——以後，索性人人都失職好了！」

幾乎絕大多數人都暗自在心中嘀咕，什麼升遷制度，什麼獎懲制度，其實都是虛設的——當然，朝臣們再也想不到，這道人事命令不過是朱翊鈞在極微妙的心理下玩的政治把戲而已！

三天後，一道新的旨意又下來了，大臣們錯愕、疑惑與不滿的情緒得到部分的平息：朱翊鈞加了在西南討楊應龍之叛，打了勝仗的兵部侍郎邢玠以「兵部尚書」的銜，任命他總督薊、遼、保定的軍務，經略禦倭。

邢玠是有才能且又得眾望的人，這道人事命令比較服眾——可是，事情也因這些無謂的狀況而拖延，等到邢玠正式上任、率領軍隊出發「援朝抗倭」的時候已經是四月了。

四月裏遼東日暖草長，生氣勃發，這支為數幾萬的軍隊經過，又帶來一陣旋風似的熱潮——士卒們愛買東西，大量購買人參等遼東特產，給大家帶來非常大的經濟效益。

而為了仔細觀察這支陣容龐大的軍隊的實況，努爾哈赤特地換上平民的服飾，雜在一般獵人、販夫之間，不露痕跡的與隊伍中的下層士卒接觸——他扮作一般賺取蠅頭小利的百姓，隨身帶些人參、皮革，在這支軍隊紮營過夜的附近徘徊，等待偷空出來溜達的士卒們出現，伺機把東西賣給他們，也趁機與他們談話。

這當然不是他該做的事，但卻是經過考慮後才做的，原因是他認為這樣可以讓自己對明朝的瞭解更深刻一些。

在李成梁府中待了六年的經驗，使他對漢人的習性有多方面的瞭解，運用起來非常得心應手——他蓄意把漢人心目中視為「珍品」的人參、貂皮的價格壓低些，甚至半價出售，這樣，立刻吸引許多人來向他購買；他也就做得更漂亮些，只要生意成交，價格一概不拘，於是「交情」更深，幾筆生意做完，他招待這些向他購物的明軍們喝酒，三杯下肚後，幾乎每個人都對他無話不談起來。

士卒們最切身、最關心的莫過於戰爭和糧餉，話題離不了這兩方面；尤其是糧餉，對士卒們的影響更直接，談得最多的也就是這個——一個名叫江大彪的士卒告訴努爾哈赤：

「我們這夥天朝大軍哪，嘖——幸虧後來派了邢大人來當總督，還能關下餉來；要不，都得餓著肚皮上朝鮮了，哪裏還有餘錢跟你買這些個人參、貂皮！」

對明朝的官場並不很熟悉的努爾哈赤，既從來不知邢玠其人，也不好追問「邢大人」的事，只在心上留了意，而嘴裏極盡可能的說幾句中聽的話來引江大彪說下去——他滿臉笑容的對江大彪說：

「您說的是哪兒話！就憑您這天朝大軍，威風十足的開拔到朝鮮去，哪裏還會沒錢買我們這幾樣遼東小土產呢？」

江大彪嘆了口氣道：

「那是沒給『楊』抓了全部的大權呀！打山東到遼東的營裏，哪個不知？誰個不曉？弟兄們的糧餉，要是打他手裏下來，一錢銀子只下四分，一斗糧不到五升……朝廷給的，到我們手裏連一半都沒有了！」

努爾哈赤故作將信將疑的問：

「這……這不是個貪官嗎？世上，竟會有這種事？」

說著，不待江大彪回答，立刻又問：

「這個官兒，竟然敢這樣剋扣你們，難道不怕朝廷知道嗎？」

江大彪冷笑一聲道：

「萬曆爺已經十年不上朝了，怎麼會知道？我們弟兄給他調來派去的，打這裏的仗，打那裏的仗，死了多少，都沒個人來問呢，誰還想著我們吃飽了沒有？」

努爾哈赤再問：

「難道，大明朝裏就沒有正派的人揭發這事嗎？」

「怎麼沒有？只不過是沒用而已——在大明朝裏，誰不知道『官官相護』這句話？就拿這回來說，咱們邢大人固然是個好官，也知道軍隊裏頭有這回事，只是，跟人家一殿為臣，又好拿他怎樣？還不是睜一隻眼，閉一隻眼，能讓他少剋扣一點，就是我們弟兄的福氣了！」

努爾哈赤偷眼瞥他一下，見他已經因為情緒激動而脹紅了臉，也就不再主動發話，盡量讓他隨意發楊鎬的牢騷，把心中所有的不平與不滿盡情吐露、盡情咒罵，甚至在宣洩得痛快之餘，順口說出一些原本「不可告人」的內幕：

「你老弟是賣東西的，生意做成了，有賺頭，可知道我們這邊的弟兄們為啥會掏出大把銀子來買你的人參、貂皮？告訴你吧，也是給楊鎬逼的——」

這話當然令人不解，努爾哈赤更加想徹底明白箇中原委，於是更加著力引他說下去，也更加聚精會神的聽；而江大彪的話匣子既已打開，便順理成章似的滔滔不絕了下去：

「你說，我們這種走行伍的，連飯都吃不飽，哪裏受用得起這些好東西呀？大半的人，買這些東西的錢都是東拼西湊來的；買下來以後，一半兒往上送，巴結頭兒，別對我們太挑眼，別派太苦太險的活下來；頭兒們拿了東西，自己也只落下一半，另一半再往上送；一層一層的上去，最後怕不都送到楊鎬手裏了。留的那一半呢，誰捨得自己受用啊。都是趁經過鬧地方的時候賣了，得些銀錢，把被楊鎬剋扣的餉銀補回來，讓家裏老小能吃上飯——好在，楊鎬不管我們這些私下買賣的事，算是留條活路、留口飯給我們吧，不然，弟兄們餓極了鬧譁變，拚了一身剮，先上去把這個貪官給撕了——」

江大彪足足暢所欲言了一個時辰，而他的收穫是無比的豐富。

從江大彪的話裏，他既瞭解了許多明軍中的問題，和明軍中剋扣、賄賂、走私三者形成的緊密關係與現象；也對「楊鎬」這個人的作為有了初步認識；第二天，他召集自己的「五虎將」和弟弟們來談話，向他們仔細分析：

「用這樣的人做大官，帶兵出來，到外國打仗——明朝的皇帝果然昏庸！」

不過，他接著說：

「我聽說那『邢大人』是個好官，在別的地方打過勝仗，也許，這回派到朝鮮會有些作為——我們得多留心他，說不定，他在朝鮮打了勝仗後會給派到遼東來做官！」

經過許多年和許多事的歷練後，他對政治方面的敏銳度比以往強了一倍有餘，因此，他雖然對明朝內部的政治狀況不十分熟悉，但常常盡量就自己蒐集到的資料仔細推想，而對明朝派到遼東來的官員，因為直接相關，就注意得更加密切；基於這些，他有了新盤算，再接下來便對舒爾哈赤說：

「今年的進貢，咱們分別走一趟北京；去了那裏，順道把這兩個官的事情打聽打聽！」

舒爾哈赤先是點點頭，不料接下來卻面有難色：

「打聽消息，不是又得多使銀錢嗎？大哥一向儉省……」

努爾哈赤笑道：

「只要是重要的、值得的事，該使多少銀錢就使，不用儉省；你這趟去，只要打聽到了實在的、重要的消息，即便把幾車的貨錢都花用完了，我也絕不怪你！」

舒爾哈赤先是如釋重負的鬆出一口大氣，接下來卻提出疑問：

「這兩個官兒不過是去幫朝鮮打仗的，大哥為什麼把他們看得這麼重呢？」

努爾哈赤沉默了好一會兒，然後環顧在場的每一個人，再徐徐吐出一口長氣來說：

「你們可曾想過，假使遼東總兵依舊是李成梁的話，咱們和九部聯軍在古勒山的那場仗會有什麼變化？這兩個官兒的人品不一樣，以後誰給派到遼東來，做法就不一樣，對咱們來說可要緊得很！」

舒爾哈赤脫口回了一聲：

「那也還早得很呢！」

一語未畢，額亦都伸手拉了一下他的衣袖，示意他別再說了；幸好努爾哈赤也只當沒聽到這句話，繼續分派其他人任務；直到會議結束，大家一起告退出來的時候，額亦都才悄悄的把舒爾哈赤拉到一邊，低聲對他說道：

「貝勒爺想事情都是往遠處想的，咱們即便一時想不到，也別頂撞他，畢竟，他是建州的貝勒！」

舒爾哈赤雖然心裏也有幾分自知失言，嘴裏卻不肯認輸，反而悻悻然的說：

「我是他的親弟弟，有什麼話不能說的？」

說著竟昂首挺胸，自顧自的邁開大步走了，反而把額亦都弄得尷尬萬分，愣在那裏；直到何和禮和安費揚古走過來，他才嘆出一口氣：

「怎麼反而是親兄弟，說起話來不投緣？」

他的神情和語氣中很明顯的流露著不安，也很明確的讓他的夥伴們都感受到；而且，一會兒之後又補充一句：

「我雖不如努爾哈赤貝勒，能把以後的事預料得很準，可是，這件能料準——就三貝勒這個態度來看，總有一天會『鬥』起來！」

何和禮安慰他道：

「往後，咱們多多留意，盡量排解吧！」

身為努爾哈赤的大女婿，誼屬至親；額亦都也是姻親，兩人都為這對親兄弟間的隔閡感到憂心；第二天，何和禮便特意藉故去找努爾哈赤談話，以便從努爾哈赤的細微反應處觀察到他對舒爾哈赤的態度。

哪裏知道，努爾哈赤絕口不談舒爾哈赤——他的注意力似乎只集中在兩個重點上，那便是扈倫四部與朝鮮戰役；兩人談了一個多時辰的話，何和禮始終無法把話題轉到舒爾哈赤身上去。

這樣連試了幾次都沒有成績，何和禮的心中不免升起幾許沮喪：

「看來，我一點也不瞭解他……」

他忽然發現，努爾哈赤能把女兒嫁給他，卻不會把心中藏著的話告訴他；對其他人也一樣，額亦都、安費揚古、費英東、扈爾漢，和努爾哈赤的關係既是部屬，也親如家人，但努爾哈赤一樣沒把所有的心事對他們說；尤其是近一年來，努爾哈赤和大家談話的內容全都是「公事」，極少觸及個人私事，不像前幾年，他開誠布公的去向努爾哈赤提出讓舒爾哈赤赴北京，而努爾哈赤坦然接受——他覺得，努爾哈赤已經與大家有了心靈上的距離。

「也許，他身為一部之長，必須有他自己的身分、立場吧！」

建州目前的規模比他初來時擴張了十倍以上，身為首長的努爾哈赤為了建州的發展，也為了領導急速擴張的建州，不得不調整自己吧……但是，他不由自主的懷念起從前，那時節，大家推心置腹，無話不談，彼此沒有距離……然而，想著想著，他又推翻了自己這個「懷念」，畢竟，全體女真人的遠景要比個人的情誼重要得多了。

「貝勒爺早就說過，他畢生第一個心願是把女真人統一起來，合併成像明朝一樣的大國，這是大事，不容易完成，他得全力去做，不能顧著個人——」

這麼一想，心中的陰霾就消失了。

不料，念頭剛轉完，一名侍衛進來稟報：

「貝勒爺吩咐，盡速在軍民中挑選五名容貌與他相似的人備用！」

他登時一愣，心裏納悶：

「這是做什麼？」

但立刻想到，努爾哈赤必然有其用意；於是，他什麼也不問，順口交代侍衛：

「回覆貝勒爺，我立刻辦！」

註一：鄭梁生著《明代中日關係研究》謂：「秀吉之被中、韓兩國稱為『平秀吉』，當係他曾為織田信長之部將，而織田氏又是出身平氏之故。且從日本源、平二氏之更迭情形而言，當係以為系出源氏的足利幕府滅亡後，為平氏所取代吧！」

3

五名先天上容貌酷似努爾哈赤的人，在經過一段日子的培訓後，又把言行舉止、神情態度也都學得唯妙唯肖，直如世間多出了五個努爾哈赤。

努爾哈赤和他的五虎將一起觀看這五個自己，侍衛一揮手，五個人立刻開步走，動作、步伐完全無誤；走到案前坐下後輪流說話，說的是同一句話：

「多謝大明官大人照應！」

五個人逐次說一遍，而聲音、語氣、腔調都完全一樣——完全是努爾哈赤說漢語的特有語音，逼真得沒有半絲出入。

努爾哈赤滿意得連連點頭，連說三個「好」，然後，他笑著問五虎將：

「我若混入他們中間，你們能認出我來嗎？」

他的笑容裏帶著幾分頑童似的得意之色，像是認為自己一手設計出來的這個場面能把人難倒，因而感到高興。

不料，口直心快的額亦都沒能體會到這一層，隨口就答覆他：

「我們一定認得出——一眼就能認出！」

努爾哈赤愣了一下：

「怎麼會？他們不管哪一點都跟我一模一樣，你們怎能一眼認出我來？」

額亦都不假思索的說：

「他們臉長得像極，也什麼都下了苦工學，學得一模一樣；但是，貝勒爺眼裏的神光和整個人流露的英氣與霸氣，是別人沒有，也學不來的；所以，我們能憑這個一眼就認出貝勒爺來！」

他的話一氣呵成，努爾哈赤聽完卻先頓了一下，一會兒之後才哈哈一笑：

「你說得好——但，如果明朝的官兒也有你這雙厲害眼睛的話，我想做的事就做不成了！」

額亦都也頓了一下，而終究直截了當的提出心裏的疑問：

「貝勒爺調訓出五個一模一樣的人來，究竟是——做什麼？」

努爾哈赤收起了玩笑的神情，很鄭重的說出心裏的盤算：

「我想挑一個最像我的人，帶他去北京——到了北京後，讓他替我跟明朝的官兒們吃喝應酬，好讓我自己多出許多時間仔細看看北京的情形！」

他覺得，以往幾次到北京朝貢，總是一到達就由兵部接待，然後，兵部的人員就像監視著他似的全程陪同，使他不能完全自由自在的深入考察；而且，明朝總是「如例宴賞」，令他在酒席上費去許多時間——有了替身，這些事由替身代勞，自己就可以脫身去考察北京城的一切，而收穫必然豐富。

這麼一說，不但大家都明白了他的用意，也全都贊成這麼做；額亦都還補充一句：

「貝勒爺放心，明朝的官兒絕識不破替身的事——我們是因為跟在您身邊十多年了，才能一眼認出；明朝的官兒統共也沒見過您幾回，哪裏能分得出真假來？更何況他們的官兒常換，說不定今年會換上個從來沒見過您的人當差呢，一定識不破的！」

努爾哈赤重新恢復略帶得意的笑容：

「確實是這樣！」

他極有信心，於是按部就班的進行；出發前最後一次篩選，從五個人中挑出最好的一名，再殷殷叮嚀要點；第二天出發時便讓他穿戴上自己的服飾、佩劍，昂然上馬，率隊出發，身後緊跟著何和禮、費英東以及一干侍衛；他自己則扮成侍衛，混在侍衛羣中，跟在費英東身後；一路上，他盡量低著頭，不說話，甚至不出聲，以致全隊除了何和禮、費英東和少數心腹侍衛之外，沒有人發覺真相。

唯有到了夜裏就寢前，他才與何和禮、費英東小談片刻，檢討當天的情況，預估次日的情況，而一切正常，話也就不多；到了距北京城只有兩天路程的時候，他悄悄帶著兩名侍衛改扮成行商，脫離隊伍，延後一天再出發。

他的替身便在何和禮、費英東和大隊人馬的簇擁下逕自前往北京城，進城後一切如常，行禮如儀的到兵部進貢，接受兵部的宴賞，整個過程和他以往親臨的情況完全一致；而這名替身既已對這一切都演練純熟，便非常順利的完成了任務。

沒有露出絲毫破綻，非常圓滿——原本增加了幾分小心的何和禮和額亦都，在整個行程結束後也暗自鬆口氣；接下來，按照原訂的行程，離開北京城，踏上歸途。

出城後，一行人按照約定，在半路上與努爾哈赤會合——這事也執行得沒有絲毫失誤，大功告成，可以交卸責任了，何和禮和額亦都的心情都非常好，臉上很自然的浮起一層亮光和愉悅的笑容，迎接行商打扮的努爾哈赤，準備仔細報告將令他非常滿意的全部過程。

不料，兩人一見努爾哈赤，心中立刻不約而同的愣了一下，隨即互相交換了個納悶的眼色——事出意外，努爾哈赤的神情竟然大異於以往，帶著一股不知名的惆悵與失落，眉宇間少了一道往日常見的意氣風發——兩人不由自主的猜測起來：

「這些天，貝勒爺獨自察考明朝的情況，難道，生出什麼讓他不高興的事了？」

心情緊張起來，說話就特別小心翼翼——額亦都先上前向努爾哈赤稟告：

「這一趟，我們走得特別順利，和明朝兵部管進貢的官們處得很好，公務上辦得四平八穩，私下裏送的禮他們都高高興興的收下了，也就到處給方便，還說，下趟再來的時候，他們也會盡力照應——」

說著，他將明朝的「例賞」呈到努爾哈赤跟前：

「今年的『例賞』跟酒宴都很豐厚——貝勒爺這幾年的工夫沒有白下！」

努爾哈赤在他開始說話以後，神情就逐漸轉變為平日慣有的、傾聽稟告時的專注和仔細，聽完後也一如往常的點頭稱許；但是，沒說什麼話，眉宇間的不歡不樂也沒有褪去，而且因為額亦都的話說完了，沒有人接腔，四下裏安靜下來，更顯出他的悶悶不樂。

何和禮立刻想法子改善氣氛，補充說明：

「這一趟，您的替身做得非常成功，所有見到他的人，都只當是您本人——不但沒有人識破，連半絲疑心都沒有人起過！」

這原本是出發前，努爾哈赤很自鳴得意的一點，何和禮特地拿出來強調，想引發努爾哈赤的興頭來，不料，事與願違，努爾哈赤的反應還是微點一下頭，沒說什麼話，而使整個氣氛更加悶滯。

何和禮為之氣餒，自忖再也沒法子改善氣氛，只好與額亦都一起告退；退出後，兩人不約而同的嘆出一口氣來，然後注視著對方輕輕搖頭。

額亦都放低聲音，滿臉狐疑的向何和禮說：

「從來沒見過貝勒爺這個樣子——他是怎麼回事？既沒有不順利的事，也沒有得病——好端端的，卻像變了個人似的，還不說話——真要把我們弄傻了！」

何和禮的心思與他完全一致，接下來竭力思索問題的重點，而最終還是搖頭嘆息：

「貝勒爺一定是遇到了不高興的事，而且是挺嚴重的不高興。但是，他不說，咱們就不知道——猜也猜不到，根本沒辦法給他效勞！」

額亦都思忖著說：

「沒發生衝突、戰爭……在北京城裏，又不會遇上仇家，更何況，他並沒有仇家！」

何和禮眼中閃過一道異光，但隨即消失：

「難不成，他遇上了李成梁？不可能——李成梁年紀很大了，更不會獨個兒在街市走動……」

額亦都頓了一下，露出一個無可奈何的神情：

「什麼都不對，我看哪，咱們只有等——等貝勒爺自己說出來！」

這一等，等了許多天——一路上，努爾哈赤不但一直悶悶不樂，沉默寡言，還時時獨自出神；身體騎在馬背上，而目光常常仰望雲天，流露著希冀之色，像是在與上天對話，尋求上天指引似的；在現實中，他依舊緊抿雙唇，悶聲不響；直到距離費阿拉城只剩一天的路程時，情況才改變。

這天夜裏，全隊就地紮營安歇；額亦都和何和禮責任心重，親自巡視了全營一周後才放心，準備進帳休息，而就在這個時候，努爾哈赤從自己的帳中走了出來；兩人立刻迎上前去，努爾哈赤還是不說話，但是舉步繞著營帳走，兩人也就亦步亦趨的跟著。

天上月光不明，但星光燦爛，照得景物清晰，兩人看著努爾哈赤的後背，感覺他的步伐依舊沉穩有力，雖然心事重重，但並不混亂。

繞營一圈後，努爾哈赤停住了腳步；在星光下，他的臉反映出一道極為柔和的光暈，也把五官映照得分外清晰，尤其是兩邊微微上翹的唇角，顯出了特別堅毅的氣質。

他仰頭向天，眸光和星光一樣清亮，但也和星光一樣，在浩瀚的黑空裏顯得有點渺小，有點兒無助，而和他的唇角線條組成了一道特殊的神韻，完全是一股在弱勢的環境中自強不息，堅定向上提升的力量。

仰視了許久，沉默了許久之後，他的目光依舊定定的注視著上空，但卻開始說話了——他沒有轉身面對額亦都和何和禮，但很清楚的同他兩人說話：

「這些天，你們一定很奇怪，我怎麼跟往常不一樣了——是吧？」

額亦都頓了一下，很坦白、很率直的回答：

「是的！而且，我們猜測，貝勒爺必定是遇上了不高興的事；只是，我們不知道該怎麼請示貝勒爺，所以，耐著性子等，等候貝勒爺示下！」

努爾哈赤收回目光，轉過身來，直直的看著自己這兩名忠實的夥伴，很坦白、很率直的對他們說：

「我所遇上的事，豈只是『不高興』——當時，我的心裏簡直是絕望——全身冒出一股寒氣——」

額亦都與何和禮登時大吃一驚，同時發出一聲低呼：

「有這麼嚴重？」

努爾哈赤長長的嘆出一口氣，微點一下頭，而眼神中突然掠過一道強光：

「你們也該去看看——看了之後才能確確實實的明白，咱們真正不如人的地方在哪裏——能想出什麼辦法來解決！」

額亦都和何和禮互望一眼，共同的想法卻是不知道他指的究竟是什麼事，無從回答，只好恭恭敬敬的等著；幸好努爾哈赤在感慨之後做出詳細的說明：

「這十多年來，我全力擴展建州的實力，自認為，各方面都做得很好，戰無不勝，土地、百姓、糧食全都飛快的增加，照這樣下去，在我有生之年，建州能與明朝一樣強大；但是，這一趟，我去到了以往沒有去過的地方，真正想透了明朝繁華文明的原因，登時，整個心都冷了，覺得沒指望了，這輩子，別想趕上明朝了！」

額亦都立刻發出一聲驚呼：

「您從來都不曾喪氣過——這回，究竟遇到了什麼事，會讓您灰心得這麼厲害？」

努爾哈赤毫不隱瞞的告知：

「那天，我信步走到一個地方，路人告訴我，那是國子監，是太學生讀書的地方；我一看，果然和一般的地方不一樣，怎奈只能在外邊看，不能走進裏頭去看個仔細，但是我想明白究竟，便在路邊向人請教，一連問了好幾個時辰的話，打聽得一清二楚——」

國子監早自明朝開國之初就設置❶，是全國的最高學府，培養人才的重地，問明所以後，他感慨萬千：

「明朝的人從六歲開始啟蒙讀書，長大後考秀才，考舉人，進國子監——書越讀越好，越讀越通；然後，考進士，考中以後做文官——這套制度是明朝立國的根本，完善極了！」

聽完話，額亦都猜到他幾分心思了，立刻急切的發言：

「貝勒爺是因為我邦沒有這套制度，文教不如明朝，所以心裏難過——其實，事情並不難辦嘛，咱們立刻推行起來就是——建州也開始設國子監，教人讀書，然後，挑書讀得通透的人做文官——二十年，或者三十年後，就能有一批非常好的文官了——貝勒爺且放寬心，大家有生之年全都等得到的，在這方面，建州一樣能勝過明朝！」

他說話的神態、語氣都豪邁得與往日一般無二，而且充滿信心；但是，努爾哈赤的反應卻與往日完全相反——他雖然沒有立刻否定額亦都的意見，但卻下意識的連連搖頭，嘆著氣說：

「你想得太簡單了！」

額亦都尷尬的一愣，卻因為不知所以然，對這話不服氣，登時脹紅了臉；而努爾哈赤存心要讓他徹底明白，便認真的注視著他，鄭重的對他說：

「這件事，表面上容易極了，蓋幾棟房子，叫私塾，叫鄉學，叫國子監，都沒有難處；要讓六歲大的孩子開始讀書，看起來也沒有難處；但——你再想一想，讀書的孩子來了，這些房子裏有書沒有？有先生教讀沒有？」

額亦都登時傻眼，何和禮則不由自主的發出一聲驚呼：

「貝勒爺的難受我明白了——在文教方面，咱們什麼也沒有！不只是書和教書的先生——咱們連自己的字都沒有！」

努爾哈赤眼神一黯，長聲嘆息：

「明朝開國，已經有兩百年，而且，文教方面的成就是承繼了自古以來的代代相傳，積累了兩千多年的文明——」

殘忍的事實擺在眼前，女真人在這方面落後得太多……

三個人相對無言，而且，天上忽然飄來烏雲，遮住了星光，天地間便一片黯淡，使置身其間的人不見光明，以致額亦都和何和禮眼前所見，只有一點微弱的光，那是努爾哈赤的目光，在黑夜中閃動著。

而這一點僅餘的微光，還略帶幾分矛盾；既是因沮喪而失去往日的強旺，又是在沮喪中竭力上揚，欲激出全部的生命力來與黑暗抗爭，以贏得勝利——竟是代表著他明知自己的力量很薄弱，而仍舊奮發努力——沉默了好一會兒之後，他以低沉的聲音說話：

「這一路上，我總在想著這件事，想得很苦惱——一直到現在，還沒有想出周全的辦法來；

眼看著明天就能回到費阿拉，人多了，大家一起仔細商議、想辦法；而且，在史書上找找看，看看金朝是怎麼推行文教，強過宋朝、消滅宋朝的！」

而這話竟是引路的明燈，額亦都和何和禮受到了啟發，精神為之一振，聲音立刻恢復幾分爽朗：

「謹遵貝勒爺指示——明日進城後，我等立刻召集所有的人到貝勒爺座前議事；並且命筆帖式們儘速查閱書籍，找出金朝推行文教的記載來！」

問題雖然沒有解決，但總算找到了一個可以試行的方法——眼前似乎有了一線曙光，心裏不再是完全的絕望和沮喪，大家的腳步輕快了起來……

第二天，全隊返回費阿拉城，率隊的當然不再是努爾哈赤的替身，而是他本人；一行人走向城門，遠遠的就看見穆爾哈赤、舒爾哈赤、雅爾哈赤、巴雅喇以及安費揚古等人全都在城門口迎接；人多就熱鬧，氣氛自然不同，而且一見面，所有的人都同聲說：

「恭喜貝勒爺——」

舒爾哈赤隨即補充：

「貝勒爺，您得孫子了——五天前，褚英得了個大胖小子，長得好一張俊臉呢！」

褚英也在出迎的行列裏，高興得脹紅了臉，卻說不出話來；努爾哈赤被這個來得正是時候的喜訊牽引得情緒大幅波動，心裏興起了新的思潮，表面上，他露出了笑容，連連點頭：

「好！很好！」

做祖父了，這代表生命進入新的階段——他下意識的轉頭去看褚英，褚英沒注意到，還一個勁的傻笑著，彷彿自顧自的沉浸在喜悅中，完全不分心似的沒有回應他；他看了看，心裏湧起的思緒更多，但是一樣沒說出口，頓了一下之後，在眾人的歡喜道賀聲中舉步前進。

一上馬，他仰頭向天，心裏更如萬千浪花翻騰，衝擊浮沉，無法寧定；他極力撐持，以致下馬的時候，額上身上盡是汗水；但他忍住了，控制著自己的情緒，沒有露出半絲異狀。

進了門，圍上來道賀的人更多，他都報以欣喜的笑容，說些高興的話；直到夜裏，人羣散去後，他找來札青，單獨談話，才打算說些實際的話。

對札青，他當然不會提起推行文教的事，而是詢問這些時日裏，家裏和家人的情況，尤其是剛出生的小孫子，不免順口多問幾句；而札青的答覆讓他非常放心。

「這孩子，就只等著貝勒爺給取個名字，別的，什麼都好——咱們家，每年都添人進口好幾回，什麼事都熟門熟路了——不一樣的是，這小子開了頭，以後，貝勒爺要接二連三的做『瑪法』了！」

一切都好，也就沒有什麼要問的了——努爾哈赤稍一思忖後告訴札青：

「這孩子，就叫他『杜度』吧！」

「杜度」含有祈福的意思——這是長孫，取這個名字當然有特別的用意。

札青很高興的回應：

「謝謝貝勒爺金口！」

她比誰都高興——她是孩子的親祖母，而這孩子生於順境中，和她當年在困難中生下褚英、東果的情況比起來，有天壤之別；她覺得，日子已苦盡甘來，因而心裏的感受特別好。

但，努爾哈赤卻突然追加了一句話：

「我看褚英，這一兩年來，性情顯得有點毛躁，要改改——但願他做了阿瑪以後，自己懂事了，體會到了，學著反省、修改，改妥了，將來才能成大器——得便的時候，你也常跟他說說！」

他是有感而發，而且交付責任，但是札青卻給他說得瞠目結舌，無法應對；從來對孩子們只知盡心盡力的養育，而不知教育為何物的她，愣了好一會兒才發出個結結巴巴的聲音來：

「啊，好——是——」

她有點不知所措，說完心裏還是茫然，只好告退；屋裏只剩下努爾哈赤一個人，立刻顯得空寂沉靜，他索性推窗往外看。

心中有千頭萬緒，褚英的問題很快就從心裏退走，推展文教的事則越湧越大、越重；他反覆想著，入夜以後更無法入眠，腦海裏不停的思謀著；天亮以後，筆帖式們將為他呈上以往金朝推行文教的記載，他得詳加研究，作為參考，然後與部屬們商議，制定己邦推行的辦法……

越想心念轉得越快，終於，他索性披衣坐起，站在窗口等天亮。

宿在門外的侍衛聽到屋裏有聲音，連忙一探究竟，看到他，只當他早起，立刻請示：

「貝勒爺，要出門去嗎？」

天還沒有亮，但他隨口一應：

「唔。」

於是，幾名貼身侍衛傍著他出行；滿城的人都還在酣睡，他卻與侍衛們策馬出城。

到了城外郊野，更索性策馬狂奔，奔馳了大段路後再繞行全城一圈，天才要開始破曉，天色正急速轉變，由全黑而透出一線魚肚白；他仰頭一望，不由自主的停下腳步，吐出一口長氣。

經過這一陣奔馳後，全身都冒出了熱汗，氣血大通，而帶來舒暢感；迎著晨光與曉風，精神上也改善了幾分，覺得暢快了些，但心裏還是記掛著事，又索性踏著晨光返回，準備閱讀筆帖式們送上來的資料。

不料，天色大亮後，第一份以極快的速度送到他面前來的文書，並不是金朝的歷史資料，而是兩天前才發生的事；他的心神登時被吸引住，雙眼停止眨動，專注的閱讀——戰爭又發生了，就在一水之隔的近鄰，他的心思得先用在關注這場戰爭上。

註一：明代有一套完善的學制，詳見《明史》。〈職官志〉記：「明初即置國子學……（洪武）十五年改為國子監。」

4

酷烈的戰爭重新在朝鮮國土上展開，三國的人馬廝殺得山河變色❶……

楊鎬卻早在到達朝鮮之前就引起眾怒——他上奏疏陳請了十件大事，既要朝鮮官民多增支付，捐納糧粟，還大剌剌的指出朝鮮君臣的私蓄不拿出來充作軍餉，應由「大明天子」降旨論罪；弄得朝鮮人在得到援助前就把他恨了個入骨。

朝鮮本身的政治鬥爭也沒有因為遭遇外力入侵而停止，兩方對峙的政治集團秉持著「勇於私鬥」的精神，一有機會就全力打擊對方——名將李舜臣因此險些枉送性命。

原因是李舜臣率水軍抗日，衛國的功勞和名聲都太大了，引起了政敵們的妒恨；而且，李舜臣本人雖然沒有介入政治上的黨爭，但他出任全羅、忠清、慶尚三道的水軍統帥是出自於「東人」的推舉，因此，屬於「西人」的都元帥權慄、慶尚右道水軍節度使元均便視他為眼中釘，極盡所能的要置他於死地；機會終於來了，這次日軍再度發動攻勢的時候，他們便聯合上疏，向國王李昖進讒，說李舜臣未能率水軍制日軍之先，貽誤了軍機，有通敵賣國之嫌；糊塗的李昖竟相信這話，將李舜臣革職下獄，甚至要將他處死，賴了東人鄭琢力救才免了死罪，准他以白衣從軍；但，這件事造成的後遺症卻無可彌補——非但朝鮮水軍士氣大受影響，還險些造成大禍，原因是權慄、元均等人本是無能之輩，排擠了李舜臣，固然搶到了權與位，但是一遇上來侵的日軍就吃上大敗仗，元均在戰役中陣亡，權慄則敗於陸戰後竄逃回王京……

李昖這才醒悟過來，重新起用李舜臣，命他重整水軍殘部，對抗入侵的日軍。

而日軍固然在戰爭開始時再度發出凌厲的攻勢，卻一樣沒忘了私鬥，各軍之間既各別苗頭，互不相讓，競相爭功，且各自為政，互不協調，暗中打起仗裏仗，力量當然就分散了。

正月十四日，加藤清正從日本出發；二十四日，一舉攻下朝鮮的西生蒲城；接著，小西行長也不甘示弱的奪下釜山……總數共十四萬多的大軍分別大舉出動，到了八月間，攻破閑山，薄南原，進逼王京，與朝鮮守軍及明朝援軍對壘，三方會兵，展開一場大規模的戰爭。

明廷派遣的援朝最高統帥邢玠固非尋常庸才，以往他雖未直接負責過朝鮮戰務，但是，自受命以來，就盡力多方瞭解朝鮮問題，從北京出發，一路東行的路上，已經對朝鮮的現況有了基本瞭解，該怎麼處理也都有了腹案，雖然，他到達朝鮮的時候，日軍早已連下多城，但他並不慌忙，鎮定沉著的應付。

首先，他逮捕了招搖撞騙、貽誤大事的沈惟敬，連同搜集到的罪狀一併送到北京議處，接著召集主要將領舉行軍事會議。

他是個有主見的人，更兼事前做了周密的準備，會議便進行得非常順利，作戰的策略很快就擬定出來——他很明確的做了結論，指示部屬們說：

「南原守軍棄守，全州官軍亦退，倭兵進逼王京，情勢極為不利；我軍如棄王京，將使全朝鮮民心士氣大挫，若援王京，難有勝算，不如進攻平壤——」

這招類似兵法上的「圍魏救趙」而靈活運用，但他不說破，只全力調兵遣將……

戰爭拖延到九月初展開，第一仗，雙方在稷山金島坪對壘，首先是麻貴麾下的副總兵解生，遇上了日方的毛利秀元與黑田長政的部隊；解生分兵三路，左右掩殺，打了個大勝仗；第二天，更大規模的戰爭在平壤城的外圍展開❷。

明、朝兩國的合軍分成三路，分別進攻平壤的三面；動員的人馬極多，軍容壯盛之至，一頂頂的盔甲在烈日下反射出萬道銀光，馬蹄掀起的泥沙則疊成層層黃霧；守城的日軍在城上豎起各色旗幟，長槍，大刀……在震天的喊殺聲中，明軍率先發出火砲，「轟隆」一聲，幾乎震塌一塊城牆角，同時，日軍也加緊施放火箭、彈丸，霎時，煙焰瀰漫幾十里，殺聲如萬雷齊響，如把天地間的一切都掩蓋了。

一個時辰過去，雙方殺得難解難分，而就在這當兒，明朝的軍隊得到了天助——天上忽然颳起了西風，這對正以「火攻」的戰場來說，順風的一方當然佔盡便宜……狂風捲著砲煙飛衝入城，火烈風急，城中便四處起火，城牆上赤焰飛撲，各色旗幟全部起火而燃，守軍無法再戰，小西行長迫不得已，率著親信們逃匿而去，明軍再次發砲攻擊後，少數殘留頑抗的日軍全數被殲滅。

這一戰大捷，朝鮮的民心、士氣全都受到鼓舞；於是，各地的戰事一路延續下去，援軍、官軍和民間義軍一起動員，羣策羣力的打了好幾場勝仗，有些仗雖然規模不大，殲敵有限，卻使已經淪陷好幾年的城池有了光復的契機。

註一：日本再次侵略朝鮮的戰爭，具體行動始自萬曆二十五年（一五九七年）正月二十四日，日軍奪西生蒲城、釜山；本年歲次丁酉，為日本慶長元年，朝鮮宣祖三十年，故朝鮮稱此役為「丁酉之役」，日本稱「慶長之役」。

註二：丁酉年九月六日，雙方發生大規模戰爭，為丁酉之役中的重要戰役之一，朝鮮史上稱為「金烏坪之戰」，第二天的戰爭在稷山進行，稱「稷山之役」。

5

邢玠一戰而捷，旗開得勝，王京之危自然解除，朝鮮國王李昖對明軍的援助之情感激得五體投地，親自率領世子光海君李琿和文武百官，在王宮外廣場上設宴犒謝來援的明軍，邢玠、楊鎬和麻貴、李如梅等將官則設座大殿，奉為上賓。

赴宴前，邢玠特地翻閱了一下幕僚們備好的李昖個人資料，以便席上能多說幾句得體的應酬話；一展卷，先看到一首五言律詩：

國事倉皇日，誰能李郭忠？
去頒存大計，恢復仗諸公。
痛哭關山月，傷心鴨水風。
朝臣今日後，寧復更西東。

詩後小註說明，這是李昖於壬辰年六月寓居義州時所作，讀完，他感觸很多，情不自禁的對幕僚們說：

「這朝鮮王的詩才倒是不錯，只是險些做了『李後主』，成了亡國之君；這樣的人確實該做個翰林學士，不做國王，自己得其所哉，也不致禍國殃民……看這詩中，寫心中傷痛，也盼臣下不再結黨派，該是已明白了黨爭既造成內亂，也引來外患，使國家陷於萬劫不復……」

他有感而發，說完便連連嘆氣；他的幕僚全係文士，箇中不少飽學者，更兼追隨他多年，很瞭解他的心思，能體會他的感受，也就有人接下去說：

「但願他牢牢記住外敵入侵的教訓，拿出辦法來，令朝中不再有黨爭！」

不料，邢玠對這話的回應卻是用力搖頭，一針見血的說：

「此人頑冥不靈，不能期許——你們且看，這詩是六年前他逃往義州時所作，字裏行間似是明白了黨爭之禍，但，這幾年來，他不但沒有因為受到教訓而長進，還更昏庸——試看李舜臣將軍被小人陷害，險些屈死，竟致以布衣效命的際遇，就可知朝鮮不但諸大臣仍然內鬥不已，這朝鮮王的不辨是非、昏庸無能更甚於以前！」

說完，他重重嘆氣，臉色變得沉黑；幕僚們互相交換了個眼色，過了好一會兒才想出適當的詞句進言：

「李將軍的際遇委實令人憤慨，大人想必會仗義執言，讓朝鮮王恢復李將軍的官職！」

邢玠下意識的發出肯定的回應：

「這是當然——」

同為人臣，他對李舜臣的遭遇不但憤慨，還比幕僚們多了一股「兔死狐悲」的揪心；一面又退一步想，如能讓李舜臣官復原職，對朝鮮的民心士氣、江山社稷都大有幫助，自己的「仗義執言」將具有多種功能，於是，心裏開始設想說詞。

而一到達朝鮮王宮，及至走進大殿的這一路上，心裏又多了一份同情和憐憫。

朝鮮王宮曾遭日軍搶劫、破壞、焚燒，而致非常殘破；日軍退走後雖告收復，卻已面目全非；且因戰禍不斷，經濟蕭條，無力大肆整修，眼下所見處處都是戰火殘痕；石階上留有洗刷不去的血跡，木柱上油漆脫落，門上銅釘殘缺過半，宮內裝飾全失，陳設俱無——他早就聽說過，王宮裏兩百年間積聚的珍寶財物已被搶劫一空，李昖全愛的萬千美酒已點滴無存；現今所見的實況是連建築都遭到破壞，且無力修復，情況遠比得到的消息要嚴重許多！

因此，他的心裏發出了更深重的嘆息，也更加想多盡一份心力幫助朝鮮；落座後，他開始與李昖交談，準備伺機進言。

李昖先發言，侃侃而談，內容是致謝，他便回以禮貌性的應對；雙方語言不通，談話全靠通譯傳介，但他仍能很清楚的感受到李昖的誠摯謝意，而因為身為第一上賓，座次距離李昖很近，很自然的先把李昖看了個仔細。

李昖已在位三十年，實際的年齡已不小了，但是眼神中仍然半帶著養尊處優下不識世道人心似的童稚之氣，唯有兩鬢已見飛霜及依然白皙秀美的臉上長出了皺紋，才是近幾年來經歷了外患的痕跡；似乎，日軍入侵只使他的肉體受到磨難，並未使他因這慘痛的教訓而增加人生的智慧——他彷彿是一個長不大的小孩，患了學習能力障礙症；反倒是世子李琿，雖在青壯之齡，卻為國難操勞得鬢已半白，面容憔悴，而眸光中帶著一股沉穩、堅定之氣——父子兩人的心智、外貌竟像倒換了似的，看得他心中又生出一番感慨。

緊接著，李昖又以誠懇的態度、溫和的語氣說了一段話；結束後，通譯向他說：

「啟稟大人，朝鮮王說，今日的盛宴是專為大人率軍來援而設，酒菜、歌舞都已齊備，現在立刻奉上；因朝鮮遭逢戰亂，物資欠缺，以致酒菜不夠豐盛，歌舞不夠華美，請大人見諒。」

他立刻以真誠的態度回應：

「本部院領受的是朝鮮王的盛情和心意，無論什麼酒菜都是人間至味。」

通譯卻再度傳述：

「朝鮮王說，原本，他收有天下美酒數萬罈，日日開筵品嘗；浩劫之後，庫窖所藏全失，又不及再釀，無法讓大人啜飲極品美酒，他感到遺憾之至，痛心之至！」

這話令他為之一愣，心中暗忖：

「敵軍入侵，軍民死傷數十萬，他卻為丟了些酒而痛心之至——不是輕重不分嗎？」

這麼一想便懶得再多說客氣話，隨口敷衍兩句就算了；正好酒菜適時送上，可以結束談話；一看，酒是新釀的果酒，菜則山珍海味俱全，並非「不豐盛」；但抬眼卻見李昖微皺眉頭，舉箸躊躇，狀似嫌菜餚不夠豐盛精緻，無法下箸，看得他不願面對，索性避開目光去；但是，心裏忍不住繼續想下去：

「國難當頭，仍然不思勵精圖治，只知講究飲食——唉！這位『太平國王』未免太離譜了……看來，日本侵朝，起因固然是平秀吉野心勃勃，欲佔朝鮮，但朝鮮本身予人可乘之機，乃是自取其辱，也該檢討……」

想來想去，他便食不知味；而且原有的同情與憐憫之心加入這番檢討，變得複雜起來，感慨更多，但他不願讓內心的聲音洩漏於外，於是藉著進食來掩飾，儘管食不知味，還是一口接一口的吃著。

不料，酒過三巡之後，李昖把目光轉向他，再次以非常誠懇的態度說話。通譯向他傳述：

「朝鮮王問：此役大捷後，大人何日再率天朝大軍，趁勝追擊，一舉掃滅全數日軍？」

他登時一愣，因為，這話幼稚，令他無法回答，只好想個說辭來應付場面，但是心念一轉，想到了李舜臣，認為這是說話的時機，於是他命通譯：

「回覆朝鮮王，說，日軍總數有十餘萬，不易一舉掃滅，上上之策是擇其最強者殲之，使其餘日軍喪膽而自動撤退——本部院將衡量整體情勢後制定戰略；其次，目前到達朝鮮境內的我朝大軍僅有陸軍；而本部院早在五月間即疏請募水兵助戰，目下已徵募完成，不日開拔，前來助戰，屆時可與李舜臣將軍所領水師並肩作戰——李將軍威名赫赫，必使敵軍聞風喪膽，我軍也久仰李將軍有過人之能，極願與李將軍同舟共濟，驅逐日軍；而貴我兩國、水陸兩軍同心協力，才能全面戰勝日軍！」

他特意強調李舜臣的才能和重要性，想藉這話提醒李昖，李舜臣是國之棟梁，不可再聽信讒言冤屈他，而應重用他，恢復他的官職，使他能與己方聯合，一起對抗外敵，然而，李昖似乎完全聽不出這番話的真意——通譯回稟說：

「朝鮮王說，他非常感激大人為朝鮮費心費力，大人所訂的戰略，朝鮮各軍一定大力配合；大人要調派水師一事，請盡快進行，他也會立刻下令李舜臣將軍聽候調度！」

一聽這話，他的心一冷，重新打心底深處發出一聲長嘆，同時告訴自己，面對這麼個昏庸的人，話根本說不下去，一腔想幫助朝鮮的誠意只能和感慨一起深埋心中；於是，他默然進餐，木然的應付完這場感謝宴；而在幾天後，他與麻貴等將商議兵力部署的時候，正題說完時，竟不知不覺的說溜嘴，吐露了心聲：

「朝鮮王生於後宮，長於婦人之手，本性純良，但軟弱無能，不解世事——聽說，平秀吉士卒出身，身經百戰——真可謂『生於憂患，死於安樂』！」

而其實，他是聯想到了朱翊鈞——一樣生於後宮，長於婦人之手，一樣分不清楚是非黑白、忠奸邪佞的朱翊鈞，如果來做朝鮮王，不知道是不是身經百戰的豐臣秀吉的對手？

「生於憂患，死於安樂」是至理名言，是他少小讀書時就背誦過的聖哲嘉言，此刻想起來，卻是別有一番滋味，但也令他生出新的憂慮來：手邊收集到的有關豐臣秀吉的資料，無不確確實實的顯示出，豐臣秀吉委實是個「生於憂患」的人——厲害如斯，難以對付，這次戰役，已方雖已得勝一場，但是，接下來是否能連勝連捷呢？

他的心輕輕一顫，嘴裏不說，而心裏再三加強警惕，面對豐臣秀吉這樣的強敵，必須審慎行事，半點輕忽都不能有！

自己身為率軍援朝的總督，責任重大……

而這番暗自警惕，固然是他個人以往行事成功的原因之一，但對豐臣秀吉的瞭解還是隔了一層，不夠清楚，也不夠深入。

豐臣秀吉「生於憂患」，已是多年前的往事，與目前的現況並不符合——成為實質上的「日本王」以後，他無論內心還是外在，都改變得與以往大不相同。

以往，他因生於憂患而深知民間疾苦；因為出身士卒，瞭解軍隊與戰爭的一切，而深諳統領、駕馭、指揮之道，於是百戰百勝，且深得民心；如今，他築城深居，坐享榮華富貴，左右隨從、護衛動輒上千，久已不與百姓、士卒會面，心裏也早已沒有百姓、士卒的存在，這點和朱翊鈞、李昖並無不同。

小有不同的是滿足權力、慾望的形式——豐臣秀吉縈繞於心、翻來覆去想著的兩樁事，是不同於他人的，而影響也遠較他人為壞。

有關繼承人的問題，他有了新的突破，新的做法，但，新的煩惱也隨之而來：在石田三成精心的進行下，秀次被逼得自殺，他那已命名為「秀賴」的親生子繼承他的大位已不成問題；但是，秀次似乎死不瞑目，陰魂不散的在他身邊盤旋，每每他一闔上眼睛就彷彿看見秀次站在面前；他因此無法安睡，精神與身體健康都大受影響。

其次，朝鮮的戰事進行得不順利，令他食不知味、寢不安枕；尤其是他對明朝的「封貢」一事，認為是對自己的大侮辱而怒氣沖天，偏偏，重新出兵的戰果，一開始固然勢如破竹，但是遇到明軍來援，竟然受挫——接到金島坪失利的戰報時，他情緒惡劣得幾乎要親自揮刀斬碎眼前的一切；過了許久才能勉強嚥下憤怒之氣來面對現實，發出新的命令，指示在前線的日軍下一步的行動：

「重新整隊，據守要點，各軍須互援互結互助，不得各自為政，不得自行進退，先守住各據地，再圖進攻！」

他的聲音嘶啞，語氣急促，聽來有如狼嗥；然而，他畢竟是一代梟雄，命令的內容並沒有因情緒惡劣而致失誤，思維更沒有因暴怒而錯亂；甚至，說完話後，心中雖仍怒火沖天，腦中卻開始轉成冷靜；他慢慢的坐下身來，一絲不苟的擺正姿勢，坐定後，他文風不動的看著前方，目光緩緩的轉向深沉；然後，他吩咐隨從：

「把戰報上的每一個字都仔細讀出來，讀給我聽清楚——我要知道全部的狀況和戰敗的原因！」

知道戰敗的整體原因，作為參考，制定出來的新戰略才不會有錯，下一場戰才能得勝……他端然而坐，豎起耳朵，全神貫注的傾聽戰場的實況。

秋日的殘陽透窗而入，映在他的臉上身上，同時給他罩上淡金的光彩和方格的陰影，像顯示著他的生命同時擁有金與黑二色，也像顯示著他正處在金與黑兩色之間遊移徘徊，一如他的身體，其實已充滿了衰老之氣，但精神和意志仍然頑強的支撐著，一定要為自己打一場勝仗。

殘陽的淡金光彩映著他的兩鬢與眉眼，稀疏斑白的鬢與眉被映得特別分明，但他不自覺，全部的心思都在戰場上。

6

立冬過後，天氣轉冷，霜雪紛降，軍營裏呈現著「寒光照鐵衣，大雪滿弓刀」的景象，但這對統兵援朝的邢玠來說，不但不是美景，還是必須解決的實際問題。

因為，他麾下一部分來自廣東、浙江的兵丁不耐寒冷，得增加禦寒衣物，上疏朝廷，請求補給，所得極少，且因路途遙遠，運送緩慢；要求朝鮮朝廷提供，所得也少；原因是朝鮮自遭日軍入侵以來，各項生產大都因戰亂而停頓，原有的積存已被日軍搶奪一空，以致羅掘俱窮；且因為曾發生過楊鎬要求朝鮮多支付糧餉而引起眾怒的前例，他處理這事便特別謹慎小心，也就特別辛苦。

同時，他也極力收集完整的敵方情勢，苦心研判，詳細思考，審慎的制定新戰略。

前些時徵調的各地援軍都已陸續到達，援朝明軍的實力增加了一倍以上，其中尤以原籍廣東、曾任廣東都司的陳璘率了五千廣東兵到達最讓他滿意——這支隊伍是水軍，到達後，他所訂水陸兩軍合攻的計畫才能實現。

陳璘被付以重任，統領明朝的水軍，與朝鮮的李舜臣配合，一起負責海戰；陸軍方面，也因為有不少援軍到達，他據以重新整合、調配，而以麻貴、劉綎兩名將並為總兵官，李如梅等多名副總兵分在帳下效命。

十二月，一切部署完成，他計畫在明年正月出動大軍──冬至當天，他召開軍事會議，做出很明確的指示：

「倭軍有十萬之眾，分布幾地，不易一舉殲滅，上上之策是，我軍以『攻堅』為要，擇倭之最強者破之，使其他諸路倭軍聞風喪膽，自行退兵！」

他同時發給眾將文書，上面詳列各路「倭軍」的主將、總人數及目前所據之地，書吏又為他向眾將複述一遍，然後，他仔細分析：

「目下，倭軍以加藤清正所領之軍為最強，現據蔚山之地──」

蔚山濱海，距離釜山約一百里，位在釜山東面，與西面的順天形成兩個拱衛港，拱衛著日軍大營、重兵所在的釜山；目前駐順天的日軍是小西行長的部隊，實力很強，不能掉以輕心。

邢玠定出全盤的戰略：

「先遣一軍佯攻順天，使順天倭軍無法他顧，再以精銳全力攻蔚山！」

接著，他分配任務──全軍分為三，由李如梅將左軍，李芳春將右軍，高策將中軍，而以楊鎬、麻貴任統帥，隨即發動攻勢。

由於佔得了先機，一開戰，明軍以輕騎誘敵入伏，立刻大有斬獲，得了四百多首功；可是，再接下來就沒這麼順利了──加藤清正學乖了，迅速的把人馬集中起來，並且連夜趕築三道木柵作為屏障，改採堅守不出的戰略。

第二天，明軍再度發動攻擊，由游擊茅國器率軍打前鋒，全力搶攻加藤清正的柵營；一時間，殺聲震天，人馬如排山倒海般的前仆後繼；據守的日軍則連發彈矢，把蔚山的天空遮蔽成一片昏黑。

將近兩個時辰的攻守戰打下來，明軍再次先馳獲勝，斬獲了六百多首級，日軍只得退守柵圍，全力堅守；打前鋒的茅國器一看這情形，心中大喜，連忙命士卒們重新整隊，準備第二波的攻擊，自己親自去向主帥楊鎬報功：

「倭軍已居下風，我軍只須一鼓作氣便可將蔚山攻下！」

楊鎬當然高興，笑著嘉勉了幾句，一面披甲上馬，準備親自督戰。

一個時辰後，明軍再次發動猛烈的攻勢；裨將陳宗驍勇無比的身先士卒，冒著彈矢奮勇向前；他一面大聲呼喊著「衝」、「殺」，一面滾地前進，衝到柵前揮刀砍柵，士卒們羣起效尤，跟隨著他不顧生死的奮勇前進，砍去木柵；不多時，第一重柵圍被整個砍倒，看得明軍一起發出歡呼，於是，更多的人加入奮勇砍柵的行列。

日方居於下風，加藤清正心裏發急，焦慮得親自著了一件白色戰袍躍馬督守，嘴裏不時發出大喝，不時指揮、下令，更不時叫罵……然而，一切都於事無補，不多時，第二道柵圍也逐一被砍倒。

明方的楊鎬騎在高大的駿馬上遙遙觀戰，眼看著勝券在握，立刻從唇角牽出一線笑意來，並且連連點頭，向左右們得意洋洋的說：

「拔了蔚山，一封朝奏回京，聖天子定然龍心大悅！」

左右湊趣，立刻恭維他道：

「大人立下這等彪炳的戰功，回京之後，定然連升三級，官居一品！」

一頓馬屁，把楊鎬拍得越發志得意滿起來；卻不料，就在這一剎那間，他的眼睛往前方的戰場上一望，嘴裏發起問來：

「咦？怎麼不見李如梅李將軍呢？」

左右回答他：

「李將軍一軍尚未到達——或許明日才到呢！」

「明日？等明日，還有仗打嗎？」

蔚山已經唾手可得，這次的戰功竟記不到李如梅頭上——他與李如梅私交甚篤，早在偷襲蒙古炒花營之役時就結下了生死交情，這麼一想，心中便不免有憾；可是，隨即轉念：

「也罷，橫豎這批倭軍已經不成氣候了，等明日如梅到時再收拾起來也不遲，這樣，如梅也記得上軍功了！」

於是，他拿定主意，接著採取兩個步驟，先是命茅國器指揮士卒去割日軍死傷的首級，這麼一來，部眾們分了心，攻勢就緩了下來；接著，他下令鳴金收兵，理由是：

「久攻不下，人馬俱疲，天色將黑，不如明日再攻！」

卻沒想到，就這麼一夜時間，情勢又改觀了——加藤清正抓住這個「喘口氣」的時機，命令士卒連夜重修柵圍，加強守備；而明軍原本高張的士氣因這一洩而疲軟了，無法重振了。

第二天，李如梅率軍趕到戰場的時候，一連衝刺了好幾個回合都無法再砍倒加藤清正所設的柵圍。

楊鎬不得不改變戰略：

「倭軍隔海遠征，糧秣必然不濟；我軍採包圍之策，斷其糧援，倭軍就不戰自敗了！」

於是改攻為圍，分派兵將把蔚山圍了個風雨不透，一連十天，加藤清正被圍得困窘極了。

可是，十天一過，情勢又改觀了——日軍不只加藤清正一路，楊鎬既把主要的兵力用來包圍蔚山，按兵不動的呆圍了十天，無異是給其他路的日軍一個天賜良機……

屯聚在釜山一帶的日軍首先把握住這個良機，悄悄殺過來，連同水師，竟成三面的反包圍，把明軍反圍起來。

一夜之間情勢大變，四面盡是日軍的旗幟……

楊鎬本無真才實能，更不曾經歷過大事，接到報告時大吃一驚，腦海中一片混亂，失了主意，慌慌張張的要左右們扶他上馬，根本不及下令就讓左右們護衛著他狂奔竄逃而去。

明軍頓失主帥，無人指揮、應變，在敵方的夾攻下當場大亂，全軍潰散，四下逃逸，再次落得先勝後敗的下場……

幾天後，殘兵敗將才勉強重新整隊，清點人數時，折損的人馬赫然高達兩萬。

楊鎬當然灰頭土臉，鼓起勇氣，硬著頭皮去見邢玠；可是，一回到王京，心中又有了另一種主意：

「死傷如此之眾，聖天子得知定然龍顏大怒……也罷，橫豎是『天高皇帝遠』，天子聖目，又不曾見得這真刀實槍的戰場……」

他起了掩敗為勝之心，到了邢玠跟前也索性扯起謊來，連傷亡人數都說成「百餘而已」；

甚至，他大言不慚的向邢玠說：

「殲倭已指日可待——此番倭軍已受重創，我軍只須小息，數日後，再重發攻擊，必能一鼓作氣將倭軍全數掃滅！」

同時，他向邢玠報告了一連串經過他竄改後的戰況與數字，說得臉不紅氣不喘；但是，他麾下的部屬實在看不過去，拆穿了他的謊言——軍中的文書官首先就老老實實的把他口中的「蔚山大捷」記下了「士卒陣亡兩萬餘名」。

事實俱在，「大敗」的真相掩蓋不了，將按律論罪，但是，楊鎬偏不肯「認罪就範」，還要極力掙扎一番——他仗著「朝中有人」，一面出示內閣大學士張位、沈一貫兩人寫給他的手書，一面大言不慚的放話：

「本部院乃是張閣老力保，便是金殿面聖，也得幾分擔待！」

這話傳到邢玠耳裏，氣得全身發抖：

「若不秉公論罪，將何以治軍？何以服眾？」

他索性在奏疏中把楊鎬這些惡形惡狀全部舉陳出來，連同楊鎬仗恃張位、沈一貫的保舉，出視手書的囂張狂態也寫了個明白，連同「蔚山大敗」的戰報一起以八百里快傳送到北京去。

7

「礦稅」的徵收有了具體成果，一箱箱黃金、白銀被抬進皇宮裏，充實了內帑，也給了朱翊鈞「充實」的假象，暫時填補了他實則空虛的精神領域……當白銀雪亮的光芒在他眼前閃動的時候，他笑得開心極了，滿臉盡是嬰兒般幸福滿足的神采，心裏的空虛感也就暫時遺忘了。

他的空虛感並不是沒來由的，首先，他不上朝、不理政，只有偶然出手教訓教訓他討厭的大臣，固然是隨心所欲，但，整日無所事事，久了，心裏缺少一股辛苦工作後的成就感，精神自然空虛。

其次，他在感情上總是遭到失落的打擊，而致空虛；少小喪父，母親給他的愛與他所渴盼的不同；緊接著，皇后、恭妃、常洛逐一來到他的生命中，也全都與渴盼中的妻子兒女大不相同；直到鄭玉瑩像天神特意補償他而送到身邊來以後，情況才改善。

而後，鄭玉瑩為他生了兒女，使他的感情世界豐富起來——特別是壽寧公主，從一出生就是他心頭的至寶。

壽寧公主聰明美麗、靈巧懂事，無論是陪他玩還是跟他撒嬌，每一個舉動、每一句話都能令他心花怒放，笑口常開；他也特別疼愛壽寧公主，遠勝於常洵，乃至於鄭玉瑩——女兒是另一種情人，他在疼愛女兒的過程中享受到許多微妙的感覺，心中特別愉悅，特別滿足；只要壽寧公主在他跟前，心中就絕對不感空虛。

但是，這情形很快就要改變了——

正月裏，大臣們在向他朝賀元旦的時候，有人順道提出，說皇長子常洛已屆成年，應別宮獨居及擇立妃嬪了；他當然不答應，更不理會；但這話卻提醒了他，孩子已經長大了！心中的弦被觸動，發出「錚」的一聲，而他的感覺竟是刺痛——他聯想到壽寧公主！

壽寧公主十五歲了，不久就要出嫁了！

心中一刺，眼中一酸，他情不自禁，立刻就掉下眼淚。

女兒是心中的至寶，但是，一長大就留不住，自己還得親自挑選好駙馬，親自將心中的至寶捧給一名什麼都不如自己的年輕男子……他的心裏難受極了，可是，立刻宣來壽寧公主，結果更壞——不但心裏的話不能說出口，還要忍受湧上來的失落感。

壽寧公主已經長得亭亭玉立，來到跟前也不會再像十年前那樣，撲到他懷裏來撒嬌，一面陪他數銀子，一面數他的頭髮、鬍子……

歲月是一隻最最無情的手，一天天的推動女兒長大，同時挖空父親的心——他覺得自己心裏已經一塊肉、一滴血都不剩了——而在表面上，他還必須以親切的、慈祥的口氣對壽寧公主說：

「父皇一定給你挑個世上最好的駙馬，給你最豐厚的妝奩，任誰都比不上！」

而當壽寧公主退出後，鄭玉瑩很認真的近前來，想與他討論這件事的時候，他立刻逃避，敷衍著含含糊糊的說：

「朕再多派人手，多徵礦稅——都給她陪嫁……都給她……」

鄭玉瑩不瞭解他的心情，只當他說話顛倒了順序，好言好語的提醒他：

「得先挑駙馬呀！有了駙馬再準備妝奩吧！」

而他不敢應承，躲開鄭玉瑩正視的目光，同時閃爍其詞：

「駙馬……朕，須從世家子弟中逐一細挑，得有空……得便……改日……」

鄭玉瑩「嗤」的一笑，打趣他說：

「萬歲爺英明，一定不會忘了俗話說，女大不中留，留來留去留成仇——公主長到十五歲了，再留就耽誤了，成仇了！」

他訕訕的笑了笑，掩去心中的陣陣刺痛，想了句話敷衍鄭玉瑩：

「你別擔心——她的事，朕一定辦周全！」

說完，他就做了更徹底的逃避——逃進碧桃為他布置周全的福壽膏的世界裏去，不面對現實生活中的失落與精神上的空虛。

用完福壽膏，他索性命進酒，一口氣喝了個酩酊大醉，而進入夢鄉後，他更是讓時間退回到從前，退回到壽寧公主只有五歲、三歲的時候，和他一起數銀子，拿銀子當積木玩。

醒來後，他唯有讓鄭玉瑩陪他數銀子，才能逃開空虛感的追擊，才沒有被空虛感擊倒；相對的，他也就更少舉步踏出後宮，更不想上朝；甚至，聽完太監念奏疏後也懶得做批示，一揮手，示意太監們把奏疏存檔就算了；更多的時候，他連聽都懶得聽，許多政事便因此無限期的延誤，各級官員出了缺，因為「未得旨意」而無法遞補的人數每月都迭有增加，已經累積成一個可觀的數字，從中央到地方，幾乎每一部、每一地都有大量「有職無員」的情形，使得人手不足，許多政事無法推展，而問題還一再如滾雪球般的累積、擴大……

唯一人手充裕的專司是「礦稅使」——他派出大量的太監充任，分赴全國各地，為他搜括民脂民膏；這些礦稅使回報的消息是他很樂意聽的，尤其是一連串的礦稅收入的數字，每每令他滿意得連連點頭。

其次，關於朝鮮的戰報，也會付出些精神來聽——他畢竟是個愛面子的人，對於朝鮮這「藩屬國」的基本心態就是要展現大明朝的「天威」，而且，對日本的戰爭既已展開，戰爭的勝負便直接關係到他的面子，「金島坪之役」的勝績尤其令他快慰……

這天，他一如往昔的在細細嫋嫋的女樂聲中享用福壽膏所帶給他的幻覺，面前放著一箱箱真實的黃金白銀，都是新送進宮來的礦稅收入，等待他興致來時親自點數；鄭玉瑩華衣盛妝，陪在他身邊，說些他愛聽的話增添情趣；她的衣上繡著精美的百鳥嬉春圖，自身也是一隻善解人意的小百靈鳥兒。

她向朱翊鈞訴說一齣女樂們正在排練的新戲《韓朋》的內容：

「臣妾聽她們唱過幾段——扮韓朋的生角尤其唱得好，聽得臣妾差點兒掉下淚來！世上可真有韓朋這樣癡情的男子啊，所以，臣妾要她們加緊練，早日練成，好讓萬歲爺也陪著臣妾掉淚……」

她婉聲娓娓細語，朱翊鈞眼裏帶著笑意看她，一面頻頻點頭，一面連聲說「好」；而就在這個時候，來自朝鮮的邢玠奏疏送到了。

朱翊鈞正沉浸在紅香暖玉中，心中毫無理政的意願，便無意召太監來讀奏疏；但，一個偶發的念頭進入心中，他突然瞇著眼笑向鄭玉瑩道：

「說不定是個大喜訊呢——又給朕打了一個大勝仗，揚威異域了！」

於是，他改變主意，傳令把奏疏送到他跟前，高聲朗讀給他聽。

邢玠的奏疏寫得文采華美，用字鏗鏘有力，朗讀出來的效果尤其好，一場發生在朝鮮境內的蔚山之役栩栩如生的在他眼前走了一遍……

可是，一路聽下去，他的臉色越來越沉；奏疏才讀了半卷，他的臉色已經全黑。

善於察言觀色的鄭玉瑩知道事情不妙，立刻低眉斂目，保持沉默，靜待朱翊鈞的情緒爆發出火花來……而就在這瞬間，朱翊鈞順手拿起几上的茶盅，用力擲去，喝罵聲隨之而起：

「該死的東西……一羣膿包，丟臉丟到外國去了！」

接下來，他整整罵了一個時辰方才止歇；而一向十分瞭解了他習性的鄭玉瑩對這樣的「龍顏震怒」，只是保持沉默，心中並沒有多少恐懼感——她很清楚，這個狀況並不是朱翊鈞最壞、最恐怖的反應，只是出出氣而已，因此，她一言不發，任由他發洩情緒。

「等氣頭過了，自然就好了！」

朱翊鈞的心智和言行，在她的認知中是個十足的孩子，即使是國家大事，也常憑情緒來處理。

幾天後，一場大獄興起：他親自點名，所有在朝鮮吃了敗仗的官員、將領都責令邢玠將他們押送回京，等候接受嚴厲的處罰。

但，在做完這些處置後，他依然餘怒未休，心中火氣不時浮升；一天夜裏，記憶力超強的他又有了新的想頭；他記得邢玠的奏疏上提到過，楊鎬在朝鮮囂張到出示內閣大學士張位、沈一貫的手書來驕矜他人——霎時間，他打心底裏發出一聲冷哼：

「沈一貫倒還罷了，一向乖巧聽話；張位那老傢伙卻可惡，沒事總愛多講話，說朕這說朕那的，可厭極了，正好拿這事做因頭，把他趕出去……」

於是，他立刻下旨痛責張位，要他為「私結楊鎬」而深自反省，自行論罪。

去傳旨的太監當然又趁便選了個伶牙俐齒的，讓他到張位跟前，憑著嘴裏的幾句話先把張位一生的尊嚴悉數丟到地上踐踏——張位這個「內閣次輔」的位子自然坐不下去。

他立刻上疏，自請告歸；這一回，朱翊鈞變得非常勤快，立刻准奏，張位便在一夜之間由內閣次輔變為布衣百姓，還必須依例立刻離開京師。

朱翊鈞的火氣也就散去了些，他在心中暗自得意的想：

「以後，誰再愛多發議論，就拿這個法子來炮製……都給趕出朝去，都給朕離得遠遠的……」

做皇帝的人如何把大權全部握在自己手上，如何整治不聽話的大臣，對從小就讀了大堆「帝王學」的他來說，是件易如反掌的事，只不過是發揮錯了方向和原則而已；而且，他在沾沾自喜之際，從不曾想過，這樣的做法得到的只是他自己的一時痛快，所要付出的卻是整個國家的損失——張位去職所造成的影響與後遺症都是無法彌補的傷害。

內閣大學士由三人減成二人，由趙志皐、沈一貫這兩個昏瞶無能、巧言令色之輩所組成的內閣，實質上成了無人的真空地帶，「輔政」的功能完全消失；同時，這件事在朝臣間引起另一個潛藏的風波。

一位議論多、愛發言、敢發言的大臣去職，固然令親痛仇快，消息傳開後，輿論方面所引發的聲浪更大；再接下來，卻是一場暗中進行的鬥爭——「內閣大學士」的高位既再次有了出缺，便再度引起好些個自以為條件夠的人眼紅，並且認為自己才是最適當的入閣人選，於是紛紛運作；中、下級的官員們原本就各有支持的人選，到了這當兒，便「各為其主」起來，不是搶先製造些自己的擁護者的聲望，便是暗中製造些誹謗對手的聲音……整個朝廷亂成一團。

而朱翊鈞對這一切都完全不聞不問，他依舊不上朝、不理政，甚至，不準備遴選新閣臣；他在心裏潛藏著一個不為人知的想頭：

「狗咬狗，一口毛……讓你們自己望著這『入閣』的肉骨頭，自己咬上半邊天吧！咬得越烈越好，咬得你們消耗完力氣，才少來跟朕囉唆……」

這個讓大臣們自相制衡的想法，他不對任何人說，只在自己心裏偷想，所得到的竟是一種無名的快感——他覺得自己心裏擁有了一個不為人知的秘密，竟像藏著一份私房錢般的有一份滿足感；而覺得以自己一人獨對朝廷所有官員，本來是個懸殊的比數，如今，自己卻把這羣人數眾多的官員操縱得自相爭鬥起來，像同時操縱了千百具懸絲傀儡似的，過癮極了。

因此，他雖然不上朝，卻仍然享受著權力的滋味，使他對自己的能力滿意極了。

但是，他自始至終不自覺，當今最大的一場戰爭，既非援朝抗日，也非征討楊應龍，更非擊蒙古、泰寧等戰役，而是他與大臣間的戰爭——這場戰爭從他一即位就埋下種子，從親政後就開始逐步展開，然後無限期的延續下來——這根本是一場沒有結束時候的戰爭。

在表面上看來，他已經贏得無數次勝利，從對付張居正開始，身為天下至尊至貴的皇帝的他，逐一打敗對手，把這些對他有異議的臣子逐一整肅、擊倒、罷斥，使大明朝廷成為他專屬的「一言堂」……他所向披靡，八面威風，百戰百勝，而根本不曾察覺他在實質上已是個徹徹底底的失敗者；這些表面上的勝利，在在都使他把擁有高達一億人民的明朝，帶入一條通向滅絕的黑暗的道路。

8

太湖畔的景色絕美，三萬六千頃的碧波上隨著天時的變化而氣象萬千，晴雨霜雪與春夏秋冬、日夜黃昏混合組織，無論什麼時候都是一幅水墨畫，美得令人目不暇給，美得令人心醉，更美得令人在心中與這大自然的靈秀合為一體。

高攀龍就在這絕美的太湖畔築了一座小樓居住，題名為「可樓」——他是取「無所不可」之意，兼為勉勵自己之用——築樓於此，他是打算在這裏遯跡終老了。

日常的生活裏，他仍然半日讀書，半日靜坐；有時，他攜小童徜徉於湖上，或伴清風明月，或伴夕陽水影，讓自己澄明寧靜的心靈專注的思考學問與真理。

他不事生產，罷官之後無俸祿收入，日常生活所需便全賴父母遺產——他是過繼的嗣子，嗣父母去世後，他獨得所有的產業——這份產業頗豐，但他不善經營，便任由閒置，幸好他生活簡樸，所需不多，用以維持衣食還綽綽有餘。

不久前，他的生父母也相繼去世，遺言將財產均分為七份——他本家生有兄弟，父母並未因他過繼外家而未予遺產——但是，他的心中向來只存有學問而沒有金錢，自認已得嗣產，不肯再受父母遺產，因此把應得的這份遺產設置了「義田」，用來贍養親族；自己仍然延續以往的生活方式，做個純粹的讀書人。

可樓中收藏了好幾萬卷書籍，是他精神上的鄉嬛福地，帶給他踏實的歸屬感。

但，他卻沒有因此而成「萬事不關心」的方外人；讀書、靜坐、思考之外，他的心非但沒有與世隔絕，反而更關心人羣，更關心世道人心；他與顧憲成、史孟麟等師長、朋友的來往也更加密切，在各種講習、研探的過程中，他覺得自己的學問精進了不少，與這多位師友的心志也更接近——尤其是顧憲成，給他的啟示和與他的共鳴，意義尤其大。

顧憲成一再痛心疾首的呼籲：

「讀書人的第一要務在於挽救世道人心……」

這個話講了許多次，可是，聽的人非但不覺得他重複、囉唆，反而每一次都覺得這話是道暮鼓晨鐘，深深的震撼著每一個人的內心，也使這句話成為友輩的共同理念。

這天，顧憲成又具函來邀，他和每一個受邀的朋友全部欣然赴會，一起到達無錫。

顧憲成的身材略胖，臉也略顯圓，一雙燃燒著理想的眼睛與那股抑遏不住的熱情組合成一股特殊的感染力、影響力和領導力；他穿著一襲家居便服，笑呵呵的迎接朋友們，一面向大家說道：

「今日天氣晴和，實是上天作美——我等以往總是侷促在一室之內講談，今日何妨出外漫步，於清風煦陽之間探究學問，豈非另有一番感受？」

大家異口同聲的笑著說：

「難得憲成兄有此雅興，我等當然樂於附驥！」

於是，一行人魚貫出戶，顧憲成領著大家向東而行，不多時就出了城；他似乎胸有成竹，既熟知道路且又有明確的目的地，踏出的每一個步子都是堅定沉毅的。

腳步停下來之後，有人發出一聲輕讚：

「這裏不是東林書院的遺蹟嗎？」

呈現在眼前的景象是一曲弓溪，兩、三株老柳，一片蓊鬱樹林；宋代大儒楊時❶講學的「東林書院」便築在這片樹林中，但是，屋宇已因年久失修而破舊不堪，斷壁頹垣東倒西歪，不只布滿荒煙蔓草，甚且寄居著鼠與狐，蜘蛛們結了密實的網，結合了灰塵，把這遺蹟中原本該有的書卷氣質給摧殘殆盡；看得高攀龍不由自主的發出一聲感慨：

「這裏已許久未有人蹤！昔時大儒講學之處，竟落得蕭條衰敗如此……」

史孟麟接著說：

「宋朝至今不過短短數百年，學者匯聚一堂，講學論道，風聞數里的盛況不再，一代大儒的苦心經營，竟告煙消雲散；想係後世無傳人，空憑這書院荒廢了！」

這些話，人人都有同感，也引得大家你一言我一語的發出各種感慨；而就在大家的感慨聲中，顧憲成說出了驚人之語：

「任憑這書院荒廢、衰敗，實是你我大家的恥辱啊！」

這麼一說，大家都愣住了，於是自動停止說話，目光一起聚集到顧憲成身上，渴望的看著他，等他往下說；顧憲成心中的想法早已推敲過許多次，這時候說出來便分外有力；他侃侃而談：

「我輩雖非楊氏後人，但既居無錫，又忝為讀書人，竟坐視自己鄉里中的先儒講學之地淪為鼠輩的棲身之所，豈非是恥辱呢？」

說著，情緒升高，兩頰通紅，眼睛發亮，話也就一路講下去：

「憲成為此事思索多日；今日邀集大家前來，置身於遺蹟中，實欲使大家在親眼目睹這衰敗景象後，油然生出使命感，以修復這東林書院為職志，使昔年大儒講學之風再現……」

這話引起了共鳴，於是大家熱烈討論起來；顧憲成心中還有更多話沒有說出口——

從官場中退下陣來的這幾年間，他日思夜想，反覆考慮的計畫已逐漸醞釀成熟，而且有了具體的做法——宦海既然受挫，無法發揮理想、施展抱負，便應以在野的身分來影響政治；幾番往來講學的經驗也給了他很大的啟發……

「修復了東林書院，定期由學者講學其中，受學的人逐漸增多之後，便凝聚為一股力量，所發之言便為極具影響力的輿論，可藉以改善世道人心與時政之弊……況且，講學乃百年大計，各方前來受學的學子他日應試及第，便為朝廷官員，何異於我等重回政壇？」

他的考慮點放在長時期上，目標仍是政治改革；修復東林書院便是一個基礎性的扎根工作——懷抱的理想固然高遠，做法卻腳踏實地；他不但不是個好高鶩遠的人，還遠較常人堅毅沉著，對於自己的理想，無論遭遇到什麼樣的困難和挫折，都依然鍥而不捨的繼續奮鬥下去；因此，儘管在政治鬥爭的戰場上失敗了，被迫離開了，但在人的精神力、意志力的戰場上卻是個永恆的勝利者；而這個精神的感召力和影響力更大，幾乎每一個與他相處過的人都會受到潛移默化的影響，從而認同他的想法、做法……修復東林書院之議也就得到每一個人的共鳴，立下大家齊心協力奮鬥的宏願。

幾天後，在顧憲成的為首下，這羣有志之士一起去拜訪常州知府歐陽東鳳和無錫知縣林宰，向這兩位地方官說明重新修建東林書院的計畫，並請求援助。

歐陽東鳳是萬曆十七年的進士，在科甲上比顧憲成晚了九年，是「後進」；他為人正直，為官清廉，對民間聲望甚高的顧憲成一向尊敬，更因為科第比顧憲成晚，平日裏與顧憲成往來總是自謙為弟為後學，「請益」兩字不絕於口；這次，他從一接到顧憲成的名帖，約期來訪的時候，就以雀躍、期盼的心情等待大家到來。

因此，當顧憲成向他提出修復東林書院的計畫時，他不但毫不考慮的一口答應，還推崇、讚譽備至的說：

「這實是地方之福啊！修復東林書院，又得顧先生這樣學德兼備、名重朝野之士來主持，江南的文教之興便指日可待了！」

於是開始商議細節，第一件要進行的事是籌募修復書院所需要的款項，乃至於興工時人力、物力的需要與來源，書院本身應有的規模……一個美好的遠景就在這次拜訪和談話中奠下初步的基礎，而且不久之後就展開具體行動——民伕們先把殘破不堪的老屋整個拆下，將現場清理乾淨，然後，重新開挖地基，重新打樁……整個工作的精神意義一如大家所期盼的、除舊布新的政治改革。

顧憲成親自在現場監工，手裏拿著書院的建築圖，眼睛看著在冷風撲面中仍然揮汗如雨的工人們，心中充滿了激動，人站在風中，臉頰卻熱得通紅；同時，他寫信告訴每一位居住在別地的朋友和以前的長官，孫丕揚、趙南星、鄒元標等人，詳細陳說修復東林書院的計畫和進度，每寫一個字，心中的熱血就更澎湃一分，常常理想燃燒的熱力令他激動得下筆千言……

然而，這件在他心中至高至大的要事，對目下的大明朝廷來說卻是小得不能再小的地方上的小事，小到既沒有引起注意，更無任何聲息——常州知府歐陽東鳳固然把它當作大事來辦，上疏給朱翊鈞，做了一番詳細的說明，奈何朱翊鈞根本不看奏疏，中央的要事猶且如此，何況是一封來自地方的奏疏，所奏的又是這麼一件小事——不獨是朱翊鈞，就連內閣、六部，乃至為朱翊鈞掌管文書的太監們，即或有人看到這封奏疏也絲毫不以為意。

在這個當兒，大家關注的重點集中在戰爭上——朝鮮的戰事還沒有了結，新的戰爭又在別的地方發生，先是西南的楊應龍再度叛變，大掠合江、綦江兩地；接著，遼東也傳來警訊，消息很正確的指出，泰寧部又在糾集人馬，準備大舉入侵❷。

這下，兵部又緊張了，光是設法敦請朱翊鈞知道這兩地的狀況就大費周章，好不容易才讓朱翊鈞肯在享用福壽膏的同時，聽聽太監們為他誦讀關於這兩地的緊急奏疏，而這一次，朱翊鈞處理事情的態度很讓大家滿意——他隨聽隨做出指示，授權兵部負責；於是，對付西南的楊應龍和遼東泰寧等部的戰爭，從人事安排到戰略規畫，全都由兵部擬議了。

但是，兵部的能人本就不多，又少了個遠赴朝鮮出戰的邢玠，真正對「邊事」有認識的人便更少，研擬了多日還找不到主將的人選，既而眾人還要議論紛紛，如以往一樣吵嚷不休，事情就進行得更不順利。最後的議決卻是，楊應龍之叛因為情況還不甚危急，且等詳加商究後再定奪；遼東因來犯之眾多達數十萬，不容忽視，必須盡快決定主將人選，盡快率軍迎敵，因此，議論的時間縮短了一些。

有好幾個人提出：

「熟稔遼東軍務的，莫過於李氏父子——」

這個話，持反對意見的人很少——的確，大明朝中要論熟悉遼東的人選，佔第一名的絕對是李成梁父子；李成梁鎮守遼東長達二十年，他的兒子們從小在遼東成長，長大後又隨他征戰，無論就任何一方面看，「李氏父子」之任遼東，絕對當仁不讓。

因此，人選很快決定——部議以李如松為遼東總兵官，赴遼東禦敵——這個決定送到朱翊鈞御榻前，他親自點頭，事情就定案了。

而遠在朝鮮的明軍在人事上也有了新的調整，並在戰略上訂出新計畫——基於蔚山之役先勝後敗的慘痛教訓，以及楊鎬等失職人員都被押送回京定罪，邢玠更加審慎的重新布局。

蔚山戰敗是事實，他不敢再貿然進攻日軍，而改採守勢；同時，率水軍的陳璘被擢為總兵官，以率浙直兵來援的鄧子龍為副；其餘三名陸軍主將仍然是麻貴、劉綎、李如梅——四路軍，陸三水一，各自固守一方，準備相機行動。

不料到了四月裏，這份完整的計畫竟因人事變動而不得不更換主將：李如梅的中路大將一職由董一元瓜代。

事出於李如梅接到朝廷十萬火急的命令，令他立刻動身，出任遼東總兵官——但這卻不是喜訊——他之升任遼東總兵官，是因為他的大哥李如松在迎擊泰寧、蒙古部眾的時候遇伏陣亡，朝廷決議由他繼任兄職。

他在哀痛中拜別邢玠，匆匆趕赴遼東，一路上，他陸續得知關於兄長陣亡的經過與細節，主要的原因只有一點，那就是奮不顧身的一馬當先與恃勇輕敵而已，和昔日碧蹄館之役先勝後敗的情況雷同——李如松死在自己輕率急躁、不夠沉穩的個性上。

上任之初，他的心情很特別；首先，他自從援朝戰敗回國後，再也沒有得到過率軍出戰的機會，心中既充滿了挫折感，又鬱鬱不得志；這一次，因緣際會的得到重返戰場的機會，乃是重新擁有人生舞臺的機會——這機會得來不易，他特別珍惜；更深知，這次的機會對自己來說是一生中最大的關鍵，打了勝仗，不但以往援朝戰敗的恥辱可以一筆勾銷，也能坐穩遼東總兵的位子，然後逐漸成為遼東的「土皇帝」——一如自己的父親。

其次，他出任的是父親的舊職「遼東總兵」，對這個職務和官銜，他充滿了感情——身為長子，從少年時代就跟隨父親轉戰沙場，他對父親發跡的過程和得到遼東總兵官職位的過程，以及得到後的作為都遠比別人參與的多，甚至，他覺得，父親的「遼東總兵」寶座中夾雜著他的血汗；父親解職時，固然失去了一切，他心中的失落感也不亞於父親；如今，這個職位竟然失而復得——思前想後之際，他不覺熱淚盈眶起來。因此，他特別賣力；一到任就全力備戰，沒有絲毫疏忽和懈怠；為了提高士氣，他每天都親自向士卒們講話，使全軍鬥志昂揚。

「本帥有十足的信心，敵軍來犯，必然敗在我軍手裏——首先，我『李家軍』早在二十年前就以破土蠻而建下彪炳戰功，蒙天子隆恩，頒賜『寧遠伯』勳爵；其次，泰寧部的炒花固然驍勇，但已經老了；蒙古部的土蠻雖然強猛，卻已經死了，他的兒子布延繼位，五年來沒有什麼作為，當然是虎父犬子——總之，敵軍不足畏，我軍必然大勝！」

他的話贏得全軍歡呼，也讓人人摩拳擦掌，恨不得立刻上馬出發，殲敵立功，大勝而回。

幾天後，他接到一個報告，說，蒙古布延可汗的隊伍在塞外出現了蹤影，人馬不很多，像是全部的人馬還沒有到齊，布延可汗先到，在等候其他的隊伍來會合；他一聽，認為機會難得，於是立刻決定親率輕騎出塞邀擊，務要先馳得點——在情緒激動中，他絲毫沒有做進一步的審慎思考與判斷，當年在碧蹄館戰敗的慘痛教訓也全都忘得一乾二淨。

這就樣，他一去不回——布延可汗並不是他認定的沒有作為的「犬子」，更非有勇無謀之輩，塞外出現少數隊伍的蹤影，只是一個對付他的誘敵之計，等他只率少數輕騎出塞邀擊的時候，早先設下的埋伏盡出，將他的隊伍團團圍住後全數殲滅……他身中數十箭後墜馬，屍體被馬羣踏成了無可分辨的泥濘，整個生命隨著成泥的血肉滲入塞外的風沙塵土中❸；而其他各地的戰事絲毫沒有受到他陣亡的影響，仍然在不停的展開……

註一：楊時（西元一〇五三—一一三五年）字中立，晚年隱居龜山，時人尊稱其為「龜山先生」，他師事程顥、程頤，與呂大臨、謝良佐、游酢並稱程門四大弟子，為宋代大儒，理學名家，在學術上的影響很大；另一宋代大儒朱熹是他的三傳弟子。

註二：《明史．韃靼傳》記：「（萬曆）二十五年冬，炒花糾土蠻諸部寇遼東，殺掠無算。明年夏，復寇遼東。遼東總兵李如松，遠出擣巢，死之。」而此時圖們可汗已死，在位的是他的兒子布延．徹辰可汗。「土蠻」一詞有誤。

註三：一九五八年北京市豐臺區趙辛店發掘出了「李如松墓」，墓誌記為明萬曆二十六年入壙，為衣冠塚。

9

李如松陣亡——

聽到這個消息，努爾哈赤登時神色大變，胸口激烈起伏，心中百感交集，過了好一會兒，他勉強自己奮起理智的力量克制住情緒，非常冷靜的召集部屬們講話。

他侃侃而論，詳細分析李如松失敗的原因，從先天的個性、後天的家世到他在戰場上的表現和昧於現今的情勢，會合成慘死沙場的整體原因，這是最現成的教材，他用來告誡所有的人，要以李如松為戒，絕不可犯下驕慢輕敵、對敵情判斷錯誤的毛病，更不可不加強自己的才能，只依靠父親的權勢做官——說這話的時候，他還特地多看了褚英幾眼，很明顯的要讓褚英有所體悟。

他已經給過褚英機會，讓他在實際的任務中學習、成長、修正自己年少氣盛、毛躁激進的缺點——幾個月前，他決定出兵征安褚拉庫路，選定的主將是巴雅喇，而派褚英為副。

征安褚拉庫路的目的是在給葉赫部一個警告——安褚拉庫路原本屬於建州，最近卻因葉赫部的運作而傾向葉赫；而且，他從各方得來的消息都在顯示，葉赫部又蠢蠢欲動起來，已經開始暗自積極進行一些不利於建州的行動，既大力拉攏一些原屬建州的小部，也派出人手聯絡蒙古各部。

他的心裏雪亮，葉赫部從來沒有放棄過吞併建州的意圖，即使是在古勒山戰敗的當天，或者遣使來和、以女許婚的同時，也在不停的盤算侵略之道；只不過當時沒有足夠的力量，才隱藏起本意而已；如今，時間一過幾年，大約自以為已經養足實力，又想採取行動了！

於是，他先發制人：

「來個殺雞儆猴吧！」

這事一舉三得，既對付了安褚拉庫路，警告了葉赫部，也可以用來教育褚英、磨練褚英。

對於巴雅喇，他是萬分放心的；十多年來，巴雅喇跟在他身邊，從聰明伶俐的十齡幼童長成一名穩重英勇的武將，行事從來沒有失誤過；因此，交付完任務，他就只對褚英加重囑咐：

「這一趟，你跟著五叔，一切聽他指揮；他說進就進，他說退就退；不可偷懶怕難，畏縮不前，也不可貪功激進，孤軍深入——在戰場上，分寸的拿捏是極重要的事，你要用心的向五叔學習！」

而這趟，安褚拉庫路很順利的拿了下來，褚英的表現也還差強人意，中規中矩的聽從巴雅喇指揮——孺子可教，他先是給了褚英「洪巴圖魯」的號，也更加強對褚英的教育。

雖然，這一番長篇大論、曉論別人的談話，另外一個重點是在調節他自己的情緒——李如松畢竟是李成梁的兒子，畢竟是與他關係密切的人，李如松的死引發了心中的千頭萬緒，也將許多陳年往事拉到眼前來；而理智告訴他，值此時局變動之際，自己必須冷靜的盱衡全局，做出正確的判斷，制定新的策略，絕不能被大幅的情緒波動干擾，影響了思路的清明。

因此，他分析完李如松失敗的原因後，又侃侃而談的議論李如松之死對情勢的影響：「明軍大敗，主帥陣亡，這是大事，勢必影響情勢；首先，這是蒙古布延可汗即位以來的第一場大勝仗，而一舉殲滅李如松，布延可汗的威名必然大振，明軍的士氣會大幅沉落，三兩年之內對布延可汗會聞名喪膽，不敢與之對壘；其次，明朝選派李如梅繼任遼東總兵，這人雖然平庸，但如果有新的策略，也會引起情勢變動——」

情勢變動，是最須重視的事；他已非常懂得盱衡時局、深刻瞭解時局，而從時局的變動中選取、制定對己邦最有利的作為，這一次，他當然也會確實的掌握。

李如梅將從朝鮮戰場上撤離，轉赴遼東任總兵職，他以自己熟悉李氏父子的心性和行事風格，對李如梅上任後的作為，很有把握準確的信心；而對於蒙古的布延可汗，他認為己方還要多下些工夫，多瞭解，多聯繫——威名大振後的布延可汗，未來對明朝的策略和對遼東的態度都是他必須密切注意的。

這一役之後，遼東的女真各部必然爭相交好蒙古，包括扈倫四部在內，都會積極的遣使道賀，乃至以女許婚，而值此之際，己邦便沒有必要湊熱鬧，急著和別人去攀附關係，因為，不見得管用——他的做法是，加派人手打聽消息，而暫不採取行動。

他估計，此後，布延可汗的聲威將逐漸到達父親圖們可汗的高度，是實質上稱霸塞外的雄主，而己方實力懸殊，只宜小心謹慎的觀察動靜。

這番思考非常周密，非常仔細，也同時成功的壓制了私心中的萬千感慨，減除了心中難受的感覺——他果然沒讓自己與李成梁之間的恩怨情仇影響了建州的發展！

而經歷過這一番周折，他的人生境界又有了提升：原本，他也有著和平凡人一般無二的七情六慾、喜怒哀樂，精神、心靈受到刺激和打擊的時候，情緒便產生起伏，而現在不一樣了，他很順利的戰勝了自己的情緒，使思緒不受情緒的影響，對眼前的事都能以冷靜、理智、客觀的態度面對——這是進了一大步，也是做一邦的領導人所必須具備的能力——因此，他在做自我反省的時候，對自己的這一點新進步，感到了欣慰。

年齡與日俱增，心智趨於成熟，他更有自信能做個成功的領導人，帶領全體子民走向康莊大道！

處理完因李如松之死而衍生的事務之後，他的心思又回到最困難的事情上——他非常仔細的閱讀筆帖式呈上來的《金史》，詳加研究金朝創制文字、推行文教的記載，甚至一字不漏的背下來，一得空便反覆在心裏咀嚼，且不停的思考：

「我也一定要大力推行文教，才能使建州發展得與明朝一樣繁華——」

有一天，他甚至想起了多年前與尼楚賀在不經意間的談話，談到了女真人沒有自己的文字，因而無法像漢人般的傳承智慧——這回憶令他發出重重的嘆息，也更加策勉自己要克服一切困難，積極推行文教，讓女真人能與漢人並駕齊驅的走在康莊大道上！

於是，他夙夜匪懈、孜孜不倦……

而作為他滿心羨慕，想與之並駕齊驅的大明朝，一朝的領導人，無論心性還是作為，都與他有著天壤之別。

朱翊鈞的心中，壓根就不認為自己的情緒需要調節，壓根就不知理智為何物——無論什麼事，他全憑自己的興之所至來面對、來處理，從國家大事到個人私生活，都是徹底的感情用事。

大明官軍的蔚山大敗，使他在盛怒之下逐走張位；幾天後，他又想起了援朝戰爭失利的責任歸屬問題，心頭更無名起火，於是滔滔不絕的怒罵：

「援朝、開戰，全是朝裏這些混蛋大臣們提起的；議和、封貢，也全是朝裏這些混蛋大臣們提起的；結果，什麼都弄得亂糟糟的──這些人沒有一個真有才能，沒有一個真正忠心耿耿，沒有一個能辦事──給朕丟臉丟到外國去了，全都該死！」

他完全忘了，真正有才能、忠心耿耿的人都已經在他的隨心所欲下去職、遠離──他完全不知反省，而只是下意識的拿大臣當出氣筒，發洩自己心中的不歡、不快。

怒罵的時候，腦海裏浮現的幾個名字隨即倒了大楣：

「第一個該死的是石星──朕給他做兵部尚書，他不知感恩圖報，該死──還有，他保舉的沈惟敬，誤國誤事，也該死──在朝鮮打了大敗仗的一干人，更是該死──」

太監飛快的去傳口諭，把這些被他叱罵的名字一個也不漏的轉述；於是，這些犯錯誤事的大臣很快就被定了死罪，為朝鮮戰事失利負責。

石星、沈惟敬、楊元……全都被處秋後問斬，唯一的例外是楊鎬──他的「該死」名單裏沒有楊鎬，那是因為楊鎬是他親自欽點重用的人，也一起處以死刑的話，豈非是公然認錯？他當然不能這麼做，他寧可讓全天下人都認為這事賞罰不公，也不能自承錯誤！

於是，楊鎬留在牢裏，其他的人都上刑場；當行刑完畢的報告送到他跟前的時候，他滿意的連點幾下頭，接著吁出一口長氣，像是胸臆間大為暢快了，神清氣爽了；不料，兩天後他又覺得氣悶了，心裏開始想著：

「這些該死的東西都該殺光——不過，殺光了這些該死的東西，還不夠——得叫那些活著的東西，快快給朕打個大勝仗，才是真正過癮的事！」

於是，立刻又命陳矩到跟前來，聽他口述聖旨，訓勉在朝鮮戰場上的全體將帥士卒們務要盡忠報國，奮勇殺敵，早日大勝凱旋；說話的時候，他的情緒又高昂了起來，不由自主的口沫橫飛、神采飛揚，彷彿整個生命都被未來的勝利推上了九重天——

而當李如松在遼東陣亡的奏報呈上來的時候，他只聽了幾句就皺起眉頭，隨即輕描淡寫的做出指示：

「依例優恤！」

李如松的死況太慘，他不想觸及，也不想再聽，便像逃避似的先做出結論，使這件事立刻結束，然後伸手接下碧桃遞過來的福壽膏，躲進屬於他自己的煙霧裏去，忘卻一切。

他整個心智都在自己蓄意營造的煙霧裏沉醉，偶有清醒的時候，也只關注眼前的小事和施展做皇帝的威權，對李如松之死，認為給了優恤就是恩重如山了，無須再多想——對置李如松於死地的布延可汗以及這場戰役所造成的影響，他壓根沒有想到應該做深入一層的瞭解，也就更不會想到遼東的情勢將因之改變的問題了。

他思考的重心仍舊擺在如何駕馭文臣武將上，戰死沙場的給優恤，打了敗仗的處以死刑，這樣可以激勵人心，令人人盡心盡力的報效皇恩——他深諳馭人之術，而不自知這見樹不見林的想法和做法將導致嚴重的失敗；深居後宮的他，從來沒有看到過外國與邊疆，也不知道情勢變動為何物——金碧輝煌的皇宮其實是一座狹窄的井，將深居其中的他拘限成目光短淺的蛙。

邢玠的奏疏又從遙遠的朝鮮送到了他面前，以懇切的文字向他奏報目前敵我雙方的情勢和我方布兵的情況，但是，太監才讀了兩句他就嫌枯燥，不耐煩聽下去，揮出手勢命停，而後指示太監：

「命內閣擬旨，嘉勉援朝全軍；說，他們的辛苦，朕全都知道，要他們快快好好的給朕打個大勝仗，凱旋班師，朕加倍獎賞！」

他想要的是己方軍隊大獲全勝的消息所帶給他的快感，竟而希望敵我早日開戰——

10

豔陽高照下的大地明亮得如鍍了金，到處閃閃發光，但也熱得像一具蒸籠，令人揮汗如雨，而不敢正視麗日的金芒。

豐臣秀吉所居的伏見城❶也在豔陽下閃閃發光，但是並不熱——一切極盡豪奢之能事的伏見城，在溽暑之季，室內的四角都放置著冬季儲存下來的冰塊，侍女們朝冰塊搖扇，室內便涼風習習，吹得暑氣全消，而成為人工營造出來的、戰勝了天氣的最舒適的住所。

但，這絕佳的居住環境對豐臣秀吉的健康毫無助益——伏見城是兩年多前才興建的新宅，建築規模與布置陳設都好上加好的超過聚樂第，但他自遷入後，就常感身體不適。

他當然有所警惕——以往，他最愛觀賞櫻花、眺望夕陽，而這兩者都是短暫的，與已步入老年的生命景象一致，因而他特別小心自己的身體，怎奈無法改善，總覺得一天不如一天，入夏以來尤其嚴重，胸口發悶、頭暈、氣虛、不進飲食、不能安睡……召來全國的名醫會診都不見功效；朝廷特地演奏〈御神樂〉祈禱他早日康復，也沒有效果；拖延到七月，他已不能坐起。

畢竟是老了——沒有人不在「老」跟前屈服，身經百戰的他曾經戰勝他人、戰勝環境、戰勝命運，使自己由最低層的士卒躍為全日本最有實權的人，而最後這一役，是自己的生命與老、病、死決戰，他和所有的平凡人一樣，徹底戰敗。然而，他畢竟是個不平凡的人，自知不起、將入彌留之際，也仍有清楚的思維，很明智的安排後事。

第一樁大事當然是繼承人——他親生的兒子豐臣秀賴年僅四歲，一定得有妥善安排；於是他奮起餘力辦妥託孤之事，先是任命可信任的心腹做秀賴的師傅，繼而命重臣德川家康等人及各地諸侯都寫下效忠秀賴的「誓書」，也任命了德川家康等人為「五大老」，輔佐秀賴治事。

第二樁大事，當然是侵朝戰爭。戰爭已經進入第七年，還沒有結果，還陷在膠著中——沒有人知道他心裏的想法和感受，沒有人知道他是否後悔發動這場使三國都死傷、損耗重大而又沒有結果的戰爭；但是，他在八月裏發出了臨終遺言：

「不要讓我十萬雄兵，做了異鄉之鬼！」

他終於下了撤軍令，結束這場戰爭——八月十八日，他去世；四天後，「五大老」商議退軍的事宜，並且立刻派遣特使赴朝鮮向各將領宣達撤軍令。

十萬大軍撤退並非小事，更非易事，能夠全數順利撤回日本，須有完善的做法；而且必須秘密進行——為了不影響軍心士氣，即使在日本國內，對豐臣秀吉之逝秘不發喪；撤軍令只讓加藤清正、小西行長等知曉，撤軍的做法和行動更是極盡隱秘，以免引起明、朝兩方追殺；因此，多數日軍並不知情，明、朝兩國更不知情，兩方仍進行著戰爭，勝負各見。

直到入冬，豐臣秀吉去世的消息才因在日本隱瞞不住而公布，而日軍已經開始退走，明、朝兩軍得到消息，立刻改變戰略，聯手追擊。十一月，日軍從蔚山撤退，明、朝軍分道追擊，而後，主戰場移到海上——兩國的水軍聯手截殺從海道退走的日軍。

肅殺的冬日裏，一場慘烈的海戰在露梁展開。

明軍由陳璘率領，朝鮮水軍由李舜臣率領，分為左右兩協軍，在浦嶼間埋伏備戰；到了夜裏，五百多艘日方軍船果然如情報顯示，從光州澤駛到露梁海面；於是，埋伏的兩軍左右突發，把結隊的日船衝散，並且投出大量火把焚燒日船；霎時間，黑夜的海面光亮如白晝烈日當空，燒得日船無法支援，退入觀音浦港口。

天亮後，日軍看清了港口的情勢，衡量出沒有可退之路，只得硬著頭皮迎戰，於是雙方展開一場殊死戰，殺得整座海面盡成赤紅……

李舜臣和陳璘志在殲敵，日軍垂死求生，雙方都使出全力而戰；尤其是朝鮮名將李舜臣，幾度處在朝鮮政壇的內鬥中，險成政敵們的刀下亡魂，幸得起復領軍，心情還處在悲憤感慨中，遇著入侵的敵軍，心頭的一腔激越得到發洩的管道，精神、意志的力量強大到極限；他親自挺槍殺敵，壯碩矯健的身影在波濤洶湧的白浪掩映下倍顯英勇，也使他望之如天神，令日軍看得心中暗驚暗畏，不敢與他對壘；於是，這些人、船轉而來圍陳璘，把陳璘所居的主戰船包圍了個有如鐵桶。

陳璘身經百戰，面對包圍，一點也沒有亂了陣腳，他從容應戰，命士卒下碇不動，鼓譟放大砲攻擊；日軍施放鳥銃，飛丸四發；陳璘便命士卒們暫伏盾牌下，等到日軍以為明軍中了彈丸，越船來襲的時候再盡數躍起，把日軍殺了個半數落水；接著，他又命收兵，暫停攻擊；等到日軍狐疑不定的時候，一聲令下，發射千萬支火箭，箭去順風，一射中日船即起火，又燒去了無數日船。

而李舜臣也奮力殺敵，與陳璘合力血戰，他的箭術極好，遙遙望見日船中有一艘大樓船，上面坐了三名指揮作戰的日軍主將，他便集中目標往那大樓船衝去，到得近處，奮力一箭射去，正中一名日軍主將的頭顱，己方士卒登時發出天搖海動般的歡呼，士氣再次高升到頂峯。

可是，這麼一來，卻引得日船搶過來團團包圍他，賴得陳璘發砲，擊碎好幾艘日船才解了圍；然而，就在戰勢熾烈的槍林彈雨中，他不幸被日軍的彈丸擊中了右腋。他的身體一陣搖晃，卻奮力挺直了，仍舊保持著站立的姿勢，鮮血如湧泉般的自傷口噴出，下半身全被染紅；左右親兵見了忙過來扶他，他命人拿盾牌來遮住下半身，然後，拚著一點餘力，吩咐道：

「現在戰況緊急，不可說我死訊，以免影響——」

話未說完氣已絕，但是兩眼圓睜，屍身不倒；左右親兵瞭解他的用意，更知道輕重，因此，按照他的吩咐，當作他依然健在，依然以他的麾旗指揮督戰……直到這一場戰爭結束，大獲全勝的朝鮮海軍才得知這個噩耗，於是，全軍縞素，如喪考妣……

正午時分，烈日當空，露梁海上像鋪了一層黃金似的耀眼，而大海無情，很快就以滔滔巨浪沖淨了戰爭的痕跡，只有青史上留下記載：這一場露梁海戰殲滅了日本水軍的主力，沉船三百多艘，戰死兩萬多人——日軍無力再戰，這一役便成為日軍侵入朝鮮的最後一場戰爭。

註一：豐臣秀吉自生子秀賴後，決定將大阪城傳讓給秀賴做領地，自己在大阪附近建了一座新城，取名「伏見」。

11

戰爭結束了，一切都靜止了下來。

前後拖延七年，兩方三國都蒙受重大的損失和傷害，既無法確實統計，也無法得到彌補。

而對努爾哈赤來說，這場七年之戰的過程使他得到不少收穫——包括有形的利益和無形的啟發——但是，聽到豐臣秀吉的死訊和戰爭徹底結束的消息時，第一個湧到心頭的感覺卻是茫然，像是置身在喧鬧嘈雜中一段時日後，習慣了，忽然改換到一個萬籟俱寂的地方，靜得有如天地俱啞，耳朵裏反而嗡嗡作響。

聽到這個消息的時候，他剛從北京返回費阿拉城——這一趟，他也和去年一樣，以「朝貢」的名義赴北京，接受明朝宴賞，也暗自考察明朝的各方各面，以及加強自己與明朝官員間的關係；小有不同的是，這次，他沒再安排替身出馬，也沒再獨自赴國子監。

經過長達一年的閱讀史籍和苦心思考，他對推行文教的做法已漸漸醞釀成熟，因此，他對明朝的考察重點無須特意集中在國子監上，而是自然而然的在與人閒談中多請教些文教方面的事，也信步走進幾家書肆，買了幾本啟蒙教育必讀的四書、五經。

而在茶樓酒店中，他聽到的消息，極少有關於文教、學制、科考的事，也沒有人提起援朝戰爭來，更沒有人知道豐臣秀吉的死訊——百姓們最議論紛紛的是，根據宮中傳出的可靠消息，自己的大明萬曆皇帝朱翊鈞又病了，短期之內不會上朝，而屈指算來，「萬曆爺」已經有十多年的時間不上朝了。

京師的百姓既沒有遭逢礦稅太監為惡，也不完全深知宮闈中的真相，所談論的內容便有點膚淺，甚且在猜測朱翊鈞的病因時加上了女色，引人聽得津津有味；但是，努爾哈赤覺得沒多大意義，聽了幾句就起身離開，耳朵裏只殘留著幾句：

「這可也是『龍生龍，鳳生鳳』啊，以往，嘉靖爺不也是總不上朝？如今，萬曆爺該是得了真傳吧，像爺爺一樣不上朝——」

而立刻有人補上一句：

「不上朝倒無妨，只別加稅就好！」

這話引起了共鳴，聽得人人點頭稱是，加入這話題的人便更多；努爾哈赤因為這些話沒有新的內容，不想再為此花費時間，加快腳步離開了，一面認真的想著：

「明朝的皇帝讓百姓們當笑話講……加稅讓人人抱怨……我絕不可讓建州的子民也有這些抱怨！」

念頭盤旋了一會兒，重點是對自己的警惕——和面對豐臣秀吉的死訊，確有天壤之別。愣了一下，他回過神來，思緒雖多而清明，下意識的朝額亦都、費英東等人脫口而出：

「日本和朝鮮的仗不打了，情勢又要變了——大家要多留心！」

原來，他縈繞於心的總是這一層——大家既已追隨他多年，當然很明白他看事情的格局和角度，也立刻回應：

「是的！我等一定謹遵貝勒爺指示，全力注意情勢變動！」

處在情勢變動中，只要善加掌握時機，就能有豐富的收穫——大家首先想到，戰爭結束後，為數幾萬的大明官軍將從朝鮮退返本國，路過遼東，又會為遼東帶來經濟上的效益！

而努爾哈赤指示的還有好些重點：

「因為這場戰役，我邦瞭解了許多朝鮮的情況，結交了不少朝鮮官員，立下了與朝鮮往來的基礎，今後，要在這個基礎上大力加強，最好，能和朝鮮結為盟邦！」

費英東是曾經親赴朝鮮、負責對朝鮮工作的人，立刻很恭敬的應承：

「是的！這方面的工作，我等一定大力加強！」

大家都已確實明白朝鮮的重要——包括舒爾哈赤在內，意見完全一致，未來，工作的推動將非常順利！

努爾哈赤對這一層感到非常滿意，連連點頭，臉上自然而然的露出了笑容；部屬們退離後，他獨個兒背剪雙手，在屋裏來回踱步，在心情愉快的當兒，更冷靜的把心中的思緒整理了一遍。

時值歲末，他檢視、省思這一年來建州以及周遭的外邦所發生的大事，規畫明年己邦的發展，他充滿了信心：

「明年，建州的發展會更好……一切都會有新的突破，新的進展……」

對許多發展的計畫，他都已思謀多時，也已成竹在胸，新的年度到來時，將一如既往，腳踏實地的努力去做，日積月累，終將有所成。

踱步到窗前，他駐足靜立；窗外風雪交加，視力所及盡是蒼茫的雪景，但他的心中卻突然一熱，許多在風雪中發生過的往事竟像乘著雪浪般湧到眼前來，尤其是十五年前在狂風暴雪中逃離李成梁府的情景……

那是生死一髮，凶險之至，而父祖的血海深仇和潛藏於心中的使命感支撐起了精神與意志，戰勝了凶險與困難……

往事回到心中，情緒也增添了幾許激動，心裏的使命感再一次強烈的從心底深處擴展到全身，把他全身的血在瞬間燒成滾燙，他向自己默喊：

「我是為定亂安邦而生的……祖父和父親不會白死的，他們流出的每一滴血都在提醒我，要帶領全體女真人走向康莊大道！」

屈指數來，已然經歷了十五年的時間；十五年來，他無時無刻不在努力奮鬥……可是，他依然感到渾身灼熱，遍體生疼，於是索性邁開大步出屋，也不吩咐侍衛牽馬，自己就奔出大門，隨手拉過一匹拴在門外的馬，取了鞭便要飛身而上。

而就在這當兒，一個充滿了興奮的童音朝他喊：

「阿瑪——」

一看卻是皇太極，手裏還拿著小弓、小箭，像是剛從外面練習射箭而回似的，他想讚美他幾句，可是情緒處在激動、高漲中，不想說話；於是索性一彎身，用一隻胳臂抱起皇太極，然後飛身上馬。

他讓皇太極的後背貼著他的前胸，父子倆共騎一匹馬，迎著紛飛的白雪奔馳。隆冬裏天地間是一片銀白，原野顯得遼闊壯麗，美得令人心悸；策馬狂奔，全身的熱血隨之激烈震盪，那股火熱的疼痛逐漸得到發散；奔馳了大半天之後，他的情緒慢慢平靜下來；而對皇太極來說，這是生平第一個難忘的經驗——和父親共乘一匹高大的馬，一起在風雪怒吼中奔馳前進，一起在壯麗的天地間盡情飛躍……

風雪呼呼的撲打在臉上、身上，但他一點也不覺得冷，和父親靠得這麼近，他清楚的感受到父親的心跳，也清楚的感受到父親呼吸時呵出的熱氣……他覺得溫暖。

因此，他童稚的臉上雖然因為面對風雪而閉上嘴巴，但嘴角自然而然的往上揚起，形成一彎愉悅的線條；當馬匹停住腳步時，他被父親強而有力的臂膀抱下馬之際，便不自覺的伸臂環住父親的脖子。

努爾哈赤不由自主的心中一熱，連帶著眼角微微發酸；他想起了小時候，自己和父親也有過類似的動作，乃至於祖父，親自抱著自己上馬、下馬，教導各種武藝；現在，自己抱著兒子，佇立在雪地上——俯仰之間，幾乎愴然淚下！

他長長的吁出一口氣來，索性抱著皇太極邁步而行；他走得漫無目的，而皇太極也乖巧的不出聲，只把臉頰靠過來，貼著他的臉，隨著他前進，父子倆沒有絲毫距離。

走著走著，突然間，頭頂上空掠過一陣旋風，夾著「呼」的一聲巨響。

皇太極登時出聲大喊：

「啊——鷹！」

果然是一隻蒼鷹打他倆頭上低空掠過，飛撲著翅膀發出巨響後又盤旋著飛上天去了；對於鷹，皇太極並不陌生——自家裏就養了許多，都是用來打獵的，只是這隻鷹出其不意的來去，引得他發出呼叫而已。

而努爾哈赤因此停下腳步，仰起頭來看著那隻在天際翱翔的蒼鷹，看著牠衝破風雪，越飛越高越遠，慢慢在他的視線內成為一個小黑點，然後整個消失；他看得出了神，兩眼遙望高遠的長空，心思也跟著在遼闊無垠的天空中翺翔；過了好一會兒才回過神來，對皇太極說：

「你額娘給你說過鷹的故事沒有？」

「沒有——額娘只跟我說人的故事，有大英雄、大聖人……就是沒講到過鷹！」

努爾哈赤笑了一笑，道：

「那麼，阿瑪講一隻鷹的故事給你聽，你喜不喜歡？」

皇太極拍著手笑：

「喜歡……喜歡；阿瑪講的鷹，一定也是一隻英雄鷹，我喜歡聽！」

努爾哈赤詫異了，歪著頭問說：

「你怎麼認定阿瑪講的鷹是一隻英雄鷹呢？」

皇太極一本正經的回答：

「額娘說阿瑪是英雄，所做的事都是英雄的事；那麼，阿瑪要講的鷹當然是一隻英雄鷹！」

努爾哈赤哈哈大笑，連連點頭：

「好，好，阿瑪就講一隻『英雄鷹』的故事給你聽——你知不知道，好幾百年前，我們女真人的祖先裏出了一位大英雄，因為『海東青』這種鷹，他把女真人團結起來，建立了一個大國家、大王朝呢！」

他這樣問皇太極，皇太極當然搖頭；於是，他接著說下去：

「這位大英雄姓完顏，名叫阿骨打……」

他用簡單的語言把幾百年前的歷史對皇太極講了一遍；遼朝末年，天祚帝荒淫無道，迷戀畋獵，為了捕天鵝為樂，強行令生女真部年年進貢捕天鵝必用的名鷹「海東青」；弄得生女真部不堪其擾，便在部長完顏阿骨打的率領下起兵反抗，終於打敗遼軍，消滅遼朝，建立金朝。

一段史事，他為了配合皇太極的年齡而說得極其淺顯，而皇太極聽得連眼睛都忘了眨動，全神貫注的傾聽，直到故事說完，還兀自出神——那模樣和神情都像極了幼年時的自己，於是，努爾哈赤伸手摸摸他的臉頰，帶著期勉的問他：

「皇太極，你也想自己長大以後，做個像完顏阿骨打這樣的英雄嗎？」

聽到父親問話，皇太極回過神，用力點頭，小臉掙得通紅，語音異常清晰：

「是的。皇太極要做個像完顏阿骨打這樣的英雄——也要做個像阿瑪這樣的英雄！」

這個回答，聽得努爾哈赤心中激起一股又一股的暖流，也融合了許多複雜的感受，一面在心裏發出許許多多聲音，一面用欣慰的口氣對皇太極豎起大拇指稱讚：

「好！好孩子！有志氣！不愧是阿瑪的『皇太極』！」

而就在這個夜裏，別的人都進入夢鄉後，他內心中的聲音澎湃激昂得震撼著他全身的每一滴血……他獨坐燈下，獨自面對自己的心聲與感受，眼前一次次出現白天見到的景象：一隻鷹在風雪交加的天地間振翅翱翔，高飛入天際。

「女真的完顏阿骨打……蒙古的成吉思汗……」

萬籟俱寂的時候，他心中思想起的歷史英雄就不再是說給孩子聽的故事，而是自己的榜樣——他沒有忘記多年前的自己，也曾經和皇太極一樣，期盼著自己長大以後做個大英雄。

因此，他平靜下來，使命感也更強了；他不再激動的跑出去發散，而是明確的告訴自己：

「我是為安邦定亂而生的——」

經歷了長達十五年的磨練之後，他的心智有了大幅的成長和進步，重新體認自己的使命，所規畫的執行方法和步驟將更完善……經過了長時期的披荊斬棘，努力奮鬥，他已突破了困難的環境和窄小的格局，不但自己的胸襟、視野都已擴大、提高，也已經為建州規畫出新的、大格局的發展，從土地、人民、財富、武力的增加、提升到能夠跨入文明的進程，都想妥了具體的做法；未來的建州不但要迅速擺脫貧窮和弱小，也要擺脫落後——他對這一切充滿了信心。

在新的一年裏，他將進入四十一歲的新里程，將率領全體建州子民開創出更大的新局面，締創更強盛的新時代……除夕的前一天，他帶著一小隊人馬到山郊打獵，眾馬踏雪疾馳，揚起一地雪泥，風雪勁而角弓鳴，他的雙眼亮銳如電。

當獸蹤出現的時候，他率先拉弓射箭；在風雪交加的半空中，他射出的羽箭強勁有力、破風而去，準確的正中目標；然後，他在眾聲歡呼中仰首向天，臉上帶著充滿自信的笑容。

——卷三完

附表 明清之際簡要大事記（明萬曆二十年～明萬曆二十六年・西元一五九二年～一五九八年）

西元／明曆	明朝	女真・蒙古	日本・朝鮮	西洋
一五九二 萬曆二十年	正月：杖孟養浩。 三月：寧夏哱拜反。王家屏罷官。 四月：李如松討哱拜。 七月：任郝杰總督薊遼。 八月：任宋應星經略備倭軍務。 九月：哱拜平。 十月：任李如松為禦倭總兵官。援朝。	蒙古圖們可汗去世，子布延可汗繼位。 十月：皇太極出生。	四月：日軍出發攻朝鮮。釜山淪陷。 五月：日軍攻陷王京、國王李昖奔義州求救。 六月：朝鮮世子光海君在寧邊設分朝。 七月：明副總兵祖承訓援朝，戰敗。	
一五九三 萬曆二十一年	正月：王錫爵還朝。詔三王並封。 四月：日使來朝，開始議和。 七月：召援朝軍回。 十二月：宋應星、李如松還朝。	六月：扈倫四部兵劫建州戶布察寨，為建州所敗。 九月：古勒山大戰。 十月：建州收朱舍里部。	本年豐臣秀賴出生。 正月：李如松敗日軍於平壤，隨後進攻王京，與日軍戰於碧蹄館，敗績。 四月：日軍棄王京。	
一五九四 萬曆二十二年	二月：皇長子常洛出閣講學。 三月：「廷推」事件，顧憲成罷官。 五月：陳于陛等入閣。王錫爵罷官。 十月：邢玠討楊應龍。	正月：蒙古科爾沁、喀爾喀等部遣使與建州通好。	本年豐臣秀吉在長崎處死基督徒。	

一五九五 萬曆二十三年	遣李宗城、楊方亨赴日本。	正月：建州攻輝發，克多璧城。 八月：舒爾哈赤赴北京朝貢。 十二月：朝鮮使者申忠一到建州。	本年豐臣秀次自殺。	
一五九六 萬曆二十四年	二月：乾清、坤寧兩宮火災。 四月：改任楊方亨為赴日正使。 六月：開始派太監赴各地開礦、收稅。 九月：冊封豐臣秀吉失敗。 十月：開始命太監收榷稅。 十二月：陳于陛卒。	正月：努爾哈赤接見朝鮮官員申忠一。 七月：建州送布占泰回烏拉，立為貝勒。 十月：布占泰與建州通婚。	本年朝鮮黨爭再起，李舜臣失位。 九月：豐臣秀吉不受明封，下令再侵朝鮮。	
一五九七 萬曆二十五年	正月：朝鮮使請援，復議征倭。 三月：任命邢玠、楊鎬援朝。 七月：楊應龍再叛。 九月：石星處死。 十二月：任命李如松為遼東總兵官。	正月：建州與扈倫四部通好。 五月：努爾哈赤三度赴北京。 七月：舒爾哈赤赴北京。	正月：日軍出發，侵朝戰爭再起。 八月：日軍攻破閑山，逼王京。 九月：金島坪之役。 稷山之役。	

一五九八 萬曆二十六年	本年顧憲成等人重建東林書院。 四月：李如松殉職、李如梅繼任遼東總兵。張位去職。	正月：建州征安褚拉庫路。 十月：努爾哈赤四度赴北京。 十二月：努爾哈赤接見布占泰，妻以侄女。	正月：蔚山之役。 七月：豐臣秀吉死，召回在朝日軍。 十一月：露梁海之役。日本大敗，但朝鮮李舜臣殉國。	法王亨利四世於南特頒布詔書，許信教自由，新舊教徒有同等政治權利，新教徒從此獲得法律保障，史稱南特敕令。 俄國沙皇錫奧鐸爾一世卒，無子，羅瑞克王朝終（八六二——）。由錫奧鐸爾一世妻兄高篤諾夫繼位。至一六一三年，史稱「混亂時代」。

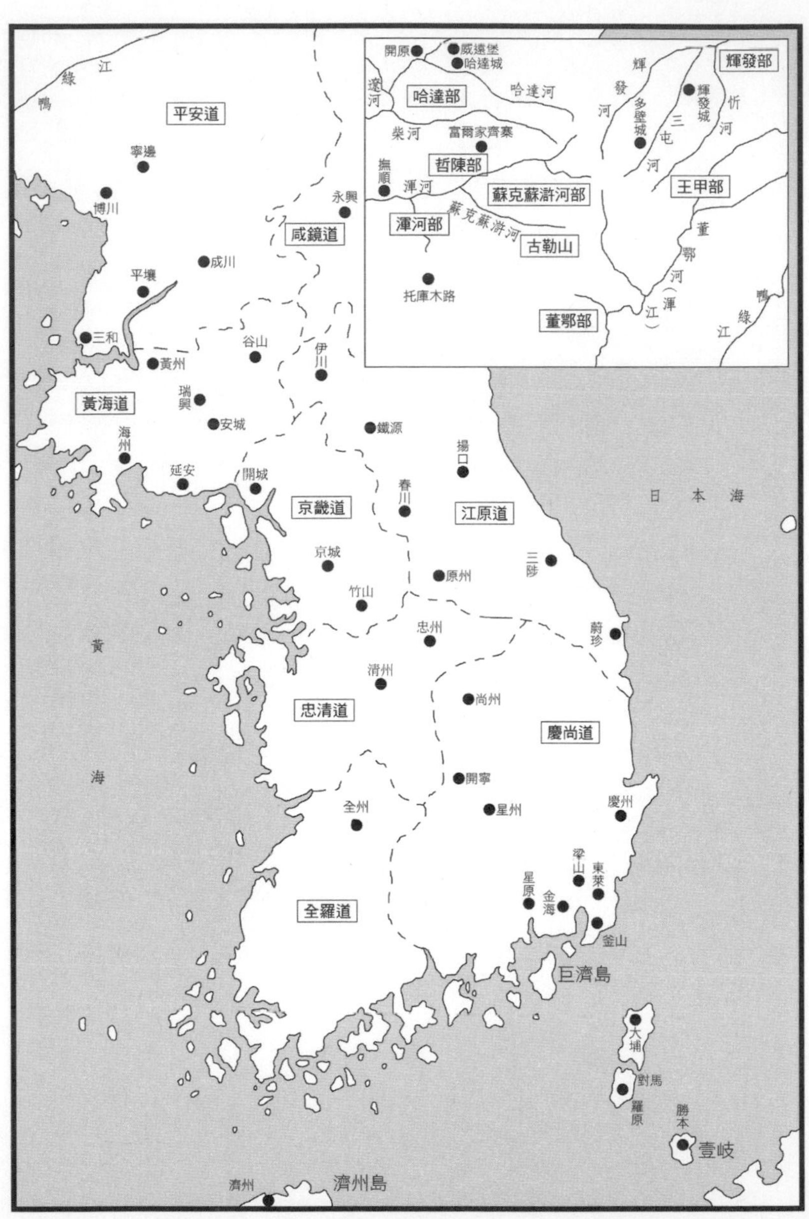
鴨
綠
江
平安道
寧邊
博川
永興
咸鏡道
成川
平壤
三和
谷山
伊川
黃州
黃海道
瑞興
安城
鐵源
海州
揚口
延安
開城
京畿道
春川
江原道
日 本 海
京城
三陟
原州
竹山
蔚珍
忠州
黃
清州
尚州
忠清道
慶尚道
海
開寧
全州
星州
慶州
梁山
東萊
星原
金海
全羅道
釜山
巨濟島
大埔
對馬
羅原
勝本
壹岐
濟州
濟州島
開原
威遠堡
哈達城
輝
輝發部
遼河
哈達部
哈達河
發
輝發城
忻
多壁城
河
三
河
柴河
富爾家齊寨
屯
撫順
哲陳部
河
渾河
蘇克蘇滸河部
王甲部
蘇克蘇滸河
渾河部
古勒山
董
鄂
托庫木路
河
（渾
江）
鴨
綠
江
董鄂部

卷四　展翅穿雲

第十三章

手把芙蓉朝玉京

1

冬春之交，宇宙間隱隱呈現著更替和生機，新的年代降臨，帶來蓬勃的朝氣，化去了肅殺和封凍——大雪依然紛飛，而氣象已經不同。

在遼東，新春時節是絕美的佳景；雪花如浪濤，飛舞奔騰，延伸到天的盡頭，遠處是銀白的崗巒起伏，山川一色，襯托得天地更加遼闊，也襯托得建州的氣象更加高遠。

而除了景色與氣象，建州還處處散發著歡欣與喜慶——在迎接新春佳節的同時，屬於人間的喜事也憑空而降：東海渥集部的虎爾哈路❶之長王格、張格帶了百名部眾來朝謁，進貢了黑、白、紅三色狐皮和黑白兩色貂皮，並且乞婚。

「歸附建州的部落又多了一個——」

努爾哈赤當然非常欣慰，立刻答應了婚事，也盡快挑選了六名部屬的女兒，與渥集部的六位部長聯姻。

許婚當天，他大開宴席，招待即將成為「建州女婿」的渥集部六部長，也慶祝這樁聯姻的大喜事；連續三天，豐盛的流水席讓人不醉不歸，氣氛好到頂點……

六部長輪流上來向他敬酒，很誠懇的向他表達內心的感受和感動：

「以往，我們聽人說，建州的實力強大，歸附建州可以得到很好的保護；又說，建州貝勒英勇善戰，能使建州成為第一強部；所以，我們誠心歸附建州；這幾天，我們來在建州，親眼看見了建州和建州貝勒，認為，眼前的事實比傳說中還要好上許多倍——建州的好是我們從來沒見過的，首先，城蓋得這麼高大，這麼堅固，百姓這麼多，糧食種得好，牲畜養得好，全部的人不愁吃穿……和渥集部比起來，建州是天堂啊！而且，您待我們這麼好——既不嫌棄我們，答應聯姻，還拿這麼好的宴席款待我們——以後，我們一定逢人就說，建州貝勒不但英勇善戰，而且待人非常好，最值得大家歸附——」

努爾哈赤聽得連連點頭，心中還不由自主的湧起一道更深層面的感慨，但因為身在宴席上，眼前盡是要好好招待的新歸附者，不容分神——他忍耐著按下了心中欲澎湃上湧的思緒，笑容滿面的對渥集部長們說：

「大家既歸附建州，就是建州的成員，建州的好就是大家的好——而且，加入建州的人越多，建州的實力就越強，以後還會更好——我會盡最大的努力來治理建州，也相信，將來，建州一定能發展成第一強部——天下第一強部——」

說完，他舉起酒杯，將杯中的酒一飲而盡，然後冉繼續談笑風生，直到宴席結束。

宴席結束時，他沒有醉，但有幾分酒意，因而思緒比平時快了好幾分；身體在侍衛們的簇擁下回房，腦海裏立刻巨浪滔天似的奔騰起方才被勉強壓下的感慨：

「渥集部看我邦的眼光，不正是我看明朝的眼光？城池高大，百姓富足……一樣是小部看大國，螞蟻看大牛……渥集部人沒有到過明朝，只看到我邦的城池百姓牲畜，就萬分羨慕，卻不知我心裏想的建州的未來是比明朝還要強盛，是天下第一強部——」

他心裏響起的聲音越來越大，大到極限，便像是在向天呼喊；他沒有讓這個聲音很具體的從口中宣洩出來，但是，在心裏來回激盪，慢慢沉澱下來之後，又有新一輪的思緒湧上來。放遠遙想，振臂高呼之後，都必須構想出實際的、妥善的做法來，腳踏實地的進行……他的腦海裏開始出現有關明朝的許多畫面，似乎，記憶趁著酒意上湧，還更清晰。

而第一幅湧起的畫面赫然是國子監，緊接著，那羣太學生的朗朗書聲回到了耳中；隨即，他輕輕一顫。

「這是我邦最欠缺、最不如明朝的——」

土地、城池、百姓、財富、武力，這些，雖然在數量上不如明朝，但也略具規模，並非無法相比；唯獨文教，明朝已經發展完善，而己方是零……

他重重嘆出一口長氣，深切的認定，振興文教也是邦國的根本，建州獨缺這個——事情早在前些年就反覆思考過，只奈時機不成熟——而現在，成了當務之急，已經不能再拖延。

夜已深，而他無法入睡；摒退了侍衞後，他獨自在房中靜坐，心思靜不下來，竭力苦思進行的辦法。

幾天後，他的苦思有了成果，於是開始進行；第一個階段，他召見弟弟及部屬們談話，舒爾哈赤、額亦都、費英東等，以及負責文書工作的巴克什額爾德尼、札爾固齊噶蓋，和掌管漢字文書的龔正陸，全都到了他的跟前。

而他預先命筆帖式們準備好、攤放在大桌上的是好幾十冊書，眾人一到，他就指示大家閱讀這些書。

好學的費英東第一個上前，不料，一打開書頁，立刻受到挫折；頓了一會之後，他很誠實的向努爾哈赤稟告：

「貝勒爺，我不認得這種文字，無法閱讀這些書！」

努爾哈赤不置可否，但，還不及上前看書的其他人不明就裏，對這話無法置信，性急的舒爾哈赤更是脫口就大聲說話：

「哪裏會有這種事？有什麼字認不得的？書上寫的，也不過就是漢文、蒙文——再加上個朝鮮國文吧！」

他一邊說一邊跨步，一邊飛快的接過費英東手上的書，而定睛一看，立刻就傻眼了。

「咦？這——這是什麼？」

抬起頭，他以困惑的眼光望向努爾哈赤。

努爾哈赤先是定定的回望他一眼，接著環顧眾人一周，然後發出一聲沉重的嘆息。

「女真人竟不認得女真字——你們看，這就是金朝創制的文字，是咱們祖先使用的文字，而現在，已經沒有人認得了！」

書頁上呈現的是一個個筆畫整齊的方塊字，無人能讀，努爾哈赤僅能根據史料解說來龍去脈：

「女真本無文字，遲至金太祖建國後，令完顏希尹仿漢楷字，因契丹字形，合本國語，制女真字頒行，於天輔三年八月完成；其後，金熙宗於天眷元年製成新的女真字，稱為『女真小字』，而將完顏希尹所制稱為『女真大字』——這兩套文字在金朝沿用了一百多年，但是，金朝滅亡至今的三百六十多年間沒再使用女真文字，以致失傳——」

契丹、西夏文字也遭逢了類似的命運——這些北疆的遊牧民族在建國後都創制了自己的文字，沿用多年，但在政權被滅以後，文字就跟著失傳❷。

唯有蒙古文字很幸運的仍在沿用——他特別詳加解說：

「蒙古本來也沒有文字，遲至成吉思汗時代才有通行的文字——」

自成吉思汗以來的三百多年間，蒙古曾經先後擁有過兩種文字，而源起和發展的過程都值得瞭解。

第一種是「畏兀兒文」。

那是在成吉思汗征乃蠻的時候獲得的——乃蠻城破的時候，太陽汗的掌印官塔塔統阿抱著大印，在亂兵中尋找太陽汗的蹤影而為成吉思汗所俘；成吉思汗一向敬重誠信忠實的人，對身處險境仍不棄故主的塔塔統阿便十分禮遇；塔塔統阿是畏兀兒人，精通畏兀兒文，為太陽汗執掌文書印信多年，成吉思汗命他仍因舊職，掌管印信；因為蒙古並無文字，便命他以畏兀兒文來書寫蒙古的語言，並教授諸王、王子們學習畏兀兒文且推廣之；畏兀兒文於是被借用為蒙古的文字。

第二種是「八思巴文」，也稱「蒙古新字」。

這種文字才是新創的——事情緣起於元世祖忽必烈汗對西藏用兵，西藏人所篤信的佛教傳入蒙古，造成蒙古佛教大興；而忽必烈汗早在尚未即汗位前、率兵出征時就曾在六盤山召見過西藏的佛教領袖八思巴大師，即帝位後，他尊八思巴為國師，並命八思巴制定蒙古新字❸。

元世祖至元六年，八思巴根據梵文與藏文的字形，配合蒙古語言所新創的文字完成；忽必烈汗下詔全國通行，所有的國書、詔令都改以八思巴文書寫。

「但，八思巴文自元室北歸後，逐漸失傳，一如我女真人、小字，已經沒有人認得——現今蒙古各部、女真諸部沿用的蒙古字，都是畏兀兒蒙文！」

對於畏兀兒蒙文，大家都不陌生——自己使用的就是畏兀兒蒙文。

努爾哈赤再次發出深沉凝重的嘆息：

「身為女真人，卻使用畏兀兒蒙文，實在是全體女真人之恥——」

他重複以沉定的目光環視眾人，然後提出自己的想法和做法：

「金朝創制的女真文字既已失傳，無人能識，我們便重新再創制一套女真文字吧——我已決定，現在立刻著手，一年之內完成，完成後開始推行，第一個步驟是使我邦中人人能識、能寫，其次是推及他部——」

他的聲音鏗鏘，語氣堅定，很自然的組成一種斬釘截鐵似的力量；追隨他已久的額亦都、何和禮等人都很深刻的瞭解他要推行文教的信念，也明白這事非做不可，於是不約而同的點頭；但是，對他瞭解得不夠深刻的舒爾哈赤等人另有意見，交換了幾下眼色後，舒爾哈赤提出建議：

「畏兀兒蒙文通行了幾百年，早已深入民間；我女真各部借用畏兀兒蒙文也有百年以上，早就相沿成習，沒有任何不便，貝勒爺何必捨近求遠，要重新創制女真文字呢？創制文字是件非常困難的事，而且創制之後，再教授子弟、百姓、推廣於各部，既費事且費時——依我等愚見，不如繼續沿用蒙古文字！」

但是，努爾哈赤完全不接受——

心裏迴盪了許久的聲音立時澎湃起來，衝激出來；他「虎」的一聲從座位上站起來，大聲的說：

「不，不能這樣——」

情緒激動，一隻手高高舉起，而音調提得更高：

「女真人應當使用女真文字，才是天經地義！」

事情還包含了民族的尊嚴，一定要堅持——他的雙頰因激動而發紅，目光炯然，堅毅果決之氣自全身每一處散發；四座無人敢直視他，也無人敢再說話，全都垂首默坐；而高高站立著的他握起了拳頭，有如宣示般的對部屬們發言：

「自古以來，每一國有每一國之語，有每一國之文：照你們說的，蒙古、女真在建國之後，或創或得，都有了自己的文字；契丹、西夏又何嘗不是？目下，不獨漢人有漢字，蒙古，甚或朝鮮、日本，都有文字——唯獨女真，竟至使用蒙古文字，這是我等之恥！以往，我建州女真規模太小，力量不夠，只能借用蒙古字；如今，我邦規模已具，怎可再用蒙古字？創制文字固然是件困難的事，但只要我等努力進行，就能完成！」

他天性中的剛勇頑強再一次被激發出來，越是遇到困難，越振奮起精神，迎上前去搏鬥——一如以往，全力克服困難、超越困難。

更何況，他思謀已久，成竹在胸——接下來是指派任務：

「著令額爾德尼、噶蓋專司此事，創制新字，限期完成，不得有誤！」

但是，接到這麼重大的任務，額爾德尼和噶蓋的反應卻是「惶恐」——兩人不約而同的雙膝跪地，推辭說：

「我等所熟悉的是蒙古文字，實在無法創造女真新字，恐怕有負貝勒爺重望……」

努爾哈赤淡淡一笑，伸手扶起兩人，勉勵他們說：

「既然有完顏希尹、八思巴等人創字的前例在先，就可證明創字並非絕大的難事——前人能做到的事，我等怎會不能呢？」

接著，他把深思熟慮的所得說出來：

「我已想定，以我女真語，合蒙古之形，加以部分變化，便可制成女真新字……」

他舉了好幾個實例，仔細講解給額爾德尼和噶蓋聽，讓他們有所依循的發展下去，創造新的文字❹——

第二天，他發布新的命令：

「自古立國者，文治與武功俱皆並重；我女真先世曾建金國，先以武起兵，隨即創制文字，兩者無有偏廢。今日我建州女真，城邦巍峨，百姓安樂，當大興文教；古之女真大、小字，既已無人能識，當另創新字，作為國書——」

這段話，由筆帖式們記錄、謄抄、張貼在城門上；而在私底下，他向額亦都、何和禮、費英東等人發出更真切的想法和願望：

「咱們腳踏實地，一步步的做去，哪怕要等個一百年，也終究有一天能發展成繁華文明——凡事只要不怕難，不怕等，就一定做得成！」

而實質上，在他的生命旅程中，又超越了一個困難，他自然而然的感到喜悅和欣慰；靜坐中，幾個回憶來到心中。

先浮到眼前來的畫面還是明朝的國子監——那是一年多前的往事吧，他用替身應付了慣例的活動，自己偷偷考察明朝的情況；當時的自己，因為醒悟到文明的程度落後太多而心情沮喪，幾近絕望的程度；幸好能重振精神的力量和奮鬥的勇氣，苦思良策；經過一年多時間的思索、構想，如今，總算有了眉目。

他也想起了當時自己從北京城中買回的重要典籍四書、五經等書，於是立刻站起身，走向櫃子，打開來，取出收藏在裏面的書籍。

捧著書，書籍特有的淡淡墨香若浮若散；他沒有翻頁展卷閱讀，而心中的謀畫更清楚：

「給額爾德尼和噶蓋一點時間……等文字創制完成，就設學校，教授子民；同時，把這些人人必讀的經典由漢文譯成女真文，使女真人都能讀通；還有，兵學、百工技術、醫事，都有實用，應為急務，也要盡快譯出；我女真先世的史事，要盡快記述下來，並且大力傳揚……三年之內把這些事辦好，五年後，能看到具體成果……未來，能趕上明朝……」

他捧著書走到窗口，遙望窗外的遠方。

早春二月是寒暖交替之際，遠山近樹屋瓦牆垣和大地都仍為積雪覆蓋，但是節氣已近驚蟄，日漸暖雪將融，生機初現，他隱約聽到停在雪枝上的野鳥在發出歡欣的啼唱，心裏油然生出暖意，神情不自覺的一變——眉頭鬆了，嘴角動了，笑容出現了。

不經意間，他又想起多年前尼楚賀向他詢問漢人的優點時說的話：

「要是咱們女真人也有自己的字可以寫成書，那不就和漢人一樣，後代的人會越聰明、越能幹了嗎？」

他情不自禁的開心的笑了——多年前的夢想如今近在眼前，即將成為事實，那是一種奇妙的感覺；而也因為這樣一個觸動，心念又是一轉：

「好一陣子沒見到尼楚賀母子了，明日便派人去接她來聚聚——」

為了拓展建州的規模，他少有享受親情的時間，但，對這唯一的妹妹，心中的牽掛總是比常跟在身邊的弟弟們多；尼楚賀再嫁揚書，生的兒子達爾漢已經不小了，他一向當作親兒子般疼愛，卻在這一剎那間，心思再轉：

「我怎麼沒早想到呢？達爾漢的年齡和嫩哲相當，該來個『親上加親』！」

外甥做女婿，那是再好不過的了。

他想得自己喜氣滿臉，恨不得立刻就派人去辦，更恨不得立刻就當眾宣布，讓喜氣傳播到全建州……

但，這喜氣沒有蔓延到建州以外的地方，遼東的情勢和人事都有了改變，氣氛壓縮成低調。

第一樁給遼東帶來愁雲的人事命令很快就降臨，首當其衝的是遼東總兵李如梅被革職解任。

事由是他受到言官們的彈劾，以「擁兵畏敵」的罪名去職；而心中雪亮的人們只差在嘴裏不說破而已——誰都明白他受到彈劾、去職的真正原因是李家失勢了，顯赫不可一世的寧遠伯李成梁已成老朽，庇蔭不了兒子了。

不再有強大的後臺可恃，他在受到彈劾的時候，不但沒有人聲援，還不時有人加入彈劾他的陣容，加速了他的去職……他只有默默接受這個命運，黯然交出官印，收拾行李離開遼東。

接著，又是一個讓人產生陰影的消息傳來。

遼東的消息靈通人士都知道了，宮裏確定派高淮來任遼東稅監，高淮是出了名的「剋剝」，一向令百姓們聞名喪膽，於是，人人愁容滿面，私下耳語：

「以後，只怕沒有好日子過了！」

而扈倫四部的情勢也再次展開新變化：葉赫部與哈達部的衝突從原先的暗自不和、私下較勁、升高為全面性衝突；雙方擺明了，各自拉開人馬，做戰爭的準備；兩部之間的氣氛登時變得火爆、緊張起來，而且把衝突擴展到全女真部之中。

原因當然是兩部為了增長己方的實力、取得奧援而各自極盡所能的拉攏鄰部；自知實力不如葉赫的哈達甚至打起了聯合建州對抗葉赫的主意。

計畫不久就付諸實行——哈達部長孟格布祿率先展開第一波的實際行動，派人潛行到建州求見努爾哈赤，以自己的三個兒子為質，交換條件乞援……

戰爭的氣氛日復一日的加重，遼東再見干戈已勢不可免；而大明境內的戰事是一拖好幾年，無有寧日的持續進行，就在這萬曆二十七年的二月裏，大明官軍在貴州巡撫江東之的指揮下繼續向播州進攻，征討時叛時服的楊應龍，不幸戰敗，朝廷只好增加軍隊來求取勝利。

三月裏，前兵部侍郎李化龍被加總督川、湖、貴州軍務之銜，加入征討楊應龍的陣容。

大筆的軍費再次如流水般花去，已經不足的府庫無力支援，負責財政的官員如坐針氈，每天絞盡腦汁，設法籌錢，一面愁眉苦臉的給朱翊鈞寫奏疏，向他報告財政的困窘——除了奏疏上所提出的支出專案名稱、數字小有不同之外，所有的問題都一如往昔。

朱翊鈞的反應也一如往昔——他的反應就是沒有反應，延續著他「不上朝、不理事、不閱章奏」的「慣例」，在後宮中隨心所欲的享受著逸樂，拒絕撥出任何時間來傾聽大臣們報告國家大事、民生疾苦。

在福壽膏的作用下，他什麼事也不想做；萬曆二十七年，對他來說和其他的時間一樣沒有意義。

這天，他一樣是睡到午時醒來，在太監、宮女們的服侍下漱洗、更衣，而心情竟出奇的好，也有了嬉遊的興致，只奈屋外飄著細雪，他懶得舉步出戶，便叫幾名太監來伺候他玩擲銀之戲。

他一面享用福壽膏，一面看著太監們熟練而快速的用白粉在地上畫格子，然後，一箱白銀被抬到眼前。

像是生命中潛藏的童心被觸動而醒了過來似的，他突然有了喜悅的感覺，登時從御榻上一躍而起，連鞋都來不及穿就投入遊戲中。

一塊白銀在手，手中和心中都有了充實感；然後，他發出一聲興奮的歡呼：

「一——二——三——」

手中的銀塊同時應聲擲出——這個遊戲他玩得太熟練了，銀塊不偏不倚的掉落在白粉畫的格子裏，而且在正中央。

成就感隨之而來，他高興極了；隨侍在他身邊的太監、宮女們早已熟悉這個遊戲規則，一看銀塊擲中，立刻一起爆出高度誇張的歡呼：

「中了！中了！萬歲爺英明……」

幾十個人加起來的聲浪把整座乾清宮的氣氛帶動得熱鬧滾滾，朱翊鈞的情緒也就迅速升高，他臉頰泛紅，心跳加快，擲出的銀塊命中率便更高；輪到太監們丟擲的時候，這些「善體帝心」的太監全都故意輸給他，討取他的歡心；於是，歡笑聲更大，沸騰中的乾清宮宛如一座兒童遊樂場。

而就在眾聲喧嘩中，一陣香風飄來，鄭玉瑩的腳步近了。

經過精心修飾的她又換梳了一頭時新的髮式，頭頂上盤梳了二十四個小圓髻，圍繞著頂心束著花冠的高髻，形成「眾星拱月」的形樣，每個小圓髻中央又配上珍珠與翠玉，顯出「星月爭輝」的光耀，垂下的髮編成細辮，以瑪瑙為小環束住；配合身上的櫻桃紅繡鏤金雲彩的衣裙、鑲著五彩寶石的金步搖，整個人光豔奪目得令人無法逼視。

她款步輕移，在宮女們的攙扶下步入乾清宮；然而，一腳跨入乾清宮，一眼看到面前的情景，失望的感覺立刻湧上心頭——她直覺的感到，自己這一身費盡心思的打扮，全都白費了！

眼前的朱翊鈞是個只穿了雙白襪子在地上蹦跳的孩子，玩得瘋了，忘了所有的事，不但絲毫不覺得腳冷，還完全沒有察覺她來到了身邊——他的兩道目光只專注在被擲出的銀塊和地上的方格中，而根本沒有掉轉過頭來看她。

一股怨氣倏的打心田往上衝，而且冒到外表上——她不自覺的鼓起腮幫子，沒好氣的提高聲調喊：

「萬歲爺——」

朱翊鈞身邊的太監、宮女們早就自動自發的肅靜下來，鄭玉瑩的這聲叫喚便分外清晰、響亮，深入朱翊鈞耳中。

已經伸向半空的手硬生生的縮了回來，手掌仍然握著那沒來得及擲出的銀塊……他像個做錯了事的小孩，臉上緩緩展開尷尬的笑容，結結巴巴的向鄭玉瑩發出招呼：

「愛妃……你來了！」

一看他變成這個樣子，鄭玉瑩的怒火登時轉變，差點忍不住「噗哧」一聲笑出來；然而，就在這一剎那間，她想起了自己這趟前來的目的，理智立刻控制住情緒。

於是，她笑吟吟的施禮，話也說得甜媚之至：

「臣妾來給萬歲爺請安，賀萬歲爺百發百中，神武維揚！」

幾句話把朱翊鈞哄得重新興高采烈起來，紅著臉，微帶幾分氣喘的連連點頭，一面大笑著說：

「朕百發百中，連擲連贏啊——愛妃，你來得好，快來替朕數數，朕擲中了多少？共贏了多少？」

鄭玉瑩湊趣的回他一句：

「臣妾遵旨！」

一面適時的提醒他：

「萬歲爺這回贏了這許多銀子，正好拿來做女兒的嫁妝呢！」

說著立時命身邊的宮女：

「去請壽寧公主來！」

朱翊鈞心中輕輕一震，不由自主的發出了一聲「啊」，全力忍住了，臉上的紅潮慢慢褪去，神情再次轉變。

壽寧公主來到他跟前的時候，他已經在鄭玉瑩的陪伴下讓太監為他穿好了鞋，端正的坐著；動作準確快速的太監們早已把丟了一地的銀塊給收拾了個乾淨，白粉畫的格子也擦掉了，一切都回歸於皇宮內的整潔與莊嚴——除了他的眼神中很明顯的呈現著的複雜以外。

身為帝王，內心世界中隱藏的苦楚是永遠都不能說出來的秘密；於他，內心所潛藏的無可言喻的空虛，他向來不敢面對，只有逃避與掩蓋二途可行；而鄭玉瑩在這個時候要壽寧公主前來，無異於逼迫他面對——他原先的好情緒登時被破壞無遺。

幾天前，他才在鄭玉瑩的再三催促下，挑選了良家子冉興讓為駙馬——壽寧公主年已十六，實在拖不過去了。

他滿心不情願，捨不得，但是無可奈何，只能使盡全部的力氣來強迫自己讓女兒出嫁；在挑選駙馬和選中駙馬的過程中，他極力拖延，拖到最後，鄭玉瑩天天在他耳邊催，從一天催一次、進到催十次，才只好完成這事，而精神上痛苦不堪。

他不能、也無法說出自己心中的感受，當宮中、朝中都在以選中駙馬為「喜事」而連聲道賀的當兒，沒有人知道他的心被掏空了，全身的血都流光了。

那是他最心愛的女兒啊，哪曉得一眨眼間，女兒長大了，就要出嫁了……沒有人知道，他曾經一連好幾個夜裏都夢見往昔，稚齡的壽寧公主坐在他懷裏，用粉嫩的小手勾著他的脖子，甜甜柔柔的撒嬌；醒來後，他的眼眶總是濕的。

他並不在意鄭玉瑩來替壽寧公主要嫁妝——其實，他早就在心中暗想：

「朕一定給她最多最好的陪嫁，給她挑最好的田畝做皇莊，給她最好的珠玉珍寶……朕要她一生一世都享有最華美的一切……」

他是天子，富有天下，要給女兒多少嫁妝都不是難事——

壽寧公主嬌滴滴的聲音在他耳邊響起：

「兒臣叩請父皇萬歲，萬萬歲——」

和壽寧公主一起來見駕的還有常洵，但是，他偏心得一雙眼睛只看著壽寧公主，話也只對壽寧公主說：

「你母親來替你討嫁妝呢！還有點日子，你自己想想，要什麼只管開張清單來，父皇沒有辦不到的！」

壽寧公主長大了，當然不會再勾著他的脖子撒嬌，而只是紅了臉，低著頭，再三施禮：

「謝父皇賞賜！」

鄭玉瑩笑得合不攏嘴，除了幫著向朱翊鈞道謝，還裝模作樣的關照壽寧公主：

「你看，父皇多疼你呀！這份心，可要永遠都記得喲！」

朱翊鈞也被觸動了心中潛藏的琴弦，立刻笑咪咪的說：

「不過，父皇可也是有條件的喲——這樣吧，父皇命人挑一座離皇宮最近的宅院給你做府第，以後，你便每隔五天就進宮來一趟，謁見父皇！」

這個條件當然得來皆大歡喜的結局，而且，就在這美好歡娛的氣氛中，他連常洵的賞賜也都隨口預許了——而處在這氣氛中的他，壓根兒沒想到贈與兒女們的財富其實是民脂民膏，更想不到這項贈與將帶來嚴重的後遺症。

幾天後，壽寧公主開列的清單送到了他跟前；這回，他一點也不懶怠，飛快的做了處理——他派出太監去向負責錢糧、採買事務和營建房屋的戶部、工部傳旨，令兩部官員限期籌措所需的大筆銀兩、莊田，採買所需的鉅額珠寶珍玩等物，以及準備好公主府，作為壽寧公主的婚嫁之需❺。

兩部官員登時陷入精神上的地獄——巧婦難為無米之炊，國庫早已空了，教他們到哪裏去籌措這些數量驚人的需求呢？

而朱翊鈞不管這些，他下旨的口氣是斬釘截鐵的，嚴厲的要求兩部官員如期完成，不稍假寬貸。

同時，他也發出詔書，諭令他派到各地的礦稅使更加緊、更積極的徵收礦稅，以滿足他的需求。

當然，他根本沒有想到，這樣過度的壓榨、剝削百姓，橫徵額外的賦稅，已埋下激起民變的惡因——就在四月裏，山東臨清爆發了第一樁因為反抗礦稅使而導致的民變❻。

受不了過度迫害的百姓們衝進稅使馬堂的官署，殺了馬堂和參隨共三十四人。

事情發生的時候，他正威風凜凜的駕臨午門，接受獻俘。

這批向他請死的俘是「倭俘」——那是去年援朝抗倭戰役中的戰利品，被俘的日本軍人跋涉過迢遙山水，解送到京師，刑部官員在擇定的日辰裏為他獻俘。

事情是本朝少有的「獻外國俘」，他覺得新鮮，也就不再躲懶，欣欣然的親臨午門。

日軍的戰俘們手鐐腳銬，頭覆紅布，一起在午門前下跪，由於人數眾多，排列成一個頗為壯觀整齊的隊形；他高坐在午門上的龍椅中，向下俯望，只見紅紅黑黑的小點布滿一地，而沒有任何一個小點可以看得清楚；接著刑部尚書以洪亮的聲音向他請示，戰俘依律當斬，這批「倭俘」既開戰侵朝，委實罪無可逭；他當然也就隨口應聲，批准將這些俘虜處決。

於是，他連任何一個「倭俘」的真面目都不曾看清就奪去了這批人的性命；然後，展開威儀之至的帝王排場回宮；一路上，他的心中倒頗有種踏實的感覺——援朝戰爭既已正式結束，如今，又殺光了這些戰俘，不是從此再也沒有敵人了嗎？

「呃呵，四海昇平，從此再無干擾……」

他得意的想著，又是一股慵懶的感覺自心中緩緩向全身散開；不一會兒之後，他回到了乾清宮，如常的享用福壽膏以及福壽膏帶來的幻覺；從山東以「八百里快傳」送來的報告臨清民變的奏疏被擱置在他的閱讀範圍以外。

沒有一個大臣能夠提醒得了他注意這件事，更沒有一個大臣有機會告訴他，即便國外的干戈已經敉平，國內的干戈卻正方興未艾——尤其是因為賦稅過重所引起的百姓抗爭，將如野火般的快速蔓延，情況將比任何一個外患還要難以收拾，因為，那普遍存在於民間……

萬曆二十七年的春天，他的心所關注的對象仍然是他自己和寵妃、子女，身為一個國家的領袖，負有撫育萬民之責，但他的心中絲毫不存有「民生疾苦」四字。

註一：東海女真為「野人女真」的一支，居住在黑龍江支流松花江和烏蘇里江流域，以及烏蘇里江以東濱海地區；主要有三部：渥集部、瓦爾喀部、庫爾喀部，其後都歸努爾哈赤。渥集為滿語「密林」之意。

註二：金太祖完顏阿骨打於西元一一一五年稱帝，建國號金，年號收國。同一年為北宋徽宗政和五年，遼天祚帝天慶五年，西夏雍寧二年。金太宗天輔三年創制女真大字時為西元一一一九年，金熙宗天眷元年創制女真小字時為西元一一三八年。其後，金朝於一二三四年為蒙古所滅，傳國共一百二十年。

註三：八思巴蒙文今已少見，僅存於北京居庸關城牆內鐫刻及少數器物之上。筆者至今未見以八思巴蒙文撰寫的書籍，有待日後查考。

王啟龍著《八思巴評傳》（北京·民族出版社·一九九八年三月）云：

「……除詔旨、公文必用八思巴字外，官印、錢幣要用它，碑刻、牌符、文書等等也要用它。據說近年青海等地發現的元朝中統寶鈔、貴州發現的牌符、西藏檔案館所藏元代文書都使用八思巴字。此外，現今還保存著的陝西盩厔重陽萬壽宮的聖旨碑、居庸關過街塔東壁的石刻，北京大學圖書館藏元刊《事林廣記》等，都是以八思巴字譯寫蒙、梵、漢語的具體見證。在德國柏林人類學博物館中，還藏有用八思巴字蒙文翻譯的《薩迦格言》印本片斷；在《八史經籍態》中記載了

元代曾用八思巴字刻印《蒙古字孝經》、《大學衍義擇文》、《忠經》、《蒙古字百家姓》、《蒙古字訓》等書籍。」（頁一七八）

註四：有關滿文創制及文字概說，詳見本書附錄。

註五：《明史．食貨志》記：「神宗賚予過侈，求無不獲。潞王、壽陽公主恩最渥。而福王分封，括河南、山東、湖廣田為王莊，至四萬頃。羣臣力爭，乃減其半。王府官及諸閹丈地徵稅，旁午於道，扈養廝役廩食以萬計，漁斂慘毒不忍聞。駕帖捕民，格殺莊佃，所在騷然。」潞王、壽陽公主為神宗之弟、妹。鄭貴妃所生的福王、壽寧公主分封，尚主時的費用，均為當時的財政造成重大的負擔及衍生許多問題。

註六：臨清民變造成非常壞的影響，使百姓對太監的惡行產生憤恨，而致民心動盪不安，失去對朝廷的向心力；也使臨清一地由繁華富庶逐漸沒落成貧瘠；此地民變一起，導致各地民變紛起，抗拒不法太監。其前因後果、影響流變，均為史家所痛心。

2

干戈在遼東再起，又是一場激烈的惡戰——在時屬刑殺的秋季，努爾哈赤以迅雷不及掩耳之勢出兵，征服了哈達部。

但，事端卻不是努爾哈赤製造、挑起的，而是葉赫貝勒納林布祿。

原來，努爾哈赤在二月間接受了哈達貝勒孟格布祿的求援，讓孟格布祿的三個兒子來到建州當人質，建州則派出費英東和噶蓋率領二千人馬到哈達部駐防，協助哈達防衛葉赫。

這麼一來，葉赫、哈達兩部的實力比立刻改變，原本佔優勢的葉赫部落到下風，納林布祿當然緊張起來；一向野心勃勃的他，既不甘這樣平白的落後於哈達部，也因為一向視努爾哈赤為眼中釘，對建州懷有吞併之心，不能坐視情勢如此發展；於是，幾度召集部屬商議，幾度苦思，終於想出了個具有多功能的「離間」之計。

他先設法打通明朝設在開原的通事的關節，為他做一道橋梁，帶信給孟格布祿。

說詞在幾經推敲之後變得很完美，很能打動人心——使者遞上書信後，孟格布祿聽著屬下為他高聲朗誦：

「哈達、葉赫兩部以往一向友好，建州才是共同的敵人；因此，我等理應延續以往的友好，釋盡嫌隙，攜手合作，一起對付建州，瓜分建州的土地、人民、財富，才能獲得最大的利益！」

僅只這樣，生來未具大智慧的孟格布祿就已經開始心動，而納林布祿還進一步為他提供具體行動的周密計畫：

「你先悄悄的、出其不意，擒住努爾哈赤派來哈達的兩將，以這兩人的性命換回你做人質的三個兒子，然後一舉殲滅在你哈達部的兩千建州兵，正式和建州決裂；我便嫁一個女兒給你，重修舊好！」

接著，來自葉赫的使者把納林布祿送的禮物呈到孟格布祿面前，是一件打造得非常講究的甲衣，價值不菲；孟格布祿也就立刻接受了葉赫部的拉攏。

陰謀形成了，而且飛快的進行……

而這天衣無縫般的陰謀僅只犯了一點小小的疏失，那就是低估了費英東的能耐。

費英東從小愛讀書，長於思考，心思特別細密，反應也特別快；當開原通事陪著葉赫使者的馬蹄聲在哈達部中響起的時候，他訓練有素、專司偵察的部屬們遙遙望見，飛快的向他報告情景；他立刻發出警覺的思忖：

「既不是特別的日子，又沒有特別的事，明朝官員和葉赫的人一起來哈達做什麼？建州是應哈達之請來助他抵禦葉赫的，葉赫有人來，怎不知會我呢？」

他覺得事有蹊蹺，於是一面派人向努爾哈赤報信，一面再加派人手，暗中潛伏偵測孟格布祿的周遭；不到一天時間，確實的消息傳到他耳中：孟格布祿將在次日清晨，由開原通事和葉赫使者陪同前往開原，與納林布祿商議共同對付建州，順利的話將同時訂盟……

接到這個消息的努爾哈赤當然勃然大怒，順手抽出一支箭，「啪」的一聲折為兩段，然後揚聲下令：

「調集兩千人馬，進攻哈達！」

用兵多年，「先發制人，後發制於人」的道理他體會得很深；更何況，潛藏於心中的還有一個更實際的原因：

「扈倫四部本是女真統一的最大障礙——正好趁這個時機滅了哈達——」

多年來，他沒有一天不在謀畫著如何統一女真各部，如何對付最大阻力的扈倫四部；如今，哈達自己先送上門來了，他哪裏會不好好掌握呢？

他親自點兵、披掛、率軍出征。

戰爭的規模並不大，但因哈達部垂死反撲、奮勇抵抗而激戰了六晝夜——

一開始，舒爾哈赤自請擔任先鋒，率領一千人馬先行，直奔哈達城下；已經聞訊自開原趕回的孟格布祿做了堅守的部署，把所有的精銳武力排列在城牆上，舒爾哈赤一見竟畏戰，按兵不前，留在城郊觀望。

當努爾哈赤率領大軍到達的時候，他向努爾哈赤報告：

「哈達兵已經做好準備，實力不弱呢！」

努爾哈赤一聽心裏就有氣，大聲罵他：

「你這懦夫！人家實力不弱，你就怕了！」

說著，完全不顧傷了兄弟的情分，丟下滿臉通紅的舒爾哈赤，下令兵丁們攻城。

他親自上陣指揮，進攻的隊伍排成環形，包圍哈達城，在號角與喊殺聲中衝鋒。

哈達城展開了激烈的反擊，從城上投下巨大的石塊，射出來的箭矢密得有如黑雲，建州兵第一波衝鋒的隊伍被阻擋得無法逼近；但，建州軍全部受過嚴格的訓練，即使無法上前，也絕無人退後，即使前方死傷累累，後面的隊伍依然以大無畏的精神向前衝。

為了激勵士氣，努爾哈赤身先士卒的衝向第一線；他一手執盾牌擋住飛矢，一手舞動銀槍開路，高大的身體和駿馬合而為一，在戰場中成為一個鮮明的目標；費英東和噶蓋兩人跟在他身後，左衝右突的擋住箭雨，撲向城樓，既組成了強勁的衝力，也大幅提高了己方的士氣，後面跟隨的建州兵便更加奮勇上前，半個時辰之後，一部分兵士已經衝到城下，拋上繩梯，準備沿牆攀爬而上。

哈達城的防守也越發加緊，派出大批人手專門對付建州的繩梯，一拋上來就立刻砍斷，不讓建州兵有攀爬登城的機會；雙方僵持著，直到天黑還沒有進展。

第二天，努爾哈赤改變戰略，不再命士兵們以繩梯攀爬上城，而改以「挖掘」——建州兵在逼近城樓後挖動地面，掘開、砍斫城樁，使哈達城的建築鬆動，同時敲鑿城牆，破壞建築物，使哈達城自然鬆垮下來。

第六天，哈達城被攻陷，建州的部將楊古利衝進半倒的城中，擒住孟格布祿。

被帶到努爾哈赤的營帳時，孟格布祿匍匐前進，口稱求死；但，努爾哈赤原諒了他，把自己的貂帽和豹裘賜給他，並且帶他回費阿拉恩養；哈達部所屬的城寨也採「招服」的方式收編，對於牲畜、財物、器械等全歸原主，人口則編入戶籍，由建州統轄——無論實質還是名義，哈達的一切盡歸建州。

對於這麼大的收穫，努爾哈赤當然喜上心頭；回到費阿拉城後，他大開慶功宴，犒賞全部有功將士，除了受到處罰的舒爾哈赤之外，人人都參與了盛會，也都得到了實質上的獎賞。

但，欣喜歸欣喜，心中卻沒有因此自滿，更沒有疏忽了周遭情勢的變化——幾天後他就找來額亦都、費英東等人議事。

這一次，他與部屬們研議的重點放在高淮身上。

高淮來到遼東後，仗著自己是皇帝的心腹、手握大權的稅監，而且遼東遠離京師，有「天高皇帝遠」的條件，便在遼東橫行逆施起來。

他和朱翊鈞派到其他地方的稅監、稅使的作為沒有絲毫不同之處；目標只有兩個，一是為朱翊鈞搜刮財富；二是為自己中飽私囊；在比數上，交呈朱翊鈞的只有三成，自己中飽的是七成；而結果只有一個：苦了全國的百姓。

緊接著臨清民變之後，遼東也因高淮的剋剝而激起民變；第一次的事變早在六月裏就發生了，受不了高淮壓榨的遼東百姓聚眾抗爭，高淮則派出遼東駐軍鎮壓，屠殺這批百姓，然後上疏，報稱是「邊寇」滋事，出動大軍鎮壓後已經平定，朱翊鈞竟然相信了，但，表面上勉強被壓制下去的民怨已累積得深不可消——這距離高淮乘坐「八人大轎」，率領大批隨從，威風無比的進入開原城中還不到一個月的時間。

然而，高淮帶給努爾哈赤的卻是利益——

「不少明朝百姓剃了髮，來投我建州……」

建州還處在初奠規模的情況，正需要人量的人力物力，萬分歡迎明朝百姓自動加入行列；而他要和部屬們研究的，是幾個技術性的處理方式，以便讓事情更圓滿：

「首先，這種事情得盡量不讓高淮知道，免得他惱羞成怒，來找建州的麻煩；其次，咱們得好好應付高淮，現在還不是能跟明朝翻臉的時候，該敷衍的地方就多敷衍他些，好在他貪財好貨，不難拿捏；第三，來投我建州的這些明朝人要好好安頓他們，先解決吃、住的事，然後派活，給他們編上戶籍，讓他們能安身立命……」

他不厭其煩，仔細的交代——他覺得，這些表面上看起來很小的小事，對一般人來說，不像打一場漂亮的勝仗，收穫大，感受特殊，便很容易疏忽過去，但，這是一件非常重要的事，一定要特別重視，而且要妥善處理。

「外邦的人來投我邦，一消一長，實際上是差了兩倍呢！」

侃侃的說著，努爾哈赤的臉上現出了一道奇異的光；建州的發展又往前跨了一大步，未來的展望更是一條康莊大道，一切都合乎他多年來的自我期許——所有的情況都蒸蒸日上，希望無窮，他感到非常欣慰。

兩天後，他又有了一個新的決定。

他召來噶蓋、額爾德尼等掌文書的部屬，鄭重的向他們宣示：

「此後，與外邦行文，我便自稱『建州等處地方國王』！你們記下了，不可有誤！」

雖然，目前建州主要的文書往來的「外國」只有朝鮮，但，國家的規模已確立了基礎，美好的發展已然開始，屬於自己的文字已然創制，他當然也該有一個對外顯示身分的名號——

這是有其必要的，只不過，選用這麼一個「含混」的稱號，他還是經過一番考量的：

「朝鮮人不一定弄得懂咱們稱『汗』、稱『貝勒』的意思，說『國王』，他們就知道了——只不過這時候還不好說是『女真國王』、『遼東國王』，就說是『建州等處』吧！先用上一段日子，以後再改也不打緊！總之，先讓他們明白，建州等幾個地方是個國，凡事有『國王』作主……」

而在這明白昭示的同時，他在心中暗暗的告訴自己：

「這個『含混』的說法，頂多用個五年吧……五年後，建州一定要兼有女真各部，那時，我便改稱『女真國王』！」

3

朱翊鈞打喉嚨裏哼出一聲「嗯」後，連帶著呼嚕呼嚕的響了一陣，然後嘴一張，吐出一口痰來。

跪在他身側的小太監早已熟悉他這些舉動，捧起手中的銀製痰盂，接個正著——小太監訓練有素、熟能生巧，無論朱翊鈞的痰飛向何方，都能用手中的銀製痰盂，不偏不倚的接個正著；也因為擁有這手絕活，使他成為朱翊鈞身邊最不可或缺的人之一，竟因此而知曉一切宮闈秘聞……

吐過痰之後，朱翊鈞的喉嚨清了，嗓子鬆了，說起話來也俐落了，因此，他非常清晰、明確的發出命令：

「這兩年，到底進奉了多少礦稅——一兩一兩的點清楚，說清楚……每年的總數，全都給朕清清楚楚的報上來！」

又是一年將盡的時節，天地一色銀白，皇宮中已經緊鑼密鼓的在準備元旦的朝賀大典，氣氛大異於平常；他卻被這特別忙碌的氣氛觸動了心弦——一歲將盡，不正該好好的清點清點自己的私房銀子嗎？

頭一個先想起礦稅太監們的進奉——打從萬曆二十五年派出礦稅太監開始，一轉眼，可不已經有三年了？

三年來，幾乎每個月都會有實際的數字飄進他的耳朵裏，像是：

「萬曆二十五年十二月，山東礦稅監陳增進礦銀五百三十餘兩……河南礦稅監魯坤進銀七千四百餘兩……」❶

每個數字都不算不清楚、不明確；但，陸陸續續的飄進耳朵裏來，就都是零碎的、不完整的，時間一久便模糊了，甚至，根本不知道總數是多少——他覺得必須清點、統計了。

而原先侍立在一旁的太監們，一聽到這個命令，立刻發出無懈可擊的配合——幾個人整齊一致，「啪」的一聲跪倒在地，然後眾口齊聲，發出太監特有的尖細高亢的聲音喊道：

「奴婢遵旨！」

為首的一名在餘音將歇之際再補充一句：

「奴婢們立刻去辦！」

幾個人雖然明知這項任務瑣碎繁雜，得耗去不少時間與人手才能處理完畢，在這正值忙碌的歲末進行起來無異雪上加霜，或將把人活活的忙碌致死；但，誰敢說不辦呢？誰敢違抗皇帝的意思呢？

身為太監，是最親近皇帝的人——也就是這樣，才比尋常人更體會得「伴君如伴虎」這句話！

只要是入宮有了一段時日、稍有年資的太監，就沒有一個人心裏不明白：朱翊鈞表面上十分寵信太監，實際上卻不然——他是個根本不信任別人的人，沒有一個太監會受到真正的寵信；甚至，他在翦除權勢過於膨脹的太監時的手段，往往趨於殘酷。

馮保、張鯨、張誠的下場就是前車之鑑——

朱翊鈞儘管怠於臨朝，疏於政事，卻不是一個會被蒙蔽的人——像前幾朝那般，出現王振、劉瑾等把持朝政、權傾一時的狀況，是絕無可能的！

「骨子裏委實是聖主明君的才幹……」

每個人的私心中都明白，朱翊鈞小時候被張居正嚴加管教的苦頭並沒有白吃——在朱翊鈞跟前，是既不可能出現「權相」，也不可能出現「權閹」，唯一的弄權玩法、營私中飽的機會，就是取得朱翊鈞的派遣，外放出去當礦稅太監。

體會到這一點的時候，每個人就更唯「君命」是從……而自從田義被任命為司禮監掌印太監，陳矩為司禮監秉筆太監之後，情況越發明顯。

田義和陳矩兩人無時無刻不以張鯨、張誠的下場為戒，不但時時自我收斂，也再三提醒眾人，多方約束……

誰不想保住自己的腦袋呢？

因此，即便已經忙得筋疲力盡，也要不眠不休的盡快完成這個任務——

太監們很快就有了回報，一份完整的統計資料送到朱翊鈞跟前，並且很清晰的誦讀一遍：

「二十五年，銀，九千七百九十兩；二十六年，銀，十四萬九千九百八十五萬兩，金，三萬五千一百六十九兩；二十七年，至十二月中旬，計銀二十四萬九千一百九十兩，金，七千七百五十兩——」

初聽這個報告，朱翊鈞下意識的發出一聲「嗯」，接著點點頭，似是在嘉許太監們的辛勞，看得幾個任事的太監們心中一熱，又一起跪下來，準備好好的謝恩。

卻不料，朱翊鈞在這一聲「嗯」之後，心念突轉，忽然皺起眉頭，直著兩眼問：

「怎麼這麼少？」

再接下去，聲音變冷變硬：

「朕派了這麼多人出去，前後三年了，才進奉這麼一點點金銀？」

然後，他厲聲責問：

「這些人，到了外頭，都不盡心盡力的給朕辦事？一個個，敷衍？鬼混？」

雖然被他責罵的這些礦稅太監們都不在跟前，但他依然怒氣沖天，罵不絕口。

跪在他跟前戰慄發抖的全都不是當事人，而是一羣無辜者，恐懼得在隆冬中全身汗濕……

好不容易挨到他怒喝一聲：

「給朕傳下旨意，著各地礦稅太監加緊用事，明年，限加兩倍進奉，否則，召回京中論罪！」

這一聲雖然還是出自「龍顏大怒」，但是，對這一干太監來說，已經無異於「皇恩大赦」；於是異口同聲、整整齊齊的喊：

「奴婢遵旨——奴婢們立刻去辦！」

然後三叩首……「咚咚咚」的磕頭聲響過以後，幾個人挨次退出去，直退到乾清宮外的長廊上，才紛紛吐出一口長氣來，嘴裏不敢出聲，心裏不約而同的一起喊了聲：

「僥倖——」

彷彿像經歷了生死大關似的，暗自向自己恭喜，說，頸上的人頭總算又保住了；然後再一起進行工作——擬詔的擬詔，寫信的寫信，並且在措詞上盡量加重語氣，以催逼礦稅太監們盡早多進奉金銀。

「天顏震怒，屢屢降罪，我等險遭重治，九死一生，幾赴泉下……」

一封封以私人書信形式發出的文件中說明了事態嚴重，也直截了當的給礦稅太監們以嚴重警告，因為，「九死一生」的遭遇更容易降臨在失職的人員身上——朱翊鈞「天顏震怒」的原因是嫌進奉太少，真正的失職者、真正須「九死」的該會是誰呢？

正式發出的詔書中則說：

「宮中各項用度均不足，爾等礦日廢時，而所進戔戔，實有負君恩……」

各種文書都以最快的速度送出去，而後，所有的人都暗自禱告：

「但願見者生警……來年進奉兩倍以上金銀，以博天子歡心……」

然而，這些禱詞被反反覆覆說了許多遍，正顯示出根本沒有人真正瞭解朱翊鈞——

朱翊鈞的心是永遠也不會滿足，永遠也不會得到真正的歡暢的！

他只是用黃金白銀來填補心中的空虛，而這空虛是永遠也填不滿的無底洞；即便有再多的金銀財物堆在眼前，使他得到一個眼前堆滿東西的感覺，也只是一種假象、幻象……他的心中仍然是空的，等這短暫的幻象過去、消失之後，他仍然被空虛感所壓迫、追趕，令他不得不藉著福壽膏的藥效來逃避，等到醒來時，空虛依舊，只好再下令進奉更多的金銀……周而復始，他非但需要更多的黃金白銀，也永遠不快樂！

但，他這心思深藏在最深的底層，成為最不為人知的私密；他自己不知，身邊的太監們不知——朝中的大臣更是無由得知。

尤其是執掌錢糧歲收的戶部官員們，每天面對財政上的赤字，已然欲哭無淚，哪裏還有心思去體會他的內心世界呢？

礦稅太監到各處橫征暴斂，肆行不法的結果是苦了百姓，而後導致民變；而地方一有民變，必然導致賦稅短收，影響財政……即以山東臨清為例，此地原本是京杭大運河穿越而過、南北商品轉運的要地，貿易繁盛為全國之冠，商稅的歲收也為全國之冠，但自民變發生之後，商旅頓減，市面的景氣與繁榮大幅衰退，賦稅的收入便大幅萎縮，一到年底清點，數字立刻清楚呈現！

而這情況還不只是出現在臨清一地——全國舉凡「油水」充足的地方，朱翊鈞都派出了礦稅太監，於是民變在各地不停的如野火般點起、焚燒、蔓延，遼東、湖廣、廣東……各地都接二連三的發生「民變」，接著便是賦稅短收！

誰也不敢預估，明年還能有多少賦稅進入國庫……大明朝的富裕日子似乎已經過完了，不少資深的官員常像「白頭宮女話天寶」似的回憶著萬曆初年的情況，那時，歲入年年遞增，而歲出少有增加，因此「年年有餘」，不多時便需加蓋倉庫以供儲存；而今呢？

各項支出大得驚人，皇宮中的用度已為前之五倍有餘，而築定陵之費和援朝、征西南等戰役的軍費，早已掏空了好幾座庫房，偏偏，歲入又大減！

一名官員悵悵的望著年終結算的會計錄發呆，恨不得自己能鑽到地下去籌錢來填補財政赤字……怎奈不能，他只有憂心如焚、愁眉苦臉的望著眼前的數字發呆；更壞的是，心裏又明白，一過了這幾天，盛大的元旦朝賀儀又要用掉大筆銀兩，而後，開了春，朱翊鈞必然再想出各種理由來向戶部要錢用；而且，西南的楊應龍再叛，再度出兵征剿的奏疏也已經批下，開了春就用兵——這又得要一大筆經費！

「著令戶部籌餉——」

可是，到哪裏去籌？怎麼籌？沒有人告訴他；身為戶部官員，處在現今的環境裏，他不知道怎麼辦才能解決財政上的困窘……

「我，委實無計，無力……——」

獨坐到夜深，他覺得自己通體冰冷，而且被這無法解決的問題壓迫得幾欲聲淚俱下……直到黎明，他下定了辭官的決心——這下便無需憂心如焚了——他僅只用了不到半個時辰的時間就寫好了辭官的奏疏，然後大大的鬆口氣，站起來，頭也不回的走出了戶部衙門。

但，辭了官，僅只使他個人得到解脫——幾個月後，征楊應龍的軍費還是花下去了。

軍費依舊是用最壞的法子籌得——府庫已空，戶部告匱，逼得急了，朱翊鈞想出了解決的辦法，他下令：

「加四川、湖廣的田賦——著令兩地官員，限一月內徵收完畢，移作軍費！」

簡簡單單的一句話，由秉筆太監寫成聖旨，立時送出去……四川、湖廣兩地的百姓又加重了幾分負擔，怨氣也上升了好幾分；但，一切都已勢在必行。

楊應龍之亂不能不平——叛服不定的楊應龍所帶來的困擾實在太大了；六月裏，他聚兵八萬，進攻綦江，綦江城中只有三千守兵，當然寡不敵眾，苦守數日後被攻破陷落；長驅直入的楊應龍索性下令屠城，殺光了滿城百姓，將屍體投入江中，整條大江的江水一連數日都是鮮紅的色澤……

打從萬曆十七年起，楊應龍開始聚眾作亂，流竄播州各地，燒殺擄掠，攻城陷地，至今已整整十年；朝廷數度用兵，幾次擒住過他，都因為沒有徹底翦除而留下後患，使他有機會東山再起，造成眼下的後果……這一次，兵部做出「破釜沉舟」的決議，也得到朱翊鈞的同意，大舉進軍。

因為茲事體大，非同小可，因此，從三月間就以前兵部侍郎總督川、湖、貴州軍務的李化龍不敢掉以輕心——尤其是在綦江的慘事發生後，他深刻體認到，眼前的敵手是個不尋常的人，而這次的任務只許成功不許失敗；否則，非但自己的功名不保，便連腦袋也會保不住！

因此，他費盡苦心，調來劉綎、麻貴、陳璘、董一元等曾立下顯赫戰功的名將支援，從元旦一過就積極部署。

二月裏，大明官軍兵分八路，進討播州。

這八路人馬分由四川、貴州、湖廣三省八地進發，李化龍自領中軍坐鎮重慶策應，命貴州巡撫郭子章駐貴陽，湖廣巡撫支可大移駐沅州，以為臂援——三省的封疆大吏親自坐鎮前線督陣，在聲勢上是少見的浩大，連吃幾場敗仗的明軍士氣為之一振，戰力相對的壯大了三分。

八路人馬中以劉綎的部隊最驍勇善戰，劉綎本人的威名也最盛，因此擔負了最艱巨的任務——進攻楊應龍大營所在的綦江一路。

「由綦江直搗海龍屯——我等誓死取下楊應龍的首級！」

出發前，劉綎率領所有的部屬指天立誓，齊聲高呼，他慣於在戰場上使用的一把大刀在空中閃閃生光，懾人奪目，也招展著他的必勝之心……二月十五日，他到達三峒，以分兵三面圍攻的戰術進軍，一戰而捷，不到一天的時間就攻下了三峒。

楊應龍嘗到了敗績，越發對威名赫赫的劉綎不敢掉以輕心，派出長子楊朝棟率領最精銳的主力部隊抵擋；三月裏，兩軍交鋒，楊朝棟被殺得大敗而逃，手下人馬損失逾半。

劉綎乘勝追擊，進逼楊應龍大營所在的海龍屯的前門婁山關。

婁山關位在萬峯插天中的一條只有幾尺寬的羊腸小道上，形勢險要，易守難攻；楊應龍根據這得天獨厚的地勢，設下十三座木關，關樓上堆積滾木、椶杆、壘石，下列排柵數層，合抱大木橫截路中，並且挖下深坑，安設竹籤……他像賭博似的押寶押在這諸般天險上：

「要是能仗這天險擋得那個劉大刀，我便還有下半輩子——」

但，幸運之神沒有眷顧他。

這一仗，儘管劉綎打得非常艱辛，卻克服了萬難——他先是派步兵分左右兩路繞道包抄婁山關後背，自己親率主力仰攻，兵士們攀藤苦戰，終於毀柵而上，與左右軍三面夾攻，奪下了婁山關。

四月初，劉綎攻到白石口，楊應龍親自迎戰，不敵敗逃；劉綎追到養馬城，與其他幾路官軍會合，連破龍爪、海雲兩屯，緊接著團團包圍海龍屯。

海龍屯的地勢比婁山關還要險要，號稱是飛鳥騰猿不能逾的天險；但，對被包圍的楊應龍來說，這道天險已不是保護——他逃不出這道天險，原來的保護也就成為另一道圍困！

從五月十八日開始，官軍輪番進攻；但，上天似有意使戰事多拖延些時日似的，竟然下起雨來，而且連日滂沱，日夜不停；兵士們在滿地泥濘中輾轉苦戰，艱難備至而無成果……直到六月四日，天才忽然放晴。

戰爭經驗豐富的劉綎立刻判斷出這是不可錯失的良機，立刻吹號集軍，擊鼓催進，自己身先士卒的舞起大刀上前，奮勇衝刺，在天黑以前連破數道外柵與土城，進逼內城。

自知絕無生路的楊應龍放棄了肉搏，也不投降，而是帶著妻妾們自縊，並且縱火焚屍，以不落敵手；他的弟弟楊兆漢、兒子楊朝棟則被生擒。

長達十年的亂事終於宣告平定……捷報以「八百里快傳」送回京師，兵部收到之後，一看，是天大的喜訊，立刻就往皇宮裏送。

時間已是六月下旬，天氣熱得不得了；但，乾清宮中早已搬來冬天封存的冰塊，放在鏤空的木櫃中，派幾名宮女在木櫃後打扇，讓夾帶著冰氣的涼風徐徐吹到朱翊鈞身上，為他消暑。

朱翊鈞一面享用福壽膏，一面享受這陣陣涼風，然後，慢慢的閉上雙眼睡去。

但，周遭的一切並沒有因為他已睡去而有任何停頓，打扇的宮女們不敢，侍立著站了好幾圈的太監、宮女們也不敢——便連在一旁陪侍的鄭玉瑩也維持著他清醒時的姿勢而坐，臉上帶著甜笑。

天熱，她穿著一襲絳色的「半空」；半透明的輕紗軟如蟬翼，薄如紙片，寬寬的袖子中隱隱映出一雙白如雪、嫩滑如脂的手臂與腕上的雙鐲，隨時都在散發誘人的魅力。

但，朱翊鈞既已昏昏入睡，她的魅力也就毫無用武之地；儘管臉上仍是甜笑，那笑容卻是一種習慣性的表演，沒有意義，也不代表她的內心。

她的內心其實是不快樂的，毫無笑意。

日子已經過得有如行屍走肉——儘管外表仍然華麗炫目，仍然尊貴崇高，卻只是個空殼子；她心中的空虛感與日俱增，已然據滿了生命。

對於朱翊鈞，她說不上來那是種什麼感覺，就是不對勁——日復一日的過了十幾年，在表面上看來，朱翊鈞對她的寵愛一如往常，沒有她在跟前就不快樂，對她的話也全都百依百順……但，她隱隱覺得不一樣了，不對勁了。

彷彿，愛情已經消失了，他的人雖然還留在身邊，心已經不在了；甚至，她像突生狐疑似的想，自己究竟有沒有抓住他的心呢？

以往，這是毋庸置疑的，但，現在呢？

她冷靜、理智的告訴自己一個殘忍的事實：

「別說是抓住了，連明白都難……以往，他不但無話不說，還恨不得把整顆心都掏出來給我看，深怕我不明白他；可是，現在，大半大都難得跟我說句話……他的心裏究竟在想些什麼，總不告訴我，我一點也不知道……」

甚至，思路一轉，又想到新的層面：

「該不會——有了別人？但，不可能……」

她早已收買了多名乾清宮中的太監成為她的心腹，朱翊鈞如果宣召了其他妃嬪，這些太監都會很仔細的向她報告；朱翊鈞已許久不曾宣召妃嬪，與王皇后長年不見面，唯一常接近的女人是伺候他用福壽膏的碧桃！

她下意識的往站在朱翊鈞身後不遠處的碧桃看上一眼，結果是放心的。

碧桃多年與福壽膏為伍，身體和生命都與福壽膏融合，或竟成為福壽膏的化身；她瘦得兩頰陷落，臉色慘白得毫無肌色與人氣，兩眼空洞呆滯得完全失了神，直直的站著，肢不動彈，臉無表情，連呼吸和心跳聲也幾乎沒有——福壽膏之毒完完全全的蝕去了她原本有的一切，現在的她宛如無生命的木石。

她不但不是個女人，還簡直不是個「人」——朱翊鈞只會把她當作是福壽膏，而不會產生其他的念頭。

「他的心中確實沒有別的女人——」

這一點可以確定，但，這又有什麼意義呢？沒有別的女人並不一定代表就有她……沒有辦法掌握他的心，要爭取的事就沒法子確定——而且，他的心永遠都是浮動的，什麼都無法確定。

尤其是最近這段日子裏的反應——她已經提過好幾次，正在修建的慈慶宮即將落成，那是特為皇太子而修的宮殿，她希望主人是常洵：

「萬歲爺答應過臣妾的——」

但他的反應不再是與她一條心，而是好言好語的、有如應付般的哄著她說：

「啊，朝裏人多話多，朕，拗不過啊……呵……呵呵……總要敷衍他們一陣子啊！」

然而，她覺得，被敷衍的是她自己！

有時，她也很清醒的逼迫自己面對現實：

「立常洵的指望要落空了……萬歲爺拗不過了，心裏已經在想立常洛了！」

每想到這一層的時候她便遍體生冷，而且，一次比一次嚴重……終至於她頹然的放棄了再使力說話。

不甘心的感覺雖然仍在，但，她覺得自己累了，灰心了……絕望了！

朱翊鈞的鼻息聲重了起來，不多時就發出「呼嚕呼嚕」的鼾聲，她不自覺的收回怔忡出神的眼眸，轉過頭去看他。

他的嘴微張，眼緊閉，打鼻孔裏噴出熱氣；長年累月不見天日，使他的皮膚白得異常，臉上半點血色都沒有；贅肉多，顯胖，下巴重疊了好幾層鬆垮的肥肉，不但昔日的俊美已全數消失，還因被過度的酒色財氣淘虛了身體，整個人像浮漂著的豬油一般，一點生氣都沒有。

她看得不由自主的打了個冷顫，一道悲涼的想法快速爬上心底：

「這樣的人，哪裏值得愛呢？」

若非他的身分是「皇帝」……她清楚的記得，將近二十年來，自己用在他身上的每一分心，每一分努力，每一道過程，每一種付出……

一切都是白費的——她淒然一笑，欲哭無淚，慢慢的把眸光從他身上收回來，低頭看著自己的雙手。

什麼都沒有掌握到，愛情，名位——手心是空的，但，這雙手美麗絕倫，柔嫩細白，十指纖軟，令她自己為之神往，而感覺只是荒謬。

幾名太監走進來，手上捧著一疊奏疏——明知道朱翊鈞是不看的，也一樣送進來，等候指示——這幾名太監是「老資格」，一進來，看見他正晝寢，曉得該怎麼辦：幾個人把手上的東西捧得端端正正的，站到角落去等候他醒來。

醒來後，他或許叫人來念上一念，聽個大概；或許，連聽都不想聽——這些奏疏也就被送入庫房，永遠冰封。

這些紙卷上陳奏的事能否上達「天聽」，全在朱翊鈞的一念之間，沒有什麼道理可言，全憑運氣；偶然有一些例外，諸如非常重大的、讓朱翊鈞很重視、很放在心上的事，或是曾經在他心中留有深刻印象的事，會在想起來的時候叫人念來聽……因此，這些資深太監們都明白，今天送進來的這許多奏疏中，最有希望讓朱翊鈞吩咐一聲「念」的是來自重慶的李化龍的奏疏；因為，播州的楊應龍授首不但是件大事，也是件大喜的事，必能讓他「龍心大悅」；其餘的大半是大臣們上的「罷廢礦稅」的請求，那是絕對不會獲得青睞的；至於來自遼東巡撫所奏，建州的酋長努爾哈赤以「建州等處國王」的名義行文，本是件微不足道的小事——朱翊鈞會不會付予關注，原本還未可知，但既和來自四川的捷報同時到達，就註定要被冷凍了。

「值此大喜之際，萬歲爺哪裏有心思理會這等無關痛癢的小事呢？」

太監們的猜測也一點都沒有錯——果然，醒來後的朱翊鈞一聽「捷報」這兩個字，注意力就整個集中過去了。

他命人將李化龍的奏疏詳詳細細的朗聲誦讀，聽到幾段述說戰爭狀況的地方，情緒立刻升高，不時興奮的打斷誦讀，用力鼓掌叫好：

「好……好……打得好——殺了這麼多賊人，果然是我朝的勇將！」

一面隨口補充：

「這些人，都要加封賞——」

聽到末尾，李化龍奏說生擒了賊人若干，即將啟程解送京師的時候，他更加興奮，一迭聲的說：

「好——好——解來時，朕親御午門受俘——朕要他們親口認罪！」

接著馬上吩咐：

「立刻詔令李化龍，命他盡快解送播俘！」

說完話，自己呵呵的笑個不住；而其他的奏疏就果如太監們所料，根本沒有心思聞問。

註一：有關礦稅收入的詳細數字，可見《明神宗實錄》、《萬曆邸鈔》、《定陵注略》、《明史．食貨志》等記載。

4

播州的俘虜被解送到達京師的時候是十二月，正值隆冬，天氣冷得令這些生長於西南濕熱之地的戰俘們無法承受，無需行刑就已經死亡殆半。

其實，打從解送的隊伍走到半路上開始，就有人因不適應氣候、不服水土及不耐解運之苦而陸續病倒、死亡，令負責押解的官員們頭大如斗，每天提心吊膽的反覆設想：

「萬歲爺要親自受俘，萬一這些死俘走不到京師就死光了，我等必然獲罪……」

深知朱翊鈞喜好的李化龍心中更是忐忑，再三交代：

「所有的戰俘都要照顧妥當，切不可出差錯……務必要讓萬歲爺在受俘時龍心大悅……否則，我幾萬名弟兄在戰場上的血汗全都白流了！」

他知道，朱翊鈞要的是俘虜們一起跪倒在他跟前，向他叩首、求他赦免時的快感——只要朱翊鈞得到了這份快感，接下來的事就好辦了；無論是對立下戰功的將士們的獎賞，陣亡將士的撫恤，還是自己的加官進爵，都將有求必應；否則，無論上了幾千幾百封奏疏都沒有用，朱翊鈞一轉眼就會忘記播州戰役這回事，什麼嘉獎、封賞都不給了。

生長深宮的皇帝哪裏體會得到「戰士軍前半死生」、「戰場白骨纏草根」的情況？

皇帝要的永遠只是表面——

因此，這趟押解戰俘們北上的任務遠比戰爭本身重要，而執行起來更艱巨。

他特別從原本就很拮据的軍費中撥出一筆豐厚的押解費，派出的押解官和兵丁數量既多，且經過仔細挑選，全部由辦事最仔細、最優秀的人員充任……而這卻苦了這批優秀的人員。

從第一個戰俘死亡開始，這些人的心中就蒙上一層陰影，每天小心謹慎的執行任務；尤其是對楊兆漢和楊朝棟這兩名最重要的要犯，因為更怕他們死去，便又加倍小心，照顧得無微不至，除了必須戴上手鐐腳銬，必須坐進囚車中之外，這兩人的待遇不亞於官員巡行各地州縣。

而偏是天公不作美，他兩人一路上病了好幾次，押解官們只得沿路找醫生；而一路死去的戰俘，所造成的困擾更大。

由於數量過多，在數字上形成一個無法交差的情形；而且，以此下去，到達京師的時候，戰俘人數會減少到只剩十之一、二，押解官們越發惶恐：

「這趟路，白辛苦了不說，只怕——至少要落得個革職！」

帶頭的幾個人心裏尤其明白，輕則革職，重則可以改成死罪——萬一被人說成是自己得了好處，私放了犯人，謊報病死，罪名就大到可以判死刑——想得大家同時叫苦連天。

可是，事情逼急了，就逼出了解決的辦法；這天，突然有人心血來潮：

「何不向地方州縣要些死囚來充數？」

橫豎都是死囚——

這個建議很快就被所有的人接受，於是開始透過各種關係，或者施加壓力，一路上向經過的州縣索討死囚，混入播俘的隊伍中充數，以補上死亡之數……到了逼近北京的時候，還不夠的人數，索性就在夜裏隨意捕了些百姓，灌下啞藥，趕入隊伍中充數。

因此，當朱翊鈞親自登上午門受俘的時候，跪在他面前的俘虜，人數和出發前完全一致。總數有幾百之多，跪在午門前，黑壓壓的一片……朱翊鈞低頭一看，臉上立刻露出笑容。天上在飄雪，氣候酷寒；但，身著貂皮衣袍的他覺得身上暖烘烘的，只偶爾覺得風颳在臉上，有點兒涼颼颼而已，而這麼一看，一笑，登時間整個心頭都熱了起來，那一點兒涼意就被驅趕得無影無蹤了。

他的情緒在這一瞬間升高，興奮得心中怦怦猛跳，險些拍手叫好起來……俘虜們在錦衣校尉的指揮下開始向他叩首，請求免死，幾百人整齊排列而成的跪倒隊伍看來壯觀極了。

雪花一起飄灑在這羣跪倒的人身上，景象更加特別；而他當然無法分辨這些人中有哪些是真正來自播州的戰俘，有哪些是其他地方的囚犯，又有哪些根本是安善良民……他只是被這些人所象徵的「播州大捷」的勝利感弄得興奮、陶醉、快慰不已，別的全部不重要。

戰俘們在明確的指揮下，按照既定的程序向他叩請，然後在錦衣校尉的呼喝下起身，退出午門，腳上的鐵鍊隨著他們行走的腳步發出極大的聲響，彷彿在伴隨他們走完人生的最後一程時，為他們而悲鳴；但，朱翊鈞完全聽不到這一聲接一聲的悲鳴。

他早已由太監們簇擁著離去——「受俘」儀式預定的時間原本只有半個時辰，而他既已得到了興奮與滿足，當然就「功德圓滿」了；楊兆漢和楊朝棟被判以凌遲處死之刑，他也僅是隨口說了聲就算宣示了，此外都由刑部執行……他便連看都不再看一眼。

一路上，他向太監們點點頭說：

「嗯，李化龍這場仗打得好！」

太監們當然懂得立刻接下去說：

「這都是萬歲爺洪福齊天，咱們大明朝能得天佑，將軍們才能打下這麼大的勝仗啊！」

於是，朱翊鈞更加高興，「呵呵呵」的仰頭笑了一陣，笑夠之後，倒也沒忘了交代：

「回頭，把李化龍的奏疏找來，看看他說，打仗的時候，誰最賣力，誰立的功最大——都依他的奏，加給獎賞！」

頓了一下之後，他補充：

「讓內閣擬個旨來看！」

這話一出，太監們便有些兒驚訝——這樣的話，是朱翊鈞許久不曾出口交代的；多年來，他不是根本無旨要下，便是隨便吩咐叫秉筆太監來寫，如今，竟出口要內閣擬旨，實在是件特別得不能再特別的事！

每個人的心中都在想：

「看來，萬歲爺果然對播州戰事另眼相看！」

而連朱翊鈞本人都不曾想到，大明朝原本的政治制度與內閣擬旨的關係……甚至，太監們想到的是：

「那位李大人，從此要平步青雲了！」

反應快的想得更實際：

「怎麼先去給他透個口風……『報喜銀』總生受他一些吧！」

朱翊鈞則是另一種想法——他其實不是信口隨意說說，而是想到：

「這件事兒讓內閣露露手吧，免得朝裏的人閒久了，又來囉唆！」

最近，他又有好幾次被惹煩了，大臣們老是上勸諫疏，一會兒說慈慶宮落成了，應早立太子以安天下人心，一會兒是一個接一個的奏請罷去礦稅，即便他一概相應不理，心裏還是嫌煩；如今，正好拿平定播州的事來轉移大臣們的注意力。

「最好，教他們統統都去辦犒賞有功將士的事，就不會老跟朕提別的事了！」

而一想到「別的事」，他就忍不住打起了呵欠，「福壽膏」的癮也就上來了，恨不得立刻飛到榻上去享用；一面往下想：

「這才好過個耳根清靜的年呢！」

又到歲暮了，他想，大臣們有了「擬賞」的事可忙，一定皆大歡喜……

而面臨著時節已近歲暮的努爾哈赤，正在絞盡腦汁的思考建州的發展。

原本他的心情很好；因為，省思這一年來建州在各方面的建設成果，都很令他滿意，尤其是在推廣文教方面，從無到有大大跨前一步，令他欣慰極了。

噶蓋和額爾德尼辛苦多時，終於完成了創制文字的使命。

兩人捧著大疊文件，身後跟隨的筆帖式們抬著兩箱有關資料和書籍，一起來向他覆命。

「我等竭盡所能，完成貝勒爺交付的任務——現在將成果呈獻貝勒爺，請貝勒爺審閱定奪——如有不周不全，不盡如貝勒爺之意的地方，請貝勒爺責罰！」

兩人把手中的文件呈給他，上面密密麻麻的寫著新創的文字；這些文字是根據他的指示，以蒙文的字母聯綴女真的語音，合成新的字，而使女真的語言、文字合一，不再「說女真語，寫蒙古字」。

他接過來仔細看，一面嘉許他們：

「你們做得很好，很合乎我的意思——創出文字是功德無量的事，於我邦來說，又有不尋常的意義，更是不尋常的貢獻——你們都該得大獎賞——不過，任何一件創新的事，初起初成時，一定有許多不周不全的地方，需要很長的時間逐步改善；你們要牢記在心，隨時注意，隨時記下不周全的地方，積累一段時日後，做一次修改，使這套文字更周全！」

額爾德尼和噶蓋心悅誠服：

「貝勒爺英明睿智，深謀遠慮，明確周詳，我等萬分敬佩！」

他報以微微一笑，隨即吩咐：

「你們接下來的任務是推行這套文字——先以三個月的時間試行，由你們教授，在筆帖式中挑選二十名聰明優秀的年輕人學習這套文字；三個月後，視學習成效決定未來的計畫！」

筆帖式平時掌文書工作，全都是精通蒙文、粗通漢文的人——既已有文字方面的基本根柢，學習新字的能力應該很好——額爾德尼和噶蓋對這個新任務都很有信心，齊聲領命：

「是！」

於是，立刻付諸實行；兩人第二天就挑好了學生，開始教授這套文字。

他非常重視這件事，時時召他兩人詢問情況，有時還親自到授業的課堂視察，以更深入瞭解成效。

而成效完全達到他的理想——經過三個月的努力後，這第一批「學生」都學會了新創的女真文字，能讀能寫，運用自如。

他非常滿意，立刻進行第二個步驟的任務：全建州的重要人員，包括他自己在內，每天都撥出一個時辰的時間來學習新字，而無論職務是文是武都不例外。

他興致勃勃的對何和禮、額亦都等人說：

「先從咱們自己做起，往後，推行到建州的每一個人——估計，只要有兩三年的時間，就人人都學通了！」

而對於已經學會新字的筆帖式，將賦予更重要的任務——他指示噶蓋和額爾德尼：

「準備譯書——先從蒙文書動手，將重要的蒙文典籍譯成我女真新字；同時，令他們加強研習漢文，盡快將漢文典籍譯成我女真新字！」

當然，他的心中還有更長遠的計畫：一旦譯書的工作有了具體進度，便開始設立學校，讓孩童們來讀書……

以往在北京城中的所見所聞又浮上心頭，國子監中的青青子衿、琅琅書聲……這美好的景象既是他對文化的嚮往，也是他創建邦國的藍圖之一、鍥而不捨的追求之一；而事情既已開始進行、上了軌道，心中已能預見未來的遠景，精神當然高昂勃發。

但，世間難有事事如意的絕對順境，時近歲末，本是專心制定新計畫的時候，但又有新的煩心事降臨。

這天，他先是策馬在野外，迎著大風雪獨自奔跑了好一大陣，跑得遍體火熱，回來後獨自在屋裏踱步，最後，他立定了，站在窗口望天。

他先是一言不發的出神，臉上一片靜穆；然後，神色漸漸起變化，目光越來越沉，越來越銳利，臉色越來越紅，拳頭也慢慢的握了起來。

然後，他一拳擊在窗櫺上……

「非徹底滅了哈達不可！」

他的心裏爆出一個聲音來，緊接著又是重重的冷哼：

「太不像話了！」

心裏存著怒氣，也因此下定決心；那是因為不多日前，明朝新上任的遼東巡撫趙楫竟然派人來向他施加壓力，要他送孟格布祿和吳爾古代父子回哈達部。

趙楫七月才受命，來到遼東已是八月；上任三個月後自以為已經摸熟了遼東的情勢，也聽說了他兼併哈達部的事，一心想要調解兩部之間的「糾紛」，便派人來向他說：

「孟格布祿畢竟是哈達部之長，久居建州，終究不是辦法，還是盡早將孟格布祿以及他的兒子吳爾古代送回哈達部去吧！」

他當然不接受，而且心中嘿然冷笑：

「這個什麼驢官，大把的好處都收下了，還要來管閒事；是想顯威風嗎？事情還沒弄清楚，就放起新官上任的三把火來了？哈達部的降民都已編入建州的戶籍，成為我建州的子民了，他還在胡扯這些！」

但是，表面上，他滿口應承的對來人說：

「好的，好的，我盡快處理！」

他不想和明朝在這個時候撕破臉，發生爭執，引起不必要的問題，因此表現得非常順從，滿口答應送還孟格布祿父子，而心中立刻仔細盤算起處理的方法。

兩天後，他索性派人在孟格布祿的飲食中下藥，使孟格布祿連瀉兩天肚子；然後，他為孟格布祿延醫醫治，卻讓孟格布祿服下藥性相反的藥——孟格布祿當然就「病」得更嚴重了。

這一病，病了十天還不好；而孟格布祿得病的訊息已經傳遍遼東。

到了第十五天，孟格布祿就亡故了。

於是，他派人呈報趙楫，說，孟格布祿一病不起，但他將送孟格布祿之子回哈達，以實現他對明朝的承諾。

對這個呈報，趙楫不得不接受，但也不肯全然置信，不但再三盤詰他派去的人，還派人到建州來催迫他盡快送回吳爾古代。

趙楫派來的人甚至說：

「巡撫大人未能相信建州的誠意，最好有些具體表示——」

他一聽，氣得險些當場翻臉；但，終究還是忍了下來，也立刻有了主意。

設下豐盛的酒宴，備下厚禮，他把趙楫手下這個職位不高的小吏奉為上賓，殷勤招待，親自勸酒，親切談話，而趁機多瞭解趙楫一些。

酒過三巡之後，賓主盡歡，已儼如至親好友；吃飽喝足，囊中亦滿的來人越發知無不言、言無不盡起來。

「巡撫大人也是無奈嘛，上了任，總得做點事給朝廷看看；但，他的心裏是向著建州的；建州和哈達這碼子事——貝勒爺，您就作些表面文章，應付應付，只要表面上說得過去，事情也就過去了——再有些什麼小疙瘩也不打緊，我給您效勞，在巡撫大人面前使使勁……」

他的心裏生出了笑意，舉起面前的酒杯一飲而盡，也立刻再備一份厚禮，託來人轉送趙楫。

送走來人後，他再次反覆的想……

結論還是一樣的：

「徹底滅了哈達——殺了吳爾古代！」

吞併扈倫四部，統一女真分裂的各部落，是他多年前預定的目標……他從來沒有遺忘過自己的使命，自己與生俱來的任務，要帶領全體女真人走上康莊大道；幾年來，他腳踏實地、一步步的用心經營，每走一步就距離理想更近一步；而今，又是一個新的時機到來。

「只需想好一個應付明朝的辦法來——」他很明確的告訴自己：

「這事只要應付得周全，讓明朝不插手干涉，哈達就完完全全為我所有了！」

於是，他陷入沉思中，再三仔細思索……

這次，他一如往昔，沒有對事情掉以輕心，整整費去一天一夜的時間後，才從反覆推想中做出決定。

所不同的是，這一次，他既沒有找來部屬們商量，也沒有把這個決定說出口；直到第三天才明確的當眾宣布：

「我要將莽古濟嫁給吳爾古代！」

莽古濟是他方成年的三女❶——女兒大了，配婚是天經地義的事，但是，他選擇的配婚對象竟是吳爾古代，登時引來驚異，紛紛詢問。

尤其是莽古濟的生母富察．袞代，初聽之下大吃一驚，繼而急吼吼的趕到他面前，顫抖著問說：

「吳爾古代不是哈達部的人嗎？貝勒爺既已出兵滅了哈達，怎的還要將莽古濟嫁他？」

邊說且邊哭起來，一面又抽抽搭搭的往下說：

「貝勒爺可是糊塗了……吳爾古代是跟著孟格布祿兵敗被俘，才來到建州的；來了以後，行為很不好，任誰都知道，那是個品行不好、不能親近的人，怎麼貝勒爺還要把莽古濟嫁給他……嫁了這個人，叫莽古濟的日子怎麼過呢……」

越說情緒越激動，索性伸手拉著他的臂搖動：

「求求貝勒爺，收回成命……」

但他沉著臉，抽開自己的手臂，不與她說話，而揮手叫她的隨身婢女：

「送她回房去歇著——」

然後，他自顧自的走開了；幾天後，他命人備妥文書，送去給趙楫，邀請他出席莽古濟與吳爾古代的婚禮。

趙楫當然沒有親自前來觀禮，但是備了禮物，派了好幾名部屬前來，名為道賀，實為觀察的參加了婚禮。

努爾哈赤親自接待這兩名明朝官員，不但將他們在喜宴上的座次排在自己的兩旁，還不時殷勤的勸酒勸菜，一面發出呵呵的笑聲，看來非常高興。

「漢人都說：女婿是半子——兩位看看，我這半子，模樣兒很不錯吧！」

兩名做了貴賓的明朝官員當然順著他的口氣接下去，滿口讚美：

「是的！是的！果然是乘龍快婿！」

甚且，因為受到全場歡悅氣氛的影響，情緒升揚了起來，兩人都異口同聲的說：

「建州和哈達結了這個親，是最明智的事——我們回報巡撫大人，大可放心了！」

努爾哈赤呵呵一笑說：

「等我得了外孫，必然抱他去巡撫衙門參見巡撫大人！」

說著立刻舉起酒杯來敬酒，自己先一飲而盡，兩名貴賓也就跟進，一口喝光杯中的酒……幾個回合下來，喜宴還沒有結束，這兩個人已然酩酊大醉，如爛泥般癱倒了。

努爾哈赤做了個手勢，立刻過來幾名侍衛，伸手扶起兩人。

「好生服侍，而且，一步都不能離開，一直守到他們酒醒！」

他仔細的交代，但是，話一說完，自己就放下酒杯，站起身子，退離喜宴；同時揮手，不要人跟隨，獨個兒走到戶外，不一會兒後便跨上馬背，向野外飛奔而去。

情緒起伏得厲害，隱藏的心事和酒意一起起伏，再經過跑馬的顛簸之後激盪得更厲害，終於，他翻身下馬，就地嘔吐。

將胃中所有的東西都吐了個乾淨之後，他直起身來站立著，情緒也平靜了許多，心裏隱藏著的、說不出來的許多話慢慢的被壓到最深處……他冷靜、理智的告訴自己：犧牲一個女兒是值得的，自己所付出的代價終必有十倍、百倍、千倍的回收！

為了建州的生存和發展，為了完成統一女真的大業，為了完成自己的理想和使命……

他緩緩吁出一口長氣，仰頭向天；天色昏黑，似乎即將飄降大雪，但他的眼睛在昏黑中看見了莽古濟的童年，那是她五歲時候吧，頭梳雙辮，辮梢打著小花結，襯得臉蛋也像一朵小花，眼睛專注在懷中抱著的布娃娃上；她在模仿成人的舉動，扮演布娃娃的母親，哄布娃娃入睡；這情景看得他心頭發熱，但是，耳中響起了袞代的哭聲，想要仔細分辨，哭聲卻在剎那間換成莽古濟的，而眼前的景象消失了。

雪落了下來，他悵悵出神，任憑雪花飄灑在他的臉上、身上，然後回身上馬，同時像對自己許下諾言似的在心中默念：

「以後再好好補償莽古濟……現在這麼做是不得已的……既是我的女兒，就必須為女真的統一大業而犧牲……」

為了完成大業，他不惜一切——包括疼惜女兒的心。

他也要求自己，控制住情感和情緒——目前，自己的心思應該用在成功的吞併哈達部這件事上。

回程，他在馬上反覆思索，仔細謀畫。

吳爾古代做了他的女婿，當然是給了明朝一個很大的交代，也是不放吳爾古代回哈達的最好理由——既然是女婿，當然應該留在建州，由他「恩養」。

「這麼一來，明朝就沒話說了——」

而他將利用這個緩衝，加緊進行全盤掌握哈達部的計畫，讓「哈達部」這個名稱永遠消失；他有把握讓吳爾古代死得像孟格布祿般的合情合理，也很有把握讓哈達部的人對他心悅誠服，融合成建州的子民——有了這個緩衝的時間，他有絕對的把握。

他告訴自己，新的一年到來了，而他正在進行這件意義重大的事——吞併哈達，乃是他統一女真大業的開始；事情做得成功，一生的事業又能展開新頁。

他的精神為之一振，其他一切不重要的情感和情緒都自然而然的沉到心底深處，不再浮現；同時期勉自己：

「今年是何等重要的一年啊——這統一大業，我一定要全力以赴；除了哈達，輝發、葉赫、烏拉，都要逐步解決，一個一個的為我所有！」

他的眼中閃動著沉定、堅毅、充滿信心的亮光。

註一：《清史稿．公主表》所記僅有莽古濟於天聰三年下嫁蒙古敖汗部長瑣木諾杜棱；但，校註之六引《清皇室四譜》記，辛丑歲（明神宗萬曆二十九年）正月，莽古濟下嫁吳爾古代，後以夫亡，於「天聰元年十二月」再嫁瑣木諾杜棱。

5

萬曆二十九年——這一年，明朝境內接二連三的發生動亂。

「二月裏，武昌民變再起，百姓聚眾抗爭，殺稅監陳奉的參隨六人，焚燒巡撫公署——這是武昌、漢陽地區的民怨在累積三年之後，第二次爆發的具體行動，情況遠比一年多前擊傷陳奉要嚴重得多……」

這一次，百姓羣聚的有數萬人之多，憤怒的目標指向原為御馬監太監，來到湖廣等地任礦稅太監而胡作非為、橫征暴斂的陳奉；陳奉逃出稅監衙門，藏匿於楚王府，僥倖免於一死，而百姓包圍了楚王府，索要陳奉；最後，出動錦衣衛緹騎鎮壓，才勉強驅散聚集的人羣❶。

然而，這麼重大的事變奏報到朝廷，大臣們紛紛上疏陳請撤回陳奉，朱翊鈞卻遲遲沒有答覆。

他倒不是對這件事完全不聞不問——太監們念的奏疏，內容他都聽明白了，也不是漫不經心的從右耳進去，從左耳出來，而是產生了錯愕。

表面上，他一言不發，靜默無聲，更無特別的神情，木著一張臉，重新投入福壽膏的香得令他沉醉的氣息中；實質上，心中開始迴旋起一些異常的聲音。

「陳奉真的那麼壞嗎？」

像是在詢問，也帶著些詫異……

這一次，他的心神沒有完全在福壽膏中沉迷，心緒在微微的顫動中逐漸升起思索的聲音，腦海中也漸漸有了縱橫交織的線路。

他想起了往昔，陳奉跪在他面前的模樣，恭敬、謙卑、忠誠，十足是個可以信賴的人；而後，陳奉就任湖廣稅監，進奉的金銀數量可觀，讓他十分滿意……仔細想過之後，他重新發出疑問：

「陳奉真有那麼壞嗎？」

太監們念過的奏疏裏，有內閣大學士沈一貫上的，給事中姚文蔚、南京吏部主事吳中明……印象最深刻的是江西稅監李道。

李道的奏疏不同於其他人，僅只是指出陳奉為禍地方而已——李道很明確的指出陳奉：

「侵匿稅銀、阻截商販、徵三解一、病國剝民——」

幾句話深深的打動了他的心，也使他從內心深處發出怒喝：

「什麼？徵三解一？」

湖廣一帶徵收的礦稅，竟然只有三分之一解入內帑？陳奉個人的侵吞是進奉的兩倍？

「這是真的嗎？」

那個恭敬、謙卑、忠誠的奴婢竟然做出侵吞的事？跪伏在地，像條狗一樣的人竟然背叛了他——他開始發抖。

兩個月後，他下令召還陳奉，由承天府守備太監杜茂代理陳奉之職；但，湖廣一地，百姓遭受荼毒，而致元氣大傷，已嚴重到無法養復了。

而且，就在陳奉被召回京的第二個月，蘇州也發生了民變❷。

一樣是因為徵稅太監剋剝所引起——

奉派到蘇州的太監是孫隆，五月裏，他率爾下令，每一架織機加徵稅銀三錢。

他打的如意算盤是：蘇州向為絲織盛產之地，百姓以「織」為業者佔十之八、九，織機總數不下數十萬，每架加徵三錢，一年的進帳將多出百萬以上，不但能討得朱翊鈞的歡心，自己的荷包也可以賺個肥飽。

但，他沒有想到，原先已要繳交重稅的機戶們再額外多繳這「每架三錢」的加徵，全都無法承擔，只得紛紛關門罷機，而受雇的機工們立刻失業，生計大受影響，動亂頓生。

六月初三，幾千名織工聚集城中，推崑山葛成為首，包圍孫隆的稅監衙署，擊斃孫隆的幾名爪牙，孫隆本人越牆逃走，才免於一死；而聚集的機工依然不肯散去，第二天，官府調來大批軍隊鎮壓……

這一次，聽著太監們念奏疏，還不等全部念完，朱翊鈞的眉頭就皺起來了。

他先是像個小孩賭氣般的哼著說：

「怎麼不連孫隆一起打死呢？那才是一了百了！」

然後又向鄭玉瑩嘆氣：

「這干太監，在皇宮裏的時候都好好的，一出去就惹事生非——你瞧瞧，兩個月出一回事，弄得朕沒個安靜的日子！」

說完，胖乎乎的下巴抖了一陣，頭也連搖了幾下。

鄭玉瑩當然揀好聽的向他說：

「在萬歲爺跟前，有萬歲爺的感召，他們自然一個比一個好——放到外頭，離萬歲爺遠了，難免就有些走樣！總是下人嘛，好也是靠萬歲爺的聖明才好的——」

她像是想為孫隆說情似的進言：

「有道是：『大人不計小人過。』萬歲爺就別把這些奴婢們的過錯放在心上了！」

然而，這一次，朱翊鈞的反應和以往大不相同；儘管讓鄭玉瑩說了半車子好話，他也不再全盤接受，全盤聽從……而且，無需再拖延上兩個月——他隨即下令：

「叫孫隆回京來，給朕仔細盤問盤問！」

吩咐完，他吞吐了幾口氣，與他默契十足的碧桃立刻奉上福壽膏來，這回他的反應也不同了，沒有立刻接過來享用，而是愣愣的出了一會神之後才接，吸入後，過了好半晌才緩緩閉上眼睛細細品味、沉沉睡去。

而清醒著的鄭玉瑩卻在他入睡之後，臉色漸次沉下來，心裏憤憤的想：

「他竟然連我的話也聽不進去了——」

替孫隆說情並不是沒有緣由的——孫隆送了她不少「孝敬」，要是這回說動了朱翊鈞，不怕孫隆不加倍孝敬；可是，釘子碰回來，財路也就斷了。

但，僅只是一個「財」字，還無需太放在心上——真正令她不安的是另一種隱憂。

「色衰則愛弛，愛弛則恩絕……」

這是自古以來寵妃的下場，想得她不由自主的冷冷一顫，也更加不甘心的咬著兩排牙齒，打心底裏發出呼喊：

「我尚未色衰啊……怎麼竟說不動他了呢？」

一股混合著諸多因素的複雜的思緒湧上心頭，有幾分挫折，有幾分失落，也有幾分悲憤……她盡可能的控制住自己，維持著平靜的外表，不讓淚水落下，以免讓周遭的太監、宮女們看見，哪天不留神就說給了朱翊鈞知道；但是，情緒已經壞到極點，實在沒法在他身邊挨下去了，她索性起身，走出乾清宮。

天氣熱，她身穿蔥綠織金薄紗上衣，下著墨綠團花百褶裙，人一走動，身上的環珮一起發出聲響，但是，朱翊鈞不但沒有因此醒來，反而鼾聲更大，她把頭一低，險些哭出聲來。

出了宮門，在宮女們的攙扶下坐上軟輿後，她強迫自己深呼吸，以支撐自己能維持著平靜的外表回翊坤宮；卻不料，太監們抬起軟輿，剛走上幾步，她不經意的一抬頭，看到了坤寧宮。

宮裏隱約透出幾個走動的人影……

王皇后還健在——雖然常常病著，卻總能拖拖拉拉的熬過去，直到現在還活著，還佔著「統領六宮、母儀天下」的身分！

她再也控制不住了，兩行熱淚滾滾而下，更沒法子壓抑下心中澎湃洶湧的波浪；而在淚眼婆娑中再次遙望坤寧宮，情緒就更加激動。

那是她最想擁有的地方，但，那裏屬於另一個女人……一個阻擋了她實現夢想的女人……

坤寧宮的建築她熟得不能再熟，已經數不清多少次在夢中看見自己昂然入主坤寧宮，捧起皇后的金印，向天叩謝。

打從十三歲入宮開始，這個夢就不時出現，而成為她生命的重心；如今，整整二十年過去——

夢想實現的希望越來越渺茫，不但皇后的金印握不到手中，便連朱翊鈞的心也從手中飛走了；她不由自主的回想起那許多得寵的時刻，朱翊鈞一天都少不了她，只差沒把天上的月亮摘下來給她……

但，越是這麼想，心裏越發酸，雙手一掩面就號啕痛哭起來，顫顫的忖著：

「那才不過多久前的事啊！」

人坐在軟輿上，她哭得全身不停顫抖，那原本薄如蜻蜓雙翅的蔥綠紗衫便如被驚得撲簌搖晃，帶著無處可棲的惶然；又宛如漂流的浮萍，遇到了逆浪，慌忙的隨波亂轉……

情勢大不利於她，似乎已成定局——兩個月後，朱翊鈞宣布了新決定，雖然原本在她的預料之中，怎奈一旦成真的時候，仍然是致命的打擊，令她哭得死去活來……

事情雖已隱隱成形，但促成具體的實現，還是一個偶然的因由。

這天，朱翊鈞其實一如往昔的沉溺在福壽膏帶給他的美好幻覺中，並無意於處理或決定任何事情；他像一尾漫游的魚，心中沒放進任何東西。

但，太監們來向他稟報，被他下令召回的陳奉已經到達北京，在宮門外等待他的宣召。

霎時，他的悠遊與自在全部被攪亂，情緒整個的壞了；他覺得耳中嗡嗡作響，眼前昏昏然，心中升起一股煩躁，於是，他發出一聲冷哼：

「還宣召什麼？」

重重的一頓後，他厲聲喝道：

「著錦衣衛拿下，嚴審問罪！」

怒氣一起呈現在他的神情和聲音中，臉色為之泛青，呼吸重濁，口氣嚴厲，說出來的話毫無轉圜的餘地；當然沒有一個人敢為陳奉求情，更沒有一個人敢違逆他的意思……

「奴婢遵旨！」

陳奉的命運被決定了——跪伏在地上的太監們起身之後立刻開始審訊陳奉，而且以最快的速度進行；善於察言觀色的太監當然很明確的感受到了朱翊鈞的憤怒，絲毫不敢遲延，更不敢放人情；很快的，陳奉的罪名被確定了。

太監們飛快的來稟告：

「陳奉親口招認，曾侵吞稅銀……」

下面的聲音他聽不清楚了，陳奉招認的數字是長長的一串，但是，多少都不重要——重要的是，陳奉背叛了他；這個親口招認同時證實了背叛的事實，便連他想逃避面對這個事實都不可能了。

他的耳中嗡嗡作響，腦海昏亂，情緒惡劣已極，心裏只有一個聲音：

「這該死的東西！」

「徵三解一」是事實，陳奉當然要判死刑……侵吞了多少稅銀，要一筆一筆的查點清楚，送交庫房，至於陳奉本人，他只說了一個字：

「絞——」

因為寬恕不得，他發聲的時候非常簡潔有力，聽得每一個人都覺得背脊發冷，飛也似的去向錦衣衛鎮撫司傳旨……

而其實，他才是真正的受害者——

處死了陳奉，他的情緒不但沒有因為得到了發洩而好轉，還反而變得更壞；壞到令他連福壽膏都不想享用了；他起身踱步，在屋裏走了好幾趟來回，然後，他在窗口停下來，悵悵的張望著前方。

其實並沒有看進去什麼東西，他只是茫然出神，心裏一遍遍的對自己說：

「世上沒有人可以信任！」

雖然心緒在轉動，他卻覺得心中非常空，空得一無所有，空得令他難受之至。

而就在這個當兒，心念一轉，突然想起了生身的母親——被尊為慈聖皇太后的李氏。

這道心念來得莫名其妙，卻也不完全無因……起自於他在極度空虛中，生出一個力量，推動他潛藏在生命最底處的渴望與追尋。

他需要有東西來填補他空洞的內心，而他本是最渴盼母愛的孩子……

於是，他立刻吩咐：

「起駕——到慈寧宮！」

一路上，許多童年時的回憶都湧了上來；他最喜歡依偎在母親的懷中，臉頰貼著她溫熱柔軟的胸口，聞著她身上發出來的甜香，聽著她輕微的鼻息和心跳的聲音，雙手勾住她的脖子，有時還去撥弄她從耳垂懸下的一長串珍珠耳墜。

那是最讓他滿足的感受，也是最溫馨的回憶，他熱切的想要再重新享有一次。

更何況，現在的他還有一個新的體認：母親是世上唯一可以信任的人，唯一不會背叛他的人！

於是，他一路催促抬輦的太監加快腳程，直到慈寧宮在望。

李太后已經先一步得到通報，帶著幾分詫異的準備接見；朱翊鈞的軟輦一到，先是太監、宮女們在門口跪了密密麻麻的一地，山呼萬歲之後起身迎他入宮；而他根本顧不得這接駕的儀式，三步併作兩步的直入正殿去見母親。

李太后穿著一襲褐色上繡萬壽團花的常服，沒有什麼特別的地方，但是，頭上的白髮和臉上的皺紋都明顯的增多了；她已經老了，儘管頂著皇太后的尊貴身分，也一樣臣服於歲月。

朱翊鈞先是不覺——他跪倒在地，恭恭敬敬的說：

「兒臣給母后請安，母后千歲千千歲！」

可是，行過禮，一抬起頭來，李太后的形貌整個進入他的眼中，他便不由自主的一愣。

她已經非常衰老——臉頰凹陷了，皮膚上長出了老人斑，眉毛稀淡，襯得雙眼無神，下巴和脖頸都鬆垂著幾層皮，耳上只飾了一顆珍珠，沒戴長長的耳墜……

他的心開始顫抖、抽搐。

她老了——老得和他記憶中有著溫暖懷抱的母親已然大不相同，甚至，眼前的她有如一個陌生人，除了「母親」的名分之外，什麼都不對勁了。

「母后——」

他心裏盡是錯愕，幾乎發不出聲音來。

而李太后的心裏是疑問，等他行完禮就以老人特有的遲緩語氣問：

「皇帝，怎麼得空，突然上我這兒來了？有什麼事兒嗎？」

這一問，問得他無從回答，瞠目結舌的僵立著；偏偏，就在這一剎那間，又有一樁往事回到心頭：他想起了多年前，他因冶遊而受到母親的責罰，跪在她跟前，心中發著陣陣戰慄；那時的母親正值盛年，體態豐腴，眼神中挾帶著令人心折的威嚴，和眼前的衰邁一樣，都不是他心中真正的母親……

想到往事，他越發傻了。

他十歲即位，每天清晨都在母親嚴厲的叫喚聲中醒來……做了皇太后的母親，每天的第一件大事就是叫醒他，準時上早朝；無論他多麼眷戀被窩，也得乖乖服從——那幾年，母親和張居正是一個人的兩種化身，都在期勉他做個聖主明君！

這麼一想，心裏便亂成一團，他幾乎想逃離；但是，李太后的聲音又響了起來：

「皇帝——」

她的叫喚聲已經不嚴厲了，但並沒有帶給他一絲親切的感覺——她彷彿在叫喚一個陌生人，遙遠的，充滿了禮貌。

他在輕輕一顫後接受了這叫喚，並且極力克制住情緒，集中目光正對李太后，也回報了她一個高度的禮貌，想出了一句得體的話來——他的臉上堆起笑容，聲音也非常恭敬：

「兒臣沒有特別的事，只是想念母后，所以專程來看望母后！」

這麼一說，李太后的臉上也浮起了笑容：

「難得你有這份心！」

說著，她從座椅上緩緩起身，原來侍立在身邊的兩名宮女連忙趕上去攙扶她；然而，她起身、站穩之後舉步行走，並不是想要靠近他，而像是一個下意識的動作；但，他依然立刻上前去，湊在她跟前，陪著她邁步。

李太后笑咪咪的說：

「你來了也好！我正有話要跟你說說呢——咱們娘兒倆好久沒在一塊兒說話了！」

朱翊鈞立刻彎了腰，恭敬的說：

「是——兒臣恭聽母后的訓示！」

李太后滿意了，緩緩的走動，走到窗口，她想要往外看，一名太監立刻過來打開窗戶，讓她的視野延伸出去。

時節入秋，吹拂而過的風微帶涼意，天色卻異常清朗，碧藍如緞，沒有半絲雜色，且閃閃發亮，藍天下是慈寧宮外的一排長廊，連接到宮門，廊上的朱漆和沿廊擺設的盆花相映成一道色澤亮麗的豔光，在秋陽下閃動。

李太后的心情似乎特別好，眼睛張望這些，口裏一迭聲的說：

「今兒天氣真好，連這些花都給映照得特別好看呢！」

朱翊鈞立刻迎合她的話頭說：

「難得這好天氣——兒臣陪母后到御花園中賞賞花吧！」

李太后微點了一下頭：

「也好——我多日不曾出門檻，正想走動走動！」

於是，朱翊鈞吩咐太監們：

「起駕——上御花園！」

太監們當然立刻應聲：

「遵旨！」

不料，李太后忽然想起了事情，吩咐道：

「慢點！」

然後，她向朱翊鈞說：

「難得有這個興致——把我的長孫召來，一起去吧！」

說罷不待朱翊鈞表示，逕自吩咐：

「去請皇長子來！」

霎時間，朱翊鈞愣住了；他壓根兒就沒有想到，事情會有這麼突如其來的變化……而他畢竟不敢違拗李太后的意思，不敢出聲阻止太監們去請常洛；只能強迫自己忍耐，壓下心中一千個、一萬個不情願，默默順從李太后的主張。

他臉上的笑容變得尷尬了，浮在表皮上，顯得萬分不自在，但只能暗自在心中告訴自己：

「且忍一忍，忍過這當口……走過一趟御花園，一會兒就沒事了——」

但是，李太后像跟他對上了似的，毫不放鬆的緊逼下去——她轉過身來，兩隻眼睛正視著他，目光也在瞬間變得炯炯有神，既令他不敢正對，也無法逃避，只有萬般無奈的承接。

李太后更進一步的逼人——她略略提高聲量，一字一頓的問他：

「我記得，慈慶宮是去年八月修成的，常洛是今年二月裏搬進去的，可怎麼就沒聽說那是『東宮』？」

朱翊鈞開始招架不住，心口發顫，一面閃躲她的眼神，一面在腦海中思索如何敷衍她的話語，好一會兒之後才回答她：

「常洛尚未受冊——」

李太后依舊不放鬆，追問：

「這又是為了什麼呢？大臣們不是打多少年前就紛紛上疏？我也不曉得跟你說過多少遍了，你全當耳邊風，胡亂拿話敷衍——一拖十幾年，說不過去吧！」

朱翊鈞不敢聲張，低下頭，任憑她一句接一句的說下去，心裏開始做好挨罵的準備，但，李太后卻像感慨萬千似的改了神色，嘆了口氣，放緩了語調問他：

「你倒說說看，常洛究竟有什麼地方不好，惹你討厭，你就這麼不情願立他當皇太子？他畢竟是長子啊，你能不顧禮法？不顧天下人說話？眼看，他將滿二十歲了，你要拖延到幾時呢？更何況，這孩子老老實實的，又挺孝順，沒有什麼不好啊！」

朱翊鈞盡可能的閃躲，心裏飛快打轉……好不容易想到了一個說詞，於是恭敬的向李太后解釋：

「他只不過是個宮女生的，不值得母后為他操這許多心！」

卻哪裏知道，話還沒有全說完，臉頰就挨了「啪」的一聲；然後是揮罷掌的李太后鐵青著臉，顫顫的怒聲：

「你也是宮女生的賤種！」

朱翊鈞登時醒悟，立刻「噗通」一聲跪下：

「兒臣知錯！」

可是，一切都遲了。

李太后戰慄的身體再也不願站在他面前——她的心被親生兒子刺傷了，不停的淌著血，已經衰老的她承受不住這傷害……在宮女們的攙扶下，她搖搖擺擺的走回寢殿去，臨轉身之際，她連看都不看他一眼。

朱翊鈞跪在地上，抬起頭來目視著她離去的背影，心裏慌成一團，想要出聲喚她，但是張大了嘴發不出聲音來，而恐懼感如浪潮般湧起。

他連母親都要失去了——

耳朵裏又是一陣嗡嗡亂響……李太后年老力衰，這記耳光打得並不重，臉頰沒有明顯的痛意，實際的感受是一把刀扎進心裏……他像赤裸著身子獨自立在茫茫的荒原中，這一刀切斷了他與世界的聯繫，使他成為徹底孤獨的人。

他想放聲大喊，偏偏，李太后的身影已經看不見了。

太監們將他從地上扶起來，但他站立不穩，險些又跌坐下去；折騰了好一會兒才扶他立定，太監中沒有一個人敢開口說話，而他的耳中嗡嗡作響。

他終於掙扎出了聲音，那是一聲呼喚：

「母后——」

但，這聲音是無意義的……一如他在精神的荒原上聽到的呼呼的野風吼聲。

他想放聲大哭，想放足狂奔，想用力捶打東西，想親手剖開自己的胸膛，挖出心來……他恨不得迎著柱子撞頭！

偏又在這個時候，朱常洛走了進來。

父子兩人四目相對，卻竟是舉世無人可以想像的尴尬與荒誕的畫面，這一剎那，人與人之間的疏離、隔閡，以及人的內心深處的孤寂、森冷，和絕對無法改善的悲哀，全都展現了出來，而使周遭的氣氛如在魔咒的指引下墜入冰窖。

朱常洛奉召而來，原本聽太監說的是李太后召見；他和祖母一向親近，於是，他帶著輕鬆、愉悅的心情快步而來，不料，一進門，沒看到祖母，只看到父親當殿而立，反應遲鈍的他沒有立刻注意到父親的神色極不尋常，而且因為事先沒有謁見父親的心理準備，突然間見到，立時手足失措，竟像忽然被魔指點中，成了化石般的愣在當場。

幸好緊隨在他身後的王安是個老成人，瞭解他，也懂得如何應付場面——王安一進殿就看清了朱翊鈞的神色，直覺的認為像是得了失心瘋，立刻產生警惕心，並且沉著面對，竭力在表面上維持住若無其事、畢恭畢敬的態度；再一看朱常洛發愣，便悄悄伸手在他的腰上輕按一下。

朱常洛會意了，立刻跪下，叩首，恭敬的喊：

「兒臣參見父皇萬歲，萬萬歲——」

接著，王安帶著同來的太監下跪叩首：

「奴婢等參見萬歲——萬萬歲——」

死寂般的氣氛總算因為人們有了聲音和動作而改變，僵滯的空氣開始流通；但是，不尋常的事發生了：朱翊鈞對這一切都有如未睹未聞，沒有給跪在地上的人半點反應。

他依舊當殿而立，但，站立的姿勢是彎腰駝背，臉色是灰的，一雙黑瞳是顫抖的，嘴微張，唇色黑紫，沒有發出聲，但是淌著細微的涎與沫；心裏在翻江倒海，而心神已經翻到十萬八千里之遙——像是在遙遠的地獄裏受煎熬。

隨他而來的乾清宮太監眼睜睜的看著這一幕幕難以應對的情景，硬著頭皮上前攙扶他，小聲的提醒他：

「萬歲爺，殿下在您跟前行禮呢！」

他依然沒有反應，而慈寧宮的太監們著急了，這些人既完全不瞭解他，也就非常直爽的進言：

「萬歲爺，殿下已經跪了好半天了，您好歹給句『平身』，讓他起來，去見皇太后——皇太后還等著呢！」

朱翊鈞的耳中灌滿了淒厲呼嘯的冰風，聽不進別的話，唯獨對「皇太后」這三個字有了感應，身體和精神都開始產生反應。

他先是全身一顫，雙眼像視覺即將恢復似的慢慢定住，注視著前方，眼神雖然還處在空洞、茫然中，嘴裏卻開始呢喃出聲：

「皇太后……皇太后……」

他的脖頸開始微微動彈，像要搜尋前方的人影，但隨即，他發出一個奇特的仰天長嘯的動作和聲音。

「啊……啊……喝……喝……」

聲音不大，而聲調宛似狼嚎；同時，他奮力舉步往前衝，姿勢既踉蹌，又像手舞足蹈；攙扶他的太監沒提防到這個突如其來的舉止，險些被他甩開扶持，立刻加重手勁，不讓他跑開，身後的人也立刻應變，一起擁上來協助扶持；但是，還沒到跟前，他已經暈了，肥胖的身體如一團棉絮般軟軟的倒下來，壓在太監們身上，幸好太監們人多，扶住了，沒讓他倒在地上。

場面立時陷入混亂，聽到一連串異聲的王安抬頭一看，也立刻應變，心裏雖然沒有主意，不知道該如何是好，但先扶起了朱常洛。

朱常洛站起一看，登時傻住，王安卻在這一瞬間有了主意，立刻附在他耳畔，小聲提示：

「殿下，萬歲爺病了，快高聲下令，扶萬歲爺到榻上躺下，並速傳太醫，速傳司禮太監——」

這每一個字王安都說得很清楚，朱常洛聽明白了，於是很準確的抓住了這個發布命令的時機，發出他生平第一次的指揮和命令：

「速扶父皇到榻上躺下……速傳太醫……速傳司禮太監……」

這個表現既令所有在場的太監驚異，也不再因羣龍無首而慌亂，而不知所措；同時，立刻就有不少人齊應：

「奴婢遵旨！」

兩名慈寧宮的太監自動自發的上前領命：

「奴婢立刻就去！」

不料，話聲才畢，寢殿裏跑出來一個氣喘噓噓的宮女，一看到太監就大叫：

「快去傳太醫，皇太后給氣得心口悶，吐了……」

註一：陳奉惡行詳見《明史．宦官傳》。

註二：蘇州民變和葛成的殉難，為當時的各地民變中規模大而且影響深遠的一次。

6

司禮監秉筆太監陳矩、掌印太監田義以最快的速度趕到，兩人是皇宮中職位最高的太監，他們一到，乾清、慈寧兩宮的執事太監們便有如吃下定心丸似的鬆了口氣；緊接著，太醫院所有的太醫趕到，大家又鬆出第二口氣，事情便逐漸步入井然有序的狀況。

太醫們分成兩組，分別為李太后和朱翊鈞把脈，而由陳矩陪同；田義先辦另一樁要事——他單叫一名朱翊鈞的隨侍太監到外間說話，將朱翊鈞與李太后發生不愉快的原委全部問個仔細，了然於心之後，開始琢磨醫治的方法。

朱常洛則在王安的隨侍下先到李太后的御床前，陪著太醫把脈，然後退出，到朱翊鈞跟前去陪侍。

李太后並無大礙，嘔吐是因氣壞了而已；得宮女們一陣撫拍推拿，又有朱常洛來到跟前陪侍，悶氣漸消，太醫把脈的時候已無病象，開劑舒胃的方子便算功德圓滿了。

朱翊鈞的症狀才難治——他是「心病」，生理上沒有明顯的病象，但是昏迷不醒；太醫們勉強判斷出是氣塞、痰迷，而躊躇再三，反覆討論，還是拿不準該用什麼藥。

無奈之下，幾個人小聲的與陳矩商議。

「萬歲爺的症狀，與以往各次都不同，令我等委決不下……」

而這事，陳矩也不能委決，便滿心為難；幸好已問明一切的田義走近前來，提出主張。

他先向太醫們拱手施禮，然後以嚴肅的態度和委婉的語氣說話：

「萬歲爺是傷了神，傷了氣——大人們請再把把脈，定出個能讓萬歲爺蘇醒的方子——只要萬歲爺能醒過來，咱家等去恭請皇太后來給萬歲爺說上幾句話，也許就沒事了！」

他並不方便說出全部的緣由而半帶含糊，但太醫們都是在宮中任職多年、老成持重的人，面對皇帝患病，不敢掉以輕心，依舊舉棋不定：

「我等不能確知病因，而脈象中並無顯著症狀——委實不敢輕易用藥！」

田義微微一嘆，很認真的說：

「萬歲爺患的是心神受傷！」

太醫們互視一眼，小心謹慎的提出：

「便參酌用培元補氣、解鬱安神、清心去痰的方子吧！」

田義點頭同意，再次拱手施禮：

「有勞大人們費心！」

太醫們還是有點猶豫，不約而同的把目光移向朱常洛，想聽聽他的意見，不料朱常洛神色木然，毫無主張，大家只好算了，退到一旁，由太監們伺候著開下藥方，記下病情。

一直沒說話的陳矩這才得到空隙，轉頭望向田義，眼中盡是詢問之色；田義卻深知，事情不宜當著朱常洛說，於是先發出一聲乾咳，給陳矩一個示意，然後從容不迫的說出另一番話：

「咱們，先請萬歲爺回宮吧！」

事情一點也不難——太監人多，連軟榻和榻上的朱翊鈞一起抬回乾清宮便是——陳矩當然認同，田義又向朱常洛進言：

「殿下，也請到乾清宮隨侍萬歲爺吧！」

朱常洛當然同意，於是全部的人開始行動。

十名太監開道，十名太監一起抬起軟榻，往乾清宮進發，朱常洛由王安隨侍著，亦步亦趨的走在軟榻旁邊，一路陪著朱翊鈞前進；陳矩和田義走在後頭，估計著說話的聲音不致讓朱常洛聽見了，田義才低聲向陳矩說明：

「就是為了冊立……萬歲爺說錯了話，老太后心裏不痛快，打了一巴掌……其實不是什麼天大的事，娘兒倆鬧彆扭，能挽回的！」

陳矩明白了，也曉得事情該怎麼處理了——他點點頭，語重心長的說：

「咱們還是別說話，裝作不知道吧；等他醒過來的時候，小心伺候，他說啥咱們就辦啥！」

這是兩人共同的「當差原則」，田義立刻跟著點頭，而後便沉默下來，什麼話也不說。

進了乾清宮，兩人忙著指揮太監將朱翊鈞抬上龍床，安排朱常洛坐在龍床邊陪侍，乃至藥煎好了送上來時，兩人親自監督餵藥；然後親自守在龍床前，等待朱翊鈞醒來。

一個多時辰後，朱翊鈞的情況有了改善，神智開始緩慢恢復，眼皮微動微張，喉嚨中也有了咕咕噥噥的聲音。

神智醒到半模糊間，視力恢復了八成，第一眼看見的是朱常洛——

記憶開始恢復，不多時，他很認真的、仔細的看著朱常洛，但是，沒有說話。

太監們一起上前來，將他的身體扶起，讓他倚枕而坐，他還是不說話；朱常洛立刻跪下，向他叩首：

「父皇萬安！」

他從喉嚨裏壓擠出一個「唔」聲來，太監們立刻動手將朱常洛扶起來，坐回原位；一向拙於言詞的朱常洛面對這情景，更無話可說，呆若木雞的坐著，父子倆近在咫尺而無法交流心聲，竟如遠隔天涯。

偏偏，他的神智已經清醒，心裏清明明的出現一個悲涼的認定：

「要挽回母后的心，只有用他了！」

沒有第二個法子，沒有選擇的餘地……他的心是冰涼的，但是看得清、想得清事實。

難過得不想說話，偏又心裏明白，不說話也改變不了事實：想要挽回母親的心，只有這個方法——兩天後他開口說話，很清楚的對田義說：

「去內閣傳旨，立常洛為皇太子吧！」

聽到這話，田義毫無意外之感；神色平靜如常，舉止也如常恭敬的跪地應承。

「奴婢遵旨！」

他謹守「當差原則」，不招惹是非，接到什麼命令做什麼事；對這個命令亦然，完全盡忠職守的到內閣去傳旨，一樣不多話；但是，走到半路上就不由自主的感慨萬千起來，幾度強自忍耐，才讓自己維持住平靜，走到內閣傳旨的時候，說話的語氣和態度也得以平靜、平和。

而這個旨一傳，內閣，乃至於整個朝廷，都不可能平靜、平和了——對大臣們來說，大家等待、爭取、吵嚷不休多年，甚至已有人為此斷送性命的「冊立皇太子」的大事終於來到了，這是多麼不容易的事啊！

幾乎所有的人都感動得痛哭流涕，全都在得到訊息後趕到皇宮前伏闕叩首，不少人屈指計數，從第一次有人上疏，請冊立皇太字，至今所累積的年月和所興起的風波；更有些政治敏感度高的人已經準備好一切，將「關節」的重心移向常洛周遭的人，甚至費勁的打聽起常洛生母王恭妃的母家來。

每個人心中都有屬於他自己的想法，每一種想法也都是由自己的立場出發，而沒有人瞭解朱翊鈞的內心——大臣們在額手稱慶的同時，沒有人知道皇帝的心中盡是荒涼與茫然。

也沒有人為他設想，他在宣布這個決定的同時將失去鄭玉瑩的心，他的心必然更加孤獨、寂寞……

更沒有人去設想，已經被許多人設定為今後「押寶」對象的常洛與王恭妃的心情——原本一天天挨日子的苦命母子，忽然間「飛上枝頭做鳳凰」，隨即要面臨各種人世間的怪現象。

初聞這樁喜事，王恭妃難以置信，傻愣著雙眼僵了許久，才問來傳話的太監：

「這會……是真的嗎？」

太監告訴她：

「千真萬確！萬歲爺已經傳旨禮部，命速議冊立儀制來著呢！而且，連日子都已經讓萬歲爺的金口親定了，是十月十五——絕錯不了！」

王恭妃又是一陣錯愕，直著兩眼看著半空，過了一會兒卻哭了起來，嗚嗚咽咽的說：

「這怎麼會是真的呢？怎麼會呢？」

一面又拉著太監的袖子追問：

「萬歲爺一向嫌棄我們娘兒倆，是怎麼回心轉意起來的？」

那太監答不上來，只好換個方向，好言好語的對她說：

「娘娘，皇長子被冊為皇太子，是大喜的事，娘娘只管高興吧，不用想別的。」

王恭妃醒悟了，連點兩下頭說：

「是啊！我們娘兒倆的苦日子總算熬過了……」

隨即便笑了起來：

「常洛總算要做太子了——」

這樣哭笑齊來，先把那名太監給弄得暗自搖頭嘆息，幸好，她不是完全糊塗——哭過笑過之後，心裏清明起來，隨即對那名太監說：

「啊，事情來得突然，沒先給你備下賞銀——」

她取下手上僅有的一枚李太后賞的戒指，交給那名太監：

「這個你拿去——日後，皇太子有賴你們大家好生伺候！」

那名太監知道她沒有私蓄，也不肯收這枚戒指，同她推辭著說：

「娘娘折煞奴婢了——奴婢哪敢收娘娘的東西！伺候皇太子，是奴婢求之不得的事，不敢勞娘娘降旨，奴婢一定盡心！」

一頓之後卻說：

「只望娘娘日後做了太后的時候，還記得奴婢這份心意，奴婢也就心滿意足了！」

王恭妃當然應允：

「這是當然！」

然而，不過半天工夫，她就連這樣簡單應允的話都來不及說了——這名太監前腳才剛出，後面又進來報喜的人……一日之間，竟有十幾起人進出。

原本寥落清靜的景陽宮，登時熱鬧得有如市集；多年來慣於不被聞問的她，忽然要不停的與人應對，接受別人的道賀、奉承，不但難以適應，還感到疲累交加，無力支撐；好不容易挨到夜裏，送走了最後一批前來的人，她頹然的倒在床上，久久無法動彈；但是，精神異常亢奮，因而無法闔眼，無法入睡，好不容易有點兒進入朦朧狀態了，心中突然又響起一聲歡呼：

「總算熬出頭了——」

於是，又再次陷入失眠中……連續幾天下來，還沒到行冊立大典之日就病倒了。

而發生在朱常洛身上的，是另一種狀況——他在突然間成為宮中、朝中最搶手的人，一羣接一羣的「重視前途」的人爭先恐後的湧向他，使得反應遲鈍的他茫然不知所措。

朱翊鈞宣布冊立的話他沒有親耳聽到，也不自知這是「時來運轉」……他已出閣講學，這天，正由講官郭正域、董其昌兩人為他講說經書，整個上午都待在書房中。

郭正域和董其昌都是飽學之士，品行端正，董其昌同時以書法聞名於世；朱常洛資質雖差，卻對這些才學兼優的師保們十分敬重，講的書無論聽懂了沒有，都竭盡全力的傾聽；講官們講書的時候，他更是正襟危坐，態度恭敬得連大氣都不亂喘一聲——因此，太監們不敢貿然推門進去，而是畢恭畢敬的在門外等著，時間一久，人便一個個增加，加成一大羣人，黑壓壓的擠滿了臺階與長廊，幸好大家守規矩，維持得鴉雀無聲，井然有序。

可是，一等書講完，裏面的門一開，朱常洛要走出來的當兒，門外立刻維持不住秩序。

太監們開始往前面擠，深恐一落後，朱常洛便看不到自己；霎時，秩序大亂，人擠人，宛如羣蟻爭前；而生平從沒見過大場面的朱常洛既不知道究竟發生了什麼事，又在突然間被這許多人撲擁，心中一慌，竟嚇得立刻哭出聲來。

一面哭，他一面踉蹌著腳步往後退，險些摔上一跤；幸好伺候他的太監還算穩重，一面扶住他，一面朝不停的擠過來的太監喝道：

「你們這是做什麼？」

而就在這個時候，郭正域和董其昌一起走出來，幫著穩住場面；郭正域同時伸手攬住朱常洛的肩頭，輕輕拍著，以穩住他的情緒。

王安向擠在最前面的幾名太監問清楚了，才知道原來是喜事——他立刻露出笑容，回頭向朱常洛說：

「恭喜殿下！」

然而，他的話，朱常洛根本聽不清楚——朱常洛已經嚇壞了，即使在郭正域的哄撫下不哭了，心神也散掉了；他臉色發白，手腳冰冷，無法動彈，不能言語，而且當天晚上發起了高燒，整夜夢囈不停。

彷彿是個不祥的徵兆……

倒是已在宮中任職多年的王安將這事處理得很好——他知道輕重，曉得這不祥的徵兆絕不能外洩，否則，冊立皇太子的事又要發生變故，影響會非常大、非常嚴重；因此索性封鎖了這件事；連太醫都不請來看，以防走漏風聲。

他緊閉宮門，拒絕其他的人，只由自己拿鹽水為常洛擦身退燒；他確信，朱常洛的高燒並非真正的疾病，而是由「心病」引起，不一定要靠藥物退燒……他更明白，這一段時日對朱常洛的重要性：

「萬歲爺已經擇定了十月十五，只要挨到那一天，行了冊立大典，就什麼都不怕了！」

一面想，他一面注視半昏迷的朱常洛，不由自主的喃聲祈禱起來：

「我的小爺，你總要順順當當的挨到那一天啊！否則，你打出娘胎就吃的苦便白吃了……」

幸好，常洛也總算爭氣，幾天以後病情便漸有起色，挨到大典前，勉強能起床站立了。

十月十四日，朱翊鈞派遣幾名公、侯爵位的勳戚為冊立皇太子的事舉行祭告天地、宗廟、社稷的儀式；第二天，冊立儀式上的持節正使、捧冊寶副使的人選也派定了，然後，一份冊立常洛為皇太子的詔書正式頒布……詔書上並同時宣布，冊封其他的皇子：

常洵為福王

常浩為瑞王

常潤為惠王

常瀛為桂王

宣讀之後，一切便成定局。

而對鄭玉瑩來說，一切也都成定局。

唯獨令身邊的人都感到意外的是：鄭玉瑩打自聽到將立常洛為太子，常洵為福王的消息之後，竟然不哭也不鬧！

外表上，她顯得非常平靜，沒有任何意見；在朱翊鈞跟前，更是如平日一般，帶著一身精心的修飾、裝扮，笑吟吟的陪坐，只有獨自對鏡的時候，才有幾許落寞的神色籠上眉梢。

其實仔細的屈指推算過——

第一次有人提出冊立皇太子的請求，那是萬曆十四年，到現在——萬曆二十九年——是整整十五年的時間，她整整同主張冊立常洛的這許多人打了長達十五年的仗，而這場漫長的、原本很有勝算的戰爭，她竟然輸了！

不能不承認、不接受——事實擺在眼前，由不得她不看，連假裝不知道也不行。

漫長的十五年過去了，時間不會倒回來，所成的定局更不會改變！

她忽然覺得，這十五年來，自己做的是一場荒唐的夢……曾經費盡心思，用盡力氣，想在這場夢中扭轉乾坤；刻意把標致的臉妝點得更加嬌豔，刻意絞盡腦汁想出能討好朱翊鈞的話，刻意製造氣氛，刻意買來福壽膏，刻意抓住朱翊鈞的心；一切都是刻意的，然而，到今天，這一切刻意都落空了。

但是，她沒有悲傷，也沒有憤怒。

有的只是一絲涼颼颼……心裏掠過一絲悲涼，既不強烈也不激昂，淡淡的，像舌尖含著一粒碎小的冰塊而已；卻又像心已經死了，再也沒有強烈的感受了。

她靜靜的躺到床上去，獨自一個人，拉起被子連臉一起蓋住；幾名宮女過來為她把錦帳放下，也為她隔絕了外面的世界。

時間還沒有入夜，她也不想入睡，而是想縮在這與世隔絕、完完全全屬於自己的被窩中，仔細聽聽自己的心跳聲——在這場荒唐的夢中，她已經失去一切，只剩下自己的心跳聲。

而當田義高捧著內閣擬妥的冊皇太子及諸王的詔書，來恭請朱翊鈞「聖目御覽」時，他是醒著的，半坐半躺的歪在榻上，張著眼睛發呆，對田義的到來沒多大感覺，對這份即將頒布的詔書沒有意願閱覽，甚至，不想說話；聽完田義稟奏來意後，他連眼珠子都沒轉動一下，只微微伸了伸手，示意「如擬」，然後再做個手勢，命令所有的人都退出去。

田義不敢違拗，但是看著他失神的模樣，有點不放心讓他獨處，卻在這遲疑之際，一抬眼，看見站在角落的碧桃，因為專司福壽膏，不在退離之列，又暗忖，幸好有人，心裏定了定，便率著人員退出；出門以後，留下大部分的太監、宮女在廊上守候，自己帶著少數人把詔書送回內閣去。

屋裏的人全都退離後，四周空下來，連空氣都立時變冷，朱翊鈞也就緩緩閉上眼睛；怎奈並無睡意，不久就睜了開來；茫然一望，眼前盡是御用的陳設、擺飾，華貴無比，但是沒有生命，連帶的讓他覺得自己的心裏是冰冷的，熱血都流光了，一切都沒有意義，於是，又把眼睛閉上……

反覆了幾次之後，他覺得難受，索性直起身子，坐正；不料，這麼一來，心裏竟翻湧起波浪，原來空茫的心中迅即變得飽滿，滿得一點空隙都沒有，但卻是難受的感覺；而且，四周非常安靜，靜得使他聽到自己的心跳聲；在錯覺中，這心跳聲是他發自靈魂深處的嘆息。

詔書即將頒布，長達十五年的「立儲」之爭即將結束，而他已經失去愛情——

陣陣戰慄夾著絲絲傷痛，剝蝕著他生命的每一分、每一寸，令他難以承受；但這是事實，無法改變，唯一的減輕痛苦之道是逃避，是不面對，是遺忘……他的心輕輕一動，告訴自己「有了」。

福壽膏能完成這些——

而這個意念一起，碧桃立刻心有靈犀般的感應到了，也立刻燒好一份福壽膏遞到他跟前——她完全不瞭解他的內心，唯獨對福壽膏，兩人心意相通。

她的反應、動作都一如往常，面無表情，雙手準確無誤的遞上煙管；但，這一次，出現了失誤——失誤出自朱翊鈞，他因為心情異常，伸手來接的角度有了偏差，竟不是往常般的接過煙管來享用，而是觸著了她的手。

不是冷而硬，是暖而軟——這與他融為一體的福壽膏竟是一個活生生的人，以往，從來沒有過這樣的感覺！

他的心重重一顫，下意識的把另外一隻手也伸過去，一起抓住她的雙手，著力的感受這特別的感覺，也情不自禁的自言自語起來：

「她不明白……你明白……」

聲音非常小，小得若有若無，而非常真誠的吐露心聲，但碧桃聽不清楚，也不明白，便毫無反應，一如往常般木然站立；他不停的反覆著，幾次之後她聽清了些許，只奈不明所以，便愣愣的看著他這些反常的狀況，任憑他抓著自己的手一直傾訴下去；又過了好一會，她對他的語音能辨識得多了些，對他的行為開始感到納悶，這才低低的喚一聲：

「萬歲爺——」

朱翊鈞根本沒有聽到，也沒有察覺到她的存在，自顧自的抒發心聲，但因為耳畔有音頻共振，情緒被激得高昂了一分，說話的聲音不自覺的加大，碧桃便很清楚的聽到了一句：

「她們都只顧自己……不明白我的心……」

話語很簡單，說的是他自己，但碧桃的心卻為之一震、一顫……多年來已化為枯木、頑石的心在這一剎那間恢復為血肉，並且開始戰慄。

這句話說的是她的際遇，她的狀況——她不由自主的想到了自己的命運，小時因家貧被賣為婢，過著小心翼翼伺候主人的日子，而後，跟隨主人進入皇宮，因為忠誠、可信任，被指派專司福壽膏，以致生命為福壽膏所據……「她們都只顧自己」，這句話是她的心聲，是她從來不敢為自己點破、說出口的話……現在，朱翊鈞為她說了出來，使她的心復甦，生命復活……於是，她發出一陣又一陣的顫抖，不知不覺的雙手鬆開煙管，使它無聲無息的掉落於地。

而朱翊鈞渾然不覺，繼續不停的陳說自己的內心，聲音越來越大，越來越清晰；

「我最在意母后，她卻不明白……她總要管我、罰我……要我做個聖主明君，要我效法古聖先賢……她不明白我的心……她把名垂青史擺在第一，把常洛看得比我重……」

他說得情緒激動，掙得臉色發紅，接著，眼眶泛紅，再接著便湧起淚水來，但他不自覺，不停的往下說：

「玉瑩也不明白我的心……把皇后的名位看得比我重……」

說到傷心處，情緒如山洪暴發，他索性嚎啕痛哭起來，看來像得了失心瘋；碧桃卻是在心神復甦後，意識到自己生而為人的悲慘命運，一見他痛哭，立刻被引動，也跟著哭起來；於是，眼眶紅了，臉頰跟著紅了，全身熱血流動，驅出了生命中的福壽膏。

完全恢復為人後，再定睛去看朱翊鈞，心裏竟是另一種感覺——他不再是高高在上、尊貴的皇帝，而是一個傷心的、孤獨的、無助的小孩，既失去了親情與愛情，也得不到瞭解與同情——而她，聽到了他的心聲，油然產生了同情和憐憫，以及一份「同是天涯淪落人」的感受，也想給他一些安慰。

於是，她流著淚，顫顫的喚：

「萬歲爺——」

連喚了幾聲，朱翊鈞都恍若未聞，但是抓著她的雙手更加用力，而且索性把頭埋進她的懷裏，哭叫說：

「誰都不明白——」

他像一個迷途後重回母親懷抱的小孩，緊緊的抱住她，盡情的痛哭；碧桃先是一愣，繼而索性像母親一樣的撫慰他，溫柔的輕拍他的背；在錯覺中，兩人像一對母子，給予對方的是溫暖的懷抱；怎奈，在實質上並不是——朱翊鈞所失落和所欲追尋的，除了親情以外還有愛情。

7

「怎麼會有這種事？」

努爾哈赤下意識的脫口說：

「真是荒唐——出錯了吧？」

他倒不是不相信額亦都說的話，而是這件事太荒唐了，荒唐得令人無法置信。

額亦都也下意識的立刻重複：

「千真萬確，一點都沒錯——明朝確實派李成梁再度出任遼東總兵，李成梁已經啟程上路，無須多久就到達遼東！」

努爾哈赤頓了一下，微微一笑，向額亦都說：

「我不是說消息錯了！」

然後嘆出一口氣來說：

「我是說，明朝錯了——怎的派李成梁來呢？他年已七十六，更何況，以往在遼東胡作非為，弄得百姓怨恨，聲名狼藉……若我是明朝的皇帝，絕不會派這個人再任遼東總兵！」

不料，額亦都回報他的是哈哈一笑：

「您怎麼掉轉頭去替明朝的皇帝設想呢？您平常不老是說，別人做錯的時候，就是我們的機會到來的時候；明朝派到遼東來的人越差勁，對建州越有利；如今，明朝派了李成梁來，您不是該帶著全建州的人大喊三聲『謝天謝地』嗎？」

努爾哈赤被他調侃得也笑了起來，但隨即以認真、嚴肅的態度思考這件事。

事情是必然的：李成梁在萬曆十九年十一月去職，至今已屆十年；十年來，遼東總兵官換了八個人，分別是楊紹勳、尤繼先、董一元、王保、李如松、李如梅、孫守廉、馬林❶，和文官系統的總督、巡撫的情況非常一致，每個人的任期都很短，也都難有作為；這一次是萬曆二十七年九月才上任的馬林遭到言官彈劾，必須去職，而朝中實在找不出適當的人來繼任，首輔沈一貫想到了李成梁，建議重新起用；而朱翊鈞哪裏有心思認真考慮遼東的人事呢？既然此人還在，就用吧，一點頭，事情拍板定案。

而前因既如此，會造成什麼樣的後果呢？

李成梁再次鎮遼，於他自己來說，必然難有作為，但是，對遼東的情勢也許會有或多或少的影響——

「李成梁畢竟是個非常熟悉遼東事務的人，而且，即使惡名昭彰，也還留有幾分令人畏懼的餘威……必須有妥善的應付之道！」

最具體的事例莫過於眼前正在進行的吞併哈達部的行動——他稍一思索便很明確的告訴額亦都：

「李成梁和趙楫這種文官不一樣，趙楫完全不懂遼東事務，來到遼東也不久，很容易應付，李成梁卻是個『老遼東』，什麼事都看得清清楚楚！」

不容易蒙混，建州吞併哈達部的行動再怎麼迂迴曲折，暗中進行，也必然讓李成梁識破──他的警戒心立生，神色大變。

「我們必須早做準備，小心提防──他雖然年老，但骨子裏是個厲害的人，以往制定的遼東政策，既挑起女真各部自相殘殺，又大力消滅女真人中的傑出者，以使女真人永世不能強大，永遠為他所制──實在厲害！」

他當然沒有忘記，自己的祖父、父親，乃至王杲、阿太等人遇難的往事──額亦都也當然沒有，聽了他的話，立刻心有所感，神情也跟著變為嚴肅、沉重：

「您說的是──李成梁再度鎮遼，於明朝來說是錯誤的決定，於女真部來說，卻未必沒有影響──凡事總是多加小心的好！」

努爾哈赤沉思了一會兒，告訴他：

「等會兒把安費揚古、費英東他們幾個都找來，大家商量一下──首先，滅哈達部的事要做得更周密、更不露痕跡些，盡量不讓李成梁知道；在表面上，要對吳爾古代特別好；同時，加派人手，打聽葉赫、烏拉、輝發等部對李成梁回任遼東的反應，然後，我們再決定接下來的做法！」

額亦都點點頭：

「是的！」

努爾哈赤繼續往下說：

「原本，我正在想著，今年，再到北京走一趟，把跟兵部官員的交情拉得更緊密些，同時，考察一些開礦和冶金銀銅鐵的事——現在，因為李成梁要來，這一趟就更是非走不可；還有，無論明朝和李成梁如何，咱們加強自己的實力才是最重要的；我準備重新整編軍隊，提高戰力——」

說著，他立刻命侍衛們分別去請安費揚古、費英東、何和禮、扈爾漢前來議事——連同額亦都，「五虎將」齊聚一堂。

一開始，商議的重點還是在李成梁回任遼東總兵的事上，而大原則既定，商議起來便很順利，議定後，努爾哈赤才提出具體的整軍計畫：

「以往，我軍攻下翁克洛城時，我就根據女真舊俗整編軍隊，以三百人為一牛彔，每牛彔設一額真統領；當時，我軍總數只有六千，設二十名『牛彔額真』就足夠了；此後，我軍每戰必捷，四方投歸的人也多，全軍總數不時增加，現在已將近三萬，必須重新整編——我已思考多日，決定還是以三百人為一牛彔，設一名牛彔額真；全軍共一百牛彔，分為四——以四色旗為號——每二十五牛彔屬於一個旗色——」

他的手一揮，身後站著的侍衛們立刻走到前面，將手中的布包打開來，拿出已試做完成的四面旗子，分別是黃、白、紅、藍四個顏色；每一面旗子都是二尺許長、方形、素面；而顏色非常鮮豔，招展開來，極奪人目光。

額亦都首先拍手叫好：

「即使在黑夜之中也容易辨認，方便極了！」

費英東點點頭道：

「以旗色分別為號，簡單、明確，很便於統領……」

努爾哈赤笑著做了個總結：

「既然你們都說好，便立刻執行，分好四旗人馬，造好名冊，著手訓練，使戰士們都熟悉新制及號令，秋後冬初，我們便以這四旗為號誌，分好人馬，在野外做一次演習……」

秋後冬初，擇定的演習之日前恰逢一夜大雪，將天地間都鋪成銀白；第二天一早，雪停了，四野既倍顯清亮、壯闊、空曠，也宛如潛藏著一股急欲迸出的力道。

大隊人馬早在天亮前就完成了集合與整隊，只待天色透出一線白光，號令一響，立刻一起向前疾馳，往郊野奔去。

霎時間，馬蹄聲如轟雷般的大作，馬上的騎士呵氣成霧……

預定演習的地點是城外六十里處，一片平野盡處又連著一座森林——這地點是努爾哈赤親自挑選的，他要這次演習同時包含平地與山林兩種戰技訓練。

四種新製成的旗子一起在空中招展，分別由四名掌旗的騎士持著，跑在隊伍的最前面；所有參加演習的人馬分成四隊，跟在每一面旗子後飛奔；到達後，按照預定的指派，兩旗一組，分別為攻與守兩方。

第一個回合，黃旗與紅旗一組，擔任攻方，藍旗與白旗擔任守方；第二個回合，攻、守雙方對調；第三個回合，改變組合，由黃旗與白旗一組，紅旗與藍旗一組，第四個回合，黃旗與藍旗一組，紅旗與白旗一組……這樣循環下來，每一支隊伍，每一個人都經歷了不同的組合和任務，演練了各種不同的戰技。

額亦都、何和禮、費英東、安費揚古和舒爾哈赤、穆爾哈赤、雅爾哈赤、巴雅喇八個人分別擔任這四支隊伍的正、副統領，扈爾漢和褚英擔任努爾哈赤的副手——努爾哈赤親自擔任這次演習的總指揮。

他特別重視這次演習，因為，這是一次新的嘗試，為新設計的軍隊編制進行新的訓練，同時也是一個測試。

「如果成效好，就正式採用這套編制——」

事先，他就明確的向部屬們宣告過，這不是一場尋常的演習，這次演習的成效將影響到建州未來的軍事制度——一切非同小可！

於是，每一個人都全力以赴，沒有因為只是演習而稍有鬆懈……

黃、紅、藍、白四面旗子迎風發出呼呼的聲響，引導著隊伍行動；他的手中也握著黃、紅、藍、白四面旗子——作為指揮用的旗子比飛揚在空中的大旗小了許多，旗面只有巴掌大，旗杆只尺半，握在手裏輕巧靈便，舞動自若——第一次使用，他懷抱著重大的希望，也隱隱上湧著一股無名的興奮。

第一回合的演習開始了——攻、守雙方的人馬整好隊，壁壘分明的隔著兩百步之遙對立；領隊的旗子鮮豔奪目的飄展，成為每一雙眼睛注視的中心；他也緩緩的舉起手中的旗子，是亮燦如金的黃色，從他高舉的手臂往上延伸到半空，高高的凝成一個視點。

然後，他倏地一揮手臂，手中的黃旗由上空舞向前方，畫出一個堅挺有力的弧度，指向正確的方位，傳遞命令。

幾萬雙注視這支旗子的眼睛一起得到感應，瞬間，積著一層雪的地面上響起了怒濤洶湧般的馬蹄聲，得到指示的黃旗隊伍發出第一波攻擊行動，五百名擔任前鋒的騎兵像箭一樣的奔向前方，緊接著，一千名屬於黃旗的左翼軍也在努爾哈赤的指揮下出動；擔任守方的藍旗則在同一個時候出動人馬布陣，做好防禦的準備動作，排成三道柵圍。

兩軍交鋒，各不相讓的搏鬥……

一樣是震天的喊殺聲，一樣是金鐵交鳴，人馬交頸，一樣令待命的人看得驚心動魄，原野上的戰鬥氣息升高到鼎沸；努爾哈赤全神貫注、目不轉睛的直視前方，對雙方都陷入苦戰、僵持不下的局面仔細研判，到了緊要關頭，驀的發出一聲大喝：

「紅旗——」

他手中的小紅旗隨聲揮出，指示紅旗隊伍加入戰局；於是，一千名屬於紅旗的右翼軍立刻揮鞭衝鋒，支援負責攻擊的黃旗。

戰場上的黃旗軍原本已經越過第一道柵圍，卻在第二道柵圍前被藍旗軍的奮勇抵抗給阻擋住了，一直在原地打轉，可是，有了紅旗軍加入，情況立刻改觀，第二道柵圍很順利的被衝破，黃、紅兩軍會合，一起向第三道柵圍前進。

喊殺聲越發震天——

努爾哈赤手中的另一面旗子再適時揮出——白旗加入防守的行列。

情勢再次生變，原本已居劣勢的守方加入了支援後，實力大增……攻守雙方再次形成勢均力敵的拉鋸戰。

直戰到日中，雙方不分勝負——第三道柵圍始終沒有被攻下，而守禦的藍、白兩旗也沒能擊退來犯的黃、紅兩旗。

但是，雙方所展現出來的戰鬥力令努爾哈赤十分滿意；下令鳴金收兵以後，他忍不住先向立在他身後的褚英和扈爾漢點頭讚美：

「大家都很賣力！很好！」

而在額亦都等人下馬來見他的時候，他更明確的指出：

「我建州全軍的戰力著實令我欣慰——僅以這半天的演習來說，我敢論定，已為遼東之冠！」

說著，他又以信心十足的神態笑著說：

「下午的演習想必會更精采！」

額亦都問他：

「您看，我軍分成這四旗的編組，成效好不好？」

他「唔」了一聲說：

「就這半天來說，是好得很——但我還得看看下午的情形，再好好的想想，要不要修改！」

下午很快就到了——不過是一餐之後，人馬重新整隊，進行第二回合的演習；這回，場地由平野移到山林，隊伍的指揮也因重組而變得複雜——演習的難度更高，挑戰性更強；努爾哈赤的心中也更勃發起高昂的意志，他一面仰望著四面飄揚的旗幟，一面注視著演習中的全部人馬，兩眼發出神光。

這新的嘗試已經得到初步的成功——興奮感油然而生，整張臉因之變得通紅，熱氣上湧，心潮澎湃，也帶著幾許感動；雖然他還不曾意會到，這新嘗試將成為歷史上的新制度，心中最直接、最深刻的想法是建州從此有了更合用的制度，更利於組織，更便於在戰場上指揮、調度——為此，他情緒高漲。

騎在馬上，他伸背挺胸，蓬勃旺盛的生命散發出一股無形的英氣來，他的生命在發光。

註一：這八名總兵官中，孫守廉係李成梁家將出身，其餘諸人《明史》有傳。

第十四章

天若有情天亦老

1

從京師到山海關，快馬加鞭、日夜兼程的話，只需兩天兩夜的時間就可以到達；從容緩行，則五、六天；而李成梁卻走了一個多月——原因當然是蓄意拖延。

他委實不願意再度出鎮遼東，聖旨下時，以「年老」為由，再三婉辭；但，朱翊鈞既不看奏疏，又哪裏肯理會他的心聲呢？更何況，「年老不堪重任」的說法並不是他真正的心聲。最真實的一句心聲是絕不能說出口的——那是一個「怕」字。

他怕，非常怕……怕自己也會落得個死無葬身之地的下場！

因為他不是等閒之輩，所以，即使罷官家居十年，也完全掌握著訊息，清楚遼東的情勢。情勢不但已非他所能主宰，還對他非常不利——扈倫四部的消長變化和建州的興起，他全部一清二楚；努爾哈赤現在的作為和未來的雄圖也都了然於心；而羽翼已成，不但很難翦除，還得防他繼續坐大後上門來尋仇；而己方——大明軍隊的實力早已大幅衰退，再也不能像十多年前那樣，一動指掌就將女真各部捉弄得輾轉掙扎，倒地匍匐；此外，蒙古的情形還更可怕，和他纏鬥了大半輩子的圖們可汗雖已去世，兒子布延可汗卻是「虎父龍子」，是青出於藍而更勝於藍的英主，早在三年前就使他的長子李如松命喪沙場，死無葬身之地！

李如松之死，是他最最刻骨銘心的痛事，三年來，不但無一刻忘懷過，還常在夜裏夢見那戰場上馬踏屍骨，血肉成泥的情景，醒來後便老淚縱橫到天明。

這次赴遼，他特地讓李如松的次子李顯忠以「遼東副總兵」的身分跟在身邊——李如松死得慘，朝廷優恤，立衣冠冢，贈少保、寧遠伯，立祠，謚忠烈；授長子李世忠錦衣衛指揮使，掌南鎮撫司，仍充寧遠伯勳衛；次子李顯忠廕本衛指揮使——說法是讓李顯忠「歷練」，實際上卻是他需要有親人陪伴，以免心中空虛，精神不振；兒子們都已經不年輕了，各有官職，能隨他赴任的只有孫子。

但是，他連對親孫子也不敢說出真正的心聲——

一路上走走停停，他還反過頭來拿孫子當藉口——李顯忠早已成年，並非幼童，但他以「教導孫兒熟悉地形地勢，並印證戰史」為由，走得極慢，而且不時停步，下車觀望山川形勢，每到一個地方，必然留宿三天以上……

盡量拖，拖一天算一天，橫豎只要一出京師，就沒有人監督，更沒有人過問行程；何況，目前遼東無事，沒有人催促他早日就職。

雖然，他的心裏比誰都明白，目前遼東無事只是表面上無事，暗地裏正有人在悄悄的壯大實力，圖謀大事，未來會對明朝造成重大的威脅——他以前布下的眼線並沒有撤，儘管他害怕，怕得極不願面對，但確實的訊息和一切相關的資料還是不時送到眼前來。

哈達已被建州併有，努爾哈赤已創制文字，已開始推行——他心中的感觸非常深刻：

「畢竟不是個尋常武夫，能懂得推行文教——他的心志，絕不是只做個遼東之酋！」

但，奈他何呢？

連這份感慨也只能深深的埋藏在心裏，不說——只是，事情還是要面對；尤其是年輕的李顯忠按捺不住了，開口向他提出意見。

是在到達山海關之後——他在山海關停留，一住五天，每日無事，唯有帶著李顯忠在城樓上四處眺望，乃至凝視著「天下第一關」的巨匾發呆而極少說話；一連五天如此，到了第六天，晨起後，他仍然沒打算要做別的事，也不準備啟程，往廣寧出發；李顯忠心裏暗自思忖了一會，終於趁他午後小憩醒來時，捧著一疊文書來見他，伺機暗示他應早日到任。

「遼東發生了新的事，這幾天，來了不少消息——這些都是來文，請爺爺批示！」

他隨即將文書全數呈到李成梁面前，李成梁根本不想接過來看，因而沒有伸手，只是像不忍心讓他難堪似的漫應一聲：

「你說給我聽聽就是了！」

李顯忠立刻恭敬的應承：

「孫兒遵命——第一樁，哈達一地鬧飢荒，百姓缺糧，公推了幾名飢民到我朝遼東巡撫衙門求請賜糧，巡撫趙大人已派人接見為首的飢民，但還沒有做出賜糧的裁示——或許是想等爺爺您到任後商量！」

李成梁默默的聽著，聽完並不對這事表示意見，一頓之後問道：

「第二樁呢？」

李顯忠恭敬的陳稟：

「葉赫的納林布祿因為哈達大飢，揚言願歸還得自哈達的三十道敕書，以幫助哈達部；建州的努爾哈赤則派他的女婿吳爾古代去哈達處理災情！」

李成梁還是默默的聽著，不表示意見，而臉色陰沉了些，李顯忠趁機進言：

「這些事，都在等著爺爺到任來處理呢！」

不料，李成梁立刻搖頭，而且是用力的搖頭：

「不在其位，不謀其政——這些事都屬文官管轄的範圍，應由巡撫衙門處理，我等絕對不可以插手！」

李顯忠登時一愣，心裏納悶不已，而嘴裏卻說不出話來，以致呆住——李成梁這個態度，和以往在遼東儼如「土皇帝」的作風完全不同；他畢竟年輕，閱少歷淺，一時間弄不明白這是怎麼回事，思路便阻塞了。

李成梁一回眸，看到他茫然發愣的模樣，心中又是一道複雜的感慨湧起，心裏暗嘆：

「生在鐘鳴鼎食之家的孩子，沒吃過苦，體會不到世事……什麼也不懂！」

虎父、犬子、鼠孫——一代不如一代，這是無可改變的定局！

但，畢竟是自己的親孫子——李成梁不由自主的心裏一酸，也同時提醒自己，要好好的教育他，使他學會思考，使他的心智深沉老練些，以免步上他父親李如松的後塵；於是，態度一變為諄諄教誨：

「巡撫與總兵分掌文武，職責不同，各有權限，救災的事，我等不可多言，以免承擔責任，並見惡於人——我李氏一門雖然多人在朝為官，但是無人與趙巡撫有推心置腹的交情，是以，屬他職權的事未必會聽從我方意見，說了不但白說，還讓他認為是越權，心中暗怒；即便救災賜糧一事，他宣稱要與我商議，也只是表面上的客氣話，甚至，他早已決定見死不救，但要將這『不救』的事責由我來承擔，讓哈達部痛恨我——」

李顯忠不由自主的發出了一聲「啊」，瞠目結舌，無言以對；李成梁默默的看他一眼，繼續往下說：

「身在官場，務要少說話，多觀察，必要的時候裝糊塗，心裏卻絕不可以有半點糊塗；遇到任何人、任何事，第一要務是看清真相——就以哈達部求糧這事來說，除了哈達饑民受災苦求是真以外，其餘的人……哼，都是在演戲！趙巡撫、努爾哈赤、納林布祿，都是在演戲！」

他的情緒不由自主的大幅波動，而李顯忠更加無言以對，於是垂手低頭，肅然而立：

「孫兒愚昧，請爺爺教導！」

李成梁長長的吁出了一口深藏在內心、淤積了許久而且百味雜陳的悶氣：

「遼東真正厲害的人是努爾哈赤啊——連演戲都演得比別人逼真，比別人精采——明明早就殺了孟格布祿，吞併了哈達，卻再嫁個女兒給吳爾古代，留吳爾古代住在建州，這明明是跟趙楫串通好了，做個樣子，拿個說法給朝廷，哄住朝廷相信他沒有二心，並與哈達和睦相處；現在，又要讓吳爾古代回哈達部去料理災情——吳爾古代能怎麼樣？能拿出糧食給饑民嗎？還不就是領著所有的饑民投靠建州——哈達的軍隊早就跟著孟格布祿兵敗投降建州，現在，會連所有的百姓，一個也不剩的全歸了建州！」

李顯忠默默的聽著，口裏不出聲，心裏卻是每聽一句就發出一聲驚嘆；李成梁對努爾哈赤的看法是他從來沒有聽過，也從來沒有想過的，而又是這麼深刻、精闢的一針見血——他的心跳加快，情緒變得很緊張，而耳朵很警敏的豎著，仔細傾聽。

李成梁則像是已說開了話頭，停不住：

「納林布祿可就差遠了，不但不是努爾哈赤的對手，連給他提鞋都不配——歸還敕書——他想示好哈達，想兩部聯合起來對付建州——還是十幾年前的那把老如意算盤，卻忘了這把算盤從十幾年前就打錯了——這人沒有腦筋，沒法用來牽制、削弱努爾哈赤——烏拉、輝發也一樣，布占泰、拜音達里，一個比一個熊，將來，全部會死在努爾哈赤手裏！」

他心裏激動，說著竟咳起嗽來，隨從們立刻搶上前，為他撫胸捶背；李顯忠也快步趕前兩步，緊近他面前，小心翼翼的陪侍。

但，李成梁沒法子讓自己的心胸被撫拍成平靜，而且一看到李顯忠靠近，心裏又多升起一股急切，咳嗽不停，一面三句併作兩句的瀉吐：

「這就是遼東的情勢……現在……未來……我早就預見……」

他說話和咳嗽互相混雜，以致語音模糊，只能大略分辨，而李顯忠和隨從們最關心的是他的咳嗽——李顯忠索性親手替他捶背，對他說的遼東情勢並不接腔，催他早日上任的念頭更是拋到了九霄雲外。

偏偏，在這個時候，門外來稟，山海關守將鍾漢前來請見，情況尷尬了。

山海關在薊鎮轄下，未設總兵[1]，鍾漢的官職僅是參將，但卻是地主，不好失禮，而李成梁實在不宜見客——李顯忠趕緊請示：

「爺爺，讓孫兒出去接見吧！」

李成梁的咳嗽已漸緩，但也不願以這副形容見客，於是點了點頭。

李顯忠快步退出房，走向客廳。

鍾漢只是禮貌性的進行每天一次的請見、問安，送上茶點瓜果，說幾句客套話而已，李顯忠應付起來綽綽有餘；而因為這個岔一打，他和李成梁之間的談話在停頓一會之後有了轉折——

返回李成梁跟前的時候，他的心裏已經產生了一些新的想法，而李成梁有形的咳嗽和無形的情緒都已經平緩，正在慢慢的啜飲參茶；他恭敬的侍立，等著李成梁飲畢，放下茶盅的時候才上前稟告：

「鍾將軍並無要事，只是送來些吃食，並要孫兒轉達，他已備下豐盛的晚宴——」

事情不重要，李成梁的反應只是微點一下頭；李顯忠卻趁這個話題繼續往下說：

「鍾將軍禮數周到，態度恭敬，對爺爺充滿了景仰！」

李成梁不置可否，而李顯忠這個話只是引子，重點在後面：

「這一趟，孫兒隨侍爺爺赴遼東，一路行來，每到一個地方，所見到的地方守將，都對爺爺充滿了景仰——孫兒想，只要爺爺一聲令下，他們必然全力效命；所以，爺爺如果認為應該對建州用兵，誅除努爾哈赤，何妨上疏朝廷，調集薊鎮、遼東兩地駐軍，合力進討——」

李顯忠說得從容不迫，但，李成梁聽得臉色大變，他沒再咳嗽，而眼中升起了一股比咳嗽還要痛苦百倍的悲涼。

他直視李顯忠，許久沒有說話，而百感交集；第一個念頭是少不更事，想法天真；卻又總結於畢竟是親孫子，必須耐心教導——半晌之後，他長長的吁出一口氣：

「各地守將執禮甚恭，並不代表一定會認真效命；而且，守將對我的態度並不是重點——一軍的戰鬥力如何，重點在軍士的訓練是否精良，士氣、軍紀如何，器械馬匹糧草等配備如何，主將的戰略、指揮能力如何——」

他說得黯然神傷：

「我一路行來，放眼所見，各地守軍的條件極差；再者，我李氏一門的條件也退落成極差——二十多年前——你即便當時年幼，也該記得，府中所蓄家將多達萬人，且人人驍勇善戰，為我立下許多汗馬功勞；但這些人——昔年隨你父親援朝，戰死多人；而後，出塞迎戰布延可汗，無人生還……現今，府中家將只餘數百，哪裏還有開戰的實力呢？更何況，上疏朝廷請戰，一定不准——你可知道，我朝因為援朝等役耗去許多軍費，導致府庫不足，如今，宮中朝中人人厭戰；而努爾哈赤又厚禮結交遼東督撫和兵部官員——早在十年前，總督蹇達、巡撫郝杰等位大人就為他上疏，說他絕無二心，誓為大明的看邊小夷，並安排他赴北京進貢；此後，朝廷又加給他敕書和龍虎將軍職銜——我若上疏請剿，怎會獲准呢？」

他提起李如松，氣氛便非常感傷，而就事實論，李顯忠更是倒抽一口冷氣，瞠目結舌，說不出話來，但心裏確確實實的明白了——

命運弄人，二十年前易如反掌的事，已因錯過時機而永遠做不到了！

「這趟赴任，委實是君命難違……我已無力左右遼東的情勢，只能退求明哲保身……你須切記這『明哲保身』的原則……無論是對女真……蒙古……」

諄諄教誨，內容消極，語氣衰頹——暮年的李成梁對孫子的教導與中年時對兒子的教導有著天壤之別，充分流露著生命力由強旺而衰朽的軌跡，一如大明王朝的榮枯興衰。

五天後，李成梁才打起精神吩咐繼續上路，前往廣寧；行程依然放得很慢，拖了許多天才到達；而遼東的新情勢在他到達前就有了具體的結果。

一切如他所料，趙楫並沒有拒絕哈達飢民的請求，但也沒有真的出手救災；而兩手空空的吳爾古代回到哈達部以後，拿不出糧食來救災，飢民們唯一的生路是跟著他投附建州。

他含淚無語，接受這個事實；而其實，努爾哈赤正在悄悄進行的事，還遠超過這些。

註一：《明史．職官志》記：「鎮守薊鎮總兵官一人，舊設。隆慶二年改為總理練兵事務兼鎮守，駐三屯營。協守副總兵三人。分守參將十一人，游擊將軍六人，統領南兵游擊將軍三人，領班游擊將軍七人……」

副總兵分東、中、西三路，分駐各地，其中東路副總兵「駐建昌營，管理燕河營、臺頭營、石門寨、山海關四路」。分守參將十一人中包括山海關參將。

及至明末，為因應邊防需要而有所增加：「萬曆間，又增設於臨洮、山海。天啟間，增設登、萊。至崇禎時，益紛不可紀。」

《明史．杜松傳》記：「（萬曆四十五年）薊、遼多事，特設總兵官鎮山海關，以松任之。」

2

不費一兵一卒而徹徹底底、完完全全的擁有了哈達部的人民、土地、資產，事情順利得如有天助，努爾哈赤的心裏當然高興，立刻以誠摯的態度、親和的語氣對新投附的哈達飢民發表談話，要他們安心做建州的子民，並絕對保證使他們免於飢餓；也立刻說到做到的調來一批糧食，分發下去，讓他們得到具體的保障，從而對建州產生向心力和歸屬感。

而他更加倍費心思考的問題卻是如何應付明朝——他有先見之明，認為明朝對他吞併哈達部的事一定會特別注意，並且有意見——思考之後他決定「先發制人」。

想好了一番說詞，又備下幾份禮物，他派何和禮前往明朝的遼東巡撫衙門，求見巡撫趙楫。

趙楫當然不會親自接見，派了一名文吏代表；何和禮非常客氣的呈上努爾哈赤給趙楫的信，並且委婉的傳述：

「哈達部的飢民非常可憐，建州如不收留他們，將餓死很多人——其實，建州本身也缺糧，只是沒有哈達部嚴重而已，建州貝勒要求大家，每人分出一小部分糧食給哈達部飢民——他說，自己只吃七分飽，便能救活別的人，大家要同心協力的度過困難！」

這名文吏是個心地非常善良的人，聽了這番話，立刻向他拱手作揖：

「建州貝勒真是菩薩心腸，自己也缺糧食，還設法救助飢民，將來必有善報——原本，巡撫大人也很想救助飢民，奈何，上疏朝廷之後不見批示，就不敢擅自出手，何況，官倉裏也沒有什麼存糧——建州貝勒的善舉，同時替巡撫大人解決了一道難題！」

何和禮暗暗放下了懸著的心，也更加謙恭的還禮，更加誠懇的說話：

「您的獎譽，建州貝勒一定非常感謝——貝勒爺差我來，第一任務就是詳細說明這件事，多承您完全瞭解貝勒爺的用心！」

文吏連點兩下頭：

「這一切，以及建州貝勒的書信，我都會如實稟告巡撫大人！」

何和禮趁機進言：

「貝勒爺還吩咐我，向您請示，以往，他多次率領建州的人員赴北京朝貢，今年，是否可以再次到北京進貢，表達建州對朝廷的耿耿忠心——」

文吏報以具體的答覆：

「這事，我一併稟告巡撫大人吧——事情，我無權決定，但能估計，大人應該會答應——目前，朝廷正期望邊疆無事，四夷歸服；朝中大人們都巴不得有邊夷表態效忠——建州貝勒前往進貢，該是件大好的事！」

何和禮立刻向他行禮致謝：

「多謝您費心！」

他沒有忘了順手送上帶來的禮物，並且將送給趙楫的一份也一起奉上……返回費阿拉後，他一進城就直接入見努爾哈赤，報告此行的全部情況。

努爾哈赤立刻嘉許他：

「這一趟，收穫太豐富了！事情辦得好極了！」

十幾天後，巡撫衙門就來了回音，同意安排努爾哈赤率領建州的人員赴北京朝貢，人員以兩百名為限。

一切順利，而且准許入貢的名額從以往的一百人增加到兩百名，很有進展[1]——他非常滿意，下意識的吩咐侍衛：

「去找舒爾哈赤來說說這事——」

以往他曾讓舒爾哈赤去過北京，代表他和建州向明朝進貢，舒爾哈赤辦得很好，也結交了不少明朝官員，這次讓他同行，可以多個幫手；但是，侍衛領命離開後，他的心思一轉，想到了其他方面的問題，一股寒意湧上來，這個念頭便改變了。

因此，舒爾哈赤來到跟前的時候，他忽然沒有話可說，愣了一下後想出幾句遮掩、敷衍的話來——他向舒爾哈赤說：

「這幾天雪大，你多留點心，看看獵戶們捕的熊、捉的貂，跟往年比起來怎麼樣？價錢好不好？好的話多換買銅鐵——」

舒爾哈赤料不到被他巴巴的叫了來，談的竟是這麼件雞毛蒜皮的小事，心裏有點不是滋味，勉強忍住後淡漠的說了聲：

「知道了！」

說完，轉身就走。

努爾哈赤當然不會挽留他，冷眼看著他的背影消失，自己也有點悻悻然，鼓了鼓嘴，發出一聲含含糊糊的自言自語：

「你這個樣子，我更不能信任你，把要緊的事交給你去辦——」

以往，他蓄意讓舒爾哈赤代表他赴北京朝貢，一部分原因是為了安撫舒爾哈赤，一部分原因卻是在給舒爾哈赤機會，希望舒爾哈赤會因此覺得自己受到了重視而改善心態，不再凡事唱反調，以及到北京走一趟後眼界大開，會變得懂事，識大體，但，幾年下來，情況令他非常失望。

就在「四旗軍旅」的演習過後，他很明確的查知了這一點。

或許是因為四旗人馬的編列中包含了舒爾哈赤的人馬，而沒有特別賦予舒爾哈赤與他平行的指揮權力，便引起舒爾哈赤心中不快——嘴上沒有講出來，但實際的行為已經產生。

演習過後，舒爾哈赤暗自召集自己的部屬，要他們一起對天盟誓，永遠效忠自己。

他當然很快就得知這個訊息，霎時間，一個冷笑衝出口：

「這是什麼意思？」

這不是詢問，而是責問；但他並沒有叫舒爾哈赤來當面提出，心中的怒火沒有繼續上升。甚至，此後他絕口不提；在舒爾哈赤面前，更像根本不知道這件事似的，不動聲色，什麼反應也沒有。

他只在內心中上下起伏，求索、思考——

當然不是沒為這件事生氣，也不是很快的氣就消了，忘了，而是被他以冷靜和理智強行壓下了憤色與怒氣，從而進入審慎的省思中。

他開始仔細回想多年來舒爾哈赤帶給他的「不對勁」的感覺，任何一個再小、再不具體的細節都不放過……因為是親弟弟，事情便不能與人商量，只有獨自反覆思考，把事情想清楚之後做出判斷。

苦惱了好些天，他的思考漸漸得出結論——幾天後，心中忽然閃過一道靈光，明確而清晰的對自己說：

「是親弟弟，不好辦——但，總要防他！」

於是他在心中向自己宣布：

「舒爾哈赤的心已經不對勁了，以後，任何一件要緊的事都不能交給他辦……他的心腹人馬，也要慢慢的拉遠他！」

因此，即便他意念一動，習慣性的叫人找舒爾哈赤來吩咐上北京，也在剎那間打住了……

他想：

「北京，還是我自己去吧——」

這件事，是屬於「要緊」的——「朝貢」只是表面上的幌子，他要的是其他：明朝給的敕書，開市、交易的利益，熟悉明朝的情況，與明朝官員建立良好的關係，並且仔細觀察、判斷出明朝對他吞併哈達部的意見。

更何況，這一趟，他還有一樁不為人知的任務想要悄悄完成：

建州早在兩年前就已經著手開採金銀礦及鐵冶，表面上看起來成績還不錯，採冶都有收穫，但是沒有達到預期的目標，原因和問題的重心，他都曾仔細思考過：

「負責採礦、鐵冶的人都是從自稱能辦這事的人裏面挑的，究竟是不是真正的行家呢？或者，確實能辦這事，但不是第一流的行家，所以，成效沒有明朝好……」

他決定親自到北京去，偷偷考察明朝在這方面的情況，如果遇到優秀的礦師和工匠，就許以重金，請他們到建州來工作——

這些事都不適合粗枝大葉、沒有智慧與謀略的舒爾哈赤來擔任；更何況，以往，讓舒爾哈赤有機會負責一部分重要的事，是因為他是「親弟弟」——現在的情形不同了；他與舒爾哈赤之間既然已經有了嫌隙，事情便不能再交給舒爾哈赤去辦！

最正確的做法應該是採用前幾年考察明朝的文教時的辦法，親赴北京，但是帶著替身同行，讓替身在額亦都、何和禮等人的陪同下接受明朝兵部的宴賞，而自己潛行到目的地，做詳細的考察——這樣才能有豐富的收穫。

他想定了，只等自己手邊這件事處理完，就再親自上北京城一趟。

這件事倒是非等不可，他必須把順位放在上北京之前——

烏拉部的送親隊伍已經出發，他將多一名妻室，當然不能在這個時刻離開建州上北京；更何況，這樁親事並不是單純的婚姻，而是建州與烏拉部締盟的另一種形式，對兩部來說都是重要的大事。

事情是由烏拉貝勒布占泰主動提出的——布占泰既在他的支持、幫助下回到烏拉部做了貝勒，又娶了舒爾哈赤的女兒，便存了報答的心，不久前派遣專人來到建州，向他說：

「我的侄女名叫阿巴亥，已經長到十二歲了，性情很好，容貌也非常美麗，我想送來建州給您做妻室，侍奉您的起居！」

他本想拒絕：

「十二歲——年紀太小了！」

但是，來人向他說：

「何妨先送來建州待年呢？」

接著又向他說：

「阿巴亥姑娘是我們烏拉部的第一美女，求婚的人非常多；但是布占泰貝勒說，除了建州貝勒您以外，無人能讓阿巴亥姑娘點頭結親！」

最後一句話打動了他，也勾引起他的好奇心，半帶著詫疑的問：

「這姑娘如此心高氣傲？」

來人向他補充說明，也再三強調她的美麗和心性：

「據說，阿巴亥姑娘打從五、六歲的時候就常說，她非大英雄不嫁；長到十歲的時候，她已經是世間最美麗的姑娘了，更是非大英雄不嫁！」

而這些話卻把他逗得哈哈大笑起來：

「這不是——跟我女兒小時候說過的話一樣嗎？」

東果五歲時跟他說這話的模樣立刻浮到眼前，他越發笑得開心，也想起了自己把東果嫁給何和禮的往事，一股非常特別的感覺湧到心頭，他想要這個姑娘了。

於是，他爽快的答應了這樁親事。

「等阿巴亥進門後，安頓好了，我再出發吧——」

安頓阿巴亥的法子倒是簡單不過，十二歲的小女孩，讓她跟著札青住，「待年」吧——他橫豎早已有多房妻室，再多一個也添不了麻煩。

比較麻煩的還是北京之行——畢竟是一趟遠路，而且還帶著目的，要準備的事挺多。

「能得些什麼好處，該先合計合計……最好，能親自看到明朝的皇帝……要讓皇帝親自接見是不可能，但是正逢歲末年初，元旦日，他或許露面，讓萬民朝賀，便有機會看到……」

他一向對明朝的皇帝充滿了好奇，這一想，想得自有一番興奮——雖然，他根本不知道現今北京城的實際狀況，更料不到朱翊鈞正病得奄奄一息。

註一：甲：《明神宗實錄》中有關努爾哈赤親自到北京進貢的記載為：

(1) 萬曆二十一年（西元一五九三年）閏十一月

「建州衛女直夷人奴兒哈赤等赴京朝貢，上命賞宴如例。」

(2) 萬曆二十五年（西元一五九七年）五月

「建州等衛都督、指揮奴兒哈赤等一百員名，進貢方物，賜宴賞如例。」

(3) 萬曆二十六年（西元一五九八年）十月

「宴建州等衛進貢夷人奴兒哈赤等，遣侯陳良弼待。」

(4) 萬曆二十九年（西元一六〇一年）十二月

「宴建州等衛進貢夷奴兒哈赤等一百九十九名，侯陳良弼待。」

(5) 萬曆三十六年（西元一六〇八年）十二月

「頒給建州等衛女直夷人奴兒哈赤、蒽勒等三百五十七名，貢賞如例。」

(6) 萬曆三十九年（西元一六一一年）十月

「頒給建州等衛補貢夷人奴兒哈赤等二百五十名，各奴賞、絹匹、銀鈔。」

(7) 萬曆四十三年（西元一六一五年）二月

「薊遼督撫奏稱，邇日努酋自退地鐫碑之後，益務為恭順。此番進貢，止大針等一十五名，夫以千五百之貢夷，而減至於十有五名，豈不唯命是從哉！」

（這一次，《明神宗實錄》沒有說明努爾哈赤是否親往，但，談遷《國榷》記：「建州、海西衛奴兒哈赤等入貢。」）

乙：《明神宗實錄》中有關舒爾哈赤親自到北京進貢的記載為：

(1) 萬曆二十三年（西元一五九五年）八月

「建州等衛女直夷人速兒哈赤等赴京朝貢，命如例宴賞。」

(2) 萬曆二十五年（西元一五九七年）七月

「建州等衛夷人都督都指揮速兒哈赤等一百員名、納木章等一名員名，俱赴京朝貢，賜賞如例。」

(3) 萬曆三十四年（西元一六〇六年）十二月

「建州衛都督都指揮速爾哈赤等入貢。」

(4) 萬曆三十六年（西元一六〇八年）十二月

「頒給建州右等衛女直夷人速爾哈赤等一百四十名，貢賞如例。」

3

大明皇宮的外觀因冊立皇太子的大典而多處重新美化過，看起來比以往又多了幾分富麗堂皇，喜慶的氣氛也一直延續著，氣氛非常特別。

當上了皇太子的朱常洛開始變得尊貴起來，所有的太監宮女們再也沒有人敢因他不得寵而輕視他，每天都有人搶著來向他請安，向他獻殷勤，乃至不少有心機的宮女挖空心思的要博他一幸……他的生活步調便與以往大不相同，乃至整個錯亂了。

但，這錯亂畢竟是因「喜」而來；因此，他雖然窮於應付，常常茫然失措，不知該如何是好，精神還是振奮的，心裏還是高興的，生命有如青藤般的逐漸往上攀爬，逐漸茁壯。

而朱翊鈞的情況正好相反，生命越來越萎靡，越縮越小，氣息越弱……時節進入隆冬之後，他就像生命也進入了隆冬似的，失去了生氣；不久，嚴重到連起床都不能了。

時間是在繁縟的冊立皇太子的大典之後——好些不瞭解他的大臣們都以為，他是因為親自主持這個隆重、盛大的典禮而累病了。

因此，請安的奏疏不停的被送進宮來；九月間才入閣的兩名新任大學士沈鯉、朱賡尤其緊張，每天懸著心守在內閣，即便朱翊鈞根本不會宣召，也不敢離去；更因為入閣不久，對宮中的動向遠不如沈一貫等資深大學士熟悉，相識、結交的太監也不如沈一貫等人多，宮中的消息得來的慢，心中的忐忑當然就加倍。

相對的，資深的、消息靈通的沈一貫也不敢有絲毫鬆懈，日子一樣過得提心吊膽。

朱翊鈞似乎病得不輕——太監們時時來向他通報消息，太醫進宮診視一回就來告知一次，連同藥方都抄一份給他過目；一日數回，一連數日，送來的藥方已經積成厚厚一疊，朱翊鈞的病還是毫無起色。

他也曾幾度仔細審閱這大疊藥方，每份藥方的內容大致雷同，所開的都是些培元補氣的珍貴藥品——他不放心，既找了些精通醫理的同儕來一起研究，也找了負責為朱翊鈞診治、開出這些藥方的太醫來詢問，但全都不得要領。

太醫們幾乎都不肯正面回答他的問題，全都哼哼哈哈的說些不及義的敷衍話：

「嗯，啊，萬歲爺的龍體……唔，原本底子是好的，近日裏，大約是為國操勞……嗯，天氣轉涼，也是其中原因吧；龍體欠安，宜多多休養……」

異口同聲，而聽得他為之氣結，心裏卻很明白，根本問不出什麼所以然來！

反倒是幾個與他相熟，又素通醫理，為他請來商議的朝臣們看法與他一致：

最後的結論也很一致——是一個疑問：

「藥方上開的都是些補品！」

「難道，太醫們診不出萬歲爺所患何病？」

但是，誰也不敢把這個結論公諸於世——茲事體大，身為內閣首輔的他，承擔不了後果與責任；更嚴重的是，當請來的同儕們告辭離去後，他一個人靜下來，心裏竟莫名其妙的升起一連串的聲音：

「萬歲爺得的究竟是什麼病？難不成，根本沒有病——是得了『心病』？」

意念在心中一閃，但隨即便迅速的被另外一個念頭掩蓋——他像是險些發出一聲驚呼來似的，用手壓住自己的胸口，然後暗自思忖：

「啊！不得了！怎可這麼想呢？萬一不留神說出口來，豈不要落個不赦的罪名？」

他驚出了一身冷汗，當然立刻把這個想法拋到九霄雲外去……他本就不是個剛正耿直、立志做烈士的人，更何況，在宦海浮沉了大半輩子後，好不容易才熬到入閣——

往昔，他的仕途並不順當——他是隆慶二年的進士，被選為庶吉士、授檢討、充日講官，這原本是長侍君側之職，極有發展、極易更上一層樓；卻不料，他不小心在「日講」的時候說了句讓張居正不悅的話，便一直不得升遷，直到張居正去世之後才有轉機。

但，這此後升來遷去的官職雖然有吏部右侍郎、南京禮部尚書這些表面上看來算「大」的位子，實質上卻沒有權力，也做不出政績來，一直處在浮浮沉沉的狀態中。

及至有了入閣的機會，已經浮沉了二十多年，因此，他對這個機會萬分珍惜，竭盡所能的把握。

由於前半生已經有過因得罪張居正而致仕途不順的前車之鑑，他牢記不忘，也不時提醒自己小心，絕不可再重蹈覆轍；因此，當機會來臨時，他特別在言語與行為上都加倍表現得婉曲謙恭，以防再因得罪要人而受到影響；連在家居的時候，也竭力扮演出溫良恭儉讓的姿態，以培養自己的聲望，使受舉入閣的事能更順利。

但，饒是他這麼精心的經營自己的仕途，這條路依然走得很不順利。

朱翊鈞並沒有在他第一次被推舉的時候就召他入閣——那是萬曆二十二年，「廷推」時，吏部推舉了王家屏和他等七人入閣；而朱翊鈞正在光火王家屏，名單上的人選索性一個也不接受。

這是受了池魚之殃，而決定事情的人既是皇帝，根本連申訴都不能；他只有繼續努力製造自己的聲望，等待下個機會到來；熬了又熬，才總算「皇天不負有心人」似的熬到了。

但是，做了尚書兼東閣大學士之後，也並非一帆風順——當時的內閣大學士有好幾人，排名一、二的是趙志皐、張位，第三為陳于陛，都在他前面；趙志皐老而多病，陳于陛卻是能人，官聲既好，又深受士林推崇支持，乃成為實質上的首輔；他排名在後，當然光芒盡為所掩，想要有所作為，施展些什麼，全都談不上。

幸好，已經歷過宦海浮沉的他，早已培養出一種特殊的做官智慧來，不但很能適應官場的怪現象，還很能在種種怪現象下為自己謀得最好的發展。

他抱定一個宗旨：用最「柔順」的態度來做官。

「柔順的人，即使不討人喜歡，也不會得罪人！」

因此，他在能幹的陳于陛跟前，凡事唯唯諾諾，謹慎恭敬；在無能的趙志皐跟前，也是凡事唯唯諾諾，謹慎恭敬；在高高在上的皇帝跟前，更是凡事唯唯諾諾，謹慎恭敬！

而這個做法也確實是高明之至——他確實討到了朱翊鈞的歡心。

陳于陛早在萬曆二十四年就病逝，趙志皐帶病延年的拖了好些年，終於還是走了；首輔的位子當然就由得皇帝歡心的他接替。

「柔順」果然是正確的為官之道，為他得來了首輔的寶座，他當然要奉為圭臬……

「絕不可逆了萬歲爺的心意啊！絕不可，絕不可——他既自覺病了，那就是病了！」

心口怦怦直跳，嘴裏重複著喃喃自語了一陣，而事情該怎麼面對，自己的態度應該如何，就在這一剎那間準確的拿定了主意。

「萬歲爺龍體欠安，責成太醫院全力調治！」

近幾日，就只說這句話，別的一概不說——一切都以朱翊鈞的心意為準則！

好不容易才到手的首輔寶座，必須小心謹慎的坐穩；更何況，再退一步想，自己從當上內閣首輔之後，已經像「時來運轉」似的，蒙受上天的特別眷顧了。

光是「冊立皇太子」這件大事在他任內完成，就足以感激涕零，跪叩謝天——這是本朝中多大的事啊，延宕了十五年之久，內閣首輔換了好幾人，而正好落到他手裏來完成，這不是天大的幸運嗎？

「趕得早不如趕得巧！」

冊立皇太子的大典訂在十月舉行，而趙志皐在九月間病逝，平白把冊立大事留給他——如今，他既在任上完成了冊立大典，讓不知內情的輿論界大大稱揚，官銜也加成「太子太保、戶部尚書、武英殿大學士」，這些意外得來的一切，當然要加倍珍惜！

他想起在冊立皇太子的大典完成當天，朱翊鈞還親口吩咐一句，要將這事寫成兩份詔書，送去給已告歸鄉居的前幾任首輔申時行、王錫爵，讓他們知道這件事，好放下懸著的心——相較起來，他這個「現任首輔」更要為自己慶幸！

事情想清楚之後，「首輔」的官也就更容易做了。

從第二天開始，他就不再向太醫們追問朱翊鈞的病因病情，也不再要藥方來看，而只是不停的上請安疏，一日數道，內容大同小異，都是「願吾皇早日康泰」，文字則極盡恭順虔敬之能事——明知道朱翊鈞根本不會親自看，他還是照上不誤；受了他好處的太監們總會找到時機，念上一兩本給朱翊鈞聽聽的！

現在唯一能做的事，就是讓朱翊鈞感受到他的忠誠之心！

而朱翊鈞對他的態度似乎也不壞，偶爾會命太監傳個口諭給他，派他辦些事情。

這天，太監們便來向他說：

「萬歲爺要遷到啟祥宮去養病，乾清、坤寧兩宮須得重修，擇日動工，限在半年內完工！」

初一聽，他的心中暗自一抽，神情也不自覺的一愣，腦中飛快的思忖：

「重修兩宮，又得耗去多少銀兩？該怎麼個籌措呢？」

但是，在外表上，他一點也沒有顯露出這道思忖來，而是一本「唯唯諾諾，恭敬謹慎」的原則，滿口承應：

「請上覆萬歲爺，臣遵旨——臣盡力去辦！」

而且，就在這一瞬間，心中已了無詫疑——辦事的方法已經有了：既是朱翊鈞的旨意，他只須交付出去就算完成任務，修宮殿是工部的職責，籌錢是戶部的職責；他自己的「戶部尚書」只是加銜，實質的尚書是陳蕖，而且，下面還有左、右侍郎可以分憂解勞——他何必扮個「黑臉」，讓朱翊鈞在病中還要「龍心不悅」呢？

這麼一來當然皆大歡喜，來傳旨的太監連連向他拱手：

「太好了！咱家這就上覆萬歲爺，好讓萬歲爺龍心歡喜——說不定萬歲爺一高興，病就好了！」

氣氛好極了，在場的人全都眉開眼笑；幾天後，啟祥宮重新整理、布置了一番，讓朱翊鈞在前呼後擁中搬進去「養病」——這次移宮倒也不是沒來由，朱翊鈞所詔示的理由萬分充足：他認為，自己這場無名的病是因為乾清、坤寧兩宮曾遭火災而壞了風水所致，必須大動土木來使這兩宮比以往更豪華、更壯麗，才能讓自己恢復健康。

誰敢反駁這個說法呢？誰知道真實的原因呢？

身為當事人的朱翊鈞不但不會說出口，連想都不願意想，不觸及，盡量逃避；身邊稍知內情的太監、宮女因為瞭解事態嚴重，就全部噤若寒蟬，以免惹禍上身——真相被掩蓋得滴水不漏，又有哪一個大臣能得知呢？

唯一心知肚明、而又把真相說了出來的是鄭玉瑩，但是，她既身在後宮，說的話又大半是喃喃自語，一樣不為人知……

4

翊坤宮中的布置、陳設一向極盡精緻華美之能事，這原則恆常不變，有變的是每天更換几上、案上的瓶插鮮花，每旬更換各式擺飾，每月更新一切器物；而且，所有的用品都是世上最精美、最講究的，似乎唯有這樣才能顯示出女主人的美麗和高貴來。

但，這一天，任誰都不會相信的例外發生了——鄭玉瑩不但沒有心思顧及住處的精緻華美，連自己儀表上的精緻華美也無心講究。

她對鏡而坐，整個人宛如失去魂魄般的呆滯，兩眼失神，淚水無聲無息的往下淌，以致臉上的胭脂花粉全都糊了，零亂不堪；但她不出聲，沒有任何示意，宮女們便不敢上前為她淨臉，一個個屏氣凝神、小心翼翼的站在兩邊等候；她的心腹太監龐保、劉成，貼身宮女巧玫、浣紗、畫屏，更是高懸著一顆心，緊張得連心跳和呼吸都幾乎停止。

因為是心腹，他們對她有深刻的瞭解，很能體會她此刻的心情——生氣、憤怒、傷心之外，還有一種世上最壞的感覺在侵蝕她的心，使她的心口滴血。

那是背叛——被自己最信任的人背叛，是最最不能忍受、最最不能原諒的事，也是打擊最大的事——

初一聽派在乾清宮的耳目來報，她最直接的反應是衝口說：

「碧桃？不可能的——」

碧桃早已被福壽膏毒得不成人形，只是塊多了口氣的木頭、石頭，只是個專司伺候福壽膏的工具，沒有半絲人味，哪裏能有情呢？朱翊鈞哪裏會動心呢？

但，耳目繪聲繪影的陳說情景：

「田司禮走遠了，別的人都不敢動，一起在門外候著，裏面的聲音聽得一清二楚，可就是不敢進門去……後來，聽見萬歲爺哭了起來，大家怕有事，趕緊湊在窗縫上往裏看，這才看見萬歲爺像是醉了，迷糊了，抱著碧桃喊母后，喊娘娘的名字，還喊壽寧公主……」

眾目睽睽……而且，這番話完全真實——深刻瞭解朱翊鈞的她，一聽就確認這是朱翊鈞的心聲。

那麼，事情是真的！

她身不由己，打靈魂深處發出劇顫，通體冰涼，冷汗湧流；好一會兒之後，她才由抖個不停的舌尖與牙縫中擠出點聲音來：

「碧桃……什麼樣子……」

她的聲音因顫抖而模糊不清，耳目們再三仔細分辨才把握到這詢問的重點，於是，據實而告：

「又哭又笑……可真是難看……」

但，這話又是一記重擊——心裏升起一個森冷的聲音：

「她……不曾閃躲……抗拒……」

她的心被徹底擊碎，碎成粉末，飛散到身體外面去……僵坐在鏡檯前，她像要找回自己似的直視鏡面，卻奈何不能，於是，整個人失心、失神、失魂，失去知覺的任憑眼淚四溢，展現她靈魂深處的顫抖。

最終，仰賴她生身的母親來為她喚回生命與靈魂——機警的龐保、劉成早在耳目來報的時候就感到情況不妙，再一看她果然承受不了這事，立刻悄悄派人去接馮非煙來幫忙照料。

果然管用——

馮非煙進門以後，僅憑撫肩拍背和三言兩語就讓鄭玉瑩發出聲來——她「哇」的一聲哭倒在馮非煙懷裏，抽抽搭搭的訴盡心中的氣憤、怨怒、痛恨，而且反覆強調：

「她是家裏帶來的……居然背著我……」

而仔細聽完話、明白了原委之後的馮非煙心中卻暗笑不已；她不認為朱翊鈞多要個女人有什麼了不起的，也不認為碧桃的行為是背叛了鄭家，險些脫口說一句：

「兩個人朝夕相處，有了事兒，再正常不過了，生個什麼氣嘛！」

話到舌尖，又想到，鄭玉瑩心裏已經打上了結，只能開導、化解，絕不能笑，言語更要小心；於是立刻改口：

「事情不難——不值得生氣，來，來，來，先打扮自己，再料理這個！」

接著吩咐龐保：

「去叫碧桃來，先給娘娘賠個不是！」

龐保當然會意，迅速回應：

「奴婢立刻去辦！」

親自去，當然是先給碧桃一點提示，讓她過來的時候說些得體的話，消消鄭玉瑩的氣，這點心思，馮非煙當然會意——大家默契十足，也都很放心的認為，問題將迎刃而解了。

龐保一走，馮非煙就立刻指揮宮女：

「快給娘娘淨臉，梳妝！」

宮女們當然一擁而上，浣紗、畫屏親自捧著手巾上前伺候，巧玫拿著小手鏡侍立；鄭玉瑩卻仍舊賴在馮非煙懷中，賭氣似的咕噥：

「你帶她出宮去——回府去——賣給別家去——我不要再看到這個人——」

馮非煙暗自竊笑，也暗自嘆息，但也極有耐心的柔聲哄勸，同時為她把情況分析清楚：

「她現在已經承幸，不能出宮了——而且，按宮裏的規矩會有封賞——這種事，你要看開點，橫豎，不管她得的是什麼封賞，總是低於你的——唉！萬歲爺的妃嬪已經有十幾位了，再多一位有何妨呢？你就別計較，安安穩穩的做你高高在上的皇貴妃——」

話說得很柔、很慢、很溫和，也很含蓄的暗暗點出形勢比人強的現實面，雖無奈也必須接受；鄭玉瑩當然完全聽得明白，但是默不出聲，更不抬頭正身梳洗；馮非煙只好像哄小孩似的撫著她的背，繼續勸說：

「她是專門伺候福壽膏的，萬歲爺一天都離不了她，你就寬懷大量，好好看待她——再退一步想，說不定有一天她還能幫上你的忙——從這兒走到坤寧宮，路上的幫手越多越好呀！」

最後一句話確確實實的打動了鄭玉瑩，也提醒了她，入主坤寧宮才是重要的事，相較起來，碧桃根本微不足道。

這麼一來，豁然開朗，心思、情緒都大為改變，於是，她離開馮非煙的懷抱，讓宮女們為她淨臉。

不料，就在這當兒，龐保回來了。

聽到一陣急促的腳步聲，馮非煙下意識的迅速轉頭張望；大出意外的是，進門來的只有龐保一個人，沒有碧桃的人影，隨侍而去的兩名小太監也不見了，她大感納悶，不由自主的脫口詢問；但是，龐保神情沉重，臉上紅白交加，呼吸急迫，舉止完全失去平日的恭敬、謙卑，更顧不上回答她的問，逕自奔到鄭玉瑩跟前，倏的跪下，伏在地上說：

「啟稟娘娘，事情不好了——」

他的語音帶顫，飽含著倉皇與驚怖，使得情緒剛開始逐漸平穩的鄭玉瑩再度重重一顫，而且無法言語；馮非煙也感到心驚，但是強自忍著，強自鎮定的安撫龐保：

「別急，別慌，慢慢兒說！」

龐保吞嚥了一口大氣，結結巴巴的說：

「碧桃……吞下福壽膏……」

馮非煙立時發出一聲驚呼：

「那是要命的——」

鄭玉瑩受到的刺激更大，眼珠子才往他身上一轉，人就暈了過去，幸虧巧玫、浣紗和畫屏就在身邊，一起扶住了她；馮非煙因為閱世已多，曉得輕重，對這情況以果斷的語氣吩咐：

「快扶娘娘躺下——餵她參湯，拿濕手巾貼額頭，過會兒能醒的——醒來後再餵點參湯——」

一面說，一面指示龐保跟她到角落去，然後仔細問：

「到底是什麼狀況？」

龐保一五一十的回答：

「奴婢到了乾清宮，一看，萬歲爺已經睡著了，就小聲的對碧桃說，老夫人來了，想和她說幾句話；她說，容她換件衣裳，奴婢就等著；沒想到她偷藏了一盒福壽膏，一回到住處就吞了下去；奴婢去催她快點的時候才發現，登時慌了，不曉得該不該通報太醫院來救人，只好叫手下人守著，回來請示——」

馮非煙倏的打斷他的話：

「守的人可是你的心腹？靠得住嗎？」

龐保不防她有此一問，瞬間意會不過來，愣了一下，瞠目結舌的答不上話來；馮非煙再定定的看他一眼，就把他徹底看穿——畢竟是個中級太監，聰明機警只達八分，閱世歷事更是談不上，一般的事辦得很穩妥，遇上眼下這種奇特的大事，光是思慮就不夠縝密。

但，此刻已來不及教導他；她暗一咬牙，毅然決然的挺身而出：

「帶路——我親自去看看！」

龐保依然不解，囁嚅著說：

「哪敢勞動老夫人——」

話還沒說完，馮非煙已經不理他、自顧自的轉身朝門口走；龐保不敢再多說，趕上去攙扶她，恭恭敬敬的伺候她走出翊坤宮。

一出門，馮非煙便加快腳步，一雙三寸金蓮像得了魔力相助般的飛快前進，快得令龐保暗暗吃驚，而完全不知道這是她心急所致……

沒有通報太醫院是正確的，否則，碧桃的事和福壽膏的秘密都會被太醫得知，很難保不由這個管道傳揚出去；而碧桃既吞下福壽膏，就斷無生路，要善加處理的事非常多——她不停的在心中盤算：

「人到臨終，少不得要說幾句真心話，碧桃知道的事太多，得防她說出來的話給人聽到……好端端的一個人忽然死了，總得有個說法，或者就遮掩個滴水不漏……但她是專司福壽膏的人，萬歲爺跟前得有個交代……」

有些事龐保辦得了——宮裏每天都有太監、宮女死亡，大半是被凌虐致死和不堪凌虐而自盡，死因既不可告人，宮裏也自有各種毀屍滅跡的法子，龐保一定辦得很周全。

「最難的是萬歲爺跟前……最糟的是，沒先教會別人弄福壽膏……沒了她，就等於沒了福壽膏……」

事情確是困難，想得她心裏一團亂，腳下又走得急，便險些跌跤，賴得龐保扶著她，才能順利前進。

而一到碧桃的住處，她立刻強迫自己先放下這難題，專心應付眼前——到了門口，她先做了一個深呼吸才舉步進屋。

腳才剛跨過門檻，就聞到室內瀰漫著一股濃重的異味，她立刻感到噁心，下意識的使盡全力忍耐；龐保留下的兩名小太監迎上來，小聲稟告：

「就一直躺著……」

兩人全都臉色慘白，神情惶恐，語音帶顫，讓龐保不由自主的心裏發麻，勉強做了個手勢吩咐他們靠邊站，自己鼓起勇氣扶著馮非煙往前走；將到床前時，他先發出提示的呼喚：

「碧桃，鄭府老夫人來了——親自來看你了！」

碧桃直直的平躺著，臉色已成青紫，一息尚存而氣若遊絲；馮非煙一看，頓感恐懼，再三克制心神才勉強擠出聲音：

「碧桃……好孩子呀……」

而一出聲，複雜的情緒立刻一變為酸楚，令她失控似的哭了起來。

碧桃還有些許知覺，竟在好一會兒之後發出了微弱的回應：

「老夫人……」

「碧桃，老夫人心疼你，親自來……你……你好好同老夫人說說話……」

馮非煙哭得沒法再說話，龐保也心酸得落下真誠的眼淚，但還能說幾句真誠的話：

碧桃確實有話要說，雖然說得斷斷續續、若有若無：

「萬歲爺……心裏是空的……什麼也沒有……他的苦沒人知道……我也是的……伺候萬歲爺吸福壽膏……十多年……我已經不是個人，是福壽膏……我不能再做福壽膏，娘娘開恩，老夫人開恩，讓我做個鬼吧……」

這就是她的臨終遺言，說明自盡的原因——她畢竟是個人，不是福壽膏。

但，她和她的遺言都屬於大明皇宮中的秘密，知道的這少許人絕對不會外洩；以是她的故事、心聲和遺體一起被飛快的處理得了無痕跡。

儘管馮非煙和龐保在此後很長的一段時間裏，夜夜都做噩夢，但表面上完全不露痕跡；鄭玉瑩亦然，她在休養了一陣子、調整了心情之後，面對現實的繼續戴上巧笑倩兮的假面具，若無其事的繼續生活於大明皇宮中。

三個人很有共識：盡快徹底遺忘碧桃此人，盡快培訓一個接替她去伺候朱翊鈞用福壽膏的人……

5

努爾哈赤在十二月裏率領著兩百人馬到達北京城，連著十幾天晴朗無雪，地面乾燥無泥濘，好走，行程進行得很順利，到達後的進展也和他預定的計畫完全一致——出發的時候，他就讓替身代他領隊，自己悄自潛行，在到達北京前改扮成商人，脫隊去進行他想完成的事。

這樣的事已進行過一回，他和他的替身，以及額亦都、何和禮都已積累了一次經驗，再次進行便非常熟稔，一切無誤。

明朝出面設宴款待邊酋的人也一如以往，是泰寧侯陳良弼——他是勳臣之後的「世襲侯爵」，有名有實，但無職無權，十足是個妝點用的花瓶，唯一會有任務降臨，得到拋頭露面機會的便是出面宴請前來北京進貢的邊酋，說些無關痛癢的好聽話，吃喝一頓，如此而已。

對朝廷來說，這也是件無關痛癢的事，派個無關痛癢的人按往例進行一番就功德圓滿，乃至暗自鬆口氣——這個地方的邊酋既然前來進貢，就表示他效忠朝廷，該地無戰亂，無須費心，寫起奏疏來也多了條向皇帝歌功頌德的內容，說是「天子聖明，四夷望風而來」，繼而堂而皇之的演義成「四海昇平」——因此，大家對來進貢的人馬確實非常歡迎。

陳良弼第二次宴請努爾哈赤——其實是努爾哈赤的替身——他不懂邊事，但每隔一些時日就要出面宴請來進貢的邊酋，人一多，這些容貌、服飾殊異，姓名又冗長古怪的邊酋早已在他腦海中攪成一團混亂，分不清誰是誰。

面對著努爾哈赤的替身，以及身後的額亦都、何和禮等人，他心中只閃過一個浮光掠影般的念頭：

「這幾個人，看起來比別的邊夷斯文些——」

而對於三年前，他曾經宴請過這批人的往事，已經毫無印象，全賴他手下人員和兵部承辦邊疆事務的屬吏們提供資料說明，讓他照本宣科似的向客人們說幾句冠冕堂皇的話應付場面，盡量把客人們的名字念對；而他手下和兵部的屬吏們大都已受了建州的好處，和建州結了深厚的交情，便大力為建州美言，哄得他高高興興的做宴會主人。

宴會的氣氛也就非常好。

但，額亦都和何和禮的心是懸著的，直到宴席結束——兩人從頭到尾都是萬分謹慎的觀察陳良弼的神色，而且牢牢記得自己的首要任務和努爾哈赤的叮囑：

「他如果提起建州吞併哈達部的事來，要小心應對……盡量委婉說明，博他點頭……」

說詞當然早就想好了，要在被問及的時候小心說出，讓事情周全、圓滿。

不料，這一切都白費了——陳良弼從頭到尾都沒有提起哈達部來，整個宴席上，他雖然滔滔不絕的說話，但說的都是些空話，重複說上好幾遍的一句尤其沒有實質意義：

「四夷來朝，國之大祥——我大明天子，龍心大悅，最優遇來朝諸酋，詔命封賞……建州女真來朝入貢，是大吉大祥……」

說完，他舉杯勸酒，然後期勉建州女真效忠朝廷；到了宴席將散之際，才說出一句具體話：

「我大明聖天子深知建州女真一向忠心耿耿，矢志不二，已詔許開馬、木二市，不日可行——本侯且先向建州女真道賀！」

事情喜出望外，額亦都和何和禮聽明白了，既放下了懸著的心，也立刻向努爾哈赤的替身發出暗示，於是，「努爾哈赤」自座上起身，向陳良弼抱拳行禮致謝，朗聲發言：

「多謝侯爺——這必是侯爺在大明天子聖駕前為建州女真美言，使大明天子頒下厚賜！」

陳良弼瞇起了笑眼：

「你們望宮門謝恩吧——這是萬歲爺隆恩！」

於是，大家一起朝皇宮所在的方向行禮如儀，叩首謝恩；這麼一來，宴席也就正式結束，陳良弼含笑吩咐一聲「送客」，同時是宣告「建州女真來朝入貢」這件事已功德圓滿，只待文吏們撰寫成文字記錄，作為檔案，將來修《實錄》時再抄入其中——他對自己輕鬆愉快的完成了這樁任務感到很滿意，下意識的點點頭就率先退席了。

負責「送客」的兵部執事人員卻因為是努爾哈赤大力結交的對象，與額亦都、何和禮也都是舊識，陳良弼一走，立刻輕鬆自在起來，滿臉笑容的說話：

「恭喜建州貝勒啦——這一趟，收穫可真大——朝廷給開馬、木二市，首先就是對建州另眼看待，特別加恩；其次呢，兩市一開，每年又能有上萬筆貿易——」

努爾哈赤的替身立刻向他拱手作揖：

「這必是您常常為建州美言，讓朝廷對建州另眼相看！」

執事認真的回應：

「朝廷可指望邊境都相安無事，邊部都心向朝廷呢——建州得了這許多好處，可一定要對朝廷忠心耿耿，不辜負朝廷的厚恩哪！」

努爾哈赤的替身連連點頭：

「這個當然——建州一定全心全力報效朝廷，為朝廷維持邊境安寧！」

他表演得很成功，不但沒讓人識破真實的身分，還令人對他萬分誠懇的神情和語言產生不少稱許，額亦都和何和禮冷眼旁觀，更是欣慰；兩人不約而同的在心中暗自嘀咕：

「這趟任務，完成得如有天助；明朝不但沒有提起哈達部來，還允開馬、木二市……收穫這麼豐富，貝勒爺一定非常高興……」

而向努爾哈赤稟告這些，還得等到十天以後——按照預定的計畫，努爾哈赤在出山海關之後，才與他們的隊伍會合——

努爾哈赤的收穫也非常豐富，他親自考察了明朝的採礦和冶煉方面的情況，打聽到了最優秀的礦師和工匠的姓名，暗自做了詳細的記錄，准備返回後派人來重金禮聘；自己趁便認識的，則大力結交——他改名換姓，自稱是商賈，而因為態度誠懇，從容大氣，很博人好感，都願與他為友；他也就留下後話，相約來日到遼東他的「莊上」作客、小住，他將派人來接……

一切順利，他也就在預定的時間裏結束這方面的工作，踏上歸途；一路上，雖然氣候寒冷，滴水成冰，北風凌厲，陣陣逼人，但是，他的心中因滿意而溫熱；在與額亦都、何和禮會合後，一聽兩人所稟告的大好消息，更是因高興而火熱——身在寒冬中，他的雙頰因露出由衷的笑容而發紅，強旺的、勃發的生命力從他炯然有神的眸光中展現出來，恢復了他多日來因隱匿身分而深藏不露的神采與英氣。

他笑著向額亦都、何和禮說話：

「事情確實順利得如有天助，不過，這也是大家一起努力所致——今後，對明朝的關係，還要更加賣力，以求有更好的收穫——詔許開的馬、木二市，咱們要盡全力的做，一年先做到萬筆貿易，第二年要能加上一倍……」

額亦都、何和禮立刻很恭敬、很肯定的回應：

「是的，我們估計，二市的貿易利益，確實能一年增加一倍——首先，建州的人口和生產，就是每年增加一倍的；多了貿易這一項，應該也能完成這個目標！」

努爾哈赤道：

「以往，明朝在遼東也開過好幾次馬、木市，只不過，不是針對建州，而且常常罷廢——現今再開，對明朝來說，或許有他自己的用意，但對我們來說，是大好的爭取貿易利益的機會，大家一定要好好把握！」

何和禮提出新的問題：

「以往，貝勒爺指示我們，在市中交易，要多換銅鐵，以利打造武器——如今，建州已能自行採礦，遼東富藏鐵礦，所獲並不少——今後的貿易主項，是不是要改成其他的東西？」

努爾哈赤連忙搖頭：

「不，不——我們仍要多買銅鐵——」

他做了非常詳細的說明：

「開採礦物，我們雖然收穫不少，但與明朝相比起來，還差得遠；這一趟，我雖然尋訪到一些好的礦師和工匠，但等他們來到建州，實地工作，出成果，還需好一段時日！」

何和禮心悅誠服：

「您說得對！」

努爾哈赤且更具體的對這趟的北京之行做下總結：

「我每回到北京，眼裏看著明朝的進步和文明，心裏就想著，建州要迎頭趕上的地方非常多——看得越多，就越覺得自己不足，要加緊學習，加緊的做——以往，我看北京的城池、街市，看明朝的文教，這回，看礦業……下一趟，還要更用心的看察……只要是好的，都拿來作為建州的模範！」

額亦都的心裏被他的話勾起一個記憶，立刻發問：

「來時，您曾說，希望能見到明朝的皇帝——這事，究竟能不能做到？」

努爾哈赤笑了，立刻搖頭：

「希望歸希望，事情是做不到的——我打聽過，但，好些人說，明朝的皇帝已經很久不露面了，早朝不上，元旦朝賀儀也不一定上；別說是百姓，就是朝廷裏做大官的老爺們也都覲見不了——而且，我打消想見他的念頭了——像這樣的皇帝，不值得學習，不見也罷！」

想法因現實而改變，好奇心消失了，取而代之的是一道複雜的感受，但又歸結於一個單純的結論：做一個羣體的領袖，他沒有可觀摩、學習的對象，只能憑自己揣摩、摸索，而腳踏實地的根據實際條件和增進自己的能力，自己思考、尋覓領導的方法，來使自己做個成功的領導人。

而他是幸運的——不以朱翊鈞為師，也沒有步上朱翊鈞的後塵。

朱翊鈞的情況已經到了「壞透」的地步。

遷入啟祥宮以後，他的健康狀況並沒有得到改善，而朝廷中還在為他的事忙成一團——光是他重修乾清、坤寧二宮的命令就已經讓全工部、戶部的官員焦頭爛額。

緊接著，新的一年又將要來臨，元旦的朝賀儀又將花費大筆銀兩，元宵佳節的燈會也不能省儉……應付完了這些每年例行的重大節日慶典後，二月裏又需要一大筆錢用，那是皇太子常洛的婚費。

常洛年已二十，拖延到這個時候才選妃，原本就已經遲了，而冊立大典既已完成，選妃成婚的事就不能再拖延。因此，無論如何，都得張羅出這筆婚費來……

戶部的官員成了朝廷中最痛苦的人。

幾名中級官員在私下商議了一陣子之後，終於鼓起勇氣來向尚書陳蕖反應：

「國庫空虛已久，近幾年來的軍費都是以加徵田賦各稅應急；如今，好不容易應付完皇太子的冊立大典，其餘分封的諸王所賜的財物、莊園，還無法張羅；眼下又有這許多必需的花費，部中實在籌措不出來，可否請大人上奏，叩請開內帑應急？」

陳蕖從萬曆二十七年五月接替因承受過多的壓力、不堪煩憂交煎而猝逝於任上的楊俊民任戶部尚書，時間一過兩年多，天天活在為應付各種用度而張羅金錢中，愁得兩鬢全白；可是，一聽這個籌款的建議，立刻連連搖手，乾咳著說：

「不行！不行！」

頓了一下之後，他硬著頭皮解釋說：

「萬歲爺不會准奏的！」

心中冰冷，索性再加一句：

「奏亦無用！」

這是事實，也將部屬們的建議給搪塞了回去；可是問題畢竟逼在眼前，不容他不面對——迫不得已之下，他鼓起勇氣，去找沈一貫商量。

沈一貫也一樣毫無張羅金錢的辦法，但是，官場既混得比他久，世故也就比他深，蹙著眉頭苦思了好半天之後，還是想出了主意。

雖然不是什麼好主意，卻可以應急——他瞇著眼，皺著眉頭，慢條斯理的說：

「這樣吧，有多少錢辦多少事吧！」

說著，他壓低嗓子，用幾近於微的聲音向陳蕖說道：

「萬歲爺龍體欠安，元旦朝賀，大約不會親受，就省儉著辦吧！元宵呢，橫豎民間挺熱鬧的，宮裏頭就藉口乾清、坤寧正在整修，不好太張燈結綵……皇太子的婚禮，還可以更省著點，萬歲爺不會在意的！」

他的意思很明白：朱翊鈞一向不疼愛常洛，婚禮寒酸點沒關係——陳蕖聽後，心裏一亮，事情該怎麼辦有譜了；於是他說：

「戶部盡力張羅吧，張羅到一份銀子，分作三份用，每一份都得省——」

說話的時候，他的神情中充滿了無奈，心中充滿了無力感——唯一使得出來的力道卻是在清晰的對自己說：

「且忍一忍，忍到辦完皇太子的婚禮便告歸吧！」

他同時體悟到，上一任戶部尚書、身為名門之後的楊俊民為什麼未老先衰，就在任上猝逝了——國庫已空，皇室卻變本加厲的揮霍，負責財政的戶部尚書，能不憂急攻心而逝嗎？而自己的年紀已經不小了，應該拿「年邁」做藉口，「乞骸骨」，返鄉家居，求個多活幾年吧。

主意想定心中便坦然，而且，再回眼去看沈一貫的時候，心中還多出了一絲憐憫——他替沈一貫設身處地的想：

「時局如此，他身為首輔，處境艱難，比我還要度日如年啊，真多虧他猶能如此撐持……」

他畢竟不是真正瞭解沈一貫的人，只看到沈一貫的表面，而沒有進入沈一貫的內心世界，這想法既從他自己的觀點出發，也就越想越自以為是的同情起沈一貫來，甚而滿懷難過的想：

「他若掛冠而去，可以全自己的名節，可以無憂無慮的悠遊林下，可以著書立說，可以含飴弄孫……但，他寧願擔起內閣的千鈞重擔，實在了不起！」

但，實際上，沈一貫的心思與他的所想完全不同。

沈一貫雖然也在竭力設法張羅眼下幾項慶典要用的銀兩，以順利的把事情應付過去，而已

「修鍊成精」的他自有一套適應眼前的政治環境的想法。

他想著：

「幸好萬歲爺病了，事情容易辦得多了！」

要是朱翊鈞沒病，要親自主持慶典，那麼，典禮就不能寒酸，花費就不能省儉……甚至，要是冊立的皇太子是朱翊鈞所寵愛的常洵，那麼，婚費就不得了了……這些原本是「遺憾」的事，臨到頭來竟然成了件可以慶幸的事——而這一切都有助於他牢牢把住首輔的寶座！

他的心中其實是竊喜……即使是在宮中發生了緊急的事故，他在深夜被朱翊鈞單獨召見的時刻。

那是在二月間，皇太子常洛儉約的婚禮過後——二月十三日，立郭氏為皇太子妃[1]；二月十六日，依禮，常洛登文華門，接受百官祝賀；幾天連下來，都是一片歡欣的氣氛；儘管經費再三縮減，使得典禮無法辦出原本該有的皇家氣象來，但是，與會的人們心中都確確實實的充滿了喜悅與歡騰；尤其是一些多年來為常洛的冊立爭取過的人，心中還多了一份感動與激動，不少人高興得顫抖、落淚，在飛著薄雪、料峭的春寒中，全身因熱血沸騰而沁出汗珠。

身為內閣首輔的他，處在這樣特異的氣氛中，情緒又比別人多了幾分波動，表面上他壓制下來了，維持了個平和的外貌，實質上是勞累得不堪負荷；尤其是連著幾天下來，天天懸著心，情緒異常，便不得好睡；他早非青壯之年，精神體力兩皆不濟，好不容易挨到這一天終了，他暗暗鬆出一口氣之後，退出宮門，登車回府，便連晚餐都不用就進房歇息了。

大典已畢，終於可以安然入睡；卻不料，他的兩眼閉上之際，一道急促的奔蹄正從皇宮出發，馬上騎著神色倉皇的太監，在一隊錦衣衛的護持下，揮鞭急趕，衝入北京城的街道中。

馬蹄聲刮破原本靜謐祥和的春夜……

然後，人馬分組前進，穿梭在不同的巷弄中，去敲開幾戶不同人家的門。

沈府的大門是第一個被敲開的對象。

然而，累極而睡的沈一貫卻既非被馬蹄聲，也非被這敲門聲吵醒——他的宅第極為廣大，街道上的馬蹄聲再大，太監的敲門聲再響，也傳不到他位在廳堂之後的臥房——真正吵醒他的是慌慌張張快步奔跑，逕自推門而入，到他床前隔帳喊他的管家。

「老爺，快醒醒——萬歲爺傳旨急宣！」

重複喊了好幾次，終於把他叫醒了，但是，惺忪間，他不明所以，而且還帶著幾分被吵醒的不悅，啞著嗓子問：

「什麼事？」

管家急切的告訴他：

「宮裏派了公公來，說，萬歲爺宣召，要老爺立刻進宮見駕！」

「什麼！」

他登時發出一聲——但，這一聲卻非疑問，而是驚怖；發出的同時，自己的心口撲撲撲的劇跳不已，喘著氣問：

「什麼時候了？」

這才是真的問話，管家當然省得，立刻回答他說：

「亥時一刻。」

他沒再說什麼，只沉著聲吩咐：

「去跟公公們說一聲，本閣即刻進宮見駕！」

說著便起身，僮僕、丫鬟們都已在床邊等著，一起上來伺候他梳洗、穿上官服……他劇烈猛跳的心口一路思忖：

「萬歲爺深夜急召，必然不是尋常小事——」

朱翊鈞不是勤政之君，朗朗晴日尚且不朝，何況夜間，因此，他越發斷定：

「一定是非常重大、非常緊急——」

而且，他無法拉住自己的思緒不往一個方向狂奔：

「龍體欠安已久，難道……」

這麼一想，心就跳得更快，思路也更複雜、更零亂：及至登上馬車以後，更因為身體在車上一陣顛簸，心跳越發異常，情緒更加失控，一個非常特別的念頭不停閃爍：

「若是扶立了新君，豈不是新朝的元勳？」

但，這是「殺頭」的想法——他當然省得厲害，反覆閃了幾回之後，立刻費盡所有的力氣去克制它，一面告誡自己：

「見了萬歲爺，只能說些恭請聖安的話！」

尤其是在皇宮遙遙在望時，他下意識的挺了挺腰桿，正了正神色，乾咳一聲，強迫自己展現出莊嚴肅穆的面貌。

而後到了皇宮前，下得車來，一看，人已經不少——原來，朱翊鈞宣召的並不只是他一個人，連同次輔以下的沈鯉、朱賡等人和六部尚書都來了。

先他到達的幾個人，因為在等他，就湊在一起竊竊私議，聲音小而面色凝重；一見他到來，自然而然的停止議論，一起朝他拱手施禮，目光中不約而同的流露出期許之色來；他卻只當沒看見，回過了禮，一言不發的帶頭舉步，逕自往啟祥宮進發。

他何嘗不知道這些人想要與他交換意見，想要知道他內心中的想法；但，處在這樣的狀況下，有什麼話可以說呢？

無論什麼話，都不是他這個「內閣首輔」所能承擔的；雖然，他心中潛藏的想法和其他人完全一致——

深夜緊急召見所有的內閣輔臣與六部尚書，只怕，朱翊鈞不只是病重，而是病危了！

註一：郭氏是順天府漷縣人，後卒於萬曆四十一年，熹宗即位後追謚為孝元皇后。

6

他總是覺得冷，身體直哆嗦，嘴裏也一直不停的喊冷……

像是心裏有一把冰刀在切割，切割之後又立刻凍住他的心；又像是全身赤裸著躺在冰床上，寒氣從全身的每一分每一寸肌膚中滲入；甚至，他覺得有人在他的腳底鑽了一個洞，塞進一萬顆冰屑……

「冷……啊……好冷……好冷……」

他不停的叫著，卻因為人在半昏迷狀態中，聲音不但不大，還顯得含糊；幸好他反反覆覆叫著的就只是「冷」，太監們不會聽錯，弄擰他的意思。

但是，話聽得明白卻沒有任何助益——

太監們為他將兩只銅火盆移到龍床前，又為他蓋上好幾床被子，而他還是喊著：

「好冷……好冷……」

守在龍床邊的太監全都被銅火盆裏的熊熊旺火烤出一額頭汗珠，只有他像是被阻隔了似的，感受不到火的熱氣。

也有幾個老成的太監悄悄壓低了嗓子向太醫詢問：

「可是『打擺子』？」

太醫連把三次脈，結論是搖頭。

還有人把聲音壓得更低：

「可是中了邪？」

而這個疑問沒有人敢接腔，四下裏又重新回歸靜默，在靜默中，朱翊鈞的呢喃喊冷聲更明顯，那斷斷續續的、帶著顫抖的聲音聽得人毛骨悚然。

實在無計可施……

守在啟祥宮的太監中，身分最高的是司禮掌印太監田義，他自始就緊皺眉頭，直著兩眼注視朱翊鈞，而越看心頭越急，下意識的反覆逼問太醫：

「到底是什麼病？果真診不出來嗎？」

這話簡直要說上百遍——輪值的太醫哭喪著臉，回答也不是，不回答也不是，僵著一張臉和兩隻手，雙腿不住輕顫；直到田義回過神來，自己嘆出一口長氣，朝太醫說：

「唉！要是過了今夜還這樣，便只有稟報皇太后來定奪了！」

可是，這話太醫不敢接腔，傻愣愣的看著田義，顫抖依舊。

田義看他一眼，心中頓時多了幾分憐憫——朱翊鈞得了這樣無名的病，太醫院裏所有的太醫、司員們，不但辛苦備嘗，而且活在極度恐懼中，每天提心吊膽的為朱翊鈞診治；診察不出病因，便人人自危。

「誰知道哪一天，腦袋就要搬家！」

歷來，因為治不好皇帝的病而被處死的太醫，多得數不清……田義感慨萬千的想：

「都是些無辜的人！」

有些事根本怪不得太醫，就如這一次——他親身經歷了朱翊鈞得病的始末，原先，朱翊鈞只是變得悶，變得懶，像是累著了；都只道是累著了，誰知道竟會一病不起？

更何況，朱翊鈞自己也感覺不出，究竟是哪個部位不舒服——他忍不住讓思緒走岔幾步：

「難道，真是中了邪？」

這麼一想，心口就怦怦亂跳，只好連忙想個可以引開的話告訴自己：

「不會！不會！剛冊了皇太子妃，宮裏都是喜氣，便真有什麼煞神也給沖跑了！」

但是，不能不面對現實：

「前幾天，雖說是病了，終日昏睡著，可是還不糊塗——怎麼到今天，滿口的喊起冷來，一整天都沒有醒來過……」

他只能暗自提醒自己，茲事重大，自己僅是太監，負不起責任，王皇后和鄭貴妃都病了，朱翊鈞的情況只有稟報李太后來作主……他本是個忠厚人，這麼一想，自己竟心酸起來。

伸手擦擦眼角，他再集中視線去看朱翊鈞，又猶豫了一會兒，終於還是關照太醫：

「或者，再讓萬歲爺服劑安神藥？」

這是老法子，讓朱翊鈞好好入睡……能做的只有這些——他想，也許朱翊鈞熟睡之後就不再滿口喊冷！

「只有這個辦法可試！」

他愀然嘆息，連連搖頭，指揮下面的人煎藥來，看著一名太監先試喝一口；然後上去兩個太監，在龍床上扶起朱翊鈞，用小銀匙一口一口的將藥餵進嘴裏。

朱翊鈞人在昏迷中，藥餵進去有一半流出來，太監們忙不迭的用手絹擦，免得沿著脖子流進身體裏面去，樣子很狼狽，看得他又是心酸，又是喃聲的自言自語：

「怎麼會這樣？啊……怎麼會這樣？」

不知道為什麼會是這樣的光景，他委實不知道朱翊鈞得的是什麼病，不瞭解朱翊鈞的心——世上根本沒有人瞭解朱翊鈞的心。

臥在火盆旁猶且喊冷，是因為他的心掉在冰窖裏……這些日子來，他徹底被掏空的心一分一寸的往下掉，經過一些時日後落入漆黑的深淵，封凍的冰窖，冷徹他全部的心神。

女兒出嫁了，從有身孕後，就不再五天進宮一次，母親為了冊立皇太子的事與他反目了，鄭玉瑩為了冊立皇太子的事心碎了；生命中最深愛的三個女人都從他的生命中消失了；接著，碧桃不見了，他命太監找，找遍整座皇宮都沒找到人，再三大發雷霆，懲處執事太監都不管用，找不到人，也沒有人敢告訴他真相；唯有鐵錚錚的事實擺在眼前：福壽膏無法享用了。

生命中失去了愛，人便是槁木死灰；失去了福壽膏，又加上生理上的痛苦，他受到的是雙重的摧殘，罹患的是無法醫治的絕症；又像是以往支撐著他精神的力量被逐一抽走，因此，他的肉體失去力道，癱了下來；骨骼消失了，只剩下肉，再也無法挺立，血流光了，心肺蛀空了，生命中沒有溫暖……他只能癱成一團肉泥，而且滿口喊冷。

7

兩排前導的小太監提著燈籠，把通往啟祥宮的路照得通明，只有在重疊上人影時才多出一道道黑片，人一行走，這些黑片就顯得影影幢幢。

沈一貫等人便一面製造著幢幢黑影，一面在這黑影中行走前進，在太監們的前導下走向朱翊鈞所在的啟祥宮。

氣氛異常，每一個人的心情也異常，踩著自己所發出的黑影走路，更宛如是內心中的黑影的延伸……

大老遠就見田義迎了出來，見過禮後，先說上幾句客氣話：

「如此深夜，勞駕諸位大人——」

接著，正了一正原本就顯得沉重的神色，很恭敬的作了個長揖，說：

「實在是情況緊急，迫不得已；各位大人都是太明朝的棟梁，重責大任都壓在肩上，咱家先行謝過大人們的辛勞！」

但是，這話雖客氣，卻給大家的心中又添上幾分惶恐；沈一貫只得硬著頭皮代表所有應宣的官員回上一禮——他拱拱手說：

「田司禮好說——萬歲爺宣召，為人臣子，本來就該即刻入宮見駕；哪裏敢當『辛勞』二字？」

田義卻神色一黯，兩道眉頭在瞬間擠成「川」字，隨後又壓底聲音，向大家解釋說：

「連夜緊急宣召各位大人，乃是皇太后的意思……」

他詳加說明，朱翊鈞病已重得長達三天昏迷不醒——出現不適的第一天，正是皇太子常洛的婚禮當天，他既不想影響婚禮進行，也只當朱翊鈞不過是「病著」，和前些日子一樣，沒有病因病情，就只是虛弱的躺著，到黃昏時神智已經不清，只是並沒有太嚴重的情形出現，他也就沒有驚動朝臣；不料，第二天，情況惡化，朱翊鈞不但依舊昏迷不醒，還滿口喊冷；他只得將情況稟報年事已高的李太后。

邁著顫巍巍的步子來到朱翊鈞的病床前，李太后在宮女的攙扶下，勉強在太監端過來的軟椅上坐定，俯下頭去仔細端詳她親生的兒子。

她也和別人一樣，完全不瞭解他的病；再怎麼仔細端詳，也只看清楚外貌。

朱翊鈞那略嫌胖，而且胖得有些浮腫的臉龐、身體都在安神藥的控制下展現著平靜祥和，兩隻眼睛閉著，睫毛覆蓋成一個半月形的彎弧，鼻息很微弱，也沒有發出鼾聲，臉頰的膚色白得宛似能夠透視裏面的血管，而血管是青色的。

她看了又看，朱翊鈞始終沒有動靜，看得她眼前與心中都是一片慌茫；卻在驀然間，她想起了他小時的睡姿。

他小時極乖，睡覺極少哭鬧，睡熟後的姿態都很安靜祥和，且常帶笑意……那時，她最喜歡抱著他入睡，只要沒有隆慶皇帝宣召的時刻她都親手抱持，而盡量不要乳娘接手；雖然他的體重不輕，但她一點都不覺得辛勞；那可愛的模樣令她愛不釋手，也是她全副精神關注的重心，全部希望的寄託。

他做了皇帝，而她是皇帝的生身母親，是全大明國中身分最尊貴、最崇高的母親……她想得忍不住潸然淚下。

抬起頭，她茫然的問：

「這可怎麼好呢？」

她其實沒有什麼特定的問話對象，而且，站在周圍的人都是請她來「拿個主意」的太監——她是全國中唯一身分高過於朱翊鈞的人，在這個要緊的節骨眼上，除了她，還有誰能「拿主意」呢？

雖然她的心中比這些太監們還要慌亂，也比他們多出一份屬於做母親的悲痛；因此，面對著只餘一息的兒子，她先得逐一克制住悲痛與慌亂，才談得上其他——

她全身顫抖，淚水奪眶而出。

而就在這個時候，朱翊鈞發出了聲響。

安神藥的時效過了，他開始重返一種病態的循環；先是喉中發出輕微的一聲「咕」，而儘管出聲極微，依然吸引了全部的目光，尤其是李太后，立刻情不自禁的發出呼喚：

「皇兒——」

但，朱翊鈞的發聲卻不是醒來或者好轉的前兆，而是變化——一聲發出之後，平靜了好一會兒，然後，他又重複呢喃：

「好冷……好冷……」

而比起前一天來，他的聲音小了一半，聽來像因體力衰竭而漸趨微弱。

李太后俯下身，伸出手去，到他的被窩裏捏他的手，一捏下覺得，他的手是溫熱的，只不過軟弱無力而已。

但是，朱翊鈞依然不停的呢喃：

「好冷……好冷……」

李太后頹然的放開他的手，眼淚越發急湧急落，哽咽的說：

「怎麼會這樣？」

接著卻下意識的挺了挺腰，像是咬著牙，狠下心似的……她畢竟曾經歷過隆慶皇帝駕崩的大事，懂得該怎麼拿主意，拿什麼樣的主意；因此，她流著淚，很堅定的把所拿定的主意告訴面前環立的太監們：

「你們……召大臣進宮……召皇太子……」

幾個字吐完，她泣不成聲，隨侍的宮女們連忙為她撫胸拍背捏人中，讓急喘的氣息和激動的情緒舒緩一些，話也就講不下去了。

但是，太監們已經明瞭她的意思……

田義說著說著，忍不住眼淚直淌，伸手拭了拭之後再補充：

「這會子，皇太后、皇太子、福王、瑞王、惠王、桂王都在——」

這些話，沈一貫不好接腔，只有極力維持著莊嚴肅穆的神色，凝重的向前走；跟在他身邊的沈鯉等人更是一言不發，低著頭，沉重的前進，腳下的黑影一路尾隨，心裏的黑影便每走一步就疊上一層。

轉眼走到了仁德門，田義停下步子，舉目四望，而四周只有伺候的太監，他沉吟了一下，朝沈一貫等人拱拱手道：

「諸位大人請在此稍待，咱家先進去看看——」

說著，他又頓了一頓，做了個深呼吸，才硬起頭皮向大家解釋：

「皇太后原本說，由皇太子在仁德門召見諸位大人——不知何故，皇太子竟沒在這兒！」

他的神色有點尷尬，但是很坦誠的說話：

「不知是不是這片刻工夫裏，又出了新的事故——」

沈一貫連忙向他拱手，說：

「不妨，司禮且先進去看看！」

於是，田義匆匆的去了。

這麼一來，氣氛更加殊異，十來名朝中重臣站在一起等消息，人人心情沉重；又因為都是上了年紀的人，體力不夠健旺，世故也深，知道人在皇宮裏面非比尋常，便誰也不肯先開口說話，於是形成四周一片死寂，而人心裏的陰影更深，壓迫感更大；若非這些人都已置身宦海幾十年、見過世面、歷過風浪，精神上根本承受不住這無形的、令人幾欲窒息的悶氣。

幸好，過不了多久就有聲響傳來，打開這沉悶之局——是一陣奔跑的腳步聲。

不多時，人影出現了。

倒不是田義回來了——來的是另外一名太監，快步跑來，一路急喘；跑到跟前來的時候，他便連自報姓名和行禮都顧不得了，更無暇調氣，而是呼著喘著，一面一迭聲的喊：

「沈閣老——沈閣老——」

然後叫道：

「快，快，宣沈閣老——快走！」

急切間，他下意識的來拉沈一貫；沈一貫不防有這舉動，險些跌一跤；但是，手腕既被他拉住，兩腳也就不由自主的跟著他走；而畢竟是上了年紀，快不了……最後，竟似跌跌撞撞的進了啟祥宮。

拉著他手腕的太監直接帶他進西暖閣。

「事情非常緊急——」

他的心裏清楚的體悟到這點，心緒起伏得更加劇烈……在明朝為官幾十年，這是第一次走進皇宮內院，而竟是在這麼特殊的情況下……他的心幾乎要蹦出腔子來。

「沈閣老到——」

聽到太監報名，兩腳不由自主的走進去；不料，進門一看，他險些暈厥、癱軟倒地；死命咬緊牙關才忍住。

西暖閣內籠罩在一片哀戚的氣氛中——

高齡的李太后面南而立，身旁兩名宮女緊緊的攙扶著她，將她的身體撐直——她其實不是站，而是被架住的。

地上跪著一排人——這些人，他是認得的；正中稍前的一個是皇太子常洛，稍後分跪的是福、瑞、惠、桂四王；五個人臉上都殘留著淚水，神情盡是悲傷與哀戚。

朱翊鈞則被兩名太監左右挾扶著端坐在龍椅上，身著龍袍，頭戴皇冠，遠望一如平時，近看才能發覺，臉上毫無表情，四肢與身體俱皆不動……

他根本不敢多看，而能遮掩自己心情的最好的法子就是行禮——他立刻「噗通」一聲跪倒在地，藉著叩首逃開自己的目光，一面發出清楚的聲音說：

「臣，沈一貫，恭請萬歲爺聖安——願吾皇萬歲，萬萬歲——」

朱翊鈞的神智似乎還有點清醒，勉強發出個微弱的聲音：

「平身！」

他從地上爬起來，索性低著頭，垂手肅立，用恭敬的姿態閃躲而不正視朱翊鈞；過了一會兒，朱翊鈞再度發出微弱的聲音，斷斷續續的說道：

「沈先生……朕，病重了……國事……太子……都，託付你了！」

說著，喘了一口氣，竟自下令：

「擬……遺詔……」

沈一貫立感五雷轟頂，身體一軟，不由自主的再次跪倒在地，心與身全部簌簌顫抖，一面磕頭，一面硬擠出話來說：

「萬歲爺聖壽無疆，千萬不可過慮……萬歲僅染小恙，靜養數日，必然康復……」

話說了一半，他便忍不住伏在地上放聲痛哭起來；而這一哭，立刻感染了其他人，於是，李太后和常洛等人全都一起悲哭起來，一時間，西暖閣內充滿了號啕聲。

而朱翊鈞什麼也聽不到了。

他像臨時服下提神藥，勉強支撐起精神來進行這「召見大臣」的事，話一說完，就頹然閉上雙眼，重新進入昏迷狀態；然後，任由太監們將他抬回龍床上，也任由滿屋子哭聲一再重疊成漩渦般的聲浪，將整座啟祥宮都轟成哀戚之地。

沈一貫退出啟祥宮的時候，全身盡濕；半是淚，半是汗，神情狼狽，心力交瘁；走到仁德門與其他人會合的時候幾乎虛脫倒地。

但，事情還沒完——

陪著他走出來的田義幾乎是用哀求的口氣向大家說道：

「列位大人，今夜就都留宿朝班吧——有好幾樁大事，都得連夜趕出來呢！」

最重要的一樁當然就是預擬遺詔——

「該請皇太子來一起商議吧？」

念頭從沈一貫心中閃過，再向田義提出；但是，田義回報他的是搖頭，這個建議被否定了。

田義並不是沒有道理：

「皇太子從小不得萬歲爺歡心，出閣講學晚，書念得不夠，又沒經歷過大事，別說遇上這件天大的事，心裏根本拿不出主意來，還會慌張、害怕，反而壞事！」

「但，遺詔畢竟……」

他想說，與遺詔最有關係的畢竟是「新君」，遺詔的內容往往是新君施政的預告，而且常是用來誅除前朝權臣的重要工具，運作得好的話，新君與新朝的要人都將有大豐收；但，話到舌邊就停住了。

那是因為省悟──自己不該與田義爭辯──畢竟，最接近皇帝的人還是太監！

因此，他接下來只是笑笑，隨即很客氣的向田義請教：

「既無須請皇太子共議，那麼，該請哪些人共議呢？」

田義是正派人，並不私下運作、攬權，很直截了當的回答他：

「依咱家看，就內閣幾位大人吧──這其中，自然要閣老您來主持──橫豎，總是按照萬歲爺的意思來擬！」

沈一貫只好苦笑著問：

「萬歲爺可曾有指示？」

田義點點頭說：

「有的。」

於是，他向沈一貫詳細說明：

在沈一貫等人入宮之前，朱翊鈞曾經醒來過，就在李太后與常洛都在跟前的時候，很明確的說出過遺詔上應有的內容❶：

「礦稅事，朕因三殿兩宮未完，權宜採取。今宜傳諭及各處織造、燒造，俱停止。鎮撫司及各刑部前項罪人，都著釋放還職，建言得罪諸臣，俱復原職，行取科道俱准補用。」

沈一貫聽著，情不自禁的發出驚呼：

「萬歲爺肯停了礦稅？」

田義點點頭道：

「是——」

說著，他從懷中取出一道封緘來，交給沈一貫之後再做說明：

「當時，秉筆太監已然記了下來，這便可做『上諭』；閣老就依『上諭』行事吧！」

沈一貫打開一看，內容果然是田義所言；但，他的反應不再是驚訝，而是陰晴不定——先是眼珠閃了好幾下，然後向田義說：

「真是想不到啊！礦稅弄得天下怨聲沸騰，鬧了多少年，多少人上疏請罷，萬歲爺都不理會，這回，竟肯罷去，真是，真是……呵……呵……」

話沒說出口，他其實想說：

「人之將死，其言也善啊！」

但，這又是「大不敬」的話，他省得，自己忍住了；而接下來的也是不能說、不能流露的心情——他委實有點兒高興。

有了這封「上諭」在手，遺詔確實很容易擬定；更何況，內容的第一條就是罷礦稅——這樣的遺詔一公布，將得到萬民感戴！

他的心口怦怦直跳：

「這天大的事功，竟又落到我頭上！」

當然，在外貌上，他還是一樣表現得哀戚、沉重，甚至，恨不能以身殉——他狀至誠摯的向田義說道：

「這是萬民之福啊！萬歲爺真有此心，真乃聖主明君，本閣恨不能以身代萬歲爺之病……」

然後，他也慎重其事的請沈鯉、朱賡來一起草擬遺詔；落筆的同時，更是故作姿態、再三重複的說了又說：

「但願萬歲爺龍體早安，否極泰來，這遺詔永遠都派不上用場才好……」

這當然是一種虛偽，不是矛盾。

註一：這「遺詔」是荒唐的實證，全部內容參見《明神宗實錄》及《明史．沈一貫傳》。

8

戶部尚書陳蕖的心意有了點改變，他向一樣已經萌生辭官之念的兵部尚書田樂說：

「如若果真罷廢了礦稅及各處織造、燒造，則我大明朝尚有可為！」

田樂定了定神，默默的注視著他，幾度欲言又止，過了好一會兒才說：

「這個說法，是否可信？」

陳蕖含笑道：

「『上諭』已發，哪裏還會有假呢？內閣奉旨辦事，據上諭草詔，不久就要昭示天下了！」

兩人都是一起連夜進宮，跟著沈一貫到了仁德門的，對整個事情知道得並不少，只差沒有親眼看見朱翊鈞的上諭而已——而對這一點，陳蕖倒是滿懷信心：

「沈閣老總不至於杜撰『上諭』的內容吧？更何況，萬歲爺口傳上諭時，皇太后、皇太子都在場！」

這麼一說，田樂就釋懷了，心中和陳蕖一樣，開始有了打消辭官的意思……他向陳蕖說：

「那麼，就等幾日吧！」

「大不韙」的話他沒有說出口，意思卻很明顯；再過幾日，如果新君登極的時候，確實罷廢了礦稅，那麼，他便願意留下來，繼續在朝為官。

兩人有了共識，接著去約了原本也打算辭官返鄉的工部尚書楊一魁……

大明朝中似乎出現了一線曙光，一道希望；已經做不下去的官員得到了新的動力，紛紛引頸企盼，等待改革與改善的契機到來。

內閣很快就把朱翊鈞的遺詔擬好，一切都準備停當，只等時間一到就向全天下宣示。

美好的未來，光明的遠景，似乎已經在望；遺詔的內容雖然還沒有正式公布，但悄悄的在文武百官中私下流傳，不到半天就人盡皆知……人們即使必須強迫自己在臉上扮出為朱翊鈞病危而哀戚的神色，眼角眉梢卻掩不住內心的喜悅——儘管還需等待，但指日可期！

人們開始想像著新朝的政治改革，然後便是政治改革後的種種美好情況……樂觀一點的人甚至已經在遙想著：

「大明朝失去已久的太平盛世，將要回來了……新君即位後，立刻就是太平盛世……」

但，這只是美好的遐想，沉浸其中的人們完全沒有想過，常洛即位以後是否能夠承擔政治改革的重責大任；而除了少數幾名常洛的師保以外，鮮有人知道，常洛的先天資質不佳，後天受的教育太少；反應遲鈍，記憶力差，讀書少，思考力更差，一旦即位為君，如何料理國事呢？

根本沒有人去想——沉浸在美好的遐想中的人已全然失去理智，內心中最大的雀躍來源既是遺詔中的「罷礦稅」，也就自然而然的把「罷礦稅」當作萬靈丹，以為只要礦稅一罷，大明朝立刻起死回生；沒有人考慮到整體、全面的問題，沒有人體認到，大明朝眼下的千瘡百孔，並不單只由礦稅引起，而是諸多複雜的因素所形成。

當然，更沒有人預料到，事情會發生變化；大家心中的新希望竟成為曇花一現，很快就凋謝了，枯萎了，幻滅了。

沒有人去想……

現實的情況永遠比想像來得壞，而這一樁，竟比想像還要壞上十倍、百倍、千倍。

那天，一陣整齊而迅速的腳步聲從皇宮裏直接傳向內閣，那是二十名太監一起舉步……

沈一貫在這二十名太監到達前得到通報，心裏閃過的第一個念頭是：

「太監快步而來，難道是——萬歲爺駕崩了？來報喪的？」

霎時間，他心口一陣狂跳，全身發熱，整張臉掙得通紅。

等待中的日子終於到了——

他起身離座，正了正衣冠和神色，再三克制，掩去臉上的笑意，一面暗自思忖：

「必是田司禮帶著人來了——他一向多禮，只要宮裏還走得開，一定親自來，除非……」

急促的腳步聲打斷了他的思緒——人已經到了門口。

他依禮接見。

然而，這前來內閣的二十名太監，既非由田義率領，箇中也沒有他認識的人；甚至，這些人在他跟前，絲毫無「禮」可言。

為首的一名拿出一面金牌，在他眼前晃了一下，不待他看清就收回去，而且頭挺得高高的，姿態倨傲，一開口就粗聲粗氣的大聲吆喝，彷彿面對的人不是內閣首輔，而是監獄裏犯了滔天大罪的囚犯：

「奉聖諭——著令內閣交出前發『上諭』！」

喝畢，一隻手直直的伸到沈一貫的鼻子前，大聲叫道：

「拿來——」

沈一貫還來不及弄清楚是怎麼回事，耳朵裏先被這太監又高又尖細的聲音震得嗡嗡作響，心裏一陣倉皇驚慌，腳下一軟，險些跌倒，好不容易定住了神，強迫自己飛快的思考聽到的話，猶且不敢妄自猜想確實的情況，繞著彎子，怯怯的問上一句：

「萬歲爺聖安？」

對這句話，那名太監的神色和口氣都稍稍和緩了些，也有了點禮貌，拱拱手告訴他：

「萬歲爺龍體今日已轉安，因此特命咱家來追回先前所發上諭——」

態度是好多了，可是，話聽在沈一貫耳朵裏卻比五雷轟頂的打擊還要大……

朱翊鈞竟然轉危為安？

是奇蹟出現了？還是太醫找到了病因，用對了藥？或竟是天降洪福？

心中左旋右轉，胡亂猜想，但又不得不面對眼前這個鐵的事實；原以為即將來臨的美好遠景退回去了，希望破滅了。

追回先前所發上諭，這是朱翊鈞要取消上諭裏的詔示嗎？

罷廢礦稅——原是造福萬民的天大的事啊，難道，朱翊鈞竟要反悔？

霎時，他顧不得再多想，也無法再自私的為自己打算……心裏亂成一團，但也不由自主的試圖掙扎，結結巴巴的說：

「上諭已發……如何……還能追回呢？」

不料，那名太監十分熟悉行政流程，一仰頭，尖著嗓子對他說：

「那封上諭，僅僅發到內閣，尚未出內閣——如何不能追回？」

緊接著，他一變神色，厲聲說：

「只要沈閣老拿了出來，交給咱家帶回，就是追回了！」

態度凶惡得令沈一貫打心底深處發抖，垂著眼，低著頭，縮著脖子，不敢正視；過了好一會兒才想到一句可以試著挽回的話：

「前諭……乃是田司禮面交……」

不料，話只說了一半就被打斷：

「為了這個事，萬歲爺已經要治田司禮的罪了，閣老還提田司禮做什麼呢？」

「什麼？」

沈一貫又是一陣驚慌，全身酥軟，心中默默哀嘆：

「交出上諭，將使我為天下人恥笑、唾罵，甚至成為萬民的罪人……」

但，這個念頭一閃，他增加了三分勇氣：

「無論如何，再試最後一次……也許還可以挽回一些！」

於是，他下意識的挺挺腰，向那名太監說：

「此事關係重大，本閣立刻上疏萬歲爺——公公且稍等，本閣疏就，便請公公代奉入宮！」

說著，他也有意擺擺內閣首輔的架式，索性不多言，逕自就座寫奏疏；深深吸口氣，他強迫自己飛快摒除雜念，集中精神，振筆疾書。這是最後的奮力一搏，他要竭盡全力。

昨恭奉聖諭，臣與各衙門俱在朝房直宿，當下悉知，捷於桴響，已傳行矣。頃刻之間四海已播，欲一一追回，殊難為力。成命即下，反汗非宜。

一氣寫就，全身汗濕而不自覺；寫完後，他默默的在心中禱念：

「萬歲爺如何裁決，就端看造化之意；我，已經盡力了！」

然後，他親自將奏疏交付給那名太監；那名太監倒也換上比較平和的態度應對，不再厲聲吼叫，而很客氣的接過來，吩咐跟隨的兩名太監：

「送去給萬歲爺，說，沈閣老上奏！」

然後又向沈一貫說：

「咱家就在這裏等消息！」

說著，他自顧自的在椅子上坐下，其餘跟他來的太監分成兩排站在他身後。

沈一貫看著他，心裏忽然一動；他覺得，這名太監肯幫他去送奏疏，該是私心中很想幫忙，表面上凶惡，也許是在朱翊鈞的「嚴旨」下不得不做出來的姿態；他由不得感慨：

「無奈……無奈……活在這年頭，人人都是一肚子『無奈』啊！」

9

「呸！」

田義一甩頭，重重的將一口口水吐在地上，隨即冷哼道：

「膽小鬼！」

他滿臉盡是不屑的神情，眼角帶著好幾分悲憤之色，咬著牙說：

「閣老只要再稍稍堅持一下，礦稅就廢了——如今，唉！膽小誤事啊！」

沈一貫被他指責得抬不起頭來，紅著臉，雙手不停的互搓，過了好一會兒才低聲解釋：

「來的人強奪——」

但，這個解釋只是表面上的掩飾，田義根本不接受——他瞪起眼來，非常氣憤的說：

「閣老怎不早早的送了出去，布告天下，便怎麼也追不回了——凡事拖拖拉拉，挨蹭挨蹭的，像個女人，當然非誤事不可！」

這麼一說，沈一貫覺得委屈了，他定了定神，又覺得田義對他的指責過分了些，於是抬起頭來解釋：

「本閣曾上疏，說上諭已發；無奈，萬歲爺派人來強奪，擅自翻索內閣的文書，搜出上諭與預擬的遺詔……內閣無人能阻擋！」

當時，他確實想不交出上諭，但是，奉了「皇命」來的人個個如狼似虎，不但強行翻索搶奪，還順勢推他一把，使他一跤摔到地上。

跌倒在地的時候，雖然並未受傷，但感覺是痛不欲生。

「本閣……國之首輔，竟然被人隨意推倒……尊嚴何在啊！」

內心受到的傷害遠遠超過其他一切，他覺得人格被摧折，尊嚴被踐踏，精神被徹徹底底的打倒；因此，他放棄了努力。

但是，這個話他羞於向田義啟齒，脹紅了臉，急切得發起抖來。

而心裏還有一大堆話不敢說出來——他只能偷偷想著，假若此刻的自己置身在杳無人煙的曠野之中，便可以高舉雙臂，放開喉嚨大聲嘶喊：

「自古以來都是『君無戲言』的呀，我今天遇到的是什麼皇帝啊！」

還可以向天控訴：

「他說話不算話，卻教我難以做人——」

更甚者，他想退回童年的時光中，當著教他讀誦「人無信不立」的章句的塾師，把這頁經典一寸一寸的撕個粉碎。

他想……

但是，在現實中，他什麼聲音、什麼動作都發不出來；只有默默的低著頭，接受事實：上諭畢竟是被強奪回去了。也明明知道，田義看不起他了——他聽到田義依舊在恨聲的說：

「萬歲爺拿著刀要殺咱家，咱家也沒躲——有什麼好怕的呢？大刀架在脖子上，咱家還是要說，上諭已經發了，不能追回；做皇帝的人，說話要算數，說了話不算，那便是無賴……」

但，他知道自己不是田義，自己硬不起來……即便心裏再怎麼痛苦難受，也只有低著頭接受朱翊鈞的決定。他「柔順」的做官術已經遂行了幾十年，早已經成為他真實的政治性格，無法改變，再怎麼屈辱的事他都會忍耐、接受；更何況，在這件事上，他還想得出一些話來掩飾自己的軟弱，甚或用來欺騙自己——他想道：

「啊，我已盡力，前後幾次與來人周旋，也竭盡所能的上了奏疏，爭取——」

接下來的是一個新的轉折，理由更充足：

「即便剛硬如田司禮，也一樣不管用啊，萬歲爺是鐵了心要食言背信，任誰都勸不住……」

因此，他反而振振有詞的向田義說：

「聖心已定，我等能堅持什麼呢？即便陪上本閣這條老命，萬歲爺還是一樣要食言背信……」

這一說，倒讓兩個人的心裏都好過了些；但只是，他根本沒有去想，朱翊鈞這一場忽來忽去的無名病，其實不過是整個大明朝荒謬絕倫的病態的象徵而已。

而且，朱翊鈞的病根本沒有痊癒——

他只不過是從昏迷中醒來而已，精神略略好了些，全身冰冷的感覺似乎消失了，但仍然覺得四肢乏力，腰痠，胸悶，心慌，眼花，沒有食慾，只喝了兩口太監們送上來的參湯，而因為已經脫離了昏迷狀態，即使勉強閉上眼睛也睡不著；只奈，醒著就有知覺，有知覺就讓他必須接受那無名的難受。

總覺得心裏是空的，一無所有；更壞的是，既不知道該怎麼去填補這個「空」，也沒法子驅趕這個「空」，唯有茫然的瞪著帳頂發呆……

一張錦帳，刺繡得極盡華麗之能事，然而，那繡在上面的九條騰雲駕霧的飛龍都只是絲線的組合，都是死的——而且都不屬於他。

世上沒有真正屬於他的東西可以來當作帳頂，來安放在自己的眼前；即使貴為天子，為天下之至尊，也有做不到的事與填不了的空虛！

太監們幾次來向他通報：

「貴妃娘娘前來請安！」

「皇太子問安！」

他全都不想見——連一向最疼愛的壽寧公主請入宮問安，他也意興闌珊的搖了頭。

說不上來為什麼……

太監們又來向他說：

「皇太后宮裏來人問安，說，皇太后歇過午後便親來看望！」

他一樣不想見，只不過想出了個好聽點的說詞——他吩咐：

「叫人去說，朕要靜養，等過兩天，好些了，親自給皇太后請安去——這會子，請皇太后別來，免得折了朕的福！」

心裏空，但也不想有人在面前……他茫然的躺著，一動都不想動。

而就在這當兒，一件熟悉的東西送到了他面前。

福壽膏——

那是鄭玉瑩千挑萬選的挑出兩名穩妥的小太監，偷偷送到鄭府去學習伺候人用福壽膏的方法，學成後接回宮來，再經過一番細心的調教，讓他們瞭解伺候朱翊鈞的方法——兩人反覆演練，一切純熟之後再送到朱翊鈞跟前來。

而對朱翊鈞來說，這是暌違已久，失而復得……他心情激動，眼睛發亮，全身顫抖，雙手伸了出去，準確的將福壽膏接了過來，迅速的送到自己嘴邊。

飢渴已久，一旦重獲，便加倍貪婪……他死命的雙手抓緊，大口大口的吞吐起來，別的什麼都不顧，什麼都忘了，也根本沒有注意遞福壽膏給他的是誰的手。

世上的一切都消失了，包括他自己——他連自己都遺忘了，心裏唯一存在的東西是手裏、口裏的福壽膏；他忘情所以，狂吸狂吐，竟而激動得涕泗橫流；太監們看見了，想要上來為他淨臉；但是看他毫無所覺、捧著福壽膏不歇口的樣子，只能停步，任由他的形貌有如鬼魅，在層層煙霧的圍繞下，幾近瘋狂的吸食，直到他吸飽了，飽得不能再飽了，才緩緩停止。

他的心裏得到了滿足，精神不再空虛，靈魂得到了歸依……頭一歪，沉沉的睡去了。

這一睡，便睡得很安詳寧靜，而又香甜之至，鼻息均勻，嘴角含笑；看得太監們產生了新的體悟，幾個人小聲的私下竊議：

「原來，福壽膏才是萬歲爺的命根子……沒了它，就病入膏肓，有了它，病就去了……早知道這樣，就不給斷了福壽膏……以後，咱們牢牢記住，什麼都能缺，能斷，能少，就是福壽膏不能！」

體認清楚了，做法當然會明確——如何在朱翊鈞跟前當差，這些實際工作的人是完完全全的明白了；但，大家能明白的只是這表面上的情況，看不到朱翊鈞的內心世界。

朱翊鈞的內心正在改變——從對愛的渴慕、追尋、到失落，他飽受折磨，而逐漸轉向失望，甚而放棄……他對人類失去了信心，也不再認為人心中有愛的存在；不追尋，才沒有失落。

一覺飽睡後，他的體力恢復了不少，坐起，讓太監為他梳洗，然後進食，他的意識很清明，但是對任何事情都不打勁，心裏偶然飄浮過一個意念，隨口向太監們問一句：

「貴妃呢？」

太監們告訴他：

「貴妃娘娘也染了小恙，正在養病——」

他皺了皺眉，閉上嘴不再說下去。

太監們為他補充：

「皇后娘娘也在病中，派了人來問過安！」

他沒有放在心上，隨隨便便的「唔」了一聲就略過去了；唯一還能使心湖泛起一絲漣漪的，只有無生的財物——他的心略動了一動，吩咐太監：

「抬兩箱銀子進來玩玩！」

他的精神還是不濟，但是，白花花的銀子能為他帶來充實、滿足的假象。

可是，這一天，他連帶被勾引起來的還有許多其他的東西……看著太監們用一塊塊的銀錠在他面前堆起一座座城關與城牆，他的唇角因此牽引起一絲笑意，有一搭沒一搭的念著：

「山海關……居庸關……紫荊關……雁門關……」

接著吩咐太監：

「去拿簿子來，看看內帑一共有多少存銀——」

而就在太監們為他仔仔細細的報數的同時，他的記憶忽然浮現：

「啊，朕在病中的時候，田義曾經要朕罷廢礦稅——」

霎時間，他把眼睛睜大了。

他原本就是個聰明絕頂的人，偷懶歸偷懶，精明的時候比天底下任何一個人都精明……病重時的情景他也能記得很清楚。

「那時，朕以為自己要撒手人寰了，頒布善政，或可祈求平安，便答應了他……其實是萬萬不可的！」

他為自己找到了說詞，但再一想，這個說法又有不妥之處——怎可把罷廢礦稅的事說成是「善政」呢？豈不是自打耳光說「徵礦稅」是「不善之政」嗎？於是，他改口：

「朕在病中，神思昏沉，未辨所以——」

這個理由就堂皇而充足了——他立刻命人用這個理由去追回上諭。

太監們報給他聽的數字帶給他很大的動力：

礦稅開徵後，每年每地都有一筆金銀進獻內帑，累積幾年，已成很可觀的數字。

「若是罷廢了礦稅，這些進獻就沒有了，內帑哪裏還有源源而來的金銀？」

他已經一無所有，這些金銀是他內心唯一能製造滿足的假象的東西！

因此，他非要追回上諭不可——

沈一貫的奏疏送進來的時候，他做了某些方面的讓步——他叫太監們去告訴沈一貫：

「礦稅不可罷，釋囚、錄直臣，惟卿所裁。」

他理直氣壯的認為，讓了這許多步，已經夠了，沈一貫該滿足了；他也沒有真治了田義的罪，或者殺了田義；他只是有點生氣，氣田義身為自己最重視的司禮監掌印太監，心裏卻不向著自己——他很快就把田義放了，卻不召見田義。

然後，他叫太監們把追回來的上諭拿到跟前來，當著他的面撕成粉碎，再丟進火盆裏，化為青煙灰燼——雖然在這一剎那間，心裏隱隱想起小時候讀過的一篇文章。

教讀的人是張居正。

他跟著神色肅穆、目光如電、正襟危坐的張居正一字一句的誦讀：

典籍是《史記》的〈晉世家〉，他讀的是著名的「桐葉封弟」的掌故：

成王與叔虞戲，削桐葉為圭。以與叔虞，曰：「以此封汝。」史佚因請擇日立之。成王曰：「吾與之戲耳。」史佚曰：「天子無戲言。」於是遂封叔虞於唐。

每一字每一句，他都誦讀得一點不錯，而且很快就背熟了，當著張居正默誦一遍；然後，張居正點頭讚美他聰明過人……

他還是記得一字不錯，但是，心裏輕輕的抽動了一下。

書背熟後，張居正曾仔細的為他講解文章的意思，直到稚齡的他完全瞭解為止；但此刻，他卻下意識的連連搖頭，彷彿要盡快拂去這個記憶，一面也用「聲東擊西」的法子引開自己的思緒，使之不停留在「桐葉封弟」上——他故作自言自語的詢問自己：

「張居正不是早就死了嗎？朕還想起他來做什麼呢？」

卻不料，這麼一引，隨帶而來的感觸更多，他一面凌亂的想著：

「張居正那時老愛以『周公』自居，教朕讀的書裏一半都跟周公有關……」

一面卻帶著恐懼似的逃避：

「不想！不想！不想！……朕老想這些事做什麼呢？」

他早已不期許自己做個聖主明君了，哪裏還用得著去背誦周公教導周成王「言而有信」的歷史呢？而且，他早從多年前就已經下定決心，要把一切屬於張居正的東西都從自己的生命中驅趕出去，一點一滴都不留……

連搖幾下頭後，他想到了讓自己拋棄回憶的絕妙良方——他吩咐太監：

「叫人來唱曲兒解悶！」

接著又命：

「燒福壽膏來！」

福壽膏的香氣瀰漫開來的時候，演唱樂曲的歌伎們也到了，於是，他徹底的把周公與張居正一起趕到九霄雲外去，換了個更慵懶的姿勢舒服的躺著，開始享用為他製造快樂幻覺的福壽膏，一面讓耳朵裏灌滿柔媚婉轉的音樂，以防止自己的心思再想到往事。

歌伎們開始發出鶯啼般嬌美的歌聲——為迎合他向來的喜好，選唱的盡是華麗瑰豔的樂章，這一次，第一段選的便是《幽閨記》❶中的〈少不知愁〉。

打扮得穠纖宜人的花旦扮演王瑞蘭，以宛轉的歌喉先來一段〈七娘子〉：

生居畫閣蘭堂裏，正青春歲方及笄。家世簪纓，儀容俏媚，哪堪身處歡娛地？

隨即和著絲竹，款款唱出〈踏莎行〉的曲子：

瑞蘭蘭蕙溫柔，柔香肌體，體如玉潤宮腰細。

細眉淡掃遠山橫，橫波滴溜嬌還媚……

一曲未畢，朱翊鈞就已經開始舒神垂眼——他所要的功效漸漸出現了——這段詞曲無論哪一方面都極盡優柔華靡之能事，扮演王瑞蘭的歌伎嗓子甜柔嫵媚，唱得樂曲繞梁；他瞇著眼讚美：

「好，好，好……唱得好……唱得朕全身骨頭都酥了！」

一面下令：

「賞——」

太監們早就備下了，立刻，一個置著金鐲的紅托盤送到「王瑞蘭」跟前。

「王瑞蘭」立刻盈盈下拜謝恩，下一支〈錦纏道〉也就唱得更賣力：

鬢雲堆，珠翠簇，蘭姿蕙質，香肌襯羅綺。
黛眉長，盈盈照一泓秋水……

詞曲太柔、太美、太醉人，朱翊鈞忍不住跟著她哼起來：

「香肌襯羅綺，黛眉長，盈盈照一泓秋水……」

曲罷，他忽然頓悟：

「難怪柳永要說：『且去淺斟低唱』啊！原來是有樂子的！」

正需要這個「樂」字來填補自己的心……他本是個不快樂的人，能找到快樂的假象，是件極難得的事；以往，他也曾喜歡過戲曲詞章，但那時的心情與現在大不相同，那時是與鄭玉瑩熱戀的少年情懷，是生活與品味；現在，是逃避現實，填補空虛……

他再次賞賜了「王瑞蘭」，但是，他沒有慾望，不想臨幸——他還是覺得自己有病，全身無力；而只想聽著她媚極柔極的歌聲，然後，在柔媚的幻覺中沉沉睡去；在夢中，她有時幻化為鄭玉瑩，有時幻化為李太后在為他輕唱催眠曲；然而，無論幻化為何都不要緊，橫豎他已經被催眠了——其實是被他自己催眠了。

他帶著病入睡，在他病態的夢鄉中，仍然是福壽膏的香氣和催眠的歌，他看不到他的國家和他千百萬苦於礦稅的子民，更看不到新興的、勃發的女真和蒙古。

註一：《幽閨記》一名《拜月亭記》，一說為元施惠所撰，一說非施惠；作者失傳；故事以金代南遷的離亂時代為背景，敘述蔣志隆、瑞蓮兄妹及少女工瑞蘭、少年興福的種種悲歡離合，終成兩對佳偶。與《白兔記》、《殺狗記》、《荊釵記》、《琵琶記》並為元末明初的重要傳奇作品。

10

奔騰的馬蹄聲凌越了風聲雪聲，原本滿天飛舞的雪花被大隊人馬的衝力逼開、逼亂，落地以後立刻被馬蹄踏上……

努爾哈赤一馬當先，率領隊伍向前飛奔；緊隨在後的隊伍共分四隊，隊首招展著黃、紅、藍、白四色軍旗，在雪花的飄舞中顯得鮮豔亮麗，一目了然；大隊人馬浩浩蕩蕩的奔馳，在寬闊的大路上形成一個壯偉的畫面。

人馬只有五百之數，但是氣勢磅礡，隊伍如有奔雷之勢，正午之前到達此行的目的地——赫圖阿拉。

那是因為赫圖阿拉的新城建好了，他親來查看❶……

這一趟，他的心情非常特別，許多往事都被牽動起來，不時向身邊的人說：

「時間過得真快——不掐著指頭算，感覺沒這麼大，一算，可不是有十五年了？」

他指的是上一次搬遷——

當時，赫圖阿拉的老城因為建州的人丁、牲畜大量增加而不夠住了，於是，他在費阿拉築新城，全體搬到新城居住。

那年是萬曆十五年——整整十五年過去了。

而今，費阿拉也因為建州的人丁、牲畜大量增加而不夠住……費阿拉「新城」已是「老城」，他早在一年前就開始設想，開始準備搬離費阿拉。

從三個月前就開始修建的赫圖阿拉城又將成為「新城」——他先從外圍繞一圈，看個仔細之後再進城查看每一座建築物。

這座「新城」比起費阿拉城來大了好幾倍，足可容納未來十年內增加的丁戶。

在城外西北二里處，他先查看了點將臺和教場；點將臺是座土臺，東西長九尺，南北寬三尺，高三尺，臺前面對西方的教場是座非常廣大開闊的平地，可以容納十萬以上的人馬——這是他預定用來校閱大軍、操練兵馬和戰陣的地方，遼闊的平地上將有萬馬奔騰的場面，推想起來，眼前就湧現了未來十萬八旗大軍誓師出征的畫面，他立刻不由自主的連連點頭，向隨侍在側的褚英、何和禮說道：

「這裏好——地方大，而且平坦、遼闊，是操練兵馬最好的地方——這座點將臺也好，面西，順光，站在臺上校閱、指揮，全場一目了然！」

他非常滿意，吩咐獎賞負責施工的人員；接著再帶隊往前走，到達赫圖阿拉城，視察剛完成的建築。

嚴格說起來，工程只完成了一半——在他的構想中，新築的赫圖阿拉分內外二城，內城先動工，現在已完成，外城還沒有動工。

內城建在橫崗上，周五里，四周築有城牆，城高七尺，以土石為主材料，輔以椽木，城上環置射箭穴，開四門，門以木板為材；城內已建好了多幢房屋，位在最中心的是他的住處和理政的大衙門，環圍四周的是他的子弟侄婿及重臣、將領等人的住處，其次為軍民百姓住處；同時，按照他的構想，保留了多處空地，預備將來陸續興建各旗衙門、文武廟、佛寺、文昌閣；每處已完工的建築和保留的空地，他都非常仔細的察看。

相較於已顯老舊、狹小的費阿拉城，這座重新建築、位於「橫崗」上的赫圖阿拉城具備了許多優勢，在地理上，「橫崗」東靠皇寺河，西鄰嘉哈河，隔河與呼蘭哈達——煙囪山遙望，南依羊鼻子山，北圍蘇子河；是一座背山面河、既有屏護又開闊平坦的臺地，利於防守，也利於向外擴展；已建好的城牆比以往任何一座女真城寨都講究，因而厚重堅固、高大壯觀；進門後，一腳踏上的是寬闊平坦的新路，遙遙望見的是整齊一致的房屋和預留的空地——一切都合乎他的構想，也徹底執行了他原先的指示。

他當然非常清楚的記得自己給部屬們的指示——除了城牆、房屋等具體建築之外，他特別指示要加強兩個以往女真城寨中被忽略的項目，首先就是道路。

路要大，要寬闊，平坦，而且盡量取直，才有利於人馬車輛行走，有急事或戰事的時候，能縮短行進的時間——在看過北京城寬闊平坦的道路以後，他對道路的重要多了幾分認識，這次便特別做了完善的規劃。

再其次是城外的空地——他指示：

「咱們建州的擴展都是飛快的，蓋了新城，過些時候就會不夠住，要是城外留的空地多，幾年後，再蓋幾道外圍，會省事得多！」

「凡事往長遠處看——」這句話早已成為他的基本信念之一。

而也因為這樣，他走在新落成的赫圖阿拉城時，心中又多了一分感動；除了稱許工程完善，給予監工的人員獎賞，吩咐宰牛羊犒勞築城的伕役之外，也決定擇日遷入，並且立刻動工興建外城，心裏還回憶起了往事，他瞇著眼睛說：

「我還記得，十五年前，蓋費阿拉新城的時候，大家齊心協力的樣子！」

心裏是溫熱的，流淌的血像映著春日陽光的溪河，他說：

「那時，我自己說過的話，到今天也依然記得很清楚——」

他幾乎是飽含著感情開始回憶：

那是在葬了祖父與父親之後，他向大家提出建築新城的計畫：

「為了長久的打算，我決定在虎欄哈達下，嘉哈河與碩里加河之間的費阿拉建築新城，等新城建好之後，我們便全體遷往新城居住——但，赫圖阿拉乃是祖先的舊業，不可廢棄，所以，我也決定，等我們搬到費阿拉新城之後，行有餘力時，再陸續重建赫圖阿拉……這樣，最遲十年，我們就可以再回到赫圖阿拉來，那時的赫圖阿拉會是一個廣大的、堅固的、美麗的新城……」

而今，十五年過去了——雖然比他原先預定的十年晚了些時日，但，建州其他方面的發展超出預估許多……他感到欣慰，尤其是想起了當時胼手胝足築城的情形，以及十五年來每一樁流血流汗奮力完成的事，每一個辛苦前進的腳步，他的心中熱潮洶湧。

「終於開創了一個美好的、巍峨的家邦——」

預計的行程中，午餐後，他將為祖父和父親掃墓，也準備在靈前焚告遷移的計畫。

他同時想到，祖父和父親遇害已經將滿二十年了——

那一年，他立誓為祖父和父親復仇，以僅有的十三副甲起兵，以薄弱的一百多人奮戰，征討尼堪外蘭；然後，轉戰各地……

而今，有了傲人的豐碩成果：

建州的規模比起當日的十三副甲，一百多人來，已經大不相同；而且，他創制了屬於自己的文字與軍制，國家的規模已然奠立。

他要在祖父和父親的靈前祝禱：

「我從來沒有忘記自己的使命，我是上天的兒子，我會帶領全體女真人，一步步的走上康莊大道……」

他早已做好規畫，遷回赫圖阿拉、安頓好之後，盡快繼續進行統一女真的計畫——扈倫四部實質上只剩下葉赫和輝發，這兩部的實力早已大不如建州，只要先把明朝敷衍好，讓明朝不來干涉，就很容易解決。

而明朝並不足畏——

多年來，他逐步的對明朝多做瞭解，觀念早已改變了。

「在武力上，李如松的大軍在朝鮮被日本打了個大敗……北京的官員說，明朝征『西南』，拖了好多年……現下，又派李成梁來鎮遼東，他已經老得不能動了，九個兒子裏面只有李如松勉強算是將才，偏又早已戰死了，那還有什麼可怕的呢？在文明上，明朝固然優於我邦，但我正竭力創建文明，發展文教，總有一天能趕上明朝……」

他相信自己，只要再有些時日，在文武兩方都能優於明朝！

對於未來，他充滿了信心——目下，他給朝鮮的文書中使用的名號是「建州等處國王」，不久，將要改為「遼東全境國王」！

註一：現存的赫圖阿拉城已被改建得面目全非，儼然是休閒遊樂園，其原始面貌須以明末的記載為準，如《滿洲實錄》、《滿洲老檔》、《清實錄》、《遼籌碩畫》、《東夷考略》等有關赫圖阿拉城的記載；今人的著作有《撫順地區清前遺跡考察紀實》（傅波主編．遼寧人民出版社．一九九四年）可供參考。

11

萬曆三十一年正月，努爾哈赤率領建州的子民，浩浩蕩蕩的遷回位於蘇克蘇滸河與嘉哈河之間的赫圖阿拉城。

進城的儀式簡單而隆重：

他親率四旗，共兩萬人馬的軍隊繞城一周，然後齊集城門口，排列成整齊的隊伍，一起發出震天的歡呼聲；接著，他登上預築的高臺，舉行祭天大典。

天上飄著白雪，地上一片銀白……

站立在高臺上，他的心非常誠敬，仰望著白茫茫的天際，眼神堅定有力。

焚香之後，他大聲的向天祈福：

「皇天在上，佑我四野平靜，人畜興旺，戰無不克，求無不獲！」

然後，他多行了一道以往沒有舉行過的「焚表謝天」儀。

表已預先寫就，表上的文書是創制將滿四年的女真文字——第一次以女真文字謝天，特別具有重大的意義，他也特別重視這件事；表上的文字是他親手書寫，站在高臺上，他親手將這道謝天表送入爐中。

完成後，他興奮，也帶著激動；在羣眾的歡呼聲中走下高臺，騎上馬，率領全部的人進城，他的心情始終高升而熱騰；面對著他親手建立起來的巍峨家邦，生命散發著強而有力的光芒，展現著雄壯與興旺的氣象……他所率領的建州，又走入一個新的世代。

而在同一個時候，朱翊鈞仍懶洋洋的躺著，沉溺在福壽膏的香氣與歌伎柔靡的歌聲中。

他總是覺得自己的病還沒有痊癒，需要靜養，什麼事都不想做，連動都懶得動。

鄭玉瑩來陪他，他沒有拒絕；但，人來了，也就是坐在他身邊陪著，他下意識的半閉上眼，吸著福壽膏，而懶得說話，她便只有兀自發呆——他的心已經死去，肉體已經腐廢，因而心中沒有情愛，體內沒有慾望；對她已無感覺。

國政他更是不理。

連一向「柔順」、「聽話」的沈一貫都不想接見——見了沈一貫，容易想起自己病重、預擬遺詔的往事來，他認為，索性一概都免了吧；送進宮裏來的奏疏，他更是少理，橫豎並沒有太大不了的事發生；沈一貫有時急不過了，託了太監們到他跟前來說，或者強送了奏疏來念給他聽，在他看來，也都是些沒什麼大不了的事。

講最多的莫過於有人辭官——朝廷中幾乎三天兩頭就有人辭官，一辭就有職位空缺，沈一貫便急著遞補；他的看法卻與沈一貫大不相同。

「不太要緊的官，不急著另派……橫豎沒事要辦！」

因此，尋常的官吏出了缺不補上，只有幾個重大職位的官員辭官，他才略微注意一下；但，他還是懶得傷腦筋補派新官，都只隨便指定個人兼理了事——連最重要的戶部尚書辭了官，他也不補，讓禮部尚書兼署就了事了。他會不停加派人手的職務只有一種，那便是徵稅太監——這些人是為了充實他的內帑而工作，他當然重視有加。

就這樣，整個明朝陷入莫名其妙的急速惡化中——原本就已經問題叢生、千瘡百孔難以修補的國家，不但曾經出現的一線希望完全滅絕，還把各種問題壓縮得無法改善。

民變四起的情況更嚴重了……

各地的盜賊越來越多……

天災隨之而來了……

京師發生了大地震，鳳陽水災，陝西乾旱……

然後，黃河又氾濫了……

但是，朱翊鈞對這些問題毫不關切，整整一年下來，送進宮去呈報這些動亂和災情的奏疏堆滿了庫房，他連聽一聲的勁兒都沒有打起來過。

百姓們的生活越來越痛苦，而他還是依然故我的每天躺著不動；彷彿生命已經枯萎了，靈魂已經消失了，唯有肉體在繼續進行著吃喝拉撒睡的例行之事，宛如一具活著的屍體。

大明朝的命運也就一步步的墜向黑淵……

第十五章

但使龍城飛將在

1

這一天，他把地圖攤開來，凝神細觀。

遼東的地圖，他再熟悉不過，但仍然多次審閱；而這幅地圖是新繪的，除了特別標出赫圖阿拉城以外，還取消了哈達……

他開始制訂新的吞併計畫，反覆思考後，做下結論：

「當然要先對付葉赫部！」

決定了之後，他開始設想整體的出兵計畫，做好周密的戰前準備。

「葉赫部的實力不弱，得好好的準備！」

他從不輕敵，每一次的戰前準備都特別用心，連一點點枝微末節都不曾輕忽過——這也是他最自豪的地方，不只一次的向部屬們說：

「仗要打得百勝，絕非靠運氣，憑空而得——都是付出比敵人更多的努力，才致勝的！」

這一次，當然也不例外；從一開始決定發動戰爭，就加緊密集訓練軍隊，每天輪流調出一半的人馬在野外操練，同時儲備糧草，也派出更多的人手打探敵方的情況……

一切都依往昔的慣例進行，唯有出兵的日期他遲遲沒有決定——這是以往從來沒有過的事，成為最最特別的情況。

一拖兩個月，事情不尋常了；部屬們開始在他的背後竊竊私議……

於是，額亦都主動出面，約了安費揚古、費英東、何和禮、扈爾漢一起來見他，開門見山的向他提出來：

「您既早已決定要出兵征討葉赫，怎麼又遲遲不訂日期——這樣下去，大家會以為您要取消計畫了！」

安費揚古也說：

「這是會影響軍心士氣的！」

當動不動，兵家大忌——幾個人圍著努爾哈赤，說的都是實際的問題，而且全部言之有理——但，努爾哈赤自己又何嘗不知道事情拖延的嚴重性呢？自己的心中又何嘗沒有反覆思考過呢？

部屬們不瞭解啊……略微遲疑了一下之後，他坦然說出自己心中的顧忌：

「福晉病了，她來自葉赫——我確實，有點礙著她……」

說罷，他重重嘆口氣，竟似對自己這份顧忌無計可施一般。

但，額亦都等人都沒料到他會說出這個理由來，一時間，大家面面相覷，不知道該拿什麼話說下去才好；過了一會兒，額亦都才「唉」了一聲說：

「既是這個原因，我們就不好多說了！」

費英東一向多智，立刻補充說：

「您再多做考慮——軍隊的操練，且先改為尋常訓練吧！」

努爾哈赤沉吟了一會兒之後，主動告知眾人：

「我再想幾天，一定給大家明確的答覆！」

頓了一頓之後，他皺起眉頭說：

「或者，等福晉病癒——」

這話沒有人接腔，他自己也沒法往下說，於是大家起身告辭。

可是，眾人離去以後，努爾哈赤獨自留在屋中，四周寂靜無聲，心裏就加倍難受；覺得像有東西梗在喉中，又像梗在心裏，因為是無形的，便吐不出來；但他不想被這種難受的感覺困住，於是，極力尋思、捉摸，找出頭緒來。

他終於要正對這個一直存在，但因為雙方都小心翼翼的不觸及，因而多年來沒有凸顯出來的問題……

問題並沒有因未被凸顯而消失。

「她來自葉赫，她是楊吉砮的女兒——」

九部聯軍之役時，他殺了不少葉赫部人，最著名的是卜寨，而卜寨是她的至親，兩人名為堂兄妹，實則，卜寨年紀大她許多，從她一出生就把她當作女兒一樣疼愛，楊吉砮死後，更是給她許多照顧和愛護，因此兩人的感情非常深厚；為了卜寨的死，她傷心痛哭多日——從那時起，他就有點不願正對她的目光，時時藉故閃躲，甚或減少與她見面！

而今，事情一過多年，潛藏在心底深處的疙瘩不但沒有消失，還越擴越大；更不巧的是，這一次，就在他決定要出兵攻打葉赫的同時，她病了。

「她在病中，我若打了葉赫，不免又使她增加憂傷，加重病情！」

他當然知道，這幾年來，蒙古姐姐的心中非常不快樂；甚至，他幾度看得分明，她的嘴上明明在笑，眼角還是帶著一份哀愁；兩部之間的仇怨一天不化解，她就一天不快樂，而這兩部之間的仇怨偏又是永遠也化解不了的！

即便是他為了補償，為了多帶給她一點安慰，在幾個兒子中間特別偏疼皇太極一些，也仍然於事無補，她的眼神中永遠都除不去那一抹悒鬱。

「唉——」

來回踱著方步，心裏幾度反覆，而定不下神來，一會兒想起當年楊吉砮將蒙古姐姐許嫁給他的情景，一會兒卻想起九部聯軍時的戰場，越想越亂，索性一掌拍在窗櫺上。

「我還是去看看她吧！」

像是下定了決心似的，一抬腳就走；可是，才走到門上就打住。

「她在病中，怪尷尬的！」

腳步退了回來，心緒往下沉了沉，又不由自主的發出一聲嘆息。

但是，沉吟了一陣之後，心裏還是放不下……這麼反覆折騰了好幾回，最終的情況還是在屋裏胡亂踱步。

正好踱到窗口，往下一看，入眼的是阿巴亥從窗外走過去。

十四歲的阿巴亥充滿了青春氣息，她身著淡黃色衫襖，頭梳麻花雙辮，辮上結了紅絨繩，像兩隻蝴蝶在她胸口盤旋，也把她的臉映得更美麗更嬌俏，但他一眼看見，所觸動的是另樣想法。

他叫過阿巴亥來，吩咐：

「你去找皇太極來見我！」

阿巴亥與皇太極的年齡只差兩歲，平日裏看起來像一對姐弟，因為年齡接近，兩個隔了一個輩分的「小孩」常玩在一起。

讓阿巴亥為他去找皇太極來，可以避免直接面對蒙古姐姐……

皇太極來了以後，他先把阿巴亥支開——阿巴亥聰明，他不想讓阿巴亥聽到他與皇太極之間的談話，以免生出枝節——家裏的人口越來越多，不得不採用各種不同的法子相處。

而他對皇太極說話，也先繞個圈子。

皇太極十二歲了，長得既有蒙古姐姐的端正，也有他的英俊，而且聰明好學，不但已經讀了不少蒙文書籍，學通了新創的女真文字，也開始讀漢文書，成績優於其他的兄弟；武藝方面的學習也好，弓馬騎射都有了相當的基礎，雖然還沒有上過戰場，但在狩獵時已有很好的表現；而且舉止文雅有禮，落落大方，給人的觀感非常好，是個人見人讚的孩子。

他先考問皇太極近日的學習成果：

「上個月，射了多少雁兔？打了多少鹿？蒙古書念通了多少？學了多少女真字？」

一面又訓勉他：

「好好跟著哥哥們學武藝，再過兩年就可以上戰場了！」

這些話說完才轉入正題：

「這兩天，你額娘怎麼樣了？」

皇太極當然體會不出他彎曲的心思，從頭到尾都是有問有答，一五一十的說；被問到這個話的時候，也一樣老老實實的回答：

「額娘這兩天病得更厲害了，連東西都吃不下去，只喝幾口水！」

「什麼？」

這下，他吃驚了——蒙古姐姐的病比他知道的要嚴重得多——他再也顧不得思前想後。

「走！」

他拉起皇太極的手，急促的說：

「咱們瞧你額娘去！」

父子兩人一起走到蒙古姐姐房前，一掀簾進去，迎出來的卻是札青。

札青的神情和以往的從容敦實大不相同，她眉頭深鎖，滿臉憂色，眼中還閃動著水光，卻不想讓努爾哈赤看到，一見到他就低下頭，不與他四目相對；同時極盡所能的以平和的語氣說話，也更像輕描淡寫似的解釋一句：

「我不放心，留在這裏陪她！」

說著轉身就走，引了努爾哈赤到炕前。

蒙古姐姐正在昏睡中，神智很不清明，連有人走到炕前都沒有睜開眼來，努爾哈赤低頭一看，她已經非常消瘦，臉色蠟黃，一點血色也沒有；很明顯，病勢極重。

他看了許久，心裏一分一寸的漸次縮緊，低著頭，緊閉著雙唇不說話；札青端來椅子，他卻不就座，直直的低著頭看蒙古姐姐，看得目不轉睛，而心裏不由自主的升起陣陣刺痛。

過了許久，札青調整了心神，鼓起勇氣來面對現實，上前拉了拉他的衣袖，低聲說：

「貝勒爺，跟我到外邊說句話可好？」

他轉頭看看札青，也怕兩人交談會吵醒蒙古姐姐，於是與她走了出去；一出門立刻就問：

「她病得不輕，究竟是什麼病？」

札青不正面答覆他，而是壓低了聲音說：

「前兩天，她跟我說起一件事——不知道貝勒爺肯不肯為她去辦？」

他毫不遲疑的一口答應：

「什麼事？我一定辦！」

於是，札青對他說：

「她想她額娘，說好久不見了，說得哭了起來——聽得我心裏也挺難過的，想求貝勒爺，接她額娘來和她聚幾天！」

這事並不困難，努爾哈赤立刻點頭，隨即叫人來吩咐：

「準備禮物，送到葉赫部去；好言好語的對葉赫貝勒說，蒙古姐姐福晉病了，想見見老福晉——你們好好的接老福晉到赫圖阿拉來！」

他選派的使者一共五人，都挑了能言善道的，禮物也選了上好的，配上快馬輕車，立刻啟程出發。

「來回一趟，至多兩三天吧！」

他告訴札青：

「蒙古姐姐醒來的時候，你先告訴她，已派人去接老福晉了，好讓她安心！」

他同時吩咐人，先為蒙古姐姐的母親準備住房……這麼一來，攻打葉赫的事，更無法確定日期了。

使者出發後的當天晚上他無法入睡，心裏一直在交錯縱橫著各種想法；盤旋在心中擾得他最煩躁的是納林布祿，最難過的是蒙古姐姐，偏偏這兩人的關係是親兄妹……

而這一次，他是為了蒙古姐姐才派使者向納林布祿送禮——他連聲嘆氣，默默的想：

「像是上天在捉弄人，建州和葉赫之間糾葛得這般……死結打上了，怎麼也解不開；真不知道將來會是個什麼光景！」

眼下，接了蒙古姐姐的母親來，兩部之間的關係當然要以「親情」為重點，但，以後呢？

他越想心裏越亂，若非天色已黑，真要策馬出城狂奔一趟，洩洩心中的悶氣；而勉強忍耐下來，心中便更加難過，挨到天一亮，他立時飛身上馬，狂奔而去。

但是，問題根本沒有解決；而且，新的問題接踵而來。

三天後，他派去葉赫部的五名使者返回赫圖阿拉，帶回的卻不是佳音，事情並不如想像中的順利——

五名使者下了馬，跟在後面的馬車被掀起車簾；可是，從車廂中下來的卻不是蒙古姐姐的母親，楊吉砮的福晉，而僅是一名僕婦；帶著皇太極親自出迎的努爾哈赤登時傻了眼，下意識的問：

「你是什麼人？」

他不自覺的向前跨了一步，厲聲喝問：

「老福晉呢？」

那名僕婦被他的聲音震得打起了哆嗦，腰彎成弓狀，頭低得只看到自己的心口，而萬般無奈的一面力持鎮定，一面結結巴巴的回答他：

「貝勒爺不准老福晉來……命令我來看望蒙古姐姐福晉……我名叫南太……」

事情出乎意料之外，努爾哈赤登時氣憤填膺，但是顧慮到蒙古姐姐不能再受刺激，只得勉強忍耐，而且，換了個平和的神色，好言好語的對她說：

「也好——那麼，你便進屋去探望福晉吧，好好的陪著她，說說話；還有——切記，不可以讓她知道納林布祿的態度，要說，老福晉有事牽絆，得再過上幾天才能來與她見面！」

南太滿口應是，而他說完話，立刻掉頭就走，同時在心中發出一聲厲喝：

「納林布祿，你太不近人情了——我與你勢不兩立！」

2

入夏以後，天氣燥熱得如欲無火自焚，燒盡世上一切生靈，滅絕天地萬物；受到這股燥熱折磨的人們既無法抵擋，也無以自處，便只有苦苦忍耐，希望能熬過這段困苦的日子，等來甘澤降臨；怎奈，上天偏不垂憐，非但繼續讓烈日和焚風摧殘大地，甚且一連幾個月都沒有降下半滴雨水來……

大明國土中乾旱成災，隨處可見生物的屍體，無論稻禾麥苗、蟲獸禽鳥，或是人——江南的情況略好些，北方的災情就嚴重到「慘」的地步。

一向缺水的西北為災區之首——陝、甘一帶本為貧瘠之地，百姓大都艱難度日，再一遭逢災荒，便越發無以為生，整片整片的黃土地被酷日曬得乾裂出一條條縱橫交錯的溝紋，近看是一座煉獄……

幾地的巡撫們每天忙著巡視災情，每夜忙著準備奏疏飛報朝廷，一面向朱翊鈞詳細說明災情的嚴重，一面請求賑災，請求減免今年的賦稅，以挽救幾地的百姓；而且，這些奏疏，都在每天天剛亮的時候就由快馬送出，直抵京師，送到皇宮。

然而，進了皇宮，這些奏疏就停止動彈——朱翊鈞根本不看奏疏，這整個夏天，因為天氣熱，他更加沒有理政的意願，沒有吩咐太監們念奏疏給他聽，這一封封來自各地告災的請求便壓根兒沒有打開封套來過——幾天後，整疊奏疏被移到庫房中收存，從此不見天日。

沒有任何一個地方官員得到朝廷的回覆，賑濟災民和減免賦稅的請求在得不到批示的狀況下無法實行，只有任憑災情肆虐，除了偶爾有些得到民間富家救濟的災民得以倖存之外，更多的受災百姓是一天天的、成羣成羣的死去。

但，即便是對這一切都不聞不問，毫不知情，朱翊鈞的心中也仍然鬱悶不歡。

他的心總是被一股不知名的空虛感和不快樂侵蝕著……

天氣悶熱，他更加不想動彈，懶洋洋的躺著，享受著打扇宮女們從冰櫃中搧出來的涼風，以及他現在唯一還會升起幾絲興致來的福壽膏，如此而已——不但遠在皇宮之外的遍地乾旱他體會不到，就連近在皇宮中的事他也懶得體會；眼前的搖扇宮女的辛勞他視而不見，幾個與他為骨肉至親、原本為他所摯愛、所最最放在心上的人，也像蓄意逃避似的不見、不想，甚至，懶得多費一分半分心。

他又已有多日不曾去向至愛的母親李太后請安了。

而唯有這一件，他先想好了充分的理由，在必要的時候搪塞來催請的太監，或者欺騙自己——他總是說：

「唔，天熱，去一趟，滿身大汗……不如，過兩天，天氣涼快了再去！」

對於已有多日不曾宣召鄭玉瑩伴駕，他也用類似的理由搪塞：

「她生來身子骨就嬌，天熱……唔，別讓她累著了！」

一句話就打發了——表面上看來，這話是在體恤別人，實則只是在為自己的懶找個說詞。

他的心裏越不快樂，身體就越懶得動——他早已懶得再多服用壯陽藥、春藥，哪裏還有興致召來妃子尋歡作樂呢？男色女色一體俱收，那是多年前的事了；那是生龍活虎的少壯年齡，和現在差了一大截！現在——他什麼都打不起勁來了。

至於原本最心愛的壽寧公主、常洵，或者是在萬分無奈下立為皇太子的常洛，他也一樣連想都懶得想——有一些原因是灰了心，有一些是逃避現實和不愉快，而不管原因為何，情形都一致：就當作這些人都是不存在的吧！

也許是大病一場之後的後遺症，也或許，他的病始終未曾痊癒，整個夏天，他都像個還能呼吸的活死人般躺著，懶洋洋的一天度過一天，任憑生命萎縮。

他什麼都懶得想，當然也就沒有預料到會因此又惹出事端。

天氣燥熱煥悶，除了他有冰風吹拂的龍床前，大明皇宮的每一個地方都有如火烤一般，令人難以承受。

翊坤宮沒有冰櫃的設置，往年夏季，鄭玉瑩都因陪侍朱翊鈞而得共用清涼的冰風，這下便倍覺酷熱；更兼多日未受宣召，情緒日復一日的變壞，難耐的暑熱，無形中又擴增了兩倍。

更壞的是，翊坤宮離乾清宮很近，原本占了便於朱翊鈞宣召的優勢，但自從朱翊鈞移居啟祥宮，乾清宮大興土木開始，她便飽受其苦——工匠們敲敲打打的聲音整日不絕如縷，因為距離近，聲聲入耳，吵得她沒有片刻安寧。

她當然不會去設想那羣在酷暑中疊磚鋪瓦的工匠們的辛勞，而只顧自己的痛苦——她不時摀著兩耳，咬牙切齒的喊：

「萬歲爺丟我獨守這翊坤宮，再挨兩日，我必得瘋病！」

一會兒又兀自哭著說：

「這裏是人間地獄啊！萬歲爺與其讓我陷在這地獄裏，不如開開恩，放我回母家去！」

可是，她這哭聲，根本到不了朱翊鈞耳中；更壞的是，天氣悶熱，她越是哭喊，就越把自己的外貌弄得狼狽，情緒也就更壞。

她原本愛美，臉上盡是脂粉，衣著和首飾也都極其講究；可是天熱流汗，再一哭喊，衣裳便濕透了，全黏在身上；脂粉都掉光了，鬢髮也亂了，滿頭的珠翠將散……素知她習性的巧玫、浣紗、畫屏連忙趕上來伺候，一面好言勸慰，一面來為她更衣，重新梳妝，以盡快恢復她的花容月貌，龐保和劉成則忙著為她設想改善心情的辦法。

「去請福王爺來陪娘娘散散心。」

龐保想到了主意，但，隨即搖頭。

常洵有兩大像極了朱翊鈞的特徵：體型胖，生性懶——別說他已就藩，未奉聖旨，不能進京；即使來了，一坐下來，不是一直不停的吃零嘴、瓜果，就是說不了兩句話便閉上眼睛打盹兒，發揮不了什麼作用的。

「還是請壽寧公主進宮來吧！」

而念頭也是一轉就打消了。

壽寧公主一向最得父親的歡心，下嫁之初，朱翊鈞命她每隔五天就回宮一次，但自有孕以後就無法認真實行；近些日子來，公主再度懷孕，根本不宜進宮探母。

「大熱天的跑這一趟……更何況這裏盡是些敲敲打打的聲音！」

這麼一來，兩個人就更傷腦筋。

「有誰能來陪娘娘說幾句知心的話，消消煩，解解悶呢？」

知心的人，一個也沒有——

往昔，鄭玉瑩專寵君前，獨霸了朱翊鈞的愛情，既從未寂寞煩悶到需要有人陪她說話解悶，也從來不把其他的妃嬪看在眼裏，便連談得上話的人都沒有，何況是「知心」的人，在此刻可以發揮作用的人！

兩人搜盡枯腸……一會兒之後，劉成想到：

「貴妃母家那邊——」

這個念頭確如靈光一閃，讓人得到啟發，而且，立刻想到最適當的人選：

「馮非煙——」

馮非煙是鄭玉瑩的生身之母，論關係，骨肉至親，論瞭解，知女莫若母，更何況，馮非煙一向是鄭玉瑩與外界往來的媒介……於是，立刻進行。

熟門熟路，進行起來非常順溜，第二天一早，馮非煙就從鄭府出發，還不到午時就出現在鄭玉瑩跟前。天熱，馮非煙臉上的脂粉和眉黛都被汗水破壞了，已經上了年紀、容華不再的她便顯得狼狽，而且一走路就大口喘氣；鄭玉瑩一見到她，心中立刻油然生起一股感動。

「就是為了我，娘才吃這一趟辛苦，大熱天的，不在家裏納涼，坐著蒸籠也似的轎子進宮來——」

馮非煙倒只有輕描淡寫的一句：

「天太熱，熱得我險些中暑，幸虧你爹早料到了，出門前讓我先吃些解熱藥；也還好，我的身體還挺得住！」

鄭玉瑩卻不由自主的冒出了眼淚，說出了肺腑之言：

「這些年，娘為我吃的辛苦，數都數不清——要是我這輩子進不了坤寧宮，也就太對不起娘了！」

馮非煙連忙撫拍著她的手背，安慰她：

「快別這麼說，娘既然能生你，就能為你吃苦，心甘情願的——」

說著卻長長的嘆出氣來：

「你的心事，娘最明白——唉！也難怪你心煩，事情老是不上不下的吊著，這幾年，總是沒有明確的進展，換了誰都會心裏難受！」

鄭玉瑩低下了頭，但是忍不住又冒出眼淚：

「娘，現在，我就像陷在泥漿裏——您得替我想想辦法，出出主意，破解我的僵局！」

馮非煙很宛轉、很認真的告訴她：

「這個不消說，府裏就已經在辦了——昨天，我一聽到宮裏來人傳的口信，你爹就叫你哥、你弟，幾個人一起商量，盡快拿出個主意來——你放心，也耐心等幾天，一定會給你想出辦法來的！」

這話一點也不假——不到五天時間，鄭國泰就辦出了具體的事。

他根據鄭玉瑩的心事，設計好能讓鄭玉瑩重現歡顏的東西，並且火速完成——馮非煙又特地多跑一趟路：她冒著暑熱，不辭勞苦的出宮，回府去取，再把東西帶進宮來獻給鄭玉瑩。

那是一本書，一本舊書——只不過是改頭換面的著了新妝而已。

書早在萬曆十六年就已寫成，是時任山西按察使的呂坤所撰，他將歷史上著名的女子的事蹟記述整編為一書，題名《閨範》。完成後，適逢翰林院修撰焦竑奉使赴山西，看了這書，深有好感，便特別為之作序❶。呂坤本是飽學之士，焦竑更是學界十分推崇的知名之士，因此，這本《閨範》刊刻印行之後，流傳甚廣，遍及全國，而且在蓄意安排下，也到了鄭玉瑩手中。

當時也是由鄭國泰所進，鄭國泰專為這本書尋思了幾番後，提出一個重要的建議；由於這本《閨範》是記述歷代賢德淑女的事蹟，他建議，再請人增補幾篇，將鄭玉瑩的事蹟也列入其中，以成為婦女的典範，流傳全國，並為後世所欽慕仰止；這個建議當然被接受了。

於是，這本書被「增補」——總共增加了包括鄭玉瑩在內、足可為典範的十二名女子的事蹟，並且加入精美的插圖。

全書重新刊刻，更名為《閨範圖說》，第一篇記述漢朝的賢后明德皇后，最終一篇記的是鄭玉瑩——這是經過精心的設計與安排，包含著強烈的象徵意義，因為，明德皇后即是由貴人而正位的前例，這也等於為鄭玉瑩正位中宮做了暗示和合理的解釋。

書成時，鄭玉瑩暗自高興了好一陣子；但是，刊刻流傳時既引來議論，便有不少大臣上疏議論，卻因為朱翊鈞不聞不問、不言不語、沒有任何反應，書也就繼續流傳……

這已是好幾年前的事了，但是，鄭國泰認為，此時此刻，應該把這本書再重新刊刻，增廣流傳；尤其在京師一地，可以大力促傳：

「如果百姓們不買，就送，只要他們看了內容——」

內容是強調鄭玉瑩的賢德與正位中宮的合理——只要有人看，就達到目的。

鄭國泰有著明確的說法：

「讓百姓們心中先入為主，對娘娘的『正位中宮』視為當然，便可影響輿論……如今，皇后三不兩天的病著，就有這麼一天，娘娘正位中宮，既為理所當然的事，也受萬民擁戴……」

這番話，當然是特為鄭玉瑩心中不快樂提出的一帖良藥——他比誰都清楚，天氣熱，乃至於朱翊鈞的冷落，都不是鄭玉瑩心病的病因，「皇后」的寶座才是。

「只要給她做皇后，再熱的天她也不流汗了，什麼煩悶都沒了！」

因此，他有十成的把握，向她提議加印《閨範圖說》，廣為流傳，定能改善她的情緒……

果然，鄭玉瑩露出笑容來了：

「想得好——這事，就由國泰去辦吧！多印幾萬冊書，不用賣——就送給百姓們看好了；要花多少銀兩，你只管進宮來取用！」

馮非煙想都不用想就替鄭國泰作了主，立刻含笑搖頭：

「娘娘說哪兒話！這點花費，當然就由國泰來孝敬了！」

鄭玉瑩淡然處之：

「也罷——小錢由他花，大錢——總少不了他的好處！」

有些話當然無需明講——馮非煙心中比誰都明白，在「貴妃」身上的投資絕對能有十倍、百倍以上的回收，鄭國泰身兼官商兩界，這把算盤早已不必打。

於是，退出宮來之後，她就飛快的與鄭國泰細談，確立事情的進行和各項細節，並且叮嚀他更加積極、努力，以最快的效率來辦好這事。不過短短幾天，《閨範圖說》就在鄭國泰的加緊督促下，印出好幾萬冊；然後，他派出大批人手，挨家挨戶免費送書……

而他沒有料想到，這本曾經引發過風波的書，再次大量流傳的時候，依然引發風波，而且比以往要嚴重得多——

先是他印書、贈書的事，為幾名深懷憂患意識的朝臣知悉時，立刻引起猜測、懷疑，產生警覺，大家不約而同興起的念頭便是：

「鄭貴妃莫非欲謀廢太子？」

常洛的皇太子寶座是花費了長達十五年的抗爭才爭取到的，不容遭到破壞——朝臣們著急了，開始三三兩兩的耳語：

「絕不能讓鄭貴妃如願！」

註一：呂坤字叔簡，號新吾，河南寧陵人，萬曆二年進士。據《湧幢小品》的記載，焦竑為《閨範》作序後，被人攻擊為「將有他志」，以致焦竑為此去職。

3

風暴緩緩形成，一步步的進逼，這個燥熱的夏季便越發令人窒息……

為了《閨範圖說》而加入議論行列的大臣越來越多，一些誓死保護皇太子的語言也越來越激烈，但也有幾名別有用心的人一面在表面上以語言呼應，其實是敷衍，而暗自在打別的主意，運作些別的行動……大明朝廷上的氣氛便比平日又多了三分特別和詭異。

唯一一如以往的是朱翊鈞——他一樣不上朝，不理政，不見大臣，不看奏疏，任憑國土中的災荒和皇宮中的糾紛一明一暗的發生，全都不聞不問——似乎，大明朝的一切都與他這個大明天子無關。

到了五月中，天災又有了新變化。

原本連續幾個月沒下半滴雨水的地方，忽然下起雨來；這本是苦於乾旱的百姓們最迫切巴望的事，卻不料，這巴望中的甘霖竟是暴雨。

雨大又成災……

第一個送到京師的災情報告是鳳陽皇陵的殿脊被大雨沖壞了，因為是皇陵，必須立時搶修；接下來的報告更壞：大雨不停，既形成山洪，又引發江河決堤，許多地方淹成澤國，溺斃無數生靈。

地方官員每天以快馬遞送文書向朝廷告急，朱翊鈞的反應也還是不聞不問，任憑大明國中半數以上的江山子民為災荒吞噬。

遠在關外的遼東反成福地——

這一年，遼東沒有蒙受乾旱、水災的侵襲，境內風調雨順，欣欣向榮；半農半獵的百姓們個個豐衣足食，安居樂業。

唯一的一次災害是明屬的大福堡發生火災，焚毀不少房屋和貯藏的武器、糧食，損失不能算小，但是和中原地區的天災比起來，卻是小得不能再小的一樁小事，微不足道。

而就建州來說，新築的赫圖阿拉城洋溢著蓬勃興旺的氣象，農、漁、獵各方面的收成都好，軍隊的操練非常精良，每一名武士的戰技、武藝都被訓練得能夠以一當十，團隊的配合與默契更是無懈可擊——建州的實力早已擴增為女真各部之冠，甚且隱隱超過了明朝在遼東部署的軍力。

在文教的發展和文明的進程上，也拿出了傲人的成績——自文字創制以來，教授、推廣和大眾學習的情況都很好，一年後，原本通蒙文和漢文，而今又通女真文的人多至過百，於是立刻展開譯書的工作，費時兩年多，第一批翻譯完成的書籍公諸於世。

譯成的書粗分兩大類：一是四書、五經等典籍；二是歷史，譯出了《金史》和《大金國志》兩部；三是天文、曆算、農耕、牧養、工藝、醫術、雜技等實用之學；四是軍事，譯成了《孫子兵法》和向為努爾哈赤推崇的戚繼光所著《練兵實紀》和《紀效新書》；五是歷史小說，譯出的是努爾哈赤最愛讀的《三國演義》。

此外，第一部以新制的女真文字書寫的史籍也有了具體的篇章——那是記述史事的檔案，由巴克什每日記錄，作為日後修《實錄》的依據。

厚厚的幾十冊圖書一起呈現出來，令人為之動容，而這方面的工作還將持續進行下去——一件意義宏偉、影響深遠的大事，成功的奠下基石、開啟序幕。

有如一株樹苗已經栽下，正要成長、茁壯——欣欣向榮的建州展現著生命力，充滿了希望，一切都好。

唯一的憾事發生在努爾哈赤身上——

他遭逢了幾年來最最令他悲傷的事：染病的蒙古姐姐拖到九月裏終告不治❶！

原先，他一直不肯放棄心中的希望，也一直不肯面對蒙古姐姐已經病入膏肓的事實，竭盡所能的要治好她的病；無論是漢人的大夫、女真的薩滿巫師，全都請了來，一起為她治病。

「無論如何，一定要挽救她……」

他也不再逃避面對，每天總抽空到她的房裏來陪她；有時，薩滿巫師作法跳神的時候，他也來陪，一起向鬼神祈求，驅走附在她身體中的病魔。

每一次，他都以最誠摯的心祈求，也讓皇太極跟在身邊，一起祈求……然而，蒙古姐姐還是日復一日的惡化，無論用什麼方法都起不了作用，挽不回她的生命。

是長期的抑鬱侵蝕了她的身心，摧殘了她的生命；他非常明白，附在她身體中的厲魔不是病魔，而是建州與葉赫之間的仇恨之魔，作法、跳神全都無法驅趕，無法化解——把她的情況當作「病」來醫治，是因為別無他法，是因為萬般無奈；向鬼神祈求的話只是在安慰自己，讓自己的絕望感在祈求中得到紓解；甚至，是在欺騙自己，為自己製造仍有希望的假象。

出於摯愛，他的行為竟如一般的愚夫愚婦。

但是，對蒙古姐姐來說，無論什麼都發揮不了作用了，生命已瀕臨油盡燈枯，無力再與死神掙扎；而且，偶有神智清明的時候，她體會到自己所處的狀況，心裏竟有一絲得到解脫的感覺——十幾年來，夾處在兩部之間錯綜、糾葛的恩怨情仇中的痛苦即將化為雲煙！到了九泉之下，也許會遇見將自己許婚給努爾哈赤的父親，以及因兩部的仇恨而戰死的堂兄和數不清的戰士……

心裏發出一聲低微的嘆息，所代表的卻是深重的悲哀，但是，她什麼話也沒說，默默的接受了自己的命運。

努爾哈赤請來的薩滿巫師每天不間斷的作法跳神，但是，到頭來，連巫師也搖頭嘆息了。

而不須說，努爾哈赤心裏很明白——

他最終還是接受了事實，強忍傷痛，勇敢的面對她的死亡。

蒙古姐姐臨終當天，他一如往常，一大早就抽空去看她；剛進屋就感受到一股不祥之氣籠罩在她的炕前，帶給他一股說不出的沉悶和難受的感覺，這感覺像要令人窒息，也隱隱傳達了預兆；他索性吩咐左右：

「今天，我不處理別的事情！」

他讓左右們出去傳令，要每一個人各就各位的如常進行一切，需要他親自裁決的事便暫時擱置，緩個一兩天再說；接著，他又命令其他的人退出房去——包括來照顧蒙古姐姐的札青和阿巴亥，以及服侍的婢女；他要札青和阿巴亥回去做自己的事，婢女們守在門口待傳，房裏只剩下他自己、皇太極和來自葉赫部的南太一起守候著蒙古姐姐。

蒙古姐姐緊閉雙目，氣若遊絲……

一名婢女將煎好的藥端進來，但已然無法餵她服下；他親自試著用小匙送進她嘴裏，而藥汁沿著嘴角一點一滴的溢出來；他只得放棄，心裏一陣酸一陣苦的想著：

「她才二十九歲啊……還在盛年……竟病成這樣……」

一面又暗自咬牙忍耐，沒讓淚水流下來；過了一會兒，他嘆出一口氣，把藥碗交還給婢女端下去，自己再定睛去看她。

他心裏有數，已經沒剩多少時間了……心頭酸楚中，他分外珍惜這短暫的、世上還有她的時刻，便兩眼眨都不眨一下的定定看著她。

不知道過了多久之後，她的眼皮有了輕微的抽搐，然後，以非常緩慢的速度睜開來。

他清楚的看到了，心頭一陣狂跳，如獲至寶般的喜不自勝，但是什麼想法都沒有，而很自然的伸出手去握她的手。

她已瘦得皮包骨，一握手掌，根本沒有觸及膚肉的感覺，但是，他渾然不察，顫顫的說：

「你醒了……啊……有什麼事要我做的？」

說話的同時，他極力揣摩她此刻的心思，於是叫皇太極靠她更近些：

「來，你額娘醒了，仔細聽聽，她要對我們說些什麼！」

然而，蒙古姐姐雖然張開了眼睛，卻虛弱得不能言語，兩片薄唇輕顫一下就沒了動靜，只剩下兩顆眼珠子在緩緩轉動。

她先是定定的注視著努爾哈赤，過了一會兒，轉向皇太極，又過了一會兒，轉向南太——她仍然是有意識的。

而這僅憑眼眸轉動所傳達的意念，努爾哈赤完全能夠感受到：她心中最牽掛的是皇太極，和她那遠在葉赫的母親……

「這個時刻，先要讓她安心……」

輕重緩急總分得出——於是，他以極其溫柔和緩的聲音，一字一頓的對她說：

「孩子會照顧好的……葉赫那邊會料理好的……別擔心，我都會妥善處置的……」

話說到後面，他幾乎哽咽，全仗著強忍撐持下來；而蒙古姐姐卻似聽清楚了，睫毛微微眨動一下，眼珠又集中在他臉上。

四目相對，努爾哈赤的心不由自主的重重一顫。

在她的目光中，他看到的是她這一生中從來沒有說出口的心聲，是款款深情，也是在向他求請保持兩部之間的和平；他不由自主的想起了她初嫁時的光景，而後兩部開戰時她拒絕返回葉赫的情景……心中一酸，眼眶濕了起來，他極力強忍著，再以柔和的語氣對她說：

「你的心……你的情義……你的苦，我全都明白……永遠記得……」

說著說著，淚珠脫出理智的控制，潸然落下，竟有一顆滴到她的頰上，而她感受到了，睫毛再度微微一眨，眼神中很明確的傳達了感動與遺憾，有如直接進入他的生命中。

可是，她實在太虛弱了，不久就無力支撐，眼眸漸漸失神，一會兒之後，呼吸漸微；再一會兒之後，連眼皮也無力支撐了，緩緩垂閉下來。

努爾哈赤依舊定定的注視著她，握著她的手；過了好一會兒之後，才驚覺到她已經沒有呼吸；驀地，他下意識的發出一聲呼喊：

「蒙古姐姐——」

然後，他情不自禁的托起她的身子，連搖好幾下，但是她毫無反應……

接下來，他一連好幾天都不吃、不喝、不睡，也不講話，兩眼通紅的札青上來勸他，他恍若未聞，而兀自出神。

皇太極是個十二歲的孩子，能夠用呼號哭泣來流露心中的悲痛——他一日數起，跪在蒙古姐姐的靈前，一聲連一聲的哭叫：

「額娘——額娘——」

哭累了昏睡過去，他也依然在夢中哭著喊叫，重複再三……

而成年人傳達哀痛的方式與孩童大不相同——他哀痛已極，反而哭不出聲來。

更嚴重的是，蒙古姐姐的死，對他來說，都包含著與葉赫部之間的複雜關係，遠超過單純的夫婦情愛，心中便糾葛著多重紛亂的思緒，他極力理清，抽絲剝繭似的整理自己的心緒，而一言不發。

身邊包圍的人非常多，妻妾們、兒女們、弟弟們、部屬們，但是，他沒有和任何人談話的意念——他不想說話，也不想讓別人知道他的心裏在想些什麼。

只有在蒙古姐姐入殮後的第三天深夜，連守靈的皇太極都已睏極而在靈前伏地睡去，四下裏只剩下他獨自一人的時候，他才不自覺的向著蒙古姐姐的靈柩發出一聲極細的呢喃：

「難道是天意嗎？你來自葉赫，偏又在這個時候逝去……」

他發自內心深處的，除了悲傷與哀痛，還有感慨與無奈，以及無可動搖的堅定：

「建州和葉赫，讓你為難了一輩子……你從沒有說出口來過，其實又何苦呢？」

即便是在極度的哀傷中，站在她的靈前，他還是不知不覺的吐露了心聲：

「我終究是要滅了葉赫呀！」

註一：蒙古姐姐去世後三年才下葬於赫圖阿拉尼雅滿山，天命九年，努爾哈赤已佔有遼陽，建東京，於是遷葬於東京楊魯山。皇太極繼位後，再次遷葬，與努爾哈赤合葬於福陵，崇德元年上尊號，是為「孝慈高皇后」。

4

已經計畫好的行動遲早都會執行——大明朝中為了護衛皇太子常洛的地位，打擊鄭玉瑩易儲之心的行動，在十一月間如火如荼的展開。

這天一大早，北京城中絕大多數的人家——尤其是在朝為官的人——在晨起開門的時候，都在門口撿到一本小冊子。

小冊子只有薄薄幾頁，內容是一篇文章，題目是〈續憂危竑議〉；明眼人一看就知道，這是模仿萬曆二十六年時出的〈憂危竑議〉。

那時，文章的作者託名朱東吉，文章的原題是〈閨範圖說跋〉，內容主要是指責呂坤撰《閨範圖說》支持鄭玉瑩圖謀正位中宮——這本是鄭玉瑩與《閨範圖說》第一次惹出來的風波；而現在，《閨範圖說》既再次流傳，風波自然捲土重來；而且，這次的規模擴大許多；以往，不過是有人寫了一篇文章，動員幾名大臣上疏彈劾而已；這次，不但有人寫了文章，刻印出來，還地毯式的送到每戶人家門口。

一夜之間發了幾十萬冊，這得動員多少人手呢？而且事情不會是「臨時起意」或「個人所為」，而是經過了周密的謀畫。

文章的內容只有一個重點：攻擊鄭玉瑩，說她意欲正位中宮，意欲廢去已冊立的皇太子常洛，改立己子福王常洵；接著，附列了十名為鄭玉瑩大力推動此事的大臣名單。

列在第一名的是現任內閣大學士朱賡，而理由荒誕得可以——文章中說：

「曰：何以知之？曰：以用朱相公知之。夫在朝在野，固不乏人，而必相朱者，蓋朱名賡，賡者更也，所以寓他日更立之意也。」

於是，朱賡以名字的意思為「更替」，而成為罪魁禍首。

但，這篇文章並不是匿名之作；文章後面很明白的署名：吏科都給事中項應祥撰，掌河南道事四川道監察御史喬應甲書。

兩人都確有其人，越發令人相信文章真實、內容可信，也更加發揮文章的作用。

短短一個上午，從朝廷到民間，從宮門到街巷，盡是紛紛的議論聲……整座北京城為之沸騰，無論官員、百姓，全數一起譁然。

即便是原本最最保守的人，因為事涉宮闈秘辛而不敢妄加一詞，到了此刻，也忍不住了；而原先早在竊竊私議鄭玉瑩的人，也就越發肆無忌憚，盡情議論起來。

又因為文章的題目過於「文」，百姓們索性援照上例，將這篇文章逕稱為「妖書」；三五成羣的聚首談論；朝臣們的反應則分成好幾種，其一是文章中列舉的名單——這些被指為支持鄭玉瑩正位中宮的十名大臣，人人自危。

內閣大學士朱賡既名列十人之首，當然大感惶恐，立刻就上奏疏申辯，並且請求辭官還鄉。其他附列其上的人也紛紛上疏，雖然沒有與朱賡一起辭官，但以更激烈的言詞申辯，請求朱翊鈞查明文章散布的始末，緝拿主謀者，以使事情水落石出，還給他們一個清白；與這許多人交好的官員又附和這聲音，一起上疏，也一起在朝廷中議論不已；卻也有人在暗中幸災樂禍，有人又繼續運作……朝廷中遠比民間還要多亂幾分。

躲在啟祥宮中受用著福壽膏、不問世事的朱翊鈞再也賴不下去了。

最早向他報告這事的是東廠太監陳矩——他明知朱翊鈞什麼事都懶得搭理，卻還是硬著頭皮去到啟祥宮面稟；因為，茲事體大，沒有人敢負起責任，事情更不能不處理……

「一夜之間，非但民戶門口散滿，便連皇宮門口也放置了數十冊……」

陳矩把錦衣衛收集來的、散布在宮門口的幾十本小冊子全數呈上，並且推論：

「當係有人乘天色未央，校尉輪巡交替之際偷偷放置……據傳，散入民間的，共有數十萬冊！」

他跪倒在地，臉色看不清楚，但是，聲音中很明顯的帶著顫抖——朱翊鈞一聽，心裏明白，不能不打起精神來問幾句話了。

陳矩不是沒有見過世面的人，如係尋常小事，哪裏會令他語音帶顫？於是，他問：

「上面都寫了什麼？」

陳矩跪伏著身子，立刻高舉雙手過頭頂，把帶來的幾十本小冊子高高舉起，呈上；兩名小太監過去接著，然後，其中一名打開一本，大聲的一字一句誦讀出來。

朱翊鈞依舊躺著聽，聽了兩句就閉上眼睛，一動也不動。但，這一次，他卻非如平常般的就此沉沉睡去——閉上了眼睛，他的耳中一樣傳得進聲音；他本是聰明絕頂的人，不聞不問則已，聞問起來，並沒有什麼事難得倒他。小太監讀完這份「妖書」時，他緩緩睜開眼睛，隨即問：

「有什麼人上了奏疏？」

於是，小太監飛快的奔去取來，為他高聲誦讀——第一封讀的是朱賡的奏疏：

「……臣以七十衰病之人，蒙起田間，置之密勿，恩榮出於望外，死亡且在目前。復更何希何覬？而誣以亂臣賊子之心，坐以覆宗赤族之禍……」

他還是閉著眼睛聽，聽完之後再問陳矩：

「這是朱賡的——嗯，那文章中說有『十亂』，十個人裏頭，還有什麼人上了奏？」

陳矩用力吞下口水，先忍住一句話：

「十亂之首，列的是鄭娘娘！」

跳過這句，他才詳實的陳稟這剩餘的「九亂」：

兵部尚書王世揚、保定巡撫孫瑋、陝西總督李汶、光祿寺少卿張養志、錦衣衛掌衛事左都督王之楨、京營巡撫都督僉事陳汝忠、錦衣衛千戶王名世、王承恩、錦衣衛指揮僉事鄭國賢。

逐一列完後，他補充道：

「除保定、陝西兩地以路遠，尚未收到之外，其餘各位大人都上了疏！」

但是，朱翊鈞懶得逐一聽，他吩咐：

「你們仔細看看，有什麼特別的話再稟，如果沒有特別的、幾個人講的話都是一樣的，就收下去吧！」

然後問：

「沈一貫說了些什麼？」

小太監飛快的把沈一貫的奏疏翻出來，但是，他也懶得逐字逐句聽，叫陳矩給他講大意。

陳矩看了一遍沈一貫的奏疏，小心、仔細的向他報告說：

「沈閣老請罷官，以為奉職無狀之戒——又說，妖書上也提到了他，並以惡毒之言謗他；他叩請萬歲爺降旨緝拿衙門嚴查，究竟是何人撰此妖書？何人刊刻？係操何謀？欲冀何事？真正主使為誰人……」

話也一樣了無新意，朱翊鈞才聽一半就不耐煩了，不待他講完就打斷：

「好了——朕有裁決了！」

這回，他極其難得的仰起上半身，讓幾名太監扶他坐起，喝了口參茶，清了清嗓子後，鄭重的指示陳矩：

「此一『妖書』，胡言亂語，罪在不赦——你需多布旗校，用心密訪，並著在京各緝拿衙門、在外各撫按，通行嚴捕，務在必獲。」

其次指示：

「內閣首、次二輔及列名『妖書』之人，一律無需辭官——朕心明白，這是不逞之徒無端造謠，眾卿無需不安，依舊盡心為朝廷效力！」

而且，他加重一道命令給陳矩：

「朱賡被誣得最冤，你去替朕多撫慰幾句！」

陳矩連忙領命：

「遵旨！」

頓了一下之後，朱翊鈞又吩咐他：

「這妖書上自陳是項應祥和喬應甲兩人寫的——依朕看，這兩人不會愚蠢到寫了妖書還自列姓名，顯係仇家誣攀，你去宣諭這兩人，無需驚慌，但也須從實細想緣由，將話回來！」

陳矩當然又是一聲：

「遵旨！」

而朱翊鈞的話也吩咐完了，又緩緩躺下身體，閉上眼睛；陳矩曉事，恭敬的叩首退出宮去了；但，直到他的腳步聲已經遠得聽不見時，閉上了眼睛的朱翊鈞還沒有睡著。

他的心裏是清明的，而且覺得梗著東西，眼睛閉上許久也沒能拋開，因而進不了夢鄉，於是索性張開眼睛；隨口吩咐：

「宣鄭貴妃！」

太監們當然應一聲：

「遵旨！」

立時就有人去辦，可是，剛走到門檻前，他的心念忽然改變，更正：

「啊，不，宣皇太子來見！」

他很明白的說：

「皇太子想必受驚了——朕來同他說幾句話！」

但，生平第一次受到父親宣召，常洛的心中竟比聽說那份「妖書」時還要驚慌幾倍。

所謂的「妖書」，他並未親眼目睹，僅是聽慈慶宮的太監們向他陳說；而且，太監們並沒有說全——才說了一半，就被老成的資深太監王安給打斷了。

王安怕影響了他的心理……

照顧常洛多年，王安最瞭解常洛的心性；從小與王恭妃相依為命，不受重視，一切的供應、待遇都差，嚴重的影響了常洛心理、生理各方面的發展；身體瘦弱，智力出奇低，記憶差、反應遲鈍，思考、判斷的能力都不足；而且非常膽小、怕事，容易受驚。

他早就憂心忡忡的替常洛想過：

「總算做上了皇太子——卻不知，這究竟是福還是禍？」

那些長年累月替常洛爭取立為皇太子的人，究竟瞭不瞭解常洛呢？

有時，他打心底深處偷偷的胡想著：

「這小爺，一點能耐都沒有，硬是拱著他做皇太子……將來，繼位登極，他可怎麼料理國事呢？別說是朝廷裏的文武百官了，就是皇宮裏的這些人，他又罩得住哪一個呢？」

更明確的時候是嘆息：

「真不如把皇太子的大位讓給別人，出去做個藩王，無權也無事，逍遙自在！」

但，偏偏，爭取冊立常洛的意見得到了勝利——朝廷中沒有任何人考量過常洛的能力、才幹，只因為他是「長子」就拚死拚活的擁戴他！

而這番憂慮的話，王安只能藏在心中——他是個老實人，更何況，在宮中任事久了，曉得

「謹言慎行」的必要，許多事想歸想，不說歸不說——他也給自己拿捏了個原則：

「我只要盡心盡力的把這小爺照料停當，別的事，既超出我的能力，也超出我的職責……以後，便連想也盡量少想吧！」

因此，當別的太監向常洛提起「妖書」時，他非但不想細究，立時打斷，不讓太監們說完，還一口一聲的兜住一切：

「沒有殿下的事！」

他以最溫和的口氣告訴常洛：

「外頭總有些亂烘烘的事，沒什麼大不了的！跟殿下完全不相關，殿下無需理會，還是在書房裏好自讀書吧！」

一面在私底下訓示太監們：

「不許把些亂糟糟的事說給殿下聽——嚇壞了殿下，你們全部吃罪不起！」

常洛膽小、怯懦，他非常清楚——最深刻的記憶是：常洛被立為皇太子時，遷出原來與王恭妃共住的景陽宮，移居皇太子所居的慈慶宮時，已屆成年的常洛竟因第一次離開母親獨居，害怕得夜裏縮在棉被裏哭，連哭十多天，直到慢慢適應獨居的生活才逐漸改善……

而一想到這些，他就更加體認，必須盡力保護常洛，盡可能的不讓常洛受到驚嚇；卻沒料到，常洛會在這個不尋常的時候突然被宣召，令他措手不及——

初一聞召，常洛的臉在瞬間變得雪白，手腳不住顫抖，等來人一走，他就拉著王安的手，小聲的詢問：

「我該跟父皇說些什麼？」

王安想了想，做出判斷：

「請安就可——先聽聽萬歲爺有什麼訓示，要是萬歲爺提到妖書，殿下就說不知道，沒有人拿給我看；這樣就行了！」

然而，常洛還是害怕：

「你陪我去——」

王安責無旁貸，毅然領命：

「是——奴婢隨侍！」

而這一趟倒果如王安所料，並沒有太嚴重的情況，也無需向朱翊鈞多說些什麼。而且，朱翊鈞自己的表現好極了——常洛到達的時候，他已起床，端然坐著；常洛行過禮後，他展現了有生以來最大的慈愛，好言好語的對常洛說：

「現在外頭有人在亂說話——你無需驚恐，都不關你事；你只去讀書寫字，早些關門，晚些開門，什麼是非都不要過問！」

接著又吩咐王安：

「皇太子要好生伺候——關照講書的先生們，格外多用點心！」

他這些話讓常洛和王安再三叩首稱頌，而且發揮了很大的作用——常洛感受到了他的慈愛，身體漸漸停止顫抖；過了一會兒之後，勉強能就著他的問答上幾句話。雖然他問的不過是「近日讀了些什麼書」之類平淡無奇的話，但是，這極其難得的父子相處的時刻，將整座啟祥宮的氣氛烘托得好極了。

而且，一段話談完之後，常洛行禮告退，朱翊鈞不但命賞賜膳品四盒、手盒四副、酒四瓶，還破天荒似的起身舉步，和常洛一起走出殿簷。

像是遲來的父愛突然憑空而降……

返回慈慶宮的路上，常洛的心情和來時大不相同——到了二十多歲才初嘗父愛，他有點錯愕，有點茫然，也有點受寵若驚，而連自己也分辨不出滋味來。

老成的王安則感受到了一些不尋常，於是，他向常洛提出建議：

「往後，殿下得空的時候，要多到啟祥宮走走，多聽聽萬歲爺的教誨！」

他覺得，以往朱翊鈞對常洛的疏冷，大約是父子兩人極少相處的緣故；這次，有了好的開始，只要好好延續，父子間一定可以更融洽。常洛也因為走這一趟的感受非常好，心情愉快，原來的驚恐全然消失，對這個建議滿口應好。

卻不料，這一切「好」只維持了幾天，不久，朝中生出劇變，令他又陷入驚恐中：他出閣講學的講官之一、素為他所敬重的郭正域竟然因為牽連了妖書案而被捕。

因「妖書案」被捕入獄的不只郭正域一人——出於朱翊鈞「嚴捕」、「務獲」的旨意給職掌察訪、緝捕的東廠和錦衣衛極大的壓力，執事者無不希望早日捕獲妖書的撰寫者與指使者，以便交差；於是，廣布旗校偵察，只要被認為是可疑者，或經人密告者，都不問青紅皂白的先拘捕入獄，再逐一刑訊，短短幾天中就從民間逮捕了好幾百人，雖然問不出個所以然來，對案情的偵破毫無助益；但是，這捕人的行動使京師人人自危，不敢再隨便議論，原本沸騰的人聲降低了許多，街頭巷尾變得平靜了，卻是一樁很不小的作用。

而官員們被捕，卻是一樁權力鬥爭下運作的誣陷事件，郭正域受牽連，更非無風起浪。

主控其事的赫然是內閣首輔沈一貫……

但，沈一貫之所以藉妖書案來整肅郭正域，還只是一層煙霧——他心中的頭號敵人、非要將之整倒的人其實是沈鯉。

沈鯉與他一殿為臣，同為內閣大學士，但位在他與朱賡之後為三輔；而儘管沈鯉在官位的排列上遜於他，在民間的聲望上卻遠遠超過他，早已令他又忌又恨，又得時時防備：

「不曉得哪天就爬到我頭上來了——要奪我的首輔之位呢！」

這次的妖書上，將他與朱賡都列名其上，唯獨沒有列上沈鯉，使他原來的忌恨又多了一道懷疑。

「內閣只三人，為何獨漏沈鯉？莫非……根本就是他指使的？」

念頭轉到這裏以後便收不回來，而且一路發展下去……最後，他鐵了心：

「不是他，也是他了！」

更何況，妖書案一起，自己和朱賡都因為被列名，必須避嫌，待罪在家，只有沈鯉一人入值內閣——這給他的威脅太大了：

「萬一趁此空檔，沈鯉在萬歲爺面前賣了乖，讓萬歲爺進升他做首輔……」

這麼一想，就更容不得沈鯉，而且又怕沈鯉獨留內閣的日子多了，獨攬的事更多，於是飛快的動手；先是授意幾名向來為他所用的官員，指陳沈鯉和郭正域與妖書案有牽連，接著又指使錦衣衛的人馬大肆搜捕，甚至包圍沈鯉的宅第，長達三晝夜。

而之所以牽連上郭正域，其中又另有一番恩怨。

郭正域是萬曆十一年的進士，被選為庶吉士，授編修，初入館的時候，沈一貫任教習師；但是，郭正域鄙薄沈一貫無才無能無望，不以弟子自居，反而與向為士人所重的沈鯉交好——嫌隙早在此時就深深的種下因由，此後一路發展便無足為奇。

兩人時常意見不和，累積多年，不久前因為「楚太子」一案而鬧翻了臉。

原來，楚恭王素有陽痿之疾，一直沒能治好，因此沒有後嗣；不料，楚恭王在隆慶五年薨逝後，宮人胡氏竟然生下兩個遺腹子來，一個取名華奎，一個取名華璧，一起養在宮中。

也有知曉內情的人透露出消息來：

這是楚恭王妃怕恭王無後而被廢爵，因而密令承奉郭倫為她從外間抱來兩個孩子撫養；其實，華奎是王妃之弟王如言侍妾金梅所生，華璧是王妃的族人王如綍之奴王玉所生。

這件事，當時就有人上疏指出過；但因為楚恭王妃十分堅持，朝廷也因為這不過是樁「家務事」，不好管，就不了了之了。萬曆八年，這兩個孩子已十歲，便由華奎繼嗣楚王，華璧封宣化王。

卻不料，多年後，這事生出新的風波。

楚的一名宗人華越，所娶的妻子是王如言的女兒，深知這內情，心有不甘，聯合了宗室二十九人，入都訐奏，說華奎是異姓子，不當嗣王位；華奎也收集了華越種種不法的事上疏奏告；兩方互告，而正逢郭正域署部事——案子到他手裏，他立刻發揮出個性中剛正的一面，要仔細推察此案的前因。這下華奎急了，連忙託人向郭正域說項，願送賄賂，但請他莫追前事。

郭正域哪肯接受呢？

於是，華奎轉而向沈一貫請託……

沈一貫收了賄，很輕易的擺平了這件事——不久，朝廷做下結論，認定華越為誣告訐奏。而且，沈一貫趁此攻擊郭正域：他指使多人上疏，指出華越訐奏係郭正域指使。

郭正域只得費盡唇舌的極力上疏自辯，說明自己的清白；但，既已為奸人陷害，清不清白又有什麼用呢？自辯又有何益呢？不久就落得了個「聽勘回籍」。

黯然的整裝上道時，他什麼話也沒有說，只發出輕輕的一聲嘆息就跨出步子。

這聲嘆息是一個飽學的正人君子對污黑的政治環境徹徹底底的灰心、失望——他暗暗下定決心，這番回籍，便在原籍江夏做個鄉野草民吧，再也不要回到北京的官場來：

「既然無力兼善天下，便做個獨善其身的人吧！」

仕宦二十年，他唯一的感受是渾身無力，更不再對大明朝的政治存有任何指望。

他走的是水路，沿江而行，一路煙水蒼茫，彷彿在印證著他的心境……

卻沒料到，長於政治鬥爭的沈一貫便連他退出官場之後都要趕盡殺絕——他的船才走到楊村，為沈一貫所指使的錦衣校尉就追了上來，將他拘捕。

5

常洛全身發顫，抱著王安抽抽搭搭的哭，一面哭一面小聲的說：

「郭先生是好人——」

他翻來覆去的重複這句話，說得次數多了，好幾次岔了氣，得喘上好一陣子才透過氣來，卻又不肯住聲歇息。

王安無奈，只得不停的撫慰、哄勸，常洛一直哭個沒完沒了，他也只好一直陪著耗下去。

常洛的心思，他萬分明白——常洛不善言辭，又兼情緒異常，因此只能反覆說著同一句話——其實，常洛是在替郭正域著急，又想挽救郭正域，更害怕郭正域被處死……

他極想建議常洛：

「去求求萬歲爺——」

但是，他心知肚明：常洛一向膽小，哪裏有勇氣去向父親求情呢？更何況，常洛在情緒激動中，連話都講不清楚，去到父親跟前，反而壞事。

情形壞到令他不由自主的緊皺眉頭，深深嘆息，心裏急得有如無火自焚——因為長年伺候常洛，他常與郭正域相處，知之深，感慨也深：

「真是個正直、正派的人，書也講得好……奈何朝裏總是小人當道，容不下好人！」

他很清楚的記得一件事：當年，常洛還不得冊立，以「皇長子」的身分出閣講學，一切的供應都差，天冷，沒生火盆子，常洛禦寒衣物不足，凍得全身發抖，虧得郭正域大聲喝叫，班役才為常洛取火盆禦寒……這一想，他立刻忍不住落下淚來。

「郭先生那時多方維護殿下——」他哽咽著向常洛說：

「奴婢記得一清二楚！」

倒是這麼一哭，把他的勇氣給哭上來了；一挺腰桿，再向常洛說：

「容奴婢想想，有什麼法子可以搭救郭先生！」

這句話把常洛聽得停止了哭泣，也換了話說：

「啊，有什麼法子？快想——快——」

王安認真的想了許久，搜盡枯腸，最後才一字一頓的向常洛說：

「郭先生此刻被關進了東廠——依奴婢想，只有殿下親自跟掌東廠的陳矩交代一聲，才救得了郭先生！」

常洛先是一愣，隨即問：

「要跟陳矩說些什麼呢？」

王安正色道：

「殿下是儲君，是以後的皇帝——說什麼，他都得買帳！」

接著又解釋：

「陳矩為人挺正派的——聽到殿下吩咐，一定會全力辦妥！」

常洛怯怯的問：

「要他放了郭先生，他肯嗎？」

王安定定的看著他，嘆口氣說：

「他至少會盡力——郭先生這事，總是盡人事，聽天命啊；但如連人事都不盡，也就更沒有天命可求了！」

而他也深知常洛膽小，索性像豁出去似的說：

「這樣吧，殿下也不用親自去了，就讓奴婢去替殿下傳句話吧！」

他本是陳矩推薦給李太后的人，當然相熟，有自信能說動陳矩；常洛點點頭，過了好一會兒，顫顫的說：

「你就跟陳矩說，饒了郭先生，就等於饒了我吧！」

王安把話傳到，陳矩聽了，先是神色愀然，好半晌不說話，接著露出一個苦笑：

「我若是弄死了郭先生，只怕一等皇太子登上大位，我的人頭就要落地了！」

隨即又搖著頭說：

「要是放了郭先生，此刻，沈閣老卻要尋我晦氣！」

事情兩難，萬分無奈，他向王安兩手一攤：

「你瞧，做人，多難哪！」

他表面上還半帶著開玩笑的神情，然而，王安卻明白，他說的都是實情，這些話不但不是在開玩笑，甚至還只說出了小部分的為難處……於是，王安忍不住重重的嘆息，難過得黯然搖頭；但，陳矩卻是個實心的人，索性拍拍他的肩頭，非常誠懇的對他說：

「你便替我回覆殿下，說，陳矩惶恐，一定盡心盡力的辦事！」

王安放心了，而陳矩還有下文：

「實不相瞞，幸好沈閣老看錯了人——他吩咐逮進來，嚴刑拷打，求供詞誣攀郭先生的人都是些硬骨頭，寧死都不肯說個什麼誣陷人的詞！」

已經枉送好幾條人命了——陳矩悄聲列舉：

「被捉到錦衣衛的周家慶和袁鯤，已經刑斃了；還有個達觀和尚，一個醫生叫沈令譽，一個郭先生的同鄉叫胡化……另外，說要同郭先生的師爺毛尚文打商量，由他告發郭先生——還好這些人都不肯，不然，連我也使不出法子了！」

王安聽得一身冷汗，過了好一會兒才訥訥的說：

「怎麼這樣——處心積慮的要入人於罪！」

陳矩苦笑一聲道：

「那本什麼要命的妖書究竟是誰弄的，到現在還查不出來——郭先生也合該倒楣，已經回籍了，還讓人坑他！我明知他是冤枉的，還是只能捕他進東廠牢裏，有什麼辦法呢？現在，除非是逮著了真凶，往萬歲爺跟前一送，才好把郭先生和所有的人都給放了，不然就只好耗著；不過，在東廠裏頭，總還好，好歹我能顧得郭先生周全，別讓皇太子砍了我的腦袋！」

王安還是不放心，追著問：

「真兇——有線索了嗎？能不能捉到？」

陳矩哈哈一笑說：

「線索？每天來報的有幾百條呢！不過，大半都是用來誣陷的——哈，你別看一本小小的妖書，寫不了萬把個字，作用可大了呢；想宰別人的，想報仇的，都搭上來了；橫豎，現在只要咬一個人和妖書有關，就夠整了，好歹總要逮進來打打板子，花花銀子；不瞞你說，我那裏的弟兄們，又肥了三分呢——要是說真正的『真兇』，那當然沒有！」

是自己人，他便毫不隱瞞的告訴王安：

「這種案子，怎麼找得到『真兇』呢？歷年來，東廠辦的案子裏，牽扯越廣的，越只好不了了之！要是實在混不下去，上頭不肯不了了之，那就弄一個牽連小一點的倒楣鬼，拿他交差，就完了！」

王安沒再多說，返轉慈慶宮的時候，一路默默的對自己說：

「世上沒天理的事真多——不過，只要維護了郭先生，我就對得起天地良心，對得起殿下了，哪裏還有餘力再去顧及別人呢？」

而事情就這樣，日子一天天的拖下去，「妖書」一案始終沒有了結，朝廷裏面的氣氛也就一天壞過一天；郭正域雖然在東廠的獄中未被過度用刑而可保性命無虞，但也無法獲釋出獄；不少人雖然明知他受冤，卻只能徒喚奈何；唯有沈鯉打定了辭官的主意。

他的心中比誰都明白：

「伯仁為我——正域實是因我而受累！」

他當然極力設法營救郭正域，而且想清楚了：

「只等正域出獄，我便辭官返鄉——政事已不可為，不如歸去！」

一方面，他也深自引咎：

「七月間，廷推我入閣時，我堅辭過——只礙著聖意難違；不料，入閣僅四個月，便招忌如此，也害了正域……唉！總是我的罪過！」

他年已七十一，對於宦途，已經絲毫無所留戀。

「唯一放不下的是正域，須等他出獄……」

郭正域本已辭官，再經歷這次變故，將更無意仕途，兩人正好一起結伴歸隱林下——主意一打定，大明朝也就又失去兩名正派的官吏——而朱翊鈞絲毫體會不到這一點。

他固然為了妖書的事情感到心煩，但是，最最使他不快樂的，還是內心深處所升起的另一道特別的想法：

「外邊的人，老是要來過問朕的家務事——」

這許多年來，纏來繞去的總是中宮與太子的問題，扯個不休，令他煩透了；他恨恨的想：

「朕已經按照他們的意思立了太子，偏還要再生出事端來——真是豈有此理！」

而每想到這層，他就派人去東廠施壓，下令早日破案，卻在同時，他又無可避免的想起鄭玉瑩來。

也曾有好幾次，他興起過宣召鄭玉瑩的念頭，但是沉吟幾下便打消；對常洛，也沒再興起過宣召的念頭，似乎，妖書案交付廠衞偵辦以後，外面的風波小了，他便沒有必要再扮出一副慈愛的樣子來撫慰常洛……然而，他的心裏究竟在想些什麼，並沒有人知道。

既不想宣鄭玉瑩，也不想召常洛，他便連個談話的人都沒有；但是，他像根本不想開口講話似的，獨個兒懶洋洋的躺著，又像頗為自得其樂的享受著自己的孤獨，享受著自己的不快樂，而並不打算改善——生命就此一點一滴的萎縮，他也彷彿不在乎一般。

但，他已多日不見的鄭玉瑩的心裏卻不是這般想法；她不但在乎，還非常在乎。

她擺在心裏的是另外一種思緒……

當鄭國泰提出重新刊刻、流傳《閨範圖說》時，她並不是沒有想到，這件事將引發風波；因為，同樣的事件早在萬曆二十六年就已經發生過——而這些，對她來說根本不重要，重要的是朱翊鈞對她的態度。

萬曆二十六年的時候，她「聖眷」正隆，當託名朱東吉所撰的〈憂危竑議〉掀起風波的時候，朱翊鈞處理事情的態度很明顯的偏向她。

那時，朱翊鈞以快刀斬亂麻的手段，命人迅速查出文章的真正作者；並且在她的哭泣聲中傳旨嚴加懲治那兩名真凶，接著，他一不做二不休的下了一道手諭交付內閣：

「此《閨範圖說》是朕賜予皇貴妃所看，因見其書中大略與《女鑑》一書辭旨相彷彿，以備朝夕覽閱……」

他把事情的緣起全部攬在自己頭上，說書是出自他所賜——這麼一來，朝野之中還有誰敢再公然多言呢？便連竊竊私議都減少了十之八、九；她當然破涕為笑。

朱翊鈞的態度很直接的表現了對她的深情，她滿意了……

往事歷歷如昨，卻也正好用來印證今事——這一次，她的用意其實多半放在測試朱翊鈞的心意上；以往深情如許，而今呢？

因此，她明知會引起風波，也照樣接受鄭國泰的建議，重掀一次風波；她已經沒有辦法直接感受朱翊鈞的內心，只有藉著外在的事端來試探——她幾近天真的想著：

「他如若還有情意，這一次，也必然會袒護，替我遮擋一切！」

冊立常洵為皇太子的希望固然已經落空，但，她還有別的機會——王皇后三天兩頭的病著，只要一斷氣，皇后的寶座就空了出來。

「只要他還有心，還有情，我就等得到這一天——這輩子，總耗得過那個病鬼！」

她很明確的自省過，自己心中早已沒了愛情，唯一有的就是個不甘心……因此，朱翊鈞對自己的心意反而比擁有愛情的時候重要；這次測試，竟有如孤注一擲；但，她情願冒險，情願一賭……即便萬一輸了將粉身碎骨也在所不惜。

她個性中剛強的一面和不甘心結合在一起，匯聚成一股無可抵禦的力道，使她非常勇敢的衝到命運的尖端去搏鬥；甚至，她憤憤的咬牙切齒的想：

「如果他對我已沒了情意，就讓他來治我的罪好了——我寧可因為此案而死，也不要委委屈屈的終老在這種冷宮裏！」

於是，她越發勇往直前……

然而，朱翊鈞的處理方式卻非她所想的趨於兩極化——他一面仍如以往般的大力的維護她，下旨嚴查嚴辦，歸罪於妖書的作者，處罰譭謗她的人，卻沒有再像上次那樣索性明言，

《閨範圖說》是出自他的賜予。

她也聽說了，朱翊鈞親自宣召皇太子去講話……

而一等多日，朱翊鈞始終沒有宣召她見駕，甚至，連派個人到翊坤宮來說句話都沒有；得到這樣的結論，她的心中越發五味雜陳，越發判斷不出朱翊鈞的心意來。

「這，算是輸了呢，還是贏了？」

她不時喃喃自語，發出無可奈何般的詢問；她是個永遠不肯認輸的人，但也無法認定，這次測試是自己勝利——事情總是曖昧，混沌不明。

便連用了這麼個引起大風波的方法，也探詢不到他心中的想法，捉摸不到自己想要的答案——一天夜裏，她入睡的時候，竟夢見自己挺起胸膛，跨大腳步，像一名武士般的昂然逼到朱翊鈞跟前，大聲問他：

「若是王皇后死了，你立不立我做皇后？」

一覺醒來後，她便忍不住偷偷在被窩中哭了起來。

夢裏的話，當然不能在白日裏說出來，更何況，她已不敢想像朱翊鈞的回答。

他會怎麼回答呢？或竟又和這次一樣，弄得含糊不清？

沒有答案——就這一點來看，自己所發動的測試，應該歸之於失敗！

這麼一想，她越發悲傷，越發哭泣不止；只是，她悲傷哭泣的緣由全只是她個人的得失，根本就沒有想到，這一次，她對朱翊鈞所進行的測試，使得大明朝全國受到了無法估計的重大傷害，才是真正該哭的事。

6

妖書案結案的時候已是第二年四月。

事情果如陳矩的經驗：遇上實在難以偵破而又非破不可的案子，便弄一個身分不高、影響力小、最不會引起輿論關注的替死鬼，當他是「真凶」。

妖書案由於朱翊鈞再三降旨，務要拿獲真凶，承辦的廠衛承受不了壓力，也就昧下了良心。

一個名叫皦生光的秀才成為無辜冤魂，做了替死鬼……

原先，東廠在十一月間緝獲了一名被人檢舉的可疑男子，名叫皦生彩；什麼證據也沒有，但是，一用刑，就能有口供；皦生彩供稱自己什麼事也沒做，之所以被人檢舉，也許與其兄皦生光有關，因為皦生光是順天府的秀才，常與刻書的作坊往來。

這便是「與刊刻有關」的口供──

於是，廠衛立刻出動人馬，搜捕皦生光，連同妻妾、兒子一起捉入東廠問案；但是，問了半天，問不出個所以然來；索性又去捕了與皦生光有來往的刻書作坊的人來，逐一審問。最後，審問到刻字匠徐承惠，徐承惠搜盡枯腸，把歷年來皦生光曾交給他刻字的文稿逐一想遍，逐一列出，但是，其中並沒有任何有關妖書的隻字片言。

原本以為捕到了「真凶」，一羣人興奮了好些天，這下，又被有如冷水潑頭的徐承惠供詞給弄得心裏全涼了。

而朱翊鈞還不停的派人來催逼盡速破案……

錦衣衛左都督王之楨實在吃逼不過，索性主動來找陳矩商量；而在交談前他就認定了皦生光是真凶；因此，寒暄完畢之後，第一句話就是以憤憤的語氣怒聲說：

「這個刁民，真是可惡！打斷了腿都不肯說實話，真氣死人了！」

陳矩報以溫和的言語：

「氣壞了自己，犯不上啊！慢慢來，總能問出實情來的！」

然而，王之楨的基本態度與他不同，兀自用力搖著頭說：

「慢不得啊，這刁民抵死不招，日子拖久了，他沒事，咱們可要讓萬歲爺下旨論罪了！」

這是實情，陳矩無話可說；王之楨又進一步說道：

「我就是特地找你商量這事的——得弄個什麼法子，讓這個刁民招供；要不呢，跟別的幾位打點打點，不管他招不招，就這樣結案了吧？」

他的意思很明白，無論皦生光招或不招，供詞由廠衛代寫；按上手印就算數；唯一要「打點」的是刑部會審的官員。

「這會子，還不知道萬歲爺要派什麼人來，總不過是府部九卿科道吧，大約沒有什麼不成的！」

陳矩一聽，心中先是一聲暗叱：

「你明裏說來找我商量，其實，早把主意都先想定了；商量是假，要我照你的主張辦才是真！」

但是，他也不想同王之楨傷了表面上的和氣，索性故意做出一副沉吟的樣子：

「唔……此事，得仔細合計合計！」

王之楨哈哈一笑道：

「還有什麼好合計的呢？早點結了這個案子，大家好安穩睡覺！」

陳矩沉著臉說：

「要結案，總得證據齊全——這會子，別說皦生光抵死不招，便是旁人的供詞，也不足以定罪，更何況證據不足……」

王之楨又是一笑：

「要證據齊全，又不是什麼難事！」

陳矩當然明白，偽造一些證據，易如反掌，但卻不敢苟同，便索性不說話，悶著聲讓王之楨繼續往下說。

王之楨與他本無嫌隙，只是些微意見不同，根本沒放在心上；但是，王之楨也明白，陳矩無論是在職位或是在朱翊鈞面前的分量都比自己重些——陳矩目前以司禮監秉筆太監兼任提督東廠太監，於太監來說，已是「位極人臣」，自己在口頭上還是讓著他一點的好。

於是，臉上扮起了一副笑容：

「無論如何，廠衞這邊，總是以您陳司禮馬首是瞻啊，您怎麼說，大家就怎麼辦！」

好話一說，陳矩的神色就緩了下來，但是，他仍然沉吟著說：

「據咱看，這皦生光是冤枉的！」

但是，話說出口後，自己立刻有點後悔，索性轉移話頭向王之楨說：

「倒是有那麼一句話在暗地裏傳來傳去，說是沈閣老拿出大筆銀子，要皦生光誣攀郭侍郎？」

他本意是換個重點，不料王之楨一聽就大驚失色，立刻附在他耳邊低聲說：

「怎麼您不知道哇，叫皇太子給擋回去了！我聽得人說，皇太子派人傳話到內閣，說是乞容了郭侍郎——有了這話，即便沈閣老一個人想幹下去，也沒有人肯當幫手了！」

一席話聽得陳矩心中怦怦劇跳，卻提醒了他，自己也受過託，要維護郭正域……兩個人衡量起來，他當然挑郭正域。

於是，他點頭。

第二天，王之楨就逕自向朱翊鈞報告，一口咬定皦生光是真凶；幾天後，朱翊鈞裁示會審皦生光——這不過是程序而已。

皦生光早已不堪刑求而承認了所有的罪名，但是，頗有骨氣的他卻不誣攀他人，只說所有的事都是他一人所為，包括撰文、刻印、乃至一夜之間散發了幾萬本。

供詞實在可笑——會審的官員們莫不心中竊笑：

「一夜之間散發了幾萬本書，每家門口放一本——這人如果真能做到，就是神仙了！」

但是，沒有人把這話說出來……在表面上，每一名會審的官員都扮出正直廉明的嘴臉，說幾句仁義道德的話，然後做下一個結論，寫成奏疏，上給朱翊鈞：

「皦生光前作妖詩，繼播妖書，罪證甚確，自認無詞……」

功德圓滿了。

接下來，皦生光被按照既定的程序送三法司，由三法司擬定應處之刑……四月中旬，刑部尚書蕭大亨將此案做了完整的彙整，寫成萬言奏疏，上給朱翊鈞。

在龍床上，聽著太監誦讀這篇冗長的奏疏，才到一半，朱翊鈞的心中就開始感到煩；但是，他並不糊塗，全文聽完，立刻做出指示：

「論斬太輕，著改為凌遲處死，家屬發配邊疆充軍！」

而這是他為妖書案所說的最後一句話，案子總算了結了，對天下臣民也好交代了，拖了這麼久，他早就不耐煩了。

一會兒之後他就沉沉睡去，陪伴他的只有福壽膏的香氣，沒有人知道他的心裏在想些什麼，當然也就沒有人知道他的心是否感受到了時代的脈動，察覺到了一些非常特別的力量在迅速增長，這包括了塞外的蒙古、女真，乃至於大明國土中遠離京師的一羣讀書人……

7

三個月過去了，他茹素、滴酒不沾……

身邊有太多的事要忙，他不能一直守在蒙古姐姐的靈前陪伴她，而只能把悲哀深深的埋進心底，忍耐住傷痛，用這個方式致哀，以及每天早晚各繞靈走一圈。

皇太極交給札青照顧，南太被遣回葉赫，他的處理乾脆而俐落；再接下來是集中心力完成一個已預定的近期計畫——他召集來部屬，大聲宣布：

「我將率軍親征葉赫！」

這一次，他的目標是葉赫部的張城和阿氣蘭城；預定的戰爭規模不大，用意是先給葉赫一個懲罰；而他並不諱言：

「蒙古姐姐病危的時候，想見她的母親，我派人去接，葉赫貝勒竟然不允，致使蒙古姐姐帶著遺憾亡故——這事，我無論如何都不能原諒，是以率軍親征，出這口怨氣！」

同時，他也詳加說明之所以縮小戰爭規模的幾個重要原因：

「咱們剛遷回赫圖阿拉，要安頓的事很多，不好大舉出動；而且，才遷到新城，明朝在遼東的大小官兒，也許正張大眼睛留意我建州的發展；前兩年，咱們滅哈達，明朝干涉過，這會兒，盡量不要引起明朝注意……葉赫部一定要滅的，但不是現在……現在，先取他兩座小城，給他們一點教訓吧！」

他不派部屬出征，要每個人管好自己的事；自己親征，同時可以做一個測試——這是他自設立四旗以來第一次發動戰爭，親自率領、指揮，可以徹底瞭解自己的軍隊。

微一考慮，他挑了藍旗的半數人馬，又點了褚英隨他一起出征，同時很明白的告訴褚英：

「這次，你見習；下趟，便由你獨自率軍出征了！」

孩子長大了，要給他適當的磨練，磨練足夠了，便讓他獨挑大梁——這本是他早已想透徹的原則，現在一步步的實行。

「將來，孩子們每人都可領一支軍，四處開疆拓土，使我建州的領域越來越大！」

美好的遠景想得他十分興奮，也促使他更腳踏實地的去做。

正月裏，天上飄著大雪……

他向來不畏寒，出發這天，天還沒亮他已起身，漱洗後，讓阿巴亥服侍著穿上新打造的鎖子甲，梳整了辮子，戴上頭盔，然後大步出室。褚英深知他的習性，已提早一步在門外等候，再緊隨他跨步。

應點出征的戰士早已經在廣場上排好隊伍，總共三千人馬，排出的隊伍很壯觀，而且人人精神抖擻，流露著高昂的士氣；隊伍前面樹立著一面碩大的藍旗，呼呼的迎風撲展。整個場面讓他非常滿意，連連點頭：

「唔，士氣旺極了——一定打勝仗！」

接受歡呼後，他指示褚英宣布命令：

「前進者賞，後退者斬，有首級者論功，俘獲敵方人畜的加賞……」

一番如常的宣示之後，他再加上一句：

「這番征葉赫，我軍必然大勝！」

說完話，他翻身上馬，衝破風雪向前飛奔；褚英緊跟在他身後，然後是三千鐵騎；霎時，馬蹄聲震天，雪地為之翻騰……

出了赫圖阿拉，第一個目標是張城。

就地理位置而言，由建州往葉赫的方向，張城在前而阿氣蘭在後——張城首當其衝，當然成為第一個被攻擊的目標；路途並不太遠，三千建州軍在天色大亮的時候到達張城。

張城是座不太大的城寨，本是葉赫部的前衞寨，原本防衞的力量並不差，但這一次，因為事先沒有得到建州出兵的消息，沒做準備，臨時倉卒應戰，戰鬥實力無形中減弱不少，而建州的人馬卻是經過精良的訓練、周密的計畫、充分的準備，大舉而來……

努爾哈赤更是存心測試「旗」的作用和效率——他一面命褚英先帶五百人馬打先鋒，一面以手中的旗幟指揮全軍。

旗子一揮，先是一排「善射軍」向前，人人拉弓放箭；霎時間，千百支羽箭齊飛，而就在這批密如疾雨的羽箭掩護下，褚英與五百鐵騎一擁向前，舞起長槍長刀，直逼張城的城寨。

守城的葉赫兵一開戰就有人中箭身亡，慘叫聲四起，而羽箭的攻勢還沒有結束，褚英的隊伍已到，很快便攻破城門，一擁入城，殺戮也就更加慘烈。

努爾哈赤手中的旗子向前一指，又有一千人馬奮勇衝殺而去……守在最前線的葉赫士兵全數陣亡，後面一批來支援的士兵便畏戰不前，僵持了一會之後全部棄城投降。

努爾哈赤策馬緩步進城，接受張城的主將投降；然後，下令兵士盡快清理戰場，清點俘虜……略事休息後午餐，下午開拔，一舉進攻不遠處的阿氣蘭城。

戰爭進行得更加迅速——

阿氣蘭城的守軍已經接到張城被攻破的消息，不少心存恐懼的士兵先行逃跑，剩下的人鬥志也不強，真正敢衝到城關前守城、與建州軍對壘的不到兩百人；因此，兩軍交戰不過片刻就結束了。

努爾哈赤原先預設的葉赫本部派兵來援的場面根本沒有發生——當葉赫本部派出的援軍趕到阿氣蘭城時，建州軍早已離開，走在返回赫圖阿拉的半路上了；葉赫兵不敢追趕，任憑建州軍帶著俘獲的兩千人畜揚長而去……

返回赫圖阿拉的時候，天還沒有全黑下來；風雪極大，倒反而助長了軍隊高昂的士氣——出征的軍士人人興高采烈，因為，這一趟的俘獲既豐，所得的賞賜就絕不會少。

當然，最高興的人是努爾哈赤；張城和阿氣蘭城在地圖上被他一筆塗去……兩座城，包含七座小城，都已被他殲滅，人畜盡為他所有……

眼睛看著地圖，努爾哈赤的嘴角自然而然的掀起了笑意；任務完成得順利，他的心情好極了。而且，他的目光緩緩轉到地圖上的葉赫本城……那個地方，屬於自己的日子已經不遠了；

他有預感，那裏，將來必定屬於自己，乃至於整個遼東……

侍衛的腳步聲打斷了他的出神——有人進來向他報告：額亦都求見。

他當然要見——額亦都不會來閒聊，必然有重要的事——果然，額亦都神色鄭重，進門，行了禮後，立刻對他說：

「我的部屬中有人去了一趟蒙古回來，說蒙古新近推舉可汗，已擁立了林丹．巴圖爾．臺吉為可汗❶，大典已經完成！」

確實是非同小可的事，努爾哈赤登時發出一聲：

「噢——」

隨即問：

「那是個什麼人？」

額亦都回答他：

「是布延可汗的孫子——」

然後詳加解說：

「布延可汗只有一個兒子，名叫莽和克．臺吉，已去世多年，但有兩個兒子，長子就是林丹，次子叫作桑噶爾濟．鄂特汗臺吉——這回，各部推舉了林丹！」

布延可汗已在前一年去世，繼位的人選勢將影響蒙古未來的發展，當然萬分重要；而蒙古與女真接壤，對遼東情勢向有多方面的影響，不能掉以輕心……

於是，努爾哈赤立刻做出決定——他仔細思考了一下，告訴額亦都：

「把那人叫來，我親自問話——其次，盡速多派人手，到蒙古去多多打探消息！」

額亦都也補充說明：

「這林丹．巴圖爾可汗，今年十三歲，還是個半大不小的孩子！」

努爾哈赤淡淡一笑說：

「孩子會長大的，十三歲，再過七年就是二十歲的少年英豪——他會受擁立，就必有原因；我們能多打聽就多瞭解一些，說不定以後全派得上用場——你想，布延、圖們，對遼東的影響有多大？怎能不多知道些呢？」

額亦都點頭稱是：

「我立刻去辦！」

努爾哈赤又補充一句：

「察哈爾離建州好一段路，去的人，多給賞賜，命他們三個月回報一次，打聽的事要包含林丹可汗身邊的人——一個半大不小的孩子，出主意的總是身邊人！還有，蒙古的可汗大半『收繼婚』，可以多得人馬財物，打聽清楚布延可汗幾位遺孀們的下落和林丹可汗娶的可敦，是不是布延可汗所有的人馬財物都集中歸於林丹了……」

未雨綢繆，這是他一貫的行事原則；打聽完整的消息，收集詳細的資料，供作思考、判斷時的重要依據，更是他一貫的理事方法，無論敵友，先有徹底的瞭解而後論其他，先做好一切準備而後面對新出現的人與事——額亦都對這些都認識得很清楚，也心悅誠服。

「是的——您考慮事情都是往遠處想，往高處看，而又縝密周到……」

他有感而發，但是說話的神態和語氣一改平日的飛揚，而變得深沉低緩：

「您的智慧高人一等，遠勝於武略——這是我最佩服您的地方——就我所知的女真人中出過不少英雄，但是大都以武略出眾而領袖羣倫，稱霸一方、一時，少有具備智慧，深謀遠慮，能放眼看天下，而又腳踏實地耕耘的人——您是唯一的一位——我要衷心的說，這確確實實是女真人的福祉！」

努爾哈赤非常瞭解他心裏的感觸，也特意提出了與他共勉的話：

「做大事業，不能只靠武力，各方面的條件都要具備——我們年輕時的理想既是要做一番大事業，就要努力增進自己的能力和智慧，才能完成理想；如今的建州，會跟以往不同，也跟其他的女真部不同，乃至於優於其他各部，這當然是最重要的原因——其實，不只是我——這些年來，你們每一個人的能力、智慧也都比以往增進許多，全都不是有勇無謀的武夫，這是我最欣慰的一點——」

話沒有全部說完——被打斷了，侍衛前來報告，何和禮求見。

何和禮正負責處理整編張城、阿氣蘭城的降軍和安頓這兩城的降民，他想瞭解情況，於是停止了額亦都的話題，讓侍衛請何和禮進來。

彼此至親，都不須太拘禮；何和禮進屋後也就直截了當的報告工作情況：

「一切順利，降人們都安置好了，兵丁全部分散編入四旗的牛彔中，每一牛彔只納入一兩人，分在不同的額真轄下，彼此不容易串連；百姓也分散安居，不相鄰，彼此不容易聚集！」

努爾哈赤點頭：

「再過些時候，他們對這裏熟悉了，也就成為真正的建州子民了，與所有的人都沒有界限，沒有隔閡，沒有不同！」

這是他最常使用的「融合術」，最好的治理降人的方法，沒有失敗的事例，但何和禮還是向他做了些補充：

「有些人，要做點工作——我聽到過一些降人們的談話，不少人在暗自嘀咕，納林布祿暴虐不仁，近年又好酒，常在酒後無故打人殺人，他們早就想歸附建州了；但也有人說，葉赫是祖居地，那裏是好山好水、物產豐美的地方，葉赫是第一大部，離了葉赫來到建州，不知道以後的日子好不好過——這些人，對建州還存有疑慮，須好生開導！」

努爾哈赤淡淡一笑：

「無妨——等他們在建州住上一陣後，親身體會到日子好過，比在葉赫好過，心中自然就沒有疑慮了！」

何和禮立刻點頭：

「是的——」

額亦都插進嘴來說：

「以前，哈達的降人中，也有幾個私下裏叨念說哈達原本好得不得了——過了兩個月就沒人說了！」

何和禮再次點頭：

「這批葉赫降人，應該也是這樣的！」

額亦都笑了：

「我敢擔保，過上兩個月，就沒有人想回葉赫居住了，甚至，打都打不回去了！」

而努爾哈赤有更深一層的指示：

「傳令下去，大家要特別的、加倍的善待這批葉赫降人——葉赫是我一定要用兵的對象，所以，未來還會有大批葉赫降人成為建州子民，這次是第一批，安置得好的話，是未來的大好前例，第二批、第三批的葉赫降人就不會再心存疑慮，甚至，從聽說我善待葉赫降人開始，就有人主動前來歸附——這第一批降人非常重要，你們要盡力善待！」

他深謀遠慮，額亦都、何和禮聽完後佩服得五體投地：

「是——貝勒爺英明——」

註一：林丹．呼圖克圖可汗生於明萬曆二十年（西元一五九二年），逝於崇禎七年（西元一六三四年），年四十三歲。《明史》上對他的記載，以「呼圖克圖」之音而寫成「虎墩兔」。其實，「呼圖克圖」是蒙文「活佛」的意思。

8

文書一疊疊的送進來，整整齊齊的放在紫檀木大書桌上，堆得有半個人高……他治下一向嚴明，部屬們沒人敢偷懶，任何消息都會一絲不漏的打聽清楚，完完整整的呈報上來。

但是，他老了，老到自覺沒有力氣仔細看完這些文書，更打不起勁來料理這許多龐雜的、累人的事。

廉頗已老，不堪斗飯，黃忠折弓，一腔悲情——他已親身經歷。

「唉——」

李成梁忍不住打內心深處發出一聲長嘆，兩眼茫然的看著眼前堆積如山的文書。

都是來報告遼東最近的情勢的——但是，他實在打不起精神來閱讀；更何況，遼東的現況他早就預料到了，根本無需翻閱文書，只因職務在身，才要演演戲。

勉強叫李顯忠擇要讀給他聽，再做些指示，應付一下場面，給朝廷，也給部屬們看看。

李顯忠體會不到他的心情，僅唯命是從，很認真的讀完文書，然後綜合要點向他報告。

「爺爺，來自各方的消息，說的只有兩件事：在遼東，是建州出兵攻打葉赫部的張城、阿氣蘭城，平了城寨，俘了人畜財物，葉赫本部沒有出兵救援，因此，事情很小——」

李成梁原本半閉著眼，恍恍惚惚的聽著，像是對這事不怎麼在意，但是聽到最後一句，突然睜開眼來，射出兩道利光，瞪著李顯忠，而且不知不覺的發出一個拔高了的尖聲：

「很小——你說，很小？」

李顯忠嚇了一跳，瞠目結舌，無法應對；心裏知道自己說錯話了，錯到嚴重得令李成梁登時變臉，卻不知道錯在哪裏，霎時間，整張臉都翻成了白色，眼光中露出了畏懼和退縮。

祖孫兩人四目相對，竟似兩個極端；不料，真正退縮下去的竟是李成梁——看著李顯忠的神色，他打從心底升起一股寒意，隨即湧起的是放棄的念頭：

「他本不是大才，什麼也不懂……什麼也教不會……算了吧！」

他不想再教導李顯忠瞭解遼東的問題，注意建州的發展和努爾哈赤的野心與能耐……他覺得自己應該認命，不要再指望把庸碌的孫子們教導成名將！

而這麼一想，心裏反而海闊天空——既然不再指望孫子，以後不再教導他對遼東有正確的認識，自己也可以不要再去想有關努爾哈赤的一切，心裏就不會再壓著這塊石頭！

精神立刻為之一鬆，眼神立刻變得柔和；他長長的吐出一口氣，朝李顯忠說：

「說第二件事吧！」

經過了轉折，他的語氣變得很平淡；李顯忠不明所以，但是，眼前的壓力突然消失，當然是好事，他暗自鬆口氣，恭敬的回應：

「是！第二件事，是蒙古推舉新汗——布延可汗的孫子林丹．巴圖爾被擁立為汗！」

這一次，李成梁沒有再發出激烈的反應，但，事情畢竟與自己息息相關，他忍不住長聲嘆息，而後思緒澎湃起伏，感慨萬千。

和自己纏鬥多年的圖們可汗是在萬曆二十年去世的，殺了李如松、與自己有不共戴天之仇的布延可汗是在一年前的萬曆三十一年去世的，汗位傳到現在的林丹可汗，是第四代——自己與這祖孫四代的關係，竟像是被宿世仇怨糾結得無法分割。

昔年，自己「寧遠伯」的功名是建立在大敗圖們可汗上的；但，兒子卻死在圖們可汗的兒子手裏；現在，自己重新出任遼東總兵，卻逢林丹可汗繼立——將來，會在戰場上與林丹可汗對壘嗎？

他悄自詢問，但立刻搖頭。

「千萬不要——不要有這麼一天——」

雙方實力此消彼長，己方已絕無獲勝的可能——這是他一向深藏在心中的最大的隱痛，不能說出口，但早在多年前就已經清楚的意識到，如今近在眼前，一一印證，還是不能說出口，而痛苦更深。

李氏一門，一代不如一代，而蒙古的情況卻相反。

昔年，他打敗圖們可汗，不過是逼使帶著擄掠所得退兵，而根本沒有徹底消滅或奪回戰利品的能力，嚴格說起來，雙方只是「戰個平手」而已，但布延可汗繼立後，卻使他的兒子陣亡，屍骨無存。

雙方的第二代，優劣已經明白顯示。

而情況還不止於此——

布延可汗是個英主，他不似圖們可汗好武，四處征戰，擴充實力，但是，在其他方面的成績超過了圖們可汗——布延可汗既篤信佛教，大力弘法，也藉著宗教的力量使蒙古各部的子民更擁戴他，各部更團結，國力也就更強大、更鞏固。更重要的是，布延可汗已經得到了象徵最最至高無上的傳國玉璽。

這個消息是確實的——他曾派出多人打聽，已經證實了。

當年，元順帝北走的時候，從中原帶走了秦始皇所鑄的傳國玉璽，此後代代傳承；到了岱總可汗手裏竟遺失了，岱總可汗脫脫不花為瓦剌部之長也先所弒❶，傳國玉璽的下落成謎；而布延可汗竟然神通廣大的重獲——這件事，具有多種重大意義。

首先，布延可汗的個人聲望因此而大大提升，有助於蒙古各部的和諧與團結。

其次，傳國玉璽的象徵意義太不尋常了，不尋常得令他憂慮：

「傳國者，傳的本是中原之國啊……秦始皇所據為中原，是中原的始皇帝，傳國玉璽是中原之物……失而復得，重現於世，難道，竟是天意？」

他一想就全身冷汗：

「難道天意所指，竟是胡人將再度入主中原？否則，這傳國玉璽怎會在布延可汗手中重得？」

去年，布延可汗去世，僅有的一子早逝，他原本心存觀望，甚至非常希望蒙古發生爭立、奪位的情形，沒想到布延可汗的人馬竟團結一致，擁立才十三歲的林丹可汗，而傳國玉璽就理所當然的到了新繼位的林丹可汗手裏——

「要是這半大不小的孩子將來也成英主，加上手擁傳國玉璽，作用可就要比努爾哈赤還大了！」

一連串不能出口的話梗得他心裏難受得緊，煩躁得有如全身血液沸騰起來；甚至，意念一轉便想到：

「我的孫輩都是庸才，根本不是人家的對手，一旦對壘，必然落得像如松般的下場……他們都是因祖蔭而襲職，看起來好得很，不勞而獲，其實是害了他們……何況，遼東的情勢已經大變，將來，他們會在努爾哈赤與林丹可汗之間兩面受敵……」

「如松就是死在布延可汗手裏的……真正是不共戴天啊！」

於是，他的情緒更加激動，全身極欲奮起；但，這過度激動的情緒先帶動起了別的——突然間，他全身一抽，喉嚨梗住了，立刻沒天沒地的咳起嗽來。

李顯忠和兩名隨從連忙趕上來，一前一後的為他撫胸拍背，推拿按摩，過了一會兒，咳聲稍息，隨從恭敬的請示他：

「元帥，可要傳大夫來看？」

李成粱先是搖頭，繼而微一點頭：

「也罷——來看好了！」

咳嗽勉強止住了，但是，止了咳以後又覺得胸口疼；他早已不敢逞強了，老來最怕病，府裏也早已備了大夫候著，他得向自己的年齡與身體屈服。

可是，就在隨從出去傳喚大夫的時候，他忍不住發出一聲長嘆，轉回頭，默默的看了一眼座椅後懸掛的字幅，那曾經令他最引以自豪的意氣從字幅上流露顯現——龍飛鳳舞般的字跡是兩句詩：

但使龍城飛將在
不教胡馬渡陰山

霎時，他幾乎落下淚來。

那是多久以前的自己啊？

他的情緒再度激動起來，卻幸好，大夫走進來了，平緩了他過度激動的情緒……他像個聽話的小孩，乖乖的伸出左手，讓大夫把脈。

喝下藥汁之後，他在李顯忠和隨從們的照顧下移步到床上去睡；臨閉目前，他索性蓄意不再多想，連是不是該把遼東的新情勢再上一份奏疏都不去想它。

註一：也先與岱總可汗脫脫不花、明英宗朱祁鎮的史事，參見拙著《兩朝天子》。

9

一年又近尾了，而朱翊鈞打自妖書案結案之後，大半年間沒有和大臣們說過話、有過任何指示。

郭正域被從牢裏放出來，回籍去了。灰心已極的沈鯉上書請辭，但是，朱翊鈞根本不看、不叫人讀奏疏，根本不知道他的請求──沒有答覆，他就連走都走不了。

內閣依然置著三名輔臣：沈一貫、朱賡、沈鯉，就這麼不尷不尬的混日子。

橫豎無事──只要沒有再發生像妖書案這樣涉及宮闈的大風波，朱翊鈞便覺得天下太平了。他也就變得更懶，什麼事都不想做；大半年下來，沒有宣召鄭玉瑩或其他妃嬪，和王皇后更是數不清有多久沒見面了；至於皇太子常洛，他也沒再宣來談過話；只有偶爾一次，心中起了念頭，向太監問說：

「太子妃冊了多久了？有孕了嗎？」

太監們據實回答：

「尚未有孕。」

於是，他做了個指示：

「給太子多選有宜男之相的女子進宮，好早生皇孫！」

這是他在大半年中唯一為常洛做的事，此後，他便連問都不問一聲了。

而這大半年中，大明全國各地仍然災難頻傳，水災尤其嚴重，昌平的大水沖壞了長、泰、康、昭四陵的石梁；接下來，連京師都因連日大雨而壞了城垣；但，他全然無動於衷。

來自遼東的奏疏當然更不用提了，直接就進了庫房。

而遼東的氣象與他完全相反——

這一年，努爾哈赤忙得不可開交，生活盡量簡化，以便有更多的時間投入工作；他有幾個重要的計畫要在預定的時間內完成，必須全力以赴。

第一，赫圖阿拉外城的興築非常順利，可以預見能如期完工，屆時，完整的赫圖阿拉城問世，會是一座具體的巍峨家邦，而在此之前，他要做好一切規畫及準備。

新完成的赫圖阿拉內外兩城相加，一共可以容納兩萬多戶居住，因此，未來建州的人口即使擴增到二十萬，也不顯擁擠；而他的計畫中，仍然區隔為他和重要部屬、文吏、百姓居住內城，軍隊與將領居住外城；同時，他打算對一些從事重要工作的匠人做特別的安排——內城北門外側，由鐵匠及其家屬居住，並在這個地區工作，專門打造刀劍、鎧甲；南門外是製造弓箭的地方，劃歸弓人和箭人居住；東門外建倉庫，儲藏武器和糧食，並駐重兵把守。

構想是根據實際需要來的，而這麼做，既可使大量為他重金禮聘而來的工匠們有專屬的工作、居住的地方，得以安身立命，全心全意的投入工作中；也因相關的作坊都集中在一處，能提高生產效率，也便於管理；至於興建倉庫，那更是實際需要，儉省不得。

這是首要之務，其次，他打算騰出時間，親自到北京和蒙古——尤其是林丹可汗所在的察哈爾部走一趟。第三，他想大量增加建州的多項生產，尤其是漢人所喜愛的人參、鹿茸、皮毛等物，以便增加交易所得。

此外，他還想加強與朝鮮的聯絡，想收服東海瓦爾喀等幾個小部……他恨不得一天能當三天來用，可以比別人做更多的事。

蒙古姐姐死去的悲痛已被他自己克制住了，他全心全意的投入工作中，他為建立一個巍峨的家邦而辛勞不休，他不停的付出努力……

而生活中也不時有喜事降臨，令他由衷的歡喜：春天的時候，他的侍妾伊爾根覺羅氏生了一個女兒；接著，代善的第三個兒子出生；明珠入掌又得孫子，在同一段時間裏，身兼兩個新生命的父親與祖父，感受又更特別了些，消失了許久的笑容也出現了；他親自為孫子取名「薩哈璘」，讓代善抱著一起向上天祈福；不久，又有新的喜事降臨：建州得到一個新的發展。

這天，何和禮來向他報告：

「蒙古喀爾喀巴岳特部❶，達爾漢巴圖魯貝勒之子，臺吉恩格德爾派人送信，願與建州交好，並準備擇日來朝！」

他喜出望外，連忙下令：

「重賞來人，說，建州歡迎之至！」

然後，他立刻召集部屬們商議此事。

「蒙古喀爾喀部，離我建州雖不太遠，卻隔著明界與他部，能繞路來與我交好，大不容易啊！」

他已準備好蒙古各部的地圖，可以讓大家看得清楚，商議的事也更具體。而且，在經過充分的準備後，他對蒙古的三大部都有了明確的認識，逐一的分析著。

「蒙古現有三部：漠西厄魯特、漠北喀爾喀、以及漠南——」

喀爾喀部全部的領地在西拉木倫河、遼河上游，東界與葉赫部接鄰，西為蒙古察哈爾部，南近明朝的廣寧，北面為蒙古科爾沁部。但，現在的喀爾喀部卻是支離破碎的：它已分裂為五部：巴林部、札魯特部、翁吉拉特部、烏齊埒特部和巴岳特部。五部之間時而互相聯合，時而彼此傾軋，爭掠頻繁，內訌不休，因此，五部的實力都被削弱，無一真正的強部……

費英東提出了問題：

「如今，巴岳特部來與我建州交好，該不會是想借建州之力凌越其他四部？」

額亦都也說：

「或者，他是怕其他四部聯合起來滅了他，這才想來拉攏建州？」

但是，努爾哈赤笑了：

「即便存著這些目的，又有何妨呢？無論如何，我建州都是平白多得一個友部，這是多好的事！」

接著又說：

「更何況，聯絡蒙古，原本就是我預定的計畫之一：建州早已與科爾沁部交好，喀爾喀只因路遠，尚未進行，如今，恩格德爾臺吉主動派人來，是正合我意；只差一件，我們對喀爾喀五部的瞭解太少，必須努力加強，大家加緊收集有關的資料，同時，準備招待客人！」

他設想周到，而採用「雙管齊下」的方式面對這件事。

事情也進行得非常順利：幾個月後，恩格德爾臺吉親自來了，並且帶了禮物來獻。

恩格德爾是個相貌俊美英挺、談話謙恭有禮的年輕人，努爾哈赤對他的第一眼印象就非常好，接下來的談話更是投緣；而且，費英東和額亦都的猜測都錯了，恩格德爾臺吉在寒暄應對完畢之後，向努爾哈赤提出的竟是：

「我喀爾喀五部都有與建州交好之心——大家公推我第一個來，不久之後，五部的人將一起來朝！」

雖然還來不及非常深入的瞭解喀爾喀五部，但基於對恩格德爾的好感，努爾哈赤直覺的感到對方充滿善意，因此高興極了，拍著恩格德爾的肩膀，朗聲說：

「好！我全當你們是兄弟！」

註一：札奇斯欽《蒙古黃金史譯注》〈達延可汗〉附注97（二八一頁）：「喀爾喀（khalkha）部族名，《蒙古源流》說：『阿勒珠．博勒特統率內五「鄂托克」喀爾喀。格樂森札統率外七「鄂托克」喀爾喀。以上計十二「鄂托克」喀爾喀。』」外喀爾喀即今外蒙喀爾喀四汗部的前身，內喀爾喀包括巴林、札魯特、巴岳特等部。「鄂托克」（otogh）是部族之意。

10

家丁們按照指示，收起掛在牆上的巨幅書法，不過片刻，那鐵畫銀鉤般的「但使龍城飛將在，不教胡馬渡陰山」的大字就消失了，牆上只留下一點點因掛過字畫而比四周的牆色顯白的殘痕。

李成梁逃也似的轉身避開目光，不去注視牆面，但是不由自主的發出一聲頹然長嘆，腰背像脫了力，失去支撐似的癱了下去，隨從們立刻扶他坐下，但是，人坐在高大的椅子上，不但一點威嚴之氣都沒有，還像個無骨的布偶……

他的臉上不但布滿皺紋，而且皮肉鬆垂，毫無勁道，嘆息之後，上眼皮垂得更下，竟把眼睛都遮去了大半，神情越發顯得衰頹枯萎。

過了好一會兒之後，他吩咐隨從：

「找師爺來！」

師爺來了之後，他吩咐的是：

「擬一道疏，說，臣老病不堪重任，乞骸骨——請恩准！」

幾個字很清楚的從他嘴裏吐出來，師爺確信沒有聽錯，但還是嚇了一跳，囁嚅著出聲：

「元帥，這——」

但是，他一揮手，制止了：

「就是這樣！」

屬於他的時代已經結束了，他必須勇敢的接受這個事實；師爺不敢再多說，退了下去，自顧自的拈筆擬稿。

李成梁的思潮又開始起伏：

「我此生，若想保住功名，全身而退，還是盡早乞休致仕，離開遼東這個地方！」

心裏興起的是驚恐之感：

「否則，努爾哈赤遲早會殺向我而來……唉！或者，他在遼東攻城略地，萬一奪了我明朝的地方，我也吃罪不起！與其到那時身首異處……」

「喀爾喀五部都歸了努爾哈赤——他的實力越來越強，總有一天……」

他能預見未來，而已無力阻止，只有眼睜睜的看著事情發展下去；但，身為遼東總兵，必須負責，如有差池，朝廷會怪罪，不如早早辭官！

更何況，他在朝中已經失勢——

年逾八十，老而在位，只奈以往刻意結交的權貴們都已紛紛下世，縱然仍有少數健在的，也都因高齡而歸里，不問政事、頤養天年了——原本為他的重要奧援、在朝中為他誇揚功業、遮掩過失的人，現在一個也不剩——不久前，他因事受到嚴重的彈劾，心中就更深刻的體會到「朝中無人莫做官」的至理名言。

事出於「決策錯誤」，以致民怨沖天——原來，早在萬曆初年，兵部侍郎汪道昆閱邊時，他獻議建孤山堡於張其哈剌佃，險山堡於寬甸，沿江新安四堡於長佃、長嶺諸處，仍以孤山、險山兩參將戍守，那麼可以拓地七、八百里，大有耕牧之利。

汪道昆很欣賞這個「屯、防、守」兼備的計畫，為他上疏奏陳；而後，計畫被批准，於是照行；此後，這幾個地方生計日繁，百姓多達六萬四千餘戶。

但到了近些年，時局已經大變，這幾個地方既靠近女真的據地，飽受威脅，且又孤懸難守，竟成為燙手的山芋；因此，當薊遼總督蹇達、遼東巡撫趙楫來找他商量、問他的意見時，他竟說：

「索性仿效『堅壁清野』的戰略，令居民遷往內地，別把屯聚耕牧之得平白送給胡人！」

蹇達和趙楫一聽，覺得有理，登時下達「棄地遷民」令，要將這原本已成為六萬多戶百姓安身立命所在的肥田沃土，化為焦炭，以使覬覦者無有收穫。

但是，百姓們留戀家園，不願遷移，僵持到最後，官府出動軍隊驅趕，才讓百姓們離開，卻已經弄得死傷狼藉，怨聲載道。

而在以往，遼東是「天高皇帝遠」的地方，出了事情，很容易遮掩，不會讓朝廷得知真相；他「謊報」的奏疏更不容易東窗事發，即便有些官員查得詳情實況，也自有權要們袒護他，為他遮飾、圓謊，甚而壓下議論不談，或反咬查知真相者一口來擺平事情；怎奈，時代不同了，現在的他，再也沒有法子和力量運作這些了。

這一次，先是兵科給事中宋一韓上疏力言棄地之策的錯失；而後，巡按御史熊廷弼[1]親自查勘，上的奏疏內容不但認同宋一韓的意見，還攻擊得更厲害……

「兩個乳臭未乾的小子，不但不買我的帳，還全都爬到我頭上來了……」

兩個年輕人，都比他小了五十歲以上，卻壓根兒不把他放在眼裏——他不是沒有派人帶了厚禮去示好，希冀他們「高抬貴手」，怎奈，碰了釘子回來！

熊廷弼甚且擺出一副道貌岸然的剛正臉色，教訓他派去的人：

「攸關國防、生民，哪能徇私？」

初一聽這話，他氣得開罵：

「一個毛頭小子，竟敢擺臉色？」

他當然要動手對付這個「毛頭小子」：

「非讓他死無葬身之地不可——」

但是，不到一個月之後，他就屈服於現實的情勢之中：時代不一樣了，他哪裏對付得了無論是生命力、還是在宦途中都如旭日東升般的「毛頭小子」呢？反而是這個「毛頭小子」一面繼續上疏彈劾他，一面正「鴻圖大展」的推出新作為，令他寢食難安。

他已無權無勢，無奧無援，更兼得自己年邁體衰，兒孫無能，早就不為別人重視了，不但奈何不了別人，還得等著被人奈何！

人生還有一種殘酷的定律：

「長江後浪推前浪，前浪死在沙灘上！」

他全都深刻體會到了！

而這多重困厄的窘境，實際上是內憂外患的交相煎逼——努爾哈赤加熊廷弼，將是衰老的他的劊子手！

「嚴重的話，還將禍遺子孫……」

身邊還站著李顯忠，他便極力克制，不把這話說出口，而只在心裏激盪，但是，在強力忍耐下，眼眶都濕了。

師爺的稿子很快就擬好，送來給他過目；沒有要改的字眼、文句，登時就謄清了。

但，他也明白，這樣一封奏疏，送到京師，皇帝是不看的；想要讓皇帝明白他乞休的請求，還得多費點事；於是，他吩咐師爺：

「這趟路，你辛苦點，親自跑——多備重禮帶去，到京師，讓二爺帶你見宮裏的公公，親自託付這份奏疏，讓公公們費心！」

他說一句，師爺就應一句「是」；到末了，話講完了，他還又重複交代一遍：

「禮務必要厚！」

師爺當然又恭敬的應：

「是！」

但是，儘管他深知如何行賄，才可以將奏疏送到朱翊鈞跟前之道，卻根本不瞭解朱翊鈞的心。

聽著太監讀完李成梁的「乞休疏」，朱翊鈞頓生不耐，冷冷的哼了一聲：

「八十歲了，還撒嬌？動不動就乞休，成什麼體統？」

說著他罵：

「要是我朝所有的總兵官都上疏乞休，這百萬大軍，不全都要由朕來親領了？九邊重鎮，朕得分成九個人，到每地親自坐鎮？」

太監們受了李成梁的賄，連忙找機會幫他解釋：

「李總兵是真個的年歲大了，打不來仗了！」

朱翊鈞越發火大：

「誰叫他真打仗來著？遼東太太平平的，打什麼仗？不過是叫他費點力，在那裏坐鎮來著——真要打仗的時候，朕自然派了能打仗的人去！」

接著立刻吩咐：

「叫內閣嚴旨切責！說，朕付他以重任，他不思圖報，只想返鄉享福去，有負君恩！」

「乞休」當然不准——

交代完了話，朱翊鈞便再也不理會這事了。

而這是多年來他第一次降旨給遼東總兵，聖旨很快就由內閣擬成，第二天用快馬送出。

多年來，第一次接到聖旨的李成梁，以最最恭敬的態度在香案前伏地迎受，完全沒有想到，聖旨的內容竟是這樣——跪接後，他險些當場暈倒。

註一：熊廷弼是萬曆二十六年的進士，先任職保定推官，擢升為御史，萬曆三十六年巡按遼東，他為官認真負責，方到任遼東，就明察秋毫的彈劾了巡撫趙楫與總兵李成梁棄寬甸新疆八百里，徙編民六萬家於內地的罪行，也敏銳的觀察到了遼東問題的重點。「今為患最大，獨在建奴」之句，為兵部尚書李化龍奏疏所引用之熊廷弼語。

11

從蒙古返回的人有好幾批，湊巧在同一天到達建州，讓努爾哈赤忙上加忙。

每一個回來的人，他都親自接見，親自詳細問話，整整一天過去，他連一杯水都不及喝完；但是，收穫很大。

首先，他瞭解了喀爾喀的情況——派去打探消息的人向他報告，首先提出的內容和以往並無兩樣：

「現在，察哈爾部太強了，喀爾喀五部都害怕被察哈爾吞併——」

這是喀爾喀要交好建州的真正原因，但不是壞事——報告的下文卻是：

「五部貝勒已經商量好，要尊您為『汗』，正在準備獻禮——」

這話讓他心花怒放，連聲吩咐重賞；而後，打從科爾沁部回來的人也向他詳細說明：

「科爾沁部中一切如常，但對察哈爾部存有畏懼之心，深恐察哈爾部來攻！」

科爾沁部的武力比察哈爾部低，這是實情；但，來自察哈爾部的人卻說：

「察哈爾部新立可汗，沒聽說有出征的打算——反而是禮佛的人越來越多，整個察哈爾部大半的人都在禮佛，連新立的林丹可汗也禮佛❶；沒多大前請了喇嘛說佛法，聚了成千上萬的人聽！」

這事努爾哈赤一時意會不過來。

「禮佛？會有成千上萬的人聽法？」

禮佛他並不陌生，多年前在廣寧、撫順、遼陽一帶時，認識的漢人多，當地的佛寺很不少，常見人做佛事，但少聞有成千上萬的人聽法的事；於是又找了部屬們來商議。

費英東想起了典籍上的記載，提出來說：

「蒙古有多位可汗誠心禮佛，以往，阿勒坦可汗且親去青海迎來三世達賴喇嘛供養；布延可汗也喜禮佛，叫他部裏的人一起禮佛，於是崇佛的人多了，多到上萬！」

這是淵源，但，努爾哈赤卻道：

「或許這其中有什麼道理，我等要仔細想想，想得通透一些！」

費英東自告奮勇：

「我可以多查查書籍所記，也許能推究得更多！」

努爾哈赤沉吟著說：

「嗯……但，察哈爾部如若只是聚眾聽佛法，科爾沁和喀爾喀卻怕他做什麼呢？聽佛法可使兵強馬壯嗎？或者，佛法中有神力？或者，蒙古可汗用佛法來收攬人心？」

思考的路線到了這裏，分成兩條，一是佛教，一是蒙古；他覺得自己以往接觸的，大抵是漢人百姓出自信仰而禮佛，是民間生活的一部分，從來沒有注意到是否有政治上的功用；但既為蒙古可汗所重視，想必是有的，他覺得很有必要再深究下去；至於蒙古，他雖已極力探究情況，但畢竟還沒有非常深入的瞭解，便抓不到問題的中心，於是想得一陣茫然。

「阿勒坦可汗已是前幾代的人……據說，當時實力非常大，兵強馬壯，曾經包圍明朝的北京……布延可汗的武力也很強，李如松就是死在他的手裏……」

「蒙古可汗多人禮佛，究竟是為什麼？禮佛的效用，我得好好想一想……以往，我沒怎麼注意蒙古崇佛的事？蒙古禮佛的人既然有成千上萬之多，就是椿不能忽略的要項，以後一定要特別留意……」

他喃喃的說，既像自言自語，又像在與部屬們商議，因此，語氣模稜、含混；但，心中卻有一個堅定的聲音在升起，在鄭重的提醒自己：

「以往，用在蒙古上面的心思還是太少了，以後要更加強——」

他與多年前初聞朝鮮戰事時一般，半帶著好奇和關注，而投入更深刻的思考：

「蒙古與女真接鄰，一動一靜都會影響到女真各部，不能疏忽了！」

很自然而然的，他想起了前幾年，朝鮮戰事發生的時候，建州也跟著沸騰起來的情景；那段日子，自己竭盡全力注意朝鮮的情勢，並且根據情勢採取因應的對策，因而使建州大大獲利……過往的經驗，早已讓他徹底瞭解因應外在環境變化的重要——拿捏得好，收穫將大得超過想像！

這一次，他明確的意識到，自己應該全面的、深入的瞭解蒙古各部，而不是像以往那般，只和少數人如科爾沁部明安貝勒等往來；這樣，自己才能審慎的考量，做出最正確的判斷，擬出最合宜的因應之道。

「一邊朝鮮，一邊蒙古，咱們給夾在中間，一定得有上上的大好辦法來和他們周旋……這些個辦法，要能在平日裏和他們相處得好，用得著的時候又能借重他們的力量……」

原則有了，於是，他仔細的交代部屬們：

「就從跟咱們交好的喀爾喀五部、科爾沁部開始，每個人都多加把勁，多做點事，把關於蒙古的事都辦好！」

而頭緒也有——他吩咐：

「這回，喀爾喀五部的人來的時候，咱們的接待儀典和酒宴都要特別盛大，也順道邀科爾沁部來共襄盛舉，大家熱熱鬧鬧的，像一家人般的才好！」

額亦都提醒他：

「喀爾喀五部打算尊您為『汗』——也得給他們一點回報！」

他點頭，隨即吩咐：

「當然——先送些財禮，過些日子，看看那恩德格爾臺吉，果然人品好的話，挑個好女兒嫁給他！」

未雨綢繆，他的思路伸展到了幾年後的未來，確定了行事的新方針；接著，又把心中想好的幾項重點逐一昭示：

「對科爾沁部也一樣——如有適當的時機，便通婚姻吧！與我建州友善之邦，越多越好！」

但他也強調：

「既然科爾沁與喀爾喀都畏懼察哈爾，顯然，察哈爾有很不尋常的地方；咱們如能連察哈爾部一起交好，那是上上之道，如若不能，也要特別小心應付——察哈爾部幾代都出過英主，比蒙古其他各部都了不起；這回擁立的林丹可汗才十三歲，就讓喀爾喀、科爾沁這幾部緊張起來，一定不簡單，不是普普通通的……」

他能感受得到，察哈爾新汗受擁的大事，同時代表一股新的力量在形成，在勃發；他從不輕敵——儘管他並不確知未來的察哈爾究竟是友是敵，也沒有透視的能力，可以偵知葉赫部已經打算嫁一個女兒給林丹可汗——但對這股新力量的興起，他絲毫不疏忽。

這種敏銳而審慎的特性，已使他在成為一方之雄的條件中遠較他人優異……他善於盱衡自己所處身的環境，仔細注意周遭的一切，使他更能掌握時勢，以隱隱使他和他所率領的建州走上成功之道。

雖然他還不曾注意到，遙遠的明朝的南方也正有一股力量在興起，但已無損於他將成為東北的雄主的發展。

那是在文風鼎盛的江南——

這天，第一聲雞啼才起時，顧憲成就下了床；才只寅時一刻，天色依然全黑，幸是偏西的月光依然皎潔，從白窗紙外滲進微光來，他就著這微光走動，然後，點燃油燈。

家人都還在熟睡，他不欲驚擾；而且他一向體恤下人，自己起早了，並不喚醒僮僕，悄悄的漱洗之後，便獨自去到書房中忙碌。

其實已無事要忙——所有該準備的事、物都早在幾天前就料理停當，他只是因為心中有事，醒得早而已——

坐在慣用的烏木書桌前，他先是專注的一凝神；慢慢的，心中升起了一股熱流，胸臆間沛然起伏，眼中散發著光芒，精神振奮如朝陽。

那是由衷的感動，理想正要開始實現，自己的生命力正處在蓄勢待發的狀態，將為時代揮出新的力道來。

桌上堆疊著好幾份文件，都是早在多日前就已經準備妥當的；他重新拿起來，逐一檢視。

第一件是他親自擬的〈會約〉❷——長達八年，修復「東林書院」的工程終於全部完成，邀請名儒、學者們前來集聚講學的盛會即將舉行，這份〈會約〉是他準備在盛會中分發的文件。盛會預定在十月九日、十日、十一日連續舉行三天，這是第一次——此後，東林書院的講學之會將永遠持續下去。

他早已做好完整的規畫：

即將分發的〈會約〉上明白昭示，東林書院將每年召開一次會員大會及學術講會，為期三天，或在春天，或在秋天舉行；較小規模的講會則每月召開一次——他相信，這樣的講學聚會可以吸引全天下的讀書人來參加，幾年之後就能形成一股龐大的力量。

而且，他也會鼓動朋友在其他地方設立書院，舉辦集會，將理念推廣到全國……

理想必然能夠實現——他有堅定的信心。

這份〈會約〉刻印了一千份，提出幾項學術主張；他讚揚孔子與朱熹，並且詳細說明「飭四要、破二惑、崇九益、屏九損」的要點，尤其是「四要」的主張——他將自己所提出的知本、立志、尊經和審幾四點做精確的申論——這是他半生為學的精粹，在東林書院落成的第一次盛會上分發，特別具有重大的意義，也同時是一份代表東林的宣言。

在學術上，他將力矯王學的末流，更希望能改革近年來頗受李贄之說影響的放誕虛妄的思潮……他所要提倡的學術是調和了朱熹與陽明的學說。

在本質上，他身為王陽明的三傳弟子，但在學問上更近於朱熹；這一點，他早在為文比較兩者的學說時就已明白闡釋❸：

以考亭為宗，其弊也拘；以姚江為宗，其弊也蕩。

這「拘」與「蕩」兩者更有長短：

拘者有所不為，蕩者無所不為。拘者人性所厭，順而決之為易，蕩者人情所便，逆而挽之為難。

但，他對這「難」與「易」的抉擇卻是：

昔孔子論禮之弊，而曰與其奢也寧儉。然則論學之弊，亦應曰與其蕩也寧拘。

他取「拘」、棄「蕩」的信念以此明確宣示，成為他即將帶動的東林書院一脈的中心理念；

他相信，這將是一股新的學術思潮。

更重要的是，他將透過講學的盛會來完成「挽救世道人心」的使命——在東林書院的講學之會中，除了學術研究外，當前的政治弊病將是最重要的議題。

他想藉著對時局的評論、批判來喚醒讀書人「治國平天下」的傳統使命；而這許多評論時事的聲音將凝聚成強大的輿論力量；他相信，輿論的力量可以發揮大作用，可以影響政局，促使政治改革。

更何況，書院本身所負的任務是教育，可以培養出一代代的弟子來；這些為數眾多的下一代弟子，一旦中試為官，在政治改革上所能發揮的作用就更大……

他想得全身熱血沸騰，一閉上眼睛，就彷彿看到了下一輪的太平盛世，政治清明，百姓安樂，他主持的東林書院因而發出永恆的光芒。

霎時，千百年來讀書人所背負的使命感全都集中到了他的胸臆之中；他激動得無以自持，睜開眼，提筆一揮而就，完成一幅對聯：

風聲雨聲讀書聲聲聲入耳

國事家事天下事事事關心

然後，他端坐靜待天明，出席東林書院落成後舉行的第一次大會……

儀式按照預定的程序進行，簡樸得不帶絲毫奢華之氣，從而展現出一股懾人的莊嚴肅穆。

顧憲成儒冠儒巾儒服，在東升的旭日下主持典禮；他神色端然，目光凝正，恭敬的率領全體與會人員先向大堂中高懸的孔子像行禮；然後，向楊時像行禮……

來自四方的學者、儒生整齊的排列成隊，齊集堂上，跟隨他向古聖先賢行禮……

為叢叢林木圍繞的東林書院中響起了鐘鼓樂聲，一波波的傳揚開來，將進行中的典禮烘托得更加隆重，也彷彿是發出一個宣告和等待。

樂聲在宣告東林書院的啟用和一個理想的追尋，一道使命的展開，也在等待鳳鳥和麒麟到來，河圖洛書的出現。

樂聲也有如是這羣讀書人深心悲願的凝聚，像是在號召世人的精神力量，來醫治這個已病得千瘡百孔的時代……於是，這樂聲在悠揚中隱含一道神聖的意義。

時間是萬曆三十二年初冬，但，身為時代領導人的朱翊鈞完全沒有聽到這意義重大、不同凡響的聲音。

萬曆三十二年，這漫長的三百六十五天的時間，他全都虛度了。

他總是在福壽膏的香氣中懶洋洋的躺著，聽聽女樂們彈唱一曲，然後闔上眼昏然睡去；什麼事也懶得做，什麼事都不關心，一年下來，唯一曾經讓他的心思稍稍牽動的只有一件事：進行了好幾年，乾清宮的整修工程終於完成了。

太監們非常鄭重其事的來向他稟報這個訊息，詳盡得沒有遺漏任何一個小地方，整座修繕後的乾清宮被陳述得如在眼前；然而，他聽完這大半天的陳說之後，只是淡淡的發出一聲：

「嗯——」

尾音拖得很長，語氣卻是軟弱的，而且越拖長越無力，終至於無聲。

倒是太監們聽了，登時放下了心裏的石頭——他雖然沒有多大反應，沒有讚美，沒有獎賞，甚至，根本沒有將這件事放在心上，參與這項工程的人都白辛苦了一場；但，至少，他沒有任何不滿意；這就代表著，沒有人會獲罪，沒有人會送命……所有的人都該感謝上天、感謝祖宗有德了。

於是，太監們立刻磕頭行禮，如釋重負般的退離他跟前。

而他卻因為已經睜著眼睛聽了好些時候的話，自己覺得累了，眼睛一閉上就懵然睡去。

倒是在進入夢鄉之後，他的身體從龍床上坐起，邁開步子信步行走，走到一座宮殿中。地方像是原本就熟悉的，但卻不是常住的……他信步走著，進入大殿；殿上設著他的寶座，座上雕飾著九龍，覆著明黃色繡九龍椅披椅墊，但他並沒有坐下來，而是恍如不自覺的沿著步道而走，走入殿前，繞過長廊，再沿著階梯一級一級的走下去。

空氣似乎有點冷，他輕輕吸了口氣，但是，冷的感覺隨即消失了，只有些許陰涼涼，反而令他感到通體舒暢，他走得越發如行雲流水。

走入階梯下的殿堂，舉目四望，殿中的一切竟也是熟悉的，他不自覺的向自己詢問：

「什麼時候來過這裏？」

一面情不自禁的在那彷彿特地為他而設的寶座上坐下來。

坐定以後才發現，身邊竟然沒有太監跟隨，更沒有前呼後擁的聲音——他立刻感到身邊空蕩蕩的。

這個意念一起，他又覺得這整座宮殿都是空蕩蕩的……宮殿佔地大，建得寬闊，儘管陳設並不少，但因為沒有人，顯得空洞。

霎時間，他的心中湧起一股慌慌茫茫的感覺，下意識的，他想要喊一聲「來人」，不料，聲音還沒有發出，身體就飄浮起來。

胖得嫌肥的身體竟然有如一張薄紙、一片羽毛、一縷細絲般的沒有半點重量，冉冉升起後就在空蕩蕩的宮殿中身不由己的飄來飄去；腳踏不到實地，全身的血為之倒流……

他驚駭得幾乎出聲大叫，偏偏，身體使不出半分力，喉嚨中發不出半點聲音，而心中越發驚慌，越發驚恐，拚盡全力要擠出聲音來呼叫。

終於，像是鼓起了丹田中所有的力量，一起迸到喉頭，竭盡全力後有了一聲：

「啊——」

可是，這一聲把他自己給叫醒了。

睜開眼睛，眼前一陣昏茫茫，但只過了一會兒工夫，他就能斷定自己是躺在啟祥宮的龍床上，剛才的一切只是夢；雖然心口還在怦怦亂跳，但是，驚慌已退開，他很明確的告訴自己：

「是夢——是個有點奇怪的夢！」

緊接著，他發出一聲：

「來人——」

不多時，眼前就亮了起來。

幾名值守在龍床下的太監飛快起身，點燃了燈，掀開帳簾，恭敬的請示：

「萬歲爺起身了？奴婢們伺候——」

這一切都是他熟悉的，但是，瞬間迎面而來的燈光令他覺得刺眼，他下意識的伸手一擋，隨即吩咐：

「放下帳子，你們守在外頭，無需熄燈——」

他並不想起床，但也不想獨自置身在黑暗中，這麼做就兩全其美了。燈光隔著錦帳透進來，顯得微弱而柔和，既不刺眼，也能略可識遍周遭，他的精神又好了一些；他開始慢慢的回思方才的夢境。

「那個地方，朕確實曾經去過！」

接著便仔細尋思：

「那是哪裏？乾清、坤寧……東西六宮？都不是啊！」

這麼一來，思路就不順暢了；曾經去過的，但想不起那是什麼地方……越費力想，就越想不起來，心裏開始感到煩躁，索性一揮手：

「算了！不要想了！」

但是，心中這道奇異而且微妙的牽繫，不但沒有被自己的手勢揮開，還反而更強烈——說不想，偏又不由自主的想著——他反覆回思夢境中的情景：

「那殿堂……階梯……」

反覆想了三次，依然想不出來，情緒轉壞了，他索性仰身坐起來；可是，就在這仰坐間，心中一道電光閃起。

猛然間觸發了頭緒，但接下來卻悚然心驚，立時連發兩個冷顫。

「啊——是囉！」

那個地方是位於天壽山的地宮！

夢中進入的地方是他為自己預築的陵墓……

仰在半空的頭頸都停止了動彈，他瞠目結舌的僵住了，許久之後才恢復知覺。

但他依然不想下床，緩緩放平自己的身體，重新躺回被窩裏，閉上眼睛，調勻呼吸；可是，他無法入睡，心裏更無法平和，儘管外表的一切都是平靜的，內心卻如巨浪翻騰。

夢中的情境在腦海中反覆交疊，攪得他的思緒亂如落花的碎片，無法串接，但又能清晰的、一遍遍的向自己詢問：

「這難道是死亡的預兆？」

他害怕得幾乎放聲痛哭起來。

受到死亡的威脅，已經不是第一次了，但，這一次，受到威脅的方式與以往大不相同，帶給他的感受也大不相同。

陵寢建築過程中的種種情況全都經由回憶到達心中，前塵往事，巨細靡遺；然而，凡事越是記得清楚，精神上的承載也就越重，重得他難以負荷……

他想起了那年，親自出京前往察看地宮的往事；他想起了自己當時興奮莫名的心情，他想起了當時與鄭玉瑩一起設想各種布置的情景——什麼都想起來了，而後湧上來的卻是一股子無以名之的悲哀。

自己竟然在夢中進入了死後居住的地宮——他顫抖著，不停的在心中哭喊：

「這難道是死亡的預兆？」

這樣反覆折騰了一夜，他既無法入睡，也沒有喝令太監來伺候，而只是獨自在帳中挨忍過去；然而，天亮之後，他的反應竟大不相同。

像是在經過一夜折磨之後，精神上產生了高度的反彈，又像是整個心房被千萬條思緒錯綜的盤據著，而在糾葛不清中產生出一股奇異的、強烈的力量來……他傳呼了職權最重的幾名太監來吩咐：

「乾清宮既已竣工，著即加緊裝飾陳設；一應物件，俱採最上品，一應陳設，務要精美，須比原來的模樣更勝十分；且須限期完成，以備朕居！」

他像被一股奇異得有如魔靈附身的力量所驅使，抱著受到了死亡威脅的特殊心態，下令緊急裝修乾清宮，像是要趁著僅餘的生年，盡可能的享受一番。

而這是他在萬曆三十二年這一整年中唯一下達的命令，下達後立刻付之實行。

這下，又是一連串的骨牌倒下：太監們奉旨將乾清宮妝點得盡善盡美，第一個步驟便是向戶部索要銀兩，以便備辦所需；戶部哪裏還有銀兩可給呢？當然又只有向民間加徵賦稅。

任何反對的聲浪都改變不了決策，為了滿足皇帝的需求，太監們只有向戶部施壓，要求強制執行；但是，惡果比預期中的大，而且比預期提早到來……早已憂心忡忡的戶部官員半數以上都下定了辭官的決心，更有一些人提早採取行動，上疏求去。

朱翊鈞依然不理會任何奏疏，官員們辭官的請求他根本不聞不問，無論是誰都得不到答覆，沒有任何人請辭獲准；但，深刻體會到大明朝的末日即將到來，再也無法繼續在朝中任職而去意堅定的人們，想出了一個確實的辦法來對付他的不聞不問：「拜疏自去」。

例子一開，便不時有官員用這個法子求得解脫，自顧自的走了個一乾二淨。

但，這種種行為只求得了個人解脫，對廣大的百姓不但沒有絲毫助益，反而因為各地缺少了許多官員，百事癱瘓，發生事故時，既無人負責，也無人處理、善後，而任由事故一再惡化下去。

最顯著的便是因增稅而引起的民變。

原本因為反抗礦稅太監橫征暴斂，經常在各地發生的流血事件，因增稅而擴增了兩倍；最嚴重、規模最大的一樁發生在雲南——派在雲南的礦稅使名叫楊榮，因為急於搜刮，使用了酷虐的手段，引起了眾怒與公憤，於是羣起反抗[4]。

事件越演越烈，激憤中的百姓採用武力來對付楊榮……聚集起來的百姓多達數千，手持武器殺了楊榮，還燒了他的屍體洩憤。事故的時間拖了好長一段日子，地方上的官吏缺員，仍在職的畏事不出，任憑事故一再蔓延，直到無可收拾……而這還只是其中一例而已。

另一種情況則是百姓們受不了徵斂之苦，且被苛捐重稅壓逼得無以為生，不時有人淪為盜賊，打家劫舍，或逕自據山寨自險，對抗催稅的官吏和太監。

不過短短兩三年之間，大明朝的國力又減損了好幾分……

註一：林丹可汗對佛教在蒙古的傳播有很大的貢獻，曾受喇嘛上「諾們可汗」（法王）的尊號；札奇斯欽《蒙古黃金史譯注》有關林丹可汗部分附註3（三〇六頁）云：「現存蒙文佛經，多半是林丹汗時代所翻譯的。蒙文《大藏經》的翻譯也是在他的時代……從佛經蒙譯之後，蒙文才正式定型，同時文字的傳播也隨佛教的振興而普及各地。因此有人稱之為蒙古佛教文藝復興時代……」

註二：東林的〈會約〉以及此後顧憲成、高攀龍的講義都載於《東林書院志》。

註三：詳見黃宗義著《明儒學案》、容肇祖著《明代思想史》等。

註四：《明史．宦官傳》記：「初，榮妄奏阿瓦、猛密諸番願內屬，其地有寶井，可歲益數十萬，願賜敕領其事。帝許之。既而榮所進不得什一，乃誣知府熊鐸侵匿，下法司……榮由是愈怙寵，誣劾尋甸知府蔡如川、趙州知州甘學書，皆下詔獄。已，又誣劾雲南知府周鐸，下法司提問。百姓恨榮入骨，相率燔稅廠，殺委官張安民。榮弗悛，恣行威虐，杖斃數千人……冤民萬人焚榮第，殺之，投入火中，並殺其黨二百餘人。」

第十六章

香葉終經宿鸞鳳

1

萬曆三十三年春正月，努爾哈赤率領全建州子民，舉行了一場盛大的祭天典禮，主旨是為赫圖阿拉的外城興築完工而告祭天地。

地點在內城的中心點，他所居樓宇前廣場；預定的儀式並不繁縟，但非常隆重；百姓們全都自動自發來參加，大家扶老攜幼，在廣場上散列站立，所形成的隊伍不若軍隊整齊畫一，甲冑鮮明，旗幟飄揚，但是組成了一幅不整齊、不規則、自然的、天成的圖案，和新完成的外城建築互相輝映；而後，四旗的軍隊到了，在百姓的外圍站了一圈，形成一道有如捍衛百姓的人牆，組成的圖案也立刻起變化，軍隊與民眾，是整齊與不整齊、規律與不規律的對比，但卻是和諧的對比，像一座線條筆直、形狀方正的花壇裏開著千百種姿形、顏色都不同的花朵，繽紛燦爛，美不勝收。

吉時到了，努爾哈赤率領著所有的臣屬一起現身，頃刻間，廣場上的圖案和氣氛又為之一變；首先是原本交頭接耳聊天的百姓們停止交談，所有的目光向前集中，現場鴉雀無聲；而後，鐘鼓樂聲響起，臣屬們在臺下端然肅立，努爾哈赤緩步登上高臺。

從高臺上仰望、俯視，視野擴大了許多，心裏油然興起新感受，努爾哈赤神情肅穆，目光凝斂，心潮澎湃不已。

蔚藍的天空裏偶有流雲輕舞，而穹蒼下矗立著他的巍峨家邦，他的城池，他的百姓，他的軍隊，以及——屬於他的時代！

這是他親手創建起來的家邦……

和兩年前內城完成，遷回來時一樣，他的心中有著深深的感動，而代表所有的子民向上天祝禱：

「我率領全體建州子民興築赫圖阿拉城，蒙上天庇佑，興工順利，內外兩城都已完工；從此，我建州子民有了屬於自己的、安身立命的所在，有了屬於自己的巍峨家邦，今後，大家會更加努力，齊心齊德，全力建設家邦，使這裏成為人間天堂，以報答上天的厚愛！」

說完，羣眾響起了熱烈的歡呼，久久不絕，而他在歡呼聲中焚香，向上天敬禮，情緒高昂得整個人發出一股懾人的紅光……

而到了夜深人靜、萬籟俱寂的時候，他卻非常冷靜的對自己說：

「赫圖阿拉城確確實實是女真諸部中的第一大城，也代表著，我建州的實力確實是女真諸部中的第一；但——這『第一』只是女真諸部中的第一，赫圖阿拉城比起明朝的北京城來，差得太遠了！」

這是不能對建州子民說出口的話，以免影響人家的信心和向心力；但是他不能不對自己說，以免自己陶醉在美好的感覺中，喪失了正確的認識和判斷——他深知，作一個領導人，要能正確的盱衡時代的全局，看清己方、他方所有的一切，以及相互間的關係和影響，才能訂出正確的決策，而他把一切都看得很清楚。

「建州還需加緊努力……要能在十年、二十年後，將赫圖阿拉城重建得像北京城一樣的規模，才是真正的巍峨家邦！」

那是未來的願景，最終的理想，他深埋在心中，期許自己早日完成；而方法只有一個：加緊努力。

於是，他更勤奮、更努力的工作，加快速度建設赫圖阿拉城，提高百姓的各項生產，增進軍隊的作戰能力……每天，他起早睡晚，非倦極不歇息，所有的時間、心力都用在建州的發展上；而有了他帶頭，臣屬、軍民全都受到感召，人人加倍努力；很快的，他的建設計畫因認真執行而逐一得到豐碩的成果……

入夏以後，晝長夜短，令人在無形中延長了工作的時間，成果也就更多。

這一天，幾名巴克什把這段日子裏從各方收集到、整理好的蒙古喀爾喀五部的資料，送到他面前來；內容非常多，整理好的文書厚達幾十頁，而因為喀爾喀五部將是重要的盟邦，他便特地抽出時間來，認真而仔細的閱讀。

讀完，他對喀爾喀五部的瞭解當然加深了，也產生了許多新的意見和感觸，以及新的對策；於是，他召集額亦都等五名重臣來商議。

一開始，他提出議事的重點，而先發出的竟是感慨。

「以往，我們雖然在蒙古、朝鮮等近鄰的地方下過工夫，但，委實還不夠──就以喀爾喀五部來說，以往，來人已經到達建州，而我們的瞭解還只是表面上的一點點──非常粗淺──以後，我們一定要改進，對周遭的鄰邦一定要下更多的工夫，做更深入的瞭解——最近，我總算獲得了比較詳細的喀爾喀五部的資料，連日讀畢，收穫不小，不但對喀爾喀瞭解多了，連帶對周遭幾個地方的情勢也瞭解了許多——」

他侃侃而談，因為言之有理，大家全都默然靜聽；但是，接下去，他卻先發出一聲長嘆，繼而輕輕皺起眉頭：

「以往，我們的消息太不靈通了，竟然不知道兀良哈三衞早已名存實亡——」

這話令人驚駭，全部的人異口同聲的驚呼：

「什麼？兀良哈三衞已經名存實亡——怎麼回事？」

努爾哈赤心情複雜，先是連點兩下頭，繼而再度長聲嘆氣，同時搖了搖頭；但眼神中所流露的並不是矛盾，而是思考、探索及感慨的混合；眾人瞭解他，所以認真的聽他說話，一句都不敢疏略，以便徹底明白兀良哈三衞的情況。

「二十多年前，我曾經參加過李成梁率軍出塞的戰役，照他的說法，當時常掠明邊的幾股大勢力，第一是蒙古察哈爾部圖們可汗，其次是泰寧部長速把亥、炒花兄弟，朵顏部長董狐狸、長昂；萬曆十年，速把亥戰死，李成梁因此加官進爵——事情並沒有失誤，但是，這幾天，我看到了來自蒙古的資料，才知道，速把亥、炒花兩兄弟並不是泰寧部人，而是喀爾喀五部中的巴林部始祖❶——」

這是一個大家料想不到的說法，人人吃驚；額亦都不假思索的脫口問：

「上次，恩格德爾來的時候，不是說，他們是達延汗的後裔嗎？達延汗的第六子阿爾珠・博羅特被封於喀爾喀，這是他們的始祖❷，怎麼……怎麼……會跟泰寧部的速把亥有關呢？」

努爾哈赤以審慎的態度答覆他：

「原先，我對這幾點也覺得有疑問，但是，看完所有的資料，就能做出完整的推論——」

他追溯喀爾喀五部的緣起，是被封於喀爾喀的達延汗六子阿爾珠．博羅特的後代出了不少優秀的英主；明嘉靖末年，喀爾喀之長虎喇哈赤很有作為，實力強大；他有五個兒子，各為一營，因此形成五部：長子兀把賽為札魯特部之祖，次子速把亥為巴林部之祖；炒花是第五子，與三子兀班分別為烏齊埒特和翁吉拉特部之祖，四子答補為巴岳特部之祖。

「速把亥的全名是『蘇巴海．達爾漢．諾顏』，我推測，喀爾喀早就併有了泰寧、福餘的故地，因此，他被明朝誤認是泰寧部長！」

這麼一說明，大家都恍有所悟；好學的費英東便在深思後慢條斯理的發言：

「您的推測是準確的，而且能印證一個疑點：以往，我心裏嘀咕過，現今，號稱是喀爾喀五部的領地，和書上記載的兀良哈三衛的所在地有點重疊，怎奈，我沒能親到喀爾喀考察，也找不著有關的記載，只能把疑點悶在心裏——」

努爾哈赤默默的點點頭，語重心長的說：

「這件事，給了我許多啟發；首先，讓我更深刻的體會到，天下很大，天下的人與事很多，而我們知道的很少，必須時時刻刻都加緊學習，學習的時候更須特別小心仔細，才不會有錯；其次，我反覆思索明朝的問題，覺得連李成梁都把速把亥誤認是泰寧部長，這表示，明朝對境外的事大都認識不清，難怪處理不好——我們萬不可像明朝一樣，對鄰邦的事不瞭解，或者認識錯誤，以致吃上大虧、連年征戰！」

他提醒部屬，自己既要加緊學習明朝進步文明的地方，也要避免明朝疏失、玩忽的一面；而對蒙古，以往既不夠深入瞭解，今後唯有加強努力。

「現在，我們對喀爾喀五部的淵源和現況，有了基本的認識，要順藤摸瓜的繼續瞭解他們，下一趟，恩格德爾來的時候，可以多和他談談，把我們心裏還有的疑問說出來，請他解說——此外，喀爾喀的情況既是這樣，那麼，科爾沁、喀喇沁等諸蒙古部，一定也有許多我們不知道，或者以往因間接聽聞而認識錯誤的地方，我們要多方打探、尋究，務要徹底瞭解！」

說完，他的語氣一變為堅定：

「蒙古，對我邦來說，太重要了！」

額亦都向他請示：

「上一趟，恩格德爾臺吉前來，算是探路吧——今秋，他還會率領人馬前來——距約定的時間只剩下兩個月，咱們是不是應該著手準備起來了？」

努爾哈赤很肯定的點頭：

「唔——我對恩格德爾的觀感非常好，他來，迎接他的禮數要特別隆重、周到些——而且，他既代表喀爾喀五部來歸，我應該親自出城迎接！」

不料，這個態度引起了意見，額亦都、費英東和何和禮交換了眼色之後，何和禮上前，很恭敬的進言：

「貝勒爺，我的心裏還有一些疑問想提出來——您推測，速把亥、炒花不是泰寧部長，而是喀爾喀五部中的巴林部——目前，速把亥雖死，但手下人馬仍在，實力仍強，並有兒子繼立，炒花更是勇悍，時常犯邊；我記得，前幾年，炒花等人大掠明朝，明朝的董一元率軍出征，雖然打敗了炒花，逼使退兵，但也沒法徹底解決；這幾年，我得知的情況是，明朝拿銀絹財物安撫住炒花——」

努爾哈赤對他投以認真的眼光：

「這個我知道！」

何和禮接下去說：

「我生疑的是，像炒花這等手下兵強馬壯的人，會真心投歸咱們建州嗎？其次，恩格德爾臺吉人品固好，但他是個年輕人，而且巴岳特部實力不強，炒花會聽他的嗎？」

努爾哈赤長長的吁出一口氣，注視著他，並且順著他的話說下去：

「不只是炒花——札魯特、巴林兩部實力都強過巴岳特，都不會聽恩格德爾的——我們都要明白，現在，五部同心一致的來歸附我邦，是受到了察哈爾部的威脅，想要得到後盾；或許，這是誠心誠意的，但這只是現在——將來是不是有變，誰都不知道！」

部落之間結盟是常有的事，背盟更是常有的事，他早就看清、認清；因此，即使沒有大家來提醒，他的心裏也是雪亮的，而且早就預擬對策。

「將來的變數，我們隨時小心留意；現在的來歸，我們先大力歡迎！」

他有過人的智慧，洞徹世事；對喀爾喀五部的態度尤其沒有因為要歸附他、尊他為汗而沾沾自喜，而忘情所以……

幾天後，建州就開始準備迎接喀爾喀五部來人的工作。

時節入秋後，喀爾喀蒙古，巴岳特部達爾漢貝勒之子恩格德爾臺吉率領的隊伍到了建州。這支隊伍的規模不算大，總共只有三百人，攜來進獻的禮品也只有二十匹馬，但是，所代表的意義極不尋常。

「建州與喀爾喀蒙古從此成為緊密的一體——」

努爾哈赤親自率眾在赫圖阿拉城外百里的地方出迎，一見到恩格德爾臺吉，立刻上前抱見，非常高興的說話。

恩格德爾的表現也非常好——第二次來到建州，對這裏既非完全陌生，也不完全熟識，而英俊的臉上流露著自信，神情略顯羞赧，把兩邊的臉頰都染上一層紅潮，說話的聲音也略低，但因為心中懷著誠意，態度非常誠懇，目光中流露著憨厚和真誠，讓努爾哈赤對他的好感更深。於是，努爾哈赤以最親切、最誠懇的態度對他說：

「以後，大家都是一家人——有什麼話儘管說，無需拘束！」

聽了這話，也感受到了誠意與善意，恩格德爾減去了好幾分拘謹，增加了好幾分自然，於是非常衷心的說道：

「久聞建州貝勒是當今豪傑，是了不起的英雄，果然一點也不錯！」

努爾哈赤哈哈一笑，親手拍拍他的肩，然後與他並轡而行，往赫圖阿拉城進發，一路上又談了許多話。

但他覺得，這個時候，還不方便向恩格德爾查證喀爾喀五部侵據兀良哈三衛的事，也不能向他打探札魯特、巴林等強部的情況，因此，順口提起的是多日來潛藏在心、想一探究竟的蒙古與佛教的關係。

「我常聽人說，蒙古盛行佛教，一位喇嘛說佛法，會有成千上萬的人聽——這在女真人中是沒有的事——女真人信仰薩滿，薩滿作法，是大事，但通常沒有成千上萬的人齊聚；薩滿並不說法，作法是為人與鬼神傳話——這兩種信仰很不相同，因此，我非常好奇，很想多瞭解一些關於蒙古信奉佛教的情形！」

恩格德爾打心底裏浮起一道誠摯的笑意：

「我也是佛門弟子——非常樂意為您詳細說明蒙古興盛佛教的情況！」

於是，兩人的談話轉到了佛教上，內容變得非常豐富；努爾哈赤更因此得知許多有關蒙古與佛教的情況。

原來，早期蒙古人信仰的也是「薩滿」；佛教流行於蒙古，是遲至元世祖忽必烈的時代；當時，蒙古人以武力進入西藏的領域，西藏的宗教信仰同時進入蒙古人的精神領域；蒙古憲宗四年❸，駐屯於六盤山的忽必烈，接見了廣受敬仰的西藏佛教高僧八思巴，兩人相談甚歡，忽必烈深為佛教的教義所吸引，開始尊奉佛教；六年後，忽必烈即帝位，隨即定佛教為國教，以八思巴為國師，九年後又命八思巴制定蒙古新字，八思巴以此功績受尊為帝師，授大寶法王尊號；從此，佛教大為盛行，帝師之位，此後也一直由西藏高僧繼承。

而西藏的佛教，本身自成一個支派，是因來源有三，一是松贊干布在位期間，求得唐朝的文成公主下嫁，文成公主把中原的佛教帶入西藏；同時，尼泊爾公主也下嫁西藏，把盛行於尼泊爾的這一支佛教帶入西藏；後來，密宗法王蓮花生大師又把印度佛教中密宗的一個支派帶到西藏；三股力量匯聚，使佛教大興於西藏，也形成獨特的支派——藏傳佛教。

而蒙古信仰的佛教，既承自西藏，當然也是藏傳佛教；元朝滅亡後，蒙古人退居長城以北，雖然民間重新盛行薩滿信仰，但仍然尊奉佛教，信徒非常多。

其後，西藏高僧宗喀巴倡行宗教改革，創立藏傳佛教的「格魯派」，即是「黃教」❹；宗喀巴一向受人敬仰，黃教很快的在西藏盛行起來，並且傳到蒙古、青海等地，廣受羣眾崇信，於是廣建廟宇，盛況空前，並成為西藏人政教和精神的中心。

蒙古的情況是，許多人尊奉藏傳佛教，但沒有自行發展出教派和宗教領袖來，而時常禮迎西藏高僧講經說法，奉之為宗教領袖，又因為多位可汗都崇信藏傳佛教，使藏傳佛教發展得更加興盛；明萬曆三年，阿勒坦可汗禮迎西藏高僧鎖南嘉措來寺講經；萬曆六年，贈以「聖識一切瓦齊爾達喇達賴喇嘛」的尊號；「瓦齊爾達喇」是「金剛持」的意思，「喇嘛」意「上人」；這個尊號代表了無上的敬意，也確立了蒙古以藏傳佛教為宗教信仰的體系❺。

而蒙古與西藏不同的地方是，宗教信仰與政治分為二爐——宗教領袖並非政治領袖，喇嘛並無軍政大權；可汗對喇嘛容或以「弟子」自居，但卻是實質的軍政領袖。

除了阿勒坦可汗以外，察哈爾部的圖們可汗、布延可汗，以及現今的林丹可汗都是虔誠的佛教徒……

「喀爾喀五部中幾乎人人都信奉藏傳佛教，時常奉迎喇嘛講經說法，雖然規模不如察哈爾部大，但是虔敬之心是一致的！」

恩格德爾沒有長篇大論，也沒有多餘的修飾和贅言，非常簡明扼要的說明了藏傳佛教的緣起和發展，以及在蒙古傳揚的淵源與現況；努爾哈赤聽得津津有味，心裏油然興起一股特別的感受與意圖，於是很誠懇的對恩格德爾說：

「我也很願意聽講佛法，但是，遼東從來沒有奉迎過喇嘛講經說法，以致一直沒有機會瞭解佛教的教義；既然你是佛門弟子，且喀爾喀五部經常有講經法會，便請你費心安排，替我延請喇嘛到遼東來說法——」

恩格德爾立刻在馬上合十行禮：

「這是我最樂意效勞的事——一定盡全力辦妥這事，為您延請喇嘛東來，弘揚佛法！」

努爾哈赤笑容滿面的對他說：

「這事你記在心上，得便的時候就辦！」

說著不由自主的嘆了一口長氣，眸光望向遠方，而不自覺的透露了些許自己的心聲：

「多年前，我寄居廣寧，結識的人中，有一位長年虔誠禮佛的佛門弟子，心地非常慈善，待我像親子侄，且為救我而死……」

他想起了李成梁的二夫人，心情不由自主的黯淡下來，話也只說得出一小部分，唯因面前是外賓，便勉強鼓起理智的力量克制情緒，繼續與恩格德爾談話；但話題經過這一轉折，氣氛不對了，於是，他索性轉變，將談話的重點移到其他方面；進了赫圖阿拉城後，他更像已經完全遺忘了似的，興高采烈的以豐盛的酒宴招待恩格德爾，欣然表達歡迎的誠意。

但是，到了酒宴散去、夜深人靜的時候，他不由自主的走到所供奉的「萬曆媽媽」前，默默佇立。

往事仍然歷歷在目，多年來時時縈繞不去，但現在他的心中多了一道特別的、異樣的感受，很清楚的對自己說：

「乾娘誠心禮佛，平日行善積德，但卻死得那麼慘……善無善報……」

他因此心中極度不平，成為他深藏在心中的隱痛和秘密：多年來，他不接觸佛教，蓄意逃避，是源自對「善有善報」的說法產生懷疑，甚至否定；而現在，他主動接觸佛教，並不是因為懷疑消失了，否定改成了肯定；而是在經過長時間的打聽、推測，現在又從恩格德爾口中得知了西藏、蒙古兩地佛教興盛的實際情況後，他猜想，宗教能用來凝聚民心、治理邦國，善加運用的話，會有很大的功效——他願意試一試！

一切都是為了建州的發展——年逾四旬，無論如何都不會再感情用事，而且，未來的奮鬥目標非常明確——結交蒙古，引進藏傳佛教，都是為了完成奮鬥目標而採取的方法而已！

因此，他的心裏很明確的劃為兩極，屬於個人的是一種想法，為了發展建州的是一種做法，兩相不悖；而顯露在表面的，當然只有「做法」。

調整好了這兩極，他的策略制定得更明智——

接下來的幾天中，他天天與恩格德爾會面，有時帶著恩格德爾策馬參觀建州境內各地，有時安排狩獵活動，有時一起觀看兵馬操練，兩人談話的時間也因此增加許多。

從恩格德爾口中，他得知了許多關於蒙古的情況，尤其是各部之間錯綜複雜的關係以及強弱之比，其中包括以往不知道、派出大批人馬也無法打聽到的種種。

收穫當然非常大……

他留恩格德爾在建州住了三個月，每天的款待都非常豐厚；等到恩格德爾要返回喀爾喀的時候，他還特別加禮厚賞，足足比恩格德爾來獻的二十匹馬要多上十倍價值。

恩格德爾心中感動莫名，很明確的許下承諾：

「明年此時，我當重來——那時，將合我喀爾喀五部，共推建州貝勒為『大汗』！」

一年的時間很快過去，恩格德爾果然信守諾言——就在大雪紛飛的十二月裏，他親自率領一支比上次盛大了兩倍的隊伍，重新來到建州。

努爾哈赤早在他到達的十來天前就接到通報，也立刻完成一切準備……

這一次，他沒有再出城迎接，而是派出褚英做代表，和費英東、額亦都等最重要的部屬出城迎接，自己在大堂上等候。

大堂上列著鐘鼓、簫笛各樂，等候迎接嘉賓，廚下烹羊宰牛的忙著準備佳餚，要給貴客一頓最豐盛的享受。

努爾哈赤也蓄意讓次子代善和年方十五歲的皇太極陪在身旁，一起迎接貴賓；他仔細交代兒子們說：

「喀爾喀蒙古和建州成了一家，你們要把喀爾喀的子民當作是親兄弟看待！」

但是，其中的利害關係他沒有說明——兒子們都是聰明的孩子，有些話，即便沒有明說，也能慢慢體會、領悟出來。

他今年四十八歲，將近半百，心境上已然有了讓兒子們為自己分擔責任的想法，也包含了另外一種考量：

「讓他們多歷練歷練，將來才有出息！」

他總覺得，和自己比起來，孩子們吃過的苦頭太少了，磨練不夠，怕他們意志力弱——他所熟識的李成梁的兒子們就是一面令人警惕的鏡子，必須防止兒子們步上李如松兄弟的後塵。

而且，他還有一個更長遠的打算，已經在心中反覆思索過多次：

「將來，都讓他們娶蒙古女子！」

與蒙古通婚、交好，這是既定的策略，逐漸長大成人的兒女們是最好的執行者；而提早開始熟悉蒙古事務，當然是「功課」！

尤其是皇太極——十五歲，已聘下額亦都的女兒為妻，預定在過完年開春時完婚，但是無妨——為了建州的發展，皇太極應多娶幾房蒙古妻室；他已有腹案，將從科爾沁、喀爾喀五部中挑選合適的對象；因此，他特別叮嚀皇太極：

「恩格德爾的年紀比你大些，你要與他多親近些，凡事多向他請益，讓他多跟你說說蒙古的事，將來，也許你有許多地方要仰仗他！」

皇太極靈巧懂事，雖然還不能深刻體會他的用意，而當作是教導做人處世之道，但，立刻恭敬承應：

「是的！兒子知道！」

代善則雖然已是三個兒子的父親，也無妨——他一樣已做好考慮，再為代善娶一、兩房蒙古妻子，以保持與蒙古的親密關係。

而這些安排，都令他自己感到滿意極了……

恩格德爾終於在褚英、額亦都、費英東等人的簇擁下來到他面前；一年不見的恩格德爾多了一分成熟與英挺之氣，少了一分羞澀；雖在大雪紛飛的日子長途跋涉，卻沒有被寒氣凍得神情呆滯，更沒有半絲憔悴；他面色紅潤，目中有神，全身帶著騰躍、勃發之氣。

努爾哈赤看得越發在心裏暗自點頭，欣慰不已，一等恩格德爾行完禮就朗聲說道：

「我家裏剛添了一個女兒，紅紅嫩嫩的，模樣好極了！我特地給她取名叫『巴岳特』——一等她長大，就給你做妻子吧！」

他指的是舒爾哈赤新生的第四女❻，雖然才幾個月大，但這是出自內心真誠的「許婚」。

恩格德爾當然感受得到，但是不由自主的害起羞來——他立刻脹紅了臉，吞吞吐吐的說：

「格格乃是尊貴之人，我……我……怎麼高攀得上呢？」

努爾哈赤一掌拍在他的肩上：

「什麼話——」

一面又對他說：

「我自信看人還有幾分眼力，你是個好孩子，和我的子侄們比起來，一點也分不出高下來——以後，絕不可有這種想頭！從今後，都是一家人！」

這麼一說，恩格德爾的臉上雖然沒有立刻褪去紅潮，但也不再留著羞意，而變得落落大方，並以極誠懇的態度說：

「謝謝您的抬愛！但願恩格德爾日後的表現不讓您失望！」

於是，氣氛變得更融洽……

酒宴開始的時候，樂聲也隨之響起，恩格德爾的座次被安排得很靠近努爾哈赤，其他來自巴岳特的重要部屬及他部領袖也被安排了重要的席次；幾百名隨行的兵丁雖然無法進入大堂，但人人都被賜了豐盛的酒食，在大堂外搭起的布篷下盡情享受；酒過三巡，便有人快樂的唱起歌來——儘管是在酷寒入骨、滴水成冰的隆冬，所洋溢的卻是如欲沸騰的熱絡之氣，風聲雪聲全都被人的歡笑聲掩蓋了。

幾天後，一個意義非凡的重大儀典在赫圖阿拉城中舉行。

預先搭起的高臺，長、寬各三丈，四周插滿了黃、紅、藍、白四色旗子，臺下整齊排列著四旗軍士，最後一圍則是來自蒙古喀爾喀的兵丁……隊伍井然有序，沒有一絲半毫凌亂，總數高達萬人而鴉雀無聲，將全場烘托出一股壯盛、肅穆的氣象來。

天剛亮，旭日東升，金色的陽光照耀人寰，不時反映出虹霓般的彩光來，熠熠照人，天地為之更加明亮。

迎著這宇宙間晶瑩的亮光出現在羣眾前的努爾哈赤，本身也發出了奪目的光芒。

他的鬚髮都經過適當的修飾，將略長而帶著威武之氣的臉襯托得多了三分親切；頭上戴著覆耳貂帽，身著正黃色衣袍，外罩鎖子甲與披風，足登烏拉靴；年近半百，經歷了歲月和世事的磨洗，他從眼神到舉手投足的動作，都充分流露出領袖的氣度；走在隨從們的簇擁中，他昂然闊步，信心滿滿，迎著陽光，走向一個新的里程。

走到高臺前端後，他一級一級登上階梯；行走的速度並不很快，但是平穩、端重；而心中滿懷誠敬，行走的腳步飽含肅然之氣，充塞至他的全身……

旭日緩緩上升的同時，他登上最高階。

站到高臺正中央，他先是仰頭迎向天空，舉起雙臂，有如承接使命般的手心向上，展懷矗立，然後再低頭看著預先設好的香案，焚香禮敬上蒼。

接著，他焚表祭天。

青煙自爐中嫋嫋升起，直上天際，傳達他的心聲，讓廣闊的天地瞭解、接受；他也祈求上蒼庇佑，讓他早日完成使命。

他沒有出聲，而在心中默禱：

「努爾哈赤今日接受蒙古喀爾喀五部的尊號，願來日多為喀爾喀五部造福！」

然後，由恩格德爾率領的蒙古羣眾率先發出歡呼；恩格德爾走到高臺前，以最恭敬的姿態將手中的黃表高舉過頂，再以最高的聲量說道：

「我等尊奉建州貝勒為『昆都侖汗』[7]——」

餘音未畢，羣眾再度發出歡呼，反覆多次，聲浪一波波的重疊：

「昆都侖汗——昆都侖汗——」

鐘鼓樂聲隨之而起，與羣眾的歡呼聲和在一起，傳遍整座赫圖阿拉城……

註一：日本學者和田清對這段史實考據甚詳，參見其《明代蒙古史論集》有關兀良哈三衛的多篇研究論文。

註二：和田清撰〈論達延汗〉（見前揭書，三三五頁）之四〈分封諸子〉，詳論達延汗的後裔及封地。其文之註1並云：「博羅特，蒙古語鋼鐵的意思。徹辰福晉（達延汗之妻）為她的孩子們前途祝福，七個兒子都起了帶博羅特的名字。」這七個兒子且被時人稱作「七博羅特」。達延汗去世後，因長子早逝，四子巴爾斯．博羅特勢強，而引發其後的「可汗東遷」，參見本書第一卷附註。

註三：元憲宗即蒙哥可汗，成吉思汗之孫，拖雷長子，一二五一年即位，一二五九年去世，無嗣；第二年，其弟忽必烈即位。

憲宗四年為一二五四年。

註四：八思巴圓寂後，藏傳佛教又衍生了幾個支派，各主一方，互不相容，時常發生糾紛，令有心人士為之憂慮不已，乃有高僧宗喀巴起來振臂高呼，改革弊病；一四〇九年（明成祖永樂七年），宗喀巴在拉薩大昭寺創立了革新後的藏傳佛教「格魯派」，而因此派的僧侶戴黃帽，乃被稱為「黃教」。

註五：宗喀巴圓寂後，既因弟子眾多，而黃教推行「靈童轉世」制和「活佛」的稱號，便發展出「達賴」和「班禪」兩大系統；「達賴」是蒙文「大海」的意思，「班禪」是「大學者」的意思；兩系統都採靈童轉世制傳承，成為藏傳佛教的一大特色。

清朝初年，黃教寺院的上層集團決定追認宗喀巴的弟子根敦珠巴為第一世達賴喇嘛，第二世是根敦嘉措；鎖南嘉措是他的轉世靈童，為三世達賴喇嘛；沿傳至今為第十四世。

「班禪」則起於一六四五年，蒙古固始汗加給高僧羅桑卻吉的尊號是「班禪博克多」；「博克多」是蒙文「聖人」；羅桑卻吉圓寂後，也仿照達賴喇嘛的方式採靈童轉世制，並向上追認三世班禪，於是羅桑卻吉成為第四世班禪。

註六：《清史稿．公主表》記：「初封郡主，進和碩公主。歲丁巳（天命二年，一六一七年）二月下嫁恩格德爾。」此女並有「巴岳特格格」之號。

註七：「昆都侖」是蒙文「恭敬」的意思。

2

朱翊鈞依然懶洋洋的躺著，無精打采，像個活死人般的一天混過一天。

躺久了，他感到胸口發悶頭發暈，腰背痠痛，四肢無力；但還是懶得起床透氣，隨口命太監傳喚太醫來開幾副藥服下，或者立刻進福壽膏，將肢體上的不適麻醉過去。

大明皇宮裏不是沒有喜氣來沖過——他得了孫子，做了祖父——給皇太子常洛挑來的王選侍一舉得男，皇宮裏添了丁，多了幾許生氣；但他沒有打起精神來享受天倫之樂，更沒有因此而振奮起來。

聽得太監來報，他隨口吩咐備賞，賞給王選侍和新生的小皇孫，然後，這件事在他心中便如「春夢了無痕」般的無影無蹤了。

他並非不喜歡、並非完全蓄意不把剛呱呱落地的孫子放在心上，但卻索性一連幾天都加倍沉迷在福壽膏中……確實是因為一個一閃而過的念頭，使他產生了某種極其微妙的想法：

「啊，那是常洛的兒子——」

甚至，他也連帶想起常洛的生母王恭妃來，弄得心情又變得混亂。

念頭也是忽然一閃而過——

他想，自己也許並不是真正的、非常的討厭王恭妃，而是在當時，事情發生得有些不體面；或者，是因為自己為此受到李太后責罰……

甚至，在毫無心理準備的狀況下做了父親——像是被迫接受事實，勉強自己讓命運擺布似的——當時年少，打心底裏覺得窩囊！

從一開始，心頭就打上了萬千個自己說不明白的結，陷入一種無以名之的複雜情緒中而無法自拔；到現在，既已回不了頭，也無法理清，只有再繼續過一天算一天的「混」下去！

已經二十多年了，這漫長的時日裏，各種糾紛相繼不絕，在在都令他厭煩透頂，唯一的願望是盡早結束這一切，偏偏，老是事與願違——

妖書案好不容易平息下去，可是，平靜的日子卻過不了幾天——隨著小皇孫的誕生，又將有一波新的事端興起。

「太后一定高興，但……唉！朝裏那些糟老頭，沒事兒都要找話說了，何況有事——常洛生了兒子，還怕他們不拿這個話頭扯個沒完嗎？」

他的心裏並不糊塗，早早就把事情想了個萬分通透；而事情也果然如他所料；不過短短一天時間，大臣們上的奏疏已經堆了好幾尺高。

太監們為他做了詳細的分析報告：

這許多份奏疏都是慶賀、稱頌皇長孫誕生，內容再三重複，毫無特別之處；但其中另有延伸出來的意見——不少人建議：

「今以皇長孫之誕，為普天同慶之大喜，更宜以皇太子生母王恭妃進位為『皇貴妃』……」

這是舊事重提——早在冊立常洛為皇太子時便有人提出來過，當時硬是被他給置之不理的壓了下去；這回，又得到藉口，死灰復燃；他可以想見，明天、後天……關於這件事的奏疏將多得派二十名太監都抬不動！

「唉——」

大臣們總是要干預他的家務事——他打心底裏發出嘆息，懶得說話，但心裏一片清明。

按照慣例，生了皇長孫，總要有些進位加號的儀典來妝點歡慶……

「唉——」

又是一聲長長的嘆息在心中無限制的蔓延開來，代表了他複雜得無可分解的心情；緊接著，心中又開始升起疲倦的感覺，像是在極力抵抗這一切清明的思緒似的；他不自覺的打起了呵欠，企圖讓自己昏昏然沉沉然的睡去，以避免面對這一切。

逃避是唯一可行之法……

但，這一次，他已提不起勁、拿不出力道來與大臣們對抗了——他累了，倦了，他已費去大半生的時間進行這無謂的鬥爭，直到現在才發現，輸贏都毫無意義！

橫豎連冊立皇太子的事都已經妥協，索性整個的妥協了吧！

他再次悄然嘆息……

第二天，他發出一個「搶先」的舉動：下詔上李太后尊號。

禮部的官員很快就擬妥字眼，恭奉到他面前來，他親自挑出「恭」、「熹」這兩個字，加在原來的名號前——他的母親從此成為「恭熹慈聖皇太后」！

這個舉動一出，大臣們更是認為機會來了，趁著給李太后上尊號的時機，勝算又多了好幾分；甚至，許多政治觸覺敏銳的人立刻斷定，朱翊鈞這個舉動其實是一種暗示！

於是，第二天，人手一疏的進言，應進封恭妃為皇貴妃。

即使是平常從不言及宮闈中事、以往不曾介入冊立紛爭的少數官員，也全部加入這個行列——值此之際，有誰不為王恭妃說幾句話呢？皇太子的生母是未來的皇太后，巴結上了，有助於自己的前途；更何況，平常沒有機會，現在卻橫在眼前，還有誰不伸出手去撿呢？

「他日皇太子登基，皇太后必然思及我等今日的建言……」

大臣們都有共識——這即是一種價值判斷。

於是，一向飽受冷落的王恭妃忽然成了熱門人物，成了滿朝關注的重點，人人都在議論：

「早該進位『皇貴妃』的，已經遲了二十多年了呀！」

說這話的人仔細回顧往事，當時，王恭妃生了常洛，只封一個「妃」位；鄭玉瑩生公主就進位，生了常洵之後，立刻進封為皇貴妃；那時的朱翊鈞心向鄭玉瑩，任憑大臣們寫禿了筆爭取，全都相應不理。

那時，常洛的地位沒有確立，而且有不少人心裏向著鄭玉瑩，像賭博一樣，把寶押在鄭玉瑩和常洵身上，形成一種極其微妙、極其特殊的情況。

但，當時心向鄭玉瑩的人，而今大都已經轉向，甚至轉而極力否認自己當時的立場。

也有些人的回顧僅只於幾年前；那是冊立常洛為皇太子的時候，連帶掀起少許聲浪，請進位王恭妃為皇貴妃。

當時發言的人沒有現在多——當時，絕大部分的人認為，爭取到冊立常洛，已是極大的勝利，不宜步步進逼，以免因太過分而惹惱了朱翊鈞。

更何況，爭取冊立常洛的過程，已弄得每個人都筋疲力盡……

幸好，回憶起往事來，大家還有些欣慰，對現今這次也很有把握：

「好歹，力氣並沒有白費；這一次，更不會白費力氣了！」

以往白費力氣的往事已經遠了，這一次，希望似乎已露出曙光……

但，朱翊鈞卻像吊人胃口似的，任憑這些人議論紛紛，也任憑奏疏又在皇宮中堆了幾十斤重，先來個相應不理；直到三天後，當大臣們開始因為得不到答覆而產生疑慮，原來的信心開始動搖的時候，他才像給人們一個意外驚喜似的，派了太監去向羣臣們傳述旨意。

於是，原本已略顯浮躁的人們立刻領受他的「皇恩浩蕩」，哄然一聲拜倒在地。

王恭妃的「皇貴妃」名位算是順利爭取到了。

然而，名位歸名位，實質歸實質——「皇貴妃」只是虛名虛位，王恭妃的實質待遇並沒有任何改善；她仍然孤伶伶的住在冷宮般的景陽宮中，一切供應都和往日一樣菲薄，終年不見皇帝的面，而獨自縮守在不見陽光的陰暗角落中，苦捱一點一滴流逝的光陰。

皇貴妃的名位對她來說毫無意義。

對朱翊鈞來說，這件事更無意義。

准了大臣們的請求，充其量只是敷衍，甚或只是駕馭羣臣的手段而已，對王恭妃，他根本沒有放在心上，即使准了大臣們的請求，讓她進位為皇貴妃，他也幾乎想不起她的容貌來。

而准了這件事，還有一點小小的、額外的收穫：朝臣因為又得到一次「勝利」，心滿意足了，上的奏疏自動減少許多。

這事皆大歡喜——太監們的工作量因此減少許多，他也覺得耳根清淨多了。

直到幾個月之後才又有新的事端發生，又讓他覺得「不平靜」；那便是內閣大學士沈一貫和沈鯉相繼致仕。

沈一貫去職的原因是「千夫所指，無疾而終」的典型——

世間畢竟還有些許公道存在於人心之中，沈一貫固然藉著妖書與太子案等事打擊了郭正域，並且稱心如意的斷絕了郭正域的政治生命，卻引起許多人的憤怒與不齒；幾年來，彈劾他的奏疏始終不斷；雖然朱翊鈞不看奏疏，他還是因為清楚自己受到彈劾，而感到芒刺在背。

尤其是三十三年的「乙巳京察」，再度發生了攻擊他的言官與他的私屬人馬相互鬥爭的糾紛後，他的處境變得更壞——這些言官如都御史溫純等人，原本就很為郭正域憤憤不平，在「京察」的糾紛後，溫純被他運作得致仕歸鄉，其餘的人在憤上加憤的狀況下，團結起來，集中火力對付他❶。

大家竭盡所能的注意他的一言一行，收集一切不利於他的證據，然後一起上疏彈劾，在私底下更是異口同聲的討伐、攻擊。

一段日子下來，再怎麼厲害、奸詐的人都受不了；……沈一貫只得謝病不出，以逃避面對。

但是，已經被激怒了的人們，又哪裏肯善罷干休呢？

大家證據收集得更勤，攻擊得更厲害；箇中有人仔細羅列了他自仕宦以來收受賄賂、貪污舞弊的所得，做成統計表，連同彈劾的奏疏一起送進皇宮；一面又把這份統計表刻印出來，在民間散發。

這麼一來，沈一貫連假裝生病、閉門不出都逃不過羣眾的指責；再怎麼戀棧……再怎麼不甘心……無論如何都捱不過去了，他只有上疏辭官。

而事到臨頭，他還施展出生平最後一道狠招——橫豎自己這個內閣首輔的位子是坐不住了，做鬼也要拉個墊背的！

「非把沈鯉那廝也一起拉下馬來……要不痛快，就大家一起不痛快！」

而整沈鯉的辦法多的是——

他的心裏很清楚，在朱翊鈞的私心中，根本不喜歡像沈鯉這樣秉正不撓的大臣——光是沈鯉多次上疏請罷礦稅，就足以讓朱翊鈞厭憎的了。

更何況，沈鯉因剛正不阿而得罪了不少人，最多、最直接的一羣就是礦稅太監。

他在心中逐一細數：

就在不久前，雲南發生民變，稅使楊榮被殺，宮中傳話，說要遣官逮治變民；沈鯉卻上疏陳說楊榮的種種惡行，認為楊榮死有餘辜，因此，只宜治為首者的罪，作為警戒即可，對其餘參與民變的羣眾應予赦免，以免亂事越演越烈；最後，這個建議被接受了，而楊榮的餘黨將沈鯉恨了個入骨。

接著，陝西的稅使梁永也成了沈鯉的仇家——梁永求領鎮守事，沈鯉認為不宜，把這件事給否決了。

然後是遼東稅使高淮❷。

原本，高淮假借進貢之名，率了所統練甲而來，沈鯉連夜上疏制止……

這些，想得他嘴角不經意的掀起一道獰笑：

「夠了——夠多了——光憑他得罪了這些個太監，嘿，可有他好受的了！」

梁永和高淮雖不在京師，但在京師留有不少黨羽，而且大都與他有密交，再聯絡幾個楊榮的餘黨，一起在朱翊鈞面前火上加油一番——他有十足的把握，沈鯉那頂烏紗帽將和他的一起丟掉。

果然，僅只經過短短幾天的努力……

一聽到「沈鯉」這個名字就會皺眉頭的朱翊鈞，在批准沈一貫乞休的同時也准了沈鯉乞休。

三名輔臣一下子去了兩名，僅餘的朱賡年來多病，內閣中便沒有人辦事了；但，朱翊鈞根本不在意——他一向認為，內閣輔臣越少越好，免得老是囉唆，因此，這一回，他並不忙著考慮新輔臣的人選。

「緩幾天再說吧——」

這事沒什麼好急的，慢慢來吧！

他這麼想著，便又打起一個呵欠，緩緩垂下眼皮，不一會兒就入睡了。

努爾哈赤則在積極備戰。

沒有任何戰爭即將發生的預兆顯現，他只是出自一種特殊的感應，下令預作戰爭的準備；但，這個感應並不是空穴來風——

正月裏，他接到通報，說，東海瓦爾喀部蜚悠城之長策穆特黑一行人，大老遠的繞了彎路來到建州，請求朝見他。

他當然接受，立刻擺出盛宴，舉行儀典，親自接見策穆特黑。

雙方相見，相處十分融洽、歡快，儀典與酒宴也盛大得讓策穆特黑頻頻咋舌。

就在酒宴上，策穆特黑向他說：

「我部早就想來歸附建州——以往，因為路途遙遠，音訊難通，無法交結建州，我部只得附於烏拉部；但，烏拉部貝勒布占泰暴虐驕橫，常強奪我部婦女財物，凌辱我部眾人……我部人忍辱苟活，勉強熬到今日；聽說建州貝勒善待人民，又受蒙古五部推擁為『昆都侖汗』，因而不辭遠路，歷經辛苦，來向建州求告，乞請容我部人移家來附！」

他說得十分真切，努爾哈赤聽了，心中升起無限感慨，嘆口氣說：

「布占泰太不懂事了——我放他回去烏拉，扶助他為部長，他卻弄得眾叛親離！」

對策穆特黑的請求，他當然一口答應。

「你放心，這事一點都沒有問題——建州一向敞開大門，歡迎任何人來歸附；而且，一旦成為建州子民，便再也不會受到任何凌虐！」

說著，他立刻仔細問清楚瓦爾喀部的人丁、牲畜之數，隨即對策穆特黑說：

「你這趟回去就即刻準備遷移諸事，我也命人盡快騰出房舍，好讓大家安居！」

策穆特黑感激涕零的拜倒在地：

「昆都侖汗果然不會令人失望！」

而就在這一瞬間，努爾哈赤心中掠過一道特異的光，觸動了另一個想頭；於是又對策穆特黑說：

「由東海到建州，路途遙遠，安全可慮——不過，你大可放心，我將派出軍隊保護，讓你們平安到達！」

說完立刻付諸實行——當著策穆特黑的面，他下達命令：

「著舒爾哈赤、褚英、代善、費英東、扈爾漢率三千人馬，前往蜚悠城，保護瓦爾喀子民來歸！」

但，命令下達的同時，心情也陷入一種微妙與複雜中，他忍住不說，甚至勉強自己將這一縷感受壓下心底——藉著向策穆特黑勸酒，把心思遮掩過去。

一直等到大隊人馬離開赫圖阿拉向蜚悠城出發的時候，他才澄下心神來仔細省思；反覆想了又想之後，他發出一個無聲的、長長的嘆息，心中悄聲自語：

「這些，難道都是天意？」

他想著那即將成為建州子民的瓦爾喀部人，以及牽連了烏拉部的複雜關係，心裏便一路往深處想下去，往事也重回心頭。

當初，九部聯軍之役中擒獲布占泰，不但不殺，反而恩養，自然是出自善意；之後，送布占泰返回烏拉，繼滿泰為部長，更是出自善意；而隱藏的目的乃是希望與烏拉部締結深厚的友好關係，必要的時候可以為援為用；甚至，期望有朝一日，布占泰會主動歸附，使統一女真的大業能更順利的完成。

但，這些年來，他透過留在烏拉部的人員傳回來的消息，徹底瞭解了布占泰的所作所為，常常是倒抽一口冷氣。

在骨子裏，布占泰又是一個「納林布祿」——雖然實際行為還沒有完全表露出來，沒有和納林布祿一樣，明白的暴露出野心。

烏拉是大部，做了部長的布占泰在經過一段時日的經營、擴展之後，局面逐漸穩定，實力開始增加，心思也就逐漸轉變，變得和納林布祿一樣，意在成為「女真共主」了。

而或許是因為在建州居住了四年的關係，布占泰學到他收服小部、融合為己部以快速增長、壯大的方法，一俟烏拉部有了力量，便開始出兵攻打周遭各小部，大肆劫掠人畜財物。

靠近烏拉部的東海女真首當其衝，飽受侵略之苦；同時，布占泰還時常越過國界，去到朝鮮，劫掠在邊境屯墾的女真人❸，幾年下來，收穫不少。然而，布占泰只學會他的「收」，沒有學會他的「服」——布占泰不但沒有和他一樣善待新收得人員，使之心悅誠服的融合成建州子民，還時時以暴力凌虐，做法和他完全相反。

這次，瓦爾喀部不堪凌虐，率部來投建州便是一個明證。

「布占泰不是個大才，漢人說，得人心者得天下，這個道理他不懂……失了人心，會眾叛親離，落到敗亡的下場……他不懂……偏偏又不甘屈居人下……唉！」

烏拉部的命運已能預見，但也意味著，過程中，布占泰將引兵一戰，而不會主動歸降……

這一想，想得心裏升起絲絲寒意，而且很自然的想到了阿巴亥。

當初，是布占泰執意將阿巴亥嫁來建州——是為了感恩圖報吧，布占泰以親侄女為禮——

幾年下來，他也挺喜歡阿巴亥。

她不但美麗，而且聰明伶俐，反應快，處事周到；且在一年前為他生了第十二個兒子阿濟格——儘管她年紀小，成婚的時間最晚，在他心裏的分量卻越來越重。

但，她是布占泰的侄女——

驀然間，他想起了蒙古姐姐來：

「這些來自扈倫四部的女人，會是生就的苦命……蒙古姐姐嫁來的時候歡歡喜喜，但，沒多久兩邊就開戰，心裏苦……直到臨終，心裏還拴了個疙瘩，走得不瞑目！」

這麼一想，情緒當然壞了，事情也想不下去了；他索性撇開這些，思考別的問題；而且下意識的發出命令，加緊操練兵馬備戰——

一連幾天下來，他親披甲冑，在操練的陣上指揮，有時也親自下場，親率人馬衝刺，親自挽弓射箭，在震天的喊殺中忘情所以。

正月裏是大雪紛飛、寒冰封凍的季節，但是，他和他的人馬因為加緊操練而沒有寒冷的感覺；甚至，整個半天操練下來，人馬全都汗流浹背，體內熱血沸騰，精神更加勃發。

他沒有向部屬們透露出任何存在於心中的微妙感受，而只是大聲訓勉、激勵：

「瓦爾喀部即將來歸，我建州的子民又能增加許多……現下，建州已是遼東最大的一部，我軍更需練得兵強馬壯，才是名實相副！」

這話很令人信服，於是，大隊的人馬往來操練，士氣更加高昂，戰技更加精良，令他非常滿意。

然而，世上總會有許多出人意料之外的事發生，竟是不可思議、難以置信的事實——他隱隱有預感、全力準備的戰爭並沒有發生，但，等到舒爾哈赤等人從瓦爾喀部返回建州，來向他報告此行的情況時，他才確知：戰爭已經發生過了！建州軍已和布占泰所率的烏拉軍大戰了一場……

註一：「乙巳京察」之前的糾紛是都御史溫純彈劾御史于永清及給事中姚文蔚，不久又加上給事中鍾兆斗，這三人都是沈一貫的人，接著，御史湯兆京、溫純這方彈劾沈系人馬，雙方對立。「京察」開始後，爭鬥更烈，溫純與吏部侍郎楊時喬主持京察，鍾兆斗、錢夢皐等沈系都被罷黜。《明史．沈一貫傳》記：「一貫怒，言於帝，以京察疏留中。久之，乃盡留給事、御史之被察者，且許純致仕去。於是主事劉元珍、龐時雍，南京御史朱吾弼力爭之，謂二百餘年計典無特留者。時南察疏亦留中，後迫眾議始下。一貫自是積不為公論所與，彈劾日眾，因謝病不出。」

註二：梁永、高淮罪行詳見《明史．宦官傳》。

註三：元末明初期間，許多女真人進入朝鮮地區，耕牧居住，一些酋長還向朝鮮朝廷納貢稱臣，請求保護，朝鮮朝廷接受了，稱他們為「藩胡」，以他們作為邊境的藩籬。努爾哈赤起兵後，收了不少「藩胡」；據吳晗《朝鮮李朝實錄中的中國史料》（北京．中華書局．一九九〇）所錄，布占泰勢強後以暴力侵奪，甚至殺戮很慘，也曾大敗保護他們的朝鮮官軍，造成邊境禍亂。

3

第一次出任務的代善，從出發前心情就處在極度興奮中，一路上，他與褚英並轡而行，臉上、眼中的光彩比褚英多了好幾倍；又兼得好奇，無論什麼事都再三追問褚英；幸好兩人是同母親兄弟，褚英的年齡也沒大他多少歲，不但沒有生出厭煩之心，一路為他詳加解釋說明，還興高采烈的以輕快的語氣說話，間雜著幾句玩笑，聽得代善哈哈大笑；於是，一趟行軍的任務給他們執行得像個遊樂活動。

但是舒爾哈赤對這幼稚的言行產生了極度的不耐，第一天夜裏紮營的時候，就把兩人叫過去，以命令的口氣交代：

「你們兩個，一路上扯來扯去的講個沒完，一點體統也沒有——明天上路的時候，索性不要走在一路；一個跟我走在前頭，另一個，到隊伍的後頭去！」

但，這少不更事的兩兄弟又哪裏聽得進去呢？他才一掉轉頭走開，代善就伸著舌頭嘻皮笑臉的說：

「奇怪！他可是長了順風耳？咱們離他好一大段路，他還聽得到咱們說話？」

褚英畢竟大了幾歲，多懂些世故，便講解給他瞭解情況：

「是咱們身邊的人告訴他的——他派人仔細盯緊咱們呢！」

代善詫道：

「他以為咱們是小孩，怕走丟了嗎？」

這個問，褚英沒辦法回答，只好隨口說：

「隨他怎麼想吧！」

代善卻接著問：

「但是，他這麼說——明天上路，咱們該怎麼走呢？」

褚英一聳肩，道：

「他說歸他說，由他說去——」

代善卻從他這句話中得到了靈感，拍著手，歡呼起來說：

「是啊！父汗叫我們跟他走一趟，又沒說凡事都得聽他的！」

於是，兄弟倆更加不理會舒爾哈赤的話；第二天上路的時候，兩人依然故我；只在表面上對舒爾哈赤維持了基本的禮貌，沒有當面頂撞、反駁而已；每當舒爾哈赤說了些交代、吩咐，乃至於命令的話，兄弟倆都一陣嘻哈，敷衍過去了。

而這些近乎童稚的行為，對年齡才二十多歲的兩兄弟而言，竟是件暗自得意的事——兄弟倆總是在背後偷笑著說：

「看他奈何得了什麼？」

兩人當然料想不到，舒爾哈赤已經氣得心中暗恨不已，隨時都在咬著牙暗罵：

「兩個乳臭未乾的小子，簡直不知死活！」

偏偏，新的衝突又來了——隊伍到達蜚悠城的時候，夜裏紮營，碰巧是陰晦的天氣，大雪不止，而且月亮被烏雲擋住，天上一片漆黑，沉沉的沒半點光；但，就在眾人準備就寢的時候，幾名守夜的軍士快步進來報告：

「我軍的大纛上有一圈紅光——不知是什麼東西發出的！」

這下引得大家都好奇的出帳去看，一看果然有光在纛上，但是誰也無法解說那是什麼；一時間，人人都傻住了。人羣中有人出了主意，請博學多才的費英東來看；但是，費英東看了也說：

「以往，從未有這樣的事！」

想了好一會兒之後，他吩咐：

「將那面纛降下來看看！」

於是，軍士們七手八腳的去降下那面大旗，送到費英東跟前。但，旗面上什麼也沒有……幾個人伸手摸了又摸，也把旗面攤開來仔細看了又看，還是什麼也沒有——好端端的纛，平凡得毫無異樣。

費英東只好吩咐：

「再升上去吧！」

不料，這一升，高懸在半空後，纛上又發出一圈紅光。費英東不說話了，低下頭，陷入沉思之中；但，舒爾哈赤不等他思索出結果就大聲的表示起意見：

「這不是吉兆哪——」

他不顧自己的語言將影響到軍心士氣，大咧咧的說道：

「我從小就東征西討、走遍各地，什麼大小事都見識過了，就是沒見過這樣奇怪的情形——這個不好，不好，大大不好！古人說，行軍在外，見異不吉；這是個壞兆頭！咱們別再前進了，還是收兵回建州去吧！」

他越說聲音越大，脖子越粗，情緒也越激動，彷彿自己已深入險境，非馬上返回不可般的失了控。但，他的話剛講完，年少氣盛的褚英就已經按捺不住，連基本的禮貌都忘了顧及——褚英衝著他，兜頭就是一串義正詞嚴的話：

「什麼兆不兆的？你憑什麼說這是凶兆？我偏說是吉兆，一輪紅光，何『凶』何『壞』之有？更何況，父汗命我等保護瓦爾喀部的子民，你竟連蜚悠城都還沒有走到就想退回——回去以後，拿什麼臉去見父汗呢？」

代善也搶上來補一句：

「要退，你自己退回去好了，我們可不退——沒有完成父汗交辦的事，我們絕不回去！」

舒爾哈赤被他倆說得臉上青一陣，白一陣，氣得兩排牙齒互撞得格格作響，暗罵著說：

「好……好……好……你們這叫作『父是英雄兒好漢』，就讓你們活活去送死好了！」

可是，一轉頭看到費英東的神色，竟是傾向褚英兄弟，又暗忖著果真就此退回建州，必然會受到努爾哈赤的責罰；於是，剩下的話索性不說出口，轉身回帳睡覺去了。

第二天一早，他更是什麼話都不說，由得大隊人馬往蜚悠城進發，自己無可無不可的騎在馬上有一搭沒一搭的走著。褚英和代善卻像得著了空前的大勝利似的，興高采烈的一路前進；到了蜚悠城後，更是熱情洋溢的幫著策穆特黑清點人戶，整裝上路……

瓦爾喀部的子民共有五百戶，連同老弱婦孺，總數三千多人；一切就緒後，決定由扈爾漢率三百兵丁保護這三千多人先行，褚英和代善居中，費英東走在最後押隊——舒爾哈赤無人能約束他，由他自己隨意。但，隊伍剛出發，就遇上變故。

這變故非但是褚英、代善這初生之犢不曾預料到的，便連博學多聞、經驗老到的費英東也沒有料想到——

才走到圖們江畔鍾城附近的烏碣岩，烏拉貝勒布占泰竟然率領了萬人之眾，來到半路上攔截這支隊伍；扈爾漢率領先行的護衛人馬只有三百，眾寡的比數非常懸殊——一聽到布占泰率萬人來攔的消息，他確實大吃一驚；幸好他不是庸碌之輩，即便事起倉促，臨時應變，也沒有亂了分寸與手腳……

他迅速的考慮了眼前的情勢，決定了應對之策，並且就著手上僅有的三百人馬，做出最適當的調配與部署，並且盡可能的加快速度進行。

第一道命令發下，他讓瓦爾喀部子民在就近的山巔上結寨，並分出一百兵丁護衛。

第二道命令是指揮其餘的二百兵丁，據山的另一面結營拒守。同時，他派出快騎，飛告走在後面的褚英、代善、費英東等人，請他們加快腳程來援。

第二天早上，布占泰發動了攻勢。

烏拉軍人多，一開始就採取包圍戰的攻勢，但，扈爾漢的戰略又高一籌。

由於建州軍是據山結營以拒，烏拉軍無法做全面性的包圍，翻越後山由背面進攻需多費時日，只能從正面及左、右二方進攻；卻因建州軍分成兩營相結，互成犄角，進攻任何一面都會受到牽制，占不到什麼便宜；而布占泰又非不世出的將才，只仗著人多，聲勢看起來大，一聲令下便發動攻勢。扈爾漢則採堅守之策，人馬不輕出，直到敵軍逼近才迎擊。

建州軍人數雖少，卻都是訓練有素的精銳，個個能以一當百；大將楊古利更是武藝超羣，烏拉軍一近前便大展雄威，仗著手中一柄長刀，帶著十名親兵守在營前把守第一關。烏拉軍一擁而上，楊古利絲毫不懼，單刀匹馬迎戰，不過片刻工夫就誅殺了七名烏拉軍。

雖則力殲了七人，與萬名敵軍的比數還是十分懸殊，但烏拉軍卻被他個人的勇武給震懾住了，一時間，非但沒有人敢再向前與他搏鬥，還有人在悄悄的後退，甚至做開溜的打算。

布占泰再三催軍前進，還是沒有人肯向前……莫可奈何之際，他只得下令就地紮營，與建州軍相對峙、對抗；而後續的事更不如他的意——

未時才過，褚英和代善率領著人馬趕到了。兄弟兩人麾下的人馬雖只各五百，總數一千，但有著極強的戰鬥力，何況，初生之犢根本不畏虎。

到達後，兄弟倆兵分兩路，各率五百人馬緣山奮擊烏拉軍；原先採守勢的扈爾漢也立刻改成主動出擊，讓楊古利率一百人衝出陣來與褚英、代善三面夾擊烏拉軍。

三路人馬大展神威，英勇搏殺，人數眾多的烏拉軍落得個節節敗退。

布占泰心中著急了，好幾次衝動得想策馬奔到第一線上去親自衝鋒，都被幾名親信強力攔住，大家異口同聲的勸他：

「敵軍士氣高昂，貝勒不可輕易涉險！」

布占泰萬般不甘心，恨得咬牙切齒：

「我以萬人之多，敗給這兩個乳臭未乾的小子……真正氣死人！」

不料，話剛說完，前方戰場上又有了新變化：費英東也率著人馬趕到了——這下，烏拉軍更加失利。布占泰的親信們立刻建議：

「貝勒，您先離開此地吧——」

情勢確實已經壞到「走為上策」的地步，而且，再遲一會兒就來不及了。

布占泰先是大嘴一張，欲待發出些呼吼的憤怒之聲來，但心裏登時想起十幾年前的「古勒山之役」，自己兵敗被俘，在建州待了好些年的往事來。

一股寒意從心底上湧……他便連言語上都不敢再逞強，忙忙的吩咐親信們：

「調些人馬護衛！」

說罷，自己先掉轉馬頭，一陣煙似的跑了。

這麼一來苦了他這一干親信，只能就著身邊能召喚到的人手聚集起來，追在他後面擔任護衛，盡快逃離現場。

偏偏，正在戰場上衝殺的代善一眼看到這支隊伍朝反方向而去，估計是臨陣脫逃，他年少氣盛，想也不多想一下，就撇開正在廝殺中的對手，單槍匹馬的衝過去追趕布占泰，不一會兒工夫就追上了。

護衛布占泰的人馬只好分出一部分來應戰，其餘仍舊保護布占泰竄逃；應戰的人馬很快就與代善近身相搏起來，帶頭的是統兵博克多，在烏拉部中本也不是尋常之輩，但，這回全然不是代善的對手，才不過幾個回合就失手被斬；剩餘的烏拉兵一哄而逃，再也無人敢與代善交鋒，但是，逃也逃不遠——褚英已在這當兒率領建州軍追了上來，倖得逃生的人全成了俘虜。

這一戰，當然是建州軍大獲全勝……

統計數字出來了，褚英親自在努爾哈赤跟前朗聲誦念，臉上同時浮現著得意的光芒：

「我方陣斬烏拉部的主將之一博克多及其子，生擒的有貝勒常住父子及貝勒胡里布……斬三千級，獲馬五千匹，甲三千副……」

努爾哈赤也露著欣喜之色，頻頻點頭，嘉許說：

「很好——你們這一次，以寡勝眾，成績非常好，統統都有獎賞！」

他隨即下令，賜號舒爾哈赤為達爾漢巴圖魯，褚英為阿爾哈圖土門❶，代善為古英巴圖魯。

然而，第二天午後，他卻特地派侍衛去傳費英東單獨前來問話。

費英東早經他任命為「札爾固齊」，一向是他所器重、信任的人，因而毫無保留的詢問：

「烏碣岩開戰的時候，舒爾哈赤究竟是怎麼回事？褚英和代善畢竟年少，問你才適當！」

費英東是耿直的人，也就一五一十的回答他：

「當時，扈爾漢僅率三百兵丁，褚英、代善和我各率五百，其餘人馬由舒爾哈赤和常書、納齊布率領；扈爾漢先行，遇敵最先，褚英和代善隨後趕到，克敵制勝，我到達烏碣岩時，戰事已將近收尾，僅是助戰；舒爾哈赤及常書、納齊布率兵在山下袖手旁觀，始終未出半分力！」

努爾哈赤沉吟了一下，嘆出一口長氣：

「別的人也這麼說——依你看，舒爾哈赤心裏犯什麼邪？」

費英東想了一想說：

「或許，因為布占泰是他的女婿……」

一頓之後，他隨即補充：

「但，這一趟，他在未到蜚悠城之前，即不願率隊前進了！」

他索性把蠹上之光也向努爾哈赤說了一遍，話盡量說得完整、客觀。

努爾哈赤聽了以後，半晌不出聲；費英東瞭解他正在思索事情，便不出聲打擾，直到他思考完畢，有了決定。第二天，努爾哈赤命人把舒爾哈赤找來，告訴他思考後的決定：出戰不力的人必須受到處罰。

不料，舒爾哈赤的態度非常壞，兄弟兩人幾乎吵起來——事因當然是舒爾哈赤堅決反對處死常書和納齊布兩人——為了堅持這一點，他不惜向努爾哈赤拍桌子，大聲吼叫：

「殺他們，就是殺我——他們是聽我命令進退的，根本沒有他們的責任！」

他甚至蠻橫的嚷：

「別以為你當了大汗，就可以隨便殺人！我就是不答應！」

這種態度與言語，當然把努爾哈赤氣得臉色發白，雙手握拳；但，奇蹟出現了。

不過片刻工夫，努爾哈赤的神色就變緩了——他非但沒有大發雷霆，沒有重責舒爾哈赤，反而輕輕的點了一下頭，然後說：

「好吧——那就給他們一些薄懲吧！」

他隨即下令，常書罰金，納齊布取消所屬人丁——如此而已，果然只是「薄懲」。

這麼一來，舒爾哈赤就沒什麼話可說了；原本紅了臉、粗了脖子的神色也因為這麼一呆而變得非常不自然，舌頭像僵住了似的，嗓子裏訥訥的發不出聲音來；過了好一會兒，索性一甩頭，轉身走開，踏著大步出屋去了。

努爾哈赤直到他走遠了，眼神中才漸漸流露出一道特異的光芒來；他的眼神是堅定而有力的，像是下定了一個深重的決心，也像埋進了一個新的風暴。

註一：《清史稿校註》卷二百二十三記：「阿爾哈圖土門，譯言『廣略』。」褚英亦稱廣略貝勒。

4

大明朝在表面上倒是沒有任何的風暴——未來的風暴像一顆種子般悄悄埋下。稍稍透出隱藏之外的顯像，是在朝廷的人事異動方面。

四月裏，已經延宕許久的內閣大學士人選終於有了明確的下文；朱翊鈞同意了三名大臣入閣，成為新任大學士，那是前禮部尚書于慎行、禮部侍郎李廷機，以及南京吏部侍郎葉向高。

于慎行字無垢，東阿人，隆慶二年進士，改庶吉士，授編修，於萬曆初年參與《穆宗實錄》的修撰，實錄成後進修撰，充日講官。

當時張居正勢盛，他因不阿附而失意官場，稱疾歸隱，直到張居正逝後才起故官；他熟悉典制，許多大禮都由他裁定；萬曆十八年，因為上疏請早立太子及出閣讀書，讓朱翊鈞不悅，嚴旨切責，他索性辭官；直到萬曆三十三年才有轉機，命起詹事府，重返京朝；這一次廷推閣臣，他名列第一，被授加太子太保兼東閣大學士。

但，這年他已六十三歲，正染病在身，勉強應推入閣，無論內在與外在都已步履維艱……

李廷機字爾張，晉江人；少時得意科場，鄉試、會試都是第一，殿試則成第二名的「榜眼」，因而授官編修，不久改祭酒。

他做官十分廉潔，做人卻帶著幾分固執，因此在宦途上不能一帆風順。

萬曆二十七年，他在南京吏部右侍郎的任上典京察，處理得十分公正，後來兼署戶、工二部事，綜理精密；轉任禮部左侍郎的時候，正好遇到郭正域的事，他暗自維護郭正域，和幾個同僚盡快的定了皦生光的罪，避免了許多無辜的株連。

這次廷推入閣，他雖然遭到不少人反對，自己也謙辭了三次，但最後還是順利的上任了。

葉向高和李廷機是萬曆十一年的同科進士，而且前半生的宦途也一樣不順遂。

他字進卿，福清人，中進士後授庶吉士，進編修，不久遷南京國子監司業；萬曆二十六年被召為左庶子，充皇長子侍班官；他是個正直、頗有遠見又有擔當的人，對礦稅造成的弊害很敢於直言，並且不停的上疏勸諫；朱翊鈞當然聽不進去，甚至，根本不聽、不理會，一連幾年，他完全徒勞無功，而且還影響了仕途。

不久，他被擢為南京右侍郎——這是明升暗降，南京的一切官職在編制上一如北京，卻無實權，形同虛設；但，他有著讀書人的熱血與理想，以及一股傻勁，實質上賦了閒，心卻不閒，仍然不停的上疏切陳利害，請罷礦稅；妖書案起的時候，他更是大力諫陳，甚至直接致書給沈一貫。而這些正直的行徑，令沈一貫心中暗自記恨，想盡了方法打壓他。因此，他在南京待了整整九年。

但，世間畢竟還有些公道人心……他的正直敢言固然讓他得罪了小人而失意官場，卻在讀書人中贏得尊敬，使他在輿論界與民間都有很高的聲望，這次廷推閣臣，便以清望入閣。

人在南京，接到聖旨的時候已經是五月間，他開始準備北上；先是清理了任上的大小事務移交，而後整頓行囊……在南京一待九年，朋友知交當然不在少數，聞訊後大家逐一來為他餞別送行。

好友中最特別的是以顧憲成為首的東林諸人——因為氣味相投，他一向與這羣朋友最談得來，往來最密切；這一次，在他面臨個人仕宦以來最大的轉捩點之際，更要在北上之前與好友們做一番長談。

所談的當然是國計民生、朝政時局……

事實上，東林書院自落成、開始舉辦各種集會以來，學術研習與會談只不過是其中之一，還有許多次的集會是以議論朝政、月旦人物為主……東林諸人的人生目標並不是做個隱居山林、讀書自娛的出世者，而是積極進取、從事政治改革以挽救世道人心；儘管所有的成員都已被迫辭官，但是，所關心、所談論的還是政治改革。

葉向高雖非東林成員，但參加過好幾次東林的集會，與顧憲成尤其私交甚篤……於是，他的入閣，使東林的發展有了新變化。

這也有如一顆種子落了地，將要很快的生根、發芽，長成一個新的生命。而新生命的茁壯，無論形式為何，都是令人感到欣喜的——

東林的茁壯並不為努爾哈赤所知，他感到欣慰的是建州的茁壯——烏碣岩一役的戰果太好，太令他滿意，也促使他乘勝再更努力的擴張建州的勢力。

他精心規畫……

五月裏，他派出自己的幼弟巴雅喇，和額亦都、費英東、扈爾漢三人率領一千人馬征討原來附於烏拉部的東海渥集部。

這場仗只是「演戲」——渥集部的虎爾哈路早在多年前就到費阿拉入貢，並娶建州之女，雙方關係非常好；最近，因為布占泰恣意侵凌，渥集部人難以忍受，私下商議之後，決定來投建州。

上上之策是不露痕跡，避免與烏拉部發生衝突，引起烏拉部搶先入侵或追殺；於是暗中派人來與努爾哈赤商議，演出這場「征服」、「俘虜」的戲碼。

巴雅喇、額亦都、費英東、扈爾漢，每一個人都是建州的重要臺柱，浩浩蕩蕩的領兵出征，聲勢非常大，渥集部則裝模作樣的向烏拉部求援；烏拉部一看，建州的「五虎將」出動了三名，巴雅喇且是努爾哈赤的親弟弟，這支隊伍的戰鬥力之強可想而知，索性頭一縮，裝作沒有接到求援報告而不予理會；於是，建州軍一路長驅直入，渥集部望風而降，不到一天時間，建州軍輕而易舉的取得了赫席黑、俄漠和蘇魯佛納赫托克索三路，俘虜了二千人，然後凱旋而還。

而對這場「表演戰」，努爾哈赤一樣獎賞了所有付出辛勞的人，設宴慶功，妥善安置渥集部人，也全力進行後續的計畫——這件事對他來說有如樂曲的前奏，真正的重頭戲在後面。

他決定要在短期內對付、消滅輝發部和烏拉部——吞併扈倫四部是早在多年前就預定的事，如今，哈達部已在他的手中消失，剩下的三部也是遲早的事；而事情的先後順序要按照現實的情勢來規畫，這一次，他排定的順序是先滅輝發。

這當然不是沒有原因的。

輝發部在其始祖星古力七傳至王機砮後，王機砮招服臨近各部，在輝發河畔的扈爾奇山上築城——這個地方，東面和南面是建州，西面與哈達為鄰，北面相接烏拉；自從哈達部被滅後，輝發便東、南、西三面都被建州包圍，這使得輝發部惶惶不安，時常憂慮會被建州吞併，而苦思對策。

偏偏，輝發部的貝勒拜音達里並不是個有才能的傑出人物，而且貝勒這個位子得來不正。

他是王機砮的孫子——王機砮共有八子，他是長子之子——祖父王機砮死時，他的父親已先死；而他雖非傑出人物，卻有野心，手段也狠。

悶聲不響的，他先殺了七個叔父，然後自立為貝勒，當起輝發的領袖，不久就自認為不可一世起來。

怎奈，事實的發展超乎他的料想：殺光了叔父們之後，非但沒有消滅掉部中反對他、與他爭位的勢力，反而使得輝發部和他自己都陷入困難的處境；先是他的堂兄弟們帶著手下人馬集體逃出輝發城，投靠葉赫貝勒納林布祿，準備借葉赫之力來找他復仇；接著，部屬中也有一部分人因為畏懼他的凶狠而準備叛逃。

無可奈何之際，他只好來向努爾哈赤求援，說，願以七個重要部屬的兒子作為人質，交換建州的援軍。

努爾哈赤答應了他的請求，派了一千人馬援助他，將輝發的內部安定下來。

但，納林布祿知道了他向努爾哈赤靠攏的事，立刻使出挑撥的手段——他派出葉赫部中最能言善辯的人擔任使者，去向拜音達里傳遞口信：

「你若撤回留在建州的人質，我就把背叛你的輝發部人全數送還，任由你發落！」

這話讓拜音達里心動——他正恨不得殺光那些叛徒，於是，立刻轉向，與納林布祿交好，一面撤回留在建州的人質，還把自己的兒子送到葉赫當人質。

哪裏知道，納林布祿對他的許諾只是一種手段，一等他疏遠了建州就背信，根本不送還逃到葉赫的輝發叛徒。

這下子，他兩頭都落了空，心裏慌得不得了，只好硬著頭皮再次投靠建州。

他派人向努爾哈赤哭訴，說自己是被納林布祿的謊言所欺騙，現在自知受到愚弄了，後悔莫及，此後定然永遠歸附建州；而且，他向努爾哈赤求親，請求嫁一個女兒給他，以自己為子婿。

面對這情況，努爾哈赤做了仔細的考量，而結果仍是「以大局為重」：

「原諒他這一次，答應他的請求——與他結了親，可以孤立葉赫，那才是重要的事！」

於是，努爾哈赤很快給他明確的答覆，答應了他的請求，並且要他擇日前來迎親。

不料，拜音達里竟然又猶豫起來：

「娶了努爾哈赤的女兒，一定會得罪納林布祿……葉赫也是大部，可怎麼好？」

想來想去，自己便害怕起來；到了該去迎親的日子，他躲了起來，不敢露面，而且連派個人到建州說一聲都不敢，讓努爾哈赤白白的空等一整天。

努爾哈赤當然勃然大怒——

「已經原諒過他一次了，不能再有第二次，否則，我豈非失了威信？」

因此，他很快做好計畫，九月裏，親率人馬征討輝發。

輝發城距離建州並不遠，不到半天的行程就到了；輝發城建築在山上，地勢十分險峻，但是，整個輝發部中並沒有特別優秀的將才，軍心士氣更是低落，一聽說建州軍來攻，沒有人敢出城迎擊；拜音達里只得下令閉城堅守，自己帶著兒子在城樓上坐鎮，一面向天祈禱：

「望上天庇佑，我輝發城城堅路險，建州軍難以攻打，自動退兵——」

但，上天似乎沒有傾聽他的聲音……

人馬由下向上仰攻，固然有許多困難，輝發城據有天險也確是特殊的條件；可是，建州軍的精良戰技是千錘百鍊般苦訓出來的成果，沒有任何天險可以阻擋這後天努力來的實力……雙方僵持不到一天半，建州軍就順利攻破輝發城。

拜音達里父子身首異處，扈倫四部也就只剩下葉赫與烏拉。

5

葉向高在萬曆三十五年十一月到達北京城。

季節已是寒冬，他到達的這一天更兼雨雪齊下，北風呼吼，不但冷得徹骨，還雨雪載途得寸步難行，彷彿在預告著他未來在官場上的路途，也將走得這般艱辛……

而後，來迎接他的官員告訴他朝廷中最新的消息，竟然是：

「于慎行于大人已經過世了！」

他險些失聲驚呼。

「入閣才短短數日，便與世長辭——豈非，壯志未酬……」

這次受推入閣的只有三人，于慎行先逝，便只剩自己與李廷機，加上原先的閣臣朱賡，總共只有三人，朱賡老病不出——未來國事的重責大任，就要由兩個新閣臣來擔任？他想問：

「萬歲爺可會再多增一、二人？」

但是，話到舌尖就打住了；他明白，這話問了也是白問，索性就算了——他雖然在南京一待九年，北京朝中的事卻不陌生；皇帝已經多年不上朝、不理政了，沈一貫和沈鯉去職後許久才勉強辦廷推，批准三個人入閣；如今，要以于慎行之逝而補人，根本不可能。

「唉——」

一聲長長的嘆息自他的胸臆間發出，但，他仍然覺得胸口發悶，梗著個不知名的東西，而沒有隨著嘆息聲散發出去。新官上任，本來是件喜事，於他卻只有沉重之感……他的背不自覺的彎駝了下去，心境在無形中蒼老了十年，眉頭更是緊皺，他想：

「只能走一步算一步了——」

第二天起，他開始辦理到任手續，一大早就忙和起來；卻不料，忙不迭的趕到朝廷中，所面對的竟是一個令他驚訝萬分的冷清場面。

朱翊鈞根本不上朝，內閣首輔朱賡病了，次輔李廷機也稱病，六部官員中出缺的、「拜疏自去」的，佔了將近一半，再減去告假的，站在殿上的人只有原先的一半……他錯愕得以為自己走進了一個虛幻的、不存在的、荒謬的世界中，既無法相信眼前的一切是真實，卻又不能不面對眼前這一切真實。

他暗自用力，克制住心中的感受，盡量流露出平和的面貌，與眼前的人逐一施禮；大家都對他十分客氣，一應寒暄都合於禮數……但是，半天過去了，朱翊鈞始終沒有露面，官員們也都習以為常的乾站上半日，什麼事都沒有做，然後卜朝了，各自打道回府，如鳥獸散。

人羣散後，他的錯愕感飛快返回：

「這是大明朝廷嗎？」

眼前的情況遠比九年前壞了無數倍……九年前，儘管朱翊鈞不上朝，六部官員中任事的還不少，也有不少敢忠言直諫的人——那時，朝廷中至少還有一股「氣」在，而今，什麼都沒有了；他看到的是人心渙散，衰頹無力……像一個生命已處在迴光返照期。

「這竟是大明朝廷呵——」

但，事實的一切又由不得他不接受；更甚者，他自己竟是這個已瀕臨死亡、滅絕的朝廷的新任內閣大學士！

午後，他依禮前去拜訪首輔朱賡。

朱賡病重是真實的——並不是得了「政治病」，在家避風頭——年紀大了，得病已好一段日子了。朱府管家禮數周到的將他延至大廳，非常恭敬的奉茶奉點心，然後仔細告訴他朱賡的病情；他每聽一句，心就往下沉一分，諸如「特來請益」這類的話就出不了口，而心中緩緩升起一個念頭：

「朱閣老怕不久人世了！」

話當然也沒有出口，但令他不由自主的打了個冷顫，全身一陣僵麻。

「我家老大人數度辭官，怎奈萬歲爺無有聖旨下來，老大人不敢擅自離京，返鄉養病……如今，實已……沉重……」

老管家娓娓的訴說著，反過頭來向他請託：

「大人如若得見天顏，望乞代我家老大人求請，准予辭官返鄉……」

他無言以對，唯唯諾諾了一陣之後告辭離去；上了馬車後，心裏難過得幾乎落下淚來，再三自我勉強都沒有辦法控制情緒；無可奈何之際，只得取消了原訂接下來拜訪李廷機的計畫，黯然返回住所。

一整個夜裏，他的情緒始終無法改善，心中再三反覆的想：

「世上竟有這等荒唐事——內閣首輔行將就木，皇帝竟儼如不知情……」

他不只是為朱賡不平，而是連帶想到了整個大明朝的窘弊，悲哀的感覺溢滿心頭。

而後，日子一天天過去，這「荒唐」的情況連帶降臨到他頭上：他自到達北京就任新職後，轉眼一個月過去，竟然都沒能見到皇帝的面；一個多月後，才總算見到了面，但卻是宛如電光石火般的一剎那而已。

那是在元旦那天，例行的朝賀儀典上。

典禮的進行一如大明立朝以來的往年……朱翊鈞這天彷彿受到列祖列宗催促般的起了床，在太監們的簇擁下，款款來到午門，在震天的樂聲中接受文武百官的朝賀；可是，還不等跪在地上，山呼萬歲的官員們止聲起身，就已經在太監們的攙扶下顫巍巍的離開了。而呼完萬歲起身的官員對這個怪現象已經習慣了，見怪不怪了，沒有人面帶詫色，而且不等典禮全部進行完畢，就神色自若的離開了。

唯一愣在當場，無法適應這君不君、臣不臣的現況的，只有他這個新上任的內閣大學士……

他獨自立在廣闊的大殿上，心中一片茫然，片片白雪飄下來，天地間也是一片茫然；萬曆三十六年的元旦，大明皇宮和他的心田中都沒有半點喜氣。

然後，情況又回到原來，他完全見不到朱翊鈞的面；一天、兩天，一個月、一年，朱翊鈞別說是主動召見閣臣了，便是他託了太監再三求請，也還是不見。

十一月裏，朱賡壽終正寢——內閣大學士中，連佔的「名」都少了一人。

李廷機則早在朱賡逝前就數度上疏辭官，朱翊鈞不聞不問，他也就閉門不出，繼續生他的政治病❶。真正在內閣任事的只有他一個人……但，名為「輔臣」，卻壓根就見不到被輔的皇帝的面；一年下來，奏疏上了三百道，而沒有任何一道得到批示。

「何謂『內閣』？何謂『輔臣』？何為君？何為臣？」

他總是在茫然中仰天自問，但，一年下來，對於朱翊鈞和朝中的種種怪現象都已經有點熟悉了，他也開始調適自己的心境和改變方向思索：

「可還有什麼別的方法能改善朝政呢？」

不再指望朱翊鈞做出改變，他試探著要尋找其他的力量……

註一：據《明史．李廷機傳》記載，李廷機屢辭不果，「至四十年九月，疏已百二十餘上，乃陛辭出都待命。同官葉向高言廷機已行，不可再挽，乃加太子太保，賜道里費，乘傳，以行人護歸。居四年卒。贈少保，謚文節。」並論曰：「廷機繫閣籍六年，秉政止九月，無大過。言路以其與申時行、沈一貫輩密相授受，故交章逐之。輔臣以齮齕受辱，屏棄積年而後去，前此未有之。」

6

萬曆三十六年三月，努爾哈赤再度派出軍隊攻打烏拉部。

天氣暖了，冰雪融了，也是適合出兵的日子，他在做了全面的考量後，派出褚英和舒爾哈赤的次子阿敏一起率領五千人馬擔任任務。

這次出兵，他有周密的計畫，也把內容仔細說給褚英和阿敏聽過：

「烏拉是個大部，想要一下子摧毀他們，是件頗不容易的事，而且我部得付出極大的代價，不適當，上上之策是逐步砍伐——」

他做了個比喻：

「如砍大樹，先剪除其枝葉，再壞其根，就容易拔起了！」

褚英和阿敏當然聽懂了他的意思——這次出征的目的不在於消滅烏拉，而是「剪除枝葉」。目標便訂在烏拉部的宜罕阿麟城；這城不大，實力薄弱，而且距離烏拉部本部有一段距離——估計只要建州軍的動作快些，即便布占泰聞訊趕來救援也來不及。

行前，努爾哈赤特別叮囑褚英：

「要速戰速決，不可耽誤拖延，得勝之後立即返回！」

阿敏是第一次出征，他尤其多囑咐幾句：

「戰陣之上，凡事都要小心，一切都聽褚英的；若立了戰功，回來都有賞！」

阿敏雖是舒爾哈赤親生，但自小做了他的養子，在他身邊長大，與他的親子並無兩樣——他一向極為疼愛阿敏，這次派出去征討一個實力薄弱的對手，既是給阿敏磨練的機會，也是給阿敏表現的機會。同時，他的心中還放著一個微妙的想法：

「我親自帶大的孩兒，可不會像舒爾哈赤那般愚魯粗暴，心存私念——他的表現，必然像我而不像舒爾哈赤！」

對舒爾哈赤，他正在做一個特別的打算——這回派出阿敏，也與此有關——但，這個打算是對誰都不能吐露的，這盤棋要在無形、無聲的情況中一步步的下下去，在他的掌握中進行……

阿敏從小與他親近，也是握在他手裏的一枚棋子。

果然，阿敏在戰陣上展現了沒有令他失望的成績——

當五千名建州軍到達宜罕阿麟城的時候，阿敏身先士卒，一馬當先，揮舞著大刀向城下衝去；烏拉軍射出成批羽箭，阿敏毫不在意，舉著盾牌擋過去，放馬直奔。

他身後的建州軍也一鼓作氣的向前衝去，逼近城下的時候，一批士卒同時抛出繩索，攀住城牆，然後沿牆攀爬登城；登上城樓後，一面與敵肉搏，一面去搶開城門。

阿敏武藝超羣，身手敏捷，迅速登上城樓，敵人中並沒有很強的對手，抵禦不了，不到半個時辰就被他衝到門前，揮起大刀斬斷門閂。城門一開，正在率眾攻城的褚英人馬立刻一湧而入，展開一場殺戮……戰爭很快就結束，被斬的烏拉首級共一千，其餘盡被俘虜。

褚英和阿敏也謹記著努爾哈赤的囑咐，戰爭一結束就盡快清理戰場，盡快啟程返回建州；不料臨走時，負責守候的兵丁來報：

「烏拉貝勒布占泰與蒙古科爾沁部貝勒翁阿岱，率人馬駐在二十里外——」

「有什麼動靜？」

回答說：

「沒有——」

這麼一來，褚英猶豫了：

「他是什麼意思？在觀望？等待？還是怕了我建州軍的威風，傻在那裏了？」

沒有答案，自己想了想之後，心一橫：

「不管他了——父汗吩咐說，盡快回建州；咱們這就走吧！」

於是吩咐全軍立刻啟程返回，但他畢竟已有戰爭經驗，本性也不粗疏，遇事能多做思考；命令下達之後，隨即又向阿敏說道：

「你率隊先行，我殿後——一路上仔細留意訊號，萬一布占泰來攻，你聽到訊號，立刻轉頭接應！」

阿敏稱是，笑嘻嘻的說：

「大哥放心！」

於是，按照褚英的分配，他帶頭走了，隊伍中間是俘虜們與運載戰利品的馬隊，最後是褚英帶著五百軍士殿後。幸好這一路上並沒有發生事故——布占泰自始至終都駐在原地遙望，沒有採取任何行動，整支出征的隊伍安然凱旋而歸。

回到建州後，褚英和阿敏把所有的情況都詳細稟告努爾哈赤，努爾哈赤聽完，一面在心中研判布占泰的居心，一面獎勵兩個孩子：

「很好——很好——這一次，你們的功勞都不小，都有賞！」

然而，同樣的消息聽在李成梁耳中，又是另一番滋味，當時，他正面臨新的變故——得報的前一天，他接到來自京師的訊息：朝廷准他解任了。

他不免情緒起伏，但也以理智忖度：

「該是那新任內閣大學士葉向高辦成這事的……」

朝廷裏的消息他很靈通，三名輔臣只有一人任事，葉向高成為實質的內閣首輔；但，他的心境不同了，對這件事，第一個感受是心裏的石頭落了地，然後，他衷心感謝葉向高。

「遠離遼東這個是非之地，我才能得善終啊！」

這一夜，他便睡得極其安穩，再也沒有輾轉反側、思前想後，焦慮得冒出一身冷汗，或者噩夢連連，在驚怖中醒來的情形；而到了第二天，他聽到努爾哈赤出兵征討烏拉，並且大獲全勝的消息時，先是愣愣的出神，接著仰天大笑起來。

「呵，呵，呵……這一切都與我不相干了呀！呵……呵……呵……」

然而，他畢竟是上了年紀的人，笑得太激烈，立刻嗆住，並且咳起嗽來，讓幾個隨從連忙伸手為他撫胸拍背，忙了好一陣子。好不容易讓他止了咳，他的臉上已然一片模糊——既因笑出了淚水，也引出了鼻涕，兩相混在一起，使他的模樣十分狼狽。

隨從們只得忙忙的去打水來給他淨臉……但，他的外貌雖顯得狼狽，心中卻是清明的；隨從們一面為他淨臉，一面聽他斷斷續續的自言自語：

「努爾哈赤果非常人啊……滅哈達，併輝發，這回又打烏拉，遲早，烏拉和葉赫都給他拿去……也會有那麼一天，他要揮軍南下……啊，我這番解任，便盡量往南方去，離他越遠越好……我便移到江南去定居吧！」

而遼東明方官員的人事異動，倒不是只有李成梁一人。

和李成梁一起解任的，還有遼東巡撫趙楫；但，造成這次調動的原因，並不是因為建州與扈倫四部之間的糾紛，而是明朝自己出了問題，主事的主管官員必須背上黑鍋，受到處分。

先是遼東前屯衛因為受不了礦稅稅監高淮的剋剝而發生譁變，軍士們齊集抗爭，誓食高淮的肉才肯罷休；接著，錦州和松山也發生同樣的情形，一時間，幾成燎原之勢。

這當然是大事，趙楫不敢隱瞞，立刻飛書上報朝廷。

內閣中雖然只有葉向高任事，但立刻處理這事——他不是沈一貫等奸佞無能者流，不但有擔當，還拿得出處理變故的辦法來——他迅即指示遼東巡撫衙門，要盡可能縮小兵變的範圍，並且盡快安撫生譁的軍士，同時貼出曉諭，平息眾怒。同時，他極力透過包括太監在內的各個管道，讓朱翊鈞瞭解遼東的情況，陳請下詔召高淮回京。

這樣數管齊下，總算讓事情慢慢平息下來；也因為這次事變，提醒他注意遼東的問題；頭一個，他就發現，官吏任用非常不當。

他從舊檔中找出關於李成梁的記錄以及多次辭官的文件，霎時間感慨萬千：

「李成梁年已八十三歲，年邁體衰，怎能再當重任？本朝難道已無其他將才？」

於是，他和兵部做了仔細的清查，把全國的將帥逐一列出；最後，選定杜松作為接替李成梁的繼任者，接著便同意李成梁解任。

杜松字來清，崑山人，是名將杜桐的弟弟，從小就有膽智，勇健絕倫，由舍人從軍而累功升遷，做過寧夏守備、延綏參將、孤山副總兵、延綏總兵等官，現任薊州總兵。這些資歷都不錯，更兼得年輕力壯，可擔遼東的重責大任。

接下來，選定李炳為遼東巡撫，取代趙楫；又以張悌為都察院右僉都御史巡撫遼東。而就在這時，薊遼總督蹇達去世，於是，再挑選王象乾接替——遼東的人事也就整個一新❶。

這其中也許有些情況是因為巧合，但，無論如何，遼東的人事展開了一個全新的布局，也成為葉向高的政治生涯中第一次重視遼東、大力整頓遼東的政績。

而這一個新的開始，非但是大明朝廷重新重視遼東問題的作為，還使遼東的情勢變得更加複雜，牽一髮而動全身，竟不亞於昔年的援朝之役……

註一：李炳、張悌、王象乾，《明史》皆無傳，王象乾事曾見於〈孫承宗傳〉：「象乾在薊門久，習知西部種類情性，西部亦愛戴之。然實無他才，惟啖以財物相羈縻，冀得以老解職而已。」可知王象乾是個庸才，其後，在天啟三年，因與孫承宗意見不和而去職，由吳用先取代他任薊遼總督。

7

變化一再發生，快得令人難以置信，難以捉摸，更難以預料……

遼東的情勢變化還快在其他各處之先，就在明朝新任官員逐一出發，來到遼東的當兒，又是一個令人瞠目結舌的事件忽然降臨：葉赫貝勒納林布祿死了。

死因是病，但，事前毫無跡象，也斷不出究竟是什麼病；從葉赫部中傳出的，有好幾種不同的說法，一種是說他飲酒過度，一種是說他因心中鬱悶，以致成疾；另一種則是說，他早已在戰場上受了內創，多年來始終未曾治癒；而無論如何，人畢竟是死了。

初一聽到這個消息，努爾哈赤下意識的發出一聲驚呼：

「啊——」

隨即，一股惘然從心中升起，而後，五味雜陳，但是發不出聲音來。感受太特別了——彼此為至親，又為死仇，且相互糾葛、傾軋了這許多年，關係複雜得無法分解……

他的心口怦怦跳，眼中悵悵出神；許多往事浮上來，又沉下去；命運的手永遠都在撥弄世人。

他也明瞭，自己必須面對這個事實，而且必須繼續與葉赫部對壘；納林布祿死後，繼位的該是金臺石，和卜寨的兒子布揚古一起分治葉赫；兩人的做法也大都會延續卜寨和納林布祿的作為——葉赫的整體情況是不會改變的，尤其是和建州之間複雜的敵對關係。

思考時，他的腦中是冷靜的，條理分明的，將許多錯綜、複雜、紛亂都釐清了，也很快做出結論。但，結論下了之後，心情卻再度陷入紛亂與煩躁之中；認真捉摸起來，那是一個特別的狀態：纏鬥多年的死仇突然死去，就像心中原本擺著的一件東西飛走了，登時引發一種微妙的空虛感，而且什麼都不對勁了。

再加上李成梁解任的事……他的情緒越發激烈起伏，心中暗自思忖：

「這段短短的時日，表面上看，並無戰爭發生，日子過得很平靜，暗地裏卻是極不平靜、極暗潮洶湧……」

敏銳的他立刻感受到，這樣的平靜也許是下一個大風暴來臨的前兆；不料，風暴到來前，變動又突如其來的降臨：布占泰竟來求親。

布占泰展現了萬分的誠意，派遣來使帶著兩箱珍貴的禮物為聘，請求嫁一個女兒給他。來使的說詞非常冠冕堂皇，無非是雙方早已多重通婚，本是關係密切的姻親；如今，再結一次親，可望更加深關係；說著，打開木箱，展示聘禮，果然都是極貴重的東珠、貂皮以及在馬市中交易得來的南方絲綢等物——看來，這次求婚的誠意是確實的。

而努爾哈赤心中另有一番洞徹——他早就從布下的眼線中得知，布占泰正在以同樣的方式聯結葉赫。推測布占泰的用心，該是試圖打開烏拉部目前所處的僵局吧；烏碣岩一役，建州以寡勝眾，給予烏拉重創，對布占泰的精神打擊尤其大，整整沉寂了一年的時間才走出陰影，振奮起來，做重新開展的打算。

形勢早已確立——建州、葉赫、烏拉鼎足而三的局面在短期內難以改變，但期以未來，必然走上統一之途；三部中烏拉部的聲勢、實力都最弱，不但不能再妄想成為女真共主，還得設法自保。苦無良策，只能使出老法子：以婚姻為工具，加強自己與他部的關係。

「都是拿女人做犧牲品」——這麼一想立刻感慨萬千，努爾哈赤心中頓感不歡不暢，面對來使，他不想說話，只吩咐酒食招待，然後自顧自的走開了。

悶聲不響的走到後院，不料還沒有跨入就聽到一陣女人、小孩子的笑聲，探頭一看，卻是札青斜坐在一張竹椅上，旁邊站著真哥，阿巴亥則蹲在地上，為四歲的阿濟格洗澡；阿濟格光溜溜的坐在小盆裏，邊洗邊玩水；比他大一歲的薩哈璘卻蹲在一旁搗亂，不時伸手入盆，掏水往阿濟格臉上潑，隨手潑濕了阿巴亥的衣服，還有幾滴濺到阿巴亥臉上，阿巴亥便朝他叫嚷：

「薩哈璘，等會輪到你洗——脫光的時候，我先揍你屁股！」

薩哈璘毫不在意，依舊胡亂潑水，阿濟格也掏水朝他潑，名為叔侄的兩個小孩，一邊潑一邊哈哈大笑，讓阿巴亥更狼狽，手忙腳亂的制止，札青和真哥卻覺得有趣極了，笑個不住。氣氛非常好，祖孫三代合組了一個充滿快樂歡笑的畫面，展現了家庭生活的溫馨和樂，看得他心中陡的一熱，但卻不想介入她們的歡樂中，於是抽腳退走，走回房中。

默坐了一會，情緒逐漸平緩下來後，他開始重新冷靜思考。

「該不該答應布占泰？」

阿巴亥的現況是個例子——她完完全全的融合到這個家庭裏，過著幸福快樂的日子。

「嫁一個女兒給布占泰，也能過得像阿巴亥這樣嗎？」

沒有答案，誰也不能保證，事情的本身就是冒險。

而就在這剎那間，他想起了為消滅哈達部而嫁給吳爾古代的莽古濟來，緊接著便重重嘆出一口長氣，但是，當時的用意也回到心頭。

「一切都是為了建州的發展——」

一切犧牲都是值得的——他的心裏重重一顫，隨即，思路轉向了。

他所面對的是現下的遼東情勢，鼎足而三的局面，就戰鬥的實力來說，己方略勝葉赫、烏拉一籌，但是短時間內還不足以消滅其中任何一部，更不能同時與兩部為敵；要對這兩部用兵，至少還需五年以上的時間，目前力量還不夠，必須忍耐。

「布占泰將娶葉赫之女……那麼，我也不能拒絕他……」

身為建州之主，須優先考慮建州的發展；欲完成女真的統一大業，行事便要從大處著眼……他不是尋常人，不能只顧女兒婚姻美滿。

於是，他的四女穆庫什的個人命運也被決定了。

決定後，他給穆庫什一個表面完善的說明：

「布占泰曾在建州居住，大家相熟，以往已娶了娥恩哲，這回是親上加親，你嫁過去，一切都不陌生，能相處得更好——布占泰偶然有些不對的做法，你嫁後，要好好的勸勸他，幫助他改過自新。」

話說得堂堂正正，聽得穆庫什心悅誠服，阿巴亥更是加倍高興，主動幫著準備穆庫什的嫁妝，歡天喜地的祝賀她嫁給自己的叔叔。

而他根本不忍心面對她們那出自真誠的甜美眸光與笑聲，獨自避開去，強行以理智壓制住情緒，全心投入工作中；不料，就在這個時候，舒爾哈赤特意來到他面前。

舒爾哈赤與布占泰也有多重姻親關係，這一天，他看起來像是特別高興，又像是喝多了酒似的，搖搖擺擺的走進來，滿臉紅光，咧著嘴笑，先是說了一大串祝賀穆庫什的話，繼而往席上一坐，直著眼向努爾哈赤說：

「這是樁天大的喜事，我可要先說句話，提醒提醒您哪——送親，可別讓褚英和代善去；這兩個小子，以往就是起了野性子，收不住，同烏拉的人馬打起來，這回要是讓他們送親到烏拉部，難保不被人家撕成碎片——叫阿拜和湯古代去吧，烏拉的人馬不會尋仇！」

話確實像醉話，而把努爾哈赤氣得雙眉不住抽搐，「虎」的一聲站起來，轉身走開去，不說話，也不理他；逕自走進後堂，自顧自的取了涼水，一口氣喝了兩碗。

但，心中的怒火並沒有被澆熄，胸口依舊灼熱如焚；只是，思緒在漸趨清明。

舒爾哈赤與烏拉部之間似乎存有一份特殊的感情，關係也特別好；但，他終究是要滅了烏拉部——這就是矛盾，無可解、但必須解決的矛盾。

長長的吐出一口氣來之後，他索性跨出大步，走到西側的空屋去察看給穆庫什備好的嫁妝。

二十四只木箱，上面全蓋著紅布，看來喜氣洋洋，但是，浮現於上的竟是舒爾哈赤的臉，腦海中更是不停的回映起舒爾哈赤各種不當的言行來……

終於，他再長長的吐出一口氣，告訴自己，時候到了。

事情放在心中已經好幾年——他明確的斷定，現在，時機到了。

進行的方法他早已盤算過多次，該考慮周到的地方都已想得通透，通透得萬無一失；現在，該緩步進行了。原先顧忌著舒爾哈赤擁有的人馬，總數很不少，萬一生事，不好收拾；但，經過他這幾年來的運作，這個問題已經解決了一大半。

是一個非常巧妙的方法，消滅了舒爾哈赤的私屬人馬——

他從前一段日子就蓄意培養阿敏，等阿敏立了戰功，便以此為由，要舒爾哈赤撥些人馬給阿敏統領；過了一段日子後，又要舒爾哈赤再分出些人馬給其他幾個已成年的兒子；第六子濟爾哈朗，從小由他撫養，現在雖然還不滿十歲，但也要了些人馬、財物來給濟爾哈朗。而且，為了不使舒爾哈赤動疑，他在向舒爾哈赤提出這件事的時候，自己也以身作則，分出人馬給褚英、代善等幾個兒子統領。

他在提出這件事的時候，態度是莊重的——有如這是確立了建州的一種制度。而因為分出人馬的對象是自己的親生兒子，舒爾哈赤幾乎沒怎麼考慮就答應了。

於是，舒爾哈赤的實力一批批的減少……他再留心觀察，舒爾哈赤自己並未產生什麼警覺心，連眼神中都毫無異狀；一連觀察了十天後，他放心了。

而納林布祿的死，也帶給他某些靈感——

一切都想周整了，但他還是再耐著性子，等上一段日子，等到歲盡開春，溫暖的三月來臨，其他的準備工作也已經完成的時候。

這一天，正逢皇太極有添丁之喜——年十八歲的皇太極成婚已兩年，娶的正室鈕祜祿氏還沒有喜訊，但側室烏拉那拉氏一舉得男，他又做了祖父，高興極了，一面給小孫兒取名豪格，一面下令舉行盛大的家宴。

他就用這個理由，派人去請弟弟們來一起享用豐盛的酒宴；席上，他狀至開懷，頻頻勸酒；最後，喝得全部的人盡數醉去。第二天，所有的人在酒醒後都安然無恙，唯獨不見了舒爾哈赤；眾人沒去追想什麼，都只當他已回府了，誰也沒有放在心上。

而努爾哈赤卻在三天後派出一名侍衛公開宣布：

「舒爾哈赤酒後無狀，險些傷了我的孫兒，已被我幽禁起來了！」

這話當然令眾人發出一片譁然，尤其是穆爾哈赤和雅爾哈赤，仗著是親兄弟，又怕侍衛傳不清楚話，索性親自來見努爾哈赤，問個明白。

努爾哈赤成竹在胸，面對著穆爾哈赤和雅爾哈赤，並不多話，只有淡淡的一句：

「你們找本人問去吧！」

說著便命侍衛：

「帶兩位貝勒去看人！」

舒爾哈赤被關在地室裏，兩人隨著侍衛下了階梯，被引到一間房子前，侍衛便打開門鎖，讓他們進房。這地室兄弟倆都不陌生，原本是貯藏東西用的，兩人對望一眼，毫不猶豫的走了進去。

房裏的油燈點得很亮，雖是地室，什麼都看得很清楚——房中別無陳設，一張小桌上放著油燈，此外便是一張大床，舒爾哈赤四平八穩的躺在床上。雅爾哈赤上前喊了一聲：

「三哥——」

不料，舒爾哈赤一點反應也沒有。兩人再次對望一眼，無聲的交換了意見，然後一起舉步往前走，走到床前，穆爾哈赤喊一聲：

「三弟——」

舒爾哈赤還是一點反應都沒有。這下，兄弟倆忍不住了，一起彎下腰仔細看他；這一看，看得兩人不約而同的發出一聲驚呼：

「啊——」

接下來便驚詫得什麼話都說不出來，目瞪口呆的愣在當場。

舒爾哈赤氣息如常，但口歪眼斜，口水直流，喉中無法出聲，身體無法動彈——過了好一會兒之後，兄弟倆才從驚慌中慢慢定下神來，叫了侍衛過來問：

「這是怎麼回事？人怎麼會變成這樣？」

侍衛回答說：

「三貝勒酒後自己撞牆，撞壞了！」

這個回答不能讓他倆信服，但，兩人也知道，這事，問不出真相來了。拖著沉重的步子走出地室，兩個人都低著頭，一言不發；由階梯往上走，是一步步走向亮處，但是，兩人的心中橫著陰影。

直到走遠了之後，兩人才發現，從地室出來以後，竟不約而同的沒有打算再去見努爾哈赤——雖然兩人都沒說話，但心裏的話彷彿是完全一樣的。

又過了好幾天後，兩人才在情緒慢慢和緩的狀況下開始悄悄討論：

「他究竟是酒醉，還是中邪？」

又說：

「或許，來給他跳薩滿，驅魔——或許——能好起來！」

而兩人也像有意迴避似的，始終沒有去觸及真正的原因與重點，偏又心中雪亮，因此親兄弟間的談話反而有了隔閡，盡在說些不著邊際的話。但是，要完全不談這件事也不可能——畢竟心裏藏著許多感受，無從發洩時便有如鬱積著悶雷，非常難受。

而努爾哈赤索性裝作不知道他兩人的心事——他的心裏也是雪亮的。

「去瞧過舒爾哈赤之後，心裏總要難受幾天；不過，事情總會過去的，再多過些時候，難受漸漸淡了，便什麼都沒有了！」

這也是他自我治療的方法，盡量不去想有關舒爾哈赤的一切，盡量把全副心神投注於工作，讓時間沖淡惆悵和惘然的感覺，直到無有；然後，重新冷靜、理智的規畫建州未來的發展，描摩一幅美好的遠景。

處置了舒爾哈赤的遺憾不久就從心中徹底消失，有的只是他美好的遠景。

8

再次陷入沉思中，他從另外一個角度思索眼下應該盡速進行的幾件要事：

「舒爾哈赤固然已經廢了❶，但，原屬他的人馬要盡早處理好……他多次到北京朝貢，認得不少明朝的人，須防他先前私下與這些人有牽連，現在引發出事端來……建州現下的實力遠遜於明朝，絕不可與明為敵……」

他不厭其煩的反覆思考，想出最恰當的進行方式——這種把每一件事、每一個大原則小細節都要反覆想上幾十遍，然後才下決定、付諸實行的做法是他多年來的習慣，現在不但沒有絲毫改變，沒有因為建州的規模已成遼東之冠而有任何荒怠疏忽，還不時提醒自己，在做思考的時候，要更加精細、周到。

一點都失算不得！

他一向善於盱衡時勢，充分瞭解自己與自己領導的建州，在情勢複雜的此段時空中所應擔任的角色、所應發展的方向，以及付諸實行的正確方法。

打從萬曆十一年以十三副甲起兵至今，整整二十七個年頭過去，他由一個頓失父、祖的孤兒逐漸成長、茁壯，成為受到廣大羣眾擁戴的「昆都侖汗」，麾下由一百多名士兵發展為將近六萬人的規模，建州從實力薄弱的小衞發展成遼東第一大部，擁有最精良、最眾多的軍隊，最完善的制度以及最優秀的主將，也擁有自己的文字、城邦和疆域……二十多年來的辛苦經營、開拓，付出的血汗都沒有白費，各方面的成績在在都令他感到滿意。

但，他卻沒有因此而自滿、而妄自尊大、而故步自封——他原本就不是納林布祿者流。

建州的成長固然令他滿意，但目標和理想也同步成長，擴展得更高超、更遠大——現在，他心中的雄圖已不只於在遼東稱汗。

「昆都侖汗」的名號固然尊榮，受到蒙古喀爾喀五部的推擁固然是件足以欣慰的事，但，經歷了二十多年奮鬥的歲月，眼界已高，心胸已大，襟抱、志向、未來的奮鬥目標都已變得更雄偉。

從小在心中不停迴盪的聲音又響了起來：

「我是上天的兒子——」

這個聲音重複交響了幾十年之後，他突然在此刻體會到因時間推移而產生的微妙變化。

小時候，這個聲音像極了母親的叮嚀，輕緩而溫柔，細細嫋嫋，不絕如縷；而後，像自己稚嫩的童音，清脆的向皇天后土宣誓……那一年，災難來了，這個聲音成為高亢的吶喊。

那一個天地間風雪交加、沒有半絲光亮的黑夜，他騎著大青馬狂奔，這個聲音在胸臆間澎湃怒吼如巨浪滔天，也生出一股強大的力量，支撐著他的意志與信念，讓他超越一切困難。

而後，在一次次的浴血苦戰中，在身受重傷、瀕臨垂危之際，在橫遭阻逆、艱難困厄的嚴苛考驗下，這個聲音施放出如洪鐘般的聲量，掩蓋過一切來自各方的打擊。

那時，這個聲音大得如同是世上的唯一；如同來自天地；如同來自他的歷代祖宗與所有子民，而非他獨自一人……代表的意義更是重大。

而今，這個聲音又有了些許不同——彷彿大江不再澎湃奔騰，而是恆常的、堅定的、平穩的前進，不再是吶喊、宣誓與怒吼，而是寬闊的容納，形成更大的力量。

一步步的前進，朝完成使命的目標前進；這使命已不只是一個期許，也不只是一個願望——而是他生命的全部：

「我將帶領全體女真人走向康莊——」

他將付出一切的努力，乃至於一切的一切……一個微妙的感覺從心中升起，他突然想起了舒爾哈赤來——同父同母的親手足啊，但，他不得不痛下決心處理。

從頭到尾壓抑下去的難受的感覺再次悄悄爬上來，而這一次，他沒有再刻意壓制；甚至，反而仔細咀嚼這個滋味。

並非不顧手足之情，但，為了建州發展的全局，不能不除去舒爾哈赤——他反覆想著：

「從許多年前起，他的心中就暗自不服我，有意無意的跟我唱反調，培養自己的私人武力……他手上的牛彔多到快追上我了；那一回，叫代善和褚英一塊兒跟他去蜚悠城搬人，路上遇到了布占泰攔阻，幾個孩子加起來一千多人馬，跟布占泰的一萬人馬對打，他竟袖手旁觀，還不准手下的人出兵，那是存了個什麼心呀，簡直想活活的置褚英、代善於死地……」

想得喟然嘆息，但心中並無怒意與恨意，而是詫疑，令他不停的思索：

「舒爾哈赤小時候和我很親，怎的反而在建州強大起來以後變得不對勁了？究竟是怎麼回事？心裏頭是怎麼想的？」

在理智上，他明快果斷的解決了所有的錯亂，結束了舒爾哈赤造成的困擾和問題；但，潛藏於私心中屬於感情的部分仍悄然而至……而這偏又是不容易想出答案來的，只有徒然嘆氣，默默私語：

「竟像是上天在捉弄人——」

為了大局，他沒有別的選擇，只能將一切歸之於天；而且，這些想法與感傷過去以後，他依然將自己的心思全部放在建州的發展上。

「舒爾哈赤，就當他是為了建州的大局而付出的犧牲吧！」

他想著，心中又多了一份轉折；半天後，他發出命令；命將原屬舒爾哈赤的人馬重新整編，打散後零星編入其他隊伍中；然後，他召來部屬，鄭重的指示道：

「目下，建州正在蒸蒸日上之際，一定要與明朝維持良好的關係，方可免去後顧之憂；以往，舒爾哈赤多次到北京朝貢，與明朝的大臣多有往來，如今，舒爾哈赤無法再辦事，此後赴北京的事便由我親自來做；但，你等也需多盡些力，盡量與明朝交好；明朝派在遼東的官員便由你們來負責，要敷衍得他們全都心向建州，時時、事事都幫著建州——」

然後，他仔細的分析，很具體的指示：

「李成梁解任了，聽說杜松因蒙古拱兔部事件而不安於位❷，也許，明朝的遼東總兵官又快要換人了，咱們要搶在葉赫和烏拉之前，和新任總兵弄好關係！」

而且，進一步的計畫也考慮好了，他明確的宣佈：

「只要讓明朝的官兒鬆了戒心，咱們就往下做：南關城已經毀壞很久，我準備派人去修復……滹野路的實力不強，很容易征討；還有，東海渥集部的綏紛、那木都魯、寧古塔、尼馬察、雅攬這幾個地方，時機都成熟了，該早早拿下；等渥集部遠的幾處像烏爾古宸、木倫這二路，虎爾哈部這些地方都歸附我部後，就可以集中力道滅了烏拉、葉赫……」

這些計畫，他已經想了很久了，因此，隨口說來，竟比宣讀文稿還要順溜，還要完整、縝密；未來一、兩年間整體發展的藍圖於焉呈現。他告訴部屬們：

「咱們腳踏實地的做去，目標很快就達到了！」

結束分裂，統一女真各部，擴展及蒙古，進而成為與明朝旗鼓相當的大國……甚至，連帶的擁有明朝全境，做一個不只是統有遼東的大汗！

他的志願比以往擴大了許多——也許是因為受到了被擁為「昆都侖汗」的啟發，之後逐漸形成的許多想法跨越了以往的格局，他心中某些潛藏的意念被激發出來，想著：

「我既受了蒙古的擁戴，便不只是遼東之雄；或許有朝一日揮軍北京……」

雖然這個夢想只能潛藏在心底，但是，他對部屬們的講話開始與以往不同——儘管他仍然不停的指示部屬們須與明朝多建友好關係，以方便建州擴展實力，但也坦然的說：

「與明朝交好是個手段，是壯大建州的最好的手段……明朝的官員一定要敷衍好；那些人，一個比一個貪，不難應付——我打個比方說，做生意的人，只要看準了，就下本錢，只要將來能連本帶利的賺回來，無論下多少本錢都是值得的！」

他像是確立了一個新的觀念，一種新的價值觀、人生觀——只要是為了建州的發展，一切犧牲都是值得的；為了美好的未來，現在無論付出什麼樣的努力都是應該的、必需的。

因此，這次召集部屬，他最後的結論是：

「只要大家好好的盡力做事，有一天，建州能比明朝強——」

說話的時候，他的語氣雖然還保持著表面上的平和，實質上的精神狀態卻是萬分勃發、昂揚，眼中射出劍一樣的光來。

註一：史書記載舒爾哈赤死於萬曆三十九年八月，年四十八歲；據史學家孟森等人考據，實為努爾哈赤所殺。

註二：《明史．杜松傳》記：杜松於萬曆三十六年夏代李成梁鎮遼東，數敗來犯的蒙古部；其後，他主動出擊，冀牽制犯薊敵寇，而掩殺拱兔部落一百四十多人；但這事為副使馬拯攻擊，說拱兔是已內附的部落，不該勦；而拱兔部果然因為無罪被勦，憤而糾集五千之眾內犯；這事使杜松備受攻擊，不久就去職歸里，直到萬曆四十三年才起復；他離職後遼東總兵一職由王威接任。

9

總算覺得精神似乎好轉了些，全身有了點力氣，眼皮也不再老是軟弱無力的垂下……朱翊鈞好不容易有了起床的念頭。

他問太監：

「有什麼時新的瓜果？」

一面說，一面伸開雙臂，掙出紗被外，做出個姿勢。長年累月伺候他的太監們懂得這意思，連忙上來幾個人，細手細腳的扶他起身，慢慢的為他穿衣、穿鞋，以及接他吐出的痰……

他的身體已然胖得幾近癡肥，鬆弛的肌肉上拖著往下墜的贅肉，下巴垂成一攤和了豬油的棉花，脖頸如小沙丘，胸腹腰間宛如梯田，一層一層的堆疊著油膩而鬆軟無力的肥肉，又像是掛上去的，沒有全部黏上，一動彈便搖搖顫顫，宛如獵桿上懸搭的死獸肉；而在實質上，這些失去生命力的肥肉是極沉重的負擔，令他一坐起身就氣喘噓噓；但，四肢是瘦小的——延伸到軀體末端的手與腳不但沒有和身體一起長出肥肉來，還因為少於動彈而日漸萎縮、日漸退化得毫無力道；因此，從外觀上看，他的身體已然變形，變得全身的比例失衡，不像一個人；而在實質上，他已無法自行坐起、站立、乃至於任何行動。

幸好，他的身分是「萬曆皇帝」，身邊永遠跟著大量的「奴婢」——

太監們一面為他扣上龍形的盤扣，一面以特有的尖細聲音向他回稟：

「有……南邊才用八百里快馬貢來荔枝，確是上品，又大又圓，鮮嫩鮮紅的……一個時辰前才送到，獻給萬歲爺嘗嘗！」

話隨便聽聽，但心裏有點感覺了——像有一隻螢火蟲在他的心田中出生了，帶著一點點細微的光學著飛翔，雖然僅只一個微弱的小點，但那畢竟是光！

這一天，他總算沒有像往常一般的，睡醒睜開眼就只想命人上福壽膏……

於是，他隨口發出一聲：

「唔——」

這是要了……太監們連忙飛奔著去取，送到他面前來。

一盤新鮮的荔枝裝在一個翡翠玉盤中，兩相襯映，托出了「嫩」的色感；太監們為他剝開荔枝的外皮，送上來，去皮的荔枝，色澤宛如透明，鮮嫩柔滑，芳香甜美，一入口，他就想讚美；然而，就在這一剎那間，一個隱藏的感受觸動了他的心弦。

一騎紅塵妃子笑——

早年讀過的詩句湧上心頭——白居易的〈詠荔枝〉，為荔枝贏得了「妃子笑」的別名，他一下就想起來；而且，爬上心頭的還不只是詩句與掌故……

他想起了多年前的情景：

一樣是炎熱的季節，一樣是室外豔陽高照，室內冰風習習，一樣是富麗堂皇的乾清宮，一樣在享用著快馬送到京師的荔枝，品嘗著鮮嫩柔滑的人間至味……懷中還擁著個鮮嫩柔滑的人間尤物！

那是花樣年華的鄭玉瑩……那一年，她尚未進位「貴妃」，卻與唐明皇的楊貴妃一般，嗜食新鮮荔枝；那些年，每到荔枝盛產之際，嶺南地方的官員便須仿唐例，以最好的快馬運送到京師，以博她一笑——一樣是「一騎紅塵妃子笑，無人知是荔枝來」呵！

他想得心中動了一下，一絲懷念隨之湧起，不知不覺中，他竟向太監們發出一個命令：

「給鄭貴妃送一盤去——」

太監們當然立刻恭敬的應上一聲：

「是——」

而這裏面又多是受過鄭玉瑩好處的人，一看——這是時機啊！一個機伶的太監連忙打蛇隨棍上似的，沿著他的話頭攀爬一句：

「可要宣召鄭娘娘前來？」

但，這句話入耳，他的反應是輕輕一愣；沒有立刻回答，而心中隨之升起一股微帶茫然與錯愕的複雜感受，又像是被提醒想到這件事：

「已經許久沒見到她了！」

心裏五味雜陳，最清楚的竟是惆悵的感覺，彷彿舊歡已遠，懷念又突然降臨，令他一時間措手不及，無法面對；過了一會兒之後，才搖搖頭說：

「不要——」

但是，話一說完，又覺得心中一刺；然而不想改變決定，任由這名太監下去了。

難受的感覺更濃了一點，但是，心境變成了清明；已無要見鄭玉瑩的慾望——那和懷念從前是兩回事。

年過半百，他對許多事情都已有透徹的領悟。

愛情究竟是什麼呢？

虛幻的……無法捉摸的……但，世上有什麼東西是可以捉摸的呢？

權力不也如愛情一般，是無可捉摸的、虛幻的嗎？貴為天子，表面上擁有一切；但，實際上呢？自己究竟擁有了什麼，捉摸住了什麼呢？

什麼也不曾擁有——悲哀的感覺湧上來了，荔枝的美味盡失，一變為苦澀，他「呸」的一聲，將那透明的、甜美的、柔滑的果肉吐出來，再也沒有「吃」的慾望。

心裏是空的，而且煩躁了起來；唯一能夠排除的方法只有兩種……

太監們開始為他誦讀一些數字——礦稅太監向內庫進奉的金銀的數量。

尖細高亢的太監的聲音，他最熟悉不過，念出來的一連串數字，最能填補他空虛的心；闔上眼睛，他清明的聽著：

「二十九年，進——銀一百零四十萬六百九十三兩，金一千九百二十六兩……三十一年，進——銀一百零八十萬又九十四兩……」

然後，伎樂們上來了，再為他唱一齣《浣紗記》中的〈採蓮〉。樂聲起時，福壽膏的香味也冉冉繞梁，融合後一起迴旋，一起注滿他的心田，一起讓他遺忘一切。

戲曲中的西施宛轉輕唱：

丹楓葉染，乍湖光清淺，涼生商素。西帝宸遊飛翠蓋，擁出三千宮女……

隨意聽著，他的思緒完全沒有啟動，沒有任何觸及；而像是遺忘了所有的往事似的，根本沒有想起來，這齣《浣紗記》也是從前鄭玉瑩最常與他共享的。

搖颺，百隊蘭舟，千羣畫槳，中流爭放採蓮舫。惟願取雙雙繾綣，長學鴛鴦……

聽著聽著，他朦朧了起來，耳朦朧，眼朦朧，心也朦朧……什麼都朦朧了，什麼都不想；他要的就是這份朦朧，這份陶醉，讓他遺忘一切，得到一個暫時的、欺騙自己的、滿足的假象；而後，福壽膏的香味濃了，他也就恬然入夢。

而就在此刻，皇宮外京師中的一個角落，一個大明朝的中級官員的矮小簡陋的房舍裏，一支筆在紙上痛心疾首的陳說；向他列出在這短短的日子裏，「拜疏自去」的官員的總數及造成的影響，懇切的請求他注意這件事，改善這件事；並且建議修改大明朝的政治制度，明白規定，官員在辭職未獲批准前不可擅自離職……奏疏在他熟睡的當兒全部完成，第二天一早就送進皇宮來；而這一切當然是徒勞無功的，他已經許久不理會奏疏了，這回更不例外。

何況，「拜疏自去」的事已多得數不清，他即使知道了，也無從改善。

而和這份奏疏同時送到的，還有新到遼東上任的按臣熊廷弼，他以敏銳的觀察與感受，在極短的時間內徹底瞭解了遼東的問題與隱憂，十萬火急般的上奏，提醒注意：

「今為患最大，獨在建奴。」

當然，這封奏疏一樣是白寫……

前一天情緒失衡，弄得自己難受了好一會兒，這天，朱翊鈞便蓄意讓自己變得更懶，不但不起床，還不想醒來——只要一張開眼睛，他便命人送上福壽膏，享用後再度舒舒服服的入睡——他討厭自己清醒的時候：

「容易『庸人自擾』呵——」

他是聰明人，他不要困擾自己……不要讓任何人、任何事，乃至於自己清醒時的省思能力來困擾自己；不管什麼，他都不想搭理。

幾天後，皇宮裏出了大事，他的態度也依然如此——

太監們以一種很特別的、驚惶的口氣向他報告：

「王皇貴妃，王娘娘——升天了！」

他彷彿沒怎麼聽清楚似的，隨便應一聲：

「唔——」

然後就沒了下文，再過一會兒，鼾聲響了起來，來稟報的太監只好帶著錯愕的神色退開去，站在宮門口，像個傻子般的呆立，許久都不能接受這個事實。

但事實畢竟是事實：朱翊鈞的心中根本沒有「皇貴妃王氏」這個人——儘管她是皇太子常洛的生母。

10

已經做了父親的常洛除了身分以外沒有任何改變與成長。

在外貌上，他瘦弱蒼白，像是永遠都帶著童年時衣食不足造成的發育不良的表象，也像是永遠都沒有力氣去承擔責任似的——僅從背影看來，他完全不像個國之儲君，而儼如飽受欺凌的孤兒，彎腰駝背，垂著肩膀，帶著幾分畏縮與寒酸。

從正面看，他的容貌不但不醜陋，還十分清秀，細長的雙眼，疏淡的眉，薄唇，聚集在瘦長的臉上，半帶著怯生生的神情和幾分令人憐惜的病態……他的膚色白中透青，和整個人的稚嫩之氣頗為協調，也令他帶著三分病容和衰氣。

而在氣質上，他更像個病人——

他沒有半絲生在皇家的富貴氣，沒有屬於高貴身分的驕氣、英氣、威武氣，更沒有半絲書卷氣，卻也沒有庸俗的市儈氣或者奸惡的邪氣……什麼氣質都沒有，什麼也不像；無法形容，除了因蒼白、瘦弱、畏縮而顯露出來的「病」氣以外，無以名之。

但這一切，卻切合他的心智：先天資質不佳，又因童年生活失常，智力不高，各種反應都遲鈍；而後，受教育的時間延遲了許久，導致他成為「先天不足，後天失教」的人，出閣講學的時候，庸拙得令所有的師保暗自嘆息落淚。

偏偏，命運還要繼續捉弄他——

郭正域的事件發生後，造成的陰影遠比表面上嚴重得多，對他來說更是無可彌補的損失與傷害；最具體的一件便是：冤獄平反後，郭正域因無法再任朝職而返鄉，他的「東宮師保羣」形同瓦解，出閣講學的事很自然的停止，他的教育於焉整個中斷。

葉向高入閣後，注意到這件事，立刻上疏陳說，但，朱翊鈞哪裏肯聽呢？葉向高上了千百封奏疏，叩請恢復東宮出閣講學，而自始至終得不到答覆，長達幾年沒有結果；葉向高固然悲憤填膺，徒喚奈何，而實際受到傷害的是他這個空有儲君之名之位的皇太子常洛。

前後只讀過幾年書，真正進入腦海中的只有十之一、二，更何況，接下來的是一連幾年的荒廢，使他的心智大幅退化，二十多歲了，說話還時常帶著結巴，下筆還無法成章，在在令人憐憫。

偏偏，上天又給他帶來這個嚴重的打擊——

這天是萬曆三十九年九月十三日，天氣晴朗乾爽，北京城中萬里無雲，但這名太監在急切的腳步聲後說出來的話是晴天霹靂：

「皇貴妃病篤，惟求見殿下最後一面——」

霎時間，他的眼前雷電交加，心中天昏地暗，身體簌簌亂顫，瞠目結舌了好了一會兒，才有了點知覺，隨即失聲哭了起來，一面哭，一面抽抽搭搭的說：

「母妃……怎的……」

下面的話說不下去，心裏更沒有主意，手足失措，連站都站不穩了。

幸虧王安沉穩，立刻應變，上來先扶住他，然後拉著他的手腕說：

「唉！我的小爺，奴婢伺候您走吧！快快上一趟景陽宮……」

接著便不由分說的拖著常洛舉步，常洛已經哭軟了，身不由己似的，跌跌撞撞的趕到景陽宮。不料，走到景陽宮前一看，宮門緊閉著，而且已經鎖上了。

王安氣得跺腳：

「這羣沒良心的羔子！天都還沒昏下來呢，就鎖門了——」

一面用力拍打宮門，叫喊裏面的人來開鎖；等了許久才有人來開了門，放他們進入；而一腳跨進，心裏先發起酸來：

「怎的四處都這樣破敗？」

話沒出口，怕給常洛聽到了不好，而且心裏發急，顧不得其他，拉著常洛三步併作兩步的奔進王貴妃的寢宮。

寢宮裏的陳設比外殿還要簡陋、破敗，而且昏暗不堪——那是因為多年不曾換過窗紙，紙都黑了，光線透不進來，又沒點上燈，一間狹小的寢宮裏辨物艱難，只模糊的看到一張小桌子，一張木床，木床上躺著個沒在動彈的人。

常洛對這裏的一切倒是熟悉的，無需點燈就摸到了床前，連聲喊：

「母妃……母妃……」

他的聲音低小，而且帶著哽咽，躺著的王貴妃根本沒有聽見，一點反應也沒有。

王安顧不得禮數，提高了聲量，像要喚醒王貴妃似的喊叫：

「娘娘，皇太子來了——皇太子來看您來了！您醒醒，皇太子來了！」

喊叫的同時，一個太監端了油燈過來，往桌上放妥後，寢宮裏明亮了些，王貴妃的形容才照得有幾分清楚。可是，這一看，卻使他這一向老成的人也大吃一驚，腳步不由自主的往後倒退好幾步。

「怎麼？竟……不成形了……」

王貴妃的一雙眼睛都已瞎了，臉上瘦枯得沒了肉，越發像個髑髏；她氣息已弱，無法言語，只有兩片嘴唇在輕微的顫抖，兩道眉毛稍稍的抽動。

常洛看清楚了，嗚嗚的哭了起來，一面哭一面喊：

「母妃……母妃……」

他心裏又慌又急又亂，忘情所以，竟像小時候一樣的爬上床去，抱住王貴妃，放聲痛哭起來。

王貴妃被這一折騰，迴光返照似的有了知覺，先是喉中「嗯」了一聲，然後像是認出了常洛的聲音來，有了反應，發出幾聲微弱的呼喚：

「常洛……常洛……」

她勉強掙扎著，伸出手來碰觸常洛的臉頰，再奮起全部的力氣，來回撫摸一下，然後斷斷續續的說：

「好……好……你……總算……長大了……」

常洛卻說不出話來，心中悲傷，喉中咕咕響，只奈傳達不出來，唯有一個勁的抱著王貴妃，抽抽搭搭的哭，既無安慰王貴妃的言語、動作，更無召喚太醫來救治的主張，而只是蜷曲著身體，手足無措的哭了個肝腸寸斷。

哭著哭著，竟哭得自己岔了氣，咽喉梗住了，呼吸不暢，發出呼嚕呼嚕的雜音，手腳、身體乃至於眼神全部有如三歲孩童……王安忍不住了，上來勸慰，緩緩的拍著他的背，為他舒氣，一面難過得心如刀割，低著頭默想：

「王娘娘苦了一輩子，沒過過一天好日子，就指望養大這個兒子……好歹做了皇太子，可……這副德性，將來怎麼挑得起大明朝的重擔啊……這苦命的娘娘，白苦了一輩子……」

想著想著，他越發不敢抬起頭來——不敢面對常洛無能的事實，以免連活下去的勇氣都沒有。

而在建州，恰好又是截然不同的情形。

對於兒子們的表現，努爾哈赤感到滿意極了——他已有十二個兒子，七個女兒，半數已成年，他逐步訓練他們、培植他們，給他們磨練，也給他們表現的機會……

褚英和代善已立過不少戰功，不再是「初生之犢」，而是可以獨當一面的大才；這一次，他把機會給了三子莽古爾泰。

他派莽古爾泰率領萬騎駐紮在撫順關外，並且負責修復南關故城；莽古爾泰毫無失誤的完成了使命，成績好得令他開懷痛飲三杯。

同時，他在心中得意的想著：

「養得他們個個都成英雄好漢，建州的拓展就會更快更大……將來，建州交到他們手裏，必能將我創下的基業開展得更好！」

有優秀的兒子就有美好的未來，從他們身上可以看到建州光明的遠景——他滿懷欣慰的默念著兒子們的名字：

「褚英、代善、莽古爾泰、阿拜、湯古代、塔拜、阿巴泰、皇太極、巴布泰、德格類、巴布海、阿濟格——嗯，這等於我的十二雙手啊，幫我把建州的事業做得更好！」

兒子是自己生命的延續，是未來的希望，他得意的想著：

「要讓他們每一個人都成文武全才，既精於武藝，善於領兵，能征慣戰，也能治理政事，推展文教……我已奠下了建州這巍峨家邦之基，他們好，未來就更好……」

——卷四完

附錄

關於滿文

人類創造文字，溯源自幾千年前，發展演變至今，本身即是一部值得大書特書的歷史；而各種文字的創造雖有不同的成因、經過，不同的形貌與演變過程，而功用與貢獻是一致的，都在為人們傳達心聲，創造文明。

《史記》上記述倉頡造字時，「天雨粟，鬼夜哭」，象徵的意義或有多種；而人類的腳步開始由蒙昧踏向文明，一條艱苦悲壯的旅程展開新頁，這揭幕式在太史公筆下形容得令人震撼，而後低迴不已……造字成功，改變了人類的命運，使人類異於其他生物，卻是悲？是喜？

蘇美人創造「楔形文字」時的情景，沒有如中國文字般有巨人手筆來摹寫，卻更勾起後人的遙測與想像：當時是否風雨交加，雷電齊鳴，為人類走進文明的腳步起跑而鼓掌喝采？也悲嘆人類從此拋棄了原始與純樸，進入複雜與紛爭的命運而痛哭？

但，歷史的長河滾滾向前，文字的使用廣泛而普遍，文明的程度日漸高升，想要回歸原始純樸的念頭，當然僅只一閃便化為烏有；中古以後，創造文字的故事再也沒有悲喜交集的感奮，造字的原因，與語言配合的實用性佔了最大的成分，而原本文明程度居於弱勢的少數民族，創造出屬於自己的文字，原因中還包含了民族自尊心。

創造過程記載詳盡的「滿文」，即是人類各種重要文字中的一大例證。事在一五九九年——在此之前，創造於一一一九年的「女真大字」和一一三八年的「女真小字」都已失傳，無人能識，所以，女真人說女真語，而使用蒙古文——《清太祖高皇帝實錄》上記：

上欲以蒙古字制為國語頒行。巴克什額爾德尼、札爾固齊噶蓋辭曰：「蒙古文字，臣等習而知之。相傳久矣，未能更制也！」

上曰：「漢人讀漢文，凡習漢字與未習漢字者，皆知之；蒙古人讀蒙古文，雖未習蒙古字者，亦皆知之。今我國之語，必譯為蒙古語讀之，則未習蒙古語者，不能知也！如何以我國之語制字為難，反以習他國之語為易耶？」

額爾德尼、噶蓋對曰：「以我國語制字最善，但更制之法，臣等未明，故難耳！」

上曰：「無難也！但以蒙古字，合我國之語音，聯綴成句，即可因文見義矣。吾籌此已悉，爾等試書之。何為不可？」

於是，上獨斷：將蒙古字制為國語，創立滿文，頒行國中。滿文傳佈自此始。

記載中說明兩點：其一，創制滿文的意義在於，使滿族的語言與文字臻於統一；其二，創制滿文的方法是，參照蒙文字母，協合女真語音，拼讀成句，撰制文字。

究竟怎樣以蒙文字母，聯綴女真語音呢？據一六三三年（清太宗天聰七年）《滿文舊檔》記載：

> 初無滿字。父汗在世時，欲創制滿書，巴克什額爾德尼辭以不能。父汗曰：「何謂不能？如阿字下合媽字，非阿媽乎？額字下合訥字，非額訥乎？吾意已定，汝勿辭。」

其用蒙文拼寫滿語的方法如：蒙古文字母ᠠ（阿，a）和ᠮᠠ（媽，ma），拼讀起來就是ᠠᠮᠠ（阿媽，ama；滿語意父親）。用ᠡ（額，e）和ᠮᠡ（訥，me），拼讀起來就是ᠡᠮᠡ（額訥，eme；滿語意母親）。

於是，額爾德尼和噶蓋遵照努爾哈赤提出的創制滿文的基本原則，仿照蒙古文字母，根據滿語音特點，創制滿文。滿文於焉誕生。這種草創的滿文，沒有圈點，後人稱之為「無圈點滿文」或「老滿文」。

從使用蒙文到用蒙文字母來拼寫滿語，這對正在興起的滿族來說，是一個偉大的進步。作為交流資訊的工具，老滿文在下達詔書、傳送命令、記錄歷史、譯寫漢籍等方面都發揮了很大的功能，在提升民族向心力、創造民族文化方面，也起了很大的作用，同時為後世留下了豐富的史料——著名的老滿文文獻《滿文老檔》就是其中之一。

但，老滿文作為初創的文字，有不完善的地方。主要缺點是：同是一個讀音，但有的用不同的字母去表示；不同的讀音，有時使用的卻是同一個字母。同是一個字母，也出現在同一個位置上，但常有好幾種寫法。這就給讀寫帶來困難，影響了人們對滿文的掌握和使用。而且，字母數量不夠，清濁輔音不分，上下字無別，字形不統一，語法不規範，結構不嚴謹，在在都形成問題。

因此，一六三二年（天聰六年）皇太極又命巴克什達海改進老滿文。《大清太宗文皇帝實錄》記：

上諭巴克什達海曰：「國書十二頭字向無圈點，上下字雷同無別。幼學習之，遇書中尋常語言，視其文義，易於通曉，若至人名地名，必致錯誤。爾可酌加圈點以分析之，則音義明曉，於字學更有裨益矣。」

達海根據這項指令，改進了原有的滿文。這種滿文後來被稱為「有圈點滿文」或「新滿文」。

達海所做的改進，主要在以下幾個方面：

一、利用在字母旁加圈加點的辦法，區別了原來不能區別的語音，使字母在表音方面比較科學。在新滿文中利用不加圈和加圈，區別舌根部位的輔音k和h（這裏使用國際上通用的轉寫滿文字母的拉丁字母符號，下同）、小舌部位的k和h、外來間的k和h；利用不加點和加點，區別元音o和u、位於詞中位置和詞末位置的a和e、舌根部位的輔音k和g、小舌部位的輔音k和g、外來音的k和g、輔音t和d等。

二、規範了字母的字形，使字母的寫法得到了統一。基本上做到一個音用一個字母形體表示，一個字母形體只表示一個音。

三、完善了拼寫複元音的方法。用字母y和w置於兩個元音之間，y、w不發音，使前後兩個元音拼成複合元音。

四、增加了拼寫外來音的二十四個「外字」（見《清文啟蒙》第一字頭），使外來詞的拼寫更接近口語。這二十四個「外字」用語言學方法分析，實際上是增加了六個輔音字母和二個元音字母。這八個字母，或是滿文中沒有而又需要的字母，如tś[tsh]、dz[ts]、ŭž[ʐ]、y[ɿ]、y[ʅ]（方括弧裏的符號是國際音標）；或是滿文中沒有這樣組合的音節而需增設的字母。例如：滿文中有舌根輔音k、g、h同元音e、i、u組合的音節，沒有舌根輔音k、g、h同母音a、o組合的音節。為了表示後面這一情況，增加了一些字母。

經過達海的改進，滿文字母的形體、拼寫法都固定下來，以後再沒有太大的改變。

在歷史上還有過「滿文篆字」——乾隆十三年（一七四八年）頒布了三十二種篆字體，皆依筆畫的特徵命名，曾刊刻過乾隆皇帝的〈盛京賦〉，也用於玉璽和朝廷有關的印章上。

乾隆在位期間曾譯過多種佛經。在拼寫佛經中的梵文咒語時，滿文現有的字母不夠用，乾隆便授命允祿及章嘉等人在撰寫《同文韻統》一書時，專門為拼寫梵文咒語制定一些新字母。這些新制定的字母，是在原有字母的旁邊增加附加符號來表示。因為這些字母只用於拼寫佛經中的外來語使用，並不通行於文牘和其他著述中，所以使用的範圍很小，對滿文的發展沒有具體影響。

真正在清代成為「國文」的是「新滿文」，使用數百年，對歷史文化形成重大影響，有著重大貢獻。

《中國文明史》[1]中，〈滿文的歷史作用〉一節有著詳盡的說明：

> 在我國多民族締造的文化中，滿文發揮了引人注目的歷史作用。清代，有大量的滿文文獻，包括相當數量的檔案、上千種著述、數百件碑銘。這些文獻對研究清代的歷史與文化、清代的民族關係史、對外關係史以及語言文字本身的演變都是重要的材料。其中有的文獻是獨一無二、難以取代的歷史資料，其價值之高，不可估量。
>
> 在清代，滿文與漢文並用，是對內對外行使權力的文字。清代前期發布的詔、誥之類的文書，大都用的是滿文。為了提高滿文作為國書的地位，還專門制訂過滿族官員在官方文書中使用滿文的若干規定。例如，奉清字上諭，不准用漢字復奏；滿族大員補署各部院尚書及各省督、撫等缺，在京謝恩用清字摺；旗員補放提鎮奏謝，俱用清文；滿洲提鎮於公事摺用清字；西北兩路將軍、各陵守護大臣及奉寧、馬蘭兩鎮總兵，除地方公事用漢字奏摺外，其餘謝恩、奏報雨雪等事，均用清字（詳見步翼鵬《奏摺體例．國書》）。
>
> 與外國交往，特別是與俄國交往，滿文也是官方文字之一。康熙二十八年（公元一六八九年）中俄簽訂的〈中俄尼布楚條約〉就是用拉丁、滿、俄羅斯三種文字寫成的。在〈中俄尼布楚條約〉滿文本中還規定：「照此各將繕定文本蓋印互換，又以滿文、俄羅斯文、拉丁文刊之於石，置於兩國交界之處，永為標記。」康熙四十二年八月二十九日，黑龍江將軍博定致俄羅

斯尼布楚城長官米哈伊爾的文書中也談到：「據此，奏聞聖主允准，嗣後若行文俄羅斯察罕汗，則兼以滿文、俄文、拉丁文三種文書。」直到咸豐八年簽訂的〈中俄天津條約〉，其中還規定：「今將兩國和書，用俄羅斯並清、漢字體抄寫，專以清文為主。」

滿文檔案記錄了清代歷史，是研究清史的原始材料和可靠的憑證。目前發現和保留下來的滿文單一文字的檔案，在中國第一歷史檔案館就有一百五十餘萬件。遼寧、吉林、黑龍江、內蒙古、西藏、北京以及臺北等地的檔案部門和有關單位也藏有數量不等的滿文檔案。有的檔案還散落在日本、蘇聯等國家。

滿文檔案有用「無圈點滿文」寫的，有用「有圈點滿文」寫的，以後者居多。滿文檔案主要見於內閣檔、軍機處檔錄副奏摺、內務府檔、宮中各處檔等。時間的跨度是從明萬曆三十五年到清宣統三年（公元一六〇七～一九一一年）。

內閣檔最早的檔案是滿族入關前成帙的《滿文老檔》。這部檔冊根據當時的檔案原件摘編而成。記載了滿族興起時統一內部的歷次征戰，對明朝的政治、軍事衝突，與蒙古、朝鮮的交往以及努爾哈赤、皇太極的活動。記述的史實和事件發生的時間比較近，因此真實可信。《盛京內務府順治年間檔冊》主要反映了順治四年至八年北京、瀋陽等地工匠、採捕、打牲人丁的調動，採捕、打牲人丁的納貢情況。是研究順治初年清代社會經濟、土地制度、賦役制度的重要原始資料。《黑圖檔》形成於康熙元年至咸豐十年（公元一六六二～一八六一年），記載了盛京內務府與北京總管內務府、盛京五部等的來往文書。主要內容包括銓選、恩賞、撫恤、戶口、徭役、官莊、果園、賦稅、宮廷修繕、皇帝東巡、御用食品、錢糧核銷、用品運解、經費開支以及錫伯經商等，為研究清代東北地方史提供了很好的資料。滿文俄羅斯檔詳細地記載了中俄締約、劃界、巡邊、設卡、通商貿易等方面的重要事件。滿文土爾扈特檔記載了在公元十七世紀三〇年代由我國遷往俄國伏爾加河下游的土爾扈特蒙古部落，遣使入藏熬茶、供佛、向清政府納貢的情形。乾隆三十六年（公元一七七一年）土爾扈特回歸祖國的經過，清政府對它的安置以及乾隆對其首領渥巴錫的接見和封贈。

總之，滿文檔案補充和豐富了漢文檔案所記錄的史實，有些史實則是漢文檔案沒有或者記載失真的。滿文檔案的歷史價值是不言而喻的。

清代流傳下來的滿文著述約有千種，大部分譯自漢籍。滿文原作的作品有《滿洲實錄》、《異域錄》、《隨軍紀行》、《尼山薩滿》等。由於不多，更顯得珍貴。而在語言文字方面的著作，數量大、種類多，是對我國文化的巨大貢獻，尤其在辭典編纂方面最為突出。從西元一六八三年出版的第一部滿文辭書《大清全書》起到辛亥革命前後的兩百多年裏，共出版了各類滿文辭書七十幾種。如《大清全書》（沈啟亮，康熙二十二年，公元一六八三年）、《同文廣彙全書》（阿敦、劉順、桑額，康熙三十二年，公元一六九三年）、《滿漢同文全書》（康熙三十九年，公元一七〇〇年）、《滿漢類書全集》（桑額，康熙四十年，公元一七〇一年）、《御製清文鑑》（康熙四十七年，公元一七〇八年），《清文彙書》（李延基，雍正元年、公元一七二四年第二版）、《三合便覽》（敬齋、富俊，乾隆四十五年，公元一七八〇年）、《清漢文海》（瓜爾佳氏巴尼琿、普恭，道光元年，公元一八二一年）、《清文總彙》（志寬、志培，光緒二十三年，公元一八九七年）等。在這七十幾部辭書中最享有盛名的是清文鑑。清文鑑是一套系列辭書。第一部清文鑑刊行以後，後來的清文鑑是以已有的辭書為基礎，或增加對照語言的語種，或增刪原有的詞目編成的。最早的一部題名為《御製清文鑑》，編於康熙十二年至四十七年（公元一六七三～一七〇八年），收詞、詞組一萬兩千餘條，按意義成類，用滿語釋義。康熙五十六年（公元一七一七年）出版了《御製滿蒙文鑑》，乾隆三十六年（公元一七七一年）出版了《御製增訂清文鑑》，這部清文鑑在詞目上做了較大的增刪，收詞總數達一萬八千餘條，並增加了漢語的對譯。乾隆四十五年（公元一七八〇年）出版了《御製滿珠蒙古漢字三合切音清文鑑》，之後出版了《御製四體清文鑑》，公元一八〇五年前後出版了《御製五體清文鑑》，收詞總數已達一萬八千六百七十一條，對照語言的語種增加到五種，順序是滿、藏、蒙古、維吾爾、漢。其中在藏文欄下有兩種滿文字。一種是「切音」，即用滿文字母轉寫藏文字母，一種是「對音」，即用滿文字母標寫藏文的實際讀音。在維吾爾文欄下，只有滿文的「對音」。由於清文鑑收詞的門類多，對詞義有描寫，把多種語言詞彙互相對照，這都使這部系列辭書在滿文辭書中佔有顯著的地位，在世界辭書史上也是燦爛奪目的。

我國其他民族也有深受滿族文化影響的。現在居住在新疆的錫伯族使用的錫伯文，它的前身就是滿文。蒙古族、達斡爾族中也有精通滿語文的。如呼倫貝爾佐領敖拉常興是達斡爾族人，他在巡查額爾古納河和烏第河後，於咸豐元年（公元一八一五年）用滿文寫過《官便漫遊記》，語言優美，很有文學價值。而現在仍有一些達斡爾族老人熟知滿文。

該書也提及了現今全世界關於滿文研究的狀況：

由於滿文對研究清史、滿族史及其本身的演變有不可替代的重要作用，因此滿文成了世界性的學科。

中國是滿語文的故鄉，因此在滿文研究方面處於重要地位。清代關於滿族語言文字方面的著述，本身就是滿語文研究的優秀成果。辛亥革命以後，滿語文的研究主要是圍繞有關檔案的研究工作而開展的。應該特別一提的是李德啟等對早期滿文的研究成果，如〈滿洲文字之來源及其演變〉（李德啟，公元一九三一年）、〈阿濟格略明事件之滿文木牌〉（李德啟，公元一九三五年）、〈滿文老檔之文字及史料〉（李德啟，公元一九三六年）、〈述滿文老檔〉（張玉全，公元一九三六年）等，引起了國內外滿學家的注意。公元一九四九年以後，特別是公元一九七六年以後，滿文研究呈現復甦的局面。一方面是對語言文字的科學研究，出版了不少專著和論文，一方面是翻譯了大量的滿文檔案。

臺灣在滿文文獻的翻譯和研究方面也取得了顯著的成績。公元一九七〇年、一九七一年出版了臺灣大學廣祿和李學智翻譯的《清太祖朝老滿文原檔》等。

在俄國，公元十八世紀二〇年代開始研究滿語。在語言研究方面最富有成果的著作是公元一八七五年在聖彼得堡出版的札哈羅夫的《滿俄大辭典》和一八七九年在同一地方出版的札哈羅夫的《滿語語法》。

公元十八世紀末，西歐也有人開始研究滿語。出版了阿米奧的《滿語語法》（公元一七八九～一七九〇年）、穆麟多夫的《滿文文法》（公元一八九二年）等。

日本開始研究滿語在公元十九世紀以後。在翻譯、註釋滿文文獻方面，公元一九三八年出版今西春秋的《滿和對譯滿洲實錄》，公元一九五五至一九六二年出版了神田信夫、松村潤、岡田英弘的《滿文老檔》的日譯本。在語言研究方面，公元一九六六年出版了田村實造等人編輯的《五體清文鑑譯解》等。

隨著我國歷史、文化研究的不斷深入，滿文及其文獻會受到越來越多的人們的重視。滿文及其文獻的研究將會出現更加豐碩的成果。

自一五九九年創制至今，整整四百週年，仔細思索關於滿文的過去、現在與未來，亦如閱讀著一段長達四百年的文字史，展望一段無窮盡的發展的天空；二十一世紀即將到來，一種屆滿四百年歷史的文字，其研究工作當然將更上一層樓！

——一九九九年六月．臺北

附記：本文完成至今已歷十四年，這十四年間，滿文的研究與翻譯蓬勃發展，在工具書方面重要的有漢滿、滿漢大辭典的出版，各學者專家在研究、翻譯方面的專著則多達近千種，能為未來修訂清史的大業做出重要的貢獻。

——二〇一三年六月．北京

註一：《中國文明史》由大陸學者集體修撰而成，臺灣版於一九九五年三月由地球出版社出版。

附表 明清之際簡要大事記（明萬曆二十七年～明萬曆三十九年．西元一五九九～一六一一年）

西元／明曆	明朝	女真・蒙古	日本・朝鮮	西洋
一五九九 萬曆二十七年	二月：遼東總兵李如梅革職。後以孫守廉代之。貴州巡撫江東之遣兵討楊應龍，戰敗。 三月：前兵部侍郎李化龍督軍討楊應龍。 四月：臨清民變。 六月：稅監高淮至開原，以剋剝激民變。 九月：馬林任遼東總兵。	正月：東海渥集部虎爾哈路長王格、張格至費阿拉，貢狐皮、貂皮。 二月：努爾哈赤命額爾德尼、噶蓋創制無圈點滿文。 三月：始開金銀礦及冶鐵。 五月：應哈達貝勒孟格布祿之請，派費英東駐其地，以防葉赫兵。 九月：率兵攻哈達，俘孟格布祿。 十一月：致書朝鮮，稱「建州等處地方國王」。		

一六〇〇 萬曆二十八年	二月：耶穌會利瑪竇至京師。 趙楫巡撫遼東。 六月：楊應龍之亂平。		日本毛利輝元奉豐臣秀頼討德川家康，戰於關西，毛利輝元大敗，結束「前期武家時代」(一一八六～一六〇〇，共四百一十五年) 德川家康稱征夷大將軍，於江戶設幕府，號令全國，史稱「江戶時代」。「後武家時代」開始。(一六〇〇～一八六七，共二百六十八年)	英國設立東印度公司，侵略印度，遣軍陷孟買。
一六〇一 萬曆二十九年	三月：武昌民變。 五月：蘇州民變。 萬世德總督薊遼。 八月：李成梁復任遼東總兵。 十月：冊皇太子。	正月：滅哈達。 *本年整編三百人馬一牛彔，設牛彔額真管轄。		

一六〇二 萬曆三十年	二月：朱翊鈞病重，召沈一貫等人，命罷礦稅等事，病癒後反悔。 三月：騰越民變。 九月：萬世德死，蹇達繼任薊遼總督。			荷蘭設立東印度公司，侵略印度及東印度羣島。
一六〇三 萬曆三十一年	本年發生「楚太子」案及「妖書」案。	九月：由費阿拉遷赫圖阿拉。 蒙古姐姐去世。		英國伊莉沙白女王去世，都鐸王朝結束。蘇格蘭國王詹姆士六世兼英格蘭國王，改稱詹姆士一世，斯圖亞特王朝開始，二國共戴一君，仍各有政府及議會。
一六〇四 萬曆三十二年		正月：攻葉赫部，克張城、阿氣蘭城。 本年蒙古察哈爾部林丹汗即位。		法國開始殖民北美洲。
一六〇五 萬曆三十三年	二月：李成梁乞休，不允。 十二月：皇長孫朱由校生。	三月：赫圖阿拉外城完工。		
一六〇六 萬曆三十四年	三月：雲南民變，殺稅監楊榮。 七月：沈一貫、沈鯉致仕。	十二月：努爾哈赤受尊為「昆都侖汗」		

一六〇七 萬曆三十五年	五月：于慎行、李廷機、葉向高入閣任大學士。	二月：烏碣岩之役。 五月：征渥集部。 九月：滅輝發部。		英國開始殖民北美洲。
一六〇八 萬曆三十六年	四月：遼東因高淮剋剝，前屯、錦州、松山等軍譁變。 六月：趙楫、李成梁解任。 七月：蹇達死，王象乾繼任薊遼總督。並以張悌巡撫遼東，杜松任遼東總兵。 九月：李炳繼任遼東巡撫。	三月：攻佔烏拉部宜罕阿麟城。 *本年納林布布祿病亡。	朝鮮光海君即位（一六〇八～一六二三）。	
一六〇九 萬曆三十七年	四月：杜松解職，王威繼任。	三月：幽禁舒爾哈赤。 六月：派莽古爾泰駐撫順關外，並修復南關故城。 九月：虎爾哈兵攻寧古塔城，敗亡。 十一月：派扈爾漢取滹野路。		義大利人伽利略製成世界第一架望遠鏡，探測太空。
一六一〇 萬曆三十八年	三月：麻貴任遼東總兵。 閏三月：楊鎬巡撫遼東。	十一月：額亦都率軍掠渥集部。		
一六一一 萬曆三十九年	本年給事中宋一桂彈劾顧憲成。使李三才免官，東林黨爭由此開始。 九月：常洛生母王恭妃死。	七月：取渥集部之烏爾古宸、木倫二路。 舒爾哈赤死。		

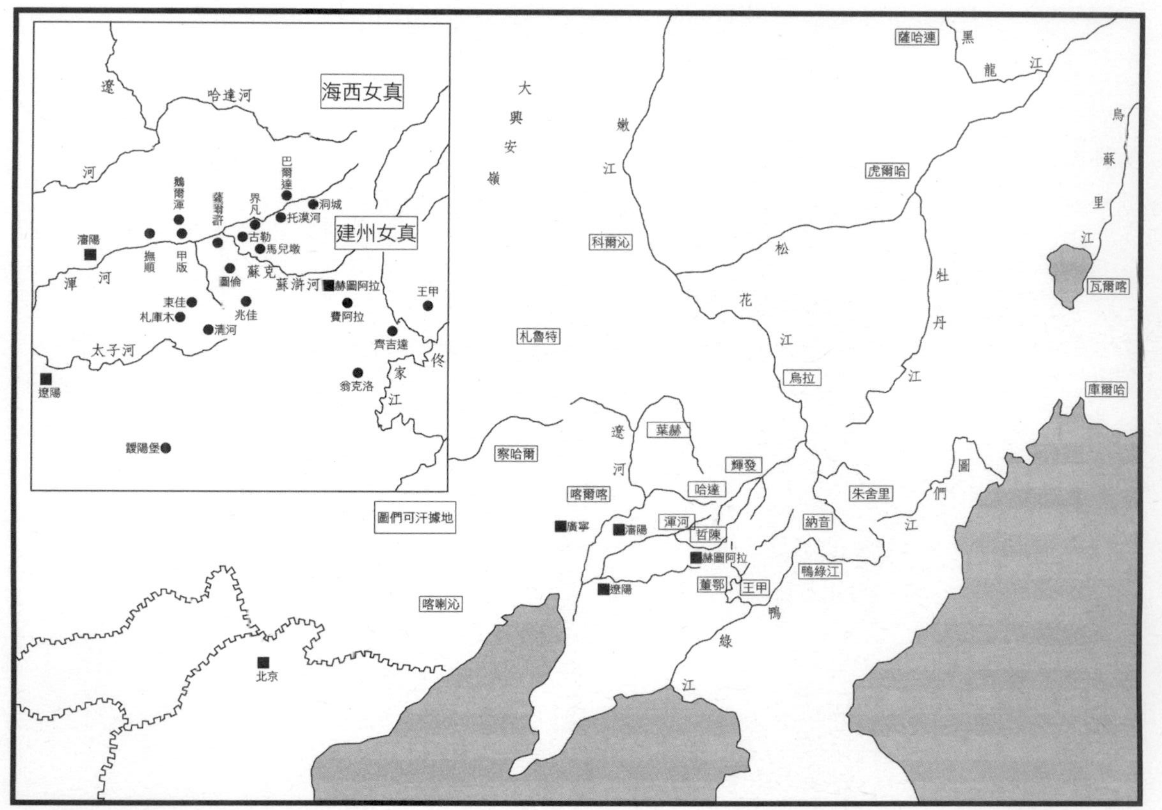
海西女真
建州女真
哈達河
遼河
渾河
太子河
瀋陽
遼陽
鵝爾渾
撫順
甲版
薩爾滸
界凡
巴爾達
洞城
托漠河
古勒
馬兒墩
圖倫
蘇克蘇滸河
赫圖阿拉
費阿拉
王甲
兆佳
東佳
札庫木
清河
齊吉達
翁克洛
佟家江
靉陽堡
大興安嶺
嫩江
科爾沁
札魯特
察哈爾
圖們可汗據地
喀喇沁
北京
薩哈連
黑龍江
虎爾哈
烏蘇里江
瓦爾喀
庫爾哈
松花江
牡丹江
烏拉
葉赫
遼河
輝發
哈達
喀爾喀
廣寧
瀋陽
渾河
哲陳
赫圖阿拉
遼陽
董鄂
王甲
朱舍里
圖們江
納音
鴨綠江
鴨綠江

LOCUS

LOCUS